KB123327

교역 만고충의 벽성선

안경호 지음 **김동욱** 옮김

보고사
BOGOSA

머리말

　〈만고충의 벽성선〉은 1840년경 담초(潭樵) 남영로(南永魯, 1810~1857)가 지은 〈옥루몽(玉樓夢)〉을 1922년 신구서림에서 여성 주인공인 벽성선(碧城仙)을 중심으로 개작한 작품이다. 저작자가 안경호(安景濩)로 되어 있으나, 이는 발행자가 저작권을 갖던 당시의 관행에 따른 것이다. 몽자류 소설의 하나로 분류되는 〈옥루몽〉은 남녀 주인공의 애정담, 전쟁터에서 영웅적 인물의 눈부신 활약상, 귀족 집안에서 처첩 사이의 갈등 등을 다양하게 다루고 있어서, 영웅소설, 군담소설, 염정소설, 쟁총형 가정소설 등으로도 규정되어 오고 있다.

　그 가운데 〈만고충의 벽성선〉은 남주인공 양창곡과 여주인공 벽성선의 결연담, 벽성선과 양창곡의 두 번째 정실부인인 황 부인과의 처첩 갈등 부분을 중심으로 재편한 작품이다. 이 작품에서 특이한 점은 주인공 벽성선을 여성스럽고 연약한 인물로 그려 탈속한 선녀를 연상하게 하면서도 일면 참을성이 강하고 담대하며 강인한 여성으로 그리고 있다는 것이다. 위 부인과 황 부인 모녀의 끈질긴 모해에도 끝까지 참아내며 오히려 자신이 죄책감을 느끼는 인물인 반면,

황제에게 음률로 직간하여 혼미함을 깨우치게도 하고, 위험에 처한 황태후를 기지를 발휘하여 구하는 강인한 면모도 보여준다.

벽성선은 당시의 사회규범 속에서 비교적 자유롭게 남자들과 만날 수 있는 기녀로 설정되어 자주적인 여성으로 그려질 개연성이 확보되기도 했지만, 작가의식의 결과로 볼 수 있는 측면도 없지 않다. 황제의 미혹함을 음률로 깨우치게 함으로써 양창곡이 직면한 정치적 난관을 타개하도록 해준 것으로 보면, 정실인 윤 부인이나 황 부인보다 오히려 기생 출신인 벽성선이야말로 명실상부한 조강지처임을 보여주고 있는 것이다. 또한 한동안 양창곡과의 동침을 유보했던 벽성선을 통해 아내는 남편의 소유 대상이 아니라 남편과 동등한 인격체로서 인생의 반려자임을 이 작품은 말하고 있는 듯하다.

끝으로, 늘 수익판단을 떠나서 우리 고전의 보급에 앞장서시는 보고사 김흥국 사장님께 경의를 표하며, 표지를 매력적으로 꾸며 주신 손정자 님, 보기 좋은 책으로 편집해 주신 김하놀 님과 편집진 여러분께도 진심으로 감사를 드린다.

무술년 소서 무렵 김동욱이 삼가 씀

차례

일러두기

1. 이 책의 국역 대본은 안경호(安景濩) 저작, 신구서림 간행(1922)
   구활자본 〈만고충의 벽성선〉이다.
2. 1차적으로 원문에 대한 교주를 하고, 원문을 현대어로 국역하
   였다.
3. 원문에서 발견되는 오자는 그 글자 뒤의 [ ] 속에 바루고, 탈
   자는 ( ) 속에 기웠으며 한자어는 모두 ( ) 속에 병기하였다.
4. 등장인물의 한자 이름은 〈원본 현토 옥루몽〉(서울 : 세창서관,
   1962)을 참고하였다.
5. 원문에서 설명이 필요한 곳에는 주석을 달아 설명하였다.
6. 국역문은 가능한 한 평이하게 풀어썼다.
7. 대화는 " "로 묶고, 대화 속의 대화, 생각이나 강조 부분, 문
   서의 내용 등은 ' '로 묶었다

등장인물

가 궁인(賈宮人) : 황태후(皇太后)를 모시는 궁녀.

강남홍(江南紅) : 항주(杭州)의 기녀(妓女). 본래의 성은 사씨(謝氏).
　　　　　　　일명 홍랑(紅娘)·홍혼탈(紅渾脫). 양창곡(楊昌曲)의 첩
　　　　　　　으로, 뒤에 난성후(鸞城侯)에 봉해짐.

노균(盧均) : 참지정사(參知政事)로 조정의 원로대신. 흉노의 침입
　　　　　　때 나라를 배반함.

도화(桃花) : 황 소저의 몸종.

동초(董超) : 양창곡의 휘하 장수로, 전전 좌장군(殿前左將軍)에 봉
　　　　　　해짐.

동홍(董弘) : 얼굴이 아름답고 음률에 뛰어난 미소년. 천자의 눈에
　　　　　　들어 사랑을 받고, 그것을 기화로 노균과 한 무리가 되
　　　　　　어 권세를 부림.

마달(馬達) : 양창곡의 휘하 장수로, 전전 우장군(殿前右將軍)에 봉
　　　　　　해짐.

마 씨(馬氏) : 황 소저의 외할머니.

백운도사(白雲道士) : 탈탈국(脫脫國) 백운동(白雲洞)에 거처하는 도
　　　　　　　　　　사로, 문수보살(文殊菩薩)의 화신. 운룡도인(雲龍道人)·
　　　　　　　　　　청운도사(青雲道士)·강남홍 등의 스승임.

벽성선(碧城仙) : 보조국사(輔祖國師)와 두오랑(杜五娘)의 딸. 강주

(江州)의 기녀. 본래의 성은 가씨(賈氏). 일명 선랑(仙娘). 양창곡의 첩.

보조국사(輔祖國師) : 벽성선의 부친.

설파(薛婆) : 윤 소저의 유모.

소유경(蘇裕卿) : 익주 자사(益州刺史)를 역임하고 공을 세워 형부상서(刑部尙書) 겸 어사대부(御史大夫)가 됨.

소청(小蜻) : 벽성선의 몸종.

양창곡(楊昌曲) : 양현과 허 부인의 아들. 남만과 홍도국을 진압한 뒤 연왕(燕王)에 봉해짐.

양현(楊賢) : 옥련봉의 처사로 양창곡의 부친. 창곡이 입신양명하자 예부원외랑(禮部員外郎)이 되어 양 원외(楊員外)로 불림. 뒤에 연국(燕國) 태공(太公)이 됨.

연옥(蓮玉) : 강남홍의 몸종. 손삼랑의 조카.

왕세창(王世昌) : 위 부인 자매의 아들로 간관(諫官).

우격(虞格) : 무뢰배로, 춘월과 춘성의 사주를 받아 벽성선을 겁탈하려하다가 실패함.

우세충(于世忠) : 간관으로 노균의 잔당. 노균이 죽은 뒤에 한응덕과 함께 양창곡을 모함하다가 옥에 갇힘.

우이랑(虞二娘) : 우격의 누이동생. 춘월의 사주를 받고 벽성선을 모함하다 춘성과 함께 유배 됨.

운섬(雲蟾) : 가 궁인의 시비.

윤 소저(尹小姐) : 항주자사(杭州刺史) 윤형문(尹衡文)의 딸로 양창곡의 정처. 강남홍이 그녀의 현숙함을 알고, 양창곡의 본부인이 되도록 적극 알선함. 뒤에 연국(燕國) 상원부인(上元夫人)이 됨.

윤형문(尹衡文) : 윤 소저의 부친으로 항주자사를 역임하고 승상이 됨.

위 부인(衛夫人) : 황의병의 부인이자 황 소저의 모친으로, 황 소저의 몸종 춘월과 공모하여 벽성선을 여러 차례 모해하려다가 황제에게 발각되어 추자동에 유배되어 잘못을 뉘우침.

일지련(一枝蓮) : 축융국왕과 야율씨(耶律氏)의 딸. 무예와 미모가 뛰어남. 부친을 따라 남만왕 나탁을 구하러 왔다가 양창곡과 가연을 맺음. 뒤에 양창곡의 첩이 됨.

자연(紫鳶) : 벽성선의 몸종.

장오랑(張五娘) : 우격의 누이동생인 우이랑이 자객으로 궁궐에 붙잡혀 갔을 때 댄 거짓 이름.

청운도사(靑雲道士) : 백운도사의 제자로 운룡도인, 강남홍과 함께 무예와 병법을 배움.

춘성(春成) : 춘월의 오라비. 춘월의 벽성선 모해에 가담함.

춘월(春月) : 황 소저의 몸종으로 수차례 벽성선을 모해하다가 자신이 고용한 자객에게 코와 귀를 베임.

허 부인(許夫人) : 양창곡의 모친. 뒤에 연국(燕國) 태비(太妃)가 됨.

화진(花珍) : 명나라 황제의 부마도위로 진왕(秦王)에 봉해짐.

황 소저(黃小姐) : 승상(丞相) 황의병(黃義炳)의 딸로, 양창곡의 두 번째 부인이 됨. 뒤에 연국(燕國) 하원부인(下元夫人)이 됨.

황여옥(黃汝玉) : 승상 황의병의 아들로, 소주자사(蘇州刺史)로 있을 때 강남홍을 겁탈하려고 하였으나 뒤에 개과천선함.

황의병(黃義炳) : 명나라의 승상. 황여옥과 황 소저의 부친.

교주편(校註篇)

　화셜(話說)[1] 지나(支那)[2] 명(明)나라 시졀(時節)에 여남(汝南)[3] 옥련봉하(玉蓮峯下)에 한 쳐ᄉ(處士) 잇스니, 셩(姓)은 양(楊)이오 명(名)은 현(賢)이라. 안히 허씨(許氏)로 더부러 뫼에 올나[4] 나물 키기와 물에 나려 고기 낙기[5], 셰간(世間) 영욕(榮辱)을 부운(浮雲) 갓치 보니 짐짓[6] 물외(物外)에 놉흔 사름이라[7].

　다만 년긔(年紀)[8] ᄉ십(四十)에 슬하(膝下)[9] 일긔(一箇) 자녀(子女) 업셔 부쳐(夫妻) 상ᄃᆡ(相對)ᄒ야 홀홀[홀홀]불락(忽忽不樂)[10]ᄒ더니, 일일(一日)은 삼월(三月) 모츈(暮春)[11]이라.

　허 부인(許夫人)이 사창(紗窓)[12]을 열치고 무료(無聊)히 안졋더니[13]

1　화셜(話說) : 옛 소설에서 이야기를 시작할 때 쓰는 말.
2　지나(支那) : China의 한자 표기로, 근대 일본인들이 중국을 지칭하던 말.
3　여남(汝南) : 중국 하남성(河南省) 남동부에 있는 고을.
4　아내 허씨와 더불어 산에 올라.
5　강물로 내려가 물고기 낚아.
6　아닌 게 아니라 정말로. 과연(果然). * 구태여. 고의로.
7　인간 세상을 떠나 사는 고상한 사람이었다.
8　연기(年紀) : 대강의 나이.
9　슬하(膝下) : 무릎의 아래라는 뜻으로, 어버이나 조부모의 보살핌 아래. 주로 부모의 보호를 받는 테두리 안을 이름. 부모의 그늘 아래. 부모의 품 아래.
10　홀홀불락(忽忽不樂) : 실망스럽고 뒤숭숭하여 마음이 즐겁지 아니 함.
11　모츈(暮春) : 만춘(晚春). 늦봄. 음력으로 3월을 가리키는 말.
12　사창(紗窓) : 깁으로 바른 창.

쌍쌍츈연(雙雙春燕)[14]이 쳠하(檐下)에 삭기 쳐 날아들며 날아나니[15],
허 부인(許夫人)이 바라보고 기리[16] 탄식 왈(歎息曰),

"텬디간(天地間) 만물(萬物)이 싱싱지리(生生之理)[17]를 아니 탄 쟈
(者ㅣ) 업고[18], 즈모지졍(子母之情)[19]을 모르는 쟈(者)ㅣ 업슴이어늘,
날 갓흔 인싱(人生)은 평싱(平生)이 쳐초(凄楚)[20]ᄒ야 져 제비만도 못
ᄒ니 엇지 가련(可憐)치 아니ᄒ리오?"
ᄒ며 자연(自然) 눈물이 옷깃을 젹시더니, 양 쳐ᄉ(楊處士)ㅣ 밧그로
들어오며[21] 왈(曰),

"부인(夫人)은 엇지 심란(心亂)ᄒ 빗이 잇나뇨? 금일(今日) 일긔
(日氣ㅣ) 쳥낭(晴朗)[22]ᄒ고, 우리 츠쳐(此處)에 산 지 오릭되[23] 아즉[24]
옥련봉(玉蓮峯)에 올나보지 못ᄒ엿스니 이제 한번 놉히 올나 울젹
(鬱寂)ᄒ 회포(懷抱)를 풀미 엇더ᄒ뇨?"

허 부인(許夫人)이 딕희(大喜)ᄒ야, 부쳐(夫妻) 량인(兩人)이 죽장
(竹杖)을 잇글고 산경(山徑)[25]을 차자갈식[26], 힝화(杏花)[27]는 이진(已

---

13 무료하게 앉아 있는데.
14 쌍쌍춘연(雙雙春燕) : 암수로 짝을 이룬 봄 제비들.
15 처마에 새끼를 쳐놓고 날아서 드나드니.
16 길이. 길게.
17 생생지리(生生之理) : 모든 생물이 생기고 퍼져 나가는 자연의 이치.
18 선천적으로 지니지 않은 것이 없고.
19 자모지정(子母之情) : 어머니와 자식 사이의 정.
20 처초(凄楚) : 마음이 아프고 슬픔.
21 밖으로부터 들어오며. 밖에서 들어오며.
22 청랑(晴朗) : 날씨가 맑고 화창함.
23 우리가 이곳에 산 지 오래되었으나.
24 아직.
25 산경(山徑) : 산길. 산에 나 있는 길.
26 찾아가는데.

盡)²⁸ᄒᆞ고 쳑쵹(躑躅)²⁹이 만발(滿發)ᄒᆞᆫᄃᆡ, 쳐쳐(處處)에 나뷔 츔과³⁰ 곳곳에 벌의 소ᄅᆡ 일년츈광(一年春光)³¹을 속졀업시³² 지쵹ᄒᆞ니, 혹(或) 유슈(流水)를 희롱(戲弄)ᄒᆞ야 손을 씨스며³³, 혹(或) 수음(樹陰)³⁴을 차ᄌᆞ 각력(脚力)³⁵을 쉬더니³⁶, ᄒᆞᆫ 곳을 바라보ᄆᆡ 일면셕벽(一面石壁)³⁷이 반공(半空)에 소삿ᄂᆞᆫᄃᆡ³⁸ 락락창송(落落蒼松)³⁹이 벽상(壁上)에 느러졋거늘, 허 부인(許夫人)이 갈아쳐⁴⁰ 왈(曰),

"져곳이 유슈(幽邃)⁴¹ᄒᆞ니 ᄎᆞ자가 보사이다⁴²."

쳐사(處士)가 겸두(點頭)⁴³ᄒᆞ고 덤풀을⁴⁴ 헤치고 빅여 보(百餘步)를 ᄒᆡᆼ(行)ᄒᆞᄆᆡ 과연(果然) 창연(蒼然)⁴⁵ᄒᆞᆫ 바회 놉기 수십 장(數十丈)이오⁴⁶, 젼면(前面)에 무어슬 ᄉᆡ인⁴⁷ 흔젹(痕迹)이 잇거늘, 허 부인(許夫

---

27 행화(杏花) : 살구꽃.
28 이진(已盡) : 이미 다 짐.
29 척촉(躑躅) : 철쭉.
30 곳곳에 나비의 춤과.
31 일년춘광(一年春光) : 한 해의 봄 경치. 한 해의 봄볕.
32 속절없이. 단념할 수밖에 달리 어찌할 도리가 없이.
33 흐르는 물을 희롱하여 손을 씻으며.
34 수음(樹陰) : 나무그늘.
35 각력(脚力) : 다릿심(다리의 힘). 오랫동안 잘 걸을 수 있는 힘.
36 쉬고 있다가.
37 일면석벽(一面石壁) : 하나의 암벽.
38 반공중에 솟아 있는데.
39 낙락창송(落落蒼松) : 가지가 길게 축축 늘어진 푸른 소나무.
40 가리키며.
41 유수(幽邃) : 깊숙하고 그윽함.
42 찾아가 보십시다.
43 점두(點頭) : 승낙하거나 옳다는 뜻으로 머리를 약간 끄덕임.
44 덤불을.
45 창연(蒼然) : 물건 따위가 오래되어 예스러운 느낌이 은근함.
46 바위의 높이가 수십 길이요.

人)이 손으로 잇기를 씨스며 주셰(仔細)히 숣혀보니[48], 이에 관음보살(觀音菩薩)의 진명[영](眞影)[49]이라.

식임이 공교(工巧)ᄒ야 이목(耳目)이 분명(分明)ᄒ고, 등(藤)나무 얼키여 긔괴(奇怪)ᄒᆫ 빗을 씌엿거늘, 허 부인(許夫人)이 쳐ᄉ(處士)더러 일너 왈(曰),

"부쳐 명산(名山)에 잇셔 인젹(人跡)이 부도(不到)ᄒ니[50] 반다시 영험(靈驗)ᄒᆯ지라. 우리 이졔 긔도발원(祈禱發願)[51]ᄒ야 ᄌ식(子息)을 구(求)ᄒᆷ이 엇더ᄒ니잇고?"

쳐시(處士ㅣ) 본ᄃᆡ 불사(佛事)[52]를 됴아 아니ᄒ나[53] 허씨(許氏)의 졍경(情景)[54]이 이연(哀然)[55]ᄒᆷ을 감동(感動)ᄒ야 죽장(竹杖)을 놋코 부뷔(夫婦ㅣ) 공경례비(恭敬禮拜)[56]ᄒ고 심즁(心中)에 구ᄌ(求子)[57]로 축원(祝願)ᄒ며 은근(慇懃)이 눈물을 금(禁)치 못ᄒ더니, 아이(俄而)[58] 오 셕양(夕陽)이 ᄌ산(在山)ᄒ고[59] 어두운 빗이 슈풀에 나리거늘, 쳐시(處士ㅣ) 부인(夫人)의 손을 잇글고[60] 오던 길로 ᄎ져 나려올ᄉᆡ, 공

---

47 무엇을 새긴.
48 손으로 이끼를 씻으며 자세히 살펴보니.
49 진영(眞影) : 부처나 보살의 초상(肖像). * 주로 얼굴을 그린 화상(畫像). 또는 얼굴을 찍은 사진.
50 사람의 발자취가 이르지 않았으니.
51 기도발원(祈禱發願) : 신이나 부처에게 소원을 빎.
52 불사(佛事) : 불가(佛家)에서 행하는 모든 일.
53 좋아 아니하나. 좋아하지 않으나.
54 정경(情景) : 사람이 처하여 있는 모습이나 형편.
55 애연(哀然) : 슬픈 듯함.
56 공경예배(恭敬禮拜) : 신이나 부처를 공손히 받들어 모시면서 절함.
57 구자(求子) : 자식을 바람.
58 아이(俄而) : 머지않아. 얼마 되지 않아. 금방. 잠깐 사이에. 삽시간에.
59 석양이 서산에 걸려 있고.
60 이끌고.

산(空山)은 격격(寂寂)ᄒ고 송풍(松風)은 슬슬(瑟瑟)[61]ᄒᄃᆡ, 셕경(石逕)[62]에 디집핑이 줍든 ᄉᆡ 놀나니[63], 고격(孤寂)ᄒ 심ᄉᆞ(心事)와 쳐량(凄凉)ᄒ 회포(懷抱)를 익이지[64] 못ᄒ야 허 부인(許夫人)이 거름거름[65] 심즁(心中)에 가만이 축수[66] 왈(祝手曰),

'우리 부쳐(夫妻) 자소(自少)[67]로 별(別)로 젹악(積惡)[68]홈이 업거늘, 산간(山間)에 유락(流落)[69]ᄒ야 승니(僧尼)[70] 도사(道士) 갓치 신외무물(身外無物)[71]이라. 그 죽을 바를 아지 못ᄒ나니 바라건ᄃᆡ 신령(神靈) 보살(菩薩)은 가련(可憐)이 보사[72] 여싱(餘生)을 자비(慈悲)[73]ᄒ쇼셔.'

빌기를 맛치ᄆᆡ 거름이 임히 산문(山門)에 다다랏는지라, 휴수승당(携手昇堂)ᄒ야 부부(夫婦) 량인(兩人)이 등하(燈下)에 초연(悄然)[74] 상ᄃᆡ(相對)ᄒ니 시야장반(是夜將半)[75]이라.

허 부인(許夫人)이 일몽(一夢)을 어드니, 일위(一位) 보살(菩薩)이 한 송이 연(蓮)곳을 들고 옥연봉(玉蓮峯)으로 나려와 허 부인(許夫

---

61 슬슬(瑟瑟) : 바람 소리 따위가 매우 쓸쓸함.
62 셕경(石逕) : 석경(石徑). 돌이 많은 좁은 길.
63 돌길에 대지팡이 짚고 가는 소리에 잠든 새가 놀라니.
64 이기지.
65 걸음걸음. 걸음을 걸을 적마다.
66 축수(祝手) : 두 손바닥을 마주 대고 빎.
67 자소(自少) : 어려서부터.
68 젹악(積惡) : 악업(惡業)을 쌓음.
69 유락(流落) : 타향살이. 자기 고향이 아닌 고장에서 사는 일.
70 승니(僧尼) : 비구와 비구니를 아울러 이르는 말.
71 신외무물(身外無物) : 몸 외에 다른 것이 없다는 뜻으로, 다른 어떤 것보다도 몸이 가장 귀하다는 말.
72 가련하게 보시어. 가련하게 여기시어.
73 자비(慈悲)하다 : 중생에게 즐거움을 주고 괴로움을 없게 함.
74 초연(悄然) : 의기(意氣)가 떨어져서 기운이 없는 모양.
75 시야장반(是夜將半) : 그날 밤의 한밤중.

人)을 쥬거늘, 놀나 씨니 남은 향긔(香氣ㅣ) 오히려 사라지지 아니ᄒ
거날, 쳐사(處士)를 디(對)ᄒ야 몽사(夢事)를 고(告)ᄒ니, 쳐시(處士ㅣ)
미소 왈(微笑曰),

"늬 또흔 금야(今夜)에 이상(異常)흔 몽조(夢兆) 잇스니, 일도금광
(一道金光)[76]이 하날로죠츠 나려와[77] 변(變)ᄒ야 일기(一箇) 미남즈(美
男子) 되여 왈(曰),

'텬상(天上) 문창성(文昌星)일너니[78] 귀문(貴門)에 일시(一時) 인연
(因緣)이 잇셔 의탁(依託)고자 왓노라.'

ᄒ고 품속으로 안기니 셔긔만실(瑞氣滿室)[79]ᄒ고 광치휘황(光彩輝煌)
ᄒ야 놀나 씨니 엇지 심상(尋常)흔[80] 일이리오?"

ᄒ며 부뷔(夫婦ㅣ) 심중(心中)에 그으기 깃거ᄒ더니[81], 과연(果然) 그
달붓터 틱긔(胎氣ㅣ) 잇셔 십삭(十朔)[82]이 차미 일기(一箇) 미남즈(美
男子)를 나으니[83], 이씌 옥연봉상(玉蓮峯上)에 풍악(風樂)[84] 소리 랑자
(狼藉)[85]ᄒ고 샹셔(祥瑞)에 긔운(氣運)이 집을 둘너 삼일삼야(三日三
夜)[86]를 흣터지지 아니ᄒ더라.

아히(兒孩ㅣ) 나미[87] 얼골이 관옥(冠玉)[88] 갓고 미우(眉宇)[89]에 산천

---

76 일도금광(一道金光) : 한 줄기 금빛.
77 하늘로부터 내려와서.
78 문창성이러니. 문창성이더니. 문창성이었는데.
79 서기만실(瑞氣滿室) : 상서로운 기운이 방에 가득함.
80 예사로운. 대수롭지 않은. 평범한.
81 은근히 기꺼워하더니. 은근히 기뻐하더니.
82 십삭(十朔) : 열 달.
83 낳으니.
84 풍악(風樂) : 예로부터 전해 오는 우리나라 고유의 음악. 주로 기악을 이름.
85 낭자(狼藉) : 왁자지껄하고 시끄러움. * 여기저기 흩어져 어지러움.
86 삼일삼야(三日三夜) : 사흘 밤낮.
87 아이가 태어나매.

졍긔(山川精氣)[90]를 씌엿스며 양안(兩眼)에 일월지광(日月之光)[91]이 어리여 쳥슈(淸秀)[92]흔 직질(才質)[93]과 쥰일(俊逸)[94]흔 풍되(風度ㅣ)[95] 션풍도골(仙風道骨)[96]이오, 영웅군즈(英雄君子)라.

쳐ᄉ(處士) 부쳐(夫妻)의 여득만금(如得萬金)[97]홈은 말ᄒ지 말고, 보는 지(者ㅣ) 뉘 아니 칭찬(稱讚)ᄒ며 양가셔믈(楊家瑞物)[98]이라 ᄒ리오?

난 지 일 셰(一歲)에[99] 언어(言語)를 형용(形容)ᄒ고, 이 셰(二歲)에 시비(是非)를 분변(分辨)[100]ᄒ며, 삼 셰(三歲)에 이웃 아히(兒孩)를 좃ᄎ 문외(門外)에셔 놀시 쌍을 그려 글ᄌ를 믠들고[101] 돌을 모와 진법(陣法)을 버리니[102], 맛ᄎᆷ닉[103] 긱승(客僧)[104]이 지닉다가 슉시양구(熟視良久)[105]에 딕경 왈(大驚曰),

---

88 관옥(冠玉) : 관(冠)의 앞을 꾸미는 옥. 남자의 아름다운 얼굴을 비유하는 말.
89 미우(眉宇) : 이마의 눈썹 근처.
90 산천정기(山川精氣) : 자연의 신령스러운 기운.
91 일월지광(日月之光) : 해와 달의 밝은 빛.
92 청수(淸秀) : 맑고 빼어남.
93 재질(才質) : 재주와 기질(氣質).
94 준일(俊逸) : 재능이 뛰어남. 또는 그런 사람.
95 풍도(風度) : 풍채(風采)와 태도(態度).
96 선풍도골(仙風道骨) : 신선(神仙)의 풍채(風采)와 도인(道人)의 골격(骨格)이라는 뜻으로, 뛰어나게 고아(高雅)한 풍채를 이르는 말.
97 여득만금(如得萬金) : 마치 만금을 얻은 듯함.
98 양가서물(楊家瑞物) : 양씨 집안의 기린(麒麟)이나 봉황(鳳凰) 따위와 같은 길상(吉祥)의 증표(證票).
99 태어난 지 한 살이 되는 때에.
100 분변(分辨) : 분별(分別). 세상 물정에 대한 바른 생각이나 판단.
101 땅에 그려서 글자를 만들고.
102 돌을 모아 진법을 벌이니.
103 마침내.
104 객승(客僧) : 절에 손님으로 잠시 와 있는 승려.

"이 아히(兒孩 |) 문창무곡(文昌武曲)[106]의 정긔(精氣)를 합(合)호야 씌엿스니 타일(他日) 반다시 딕귀(大貴)호리로다."

셜파(說罷)[107]에 인홀불견(因忽不見)[108]호니, 쳐시(處士 |) 더욱 긔이(奇異)히 녁여[109] 아자(兒子)의 일홈을 창곡(昌曲)이라 호다.

창곡(昌曲)이 아히(兒孩)들과 가후(家後) 언덕에셔 곳 싸홈을 할시[110], 쳐亽(處士) 이르러 보니 여러 아히(兒孩 |) 다 산화(山花)를 썩거 두상(頭上)에 가득이 쏘잣는딕[111], 창곡(昌曲)이 홀로 안졋거늘[112] 곡절(曲折)을 무른니[113] 딕왈(對曰),

"소쟈(小子)는 일홈난 곳이 아니면 취(取)치 아니호나이다."

쳐시(處士 |) 소왈(笑曰),

"엇더혼 곳이 일홈난 곳이뇨?"

창곡(昌曲)이 딕왈(對曰),

"침향뎡(沈香亭)[114] 히당화(海棠花)에 죠요(照耀)[115]혼 틱도(態度)와 셔호(西湖)[116] 미화(梅花)의 담박(淡泊)[117]혼 졀긔(節槪)로 락양(洛陽)[118]

---

105 숙시양구(熟視良久) : 한동안 눈여겨 자세하게 들여다봄.
106 문창무곡(文昌武曲) : 문창성(文昌星)과 무곡성(武曲星).
107 셜파(說罷) : 말을 마침.
108 인홀불견(因忽不見) : 언뜻 보이다가 갑자기 없어짐.
109 여겨.
110 집 뒤 언덕에서 꽃 싸움을 하는데.
111 가득하게 꽂았는데.
112 홀로 앉아 있으므로.
113 물으니.
114 침향정(沈香亭) : 중국 당나라 때 장안(長安)에 있던 정자. 당 현종(唐玄宗)과 양귀비(楊貴妃)가 노닐던 곳임.
115 조요(照耀) : 밝게 비쳐서 빛남.
116 서호(西湖) : 중국 절강성(浙江省) 항주(杭州)에 있는 호수.
117 담박(淡泊) : 욕심이 없고 마음이 깨끗함.
118 낙양(洛陽) : 중국 하남성(河南省) 서북부에 있는 도시.

목단(牧丹)[119]에 부귀긔상(富貴氣像)을 겸(兼)ᄒᆞᆫ 곳이 바야흐로 일홈
난 곳이니이다."

쳐ᄉᆞ(處士ㅣ) 웃고 타일(他日) 풍류(風流)에 범연(泛然)[120]치 아님을
알너라[121].

광음(光陰)[122]이 홀홀[홀홀](忽忽)[123]ᄒᆞ야 창곡(昌曲)에 나히[124] 십륙
셰(十六歲) 되미 엄연(儼然)[125]이 셩취(成就)[126]ᄒᆞ야 문장(文章)이 경인
(驚人)[127]ᄒᆞ고 지견(智見)[128]이 츌즁(出衆)ᄒᆞ며, 근텬(根天)ᄒᆞᆫ 효셩(孝
誠)과 일취(日就)ᄒᆞᆫ 학문(學問)이 현인군ᄌᆞ(賢人君子)에 긔셰지풍(蓋
世之風)[129]이 잇고 영발(英發)[130]ᄒᆞᆫ 풍류(風流)와 호방(豪放)ᄒᆞᆫ 긔상(氣
像)은 영웅호걸(英雄豪傑)에 홍ᄃᆡ(弘大)[131]ᄒᆞᆫ 본식(本色)을 겸(兼)ᄒᆞ
엿더라.

이ᄯᅵ 신텬ᄌᆞ(新天子ㅣ) 즉위(卽位)ᄒᆞ시고 ᄃᆡ샤텬하(大赦天下)[132]ᄒᆞ
신 후(後) 만방(萬方) 다사(多士)를 모와 과거(科擧)를 뵈이실ᄉᆡ, 창
곡(昌曲)이 부친(父親)ᄭᅴ 고왈(告曰),

---

119 목단(牧丹) : 모란(牡丹).
120 범연(泛然) : 차근차근한 맛이 없이 데면데면함.
121 알너라. 알겠더라.
122 광음(光陰) : 햇빛과 그늘, 즉 낮과 밤이라는 뜻으로, 시간이나 세월을 이르는 말.
123 홀홀(忽忽) : 문득 갑작스러움.
124 나이가.
125 엄연(儼然) : 사람의 겉모양이나 언행이 의젓하고 점잖음. 어떠한 사실이나 현상이
   부인할 수 없을 만큼 뚜렷함.
126 성취(成就) : 목적한 바를 이룸.
127 경인(驚人) : 사람을 놀라게 함.
128 지견(智見) : 지혜와 식견.
129 개세지풍(蓋世之風) : 세상을 뒤덮을 만큼 뛰어난 풍채와 용모.
130 영발(英發) : 재기(才氣)가 두드러지게 드러남.
131 홍대(弘大) : 범위나 규모가 넓고 큼.
132 대사천하(大赦天下) : 온 나라의 죄인을 사면(赦免)함.

"남지(男子ㅣ) 셰상(世上)에 나믜 상호봉시(桑弧蓬矢)[133]로 텬디스
방(天地四方)을 쏘는 쯧을 표(表)홈이오, 녯글을 일그며 녯일을 비홈
은 장차(將次) 치국[군]틱민(致君澤民)[134]ᄒ야 겸션텬하(兼善天下)[135] 홈
을 위(爲)홈이라. 쇼지(小子ㅣ) 비록 불쵸(不肖)[136]ᄒ오나 나히 임에 십
류 셰(十六歲) 되엿스니 구구(區區)[137]히 젼원(田園)에 잠젹(潛跡)ᄒ야
부모(父母)에 근심을 더홈이 불가(不可)홀가 ᄒ오니 원(願)컨딕 황셩
(皇城)[138]에 부거(赴擧)[139]ᄒ야 공명(功名)을 구(求)ᄒ고ᄌ ᄒ나이다."

쳐시(處士ㅣ) 그 쯧을 긔특(奇特)이 역여[140] 아ᄌ(兒子)를 다리고 닉
당(內堂)에 드러가 부인(夫人)과 상의(相議)ᄒ니, 허 부인(許夫人)이
위연(喟然)[141] 탄왈(歎曰),

"우리 부쳐(夫妻ㅣ) 늣도록 자녀(子女) 업셔 한탄(恨歎)ᄒ다가 하
날이 도으사 너를 어드니 장ᄎ(將次) 옥연봉하(玉蓮峯下)에 나물 키
며 고기 낙가 평싱(平生)을 쩌나지 말고 여싱(餘生)을 지닉미 족(足)
ᄒ지라. 엇지 다시 부귀(富貴)를 구(求)ᄒ고 공명(功名)을 탐(貪)ᄒ야

---

133 상호봉시(桑弧蓬矢) : 남자가 큰 뜻을 세움을 이르는 말. 옛날 중국에서 남자가
   태어나면 뽕나무로 만든 활과 쑥대로 만든 살을 천지 사방에 쏘아 큰 뜻을 이루기
   를 빌던 풍속에서 유래함.
134 치군택민(致君澤民) : 임금에게는 몸을 바쳐 충성하고 백성에게는 혜택을 베풂.
135 겸선천하(兼善天下) :《맹자(孟子)》「진심 상(盡心上)」에 "곤궁해지면 자기의 몸
   하나만이라도 선하게 하고, 뜻을 펴게 되면 온 천하 사람들과 그 선을 함께 나눈
   다.[窮則獨善其身 達則兼善天下]"라고 한 데서 온 말로, 입신양명하여 만백성과
   선을 함께 한다는 뜻임.
136 불초(不肖) : 아버지를 닮지 않았다는 뜻으로, 못나고 어리석은 사람을 이르는 말.
137 구구(區區) : 떳떳하지 못하고 졸렬함.
138 황성(皇城) : 황제가 있는 나라의 서울.
139 부거(赴擧) : 과거를 보러 감.
140 기특하게 여김.
141 위연(喟然) : 한숨을 쉬며 서글프게 탄식하는 모양.

리별(離別)을 경(輕)이[142] ᄒ리오? ᄯ 네 나이 불과(不過) 이팔(二八)[143]이오, 황셩(皇城)이 여기셔 삼쳔여 리(三千餘里)라. 닉 엇지 너를 ᄎᆷ아 보닉리오?"

창곡(昌曲)이 다시 ᄭᅮ러[144] 고왈(告曰),

"소ᄌᆞ(小子ㅣ) 비록 미거(未擧)[145]ᄒ야 반정원(班定遠)[146]에 투괄[필](投筆)[147]ᄒ고 만리봉후(萬里封侯)ᄒᆞᆫ 지견(智見)[148]이 업ᄉ오나 셰월(歲月)이 여류(如流)ᄒᆞ고[149] 시불가살[실](時不可失)[150]이라. 이ᄯᅥ를 눗친 즉(則) 됴물(造物)이 한가(閑暇)ᄒᆞᆫ 날을 빌이지 아니ᄒᆞᆯ가[151] ᄒᆞ나이다."

쳐ᄉᆞ(處士ㅣ) 기연 왈(慨然曰),

"남ᄌᆞ(男子ㅣ) 셔금[검](書劍)에 ᄯᅳᆺ을 두ᄆᆡ 구구(區區)ᄒᆞᆫ 사졍(私情)을 도라보지 못ᄒᆞᆯ지라. 부인(夫人)은 일시(一時) 리별(離別)을 과(過)이 어려 말지어다[152]."

부인(夫人)이 할일업셔[153] 창곡(昌曲)에 손을 잡고 왈(曰),

---

142 가볍게. 가벼이.

143 이팔(二八) : 16세의 나이를 달리 이르던 말.

144 ᄭᅮ러. 무릎을 꿇고.

145 미거(未擧) : 철이 없고 사리에 어두움.

146 반정원(班定遠) : 중국 후한(後漢) 명제(明帝) 때 서역을 정벌하여 50개 이상의 나라를 복속시킨 공으로 정원후(定遠侯)에 봉해진 반초(班超, 33~102)를 가리킴.

147 투필(投筆) : 붓을 던짐. 후한의 반초가 본디 문인이었으나 문필을 포기하고 장군이 되었던 고사를 말함.

148 주) 128 참조.

149 세월이 흐르는 물과 같이 빠르고.

150 시불가실(時不可失) : 때는 한 번 가면 다시 돌아오지 않는다는 뜻으로, 때를 놓쳐서는 안 됨을 이르는 말.

151 이때를 놓치면 조물주가 한가한 날을 빌려주지 않을까.

152 지나치게 섭섭해 하지 말지어다.

153 하릴없어. 어찌 할 도리가 없어서.

"우리 부뷔(夫婦ㅣ) 아즉도 륵지 아니ᄒ얏스니[154] 잠간(暫間) 써남을 엇지 그딕지[155] 결연(結戀)[156]ᄒ리오마는 닉 이졔 너를 졋 슷헤 아히(兒孩)로[157] 아노니, 쳐음 슬하(膝下)를 써나 멀니 작긱(作客)[158]ᄒ니 신혼죠셕(晨昏朝夕)[159]에 의예[려]지졍(倚閭之情)[160]을 장차(將次) 엇지 ᄒ리오?"

셜파(說罷)에 초창(悄愴)[161] 함루(含淚)[162]홈을 씨닷지 못ᄒ니 창곡(昌曲)이 위로 왈(慰勞曰),

"소직(小子ㅣ) 불효(不孝)ᄒ오나 맛당이 몸을 삼가 이우(貽憂)[163]치 아니홀가 ᄒ오니 돈톄(尊體)[164]를 보즁(保重)ᄒ소셔."

허 부인(許夫人)이 협즁(篋中)[165]에 남은 의상(衣裳)과 씨여진 빈여를 팔라[아][166] 힝장(行裝)을 쥰비(準備)홀시, 일필쳥려(一匹靑驢)[167]와 일기가동(一箇家僮)[168]으로 슈십 양[냥](數十兩) 은ᄌ(銀子)를 갓초고 연연(戀戀)[169]ᄒ 빗과 신신(申申)[170]ᄒ 말슴이 참아 써나지 못ᄒ니, 쳐

---

154 아직도 늙지 아니하였으니.
155 그다지.
156 결연(結戀) : 그리워함.
157 젖먹이 아이. 어린아이.
158 작객(作客) : 자기 집을 떠나 객지나 남의 집에 머무르면서 손님 노릇을 함.
159 신혼조석(晨昏朝夕) : 아침과 저녁.
160 의려지정(倚閭之情) : 의려지망(倚閭之望). 자녀나 배우자가 돌아오기를 초조하게 기다리는 마음.
161 초창(悄愴) : 마음이 근심스럽고 슬픔.
162 함루(含淚) : 눈물을 머금음.
163 이우(貽憂) : 근심을 끼침.
164 존체(尊體) : 다른 사람의 몸을 높여 이르는 말. 여기서는 부모의 몸을 가리킴.
165 협중(篋中) : (옷)상자의 속.
166 깨어진 비녀를 팔아.
167 일필청려(一匹靑驢) : 한 마리의 털빛이 검푸른 당나귀.
168 일개가동(一箇家僮) : 한 사람의 나이 어린 하인.

ᄉᆞ(處士) 동ᄌᆞ(童子)를 ᄌᆡ촉ᄒᆞ야 길에 오름을 보고 부인(夫人)을 다리고 도라오니라.

창곡(昌曲)이 의견(意見)이 슉셩(夙成)[171]ᄒᆞ나 년긔(年紀ㅣ)[172] 어리고 ᄌᆞ모슬하(慈母膝下)[173]를 쳐음 써나ᄆᆡ 나귀를 타고 ᄉᆞᄆᆡ로 얼골을 가리고[174] 문[무]단(無端)[175]ᄒᆞᆫ 눈물이 영영(零零)[176]ᄒᆞ거늘 스사로 억졔(抑制)코[177] 황셩(皇城)을 향(向)ᄒᆞ야 갈ᄉᆡ, 이ᄶᅢ는 츈말하쵸(春末夏初)[178]라.

록음(綠陰)[179]은 란만(爛漫)[180]ᄒᆞ고 방쵸(芳草)[181]는 쳐쳐(萋萋)[182]ᄒᆞᆫᄃᆡ, 동풍(東風)[183]에 우는 ᄉᆡ ᄀᆡᆨ슈(客愁)[184]를 돕ᄂᆞᆫ지라.

창곡(昌曲)이 나귀를 모라 산쳔(山川)도 구경ᄒᆞ며 글귀도 ᄉᆡᆼ각ᄒᆞ야 망운(望雲)[185]ᄒᆞ는 심회(心懷)를 스사로 관억(寬抑)[186]ᄒᆞ더라.

---

169 연연(戀戀) : 미련을 두는 모양.

170 신신(申申) : 다른 사람에게 부탁이나 당부를 할 때 거듭해서 간곡하게 하는 모양.

171 숙성(夙成) : 나이에 비하여 지각이나 발육이 빠름.

172 연기(年紀) : 나이.

173 자모슬하(慈母膝下) : 어머니의 보살핌 아래. 어머니의 품.

174 소매로 얼굴을 가리고.

175 무단(無端) : 무단(無斷). 사전에 허락이 없음. 또는 아무 사유가 없음.

176 영령(零零) : (눈물이) 뚝뚝 떨어짐.

177 스스로 억제하고.

178 춘말하초(春末夏初) : 봄이 다하고 초여름이 될 무렵.

179 녹음(綠陰) : 푸른 잎이 우거진 나무나 수풀. 또는 그 나무의 그늘.

180 난만(爛漫) : 무성하게 흐드러져 화려함.

181 방초(芳草) : 향기롭고 꽃다운 풀.

182 처처(萋萋) : 나무나 풀이 무성한 모양.

183 동풍(東風) : 동쪽에서 부는 바람. 봄바람. 샛바람.

184 객수(客愁) : 나그네의 시름.

185 망운(望雲) : 객지에서 고향에 계신 어버이를 생각함을 이르는 말. 중국 당나라 때 적인걸(狄仁傑)이 타향에서 부모가 계신 쪽의 구름을 바라보고 어버이를 그리워했다는 데서 유래함.

여러 날 만에 황성(皇城)에 득달(得達)ᄒᆞ야 사관(舍館)[187]을 정(定)
ᄒᆞ고 과거(科擧)날을 기다리더라.

ᄎᆞ시(此時) 텬ᄌᆞ(天子ㅣ) ᄉᆞ방(四方) 다사(多士)를 모으샤[188] 과거
(科擧)를 뵈이실ᄉᆡ, 연영뎐(延英殿)에 친림(親臨)[189]ᄒᆞ샤 칙문(策問)[190]
으로 무르니, 장옥(場屋)[191]에 모인 션비 구름 갓더라.[192]

이ᄯᅦ 창곡(昌曲)이 과장(科場)에 드러가[193] 경각간(頃刻間)[194]에 글
을 지어 밧치니, 텬ᄌᆞ(天子ㅣ) 다사(多士)의 글을 친(親)히 상고(詳
考)[195]ᄒᆞ실ᄉᆡ 듸동소이(大同小異)[196]ᄒᆞ야 우렬[열](優劣)[197]이 업거늘
텬안(天顔)[198]이 불열(不悅)[199]ᄒᆞ시더니 창곡(昌曲)에 글을 보시고 듸
희 왈(大喜曰),

"오날이야[200] 동양[량]쥬셕(棟梁柱石)[201]을 엇엇다."

---

186 관억(寬抑) : 격한 감정이나 분노를 너그럽게 억제함. 너그럽게 생각함.
187 사관(舍館) : 하숙(下宿). 일정한 방세와 식비를 내고 남의 집에 머물면서 숙식함.
188 천자가 사방의 많은 선비들을 모으셔서.
189 친림(親臨) : 임금이 몸소 나옴.
190 책문(策問) : 정치에 관한 계책을 물어서 답하게 하던 과거(科擧)의 과목.
191 장옥(場屋) : 과거 시험장에서 햇볕이나 비를 피해 들어앉아서 시험을 칠 수 있게
    만든 곳.
192 선비들이 구름 같았다. 선비들이 매우 많았다.
193 과거 시험장에 들어가서.
194 경각간(頃刻間) : 경각(頃刻). 눈 깜빡할 사이.
195 상고(詳考) : 꼼꼼하게 따져서 검토하거나 참고함.
196 대동소이(大同小異) : 큰 차이가 없이 거의 같음.
197 우열(優劣) : 나음과 못함.
198 천안(天顔) : 용안(龍顔). 임금의 얼굴.
199 불열(不悅) : 기쁘지 아니 함.
200 오늘에야.
201 동량주석(棟梁柱石) : 동량지재(棟梁之材). 주석지신(柱石之臣). 기둥과 들보로
    쓸 만한 재목이라는 뜻으로, 한 집안이나 한 나라를 떠받치는 중대한 일을 맡을
    만한 인재를 이르는 말.

ㅎ시고 데일(第一)로 샵아 창명(唱名)²⁰²ㅎ라 ㅎ시니, 창곡(昌曲)이 탑전(榻前)²⁰³에 진복(進伏)²⁰⁴ㅎ되, 각로(閣老) 황의병(黃義炳)의[이] 주왈(奏曰),

"창곡(昌曲)은 년소소이(年少小兒ㅣ)²⁰⁵라. 엇지 경륜문ᄌ(經綸文字)²⁰⁶를 지으리오? 탑젼(榻前)에 다시 칠보시(七步詩)²⁰⁷를 지어 시험(試驗)홈이 가(可)홀가 ㅎ나이다."

언미필(言未畢)²⁰⁸에 또 일위직상(一位宰相)이 츌반 주왈(出班奏曰)²⁰⁹,

"창곡(昌曲)은 신진소년(新進少年)²¹⁰이라 불식시무(不識時務)²¹¹ㅎ고 주어문자(奏御文字)²¹²에 망솔(妄率)²¹³홈이 만ᄉ오니 삭과(削科)²¹⁴ㅎ심이 가(可)홀가 ㅎ나이다."

모다²¹⁵ 보니 참지졍ᄉ(參知政事) 로균(盧均)이라.

창곡(昌曲)이 긔복(起伏)²¹⁶ 쥬왈(奏曰),

---

202 창명(唱名) : 호명(呼名). 이름을 부름.
203 탑전(榻前) : 임금의 자리 앞.
204 진복(進伏) : 편전(便殿)에서 임금을 대할 때 탑전에 엎드리는 일.
205 연소소아(年少小兒) : 나이가 어린 아이.
206 경륜문자(經綸文字) : 천하를 다스릴 포부나 계획을 담은 글.
207 칠보시(七步詩) : 일곱 걸음을 걷는 사이에 짓는 시. 중국 삼국시대 위(魏)나라에서 조조(曹操)의 아들인 조식(曹植)이 형인 문제(文帝)의 미움을 받아서 일곱 걸음을 걷는 동안에 시를 짓지 못하면 죽이겠다는 위협을 받은 즉시 일곱 걸음 만에 지어서 죽음을 모면하였다는 고사가 있음.
208 언미필(言未畢) : 말을 미처 다 마치기도 전에.
209 출반주왈(出班奏曰) : 여러 신하 가운데 특별히 혼자 나아가 임금에게 아룀.
210 신진소년(新進少年) : 예전에 새로이 벼슬에 오른 젊은이를 이르던 말.
211 불식시무(不識時務) : 시급한 일이나 당대에 중요하게 다루어야 할 일에 대해 알지 못함.
212 주어문자(奏御文字) : 임금에게 올리는 글.
213 망솔(妄率) : 앞뒤를 헤아리지 못하고 경솔함.
214 삭과(削科) : 과거를 볼 때에 규칙을 위반한 사람의 급제를 취소하던 일.
215 모두.

"쇼신(小臣)이 로무(魯莽)²¹⁷흔 직학(才學)²¹⁸으로 외람(猥濫)²¹⁹이 과갑(科甲)²²⁰에 참례[예](參預)ᄒ니 폐하(陛下)에 인지(人材) 구(求)ᄒ시는 본의(本意ㅣ) 아니라. 또흔 신직(臣子ㅣ)²²¹ 되여 ᄉ군지쵸(事君之初)²²²에 긔군지목[명](欺君之名)²²³을 듯고 주어문자(奏御文字)에 삼가치 못ᄒ야 ᄃ신(大臣)의 론박(論駁)²²⁴을 듯ᄉ오니 엇지 언연(偃然)²²⁵이 은총(恩寵)을 탐(貪)ᄒ야 렴우(廉隅)²²⁶를 도라보지 아니리잇가? 복원(伏願) 폐하(陛下)는 신(臣)의 과명(科名)²²⁷을 삭(削)²²⁸ᄒ야 텬하(天下) 선비로 ᄒ야금 긔군지습(欺君之習)²²⁹을 징계(懲戒)케 ᄒ소셔."

텬직(天子ㅣ) ᄎ언(此言)을 드르시고 희동안싴(喜動顔色)²³⁰ᄒ샤 왈(曰),

"창곡(昌曲)이 비록 년쳔(年淺)²³¹ᄒ나 주디(奏對)²³²ᄒ는 톄뫼(體貌

---

216 기복(起伏) : 예전에 임금께 아뢸 때 먼저 일어났다가 다시 엎드려 절하던 일.
217 노무(魯莽) : 노망(魯莽). 노망(鹵莽). 거칠고 서투름.
218 재학(才學) : 재주와 학식을 아울러 이르는 말.
219 외람(猥濫) : 분수에 넘침.
220 과갑(科甲) : 과거(科擧).
221 신자(臣子) : 신하(臣下). 임금을 섬기어 벼슬하는 사람.
222 사군지초(事君之初) : 임금을 처음 섬길 때.
223 기군지명(欺君之名) : 임금을 속였다는 누명(陋名).
224 논박(論駁) : 어떤 주장이나 의견에 대하여 그 잘못된 점을 조리 있게 공격하여 말함.
225 언연(偃然) : 언건(偃蹇). 거드름을 피우며 거만함.
226 염우(廉隅) : 염치(廉恥). 체면을 차릴 줄 알며 부끄러움을 아는 마음.
227 과명(科名) : 과거에 급제한 사람들의 이름.
228 삭(削) : 삭제(削除)함.
229 기군지습(欺君之習) : 임금을 속이는 버릇.
230 희동안색(喜動顔色) : 기쁜 빛이 얼굴에 드러남.
231 연천(年淺) : 나이가 어림.

1)[233] 로스슉유(老士宿儒)[234]라도 당(當)치 못ᄒ리로다."

ᄒ시고 즉시(卽時) 홍포옥ᄃᆡ(紅袍玉帶)[235]와 쌍긔안마(雙蓋鞍馬)[236]와 리원법악(梨園法樂)[237]과 치화일지(綵花一枝)[238]를 주시고 한림학ᄉ(翰林學士)[239]를 ᄇᆡ(拜)[240]ᄒ샤 ᄌᆞ금셩(紫禁城)[241] 뎨일방(第一坊)[242] 갑뎨(甲第)[243]를 ᄉᆞ송(賜送)[244]ᄒ시니, 양 한림(楊翰林)이 홍포옥ᄃᆡ(紅袍玉帶)로 사은(謝恩)ᄒ기를 맛치ᄆᆡ 어구마(御廐馬)[245]를 타고 일쌍(一雙) 보긔(寶蓋)[246]와 리원법악(梨園法樂) 압셰우고[247] ᄌᆞ금셩(紫禁城) 사뎨(私第)[248]로 나올ᄉᆡ 구경ᄒ는 ᄌᆡ(者 1) 칭찬(稱讚)홈을 마지아니ᄒ더라.

익일(翌日) 한림(翰林)이 션진문하(先進門下)[249]에 회사(回謝)[250]홀

---

232 주대(奏對) : 임금의 물음에 대답하여 아룀.

233 체모(體貌) : 모양이나 갖춤새. 체면(體面). 남을 대하기에 떳떳한 도리나 얼굴.

234 노사숙유(老士宿儒) : 학식이 많고 덕망이 높은 나이 많은 선비.

235 홍포옥대(紅袍玉帶) : 붉은 비단으로 만든 예복과 옥으로 장식한 허리띠.

236 쌍개안마(雙蓋鞍馬) : 한 쌍의 일산(日傘)과 안장(鞍裝)을 갖춘 말.

237 이원법악(梨園法樂) : 예인(藝人)들을 가르치던 기관인 이원에 속한 사람들이 나라의 의식과 법도에 맞게 연주하는 음악.

238 채화일지(綵花一枝) : 비단이나 모시, 종이 따위로 만든 꽃가지 하나.

239 한림학사(翰林學士) : 한림원(翰林院)에 속하여 조칙(詔勅)의 기초를 맡아보던 벼슬.

240 배(拜) : 벼슬을 내려줌.

241 자금성(紫禁城) : 중국 북경에 있는 명나라·청나라 때의 궁성.

242 제일방(第一坊) : 첫 번째 동네.

243 갑제(甲第) : 크고 넓게 아주 잘 지은 집.

244 사송(賜送) : 임금이 신하에게 물건을 내려보내던 일.

245 어구마(御廐馬) : 임금이 타기 위하여 대궐 안에서 기르던 말.

246 보개(寶蓋) : 구슬 따위로 장식한 일산(日傘).

247 앞세우고.

248 사제(私第) : 사저(私邸). 고급 관리가 거처하는 집.

249 선진문하(先進門下) : 어느 한 분야에서 연령, 지위, 기량 따위가 앞서는 사람의 집.

시, 몬져²⁵¹ 황 각로(黃閣老) 부즁(府中)²⁵²에 이르니 각뢰(閣老ㅣ) 흔연
(欣然)²⁵³ 관딕(款待)²⁵⁴호야 말이 미미(娓娓)²⁵⁵호더니 쥬찬(酒饌)을 나
와²⁵⁶ 술이 두어 슌(巡)²⁵⁷에 밋쳐 각뢰(閣老ㅣ) 좌셕(座席)을 옴겨 한
림(翰林)에 손을 잡아 왈(曰),

"로뷔(老夫ㅣ) 흔 말이 잇스니 학스(學士)의 뜻이 엇더호뇨? 로뷔
(老夫ㅣ) 로릭(老來)에 한 똘이 잇스니 죡(足)히 군주(君子)의 싹이
될지라. 학시(學士ㅣ) 아즉 미취(未娶)²⁵⁸호믈 아나니 진진지의(秦晉
之誼)²⁵⁹를 미즘이²⁶⁰ 엇더호뇨?"

한림(翰林)이 이 말을 듯고 심즁(心中)에 싱각호되,

'황 각로(黃閣老)는 탐권락셰(貪權樂勢)²⁶¹호는 지상(宰相)이라. 미
타(未妥)²⁶²흔 비오, 쏘 부과(赴科)²⁶³호라 오는 길에 강남홍(江南紅)이
란 기싱(妓生)을 만나 윤 쇼져(尹小姐)를 쳔거(薦擧)²⁶⁴호니, 그 조감
(藻鑑)²⁶⁵이 그르지 아닐 쑨외라, 춤아²⁶⁶ 홍낭(紅娘)의 말을 져바리리

---

250 회사(回謝) : 사례하는 뜻을 표함.

251 먼저.

252 부중(府中) : 높은 벼슬아치의 집안.

253 흔연(欣然) : 기쁘거나 반가워 기분이 좋음.

254 관대(款待) : 친절하게 대하거나 정성껏 대접함.

255 미미(娓娓) : 지칠 줄 모르고 담론하는 모양.

256 술과 안주를 내와.

257 순(巡) : 순배(巡杯). 술자리에서 술잔을 차례로 돌림. 또는 그 술잔.

258 미취(未娶) : 미혼(未婚). 아직 장가가지 아니 함.

259 진진지의(秦晉之誼) : 혼인을 맺은 두 집 사이의 가까운 정의(情誼)를 이르는 말.
중국의 진(秦)나라와 진(晉)나라의 왕실이 혼인을 맺고 지낸 데서 유래함.

260 맺음이. 맺는 것이.

261 탐권낙세(貪權樂勢) : 권세를 탐내고 세도 부리기를 즐김.

262 미타(未妥) : 온당하지 아니 함. 든든하지 못하고 미심쩍은 데가 있음.

263 부과(赴科) : 부거(赴擧). 과거에 응시하러 감.

264 천거(薦擧) : 추천(推薦)함.

오[267]?'

학고 딕왈(對曰),

"우흐로 부모(父母) 게시니 엇지 고(告)치 아니코 결단(決斷)학리
잇가?"

각뢰 왈(閣老ㅣ 曰),

"로뷔(老夫ㅣ) 아나니, 다만 학스(學士)의 의향(意向)이 엇더흔지
알고즈 홈이라. 바라건딕 일언(一言)을 앗기지 말나[268]."

한림(翰林)이 정식(正色) 딕왈(對曰),

"혼인(婚姻)은 인륜딕스(人倫大事)[269]라. 쇼직(小子ㅣ) 엇지 천단(擅
斷)[270]학리잇고?"

각뢰(閣老ㅣ) 무연(憮然)[271] 부답(不答)학더라.

한림(翰林)이 도라올식 속으로 싱각학되,

'윤 상셔(尹尙書) 형문(衡文)은 현인군직(賢人君子ㅣ)라. 윤부(尹
府)에 가 윤 상셔(尹尙書)를 보고 의향(意向)을 탐지(探知)흔 후(後)
집에 도라가 밧비 윤 소져(尹小姐)에게 셩혼(成婚)학리라.'

즉시(卽時) 윤부(尹府)에 가 명첩(名帖)[272]을 드리니, 윤 상셔(尹尙
書) 마져[273] 좌정(坐定)학고 쇼왈(笑曰),

---

265 조감(藻鑑) : 사람을 겉만 보고도 그 인격을 알아보는 식견.
266 차마.
267 저버리랴?
268 아끼지 말라.
269 인륜대사(人倫大事) : 사람이 살아가면서 치르게 되는 혼인이나 장례 따위의 큰
    행사.
270 천단(擅斷) : 제 마음대로 처단함.
271 무연(憮然) : 크게 낙심하여 허탈해하거나 멍함.
272 명첩(名帖) : 명함(名銜). 성명, 주소, 직업, 신분 따위를 적은 네모난 종이쪽.
273 맞아. 맞이하여.

"학식(學士ㅣ) 로부(老夫)를 긔역[억](記憶)ᄒᆞ쇼냐?"

한림(翰林)이 미쇼 디왈(微笑對曰),

"시싱(侍生)이 시인랑젹(詩人浪跡)²⁷⁴으로 부과(赴科)ᄒᆞ라 올나오다가 압강뎡(壓江亭)에셔 존안(尊顏)을 뵈온 듯ᄒᆞ니 엇지 닛ᄉᆞ오릿가?"

상셰(尚書ㅣ) 흔연(欣然) 소왈(笑曰),

"학사(學士)에 얼골이 수월지간(數月之間)에 엄연(儼然)²⁷⁵ 장딕(壯大)²⁷⁶ᄒᆞ야 거의 몰나볼 듯ᄒᆞ니 맛당히 실가(室家)의 락(樂)²⁷⁷이 잇슬지라. 뉘 집과 뎡혼(定婚)ᄒᆞ뇨?"

한림 왈(翰林曰),

"시싱(侍生)²⁷⁸이 집이 한미(寒微)²⁷⁹ᄒᆞ와 아즉 뎡혼(定婚)치 못ᄒᆞ니이다."

상셰(尚書ㅣ) 침음(沈吟)²⁸⁰ᄒᆞ다가 왈(曰),

"학식(學士ㅣ) 리측(離側)²⁸¹ᄒᆞᆫ 지 오릭니 어나 ᄣᅵ²⁸² 근힝(覲行)²⁸³코자 ᄒᆞ나뇨?"

한림 왈(翰林曰),

---

274 시인낭적(詩人浪跡) : 정처 없이 떠돌아다니는 시인(문인)의 자취.
275 주) 125 참조.
276 장대(壯大) : 허우대가 크고 튼튼함. 기상이 씩씩하고 큼.
277 부부 사이의 화목한 즐거움. 실가지락(室家之樂).
278 시생(侍生) : 어른을 모시는 사람이라는 뜻으로, 말하는 이가 자기를 문어적으로 낮추어 이르는 1인칭 대명사.
279 한미(寒微) : 가난하고 지체가 변변하지 못함.
280 침음(沈吟) : 속으로 깊이 생각함.
281 이측(離側) : 부모의 곁을 떠남.
282 어느 때.
283 근행(覲行) : 시집간 딸이나 객지에 사는 자식들이 본가에 어버이를 뵈러 다님.

"조뎡(朝廷)에 슈유(受由)[284]ᄒ고 즉시(卽時) 가랴 ᄒᄂ이다."

상셔(尙書ㅣ) 다시 침음 왈(沈吟曰),

"학ᄉ(學士)의 근힝(覲行)ᄒᄂ는 날 귀부(貴府)에 나가 작별(作別)ᄒ리라."

한림(翰林)이 그 의혼(議婚)ᄒ을 ᄯᆺ이 잇슴을 짐작(斟酌)ᄒ고 도라와 상소(上疏)ᄒ야 근힝(覲行)홈을 쳥(請)ᄒ야 슈월(數月) 말믜를 어더 ᄂ려갈ᄉᆡ[285], 여러 날 만에 고향(故鄕) 산쳔(山川)이 졈졈(漸漸) 갓가오ᄆᆡ 망운(望雲)ᄒᄂ는 졍신(精神)이 착급(着急)ᄒ야 일즉 등졍(登程)ᄒ고 늣게 쉬더니, 일일(一日)은 동ᄌ(童子ㅣ) 칙직을 드러 가라쳐[286] 왈(曰),

"반갑도다 옥연봉(玉蓮峯)이여!"

ᄒ거늘 한림(翰林)이 이윽히 보다가[287] 눈을 드러 고향(故鄕) 산악(山岳)을 반기며 동자(童子)를 명(命)ᄒ야,

"몬져 드러가 량친(兩親)게 고(告)ᄒ라."

ᄒ니, ᄎ시(此時) 쳐ᄉ(處士) 부뷔(夫婦ㅣ) 비록 아ᄌ(兒子)에 등과(登科)ᄒ 회보(回報)[288]는 드럿스나 귀근(歸覲)[289]홀 긔약(期約)을 모르더니, 그 반기는 마음을 엇지 다 말ᄒ리오?

ᄂᆡ외(內外) 량인(兩人)이 쥭장(竹杖)을 집고 싀문(柴門)[290]을 의지

---

284 수유(受由) : 말미를 받음.
285 두어 달의 말미(겨를, 휴가)를 얻어 내려가는데.
286 채찍을 들어 가리키며.
287 이슥히 보다가. 얼마간 오래 보다가.
288 회보(回報) : 돌아와서 보고함. 또는 그런 보고.
289 귀근(歸覲) : 귀성(歸省). 부모를 뵙기 위하여 객지에서 고향으로 돌아가거나 돌아옴.
290 시문(柴門) : 사립문. 사립짝을 달아서 만든 문.

(依支)ᄒ야 바라보믹, 학식[사][(學士ㅣ) 오[어]사홍포(御賜紅袍)로 치화(綵花)를 머리에 꼿고 동구(洞口)에 하마(下馬)ᄒ야 번화(繁華)흔 긔상(氣像)과 장딕(壯大)흔 거동(擧動)이 엇지 히뎨(孩提)[291]로 알든 창곡(昌曲)이리오?

반김이 극(極)ᄒ야 집슈 왈(執手曰),

"우리 오십지년(五十之年)에 너를 엇어 양씨(楊氏) 일믹(一脈)이 부졀(不絶)홈을 두긋기고[292] 영화부귀(榮華富貴)에 희긔(喜開)홈을 겨를치 못ᄒ엿더니[293] 네 이졔 립신양명(立身揚名)[294]ᄒ야 엄연(儼然)이 죠광[관](朝官)에 모양(模樣)이 되니 이 엇지 바라(던 바)리오?"

창곡(昌曲)이 량친(兩親)에 손을 밧들어 고왈(告曰),

"쇼직(小子ㅣ) 불효(不孝)ᄒ와 반년(半年) 리측(離側)에 존안(尊顔)이 더욱 쇠로(衰老)ᄒ시니 죠셕(朝夕)에 의례[려](倚閭)ᄒ샤 이우(貽憂)되옴을 알겟도소이다[295]."

다시 텬은(天恩)이 망극(罔極)ᄒ와 원외(員外) 벼살을 더ᄒ시고 수이[296] 경뎨(京第)[297]로 모이게 ᄒ시ᄂ 셩지(聖旨)[298]를 말ᄒ고, 본현(本縣) 지뷔(知府ㅣ)[299] 거마힝리(車馬行李)[300]를 갓초와 문젼(門前)에 디후(待候)[301]ᄒ니, 원의[외](員外) 부뷔(夫婦ㅣ) 힝장(行裝)을 슈습(收

---

291 해제(孩提) : 어린아이.
292 두긋겨ᄒ고. 매우 기뻐하고.
293 부귀영화로 기쁨이 열리리라고는 생각할 겨를이 없었는데.
294 입신양명(立身揚名) : 출세하여 이름을 세상에 떨침.
295 알겠습디다.
296 쉬이. 멀지 아니한 가까운 장래에.
297 경제(京第) : 서울의 집.
298 성지(聖旨) : 임금의 뜻.
299 지부(知府) : 지현(知縣). 현(縣)의 으뜸 벼슬아치.
300 거마행리(車馬行李) : 수레와 행장(行裝).

拾)ᄒ야 수일 후(數日後) 등졍(登程)홀ᄉᆡ 동리(洞里)를 리별(離別)ᄒ고 황셩(皇城)으로 오니라.

ᄎ셜(且說), 양 원의[외](楊員外ㅣ) 궐하(闕下)에 사은(謝恩)홈에 텬ᄌᆞ(天子ㅣ) 인견(引見)ᄒ샤 왈(曰),

"경(卿)이 비록 물외(物外)에 고샹(高尙)ᄒ나 졍력(精力)이 불쇠(不衰)ᄒ얏스니 환로(宦路)³⁰²에 나와 졍ᄉᆞ(政事)를 도으라."

원외(員外ㅣ) 돈수(頓首)³⁰³ 쥬왈(奏曰),

"신(臣)이 국가(國家)에 공뢰(功勞ㅣ) 업시 관작(官爵)³⁰⁴을 모쳠(冒忝)³⁰⁵ᄒ와 망극(罔極)ᄒ신 은총(恩寵)을 도보(圖報)³⁰⁶홀 싸이³⁰⁷ 업ᄉᆞ오니 복원(伏願) 폐하(陛下)는 신(臣)의 벼살을 거두샤 소찬(素餐)³⁰⁸ᄒ는 붓그럼이 업게³⁰⁹ ᄒ쇼셔."

텬ᄌᆞ(天子ㅣ) 소왈(笑曰),

"경(卿)이 국가(國家)를 위(爲)ᄒ야 동량지신(棟樑之臣)³¹⁰을 밧치니 엇지 공뢰(功勞ㅣ) 업다 ᄒ리오? 신병(身病)³¹¹을 됴셥(調攝)³¹²ᄒ야

---

301 대후(待候) : 사후(伺候). 웃어른의 분부를 기다리는 일.
302 환로(宦路) : 벼슬길.
303 돈수(頓首) : 머리를 조아림.
304 관작(官爵) : 관직(官職)과 작위(爵位)를 아울러 이르는 말.
305 모쳠(冒忝) : 모람(冒濫). 분수없이 함부로 행동함.
306 도보(圖報) : 보답하기를 꾀함.
307 갚으려 꾀할 땅이(곳이).
308 소찬(素餐) : 시위소찬(尸位素餐). 재덕이나 공로가 없어 직책을 다하지 못하면서 자리만 차지하고 녹(祿)을 받아먹음을 비유적으로 이르는 말.
309 부끄러움이 없게.
310 동량지신(棟樑之臣) : 한 나라를 떠받치는 중대한 책임을 맡을 만한 능력 있는 신하.
311 신병(身病) : 몸에 생긴 병.

짐(朕)의 향앙(向仰)[313]ᄒᆞ는 마음을 져바리지 말나."

원외(員外ㅣ) 황공(惶恐) 퇴출(退出)ᄒᆞ야 지삼(再三) 상소(上疏)ᄒᆞ야 벼살을 갈고[314] 후원(後園) 별당(別堂)에 금셔(琴書)[315]로 소견(消遣)[316]ᄒᆞ더라.

일일(一日)은 한림(翰林)이 량친(兩親)을 시좌(侍坐)[317]ᄒᆞ엿더니, 허 부인(許夫人)이 원의[외](員外)를 도라보아 왈(曰),

"아자(兒子) 나히 십륙 셰(十六歲)에 거관(居官)[318]ᄒᆞ엿스니 셩혼(成婚)ᄒᆞᆷ이 급(急)ᄒᆞᆫ지라. 엇지 코즈[319] ᄒᆞ시ᄂᆞ뇨?"

원의[외](員外) 밋쳐 답(答)지 못ᄒᆞ야 한림(翰林)이 피셕(避席)[320] ᄃᆡ왈(對曰),

"쇼지(小子ㅣ) 불쵸(不肖)ᄒᆞ와 밋쳐 고(告)치 못ᄒᆞ얏ᄉᆞ오나 뎡(定)ᄒᆞᆫ 쯧이 잇나이다. 부거(赴擧)ᄒᆞ는 길에셔 도젹(盜賊)을 맛나 힝장(行裝)을 다 일코 소쥬(蘇州) 쥬막(酒幕)에 잇삽다가 동초(董超) 마달(馬達) 두 ᄉᆞ룸을 맛나더니 두 ᄉᆞ룸이 소자(小子)의 힝식(行色)이 초초(草草)ᄒᆞᆷ을 보고,

'압강뎡(壓江亭)에셔 소쥬자사(蘇州刺史) 황여옥(黃汝玉)과 허[항]쥬자사(杭州刺史) 윤형문(尹衡文)이 셜연(設宴)ᄒᆞ고 압강뎡(壓江亭) 시(詩)를 지여 장원(壯元)ᄒᆞ는 ᄌᆞ(者)를 후상(厚賞)ᄒᆞ니 가셔 보라.'

---

312 조섭(調攝) : 조리(調理)함. 건강이 회복되도록 몸을 보살피고 병을 다스림.
313 향앙(向仰) : 기우는 마음으로 우러름.
314 맡고 있던 벼슬을 다른 사람으로 교체하고. 벼슬을 사직하고.
315 금서(琴書) : 거문고와 책을 아울러 이르는 말.
316 소견(消遣) : 소일(消日). 어떠한 것에 재미를 붙여 심심하지 아니하게 세월을 보냄.
317 시좌(侍坐) : 웃어른을 옆에서 모시고 앉음.
318 거관(居官) : 벼슬살이를 하고 있음.
319 어찌하고자. 어찌하려.
320 피석(避席) : 공경의 뜻을 나타내기 위하여 웃어른을 모시던 자리에서 일어남.

호옵기로 압강뎡(壓江亭)에 갓다가 강남홍(江南紅)이란 기싱(妓生)을 맛나 지긔허심(知己許心)[321]ᄒ고 윤 자사(尹刺史)의 ᄯᆞᆯ 윤 쇼져(尹小姐)를 쳔거(薦擧)[322]ᄒ니, 홍(紅)에 됴감(藻鑑)이 졀인(絶人)[323]ᄒ야 반다시 그르지 아님을[324] 아나이다. 그러ᄒ오나 가셕(可惜)ᄒᆞᆫ 일은 강남홍(江南紅)이가 황 자사(黃刺史)의 핍박(逼迫)[325]을 당(當)ᄒ고 물에 ᄲᅡ져 죽엇나이다."

ᄒ고 황 각로(黃閣老)가 구혼(求婚)홈을 말슴ᄒ니, 원의[외](員外)와 허 부인(許夫人)이 차탄 왈(嗟歎曰),

"이는 텬뎡연분(天定緣分)[326]이나 윤 상셔(尹尙書)는 망즁(望重)[327]ᄒᆞᆫ 지상(宰相)이라. 엇지 ᄒᆞᆫ미(寒微)ᄒᆞᆫ 잔반(殘班)[328]의 집과 결혼(結婚)코자 ᄒ리오?"

ᄒ더라.

익일(翌日)에 윤 상셔(尹尙書ㅣ) 이르럿다 ᄒ거늘 원외(員外ㅣ) 마져 례필좌뎡(禮畢坐定)[329]에 윤 상셔(尹尙書ㅣ) 왈(曰),

"션싱(先生)의 고명(高名)을 앙모(仰慕)[330]ᄒᆞᆫ 지 오릭되 로신(老身)이 명리(名利)[331]에 죵젹(踪跡)[332]이 분요(奔邀)[333]ᄒ겸와[ᄒ와 겸]가옥

---

321 지기허심(知己許心) : 서로 속마음을 참되게 알아주는 친구가 되기로 마음을 허락함.

322 주) 264 참조.

323 절인(絶人) : 남보다 아주 뛰어남. 또는 그런 사람.

324 반드시 그릇되지 아니 함을.

325 핍박(逼迫) : 바싹 죄어서 몹시 괴롭게 굶.

326 천정연분(天定緣分) : 천생연분(天生緣分). 하늘이 정하여 준 연분.

327 망중(望重) : 명망(名望)이 높음.

328 잔반(殘班) : 집안 세력이나 살림이 아주 보잘것없어진 변변치 못한 양반.

329 예필좌정(禮畢坐定) : 인사를 마친 뒤 자리를 잡고 앉음.

330 앙모(仰慕) : 우러러 사모함.

331 명리(名利) : 명예와 이익.

슈(蒹葭玉樹)[334]에 계분(契分)[335]이 업섯스니, 이제 만나오미 늦지 아니잇고[336]?"

원외(員外ㅣ) 답왈(答曰),

"만싱(晩生)[337]은 쵸야종젹(草野踪跡)[338]이오, 미록셩졍(麋鹿性情)[339]이라. 텬은(天恩)이 망극(罔極)ᄒ샤 ᄌ식(子息)에 남은 은틱(恩澤)을 아비에게 밋치시니 도보(圖報)ᄒᆯ 싸히 업스나, 신병(身病)으로 벼살을 사면(辭免)ᄒ고, 어린 ᄌ식(子息)이 죠반(朝班)에 츌립[입](出入)ᄒ니 구구우려(懼懼憂慮)[340] 홈이 쥬쇼간졀(晝宵懇切)[341]ᄒ지라. 바라건딕 합하(閤下)[342]는 일마다 교훈(敎訓)ᄒ야 쥬쇼셔."

윤 상셔(尹尙書ㅣ) 소왈(笑曰),

"한림(翰林)은 국가(國家) 동량(棟梁)이오, 쥬상(主上)[343]에 지심(知

---

332 종적(踪跡) : 발자취.

333 분요(奔邀) : 분주(奔走). 몹시 바쁘게 뛰어다님.

334 겸가옥수(蒹葭玉樹) : 가옥(葭玉). 겸(蒹)과 가(葭)는 물가에 흔한 갈대의 이름인데, 자신을 낮추는 겸사로 많이 사용하며, 옥수(玉樹)는 훌륭한 자제(子弟)나 훌륭한 인물을 가리키는 말임. 중국 삼국 시대 위(魏)나라 명제(明帝)가 왕후의 아우인 모증(毛曾)을 황문시랑(黃門侍郎) 하후현(夏侯玄)과 함께 앉게 하자, 당시 사람들이 "갈대가 옥수에 의지한 것과 같다.[蒹葭倚玉樹]"라고 하였다고 함. 하찮은 모증이 옥수 같은 하후현 옆에 앉았다는 뜻인데, 후세에는 상대를 높이고 자신을 낮추어 겸양하는 뜻으로 이 말을 사용하였음.

335 계분(契分) : 친한 벗 사이의 두터운 정분.

336 이제 만나게 된 것이 늦지 않았습니까?

337 만생(晩生) : 말하는 이가 선배를 상대하여 자기를 낮추어 이르는 1인칭 대명사.

338 초야종적(草野踪跡) : 궁벽한 시골에 사는 사람.

339 미록성정(麋鹿性情) : 고라니와 사슴의 성정이라는 뜻으로, 시골에서 배우지 못하여 함부로 행동하는 성격을 비유적으로 이르는 말.

340 구구우려(懼懼憂慮) : 두려워하며 걱정함.

341 주소간절(晝宵懇切) : 밤낮으로 간절함.

342 합하(閤下) : 정1품 벼슬아치를 높여 부르던 말.

343 주상(主上) : 임금을 달리 이르던 말. 여기서는 명나라의 황제를 가리킴.

心)[344]과 죠졍(朝廷)에 영힝(榮幸)[345]이 극(極)ᄒ니 쇼싱(小生)에 용렬
(庸劣)ᄒ므로 일두ᄉ[지](一頭地)[346]를 사양(辭讓)ᄒ려든[347] 가라칠 바
잇스리오?"

ᄒ고 다시 죵용(從容)[348] 문왈(問曰),

"영낭(令郎)[349]의 년긔(年紀ㅣ) 장셩(長成)ᄒ니 실가지락(室家之樂)[350]
이 급(急)ᄒ지라. 뎨(弟)에게 ᄒᆫ ᄯ리 잇스니 규범닉칙(閨範內則)[351]에
렬졀(烈節)[352]이 몽미(蒙昧)[353]ᄒ나 졍구건질[즐](井臼巾櫛)[354]에 유슌
(柔順)ᄒ믄 죡(足)ᄒ니 내부(乃父)[355]에 사랑ᄒ는 마음으로 귀문(貴門)
에 결혼(結婚)코져 ᄯᅳᆺ이 간졀(懇切)ᄒ니 아지 못게라[356]. 형(兄)에 ᄯᅳᆺ
이 엇(더)ᄒ뇨?"

원의[외](員外ㅣ) 념임(斂袵)[357] ᄉ왈(謝曰),

"한문(寒門)[358] 돈견(豚犬)[359]으로 영ᄋ이(令愛)[360]를 허혼(許婚)ᄒ시니,

---

344 지심(知心) : 마음이 서로 통하여 잘 앎.

345 영행(榮幸) : 운이 좋은 영광(榮光).

346 일두지(一頭地) : 한 걸음.

347 사양하려고 하거든.

348 종용(從容) : 성격이나 태도가 차분하고 침착함.

349 영랑(令郎) : 영식(令息). 남의 아들을 높여 이르는 말.

350 실가지락(室家之樂) : 부부 사이의 화목한 즐거움.

351 규범내칙(閨範內則) : 부녀자가 가정 안에서 지켜야 할 도리나 범절.

352 열절(烈節) : 장하게 지키는 곧은 절개. 열녀의 정절.

353 몽매(蒙昧) : 어리석고 사리에 어두움.

354 정구건즐(井臼巾櫛) : 물을 긷고, 절구질하고, 낯을 씻고 머리를 빗는다는 뜻으로, 아내나 가정주부로서 마땅히 하여야 할 일을 이르는 말.

355 내부(乃父) : 내옹(乃翁). 그이의 아버지. * '네 아비', '이 아비'라는 뜻으로, 주로 편지글에서 아버지가 자녀에게 자기를 이르는 1인칭 대명사.

356 알지 못하겠습니다.

357 염임(斂袵) : 염금(斂襟). 삼가 옷깃을 여밈.

358 한문(寒門) : 가난하고 문벌이 없는 집안.

359 돈견(豚犬) : 가아(家兒). 가돈(家豚). 남에게 자기의 아들을 낮추어 이르는 말.

이는 만싱(晩生)에 복(福)이라. 엇지 다른 말이 잇스릿가? 속(速)히 퇴일(擇日)ᄒ심을 바라나이다."

윤 상셔(尹尙書ㅣ) 딕희(大喜) 허락(許諾)ᄒ고 도라가니라.

거미구(居未久)[361]에 황 각로(黃閣老) 오신다 ᄒ거늘, 원의[외](員外ㅣ) ᄒ당영지(下堂迎之)[362]ᄒ야 례필(禮畢)에 각뢰 왈(閣老ㅣ曰),

"로뷔(老夫ㅣ) 령낭(令郎)[363]에게 혼셜(婚說)[364]을 통(通)ᄒ야 령랑(令郎)의 의향(意向)을 아랏스나[365] 딕인(大人)[366]씌 고(告)치 못홈을 즈져(趑趄)[367]ᄒ더니 다힝(多幸)이 션싱(先生)이 경뎨(京第)로 이르시니, 로부(老夫)에 집이 비록 부귀(富貴)치 못ᄒ나 빈한(貧寒)치 아니ᄒ고 녀아(女兒)에 위인(爲人)이 비홈이 업스나[368] 용모범졀(容貌凡節)[369]이 추(醜)ᄒ지 아니ᄒ니, 거에[가위](可謂) 문당호딕(門當戶對)[370](라.) 다른 말솜이 업슬 듯ᄒ니 어나 ᄶᆡ로[371] 셩례(成禮)[372]코즈 ᄒ시나뇨?"

원의[외](員外ㅣ) 염임 기용[373] 왈(斂袵改容曰),

---

360 영애(令愛) : 윗사람의 딸을 높여 이르는 말.
361 거미구(居未久) : 거무하(居無何). 얼마 지나지 않음.
362 하당영지(下堂迎之) : 방에서 뜰로 내려와 그(황 각로)를 맞이함.
363 영랑(令郎) : 영식(令息). 윗사람의 아들을 높여 이르는 말.
364 혼셜(婚說) : 혼담(婚談). 혼인에 대하여 오가는 말.
365 알았으나.
366 대인(大人) : 부친(父親).
367 자저(趑趄) : 주저(躊躇). 머뭇거리며 망설임.
368 딸의 사람됨이 배움이(학식이) 없으나.
369 용모범절(容貌凡節) : 용모와 예절.
370 문당호대(門當戶對) : 대대로 내려오는 집안의 사회적 신분이나 지위가 서로 상대가 될 만큼 비슷함.
371 어느 때로.
372 성례(成禮) : 혼례를 치름.
373 염임개용(斂袵改容) : 옷깃을 여미고 얼굴빛을 엄숙하게 고침.

"상공(相公)의 쇼교(小嬌)[374]로 한미(寒微)흔 문호(門戶)에 결혼(結婚)코즈 흐심은 감사(感謝)흐오나 즈식(子息)에 혼인(婚姻)은 임에[375] 병부상셔(兵部尙書) 윤형문(尹衡文)과 완정(完定)[376]흐엿스오니 듯즈옴이 느짐을[377] 한(恨)흐나이다."

각뢰(閣老ㅣ) 불열(不悅)흔 긔식(氣色)이 잇셔 왈(曰),

"로뷔(老夫ㅣ) 임에 령랑(令郞)과 셩언(聲言)[378]흐얏스니 엇지 느짐을 말흐리오?"

원의[외](員外ㅣ) 그 말을 듯고 위협(威脅)흠을 알고 정식 왈(正色曰),

"천식(賤息)[379]이 불초(不肖)[380]흐야 아비게[381] 불고(不告)흐고 듸스(大事)를 쳔단(擅斷)[382]흐니, 이는 시싱(侍生)[383]의 교즈(敎子)[384] 불민(不敏)[385]흔 죄(罪)로소이다."

각뢰(閣老ㅣ) 닝소 왈(冷笑曰),

"션싱(先生)에 말이 그르도다. 부지(父子ㅣ) 일톄(一體)라. 엇지 상의(商議)치 아니흐얏스리오? 스군지(士君子ㅣ) 심상(尋常)[386](흔) 일

---

374 소교(小嬌) : 어린 딸.
375 이미.
376 완정(完定) : 완전히 결정함.
377 말씀 듣는 것이 늦음을. 뒤늦게 말씀을 듣게 된 것을.
378 셩언(聲言) : 셩명(聲明). 어떤 일에 대한 자기의 입장이나 견해 또는 방침 따위를 공개적으로 발표함.
379 천식(賤息) : 천한 자식이란 뜻으로, 남에게 자기 자식을 낮추어 이르는 말.
380 주) 136 참조.
381 아비에게. 아버지에게.
382 주) 270 참조.
383 시생(侍生) : 어른을 모시는 사람이라는 뜻으로, 말하는 이가 자기를 문어적으로 낮추어 이르는 1인칭 대명사.
384 교자(敎子) : 자식을 가르침.
385 불민(不敏) : 어리석고 둔하여 재빠르지 못함.
386 심상(尋常) : 대수롭지 않고 예사로움.

이라도 식언(食言)[387] 홈이 불가(不可)ᄒ거늘 ᄒ믈며 인륜ᄃᆡ사(人倫大
事)[388]리오? 로뷔(老夫ㅣ) 임의 심즁(心中)에 뢰뎡(牢定)[389]ᄒ얏스니
늬 ᄯᆞᆯ이 규즁(閨中)[390]에 허로(虛老)[391]ᄒᆞᆯ지언뎡 타문(他門)[392]에 보늬
지 아닐지니[393] 그리 알나."
ᄒ고 가니, 원의[외](員外ㅣ) 우을 ᄯᆞ름이러라[394].

윤 상셔(尹尙書) 퇴일(擇日)ᄒ야 위의(威儀)를 갓초아[395] 량가(兩家ㅣ)[396]
셩혼(成婚)ᄒᆞᆯ시, 한림(翰林)이 홍포옥ᄃᆡ(紅袍玉帶)로 윤부(尹府) 문
젼(門前)에 뎐안(奠雁)[397]ᄒᆞᆯ시 쥰일(俊逸)[398]ᄒ 풍치(風采)와 번화(繁
華)ᄒ 용지(容止)[399]를 뉘 아니 칭찬(稱讚)ᄒ리오? 만당빈긱(滿堂賓
客)[400]이 분분(紛紛)[401]이 치하(致賀)ᄒ며 신부(新婦)에 졍일(靜逸)[402]ᄒ
ᄐᆡ도(態度)와 단아(端雅)[403]ᄒ 용지(容止)는 삼오명월(三五明月)[404]이

---

387 식언(食言) : 한 번 입 밖에 낸 말을 도로 입 속에 넣는다는 뜻으로, 약속한 말대로
지키지 아니 함을 이르는 말.
388 주) 269 참조.
389 뇌정(牢定) : 돈정(敦定). 자리를 잡아서 확실하게 정함.
390 규중(閨中) : 부녀자가 거처하는 곳.
391 허로(虛老) : 헛되이 늙음.
392 타문(他門) : 다른 가문. 다른 집안.
393 보내지 아니할 것이니.
394 웃을 따름이었다.
395 갖추어.
396 양가(兩家) : 두 집안.
397 전안(奠雁) : 전통혼례 때 신랑이 기러기를 가지고 신부 집에 가서 상 위에 놓고
절함. 또는 그런 예(禮).
398 주) 94 참조.
399 용지(容止) : 몸가짐이나 태도.
400 만당빈객(滿堂賓客) : 방과 대청에 가득 찬 하객(賀客).
401 분분(紛紛) : 떠들썩한 모양.
402 정일(靜逸) : 조용하고 몸과 마음이 편안함.
403 단아(端雅) : 단정하고 아담함.

운소(雲霄)⁴⁰⁵에 둥군 듯⁴⁰⁶ 일지부용(一枝芙蓉)⁴⁰⁷이 록수(綠水)에 소
슨 듯⁴⁰⁸ 슉녀(淑女)에 요됴(窈窕)⁴⁰⁹흔 긔샹(氣像)으로 녀즈(女子)에
비범(非凡)흔 풍도(風度)를 겸(兼)ᄒ엿스니, 진짓⁴¹⁰ 쳔고(千古)⁴¹¹ 규
수(閨秀)⁴¹²에 사표(師表)⁴¹³러라.

원의[외](員外) 부부(夫婦)에 깃거흠은 이르지 말고⁴¹⁴, 동방화쵹
(洞房華燭)⁴¹⁵에 한림(翰林)의 담락(湛樂)⁴¹⁶흠이 험[흠](欠) 업스나⁴¹⁷
다만 홍(紅)에 일을 싱각ᄒ고 심즁(心中)에 쵸[추]창(惆悵)⁴¹⁸ᄒ여 ᄒ
더라.

차셜(且說), 황 각뢰(黃閣老ㅣ) 집에 와 싱각ᄒ되,
'양창곡(楊昌曲)은 인긔(人氣ㅣ) 츌즁(出衆)ᄒ고 셩샹(聖上)의 춍익
(寵愛ㅣ) 용[융]즁(隆重)⁴¹⁹ᄒ시니 타일(他日) 부귀(富貴)가 날로 밋칠

---

404 삼오명월(三五明月) : 음력 15일에 뜬 밝은 보름달.
405 운소(雲霄) : 구름 낀 하늘. 높은 지위를 비유적으로 이르는 말.
406 둥근 듯. 둥근 것과 같음.
407 일지부용(一枝芙蓉) : 한 송이 연꽃.
408 솟은 듯.
409 요조(窈窕) : 여자의 행동이 얌전하고 정숙함.
410 짐짓. 아닌 게 아니라 정말로. 과연(果然).
411 천고(千古) : 오랜 세월을 통하여 그 종류가 드문 일.
412 규수(閨秀) : 남의 집 처녀를 정중하게 이르는 말. 학문과 재주가 뛰어난 여자.
413 사표(師表) : 학식과 덕행이 높아 남의 모범이 될 만한 인물.
414 기뻐함은 말할 것도 없고.
415 동방화촉(洞房華燭) : 동방에 비치는 환한 촛불이라는 뜻으로, 혼례를 치르고 나
서 첫날밤에 신랑이 신부 방에서 자는 의식을 이르는 말.
416 담락(湛樂) : 오래도록 즐김. 평화롭고 화락하게 즐김.
417 흠이 없으나. 이는 '막과(莫過)'의 오역(誤譯)으로 보임. 그보다 더함이 없음.
418 추창(惆悵) : 애통(哀痛)함. 서글퍼함.
419 융중(隆重) : 권한이나 책임, 의의 따위가 매우 크고 무거움.

비[420] 아니라. 니 이졔 통[동]상(東廂)[421]에 두지 못홈이 차셕(嗟惜)[422]
홀 쑨 아니라, 몬져 발셜(發說)ᄒ고[423] 원[윤] 상셔(尹尙書)에게 양두
(讓頭)[424]ᄒ니 엇지 참괴(慙愧)[425]치 아니ᄒ리오?'

부인(夫人) 위씨(衛氏)를 ᄃᆡ(對)ᄒ야 불승분분(不勝忿憤)[426]ᄒ니,
원ᄅᆡ(原來) 부인(夫人)은 리부시랑(吏部侍郎) 위(언)복(衛彦復)에 ᄯᆞᆯ
이니, 위 시량[랑](衛侍郎)의 쳐(妻) 마씨(馬氏)는 황ᄐᆡ후(皇太后)에
중표형뎨(中表兄弟)[427]라.

ᄐᆡ휘(太后ㅣ) 마씨(馬氏)에 현슉(賢淑)홈을 사랑ᄒ샤 졍(情)이 골
육(骨肉) 갓더니, 마씨(馬氏ㅣ) 무ᄌᆞ(無子)ᄒ고 늣게야 일녀(一女)를
두엇스나 마씨(馬氏ㅣ) 일즉 죽으ᄆᆡ 황ᄐᆡ후(皇太后) 그 무자(無子)홈
을 불상이 녁이시며 위 부인(衛夫人)이 부덕(婦德)이 젹음을 차셕(嗟
惜)ᄒ시더라.

위 부인(衛夫人)이 각로(閣老)의 분분(忿憤)홈을 보고 ᄂᆡᆼ쇼 왈(冷
笑曰),

"상공(相公)이 원로ᄃᆡ신(元老大臣)으로 일ᄀᆡ(一箇) 쇼교(小嬌)의
혼사(婚事)를 어ᄃᆡ 졍(定)치 못ᄒ야 뎌 갓치 번뢰[뇌](煩惱)ᄒ시ᄂᆞ
뇨?"

각뢰 왈(閣老曰),

---

420 내가 미칠 바가. 내가 따라갈 바가.
421 동상(東廂) : 동상(東床). 남의 '새 사위'를 높이어 일컫는 말.
422 차석(嗟惜) : 애달프고 아까움.
423 먼저 말을 꺼내고.
424 양두(讓頭) : 지위를 남에게 넘겨줌.
425 참괴(慙愧) : 매우 부끄러워 함.
426 불승분분(不勝忿憤) : 분하고 원통하게 여김.
427 중표형제(中表兄弟) : 내외종(內外從). 내종사촌과 외종사촌을 아울러 이르는 말.

"늬 녀ᄋ(女兒) 혼ᄉ(婚事)를 근심홈이 아니라 신셰(身勢)⁴²⁸를 셜
워홈이니, 평일(平日)⁴²⁹ 악모옹(岳母翁)⁴³⁰이 지셰(在世)⁴³¹ᄒᆞ실 씌 틴
후 랑랑(太后娘娘)⁴³²의 고휼(顧恤)⁴³³ᄒᆞ심을 입ᄉᆞ와 그 여음(餘蔭)⁴³⁴
이 로부(老夫)에게까지 밋첫더니, 악모(岳母) 악옹(岳翁)이 ᄒᆞ셰(下
世)⁴³⁵ᄒᆞ신 후(後)로 젼졍(前程)⁴³⁶이 볼 게 업슴으로 남에게 수모(受
侮)⁴³⁷홈이 젹지 아니ᄒᆞ야 녀아(女兒)의 혼ᄉ(婚事)를 몬져 발셜(發說)
ᄒᆞ고 윤 상셔(尹尙書)에게 뒤지니, 엇지 졀통(切痛)⁴³⁸치 아니리오?"

위씨(衛氏ㅣ) 침음량구(沈吟良久)⁴³⁹에 디왈(對曰),

"번뢰[뇌](煩惱)치 마옵쇼셔."

ᄒᆞ고 시비(侍婢)를 불너 가 궁인(賈宮人)을 쳥(請)ᄒᆞ니, 가 궁인(賈宮
人)은 황틴후(皇太后)에 궁인(宮人)이라. 가 궁인(賈宮人)이 쳥(請)홈
을 듯고 이르니, 위씨(衛氏ㅣ) 반겨 마져 후(厚)이 디졉(待接)ᄒᆞ며 혼
사(婚事)에 디(對)ᄒᆞᆫ 말을 ᄒᆞ며 황틴후(皇太后)게 알외여 셩혼(成婚)
케 ᄒᆞ기를 간쳥(懇請)ᄒᆞ니, 가 궁인(賈宮人)이 듯고 도라와 틴후(太
后)끠 앙달(仰達)⁴⁴⁰ᄒᆞᆫ디, 틴후(太后) 미안(未安)이 녁이샤⁴⁴¹ 불윤(不

---

428 신세(身勢) : 신세(身世). 주로 불행한 일과 관련된 일신상의 처지와 형편.
429 평일(平日) : 평소(平素).
430 악모옹(岳母翁) : 악모(岳母)와 악옹(岳翁). 장모와 장인.
431 재세(在世) : 세상에 살아 있음. 또는 세상에 살아 있는 동안.
432 태후낭랑(太后娘娘) : 태후마마.
433 고휼(顧恤) : 불쌍하게 생각하여 돌보거나 도와줌.
434 여음(餘蔭) : 조상의 공덕으로 자손이 받는 복.
435 하세(下世) : 별세(別世). 기세(棄世). 세상을 버린다는 뜻으로, 웃어른이 돌아가
    심을 이르는 말.
436 전정(前程) : 앞길. 앞으로 가야 할 길.
437 수모(受侮) : 모욕(侮辱)을 받음.
438 절통(切痛) : 뼈에 사무치도록 원통함.
439 침음양구(沈吟良久) : 속으로 깊이 생각한 지 오랜 뒤.

允)[442]ᄒ시거늘, 가 궁인(賈宮人)이 황공(惶恐)ᄒ야 즉시(卽時) 황부
(黃府)에 회보(回報)ᄒ니 황 각뢰(黃閣老丨) 탄왈(歎曰),

"텬의(天意丨)[443] 이 갓ᄒ시니 앙달(仰達)치 아니 함만 갓지 못ᄒ
도다."

위씨(衛氏丨) 쇼왈(笑曰),

"샹공(相公)은 근심 마시고 여ᄎ여ᄎ(如此如此)[444]ᄒ쇼셔."

각뢰(閣老丨) 올이 역여[445] 이 날븟터 층[칭]병두문(稱病杜門)[446]ᄒ
고 됴회(朝會) 불참(不參)ᄒ니, 텬ᄌ(天子丨) 의약(醫藥)[447]을 사송(賜
送)[448]ᄒ시고 부르시니, 황 각뢰(黃閣老丨) 입궐(入闕)ᄒ야 탑젼(榻前)
에 돈슈[449] 왈(頓首曰),

"견마지년(犬馬之年)[450]이 고인(古人) 치사지년(致仕之年)[451]이라. 근
일(近日) 신병(身病)과 졍셰(情勢丨)[452] 잇셔 졈졈(漸漸) 셰렴(世念)이
업습고, 다만 됴모(朝暮)[453] 합연(溘然)[454]을 축슈(祝手)[455]ᄒᄂ 고(故)

---

440 앙달(仰達) : 앙고(仰告). 우러러보고 아룀.
441 미안하게 여기시며.
442 불윤(不允) : 임금이나 황태후가 신하의 청을 허락하지 않는 일.
443 천의(天意) : 임금이나 황태후의 뜻. * 하늘의 뜻.
444 여차여차(如此如此) : 이렇게 저렇게.
445 옳게 여겨.
446 칭병두문(稱病杜門) : 병이 있다고 핑계를 대고, 밖으로 출입을 아니 하려고 방문
　　을 닫아 막음.
447 의약(醫藥) : 의원(醫員)과 약(藥).
448 주) 244 참조.
449 주) 303 참조.
450 견마지년(犬馬之年) : 견마지치(犬馬之齒). 개나 말처럼 보람 없이 헛되게 먹은
　　나이라는 뜻으로, 남에게 자기의 나이를 낮추어 이르는 말.
451 치사지년(致仕之年) : 늙어서 벼슬을 사양하고 물러갈 나이.
452 정세(情勢) : 일이 되어 가는 형편.
453 조모(朝暮) : 아침과 저녁.

로 오릭 입됴(入朝)⁴⁵⁶치 못ᄒᆞ얏나이다.”

상(上)이 딕경(大驚)ᄒᆞ샤 연고(緣故)를 하문(下問)ᄒᆞ시니, 각뢰(閣老ㅣ) 빅슈(白首)에 눈물을 흘니며 주왈(奏曰),

“군신일[지]셕(君臣之席)⁴⁵⁷이 부ᄌᆞ(父子)와 다름이 업ᄉᆞ오니, 로신(老臣)의 셰셰소회(細細所懷)⁴⁵⁸를 엇지 은휘(隱諱)⁴⁵⁹ᄒᆞ오릿가? 신(臣)이 칠십지년(七十之年)⁴⁶⁰에 일ᄌᆞ일녀(一子一女ㅣ) 잇ᄉᆞ오니, ᄌᆞ(子)는 방금(方今) 소주 자ᄉᆞ(蘇州刺史) 황여옥(黃汝玉)이오, 녀(女)는 아즉 출가(出嫁)치 못ᄒᆞ얏더니 한림(翰林) 양창곡(楊昌曲)과 뎡혼(定婚)ᄒᆞ야 뎡년[녕](丁寧)⁴⁶¹ᄒᆞᆫ 언약(言約)은 일셰(一世)의 소공지(所共知)라⁴⁶². 무단(無端)⁴⁶³이 비약(背約)⁴⁶⁴ᄒᆞ고 윤형문(尹衡文)과 급급(急急) 셩례(成禮)ᄒᆞ니⁴⁶⁵, 린리(鄰里)⁴⁶⁶ 친척(親戚)이 이 소문(所聞)을 듯고 의혹(疑惑)ᄒᆞ되 신(臣)의 ᄯᆞᆯ이 병신(病身)인가 ᄒᆞ며 부덕(婦德)을 넘려(念慮)ᄒᆞ야 젼졍(前程)이 기색(氣塞)⁴⁶⁷ᄒᆞ오니, 녀ᄌᆞ(女子)는 편셩(偏性)⁴⁶⁸이라, 신(臣)의 ᄯᆞᆯ은 슈괴무면(羞愧無面)⁴⁶⁹ᄒᆞ야 죽기로

454 합연(溘然) : 죽음이 뜻하지 않게 갑작스러움.
455 주) 66 참조.
456 입조(入朝) : 벼슬아치들이 조정의 조회에 들어가던 일.
457 군신지석(君臣之席) : 임금과 신하가 서로 믿고 의지함.
458 세세소회(細細所懷) : 마음속에 품고 있는 자잘한 느낌.
459 은휘(隱諱) : 꺼리어 감추거나 숨김.
460 칠십지년(七十之年) : 70세의 나이.
461 정녕(丁寧) : 조금도 틀림없이 꼭. 또는 더 이를 데 없이 정말로.
462 온 세상이 다 아는 바라.
463 주) 175 참조.
464 배약(背約) : 약속을 저버림.
465 서둘러 혼례를 치르니.
466 인리(鄰里) : 이웃 마을.
467 기색(氣塞) : 어떠한 원인으로 인하여 기의 소통이 원활하지 못하고 막힘.

자쳐(自處)[470]ᄒ고, 로쳐(老妻)는 우분셩질(憂憤成疾)[471]ᄒ야 명지죠셕(命在朝夕)[472]ᄒ오니, 칠십(七十) 로물(老物)이 오릭 싱존(生存)ᄒ야 밧그로[473] 타인(他人)의 죠쇼(嘲笑)를 감수(甘受)ᄒ고 안으로 가난[간](家間)에 난쳐(難處)ᄒᆫ 경계(境界)를 당(當)ᄒ오니[474] 다만 쌜이 죽어 모르고져 ᄒ나이다[475]."

셜파(說罷)에 루쉬여우(淚水ㅣ如雨)[476]ᄒ니, 텬직(天子ㅣ) 틱후(太后)께 그 말슴을 드르신지라 침음량구(沈吟良久)에 왈(曰),

"이는 어렵지 아니ᄒ니 맛당히 승상(丞相)을 위(爲)ᄒ야 즁믹(中媒)ᄒ리라."

ᄒ시고 즉시(卽時) 양 한림(楊翰林) 부즈(父子)를 명초(命招)[477]ᄒ샤 탑젼(榻前)에 ᄒ교(下敎)ᄒ샤,

"결혼(結婚)ᄒ라."

ᄒ시니, 한림(翰林)이 빅방(百方)[478]으로 모폐[피](謀避)[479]ᄒ거늘, 텬직(天子ㅣ) 대로(大怒)ᄒ샤 왈(曰),

"양창곡(楊昌曲)은 군부(君父) ᄒ명(下命)을[480] 거역(拒逆)ᄒ니 강

---

468 편성(偏性) : 한쪽으로 치우친 성질.
469 수괴무면(羞愧無面) : 부끄럽고 창피스러워 볼 낯이 없음.
470 자처(自處) : 자기를 어떤 사람으로 여겨 그렇게 처신함. * 자결(自決).
471 우분성질(憂憤成疾) : 걱정스럽고 분하여 앓게 됨.
472 명재조석(命在朝夕) : 명재경각(命在頃刻). 거의 죽게 되어 곧 숨이 끊어질 지경에 이름.
473 밖으로.
474 안으로는 집안에 난처한 경우를 당하였으니.
475 다만 빨리 죽어 모르게 되었으면 합니다.
476 누수여우(淚水如雨) : 눈물이 비 오듯 함.
477 명초(命招) : 임금의 명으로 신하를 부름.
478 백방(百方) : 여러 가지 방법. 온갖 수단과 방도.
479 모피(謀避) : 꾀를 내어 피하고자 함.

쥬부(江州府)[481]에 찬빈(竄配)[482]흐라."

흐시니, 원의[외](員外)와 한림(翰林)이 황공퇴츌(惶恐退出)[483]흐딕,
텬직(天子ㅣ) 황 각로(黃閣老)를 위로(慰勞)흐샤 왈(曰),

"짐(朕)이 짐짓 긔운(氣運)을 씌고즈 함이라. 짐(朕)이 즁미(中媒)됨
을 말흐엿스니 승샹(丞相)은 녀ㅇ(女兒) 혼스(婚事)를 근심치 말나."

각뢰(閣老ㅣ) 돈슈사례[례](頓首謝禮)[484]흐더라.

한림(翰林)이 즉시(卽時) 등졍(登程)[485]홀식, 힝장(行裝)을 간솔(簡
率)[486]이 흐야 일량소거(一輛小車)[487]와 수창긔[긔창]두(數箇蒼頭)[488]로
동즈(童子)를 다리고 십여 일(十餘日)만에 젹소(謫所)[489]에 득달(得
達)[490]흐야 수간초가(數間草家)[491]를 치우고 쥬인(主人)흐니라[492].

일일(一日)은 맛춤 즁추긔망(仲秋旣望)[493]이라. 한림(翰林)이 월식
(月色)을 구경코져 셕반 후(夕飯後) 동즈(童子)를 다리고 심양뎡(潯
陽亭)[494]에 오르니 안두로화(岸頭蘆花)[495]는 추셩(秋聲)[496]이 슬슬(瑟

---

480 황제가 내린 명령을.
481 강주부(江州府) : 중국 강서성(江西省) 북부의 도시로 오늘날의 구강시(九江市).
482 찬배(竄配) : 유배(流配). 정배(定配). 죄인을 지방이나 섬으로 보내 정해진 기간
      동안 그 지역 내에서 감시를 받으며 생활하게 하던 일.
483 황공퇴출(惶恐退出) : 위엄에 눌리어 두려워하며 물러남.
484 돈수사례(頓首謝禮) : 머리를 조아리고 사례함.
485 등정(登程) : 길을 떠남.
486 간솔(簡率) : 간단하고 솔직함. 꾸밈이 없음.
487 일량소거(一輛小車) : 작은 수레 한 대.
488 수개창두(數箇蒼頭) : 두어 명의 하인.
489 적소(謫所) : 유배지(流配地). 귀양살이 하는 곳.
490 득달(得達) : 목적한 곳에 도달(到達)함.
491 수간초가(數間草家) : 두어 칸짜리 초가집.
492 그곳에 거처하였다.
493 중추기망(仲秋旣望) : 음력 8월 16일.
494 심양정(潯陽亭) : 장강(長江)의 지류로, 중국 강서성 구강시 북쪽을 흐르는 심양강

瑟)⁴⁹⁷ㅎ고 ᄉ면(四面)의 어등(漁燈)⁴⁹⁸은 소셩(小星)이 졈졈(點點)흔 딕⁴⁹⁹, 잣나비 우름과 두견(杜鵑)에 소릭⁵⁰⁰ 긱수(客愁)⁵⁰¹를 자아닉여⁵⁰² 도로혀 읍읍불락(悒悒不樂)⁵⁰³ㅎ미 란간(欄干)을 의지(依支)ㅎ야 홀로 안졋더니, 홀연(忽然) 풍파(風波)⁵⁰⁴에 령령(泠泠)⁵⁰⁵흔 소릭 들니거늘 동자(童子)더러 왈(曰),

"네 이 소릭를 알소냐⁵⁰⁶?"

동ᄌ 왈(童子ㅣ 曰),

"거문고 소릭가 ㅎ나이다."

한림(翰林)이 소왈(笑曰),

"아니로다. 딕현(大絃)은 조조(嘈嘈)⁵⁰⁷ㅎ고 소현(小絃)은 졀졀(切切)⁵⁰⁸ㅎ니 비파(琵琶) 소릭 아니리오? 녯젹 당(唐)나라 빅락텬(白樂天)⁵⁰⁹이 이 ᄯᅡ에 젹거(謫居)⁵¹⁰ㅎ고 갈[강]두(江頭)⁵¹¹에 손을 보닐ᄉ⁵¹²,

---

가에 있는 정자.

495 안두노화(岸頭蘆花) : 강가의 갈대꽃.

496 추성(秋聲) : 가을철의 바람소리.

497 주) 61 참조.

498 어등(漁燈) : 어화(漁火). 고기잡이하는 배에 켜는 등불이나 횃불.

499 작은 별이 점점이 반짝이는 듯한데.

500 잔나비의 울음과 두견새의 울음소리가.

501 객수(客愁) : 나그네의 시름.

502 자아내어. 유발(誘發)하여.

503 읍읍불락(悒悒不樂) : 마음이 매우 불쾌하고 답답하여 즐겁지 아니 함.

504 풍파(風波) : 세찬 바람이 출렁이는 물결.

505 영령(泠泠) : 물소리, 바람 소리, 거문고 소리, 목소리 따위가 맑고 시원함.

506 네가 이 소리를 알겠느냐?

507 조조(嘈嘈) : 작은 소리로 지껄임.

508 절절(切切) : 매우 간절함.

509 백낙천(白樂天) : 중국 당나라 때의 시인인 백거이(白居易, 772~846)를 가리킴. '낙천'은 그의 자(字), 호는 향산거사(香山居士).

비파(琵琶) 타는 계집을 만낫스니 그씩 여풍(餘風)[513]이 잇도다."

동자(童子)를 다리고 소리를 차자가 흔 곳에 이르니, 수간초당(數間草堂)[514]이 죽림(竹林)을 의지(依支)ᄒ야 죽비(竹扉)[515]를 닷아거늘[516], 동직(童子丨) 문(門)을 두다리니 일기(一箇) 차환(叉鬟)[517]이 록의홍상(綠衣紅裳)[518]으로 나와 딕답(對答)ᄒ거늘 한림 왈(翰林曰),

"나는 완월(玩月)[519]ᄒ는 사름이라. 맛츰 비파(琵琶) 소리를 듯고 왓스니 뉘 집인고?"

차환(叉鬟)을 싸라 일각문(一角門)[520]으로 드러가니 창송록죽(蒼松綠竹)[521]은 울을 일웟고[522] 황국단풍(黃菊丹楓)[523]은 계ᄒ(階下)에 버렷ᄂᆞᆫ딕[524] 씌 쳠아와 딕 란간(欄干)이[525] 소연(蕭然)[526]이 거[그]림 속 갓더라.

---

510 적거(謫居) : 귀양살이를 함.

511 강두(江頭) : 강가.

512 손님을 보냈는데.

513 여풍(餘風) : 아직 남아 있는 풍습. * 큰 바람이 분 뒤에 아직 남아 부는 바람.

514 수간초당(數間草堂) : 두어 칸 되는 초당. '초당'은 억새나 짚 따위로 지붕을 인 조그마한 집채. 흔히 집의 몸채에서 따로 떨어진 곳에 지었음.

515 죽비(竹扉) : 대사립. 대나무로 엮어 만든 사립문.

516 닫았거늘.

517 차환(叉鬟) : 주인을 가까이에서 모시는 젊은 계집종.

518 녹의홍상(綠衣紅裳) : 푸른 저고리에 붉은 치마 차림.

519 완월(玩月) : 달을 구경하며 즐김.

520 일각문(一角門) : 일각대문(一角大門). 대문간이 따로 없이 양쪽에 기둥을 하나씩 세워서 문짝을 단 대문.

521 창송녹죽(蒼松綠竹) : 푸른 소나무와 대나무.

522 울타리를 이루었고.

523 황국단풍(黃菊丹楓) : 노란 국화꽃과 붉은 단풍잎.

524 섬돌 아래에 벌여 있는데.

525 초가지붕의 처마와 대나무 난간이.

526 소연(蕭然) : 호젓하고 쓸쓸한 모양.

당상(堂上)을 보니 일기(一箇) 미인(美人)이 월하(月下)에 비파(琵琶)를 안고 표연(飄然)[527]이 란간(欄干)을 의지(依支)ᄒ야 안졋스니, ᄒ 졈(點) 씌글이 업고[528], 아담(雅淡)ᄒ 단장(丹粧)은 월광(月光)을 다 토고[529], 표요[묘](縹緲)[530]ᄒ 라군(羅裙)[531]은 쳥풍(淸風)에 나부쳐[ᄭ는듸], 한림(翰林)을 보고 바야흐로 이러 맛거늘[532], 한림(翰林)이 거름을 멈추고 오름을 즈져(趑趄)ᄒ니[533], 미인(美人)이 우으며[534] 쵹(燭)을 발키고[535] 오름을 쳥(請)ᄒ야 왈(曰),

"엇더ᄒ신 상공(相公)이 젹료(寂寥)[536]ᄒ 사름을 차지시나뇨[537]? 쳡(妾)은 본부(本府) 기녀(妓女)라, 허물치 마옵쇼셔."

한림(翰林)이 당(堂)에 올나 웃고 미인(美人)에 용모(容貌)를 보니, 졍슉(貞淑)ᄒ 미우(眉宇)[538]와 아리ᄯᅡ온 티도(態度)(는) 빙호츄월(氷壺秋月)[539]에 형철(瀅澈)[540]함을 먹음고 해당목단(海棠牧丹)[541]에 교염(嬌

---

527 표연(飄然) : 바람에 나부끼듯 가벼운 모양.
528 한 점의 티끌이 없고.
529 고상하면서도 담백하게 화장한 모습은 달빛과 다투고.
530 표묘(縹緲) : 끝없이 넓거나 멀어서 있는지 없는지 알 수 없을 만큼 어렴풋함.
531 나군(羅裙) : 얇은 비단 치마.
532 막 일어나서 맞이하거늘.
533 당에 오르는 것을 주저하니.
534 웃으며.
535 촛불을 밝히고.
536 적요(寂寥) : 적적하고 고요함.
537 찾으십니까?
538 주) 89 참조.
539 빙호추월(氷壺秋月) : 얼음을 넣은 항아리와 가을 달이라는 뜻으로, 청렴하고 결백한 마음을 이르는 말.
540 형철(瀅澈) : 형철(瑩澈). 환하게 내다보이도록 맑음. 지혜나 사고력 따위가 밝고 투철함.
541 해당목단(海棠牧丹) : 해당화와 모란화.

艶)⁵⁴²함을 버셔나, 진짓 경국지식(傾國之色)⁵⁴³이오, 인셰인물(人世人物)⁵⁴⁴이 아니라.

미인(美人)이 또 추파(秋波)⁵⁴⁵를 흘녀 한림(翰林)을 보미 관옥(冠玉)⁵⁴⁶ 갓흔 풍치(風采)와 영방[발](英拔)⁵⁴⁷혼 긔상(氣像)이 기셰군ㅈ(蓋世君子)⁵⁴⁸오, 풍류호걸(風流豪傑)⁵⁴⁹이라. 심즁(心中)에 놀나 그 심상(尋常)혼 소년(少年)니 아니믈 알고⁵⁵⁰ 쵸연무어(悄然無語)⁵⁵¹여늘 한림 왈(翰林曰),

"나는 타향(他鄕) 격긱(謫客)이라. 맛참 울젹(鬱寂)ᄒ야 월식(月色)을 ᄯ라 나섯더니 풍편(風便)에 비파(琵琶) 소리를 듯고 비록 친(親)함이 업스나 솔히이[이(率爾)⁵⁵²히] 왓스니 일곡(一曲)을 어더 드를소냐⁵⁵³?"

미인(美人)이 사양(辭讓)치 아니ᄒ고 비파(琵琶)를 다리여⁵⁵⁴ 쥬[조]현(調絃)을 골나⁵⁵⁵ 일곡(一曲)을 알외니⁵⁵⁶, 그 소리 이원처졀(哀

542 교염(嬌艶) : 교태(嬌態)가 있고 요염(妖艶)함.
543 경국지색(傾國之色) : 임금이 혹하여 나라가 기울어져도 모를 정도의 미인이라는 뜻으로, 뛰어나게 아름다운 미인을 이르는 말.
544 인세인물(人世人物) : 인간 세상의 인물.
545 추파(秋波) : 이성의 관심을 끌기 위하여 은근히 보내는 눈길. * 가을의 잔잔하고 아름다운 물결.
546 주) 88 참조.
547 주) 130 참조.
548 개세군자(蓋世君子) : 덕과 학식이 세상을 뒤덮을 만한 사람.
549 풍류호걸(風流豪傑) : 운치와 멋이 있으며 지혜와 용기가 뛰어나고 기개와 풍모가 있는 사람.
550 그가 평범한 젊은이가 아니라는 것을 알고.
551 초연무어(悄然無語) : 쓸쓸한 표정으로 말이 없음.
552 솔이(率爾) : 생각할 겨를도 없이 매우 급함. 말이나 행동이 신중하지 못하고 가벼움.
553 얻어 들을 수 있겠소?
554 당겨. 끌어다가.

怨凄切)[557] ᄒ야 무한심ᄉᆡ(無限心思ㅣ) 잇는지라.

　한림(翰林)이 탄왈(歎曰),

　"묘ᄌᆡ(妙哉)라, ᄎ곡(此曲)이여! 곳이 ᄎᆞᆨ즁(廁中)에 ᄯᅥ러지고[558] 옥(玉)이 진토(塵土)[559]에 뭇처스니[560], ᄎ 소위(此所謂)[561] 왕소군(王昭君)[562]에 츌ᄉᆡ곡(出塞曲)[563]이 아니냐?"

　미인(美人)이 미쇼(微笑)ᄒ고 쥬[조]현(調絃)을 다시 골나 ᄯᅩ 일곡(一曲)을 타니, 그 소ᄅᆡ 질탕강ᄀᆡ(跌宕慷慨)[564] ᄒ야 물외(物外)에 고상(高尙)ᄒᆫ 쯧이 잇거늘 한림 왈(翰林曰),

　"미ᄌᆡ(美哉)라, ᄎ곡(此曲)이여! 쳥산(靑山)은 아아(峨峨)[565] ᄒ고 록수(綠水)는 양양(洋洋)[566] ᄒᄃᆡ 지긔(知己) 상봉(相逢)ᄒ야 일창일화(一唱一和)[567] ᄒ니 ᄎ 소위(此所謂) 죵ᄌᆞ긔(鍾子期)[568]에 아양곡(峨洋

---

555 조현(調絃)하여. 비파의 줄을 골라.

556 아뢰니. 연주(演奏)하니.

557 애원처절(哀怨凄切) : 슬피 원망하며 몹시 처량함.

558 꽃이 뒷간에 떨어지고.

559 진토(塵土) : 티끌과 흙을 통틀어 이르는 말.

560 묻혔으니.

561 차 소위(此所謂) : 이것이 이른바.

562 왕소군(王昭君) : 중국 전한(前漢) 원제(元帝)의 후궁으로, 이름은 장(嬙), '소군'은 자. 기원전 33년 흉노와의 화친 정책으로 흉노의 호한야선우(呼韓邪單于)와 정략 결혼을 하였으나 자살하였음.

563 출새곡(出塞曲) : '변방을 나서는 노래'라는 뜻으로, 왕소군이 국경을 지나 흉노로 붙들려 갈 때 슬픔이 물밀듯 밀려와 가슴에 품은 비파로 이 노래를 연주하자 하늘을 날던 기러기들이 잠시 날갯짓을 잊어 땅에 떨어졌다고 함.

564 질탕강개(跌宕慷慨) : 신이 나서 정도가 지나치도록 흥겨우면서도 의롭지 못한 것을 보고 의기가 북받쳐 원통하고 슬픔.

565 아아(峨峨) : 산이나 큰 바위 따위가 험하게 우뚝 솟아 있음.

566 양양(洋洋) : 바다가 한없이 넓음. * 사람의 앞날이 한없이 넓어 발전의 여지가 많음.

567 일창일화(一唱一和) : 시문이나 노래 따위를 한 편에서 부르고 한 편에서 화답함.

曲)⁵⁶⁹이 아니냐?"

그 미인(美人)이 비파(琵琶)를 밀치고 곳쳐 안져⁵⁷⁰ 왈(曰),

"쳡(妾)이 비록 빅아(伯牙)⁵⁷¹에 거문고 업스오나 미양⁵⁷² 종자긔(鍾子期) 만나지 못함을 한(恨)ᄒ더니, 이제 상공(相公)은 어딕 계시며 무슴 연고(緣故)로 소년적긱(少年謫客)⁵⁷³이 되여 계시니잇가?"

한림(翰林)이 이에 적거(謫居)ᄒᄒ 곡졀(曲折)과 평싱(平生) 심회(心懷)를 말ᄒ니, 미인(美人)이 탄왈(歎曰),

"쳡(妾)은 본딕 락양(洛陽)⁵⁷⁴ 스람이니, 셩(姓)은 가씨(賈氏)오 명(名)은 벽셩션(碧城仙)이라. 락[난] 지 수셰(數歲)에⁵⁷⁵ 란리(亂離)를 당(當)ᄒ야 부모(父母)를 일코 표박종젹(漂泊踪跡)⁵⁷⁶이 쳥루(靑樓)⁵⁷⁷에 의탁(依託)ᄒ야 불힝(不幸)이 허명(虛名)⁵⁷⁸을 엇어, 락양(洛陽) 졔기(諸妓ㅣ) 안싴(顏色)을 시긔(猜忌)ᄒᄆᆡ⁵⁷⁹ 츄신(抽身)⁵⁸⁰ᄒ야 이곳에

---

568 종자기(鍾子期) : 중국 춘추시대 초나라 사람. 당시 거문고의 명인이었던 백아(伯牙)의 친구로서, 백아의 거문고 소리를 잘 알아들었다고 함. 그가 죽자 백아는 자기의 음악을 이해하여 주는 이가 없음을 한탄하여 거문고 줄을 끊고 다시는 거문고를 타지 않았다고 함.

569 아양곡(峨洋曲) : 높은 산과 넓은 강이나 바다를 나타내어 타는 곡조. 중국 고대 거문고의 명수인 백아가 이 곡을 타면 그 뜻을 아는 사람은 오직 그의 친구 종자기였다고 함.

570 고쳐 앉아. 자세를 바르게 하고 앉아서.

571 백아(伯牙) : 중국 춘추시대의 거문고의 명인. 그의 거문고 소리를 즐겨 듣던 친구 종자기가 죽자 자기의 거문고 소리를 이해하는 사람을 잃었다고 슬퍼한 나머지 거문고의 줄을 끊고 일생 동안 거문고를 타지 않았다고 함.

572 매양. 항상(恒常). 번번이.

573 소년적객(少年謫客) : 젊은 나이에 귀양살이를 하는 사람.

574 낙양(洛陽) : 중국 하남성(河南省) 서부에 있는 도시.

575 태어난 지 두어 해 만에.

576 표박종적(漂泊踪跡) : 정처 없이 떠돌아다니는 자취.

577 청루(靑樓) : 기생을 두고 있는 술집.

578 허명(虛名) : 실속 없는 헛된 명성.

옴은 실(實)로 종적(踪跡)을 감쵸아 승리[니]도사(僧尼道士)⁵⁸¹와 갓치 평싱(平生)을 한가(閑暇)이 보닉고즈 함일너니⁵⁸², 수풀 사름이[사항(麝香)노루가] 사항(麝香)을 루셜(漏泄)ᄒ고 픔[풍]셩(酆城)⁵⁸³에 칼⁵⁸⁴이 용광(容光)⁵⁸⁵을 도회(韜晦)⁵⁸⁶치 못ᄒ야 다시 본부(本府) 기안(妓案)⁵⁸⁷에 드니, 로류장화(路柳墻花)⁵⁸⁸이 엇지 즈원(自願)이리오⁵⁸⁹? 허[하]물며 이곳에 풍속(風俗)이 고루(孤陋)⁵⁹⁰ᄒ야 가가(家家)에 상고(商賈)질⁵⁹¹과 집집에 고기 잡아 다만 리(利)만 즁(重)이 아니 더욱 불락(不樂)ᄒ 바로소이다."

한림(翰林)이 탄식(歎息)ᄒ딕 션랑(仙娘)이 촉하(燭下)에 눈을 흘녀⁵⁹² 한림(翰林)을 보더니 침음량구(沈吟良久)에 문왈(問曰),

"상공(相公)이 됴뎡(朝廷)에 계실 씨 무슴 벼슬을 지닉시니잇고?"

한림 왈(翰林曰),

---

579 얼굴(빛)을 시기하므로.

580 추신(抽身) : 바쁘거나 어려운 처지에서 몸을 뺌.

581 승니도사(僧尼道士) : 여승(女僧)과 도사.

582 보내려고 함이었는데.

583 풍성(酆城) : 중국 강서성 남창(南昌) 지역의 옛 지명.

584 풍성의 칼. 중국 고대 초(楚)나라 지역에 감추어졌던 용천검(龍泉劍)과 태아검(太阿劍).

585 용광(容光) : 작은 틈 사이로 들어오는 빛. * 빛나는 얼굴이라는 뜻으로, 상대편의 얼굴을 높여 이르는 말.

586 도회(韜晦) : 종적을 감춤. * 재능이나 학식 따위를 숨겨 감춤.

587 기안(妓案) : 기적(妓籍). 예전에 관아에서 기생의 이름을 기록하여 두던 책.

588 노류장화(路柳墻花) : 아무나 쉽게 꺾을 수 있는 길가의 버들과 담 밑의 꽃이라는 뜻으로, 창녀나 기생을 비유적으로 이르는 말.

589 기생 노릇을 하는 것을 어찌 스스로 원하겠습니까?

590 고루(孤陋) : 보고 들은 것이 없어 마음가짐이나 하는 짓이 융통성이 없고 견문이 좁음.

591 상고질. 상업(商業)을 비하해서 하는 말.

592 촛불 아래 눈길을 보내어.

"늬 등과(登科)[593]흔 지 미구(未久)[594]ᄒ야 벼살을 다만 한림(翰林)을 지늬엿노라."

션랑 왈(仙娘曰),

"쳡(妾)이 불감(不敢)[595]ᄒ오니[나] 상공(相公)의 함ᄌ(銜字)[596]를 어더 듯ᄌᄋ릿가?"

한림(翰林)이 소왈(笑曰),

"늬 셩(姓)은 양(楊)이오 명(名)은 창곡(昌曲)이라. 랑(娘)이 엇지 ᄌ셰(仔細)히 문ᄂ뇨[597]?"

션랑(仙娘)이 다시 비파(琵琶)를 어루만져 왈(曰),

"쳡(妾)이 근일(近日) 싀로 어든 곡됴(曲調) 잇ᄉ오니 상공(相公)은 드러보쇼셔."

ᄒ고 텰발(鐵撥)[598]을 드러 삽삽(颯颯)[599]히 일곡(一曲)을 타니 소리 감[강]기처졀(慷慨凄切)ᄒ야 그 사모(思慕)함은 동산(銅山)이 문허지미[600] 락종(洛鐘)이 ᄌ응(自應)ᄒ고[601], 이원(哀怨)함은 하날이 유유(悠

---

593 등과(登科) : 등제(登第). 과거에 급제함.

594 미구(未久) : 오래지 않음.

595 불감(不敢) : 감히 할 수 없음.

596 함자(銜字) : 성함(姓銜). 남의 이름자를 높여 이르는 말.

597 어찌하여 자세히 물으시오?

598 철발(鐵撥) : 현악기를 연주할 때 쓰는 쇠로 된 기구.

599 삽삽(颯颯) : 바람이 살랑살랑 부는 모양. 여기서는 잔잔한 현악기의 음률을 말한 것임.

600 무너지매.

601 《주역(周易)》「건괘(乾卦) 문언(文言)」에 "같은 소리는 서로 응하고 같은 기는 서로 구한다.[同聲相應 同氣相求]"라고 하였는데, 공영달(孔穎達)의 소(疏)에 "누에가 실을 토함에 상(商)음을 내는 현이 끊어지고, 동산이 무너짐에 낙양의 종이 응한다.[蠶吐絲而商弦絶 銅山崩而洛鐘應]"라는 구절이 있음. 서로 긴밀하게 반응하는 것을 말함.

悠)⁶⁰²ᄒ고, 바다이 망망(茫茫)⁶⁰³ᄒ야 십분(十分)⁶⁰⁴ 지긔(知己)를 셜워
ᄒ고⁶⁰⁵, 일분(一分)⁶⁰⁶ 방탕(放蕩)함이 업거늘, 한림(翰林)이 귀를 기
우려 가만히 드르니 즈긔(自己)가 지은 강남홍(江南紅)에 졔문(祭文)
이라.

선랑(仙娘)이 타기를 맛고⁶⁰⁷ 기용(改容)⁶⁰⁸ 사례 왈(謝禮曰),

"쳡(妾)은 드르니 란초(蘭草)를 불살음이⁶⁰⁹ 혜[혜]최(蕙草ㅣ)⁶¹⁰ 탄
식(歎息)ᄒ고 솔나뮈 무성(茂盛)흔 즉(則) 잣나뮈 깃거흔다 ᄒ니⁶¹¹,
동병상련(同病相憐)⁶¹²ᄒ고 동긔상구(同氣相求)⁶¹³함이라. 쳡(妾)이 강
남홍(江南紅)과 비록 안면(顔面)이 업스나 즈연(自然) 셩긔상합(聲氣
相合)⁶¹⁴ᄒ고 간담(肝膽)이 상됴(相照)⁶¹⁵ᄒ야 방최(芳草ㅣ) 셔리를 만
나고⁶¹⁶ 명쥬(明珠ㅣ) 바다에 싸짐을 차셕(嗟惜)ᄒ더니⁶¹⁷, ᄒ루에⁶¹⁸ 이

---

602 유유(悠悠) : 아득히 먼 모양.
603 망망(茫茫) : 넓고 아득히 먼 모양.
604 십분(十分) : 아주 충분히.
605 서러워하고. 서럽게 여기고.
606 일분(一分) : 조금. 사소한 부분.
607 타기를 마치고. 연주를 마치고.
608 개용(改容) : 얼굴빛을 엄숙하게 고침.
609 불사르매. 불태우매.
610 혜초(蕙草) : 영릉향(零陵香). 콩과의 두해살이풀.
611 소나무가 무성하면 잣나무가 기뻐한다 하니.
612 동병상련(同病相憐) : 같은 병을 앓는 사람끼리 서로 가엾게 여긴다는 뜻으로, 어
     려운 처지에 있는 사람끼리 서로 가엾게 여김을 이르는 말.
613 동기상구(同氣相求) : 동성상응(同聲相應). 같은 소리끼리는 서로 응하여 울린다
     는 뜻으로, 같은 무리끼리 서로 통하고 자연히 모인다는 말.
614 성기상합(聲氣相合) : 성기상통(聲氣相通). 마음과 뜻이 서로 통함.
615 간담상조(肝膽相照) : '간과 쓸개를 내어 서로에게 보인다'는 뜻으로, 서로 마음을
     터놓고 친밀히 사귐.
616 향기로운 풀이 서리를 만나고.
617 빛이 곱고 아름다운 구슬이 바다에 빠짐을 안타까워하더니.

글이 회자(膾炙)[619]ᄒ기 구(求)ᄒ야 보니 홍랑(紅娘)은 죽어도 죽지 안님이라[620]. 양 학ᄉᆡ(楊學士ㅣ) 누구심을 몰나[621] ᄒᆞᆫ 번(番) 뵈옵고 흉금(胸襟)을 토론(討論)코ᄌᆞ ᄒᆞ오니[나] 엇지 긔필(期必)[622]ᄒ리오? 다만 홀로 노ᄅᆡᄒᆞ며 풍류(風流)에 올님은[623] 풍졍(風情)을 흠션(欽羨)[624]ᄒᆞᆷ이 아니오, 지긔(知己)를 사모(思慕)ᄒᆞᆷ이라. 녯젹의 공 부ᄌᆞ(孔夫子ㅣ)[625] 사양(師襄)[626]에게 거문고를 비호실ᄉᆡ[627], 탄지일일(彈之一日)[628]에 금믐[그 마음]을 ᄉᆡᆼ각ᄒᆞ시고, 이일(二日)에 긔상(其像)을 엇으시며[629], 삼일(三日)에 용모(容貌)를 보샤 슴연(森然)[630]이 안젼(眼前)에 잇고, 개[석]연(釋然)[631]이 지척(咫尺)[632]에 ᄃᆡ(對)ᄒ신 듯ᄒ시다더니, 쳡(妾)이 상공(相公)을 비록 오날 뵈오나 개셰(蓋世)ᄒ신 풍치(風采)와 아름다운 용모(容貌)를 임에[633] 슴척(三尺) 금즁(琴中)에 여러 번

618 하루에. 어느 날.
619 회자(膾炙) : 회와 구운 고기라는 뜻으로, 칭찬을 받으며 사람들의 입에 자주 오르내림.
620 죽어도 죽지 않은 것이라.
621 누구신지 몰라서.
622 기필(期必) : 꼭 이루어지기를 기약함.
623 풍류에 올린 것은. 거문고로 연주한 것은.
624 흠선(欽羨) : 우러러 공경하고 부러워함.
625 공 부자(孔夫子) : 중국 춘추시대의 철학자인 공자(孔子)를 높여 이르는 말.
626 사양(師襄) : 중국 춘추시대의 유명한 악사 양자(襄子)로 거문고 연주에 능했음. 공자가 사양에게 거문고를 배웠다는 내용은《공자가어(孔子家語)》「변악해(辯樂解)」에 나옴.
627 배우시는데.
628 탄지일일(彈之一日) : 거문고를 연주한 첫날.
629 둘째 날에는 그 법식을 얻으셨으며.
630 삼연(森然) : 엄숙(嚴肅)한 모양.
631 석연(釋然) : 의혹이나 꺼림칙한 마음이 없이 환함.
632 지척(咫尺) : 아주 가까운 거리.
633 이미.

(番) 뵈엿나이다."

한림(翰林)이 탄왈(歎曰),

"뇌 홍(紅)을 심상(尋常)흔 창기(娼妓)로 친(親)치 아니코 지긔(知 己)를 허(許)ᄒ얏더니 이졔 랑(娘)을 보미 언어(言語) 동졍(動靜)이 홍(紅)과 십분(十分) 방불(髣髴)[634]ᄒ니, 일변(一邊) 반가오며 일변(一 邊) 쳐량(凄凉)ᄒ도다."

비반(杯盤)[635]을 가져 셔로 한담(閑談)ᄒᆯ시, 한림(翰林)이 격거(謫 居) 이후(以後)로 비쥬(杯酒)에 취(醉)홈이 업더니, 시야쟝반(是夜將 半)[636]에 풍류가인(風流佳人)을 만나 문장(文章)을 말ᄉᆞᄒ며 흉금(胸 襟)을 의론(議論)홈이 션랑(仙娘)의 민쳡(敏捷)흔 지죠(才操)와 졀인 (絶人)흔 총명(聰明)이 츌류발췌[쳬](出類拔萃)[637]ᄒ야 무쌍(無雙)[638]ᄒᆯ 쑨 아니러라.

한림(翰林)이 션랑(仙娘)을 보아 왈(曰),

"뇌 랑(娘)의 비파(琵琶)를 드르니 범상(凡常)흔 슈단(手段)이 아니 라. 무ᄉᆞ 다른 풍류(風流) 잇ᄂᆞ냐?"

션랑(仙娘)이 소왈(笑曰),

"심상(尋常) 소[쇽]악(俗樂)은 족(足)히 드르실 비 업스나 쳡(妾)에 게 일기(一箇) 옥젹(玉笛)이 잇셔 그 츌쳐(出處)를 모르오나 젼셜(傳 說)이 본ᄃᆡ 일쌍(一雙)으로 일기(一箇)는 거쳐(去處)를 모르고 일기 (一箇)는 쳡(妾)에게 잇ᄉᆞ오니 그 츌쳐(出處)를 의론(議論)흔 즉(則)

---

634 방불(髣髴) : 거의 비슷함.
635 배반(杯盤) : 술상에 차려 놓은 그릇. 또는 거기에 담긴 음식.
636 주) 75 참조.
637 출류발췌(出類拔萃) : 같은 무리 가운데에서 특별히 뛰어남.
638 무쌍(無雙) : 짝이 없음. 대적할 사람이 없음.

심상(尋常)흔 악기(樂器 l) 아니라. 고쟈(古者)에 황뎨(黃帝) 헌원씨(軒轅氏 l)[639] 해곡(嶰谷)[640]에 듸를 버혀 봉황(鳳凰)의 소릭를 듯고 그 쟈웅셩(雌雄聲)[641]을 합(合)ᄒ야 십이률(十二律)을 만드니, 속악(俗樂)[642]은 다만 그 률(律)을 의방(依倣)[643]홈이라. 이 옥젹(玉笛)은 젼(全)혀 웅셩(雄聲)을 엇어[644] 그 소릭 웅쟝호방(雄壯豪放)[645]ᄒ야 익원(哀怨)홈이 업ᄉ오니, 쳡(妾)이 시험(試驗)ᄒ야 상공(相公)이 들으시게 ᄒ려니와, 이곳이 번거ᄒ오니 명야(明夜)[646] 월싴(月色)을 씌여 집 뒤 벽셩산(碧城山)에 올나 불고쟈 ᄒ오니, 상공(相公)은 다시 심방(尋訪)[647]ᄒ쇼셔."

한림(翰林)이 허락(許諾)ᄒ고 긱실(客室)에 도라와 익일(翌日) 쥬인(主人)더러 벽셩산(碧城山) 구경감을 말ᄒ고 동쟈(童子)를 다리고 션량[랑](仙娘)에 집에 가니 문항(門巷)[648]이 유벽(幽僻)[649]ᄒ고 경기(景槪 l) 졀승(絕勝)ᄒ야[650] 밤에 보든 바와 다르더라.

션량(仙娘)이 쥭비(竹扉)를 반기(半開)ᄒ고 웃고 나와 마즈니 션션

---

639 황제(黃帝) 헌원씨(軒轅氏) : 중국 고대 전설상의 제왕. 삼황(三皇)의 한 사람으로, 처음으로 곡물 재배를 가르치고 문자·음악·도량형 따위를 정하였다고 함.

640 해곡(嶰谷) : 중국 서쪽 곤륜산(崑崙山)에 있는 계곡. 중국 고대 황제(黃帝)의 신하 영륜(伶倫)이 곤륜산 해곡의 대나무를 베어 피리를 만들었는데, 그 피리를 불면 봉황의 울음소리가 났다고 함.

641 쟈웅셩(雌雄聲) : 암컷과 수컷의 울음소리.

642 속악(俗樂) : 오늘날 세속(世俗)의 음악.

643 의방(依倣) : 모방(模倣). 남의 것을 흉내 내어 본받음.

644 온전히 수컷[鳳]의 소리를 얻어.

645 웅쟝호방(雄壯豪放) : 웅장하고 호탕함.

646 명야(明夜) : 내일 밤.

647 심방(尋訪) : 방문하여 찾아봄.

648 문항(門巷) : 거리의 입구. 마을의 입구.

649 유벽(幽僻) : 한적하고 외짐.

650 경치가 빼어나서.

[연](嬋娟)⁶⁵¹흔 티도(態度)와 표표[일](飄逸)⁶⁵²흔 긔상(氣像)이 요디(瑤臺)⁶⁵³ 션지(仙子ㅣ)⁶⁵⁴ 빅일(白日)⁶⁵⁵에 하강(下降)흔 듯 랑연(朗然)⁶⁵⁶이 웃고 맛거늘, 한림(翰林)이 그 손을 잡고 왈(曰),

"션랑(仙娘)은 가위(可謂) 명불허득(名不虛得)⁶⁵⁷이로다. 이곳 경긔(景槪ㅣ) 진짓 신션(神仙)이 잇슬 곳이오, 쳥루(靑樓) 물식(物色)이⁶⁵⁸ 아니로다."

션랑(仙娘)이 쇼왈(笑曰),

"쳡(妾)이 본디 산슈(山水)를 조햐ᄒᆞ야⁶⁵⁹ 이곳에 별당(別堂)을 지음은 실(實)로 벽성산(碧城山) 경긔(景槪)를 취(取)홈이라. 다힝(多幸)이 강쥬(江州)에 오릉쇼년(五陵少年)⁶⁶⁰이 업셔 홍진(紅塵)⁶⁶¹이 문젼(門前)에 이르지 아니ᄒᆞ나 미양 명존실무(名存實無)⁶⁶²홈을 붓그리더니,⁶⁶³ 금일(今日) 샹공(相公)이 림(臨)ᄒᆞ사 봉필(蓬蓽)⁶⁶⁴이 더욱 빗

---

651 선연(嬋娟) : 얼굴이 곱고 아름다움.

652 표일(飄逸) : 우아하고 고상함.

653 요대(瑤臺) : 고대 중국의 전설에서 신선의 거처를 가리키며, 종종 아름다운 누대를 비유할 때 쓰임.

654 선자(仙子) : 신선(神仙). 선녀(仙女).

655 백일(白日) : 백주(白晝). 대낮.

656 낭연(朗然) : 밝고 환한 모양. 유쾌하고 활발한 모양.

657 명불허득(名不虛得) : 명예나 명성은 헛되이 얻을 수 있는 것이 아님.

658 기생집의 모습이.

659 좋아하여.

660 오릉소년(五陵少年) : 오릉공자(五陵公子). '오릉'은 한(漢) 나라 다섯 황제의 무덤으로, 곧 장릉(長陵)·안릉(安陵)·양릉(陽陵)·무릉(茂陵)·평릉(平陵) 등인데, 이 무덤이 모두 장안(長安)에 있고 유협(遊俠) 소년들이 여기에 모여 놀았으므로 이들을 오릉공자라 불렀음.

661 홍진(紅塵) : 번거롭고 속된 세상을 비유적으로 이르는 말.

662 명존실무(名存實無) : 이름만 있고 실상은 없음.

663 부끄러워하였는데.

664 봉필(蓬蓽) : 쑥대나 잡목의 가시로 엮어 만든 문이라는 뜻으로, 가난한 사람이

나고 쳡(妾)의 흉즁(胸中)에 십 년(十年) 진루(塵累)[665]를 씨스니, 오날
이야 벽셩션(碧城仙)(이 거신션(去神仙)에) 불원(不遠)인가 ᄒᆞ나이다[666]."

량인(兩人)이 대쇼(大笑)ᄒᆞ고 당(堂)에 올나 차(茶)를 마시더니 아
이(俄而)[667]오 일락셔산(日落西山)[668]ᄒᆞ고 월츌동령(月出東嶺)[669]ᄒᆞ니,
션랑(仙娘)이 양 차환(兩叉鬟)으로 쥬합과텹[뎝](酒盒果楪)[670]을 들이
고 옥뎍(玉笛)을 가져 한림(翰林)과 동ᄌᆞ(童子)로 더부러 벽셩산(碧
城山) 즁봉(中峰)에 올나 셕상(石上)에 익긔를 쓸고[671] 차환(叉鬟)과
동ᄌᆞ(童子)로 락엽(落葉)을 쥬어 차(茶)를 다리라 ᄒᆞ고[672], 한림(翰林)
게 말슴ᄒᆞ되,

"벽셩산(碧城山)은 강쥬(江州)에 아름다온 뫼오[673], 즁추월(仲秋月)
은 일년 즁(一年中) 유명(有名)ᄒᆞᆫ 가졀(佳節)이라. 상공(相公)은 젹거
(謫居)에 한(恨)이 잇고 쳔쳡(賤妾)은 표박죵젹(漂泊踪跡)으로 평슈
상봉(萍水相逢)[674]ᄒᆞ야 이 뫼에 이 달을 듸(對)ᄒᆞ니 엇지 긔약(期約)
ᄒᆞᆫ 비리오? 쳡(妾)의 가져온 슐이 비록 박(薄)ᄒᆞ나[675] 먼져 흉즁(胸中)
에 불편(不便)ᄒᆞᆫ 회포(懷抱)를 씨슨 후(後) 옥뎍(玉笛)을 들으쇼셔."

사는 집을 이르는 말.
665 진루(塵累) : 속루(俗累). 세상살이에 연관된 너저분한 일.
666 오늘에야 벽성선이 신선이 되어 가는 것이 멀지 않았나 합니다.
667 주) 58 참조.
668 일락서산(日落西山) : 해가 서산으로 저묾.
669 월출동령(月出東嶺) : 달이 동쪽 산봉우리에서 떠오름.
670 주합과접(酒盒果楪) : 술을 담은 그릇과 과일을 담은 접시.
671 이끼를 쓸고.
672 낙엽을 주워다가 차를 달이라고 하고.
673 뫼요. 산이요.
674 평수상봉(萍水相逢) : 부평초와 물이 서로 만난다는 뜻으로, 여행 중에 우연히 벗
    을 만남을 비유적으로 이르는 말.
675 맛이 좋지 못하나.

각각(各各) 수비(數杯)를 마신 후(後) 취흥(醉興)을 씌여 션랑(仙娘)이 슈즁(手中)에 옥뎍(玉笛)을 월하(月下)에 놉히 들어 흔 번(番) 부니 산명곡응(山鳴谷應)[676]ᄒ고 쵸목(草木)이 진동(震動)ᄒ야 령샹(嶺上)에[677] 잠든 학(鶴)이 나라가고[678], 두 번(番) 불미 텬디헌암[혼암](天地昏暗)[679]ᄒ고 즁셩(中聲)[680]이 뢰락(磊落)[681]ᄒ야 만학쳔봉(萬壑千峰)[682]이 일시(一時)에 활동(活動)ᄒ거늘[683] 션랑(仙娘)이 아미(蛾眉)[684]를 씽긔고[685] 단슌(丹脣)을 모와[686] 다시 부니, 홀연(忽然) 광풍(狂風)이 딕작(大作)ᄒ야[687] 모리를 쑤려 월식(月色)이 희[회]명(晦冥)[688]ᄒ고 줌교(潛蛟)의 츔[689]과 호포(虎咆)[690]의 쉬[소](嘯)[691] 바람소리 사면(四面)에 이

676 산명곡응(山鳴谷應) : 산이 울면 골짜기가 응한다는 뜻으로, 메아리가 산과 골짜기에 울림을 이르는 말.
677 고개 위에. 한문본에는 '소나무 사이에[松間]'로 되어 있음.
678 날아가고.
679 천지혼암(天地昏暗) : 온 세상이 어둡고 캄캄함.
680 중성(中聲) : 가운데 음넓이의 소리. 황종(黃種), 대려(大呂), 태주(太簇) 따위가 이에 속함.
681 뇌락(磊落) : 마음이 너그럽고 작은 일에 얽매이지 않음.
682 만학천봉(萬壑千峰) : 첩첩이 겹쳐진 깊고 큰 골짜기와 수많은 산봉우리.
683 활동하거늘. 한문본에는 '요동(搖動)'으로 되어 있음.
684 아미(蛾眉) : 누에나방의 눈썹이라는 뜻으로, 가늘고 길게 굽어진 아름다운 눈썹을 이르는 말. 미인의 눈썹을 이름.
685 찡그리고.
686 붉은 입술을 모아.
687 미친 듯이 사납게 휘몰아치는 거센 바람이 크게 일어나.
688 회명(晦冥) : 해나 달의 빛이 가리어져 어두컴컴함.
689 숨은 교룡의 춤. 중국 송나라 소동파(蘇東坡)의 〈적벽부(赤壁賦)〉에 '통소를 부는 객이 있어 노래에 화답하여 통소를 부니, 그 소리가 구슬퍼서 원망하는 듯, 사모하는 듯, 흐느껴 우는 듯, 하소연하는 듯하고, 그 여운이 가냘프게 실낱처럼 이어져 끊어지지 않으니, 깊은 골짝에 숨은 교룡을 춤추게 하고[客有吹洞簫者 倚歌而和之 其聲嗚嗚然 如怨如慕 如泣如訴 餘音嫋嫋 不絶如縷 舞幽壑之潛蛟]'라는 대목이 있음.
690 호포(虎咆) : 포효(咆哮)하는 호랑이.

러나며 산중빅령(山中百靈)[692]이 츄츄(愀愀)[693]히 울거늘, 한림(翰林)은 송연경동(竦然驚動)[694]ᄒ고 동ᄌ(童子) 차환(叉鬢)은 샹고당황(相顧唐慌)[695]ᄒ니, 션랑(仙娘)이 옥뎍(玉笛)을 눗코 긔싴(氣色)이 믹믹(脈脈)[696]ᄒ며 쥬한(珠汗)[697]이 익상(額上)[698]에 가득ᄒ야 왈(曰),

"첩(妾)이 일즉 신인(神人)을 만나 이 곡됴(曲調)를 비호니, 그 일홈은 운무[문]광악(雲門廣樂)[699] 쵸장(初章)이라. 황뎨(黃帝) 헌원씨(軒轅氏ㅣ) 쳐음으로 간괘[과](干戈)[700]를 써 군스(軍士)를 가라칠 씨 리산(離散)홈을 합(合)ᄒ며 히타[태](懈怠)[701]홈을 경동(警動)[702]ᄒᄂ 풍류(風流)라. 첩(妾)이 폐(廢)ᄒ 지 오릭라. 다만 조빅[박](糟粕)[703]만 남ᄋ니이다."

한림(翰林)이 칭션불리[이](稱善不已)[704]ᄒ디 션랑(仙娘)이 옥뎍(玉笛)을 한림(翰林)쎄 드려 왈(曰),

"이 옥뎍(玉笛)은 범인(凡人)이 분 즉(則) 소릭 나지 아니ᄒᄂ니

---

691 소(嘯) : 울부짖음. * 휘파람을 붊.

692 산중백령(山中百靈) : 산 속에 있는 온갖 혼령(魂靈).

693 추추(愀愀) : 쓸쓸한 모양.

694 송연경동(竦然驚動) : 소름이 오싹 끼치는 두려움에 떪.

695 상고당황(相顧唐慌) : 서로 쳐다보며 당황함.

696 맥맥(脈脈) : 기운이 막혀 숨쉬기가 갑갑한 모양.

697 주한(珠汗) : 구슬 같은 땀방울.

698 액상(額上) : 이마 위.

699 운문광악(雲門廣樂) : '운문'은 중국 고대 황제(黃帝)의 음악이고, '광악'은 균천광악(鈞天廣樂)으로 천상의 음악을 말함.

700 간과(干戈) : 방패와 창이라는 뜻으로, 전쟁에 쓰는 병기를 통틀어 이르는 말.

701 해태(懈怠) : 게으름. 행동이 느리고 움직이거나 일하기를 싫어하는 태도나 버릇.

702 경동(警動) : 깨우쳐 격려함.

703 조박(糟粕) : 술을 거르고 남은 찌끼라는 뜻으로, 양분을 빼고 난 필요 없는 물건을 이름.

704 칭션불이(稱善不已) : 칭찬해 마지않음.

64 교역 만고충의 벽성선

상공(相公)은 불어보쇼셔."

한림(翰林)이 웃고 한 번(番) 불민 알연(戛然)[705]흔 소리 ᄌ연(自然)
륜[율]려(律呂)[706]에 합(合)흔지라. 션랑(仙娘)이 탄왈(歎曰),

"상공(相公)은 인간범골(人間凡骨)[707]이 아니라. 반다시 텬상(天上)
셩졍(星精)[708]이신가 ᄒ나이다. 쳡(妾)이 어려서붓터 음률(音律)에 조
금 총명(聰明)이 잇ᄉ와 ᄉ광(師曠)[709] 계찰(季札)[710]에 양두(讓頭)[711]치
아닐가 ᄒ옵더니, 이졔 상공(相公)의 한 마딕 옥뎍(玉笛)을 들으민
잠간(暫間) 살벌지셩(殺伐之聲)[712]이 잇셔 불구(不久)[713]에 병혁지ᄉ
(兵革之事ㅣ)[714] 계실지니, 이 옥뎍(玉笛)을 비와 두신 즉(則)[715] 타일
(他日) 쓸 곳이 잇슬가 ᄒ나이다."

수곡(數曲)을 가라치니 한림(翰林)의 총명(聰明)으로 음률(音律)에
싱쇼(生疎)치 아닌지라. 경각간(頃刻間)[716]에 곡됴(曲調)를 히득(解
得)[717]ᄒ니, 션랑(仙娘)이 딕희 왈(大喜曰),

"상공(相公)의 텬ᄌᆡ(天才)[718]는 쳡(妾)의 밋칠 바 아니로소이다."

---

705 알연(戛然) : 멀리서 들려오는 노래나 악기 소리가 맑고 은은함.
706 율려(律呂) : 음악이나 음성의 가락을 이르는 말.
707 인간범골(人間凡骨) : 특별한 재주나 능력이 없는 평범한 사람.
708 셩졍(星精) : 별의 정기(精氣).
709 사광(師曠) : 중국 춘추시대 진(晉)나라의 거문고 명인으로, 그가 거문고를 연주하
  자 검은 학들이 무리지어 모여들었다고 함.
710 계찰(季札) : 춘추시대 오왕(吳王) 수몽(壽夢)의 넷째 아들로, 아버지 수몽이 왕으
  로 세우려고 했지만 고사하였음.
711 주) 424 참조.
712 살벌지셩(殺伐之聲) : 살벌한 소리. 거칠고 무서운 소리.
713 불구(不久) : 오래지 않음.
714 병혁지사(兵革之事) : 전쟁과 관련된 일.
715 배워 두신다면.
716 주) 194 참조.
717 해득(解得) : 뜻을 깨쳐 앎.

아이(俄而)오, 야심(夜深)ᄒ니 셔로 손을 잡고 월식(月色)을 씌여 도라와, 이날부터 한림(翰林)이 미일(每日) 의랑[랑(娘)의] 집에 가 쇼견(消遣)ᄒᆞᆯᄉᆡ 긔지[지긔]상합(志氣相合)⁷¹⁹ᄒᆞᆷ이 비록 교칠(膠漆)⁷²⁰ 갓ᄒᆞ나 임셕운우(衽席雲雨)⁷²¹를 희롱(戲弄)코져 ᄒᆞᆫ 즉(則) 랑(娘)이 고사불허(固辭不許)⁷²²ᄒ니 한림(翰林)이 의아 왈(疑訝曰),

"늬 비록 불사(不似)⁷²³ᄒᆞ나 랑(娘)과 친(親)ᄒᆞᆫ 지 일삭(一朔)⁷²⁴이라. 굿ᄒᆞ여⁷²⁵ 처[허]신(許身)치 아니ᄒᆞᆷ은 무슴 곡졀(曲折)이뇨?"

션랑(仙娘)이 쇼왈(笑曰),

"군ᄌ지교(君子之交)는 담(淡)ᄒᆞ기 물 갓고 쇼인지교(小人之交)는 달기 술 갓다 ᄒᆞ오니, 첩(妾)이 평싱지긔(平生知己)와 허심[신](許身)ᄒᆞᆷ을 원(願)ᄒᆞ고 범부(凡夫)와 허심[신](許身)을 즐겨 아니 ᄒᆞ나니, 금일(今日) 샹공(相公)은 첩(妾)의 지긔(知己)라. 감(敢)히 쳥루쳔긔(靑樓賤妓)의 음란(淫亂)ᄒᆞᆫ 풍졍(風情)으로 ᄉᆞ괴리오⁷²⁶? 지어부부지연(至於夫婦之緣)⁷²⁷은 바리지 아니신 즉(則)⁷²⁸ 후일(後日)이 무궁(無窮)ᄒᆞ니, 금일(今日) 샹공(相公)은 다만 심긔(心氣)⁷²⁹를 의론(議論)ᄒ

---

718 천재(天才) : 선천적으로 타고난, 남보다 훨씬 뛰어난 재주. 또는 그런 재능을 가진 사람.

719 지기상합(志氣相合) : 두 사람 사이의 의지와 기개가 서로 잘 맞음.

720 교칠(膠漆) : 아교와 옻칠이라는 뜻으로, 매우 친밀하여 서로 떨어질 수 없는 관계 를 비유적으로 이르는 말.

721 임석운우(衽席雲雨) : 잠자리에서 남녀가 육체적으로 관계하는 일.

722 고사불허(固辭不許) : 굳이 거절하며 허락하지 아니 함.

723 불사(不似) : 같지 아니 함. 닮지 아니 함. 꼴 같지 아니 함.

724 일삭(一朔) : 한 달.

725 구태여. 일부러 애써. 굳이. 억지로.

726 사귀리오?

727 지어부부지연(至於夫婦之緣) : 부부의 인연에 이르러서는. 부부의 인연에 관해서는.

728 버리지 않으신다면.

야 붕우(朋友)로 아옵쇼셔."

한림(翰林)이 그 지죠(志操)를 긔특(奇特)이 넉이나 풍졍(風情)이
너모[730] 담연(淡然)[731]홈을 의심(疑心)ᄒᆞ더라.

일일(一日)은 한림(翰林)이 긱관(客館)에 잇셔 졍(正)히 무료(無聊)
ᄒᆞ야 ᄒᆞ더니 홀연(忽然) 문외(門外)에 신 ᄭᅳ는 소ᄅᆡ 나며 션랑(仙娘)
이 양기(兩個) 차환(叉鬟)을 다리고 월식(月色)을 ᄯᅱ여 이르니 션연
(嬋娟)ᄒᆞᆫ 틱도(態度) 월궁 항이(月宮姮娥ㅣ)[732] 광한뎐(廣寒殿)[733]에 나
린 듯, 해[한]림(翰林)이 졍신(精神)이 표탕(飄蕩)[734]ᄒᆞ고 의ᄉᆞ(意思ㅣ)
무르녹아[735] 진셰 인물(塵世人物)[736]임을 ᄭᅢ닷지 못ᄒᆞ더라.

션랑(仙娘)이 안즈며 쇼왈(笑曰),

"부싱 빅년(浮生百年)[737]에 한가(閑暇)ᄒᆞᆫ 날이 몟칠이 못 되거늘[738],
이 갓ᄒᆞᆫ 됴ᄒᆞᆫ 달에 엇지 무료(無聊)히 취침(就寝)코져 ᄒᆞ시나뇨? 강
두월식(江頭月色)[739]이 쾌활(快活)홀 듯ᄒᆞ니 잠간(暫間) 심양뎡(潯陽
亭)에 올나 완월(玩月)[740]ᄒᆞ고 쳡(妾)에게 가ᄉᆞ이다[741]."

---

729 심기(心氣) : 마음으로 느끼는 기분.
730 너무.
731 담연(淡然) : 욕심이 없고 깨끗함.
732 월궁항아(月宮姮娥) : 전설에서 달에 있는 궁전에 산다는 선녀. 견줄 만한 사람이
　　 없을 정도로 아름다운 여자를 비유적으로 이르는 말.
733 광한전(廣寒殿) : 달 속에 있다는, 항아(姮娥)가 사는 가상의 궁전.
734 표탕(飄蕩) : 정처 없이 헤매어 떠돎.
735 생각이 무르익어. 현토본에는 '의사가 황홀하여[意思ㅣ恍惚]'로 되어 있음.
736 진세인물(塵世人物) : 속세의 인물.
737 부생백년(浮生百年) : 뜬구름같이 덧없는 한 평생.
738 며칠이 못 되거늘.
739 강두월색(江頭月色) : 강가의 달빛.
740 완월(玩月) : 달구경을 함.
741 저에게 가십시다. 저의 집으로 가십시다.

한림(翰林)이 흔연(欣然) 허락(許諾)ᄒ고 동ᄌ(童子)로 긱실(客室)을 직히라 ᄒ고 랑(娘)과 소믹를 련(連)ᄒ야 강두(江頭)에 나아가니 심[십]리명사(十里明沙)[742]는 빅셜(白雪)이 쌀녓고[743] 일륜츄월(一輪秋月)[744]은 벽공(碧空)[745]에 걸녓스니, 사장(沙場)에 갈막이[746] 인적(人跡)을 놀나 월하(月下)에 편편(翩翩)[747]이 날거늘, 션랑(仙娘)이 월광(月光)을 밟아 사상(砂上)에 비회(徘徊)ᄒ며 한림(翰林)을 도라보아 왈(曰),

"강남(江南) 계집에 답청(踏青)[748]ᄒᄂ 소리[749] 잇스나 첩(妾)은 써 ᄒ되[750] 강상[남]답쳥(江南踏青)이 월하답빅(月下踏白)[751]만 못ᄒᆯ가 ᄒ나이다."

ᄒ고 나삼(羅衫)[752] 소믹를 썰쳐 빅구(白鷗)[753]를 날니며 알연(戞然)이 일곡(一曲)을 부르니 그 노릭에 왈(曰),

'빅구(白鷗)야, 무단(無端)이 펄펄 날지 마라. 달도 희고 모릭도 희고 너도 희니 시비흑빅(是非黑白)[754] 닉 몰닉라.'

션랑(仙娘)이 가필(歌畢)[755]에 한림(翰林)이 화답(和答)ᄒ야 왈(曰),

---

742 십리명사(十里明沙) : 명사십리(明沙十里). 곱고 부드러운 모래가 끝없이 펼쳐진 강가나 바닷가를 비유적으로 이르는 말.

743 흰 눈이 깔린 듯하고.

744 일륜추월(一輪秋月) : 밝은 가을 달.

745 벽공(碧空) : 푸른 하늘.

746 갈매기.

747 편편(翩翩) : 새 따위가 훨훨 나는 모양.

748 답청(踏青) : 봄에 파랗게 난 풀을 밟으며 산책함. 또는 그런 산책. 중국에서, 청명절에 교외를 거닐며 자연을 즐기던 일.

749 답청하는 소리. 현토본에는 '답청하는 풍속[踏青之俗]'으로 되어 있음.

750 저는 생각하기를.

751 월하답백(月下踏白) : 달빛 아래 흰 모래를 밟음.

752 나삼(羅衫) : 비단 적삼.

753 백구(白鷗) : 흰 갈매기.

754 시비흑백(是非黑白) : 시시비비(是是非非). 잘잘못과 옳고 그름.

'강상(江上)에 나는 빅구(白鷗)야, 나를 보고 날지 마라. 명사십니
(明沙十里) 달빗을 너 혼자 누릴소냐? 나도 셩티격긱(聖代謫客)⁷⁵⁶으
로 경기(景槪) 차자 예 왓노라.'

추시(此時) 한림(翰林)과 션랑(仙娘)이 가필(歌畢)에 셔로 소미를
잡고 심양뎡(潯陽亭)에 오르니 강촌(江村)이 젹요(寂寥)흔디 어화(漁
火)와 닷 감는 소리 긱슈(客愁)를 돕는지라.

한림(翰林)이 란간(欄干)을 의지(依支)흐야 탄식 왈(歎息曰),

"강슈(江水)는 동(東)으로 흐르고 월광(月光)은 셔(西)으로 도라가
니 고왕금리(古往今來)⁷⁵⁷에 지즈가인(才子佳人)⁷⁵⁸이 이 뎡자(亭子)에
오른 지(者ㅣ) 몃친 줄 알며 지금(至今) 종젹(踪跡)을 무를 곳이 업다
고[고 다]만 공산(空山)에 잣나비와 쥭림(竹林)에 두견(杜鵑)이 고금
흥망(古今興亡)⁷⁵⁹을 죠롱(嘲弄)흐니 부셰인싱(浮世人生)⁷⁶⁰이 엇지 가
련(可憐)치 아니리오?"

션랑(仙娘)이 역시(亦是) 추연 왈(愀然⁷⁶¹曰),

"쳡(妾)에게 두어 말 슘[술](이) 잇스니 달을 씌여⁷⁶² 봉필(蓬蓽)에
림(臨)흐샤 반야한담(半夜閑談)⁷⁶³으로 쳐량(凄凉)흔 심회(心懷)를 덜
게 흐쇼셔."

---

755 가필(歌畢) : 노래를 마침.

756 셩대적객(聖代謫客) : 태평성대에 귀양살이하는 사람.

757 고왕금래(古往今來) : 고금(古今). 예전과 지금을 아울러 이르는 말. 예로부터 지
금까지.

758 재자가인(才子佳人) : 재주 있는 남자와 아름다운 여자를 아울러 이르는 말.

759 고금흥망(古今興亡) : 예로부터 지금까지 흥하고 망함.

760 부세인생(浮世人生) : 덧없는 세상을 사는 인생.

761 추연(愀然) : 정색(正色)을 하는 모양.

762 달을 띠어. 달빛을 받으며.

763 반야한담(半夜閑談) : 한밤중에 나누는 한가한 이야기.

한림(翰林)이 디희(大喜)ᄒ야 다시 션랑(仙娘)의 집에 이르니 비반(杯盤)이 랑ᄌ(狼藉)ᄒ고[764] 두어 가지 풍류(風流)[765]로 방즁악(房中樂)[766]을 알외니, 한림(翰林)이 쇼년지심(少年之心)으로 오릭 울젹(鬱寂)ᄒᆫ 마음이 잇더니 ᄌᄎ이후(自此以後)[767]로 츅일(逐日)[768] 랑(娘)에게 와 밤으로 낫을 이어 담쇼풍류(談笑風流)[769]로 쇼일(消日)ᄒ고, 션랑(仙娘)도 긱실(客室)에 와 도라감을 닛더라[770].

하로는 추우(秋雨) 소소(蕭蕭)[771]ᄒ야 죵일(終日) 기이지 아니ᄒ니[772] 한림(翰林)이 무료(無聊)히 홀로 안졋다가 셔안(書案)을 의지(依支)ᄒ야 잠드럿더니 ᄭᅵ여 보미 밤이 임에 깁고[773] 텬긔(天氣ㅣ) 명랑(明朗)ᄒ야 우후월식(雨後月色)[774]이 만졍(滿庭)[775]ᄒ거늘 홀연(忽然) 션랑(仙娘)을 싱각ᄒ고 몸을 이러[776] 동ᄌ(童子)를 ᄭᅵ오지 아니ᄒ고 혼ᄌ 션랑(仙娘)을 차자가더니 멀니 바라보미 량기(兩個) 차환(叉鬟)이 사롱(紗籠)[777]에 불을 혀 들고[778] 그 뒤에 일위(一位) 미인(美人)이

---

764 술잔과 접시가 어지럽게 흩어져 있고.
765 풍류(風流) : 악기(樂器).
766 방즁악(房中樂) : 실내에서 거문고나 가야금 따위로 연주하는 음악.
767 자차이후(自此以後) : 이때 이후로.
768 츅일(逐日) : 날마다.
769 담소풍류(談笑風流) : 이야기와 악기 연주.
770 돌아가는 것을 잊었다.
771 소소(蕭蕭) : 바람이나 빗소리 따위가 쓸쓸한 모양.
772 개지 아니하니. 맑아지지 않으니.
773 밤이 이미 깊었고.
774 우후월색(雨後月色) : 비 갠 뒤의 달빛.
775 만정(滿庭) : 뜰에 가득함.
776 몸을 일으켜.
777 사롱(紗籠) : 여러 빛깔의 깁으로 거죽을 씌운 등롱(燈籠).
778 불을 켜 들고.

슈혜(繡鞋)⁷⁷⁹를 쓰을고 오거늘 즈셰(仔細) 보니 이에 션랑(仙娘)이라. 한림(翰林)이 쇼왈(笑曰),

"닉 졍(正)히 무료(無聊)ㅎ야 랑(娘)을 차즈가더니 랑(娘)은 어딕로 가는다?"

션랑 왈(仙娘曰),

"야심텬공[쳥](夜深天晴)⁷⁸⁰ㅎ고 월빅풍랑[쳥](月白風淸)⁷⁸¹ㅎ니 긱관한등(客館寒燈)⁷⁸²에 젹료(寂寥)허[하]신 심회(心懷)를 위로(慰勞)코져 가나이다."

한림(翰林)이 흔연(欣然)이 웃고 갓치 별당(別堂)에 이르러 향월(向月)ㅎ야 슈비(數杯)를 마실시, 션랑(仙娘)이 홀연(忽然) 잔(盞)을 들고 쳐량(凄凉)흔 빗이 잇거늘 한림(翰林)이 괴이(怪異)히 역여 문왈(問曰),

"랑(娘)은 무엇을 싱각ㅎ느뇨?"

션랑(仙娘)이 슈삽량구(羞澁良久)⁷⁸³에 딕왈(對曰),

"쳡(妾)이 십 년(十年) 쳥루(靑樓)에 일편단심(一片丹心)을 빗쵤일 딕 업더니⁷⁸⁴ 의외(意外) 상공(相公)을 뫼셔 피츠(彼此) 울젹(鬱寂)흔 회포(懷抱)를 위로(慰勞)ㅎ나 평슈연분(萍水緣分)⁷⁸⁵이 봉별(逢別)이 무졍[상](無常)ㅎ니⁷⁸⁶, 즈연(自然)이 명월(明月)을 딕(對)흠이 흔 번

___

779 수혜(繡鞋) : 수를 놓은 비단으로 만든 신.
780 야심천청(夜深天晴) : 밤은 깊고 하늘은 맑음.
781 월백풍청(月白風淸) : 달은 환하게 밝고 바람은 맑음.
782 객관한등(客館寒燈) : 객관에 쓸쓸히 비치는 등불.
783 수삽양구(羞澁良久) : 한동안 수줍고 부끄러워하다가.
784 비칠 데가 없더니. 알릴 데가 없더니.
785 평수연분(萍水緣分) : 부평초와 물이 서로 만나듯이 우연히 만나는 인연.
786 만나고 헤어짐이 덧없으니.

(番) 둥글고 흔 번(番) 이지러짐을 슯허훔이로소이다."

한림 왈(翰林曰),

"랑(娘)이 엇지 나의 도라갈 조만(早晚)을[787] 아ᄂᆞ뇨?"

션랑 왈(仙娘曰),

"비록 십분(十分) 분명(分明)치 못ᄒᆞ나 쳡(妾)이 아까 잠간(暫間) 곤뢰[뇌](困惱)[788]ᄒᆞ야 조으더니 일몽(一夢)을 어드니 샹공(相公)이 쳥운(靑雲)을 ᄐᆞ시고 북방(北方)으로 가시미 쳡(妾)을 도라보샤 갓치 감을 말ᄒᆞ시더니 홀연(忽然) 뢰셩(雷聲)이 딕작(大作)ᄒᆞ며 벽력(霹靂)이 쳡(妾)의 머리를 처 놀나 ᄭᆡ치니, 이 ᄭᅮᆷ이 비록 쳡(妾)에게 불길(不吉)ᄒᆞ나 샹공(相公)이 불구(不久)에 영화(榮華)로 가실가 ᄒᆞ나이다."

한림(翰林)이 머리를 숙이고 싱각ᄒᆞ다가 왈(曰),

"금월(今月) 념일(念日)[789]은 황상(皇上) 탄신(誕辰)이라. 황티후(皇太后) 미양 왕[황]상(皇上)을 위(爲)ᄒᆞ야 ᄎᆞ일(此日)을 당(當)ᄒᆞ신 즉(則) 방싱디(放生池)[790]에 방싱(放生)ᄒᆞ시고 인(因)ᄒᆞ야 딕사텬하(大赦天下)[791] (ᄒᆞ)시니 혹(或) 랑(娘)의 몽죠(夢兆ㅣ) 헛되지 아닐가 ᄒᆞ노라[792]."

션랑(仙娘)이 더욱 놀나 왈(曰),

"쳡(妾)이 비록 불민(不敏)ᄒᆞ나 엇지 샹공(相公)의 영화(榮華)로이 도라가심을 깃거 아니ᄒᆞ리오마는 죵ᄎᆞ일별(從此一別)[793]에 후긔(後

---

787 나의 돌아감이 이를 지 늦을 지를.

788 곤뇌(困惱) : 시달려 고달픔.

789 염일(念日) : 스무 날. 초하룻날부터 스무 번째 되는 날.

790 방생지(放生池) : 사람에게 잡힌 물고기를 놓아서 살려 주는 연못.

791 주) 132 참조.

792 헛되지 않을 것으로 생각하노라.

期)[794] 업수오니, 군주(君子)의 대범(大範)[795]흔심으로 굿흐여 괘념(掛
念)흐실 바 아니나, 첩(妾)은 드르니 남방(南方)에 한 식 잇스니 일홈
은 란됴(鸞鳥ㅣ)[796]라. 그 짝이 아닌 즉(則) 울지 아니흐는 고(故)로,
그 소릭를 듯고즈 흐는 직(者ㅣ) 거울로 비최이면, 그 거림즈를 보
고[797] 종일(終日) 춤츄고 소릭 흐다가 기진(氣盡)[798]흐야 죽는다 흐니,
첩(妾)이 비록 쳥루쳔종(靑樓賤蹤)이나 스사로 짝을 만나지 못홀가
흐얏더니, 샹공(相公)을 숨결 갓치 뵈옵고 황홀(恍惚)흠이 거울 속
그림즈와 다름 업스니, 첩(妾)이 오히려 흔 번(番) 울고 흔 번(番) 춤
츄엇스니 금일(今日) 죽어도 여한(餘恨)이 업슬지라. 맛당히 산중(山
中)에 종적(踪跡)을 감초아 승(僧)이나 도수(道士)를 싸라 몸에 욕
(辱)됨을 면(免)홀가 흐나이다."

한림(翰林)이 소왈(笑曰),

"닉 랑(娘)의 뜻을 아나 랑(娘)은 닉 뜻을 모르미 이 갓도다. 닉
임의 졍(定)흔 마음이 잇스니 영영(永永) 우락(憂樂)을 갓치 흐야 져
벽셩산(碧城山) 둥근 달이 우리 량인(兩人)의 심수(心事)를 빗최여
평싱(平生)을 이즈러짐이 업스리라."

션랑(仙娘)이 샤왈(謝曰),

"군주일언(君子一言)이 여쳔금(如千金)이라[799]. 첩(妾)이 수무여한
(死無餘恨)[800]이로소이다."

---

793 종차일별(從此一別) : 이 뒤로 한 번 헤어짐.
794 후기(後期) : 후일(後日)의 기약(期約).
795 대범(大範) : 떳떳한 몸가짐. 큰 법도.
796 난조(鸞鳥) : 난새.
797 그 그림자를 보고.
798 기진(氣盡) : 기운이 다하여 힘이 없어짐.
799 군자의 한 마디 말씀은 천금과 같습니다.

인(因)ᄒ야 잔(盞)을 들어 한림(翰林)을 권(勸)ᄒ니, 한림(翰林)이 반취(半醉)[801]ᄒ옴이 랑(娘)의 손을 잡고 쇼왈(笑曰),

"닉 가섭(迦葉)[802]의 계률(戒律)이 업고[803], 랑(娘)이 보살(菩薩)에 후신(後身)이 아니라. 샹봉(相逢) 수삭(數朔)[804]에 담연(淡然)이 지님은 샹졍(常情)이 아니니 금야(今夜) 가긔(佳期)[805]를 허송(虛送)치 못ᄒ리라."

션랑(仙娘)이 붓그러 량협(兩頰)[806]에 홍운[훈](紅暈)[807]이 가득ᄒ야 왈(曰),

"쳡(妾)이 일즉 드르니 증ᄌ(曾子)[808]의 효(孝)로도 증모(曾母)의 투져(投杼)ᄒ옴을[809] 불면(不免)ᄒ고, 악양(樂羊)[810]의 츙셩(忠誠)으로도 중산(中山)에 방셰(謗書ㅣ) 싱겻스니[811], ᄒ믈며 쳡(妾)이 풍류장(風流

---

800 사무여한(死無餘恨) : 죽어도 여한이 없음.
801 반취(半醉) : 술에 반쯤 취함.
802 가섭(迦葉) : 마하카시아파(摩訶迦葉). 석가모니의 10대 제자의 한 사람.
803 나는 가섭처럼 계율을 지킬 필요가 없고.
804 수삭(數朔) : 두어 달.
805 가기(佳期) : 사랑을 처음 맺게 되는 좋은 시기.
806 양협(兩頰) : 두 뺨. 양쪽 볼.
807 홍훈(紅暈) : 붉게 달아오른 기운.
808 증자(曾子) : 중국 춘추시대 노(魯)나라의 유학자인 증삼(曾參)을 높여 이르는 말. 증삼의 자는 자여(子輿). 공자의 덕행과 사상을 조술(祖述)하여 공자의 손자인 자사(子思)에게 전하였음.
809 증자의 어머니가 베틀의 북을 던진 것. 증삼 같은 현인이 사람을 죽일 리가 결코 없건마는, 계속 세 차례에 걸쳐 살인하였다는 말이 그의 어머니에게 들려오자, 베를 짜다가 북을 내던지고 도망쳤다는 고사가 전함. 아무리 헛소문이라도 계속 듣게 되면 누구든 믿게끔 된다는 뜻임.
810 악양(樂羊) : 중국 전국시대 위(魏)나라 문후(文侯) 때의 장수.
811 중국 전국시대 위 문후가 악양에게 군사를 거느리고 중산(中山)을 공격하도록 하였는데, 3년 만에 개선하여 논공할 적에 문후가 그동안 신하들이 악양을 비방한 글 한 상자를 내보이자, 악양은 간신들의 집요한 모함에도 불구하고 자신을 깊이

場)⁸¹²에 놀아 종격(踪跡)이 비천(卑賤)홈이리오? 만일(萬一) 타일(他日) 군주(君子) 문하(門下)에 첩(妾)의 신셰(身勢ㅣ) 진퇴무광[로](進退無路)⁸¹³이라. 연고(然故)로⁸¹⁴ 십 년(十年) 청루(靑樓)에 일졈(一點) 홍혈(紅血)을 구구(區區)이 직히여 군주(君子)의 견우[부](堅孚)⁸¹⁵ᄒ심을 바람이오, 고당운우(高唐雲雨)⁸¹⁶를 위(爲)홈이 아니로소이다⁸¹⁷."

한림(翰林)이 ᄎ언(此言)을 듯고 션랑(仙娘)의 팔을 다리여⁸¹⁸ 라삼(羅衫) 소ᄆᆡ를 것고 보니⁸¹⁹ 비상앵혈(臂上鶯血)⁸²⁰이 월하(月下)에 완연(宛然)ᄒ지라. 한림(翰林)이 그 ᄯᅳᆺ을 측연(惻然)⁸²¹ᄒ야 기용변ᄉᆡᆨ(改容變色)⁸²²ᄒ고 ᄌᆞᄎᆞ(自此)로 사랑과 공경(恭敬)홈이 일층(一層) 더ᄒ더라.

신임해 쥰 문후에게 공을 돌려 말하기를 "이번 공은 신의 공이 아니라 임금의 힘이 었습니다."라고 하였다는 고사가 《전국책(戰國策)》에 전함.
812 풍류장(風流場) : 풍류를 즐기려고 남녀가 모이는 장소.
813 진퇴무로(進退無路) : 진퇴양난(進退兩難). 이러지도 저러지도 못하는 어려운 처지.
814 그런 까닭으로.
815 견부(堅孚) : 확고한 믿음.
816 고당운우(高唐雲雨) : '고당'은 전국시대 초(楚)나라의 누대임. 초 회왕(懷王)이 어느 날 낮잠을 자는데, 꿈에 한 여인이 와서 말하기를 "저는 무산의 여자로서 고당의 나그네가 되었는데, 임금님이 여기에 계신다는 소문을 듣고 왔으니, 원컨대 잠자리를 함께해 주소서."라고 하므로 그 여인과 하룻밤을 같이 보냈음. 이튿날 아침에 그 여인이 떠나면서 말하기를 "저는 무산의 양지쪽 높은 언덕에 사는데, 매일 아침이면 구름이 되고 저녁이면 비가 됩니다."라고 하였다는 고사가 《문선(文選)》의 〈고당부(高唐賦)〉에 전함. 남녀 사이의 정사를 고상하게 표현한 말임.
817 현토본에는 "고당 운우의 정이 없는 것은 아닙니다.[非高唐雲雨之無情]"이라고 되어 있음.
818 팔을 당겨서.
819 나삼 소매를 걷고 보니.
820 비상앵혈(臂上鶯血) : 팔 위의 앵혈. '앵혈'은 여자의 팔에 꾀꼬리의 피로 문신한 자국으로, 성교를 하면 이것이 없어진다고 하여 처녀의 징표로 여겼음.
821 측연(惻然) : 보기에 가엾고 불쌍함.
822 개용변색(改容變色) : 얼굴빛을 엄숙하게 고침.

츠셜(且說), 광음(光陰)[823]이 홀홀[홀홀](忽忽)[824]ᄒ야 한림(翰林)이
젹거(謫居)ᄒᆫ 지 임의 ᄉ오 삭(四五朔)[825]이라.

텬ᄌᆡ(天子ㅣ) 탄일(誕日)[826]을 당(當)ᄒ야 한림(翰林)의 죄(罪)를 샤
(赦)[827]ᄒ시고 례부시랑(禮部侍郞)을 비(拜)ᄒ야 부르시니, 츠시(此時)
한림(翰林)이 비록 션랑(仙娘)과 츄[츅]일상ᄃᆡ(逐日相對)[828]ᄒ야 자못
긱슈(客愁)[829]를 니즐 듯ᄒ나[830] 죠셕(朝夕)에 암연(黯然)[831]이 북텬(北
天)[832]을 향(向)ᄒ야 군친(君親)[833]을 사모(思慕)ᄒ는 마음이 간졀(懇
切)ᄒ더니, 일일(一日)은 문(門) 밧기 요란(搖亂)ᄒ며 동ᄌᆡ(童子ㅣ) 황
황(遑遑)[834]이 드러와 례부(禮部) 하례(下隸)[835]의[와] 본부(本府)[836] 창
뒤(蒼頭ㅣ)[837] 이름을 고(告)ᄒ고 셔간(書簡)을 드리며 셩지(聖旨)[838]를
젼(傳)ᄒ니, 한림(翰林)이 북향사은(北向謝恩)[839]ᄒ고 가셔(家書)[840]를

---

823 주) 122 참조.
824 주) 123 참조.
825 사오삭(四五朔) : 네댓 달.
826 탄일(誕日) : 탄신(誕辰). 생신(生辰). 탄생한 날.
827 사(赦) : 용서(容恕)함. 사면(赦免)함.
828 축일상대(逐日相對) : 날마다 마주 대함.
829 객수(客愁) : 객회(客懷). 여수(旅愁). 객지에서 느끼는 쓸쓸함이나 시름.
830 잊을 듯하였으나.
831 암연(黯然) : 슬프고 침울한 모양.
832 북천(北天) : 임금이 있는 북쪽 하늘.
833 군친(君親) : 임금과 부모.
834 황황(遑遑) : 갈팡질팡 어쩔 줄 모르게 급함.
835 하례(下隸) : 종. 남의 집에서 대대로 천한 일을 하던 사람.
836 본부(本府) : 지방관이 자기가 있는 관부(官府)를 스스로 이르던 말. 여기서는 강
　　주부(江州府)를 말함.
837 창두(蒼頭) : 사내종. 종살이를 하는 남자. 푸른 수건을 둘렀던 데서 유래하였음.
838 주) 298 참조.
839 북향사은(北向謝恩) : 임금이 있는 궁궐을 향해 베풀어 준 은혜에 사례함.
840 가서(家書) : 집에서 온 편지.

본 후(後) 임의 일모(日暮)ᄒᆞ미[841] 명일(明日) 동[등]졍(登程)홈을 분부(分付)ᄒᆞ고, 시야(是夜)에 시랑(侍郎)이 션랑(仙娘)을 작별(作別)코 즉 동ᄌᆞ(童子)를 다리고 션랑(仙娘)에 집에 이르니, 션랑(仙娘)이 임의 알고 치하 왈(致賀曰),

"상공(相公)이 텬은(天恩)을 닙ᄉᆞ와 영화(榮華)로 도라가시니[842] 쳔쳡(賤妾)이 쏘흔 감츅(感祝)[843]홈을 이기지 못ᄒᆞ나이다."

시랑(侍郎)이 집슈(執手)[844] 창연(悵然)[845] 왈(曰),

"닉 이졔 랑(娘)으로 더부러 동거(同車)[846]ᄒᆞ야 힝(行)코져 ᄒᆞ나 젹긱(謫客)으로 왓다가 기쳡(妓妾)[847]을 싯고 감이 불가(不可)홀 ᄲᅵᆫ 아니라 닉 존당(尊堂)[848]에 불고(不告)ᄒᆞ얏스니 맛당이 올나가 수이[849] 거마(車馬)를 보닉여 다려갈가[850] ᄒᆞ노니 랑(娘)은 별회(別懷)[851]를 관억(寬抑)[852]ᄒᆞ야 옥모츈광(玉貌春光)[853]을 이울케 말나[854]."

션랑(仙娘)이 츄연 왈(愀然曰),

"상공(相公)이 쳡(妾)을 풍류(風流)로 만낫스니 맛당이 풍류(風流)

---

841 이미 날이 저물었으므로.
842 황상의 은혜를 입으시어 영화롭게 돌아가시니.
843 감축(感祝) : 경사스러운 일을 함께 감사하고 축하함.
844 집수(執手) : 손을 잡음.
845 창연(悵然) : 몹시 서운하고 섭섭한 모양.
846 동거(同車) : 함께 수레를 탐.
847 기첩(妓妾) : 기생첩(妓生妾). 예전에 기생 출신의 첩을 이르던 말.
848 존당(尊堂) : 상대방을 높여 그의 부모를 이르는 말. * 자당(慈堂). 남의 어머니를 높여 이르는 말.
849 쉬이. 멀지 아니한 가까운 장래에.
850 데려갈까. 데려가려고.
851 별회(別懷) : 이별할 때에 마음속에 품은 슬픈 회포.
852 주) 186 참조.
853 옥모춘광(玉貌春光) : 젊고 아름다운 모습.
854 이울지 않게 하라. 시들지 않게 하라.

로 고별(告別)ᄒ리이다."

상두(床頭)[855]에 거문고를 다리여[856] 삼장곡(三章曲)[857]을 타니 그 곡됴(曲調)에 왈(曰),

'오동(梧桐) 이[잎] 쳐쳐(萋萋)[858]홈이여,

디 열미[859] 리리(離離)[860]ᄒ도다.

봉황(鳳凰)이 와 모듬이여[861],

옹옹(噰噰)[862]ᄒ고 ᄀᆡᄀᆡ(喈喈)[863]ᄒ도다.

강 구름은 막막(漠漠)[864]홈이여,

강물은 유유(悠悠)[865]ᄒ도다.

ᄒᆡᆼ인(行人)이 가랴고 말을 먹이미여,

공ᄌ(公子)를 좃차 한가지로 도라가리로다.

가만흔 한(恨)을 거문고로 알욈이여,

붉은 쥴이 목 ᄆᆡᆺ치도다[866].

한(限) 업는 ᄉᆡᆼ각이 심곡(心曲)[867]에 어림이여,

---

855 상두(床頭) : 침상 머리.

856 당겨서. 끌어다가.

857 삼장곡(三章曲) : 세 곡.

858 주) 182 참조.

859 대나무의 열매가.

860 이리(離離) : 풀이나 열매 따위가 많이 늘어져 있거나 매달려 있는 모양.

861 봉황새가 날아와 모여듦이여.

862 옹옹(噰噰) : 옹옹(雝雝). 화락(和樂)한 모양. 화평하고 즐거운 모양. 기러기가 짝을 지어 우는소리.

863 개개(喈喈) : 새 우는 소리.

864 막막(漠漠) : 아주 넓거나 멀어 아득한 모양.

865 유유(悠悠) : 움직임이 한가하고 여유가 있고 느린 모양.

866 붉은 거문고의 줄로 연주하니 목이 메는구나.

867 심곡(心曲) : 여러 가지로 생각하는 마음의 깊은 속. 흔히 간절하고 애틋한 마음을 이름.

밝은 달을 향(向)ᄒ얏도다.'

선랑(仙娘)이 튼기를 맛고 거문고를 밀치며 쳐연(悽然) 함루(含淚)
ᄒ고[868] 말이 업거늘, 시랑(侍郎)이 지숨(再三) 위로(慰勞)ᄒ고 몸을
일미[869], 선랑(仙娘)이 짜라 문외(門外)에 나와 소민를 드러 루슈(淚
水)를 씨슬 짜름이러라[870].

시랑(侍郎)이 선랑(仙娘)을 작별(作別)ᄒ고 객실(客室)에 도라와
힝장(行裝)을 슈습(收拾)ᄒ야 황성(皇城)으로 갈신, ᄎ시(此時)는 임
의 중동(仲冬)[871] 텬긔(天氣)라. 산쳔(山川)이 젹료(寂寥)ᄒ고 풍광(風
光)이 소슬(蕭瑟)ᄒ듸, 홀연(忽然) 일진북풍(一陣北風)[872]이 빅셜(白
雪)을 불어 경각간(頃刻間)에 옥(玉)가루 싸에 가득ᄒ야 은세계(銀世
界)를 이르[루]니, 오륙십 리(五六十里)를 힝(行)ᄒ야 젼진(前進)치
못ᄒ고 객졈(客店)에 드럿더니, 아이(俄而)오 하날이 장ᄎ(將次) 져
물고 눈은 긔여 황혼(黃昏) 월식(月色)이 극가(極佳)[873]ᄒ거늘, 시랑
(侍郎)이 동ᄌ(童子)를 다리고 졈문(店門)을 나와 월하(月下)에 비회
(徘徊)ᄒ여 셜경(雪景)을 구경홀신, 쌔여는 봉오[우]리는[874] 빅옥(白
玉)을 묵것스며[875] 뷔인 들에 류리(琉璃)를 쌀앗는듸[876], 나무에 잔셜
(殘雪)이 어리여 습월춘풍(三月春風)에 리화(梨花) 만발(滿發)ᄒ 듯

---

868 구슬프게 눈물을 머금고.
869 몸을 일으키매.
870 소매를 들어 눈물을 씻을 따름이었다.
871 중동(仲冬) : 겨울이 한창인 때라는 뜻으로, 음력 11월을 달리 이르는 말.
872 일진북풍(一陣北風) : 한 줄기 겨울바람.
873 극가(極佳) : 매우 아름다움.
874 빼어난 산봉우리는.
875 묶었으며. 언해본에는 '깎아질렀고[삭립(削立)]'라고 하였음.
876 빈 들판에는 유리를 깔았는데. 내린 눈이 얼어 빙판이 되었다는 뜻임.

청정(淸淨)호 경기(景槪)와 담박(淡泊)호 긔샹(氣像)이 옥인(玉人)[877]
의 용광(容光)[878]을 디(對)호 듯호니, 챵연(悵然)이 바라보고 셧다가[879]
다시 졈즁(店中)에 드러와 잔등(殘燈)을 디(對)호야 벼기를 의지(依
支)호얏더니[880], 홀연(忽然) 졈문(店門)을 두다리는 소ᄅᆡ 나며 일위쇼
년(一位少年)이 량기(兩個) 차환(叉鬟)을 다리고 드러오니 ᄒᆡᆼ식(行
色)이 쇼쇄(瀟灑)[881]호고 용뫼(容貌ㅣ) 아름다와 남ᄌᆞ(男子)의 긔샹(氣
像)이 업고 랑랑(琅琅)[882]호 소ᄅᆡ로 양 시랑(楊侍郞) 객졈(客店)을 찻
거늘, 시랑(侍郞)이 의아(疑訝)호야 ᄌᆞ셰(仔細ㅣ) 보니 이에 션랑(仙
娘)이라. 웃고 좌(座)에 안지며 왈(曰),

"쳡(妾)이 비록 쳥루(靑樓)에 놀앗스나 나히 어림으로 일즉 리별
(離別)이 무엇임을 모르고 다만 상공(相公)을 뫼셔 ᄯᅥ나지 말가 호얏
더니, 일조(一朝)에 동문(東門)에 버들을 썩거 양관곡(陽關曲)[883]을 부
름이 흉즁(胸中)이 억싴(抑塞)[884]호고 마음이 슈삽(羞澀)[885]호야 심회
(心懷)에 싸인 말슴을 일언(一言)도 고별(告別)치 못호고 죵죵[886] 등

---

877 옥인(玉人) : 용모와 마음씨가 아름다운 사람.

878 주) 585 참조.

879 서운하고 섭섭한 마음으로 바라보고 서 있다가.

880 베개에 의지하였더니.

881 소쇄(瀟灑) : 기운이 맑고 깨끗함.

882 낭랑(琅琅) : 옥이 서로 부딪쳐 울리는 아주 맑은 소리.

883 양관곡(陽關曲) : 당나라 왕유(王維)의 이별곡 "위성의 아침 비가 가벼운 먼지를
    적시니, 객사는 푸르고 푸르러 버들 빛이 새롭구나. 한 잔 술 더 기울이라 그대에
    게 권한 까닭은, 서쪽으로 양관 나가면 친구가 없기 때문일세.[渭城朝雨浥輕塵
    客舍靑靑柳色新 勸君更進一杯酒 西出陽關無故人]"라는 〈송원이사안서(送元二使
    安西)〉 시를 가리킴. 이 시를 노래로 부를 때는 첫 구만 재창(再唱)을 하지 않고
    나머지 삼구(三句)는 모두 재창을 하므로 양관삼첩(陽關三疊)이라고도 함.

884 억색(抑塞) : 억눌러 막힘.

885 수삽(羞澀) : 몸을 어찌하여야 좋을지 모를 정도로 수줍고 부끄러움.

886 종종. 발걸음을 가까이 자주 떼며 빨리 걷는 모양.

정(登程)ᄒ시니 더욱 초창(怊悵)[887]ᄒ야 북풍한셜(北風寒雪)에 반다시 멀니 못 가심을 알고 객관잔등(客館殘燈)에 젹막(寂寞)ᄒ신 심회(心懷)를 위로(慰勞)코져 왓나이다."

시랑(侍郎)이 그 뜻을 긔특(奇特)이 녁여 갓가이 침상(寢牀)에 나아가 시로온 풍졍(風情)이 십분(十分) 견권(繾綣)ᄒ야 운우(雲雨)를 희롱(戲弄)코져 ᄒ니, 션랑(仙娘)이 사양(辭讓)치 아니ᄒ고 슈삽 왈(羞澁曰),

"셰간녀ᄌᆡ(世間女子ㅣ) 이ᄉᆡᆨᄉ인(以色事人)[888]ᄒ는 법(法)이 셰 가지라. 그 일(一)은 심ᄉᆞ(心事ㅣ)니 마음으로 셤기미오, 그 이(二)는 긔미(幾微)[889]를 맛초와[890] 셤기미오, 그 삼(三)은 안ᄉᆞ(顔事ㅣ)니 얼골을 곱게 ᄒ야 셤김이라. 첩(妾)이 비록 불민(不敏)ᄒ오나 마음으로 군ᄌᆞ(君子)를 셤기고ᄌᆞ ᄒ얏더니 셰간(世間) 남ᄌᆡ(男子ㅣ) 모다 그 얼골을 취(取)ᄒ고 마음을 몰나. 샹공(相公)이 첩(妾)으로 더부러 상봉(相逢) 슈삭(數朔)에 담연(淡然)이 허여지ᄆᆡ[891], 샹공(相公)이 셔어(齟齬)[892]이 알으심은 닐으지 말고, 첩(妾)이 ᄯᅩᄒᆞᆫ 승순(承順)[893]ᄒ는 도리(道理ㅣ) 아닌 고(故)로 객관잔등(客館殘燈)에 화촉지연(華燭之緣)[894]을 구챠(苟且)이 일우고 도라가오니, 샹공(相公)이 그 가련(可憐)ᄒᆞᆫ 뜻을 알으시리잇가?"

---

887 초창(怊悵) : 한탄스럽고 슬픔.
888 이색사인(以色事人) : 미색(美色)으로 남을 섬김.
889 기미(幾微) : 낌새. 어떤 일을 알아차릴 수 있는 눈치.
890 낌새에 맞추어.
891 헤어지매. 헤어졌으므로.
892 서어(齟齬) : 익숙하지 아니하여 서먹함.
893 승순(承順) : 윗사람의 명령을 순순히 좇음.
894 화촉지연(華燭之緣) : 혼인하여 인연을 맺음.

시랑(侍郎)이 웃고 팔을 느리여 다시 션랑(仙娘)의 허리를 안고져
ᄒ더니 동ᄌ(童子ㅣ) 불너 왈(曰),

"샹공(相公)이 무엇을 차즈시나잇가?"

하거늘, 놀나 ᄭᆡ치니 꿈이라.

션랑(仙娘)은 간 ᄃᆡ 업고 벼기를 어루만지며 일장셤어(一場譫語)[895]
ᄒ얏거늘, 시랑(侍郎)이 웃고 밤을 무르니 임의 ᄉ오경(四五更)이라[896].

이러 안져[897] 싱각ᄒ되,

'션랑(仙娘)은 ᄌᆡ조(才操) 잇ᄂᆞᆫ 녀ᄌᆡ(女子ㅣ)라. ᄂᆡ 비록 그 ᄯᅳᆺ을 긔
특(奇特)이 아나 오히려 너모 고집(固執)ᄒ야 슌죵(順從)치 아님을
셔어(齟齬)이 아는 고(故)로 ᄂᆡ 몽ᄉᆡ(夢事ㅣ) 이러ᄒ니, ᄒ믈며 군친
[신]지간(君臣之間)이리오? ᄂᆡ ᄯᅳᆺ을 고집(固執)ᄒ고 군명(君命)을 봉
승(奉承)[898]치 아니ᄒ니 엇지 장차(將次) 득군ᄒᆡᆼ도(得君行道)[899]ᄒ야
원로(遠路)[900]를 싱각ᄒᄂᆞᆫ 신ᄌᆞ(臣子)[901]의 일이리오?'

ᄒ더라.

텬명(天明)에 등졍(登程)ᄒ야 황셩(皇城)으로 오니, 양윤량부(楊尹
兩府)[902]에 반김이야 엇지 다 말ᄒ리오?

익일(翌日)에 입궐(入闕) 사은(謝恩)ᄒᆞᆯᄉᆡ, 텬ᄌᆡ(天子ㅣ) 인견(引
見)[903]ᄒ시고 위로 왈(慰勞曰),

---

895 일장셤어(一場譫語) : 한바탕 잠꼬대를 함.
896 밤 시간을 물으니, 이미 4~5경(새벽 1~5시 사이)이었다.
897 일어나 앉아서.
898 봉승(奉承) : 웃어른의 뜻을 받들어 이음.
899 득군행도(得君行道) : 임금의 신임을 얻어 도를 행함.
900 원로(遠路) : 먼 길. 먼 앞날.
901 신자(臣子) : 신하(臣下). 임금을 섬기어 벼슬하는 사람.
902 양윤량부(楊尹兩府) : 양창곡의 본가와 윤 소저의 두 집.
903 인견(引見) : 윗사람이 아랫사람을 불러서 만나 봄.

"경(卿)이 오리 젹거(謫居)ᄒ야 고초(苦楚)⁹⁰⁴ 홈이 만흐리로다⁹⁰⁵."

시랑(侍郞)이 황공(惶恐) 돈슈(頓首)ᄒ니, 텬ᄌᆞ(天子ㅣ) 쏘 하교 왈(下敎曰),

"각로(閣老)의 혼ᄉᆞ(婚事)ᄂᆞᆫ 짐(朕)이 임의 셩언(聲言)⁹⁰⁶ 홈이 잇고 례졀(禮節)에 어긔지 아니ᄒ니⁹⁰⁷ 다시 사양(辭讓)치 말나."

시랑(侍郞)이 돈슈(頓首) 슈명(受命)ᄒᆞᆫ딕, 텬ᄌᆞ(天子ㅣ) 딕열(大悅)ᄒᆞ샤 즉시(卽時) 일관(日官)⁹⁰⁸을 불너 튁일(擇日)ᄒᆞ샤 셩혼(成婚)케 ᄒᆞ시니라.

길일(吉日)을 당(當)ᄒ야 량기(兩家ㅣ) 셩례(成禮)홀시, 황 쇼졔(黃 小姐ㅣ) 봉관잠용[용잠](鳳冠龍簪)⁹⁰⁹과 룽라금슈(綾羅錦繡)⁹¹⁰로 구고(舅姑)⁹¹¹끠 비알(拜謁)⁹¹²ᄒ니 비록 광치동인(光彩ㅣ 動人)ᄒ고⁹¹³ ᄌᆞᆨ식(姿色)이 졀등(絶等)ᄒᄂᆞ⁹¹⁴ 긔상(氣像)에 표일(飄逸) 홈과⁹¹⁵ 용모(容貌)의 팔츄[발췌](拔萃)⁹¹⁶ 홈이 요됴슉녀(窈窕淑女)⁹¹⁷의 유슌(柔順)ᄒᆞᆫ

---

904 고초(苦楚) : 고난(苦難). 괴로움과 어려움을 아울러 이르는 말.

905 많았겠도다. 많았을 것이다.

906 주) 378 참조.

907 예절에 어긋나지 아니하니.

908 일관(日官) : 추길관(諏吉官). 길일(吉日)을 잡는 사람.

909 봉관용잠(鳳冠龍簪) : 봉황을 아로새긴 관과 용을 아로새긴 비녀. 황태후나 황후 등이 사용하였음.

910 능라금수(綾羅錦繡) : 명주실로 짠 피륙을 통틀어 이르는 말.

911 구고(舅姑) : 시부모.

912 배알(拜謁) : 지위가 높거나 존경하는 사람을 찾아가 뵘.

913 광채가 나서 사람의 마음을 움직이고.

914 자색이 아주 두드러지게 뛰어났으나.

915 타고난 기질이 세상일에 마음을 두지 않는 듯 태평한 것과.

916 발췌(拔萃) : 발군(拔群). 여럿 가운데에서 특별히 뛰어남. * 책, 글 따위에서 필요하거나 중요한 부분을 가려 뽑아냄. 또는 그런 내용. 언해본에는 '행동거지가 민첩함[動止之捷利]'이라고 되어 있음.

본쇠(本色)이 부족(不足)ᄒᆞ더라.

각셜(却說)[918], ᄎᆞ시(此時) 교지남만(交趾南蠻)[919]이 자로 반(叛)ᄒᆞ
니[920], 텬ᄌᆞ(天子ㅣ) 근심ᄒᆞ샤 미일(每日) 제신(諸臣)을 모으시고 변무
(邊務)[921]를 의론(議論)ᄒᆞ시더니, 일일(一日)은 익쥬[922] 자사(益州刺史)
소유경(蘇裕卿)이 상표(上表)[923]ᄒᆞ되,

'교지남만(交趾南蠻)이 창궐(猖獗)[924]ᄒᆞ야 남방(南方) 십여 군(十餘
郡)을 함몰(陷沒)[925]ᄒᆞ얏스니 급(急)히 ᄃᆡ병(大兵)[926]을 됴발(早發)[927]ᄒᆞ
샤 소멸(掃滅)[928]케 ᄒᆞ쇼셔.'

ᄒᆞ얏거ᄂᆞᆯ, 텬ᄌᆞ(天子ㅣ) ᄃᆡ경(大驚)ᄒᆞ샤 만됴ᄇᆡᆨ관(滿朝百官)[929]을 모
으시고 방약(方略)[930]을 무르시니, 의론(議論)이 분분(紛紛)ᄒᆞ야 겸

---

917 요조숙녀(窈窕淑女) : 말과 행동이 품위가 있으며 얌전하고 정숙한 여자.

918 각설(却說) : 말이나 글 따위에서, 이제까지 다루던 내용을 그만두고 화제를 다른
   쪽으로 돌림.

919 교지남만(交趾南蠻) : 오늘날의 베트남 북부 통킹·하노이 지방의 옛 이름. 전한(前
   漢)의 무제(武帝)가 남월(南越)을 멸망(滅亡)시키고 교지군(交趾郡)을 설치(設置)
   했음.

920 자주 반역(叛逆)하니.

921 변무(邊務) : 변방(邊方)에 관한 일. 국경지대에 관한 일.

922 익주(益州) : 중국 한나라 때에 둔 십삼 자사부(十三刺史部) 가운데 지금의 사천성
   (四川省)에 해당하는 곳. 오늘날 사천성 성도(成都) 지역의 옛 이름.

923 상표(上表) : 표문(表文)을 올림. '표문'은 마음에 품은 생각을 적어서 임금에게
   올리는 글.

924 창궐(猖獗) : 못된 세력이나 전염병 따위가 세차게 일어나 걷잡을 수 없이 퍼짐.

925 함몰(陷沒) : 결딴이 나서 없어짐. 또는 결딴을 내서 없앰.

926 대병(大兵) : 대군(大軍). 병사의 수가 많은 군대.

927 조발(早發) : 일찍이 병력(兵力)을 동원함.

928 소멸(掃滅) : 싹 쓸어 없앰.

929 만조백관(滿朝百官) : 문무백관(文武百官). 조정의 모든 벼슬아치.

930 방략(方略) : 일을 꾀하고 해 나가는 방법과 계략.

[결]정(決定)치 못ᄒ더라.

이날 시랑(侍郞)이 집에 도라와 부친(父親)게 남만(南蠻)이 작란 (作亂)[931]홈을 말ᄉᆷᄒ고 근심 왈(曰),

"쇼ᄌᆡ(小子ㅣ) 강쥬(江州)에 잇슬 졔 일기(一個) 녀ᄌᆞ(女子)를 만나니, 본부(本府) 기녀(妓女)라. 음률(音律)에 총명(聰明)이 잇셔 능(能)히 소릐를 듯고 길흉(吉凶)을 아라 쇼ᄌᆞ(小子)더러 왈(曰), '불구(不久)에 병혁지셰[ᄉᆞ](兵革之事ㅣ)[932] 잇스리라.' ᄒ더니 그 말이 불힝(不幸)이 마질가 ᄒ나이다[933]."

원외(員外ㅣ) 경왈(驚曰),

"로뷔(老父ㅣ) ᄯᅩᄒ 심즁(心中)에 념려(念慮)ᄒ는 바라. 그 녀ᄌᆞ(女子)의 일홈이 무엇이며[뇨]? 총명(聰明)이 졀인(絶人)[934]ᄒ도다."

시랑 왈(侍郞曰),

"명(名)은 벽셩션(碧城仙)이니, 쇼ᄌᆡ(小子ㅣ) 반년(半年) 격객(謫客)에 울젹(鬱寂)ᄒ 회포(懷抱)를 이기지 못ᄒ야 더부러 쇼견(消遣)[935]ᄒ야 임에[936] 건질[즐](巾櫛)[937]로 허(許)ᄒ야 수이 다려옴을 언약(言約)ᄒ얏더니 밋쳐 품달(稟達)[938]치 못ᄒ니이다.

원외 왈(員外曰),

"군ᄌᆡ(君子ㅣ) 녀ᄉᆡᆨ(女色)을 굿ᄒ여 유의(留意)치 아닐지언졍[939] 임

---

931 작란(作亂) : 난리를 일으킴.

932 병혁지사(兵革之事) : 전쟁과 관련된 일.

933 맞을 것 같습니다.

934 절인(絶人) : 남들보다 아주 뛰어남.

935 주) 316 참조.

936 이미.

937 건즐(巾櫛) : 세수할 때 수건과 빗을 받드는 일. 아내로서 남편을 뒷바라지하는 일.

938 품달(稟達) : 품고(稟告). 웃어른이나 상사에게 여쭘.

939 구태여 마음에 두지 않을지언정. 굳이 마음에 두지는 않더라도.

에 언약(言約)ᄒ고 다시 실신(失信)[940]홈은 불가(不可)홀가 ᄒ노라."

시랑(侍郞)이 즉시(卽時) ᄂᆡ당(內堂)에 드러가 모친(母親)게 고(告)ᄒ니, 허 부인(許夫人)이 칙왈(責曰),

"ᄋᆞ지(兒子ㅣ) 나이 어리고 젼졍(前程)[941]이 만리(萬里) 갓거늘 녀ᄌ(女子)와 실신(失信)홈을 수이ᄒ니 엇지 비상지원(飛霜之怨)[942]이 업스리오? ᄂᆡ 강남홍(江南紅)의 일을 지금(至今)것 잇지 못ᄒ나니 비록 금일(今日)이라도 벽셩션(碧城仙)을 다려오게 ᄒ라[943]."

시랑(侍郞)이 즉시(卽時) 일봉셔(一封書)를 닥가[944] 동ᄌ(童子)와 창두(蒼頭)를 강쥬(江州)로 보ᄂᆡ니라.

차셜(且說), 션랑(仙娘)이 시랑(侍郞)을 보ᄂᆡᆫ 후(後) 죽비(竹扉)를 닷고 칭병(稱病)ᄒ고 손을 보지 아니ᄒ더니[945], 수삭(數朔)이 지ᄂᆡ되 일ᄌ음신(一字音信)[946]이 업거늘, 홀홀불락(忽忽不樂)[947]ᄒ야 낫이면 벽셩산(碧城山)을 바라보고 어린 듯이 안졋스며[948] 밤이면 잔등(殘燈)을 ᄃᆡ(對)ᄒ야 잠을 이루[루]지 못ᄒ더라.

일일(一日)은 지뷔(知府ㅣ) 부르거늘 병(病)드럿다 일컷고 가지 아니ᄒ니, 지뷔(知府ㅣ) 약(藥)을 보ᄂᆡ고 신근(信謹)[949]이 존문(存問)[950]

---

940 실신(失信) : 신의(信義)를 잃음.

941 주) 436 참조.

942 비상지원(飛霜之怨) : 한여름에 서리가 날리는 것처럼, 뼈에 사무치는 여자의 원한.

943 데려오도록 하라.

944 한 통의 편지를 써서.

945 병을 핑계대고 손님을 만나지 않았는데.

946 일자음신(一字音信) : 한 통의 편지나 소식.

947 주) 10 참조.

948 상심하여 멍하니 앉아 있으며.

949 신근(信謹) : 믿음직하며 조심성이 많음.

ᄒᆞ거늘, 션랑(仙娘)이 의아(疑訝)ᄒᆞ야 왈(曰),

'지부(知府)에 후(厚)ᄒᆞ심과 시랑(侍郎)의 박(薄)흠이 도시(都是) 의외(意外)라. 만일(萬一)그 후(厚)흠이 ᄯᅳᆺ이 잇고 박(薄)흠이 무졍(無情)흠인 즉(則) ᄂᆡ 엇지 구차투싱(苟且偷生)[951]ᄒᆞ야 욕(辱)됨을 감슈(甘受)ᄒᆞ리오?'

천ᄉᆞ만렴(千思萬念)[952]이 분분(紛紛)ᄒᆞ야 란간(欄干)을 의지(依支)ᄒᆞ야 산(山)을 바라고 허희탄식(歔欷歎息)[953]ᄒᆞ더니, 홀연(忽然) 일기(一個) 동ᄌᆞ(童子 ㅣ) 드러와 셔간(書簡)을 드리거늘, ᄌᆞ셰(仔細)히 보니 시랑(侍郎)이 다리고 왓든 동ᄌᆞ(童子 ㅣ)라. ᄶᅩᄒᆞᆫ 반겨 일변(一邊) 셔간(書簡)을 젼(傳)ᄒᆞ며 일변(一邊) 거마(車馬)와 창뒤(蒼頭 ㅣ) 이름을 고(告)ᄒᆞ니[954], 그 셔간(書簡)에 왈(曰),

'일별운산(一別雲山)에[955] 옥안(玉顔)이 여몽(如夢)이라[956]. 홍진명리(紅塵名利)[957]에 취몽(醉夢)[958]이 골몰(汨沒)[959]ᄒᆞ야 황혼가긔(黃昏佳期)[960]를 이 갓치 차퇴(差退)[961]ᄒᆞ니 참괴참괴(慙愧慙愧)[962]ᄒᆞ도다. 향

---

950 존문(存問) : 안부(安否)를 물음.

951 구차투생(苟且偷生) : 구차하고 욕되게 살기를 꾀함.

952 천사만념(千思萬念) : 온갖 생각.

953 허희탄식(歔欷歎息) : 한숨을 지으며 탄식함.

954 거마와 창두가 함께 이른 것을 고하니.

955 구름 낀 벽성산에서 한 번 헤어진 뒤로.

956 그대의 아름다운 모습이 꿈속인 듯하오.

957 홍진명리(紅塵名利) : 속세의 명예와 이익.

958 취몽(醉夢) : 술에 취하여 자는 동안에 꾸는 꿈.

959 골몰(汨沒) : 몰두(沒頭)함. 탐닉(耽溺)함. 다른 생각을 할 여유도 없이 한 가지 일에만 파묻힘.

960 황혼가기(黃昏佳期) : 해질녘 사랑을 처음 맺게 되는 좋은 시기.

961 차퇴(差退) : 물림. 이미 행한 일을 그 전의 상태로 돌림.

962 참괴참괴(慙愧慙愧) : 부끄럽고 또 부끄러움.

일(向日)[963] 본부(本府)에 기별(寄別)ᄒᆞ야 랑(娘)의 일홈을 기안(妓案)에 삭(削)ᄒᆞ라 ᄒᆞ얏더니 혹(或) 알앗ᄂᆞ지? 이제 존당(尊堂)의 명(命)을 밧ᄌᆞ와 거마(車馬)를 보ᄂᆞ니, 무궁졍회(無窮情懷)[964]는 화촉(華燭)을 도도고[965] 원앙침(鴛鴦枕)[966]을 베풀어 다ᄒᆞ기를 기다리노라.'

션랑(仙娘)이 람필(覽畢)에 거마(車馬)를 수일(數日) 머무러 치ᄒᆡᆼ(治行) 등졍(登程)ᄒᆞ야 황셩(皇城)으로 오니라.

차셜(且說), 익쥬자ᄉᆞ(益州刺史)의 쟝계[계](狀啓ㅣ) ᄡᅩ 이르러, 젹셰(賊勢ㅣ) 호ᄃᆡ(浩大)[967]홈을 말ᄒᆞ얏거ᄂᆞᆯ 텬ᄌᆞ(天子ㅣ) 근심ᄒᆞ시더니, 시랑(侍郎)이 자원츌젼(自願出戰)[968]ᄒᆞᄃᆡ, 상(上)이 ᄃᆡ희(大喜)ᄒᆞ샤 즉시(卽時) 양창곡(楊昌曲)으로 병부상셔(兵部尙書) 겸(兼) 졍남원슈(征南元帥)를 ᄇᆡ(拜)ᄒᆞ야 졀월(節鉞)[969]을 쥬시니, 원슈(元帥) 돈수(頓首) 승명(承命)ᄒᆞ고[970] 익일(翌日)에 ᄒᆡᆼ군(行軍)ᄒᆞ니라.

차셜(且說), 벽셩션(碧城仙)이 강쥬(江州)셔 ᄠᅥ나 황셩(皇城) 슴빅여 리(三百餘里) 되는 객졈(客店)에 이르러 날이 져무러 류슉(留宿)ᄒᆞᆯ시, 로변(路邊) 빅셩(百姓)이 교량(橋梁)를[을] 슈츅(修築)ᄒᆞ고 도

---

963 향일(向日) : 지난번.
964 무궁졍회(無窮情懷) : 다함이 없는 정과 회포.
965 혼례 때 밝히는 촛불을 돋우고.
966 원앙침(鴛鴦枕) : 부부가 함께 베는, 원앙을 수놓은 베개.
967 호대(浩大) : 매우 넓고 큼.
968 자원출전(自願出戰) : 전쟁에 참여할 것을 스스로 원함.
969 절월(節鉞) : 지방관이 부임할 때 임금이 내어주던 절(節)과 부월(斧鉞). '절'은 수기(手旗)와 같고 '부월'은 도끼같이 만든 것으로, 군령을 어긴 자에 대한 생살권(生殺權)을 상징하였음.
970 원수가 머리를 조아리며 명을 받들고.

로(道路)를 다사려 분분전도(奔奔顚倒)[971] ᄒ거늘, 그 곡절(曲折)을 무르니 ᄃᆡ왈(對曰),

"금일(今日) 도원슈(都元帥) ᄎ쳐(此處)에 슉소(宿所)[972] ᄒ신다."

ᄒ거늘, 션랑(仙娘)이 다시 문왈(問曰),

"원슈(元帥)가 누구신고?"

답왈(答曰),

"병부샹셔(兵部尙書) 양 로얘(楊老爺ㅣ)시니이다."

션랑(仙娘)이 경왈(驚曰),

'샹공(相公)의 츌젼(出戰)ᄒ심을 ᄂᆡ 비록 념려(念慮)ᄒᆫ 바나 엇지 이 갓치 급(急)ᄒ신고? ᄂᆡ 이졔 셔어(齟齬)ᄒᆫ 죵젹(踪跡)으로 싱소(生疎)[973]ᄒᆫ 문젼(門前)에 누구를 향(向)ᄒ야 가며, ᄂᆡ게 잇ᄂᆞᆫ 옥뎍(玉笛)이 군즁(軍中)에 혹(或) 쓸 ᄃᆡ 잇슬지니 엇지 써 샹공(相公)ᄋᆡ 젼(傳)ᄒᆷ을 엇으리오[974]? 군즁(軍中)이 엄슉(嚴肅)ᄒ야 남ᄌᆞ(男子)도 츌립[입](出入)치 못ᄒ거든 허믈며 녀ᄌᆡ(女子ㅣ)리오?'

다시 일계(一計)를 싱각ᄒ고 동ᄌᆞ(童子)를 불너 왈(曰),

"네 문젼(門前)에 셧다가 원슈(元帥)의 ᄒᆡᆼᄎᆞ(行次) 이르시거든 고(告)ᄒ라."

아이(俄而)오, 고각(鼓角)[975]이 훤텬(喧天)[976]ᄒ며 동ᄌᆞ(童子) 황황(遑遑)[977] 보왈(報曰),

---

971 분분전도(奔奔顚倒) : 엎어질 듯이 분주하게 왕래함.

972 숙소(宿所) : 집을 떠난 사람이 임시로 묵음.

973 생소(生疎) : 어떤 대상이 친숙하지 못하고 낯이 섧.

974 어찌하면 상공께 전할 수 있으리오?

975 고각(鼓角) : 군중(軍中)에서 호령할 때 쓰던 북과 나발.

976 훤천(喧天) : 하늘이 진동할 정도로 요란스러움.

977 황황(遑遑) : 갈팡질팡 어쩔 줄 모르게 급함.

"원슈(元帥) 힝군(行軍)ᄒ야 오시ᄂ이다."

션랑 왈(仙娘曰),

"네 진(陣) 치시ᄂ 곳을 자세(仔細ㅣ) 보고 와 고(告)ᄒ라."

량구(良久)에 동ᄌ(童子ㅣ) 보왈(報曰),

"원슈(元帥) 진(陣)을 ᄎ쳐(此處)에 치시니, 남(南)으로 (백여 보(百餘步))밧게[978] 비산임류(背山臨流)[979]ᄒᆫ 무인지경(無人之境)[980]에 치시더이다."

야심 후(夜深後) 션랑(仙娘)이 동ᄌ(童子)다려 왈(曰),

"샹공(相公)의 진(陣) 치신 형셰(形勢)를 보고ᄌ ᄒ노니, 네 인도(引導)ᄒ라."

옥뎍(玉笛)을 가지고 동ᄌ(童子)를 ᄯ라 진젼(陣前)에 이르민, ᄎ시(此時) 월ᄉᆨ(月色)이 죠요(照耀)[981]ᄒᆫᄃᆡ 긔치창검(旗幟槍劍)[982]이 졍졍당당(整整堂堂)[983]ᄒ야 방위(方位)를 직히엿고[984] 부오항렬(部伍行列)[985]이 즁즁쳡쳡(重重疊疊)[986]ᄒ야 원문(轅門)[987]을 일윗[윗]스니[988], 위의(威儀ㅣ) 엄숙(嚴肅)홈과 군률(軍律)의 졍졔(整齊)홈을 뭇지 아녀 알너라[989].

978 남쪽으로 백여 걸음 밖에.

979 배산임류(背山臨流) : 배산임수(背山臨水). 지세(地勢)가 뒤로는 산을 등지고 앞으로는 물에 면하여 있음.

980 무인지경(無人之境) : 사람이 살고 있지 않는 외진 곳.

981 주) 115 참조.

982 기치창검(旗幟槍劍) : 예전에 군대에서 쓰던 깃발, 창, 칼 따위를 통틀어 이르던 말.

983 정정당당(整整堂堂) : 질서정연하고 기세가 등등함.

984 (동서남북의) 방위를 지키고 있고.

985 부오항렬(部伍行列) : 군진(軍陣)의 대오(隊伍)와 대열(隊列).

986 중중첩첩(重重疊疊) : 여러 겹으로 겹쳐 있는 모양.

987 원문(轅門) : 군문(軍門). 영문(營門). 군영(軍營)의 문(門).

988 이루었으니.

션랑(仙娘)이 동즈(童子)를 보와 왈(曰),

"닉 잠간(暫間) 산(山)에 올나 진즁(陣中)을 굽어보리라."

ᄒ고 산길을 ᄎ자 즁봉(中峰)에 올나 동즈(童子)를 명(命)ᄒ야,

"산하(山下)에 셧다가 올라오ᄂᆞᆫ 사름이 잇거든 인도(引導)ᄒ라."

하고 암샹(巖上)에 놉히 안져 군즁(軍中)에 경졈(更點)을 드르니 임에 삼경(三更)을 보(報)ᄒ거ᄂᆞᆯ 션랑(仙娘)이 옥뎍(玉笛)을 들어 일곡(一曲)을 부니, 이ᄯᅥ 원슈(元帥) 쟝즁(帳中)에 칙상(冊床)을 의지(依支)ᄒ야 무삼[곡]병셔(武曲兵書)를 보더니 난ᄃᆡ업ᄂᆞᆫ 일셩옥뎍(一聲玉笛)이 풍편(風便)에 들니거ᄂᆞᆯ, 병셔(兵書)를 노코 귀를 기우려 드르니 그 쇼릭 반공(半空)에 요란[유량](嚠喨)[990]ᄒ야 셔풍(西風)에 도라가ᄂᆞᆫ 기럭이 무리를 일은 듯[991] 쳥텬(靑天)에 외로운 학(鶴)이 짝을 부르ᄂᆞᆫ 듯, 심샹(尋常)ᄒᆫ 산동옥[목]뎍(山童牧笛)[992]이 아니라.

원슈(元帥)의 총명(聰明)ᄒᆞᆷ으로 엇지 벽셩산(碧城山) 녯 곡됴(曲調)를 모르리오? 심즁(心中)에 경희[의](驚疑)[993]ᄒ야 싱각ᄒ되,

'이는 반다시 셜[션]랑(仙娘)이 지ᄂᆡ다가 나를 보고ᄌᆞ ᄒᆞᆷ이로다.'

ᄒ고 즉시(卽時) 즁군ᄉᆞ마(中軍司馬)[994]를 불너 분부 왈(分付曰),

"군ᄉᆡ(軍士ㅣ) 쳐음 ᄎ쳐(此處)에 경야(經夜)[995]ᄒ니 항오(行伍)[996]와 막ᄎ(幕次)[997]를 착란(錯亂)[998]치 못ᄒᆞᆫ[ᄒᆞᆯ]지라. 닉 편복(便服)[999]으로 ᄒᆞᆫ

---

989 묻지 않아도 알 것이다.

990 유량(嚠喨) : 음악 소리가 맑으며 또렷함.

991 서풍에 돌아가는 기러기가 무리를 잃은 듯.

992 산동목적(山童牧笛) : 산골에 사는 목동들이 부는 피리.

993 경의(驚疑) : 놀라고 의심함.

994 중군사마(中軍司馬) : 군중에서 군법(軍法)을 집행하는 벼슬.

995 경야(經夜) : 밤을 지냄.

996 항오(行伍) : 군대를 편성한 대오. 한 줄에 다섯 명을 세우는데 이를 오라 하고, 그 다섯 줄의 스물다섯 명을 항이라 함.

번(番) 순힝(巡行)[1000]코져 ᄒ노니 루셜(漏泄)[1001]치 말고 장즁(帳中)[1002]을 직히라."

ᄒ고 심복편비(心腹褊裨)[1003] 일인(一人)을 다리고 자긔(自己)에 찻던[1004] 딕우젼(大羽箭)[1005]을 쌔여[1006] 일기(一個)를 들고 원문(轅門)에 나가랴 ᄒ니, 슈문(守門)[1007]ᄒ 군시(軍士ㅣ) 표신(標信)[1008]을 찻거늘, 원쉬(元帥ㅣ) 신젼(信箭)[1009]을 뵈고 젼[진](陣) 밧게 나 젼후좌우(前後左右)를 ᄒ 박휘[1010] 순힝(巡行)ᄒᆯ시, 산샹(山上) 옥뎍(玉笛)이 오히려 긋치지 아니ᄒ더라.

　원쉬(元帥ㅣ) 편비(褊裨)를 도라보아 왈(曰),

"늬 뒤를 싸르라."

ᄒ고 압셔 힝(行)ᄒ며 산(山)을 향(向)ᄒ야 길을 ᄎᆺ더니, 동지(童子ㅣ) 산하(山下)에 셧다가 반겨 맛거늘, 원쉬(元帥ㅣ) 다시 편비(褊裨)다려 왈(曰),

"네 여기셔 긔다리라."

---

997 막차(幕次) : 의식이나 거둥 때에 임시로 장막을 쳐서, 왕이나 고관들이 잠깐 머무르게 하던 곳.

998 착란(錯亂) : 어지럽고 어수선함.

999 편복(便服) : 평복(平服). 평상시에 간편하게 입는 옷.

1000 순행(巡行) : 감독하거나 단속하기 위해 돌아다님.

1001 누설(漏泄) : 비밀이 새어 나감. 또는 그렇게 함.

1002 장중(帳中) : 군막(軍幕)의 안.

1003 심복편비(心腹褊裨) : 믿을 만한 부장(副將).

1004 자신이 차고 있던.

1005 대우전(大羽箭) : 동개살. 깃을 크게 댄 화살.

1006 빼어. 뽑아.

1007 수문(守門) : 영문(營門)을 지킴.

1008 표신(標信) : 궁궐이나 군영을 드나들 때 쓰는 신표(信標).

1009 신전(信箭) : 신표로 쓰는 화살.

1010 한 바퀴.

ᄒ고 동ᄌ(童子)를 ᄯᅡ라 등산(登山)ᄒ니, 션랑(仙娘)이 옥뎍(玉笛)을
그치고 암상(巖上)에 ᄂᆞ려 마져[1011] 왈(曰),

"샹공(相公)의 이 길이 엇지 이다지 급(急)ᄒ시니잇고?"

원슈(元帥ㅣ) 왈(曰),

"젹셰(敵勢ㅣ) 챵궐(猖獗)ᄒ야 지체(遲滯)[1012]치 못홈이라. 만일(萬
一) ᄉᆞ셰(事勢ㅣ) 이 갓ᄒᆞᆯ 줄 알앗던들 랑(娘)을 엇지 그리 망망(忙
忙)[1013]이 오게 ᄒ야 죵젹(踪跡)이 얼울[올](鼿卼)[1014]케 ᄒ얏스리오?"

션랑(仙娘)이 함루 왈(含淚曰),

"쳡(妾)이 미쳔(微賤)ᄒᆫ 몸으로 귀문(貴門)[1015]에 안면(顏面)이 업스
오니 이졔 당돌(唐突)[1016]이 드러가 누구를 의지(依支)ᄒ리요?"

원슈(元帥ㅣ) 측연집슈(惻然執手)[1017]ᄒ고 황 쇼져(黃小姐) 취(娶)ᄒᆫ
말을[1018] ᄃᆡ강(大綱) 말ᄒ야 왈(曰),

"ᄂᆡ 랑(娘)의 지견(知見)[1019]을 아나니, 비록 난쳐(難處)ᄒᆫ 일이 잇
스나 십분(十分) 조심(操心)ᄒ야 나의 도라옴을 기다리라."

션랑 왈(仙娘曰),

"샹공(相公)이 원융(元戎)[1020]에 톄즁(體重)[1021]ᄒ심으로 쳔쳡(賤妾)

1011 바위 위에서 내려와 맞으며.
1012 지체(遲滯) : 때를 늦추거나 질질 끎.
1013 망망(忙忙) : 매우 바쁜 모양.
1014 얼올(鼿卼) : 일 따위가 어그러져서 마음이 불안함. 위태로움.
1015 귀문(貴門) : 주로 편지글에서, 상대편의 집안을 높여 이르는 말.
1016 당돌(唐突) : 꺼리거나 어려워하는 마음이 조금도 없이 올차고 다부짐.
1017 측연집수(惻然執手) : 보기에 가엾고 불쌍하여 손을 잡음.
1018 황 소저를 아내로 맞았다는 말을.
1019 지견(知見) : 지식과 견문을 아울러 이르는 말.
1020 원융(元戎) : 군사의 우두머리.
1021 체중(體重) : 지위가 높고 점잖음. * 몸무게.

을 위(爲)ᄒ샤 오릭 막ᄎ(幕次)를 써나시니 불안(不安)ᄒ오이다.”
인(因)ᄒ야 옥뎍(玉笛)을 드려 왈(曰),

“이것이 혹(或) 군즁(軍中)에 쓸가 ᄒ나이다.”

원쉬(元帥ㅣ) 바다 소믹에 넛코[1022] 다시 션랑(仙娘)을 도라보아 련
련(戀戀)[1023]ᄒ야 왈(曰),

“랑(娘)이 부즁(府中)에 드러가 혹(或) 어려온 일이 잇거든 윤 쇼져
(尹小姐)와 상의(相議)ᄒ라. 텬셩(天性)이 인ᄌ(仁慈)ᄒ고 뉘 쏘 부탁
(付託)홈이 잇스니 져바리지 아닐가 ᄒ노라[1024].”

션랑(仙娘)이 눈물을 쑤려 하직(下直)ᄒ니, 원쉬(元帥ㅣ) 산(山)에
ᄂ려 편비(褊裨)를 다리고 본진(本陣)에 도라와 익일(翌日) 힝군(行
軍)ᄒ야 남(南)으로 가니라.

ᄎ셜(且說), 션랑(仙娘)이 동ᄌ(童子)와 뎜즁(店中)에 도라와 잠을
일우지 못ᄒ고 하날이 밝음익 힝장(行裝)을 슈습(收拾)ᄒ야 황셩(皇
城)에 득달(得達)ᄒ야 양부(楊府) 문젼(門前)에 뎡긔[거](停車)ᄒ고
동ᄌ(童子)로 션통(先通)[1025]ᄒ니, 원외(員外ㅣ) 늬당(內堂)에 드러와
볼ᄉ 아리싸온 틱도(態度)와 요됴(窈窕)ᄒ 용뫼(容貌ㅣ) 일분(一分)
교식[식](巧飾)[1026]홈이 업셔 그 조결(澡潔)[1027]홈은 일편빙심(一片氷
心)[1028]에 틔끌이 살아지고[1029], 그 션연(嬋娟)홈은 반류[륜]츄월(半輪

1022 (옥적을) 받아 소매에 넣고.
1023 연연(戀戀) : 집착하여 미련을 가짐. 미련을 둠.
1024 저버리지 않을 것이라 생각하노라.
1025 선통(先通) : 미리 알림.
1026 교식(巧飾) : 공교롭게 꾸밈.
1027 조결(澡潔) : 더러운 것을 씻어 내어 깨끗하게 함.
1028 일편빙심(一片氷心) : 한 조각의 얼음같이 지극히 깨끗한 마음.

秋月)¹⁰³⁰이 기인 빗을 씌여거늘¹⁰³¹, 부듕샹히(府中上下 1) 칙칙칭찬
(嘖嘖稱讚)¹⁰³²ᄒ고, 원외(員外 1) 사랑ᄒ야 안즘을 명(命)ᄒ고¹⁰³³ 윤황
(尹黃) 량 쇼져(兩小姐)를 부르니, 윤 쇼져(尹小姐) 즉시(卽時) 왓거
늘, 원외(員外 1) 쇼왈(笑曰),

"황 현부(黃賢婦)는 엇지 오지 아니ᄒᄂ뇨?"

좌위(左右 1) 보왈(報曰),

"황 쇼져(黃小姐) 졸연(猝然)¹⁰³⁴ 신긔불평(身氣不平)¹⁰³⁵ᄒ야 오지
못ᄒ나이다."

원외(員外 1) 머리를 슉이고 불쾌(不快)히 녁이더니 윤 쇼져(尹小
姐)를 보아 왈(曰),

"군ᄌ(君子)의 잉쳡(媵妾)¹⁰³⁶ 둠은 ᄌ고(自古)로¹⁰³⁷ 잇는 비오, 부녀
(婦女)의 투긔(妬忌)¹⁰³⁸ᄒ옴은 후셰(後世)에 악풍(惡風)¹⁰³⁹이라. 현부(賢
婦)의 현슉(賢淑)ᄒ옴으로 가면(加勉)¹⁰⁴⁰ᄒ 바 업스나 십분(十分) 화목
(和睦)ᄒ옴을 힘써 가도(家道)를 괴란(乖亂)¹⁰⁴¹ᄒ옴이 업게 ᄒ라."

1029 티끌이 사라지고.
1030 반륜추월(半輪秋月) : 가을 밤 하늘에 뜬 반달.
1031 갠 빛을 띠었거늘. 구름이 걷힌 모습을 띠었거늘.
1032 책책칭찬(嘖嘖稱讚) : 여러 사람들이 칭찬하는 모양.
1033 앉으라고 명하고.
1034 졸연(猝然) : 갑작스러운 모양.
1035 신기불평(身氣不平) : 몸의 기력이 편하지 아니 함.
1036 잉첩(媵妾) : 귀인에게 시집가는 여인이 데리고 가던 시첩(侍妾). 신부의 질녀와
　　　여동생으로 충당하였음.
1037 예로부터.
1038 투기(妬忌) : 질투(嫉妬). 부부 사이나 사랑하는 이성 사이에서 상대되는 이성이
　　　다른 이성을 좋아할 경우에 지나치게 시기(猜忌)함.
1039 악풍(惡風) : 나쁜 풍속.
1040 가면(加勉) : 더욱 힘씀.
1041 괴란(乖亂) : 사리에 어그러져 어지러움.

즉시(卽時) 후원별당(後園別堂)에 쳐소(處所)를 뎡(定)ㅎ니, 윤 쇼
져(尹小姐) 련옥(蓮玉)을 명(命)ㅎ야 길을 인도(引導)홀식, 옥(玉)이
션랑(仙娘)을 압셰우고 후원(後園)으로 가며 그 힝보(行步) 거동(擧
動)을 보믹 의연(依然)[1042]이 홍랑(紅娘) 갓흔 곳이 잇거늘[1043], 옥(玉)
이 함루(含淚)ㅎ고 슬허홈을 끽닷지 못ㅎ거늘[1044], 션랑(仙娘)이 문왈
(問曰),

"차환(叉鬟)은 엇지 나를 보고 감창(感愴)[1045]홈이 잇ᄂᆞ뇨?"

옥(玉)이 더욱 오열 왈(嗚咽曰),

"친[천]비(賤婢ㅣ)[1046] 흉즁(胸中)에 믹친 한(恨)이 잇더니, 이졔 잠
간(暫間) 쵹동(觸動)[1047]홈이 잇셔 긔싴(氣色)을 감쵸지 못ㅎ나이다."

션랑(仙娘)이 쇼왈(笑曰),

"차환(叉鬟)이 부귀문즁(富貴門中)[1048]에 인ᄌ(仁慈)ㅎ신 쥬인(主人)
을 뫼시고 무슴 한(恨)이 이러ㅎ뇨?"

옥(玉)이 탄왈(歎曰),

"천비(賤婢) 본디 강남(江南) 사름으로 고쥬(故主)[1049]를 일코 ᄎᆞ쳐
(此處)에 왓더니 금일(今日) 랑ᄌ(娘子)의 용모(容貌)를 뵈오니 고쥬
(故主)와 칠분(七分)[1050] 방불(髣髴)ㅎ신지라. ᄌ연(自然) 심ᄉ(心思)를
진졍(鎭定)치 못ㅎ나이다."

1042 의연(依然) : 전과 다름이 없음.
1043 홍랑과 같은 곳이 있으므로.
1044 눈물을 머금고 슬퍼함을 깨닫지 못하므로.
1045 감창(感愴) : 어떤 느낌이 가슴에 사무쳐 슬픔.
1046 천비(賤婢) : 천한 계집종이라는 뜻으로, 자신을 낮추어 이르는 말.
1047 쵹동(觸動) : 어떤 자극을 받아서 움직임.
1048 부귀문즁(富貴門中) : 부귀한 집안.
1049 고쥬(故主) : 옛 주인. 여기서는 강남홍을 가리킴.
1050 칠분(七分) : 칠할(七割). 70%. 언해본에는 십분(十分)으로 되어 있음.

션랑 왈(仙娘曰),

"차환(叉鬟)의 고쥬(故主)는 누구뇨?"

옥왈(玉曰),

"항쥬(杭州) 제일방(第一坊) 쳥루(靑樓)에 잇든 홍랑(紅娘)이니이다."

션랑(仙娘)이 경왈(驚曰),

"네 임의 홍랑(紅娘) 차환(叉鬟)인 즉(則) 엇지 츠쳐(此處)에 잇는고? 닉 홍랑(紅娘)과 안면(顏面)은 업스나 셩긔(聲氣)[1051]로 친(親)홈이 형뎨(兄弟) 갓더니, 이졔 네 말을 드르니 엇지 반갑지 아니리오?"

옥(玉)이 츠언(此言)을 듯고 션랑(仙娘)의 손을 잡고 루슈여우(淚水如雨)[1052] 왈(曰),

"우리 랑쥐(娘子ㅣ) 원통(冤痛)이 죽엇스니, 후신(後身)이 랑쥐(娘子ㅣ) 되시니잇가? 랑쥐(娘子ㅣ) 쳔비(賤婢)를 속여 젼신(前身)이 우리 랑쥐(娘子ㅣ)시니잇가? 셰간(世間)에 아름다온 녀쥐(女子ㅣ) 우리 랑쥐(娘子) 외(外)에 업는가 ᄒ야 오미(寤寐)[1053]에 한 번(番) 다시 뵈옴을 쥭슈(祝手)[1054]ᄒ더니 이졔 랑쥐(娘子)의 거지(擧止ㅣ)[1055] 우리 랑쥐(娘子)와 갓흐시고 쏘흔 우리 랑쥐(娘子)와 지긔지우(知己之友)라 ᄒ시니, 이는 하날이 쳔비(賤婢ㅣ) 고쥬(故主)를 일코 고단(孤單)[1056]이 잇슴을 불상이 녁이스 랑쥐(娘子)를 닉심이로소이다.

윤 상셔(尹尙書)끠셔 항쥬 자사(杭州刺史)로 계실 ᄯᅦ에 우리 랑쥐

1051 셩긔(聲氣) : 마음과 뜻.

1052 주) 476 참조.

1053 오매(寤寐) : 자나 깨나 언제나.

1054 주) 66 참조.

1055 거지(擧止) : 행동거지(行動擧止). 몸을 움직여 하는 모든 짓.

1056 고단(孤單) : 단출하고 외로움.

(娘子) 청루(靑樓) 졔일방(第一坊)에 계신지라. 윤 샹셔(尹尙書) 지극
(至極)히 사랑ᄒ심으로 량[랑]ᄌ(娘子ㅣ) 윤부(尹府)에 츌입(出入)ᄒ
샤 윤 쇼져(尹小姐)로 지긔(知己)가 ᄌ별(自別)[1057]ᄒ시더니, 랑ᄌ(娘
子ㅣ) 불샹이 도라감을 측연(惻然)ᄒ샤 쳔비(賤婢)를 슈습(收拾)ᄒ심
으로 이에 와 잇나이다."

션랑(仙娘)이 듯고 윤 쇼져(尹小姐)의 션[셩]덕(盛德)[1058]을 탄복(歎
服)ᄒ더라.

익일(翌日) 션랑(仙娘)이 량당(兩堂)[1059] 문후(問候)ᄒ고 윤 쇼져(尹
小姐) 침실(寢室)에 이르러 쇼져(小姐)ᄭ의 고왈(告曰),

"쳔쳡(賤妾)이 쳥루쳔죵(靑樓賤蹤)[1060]으로 례법(禮法)을 모르오나
일즉 듯ᄌ오니 량위 쇼져(兩位小姐)[1061] 계시다 ᄒ더니 이졔 일위 쇼
져(一位小姐)ᄭ의 뵈옵지 못ᄒ오니, 감(敢)히 뵈옴을 고(告)ᄒ나이다[1062]."

윤 쇼졔(尹小姐ㅣ) 침음량구(沈吟良久)에 련옥(蓮玉)을 명(命)ᄒ야
황 쇼져(黃小姐)의 침실(寢室)을 가라치라 ᄒ니[1063](라).

ᄎ시(此時) 황 쇼졔(黃小姐ㅣ) 션랑(仙娘)의 거동(擧動)을 좌우(左
右)로 탐지(探知)ᄒ니 칭찬(稱讚)홈이 만코 나무람이 업고, 그 용모
(容貌) ᄌ식(姿色)을 기르는 쇼리[1064] 진동(振動)ᄒ거늘, 심즁(心中)에
분탄(憤嘆)[1065]홈을 이긔지 못ᄒ야 밤ᄉ도록 잠을 이르[루]지 못ᄒ고

1057 자별(自別) : 친분이 남보다 특별함.
1058 성덕(盛德) : 크고 훌륭한 덕.
1059 양당(兩堂) : 남의 부모를 높여 이르는 말.
1060 청루천종(靑樓賤蹤) : 기생 노릇을 하는 천한 신분.
1061 양위소저(兩位小姐) : 두 분의 아씨.
1062 감히 뵙게 해주실 것을 아뢰옵니다.
1063 가리켜주라고 하니.
1064 기리는 소리가. 칭찬하는 소리가.
1065 분탄(憤嘆) : 분개(憤慨). 몹시 분하게 여김.

일즉 일어[1066] 소세(梳洗)[1067] ᄒ실시, 거울을 딕(對)ᄒ야 눈셥을 그리며
탄왈(歎曰),

"하날이 나를 닉시며 엇지 경국지식(傾國之色)을 앗기샤[1068], 우으
로[1069] 윤 쇼져(尹小姐)에게 양두(讓頭)[1070]ᄒ고 아릭로 쳔기(賤妓)에게
뒤지게 ᄒ시ᄂᆞᆫ고?"

살이 썰니며 쌔가 바아지는 듯ᄒ더니[1071] 좌우(左右) 보(報)ᄒ되,
"션랑(仙娘)이 뵈옵기를 쳥(請)ᄒᆞᆫ다."

ᄒ거늘, 황 쇼져(黃小姐) 발연딕로(勃然大怒)[1072]ᄒ야 안싁(顏色)이 푸
르며 한독(悍毒)[1073]ᄒᆫ 긔운(氣運)이 미우(眉宇)[1074]에 발(發)ᄒ더니, 홀
연(忽然) 싱각 왈(曰),

'고기를 낙그려 ᄒᆫ 즉(則) 밋기를 달게 ᄒ고[1075] 톡기를 잡으랴 ᄒᆫ
즉(則) 올모를 가만이 홀지니[1076], 져 비록 지혜(智慧ᅵ) 만코 의식(意思
ᅵ) 과인(過人)ᄒ나 닉 ᄒᆫ 번(番) 우스며 ᄒᆫ 번(番) 달닉여 묘리(妙理
ᅵ) 잇게 롱락(籠絡)[1077]ᄒᆫ 즉(則) 닉 슈단(手段)에 버셔나지 못ᄒ리라.'

1066 일찍 일어나서.
1067 소세(梳洗) : 머리를 빗고 낯을 씻음.
1068 미색(美色)을 아끼시어.
1069 위로(는).
1070 주) 424 참조.
1071 살이 떨리며 뼈가 부서지는 듯하더니.
1072 발연대로(勃然大怒) : 크게 노하여 왈칵 성을 냄.
1073 한독(悍毒) : 성질이 아주 사납고 표독스러움.
1074 주) 89 참조.
1075 물고기를 낚으려 하면 미끼를 달게 하고.
1076 토끼를 잡으려 하면 올무를 은밀하게 할 것이니. '올무'는 새나 짐승을 잡기 위하
여 만든 올가미.
1077 농락(籠絡) : 새장과 고삐라는 뜻으로, 남을 교묘한 꾀로 휘잡아서 제 마음대로
놀리거나 이용함.

즉시(卽時) 화락(和樂)한 얼골과 아릿다온 말로 그 오름을 직촉하니[1078], 션랑(仙娘)이 당(堂)에 올나 츄파(秋波)를 흘녀 황 쇼져(黃小姐)의 용모(容貌)를 자셰(仔細ㅣ) 보니, 옥(玉) 갓흔 얼골에 잠간(暫間) 푸른 빗을 씌엿고 별 갓흔 눈에 십분(十分) 혜힐(慧黠)[1079]흠이 잇스나 엷은 입과 곳은 눈셥이[1080] 덕후(德厚)[1081]흔 긔상(氣像)이 적더라.

션랑(仙娘)을 보고 흔연(欣然) 쇼왈(笑曰),

"랑(娘)의 일홈을 들은 지 오릭나 용광(容光)[1082]을 이졔 보니 군ㅈ(君子)의 사랑하심이 맛당하도다. 오날붓터 빅 년(百年)을 긔약(期約)하야 일인(一人)을 셤길지니 심곡(心曲)[1083]으로 사괴고[1084] 간담(肝膽)으로 빗최여[1085] 서로 은휘(隱諱)[1086]흠이 업게 하라."

션랑(仙娘)이 샤왈(謝曰),

"쳡(妾)이 로류장화(路柳墻花)[1087]의 천신(賤身)으로 규범(閨範)[1088] 닉측[칙](內則)[1089]의 놉흔 말솜을 듯지 못하야 밋친 힝실(行實)과 츄(醜)흔 거동(擧動)으로 단엄(端嚴)[1090]하신 용광(容光)을 뵈오니 진퇴

1078 그녀(션랑)가 당에 오를 것을 재촉하니.

1079 혜힐(慧黠) : 간사하고 꾀가 많아 교묘하게 잘 둘러댐.

1080 곧은 눈썹이.

1081 덕후(德厚) : 후덕(厚德)함. 덕이 두터움.

1082 주) 585 참조.

1083 주) 867 참조.

1084 사귀고.

1085 주) 615 참조.

1086 은휘(隱諱) : 꺼리어 감추거나 숨김.

1087 주) 588 참조.

1088 규범(閨範) : 부녀자가 지켜야 할 도리나 범절.

1089 내칙(內則) : 여자들이 가정 안에서 지켜야 할 법도나 규칙. * 중국 한(漢)나라 시대에 편찬된 《예기(禮記)》의 편명(篇名). '내(內)'는 여자들이 거처하는 규문(閨門) 안으로, 주로 규문 안에서 행하는 예절이나 의식이 기록되어 있음.

1090 단엄(端嚴) : 단정하고 엄숙함.

쥬션(進退周旋)¹⁰⁹¹에 그 허물됨을 용셔(容恕)ᄒ시고 불급(不及)¹⁰⁹²홈을 교훈(敎訓)ᄒ쇼셔."

황 쇼져(黃小姐) 랑랑(琅琅)¹⁰⁹³이 쇼왈(笑曰),

"랑(娘)은 너모 고사(固辭)¹⁰⁹⁴치 말나. 나는 사름을 사괸 즉(則) 심복[곡](心曲)을 감쵸지 못ᄒ고 뮈울한¹⁰⁹⁵ 즉(則) 외모(外貌)를 속이지 아니ᄒ나니, 랑(娘)은 무간(無間)¹⁰⁹⁶이 샹종(相從)ᄒ고 의심(疑心)치 말나."

션랑(仙娘)이 치사(致謝)¹⁰⁹⁷ᄒ고 도라오며 싱각ᄒ되,

'녯젹에 리림보(李林甫)¹⁰⁹⁸는 웃난 속에는 칼이 잇다 ᄒ더니, 이졔 황 쇼져(黃小姐)는 말 가온ᄃᆡ (올)뫼¹⁰⁹⁹ 무수(無數)ᄒ니, 칼은 피(避)ᄒ려니와 올모[무]는 면(免)치 못ᄒ리로다.'

ᄒ더라.

익일(翌日)에 황 쇼졔(黃小姐ㅣ) 션랑(仙娘)을 차져 별당(別堂)에 이르러 한담(閑談)홀ᄉᆡ, 량기(兩個) 차환(叉鬟)이 좌우(左右)에 뫼엿거늘, 황 쇼져(黃小姐) 문왈(問曰),

---

1091 진퇴주선(進退周旋) : 앞으로 나아갔다 뒤로 물러섰다 한 바퀴 돌았다 한다는 뜻으로, '몸가짐'을 이르는 말.
1092 불급(不及) : 일정한 수준이나 정도에 이르지 못함.
1093 주) 882 참조.
1094 고사(固辭) : 제의나 권유 따위를 굳이 사양함.
1095 미워한.
1096 무간(無間) : 서로 허물이 없이 가까움.
1097 치사(致謝) : 고맙고 감사하다는 뜻을 표시함.
1098 이임보(李林甫) : 중국 당(唐) 현종(玄宗) 때의 재상으로 아첨을 일삼고 유능한 관리들을 배척하여 '구밀복검(口蜜腹劍 : 입에는 꿀이 있고 배 속에는 칼이 있다는 뜻으로, 말로는 친한 듯하나 속으로는 해칠 생각이 있음을 이르는 말.)'이라는 말을 낳았으며, 당을 쇠퇴의 길로 이끈 인물임.
1099 올무가.

"져 차환(叉鬢)은 누구뇨?"

션랑 왈(仙娘曰),

"쳡(妾)의 다려온[1100] 슈하(手下) 쳔비(賤婢)로소이다."

황 쇼졔(黃小姐 |) 슉시량구(熟視良久)[1101]에 왈(曰),

"랑(娘)은 시비(侍婢)를 잘 두어도다. 이 갓치 긔졀(奇絶)[1102]ᄒ니 젹지 아닌 복(福)이로다. 그 일홈이 무어인고?"

션랑 왈(仙娘曰),

"일기(一個)에 명(名)은 소쳥(小蜻)이니 십숨 셰(十三歲)라. 위인 (爲人)이 심(甚)히 용렬(庸劣)치 아니ᄒ나, 일기(一個)의 명(名)은 ᄌ 연(紫燕)이니 십일 셰(十一歲)라. 텬셩(天性)이 혼암(昏闇)[1103]ᄒ야 쳡 (妾)의 근심이로소이다."

황 쇼졔(黃小姐 |) 쇼왈(笑曰),

"나도 양기(兩個) 시비(侍婢 |) 잇스니, 일기(一個)의 명(名)은 츈 월(春月)이오, 일기(一個)의 명(名)은 도화(桃花)라. 위인(爲人)이 용 렬(庸劣)ᄒ나 본심(本心)은 츙직(忠直)ᄒ니 죵금이후(從今以後)[1104]로 통용(通用)[1105]ᄒ야 부리라."

수일 후(數日後) 션랑(仙娘)이 소쳥(小蜻)을 다리고 황 쇼져(黃小 姐) 침소(寢所)에 회사(回謝)[1106]ᄒ려 이르니, 황 쇼졔(黃小姐 |) 흔연 (欣然) 집슈 왈(執手曰),

---

1100 제가 데리고 온.

1101 주) 105 참조.

1102 긔졀(奇絶) : 아주 신기하고 기이함.

1103 혼암(昏闇) : 어리석고 못나서 사리에 어두움.

1104 죵금이후(從今以後) : 지금부터.

1105 통용(通用) : 서로 넘나들어 두루 씀.

1106 주) 250 참조.

"늬 졍(正)이 무료(無聊)ᄒ더니, 랑(娘)이 이 갓치 차지니 다졍(多情)ᄒ도다."

ᄒ고 츈월(春月)을 보아 왈(曰),

"오날은 늬 션랑[랑](仙娘)과 죵일(終日) 소견(消遣)ᄒ랴 ᄒ니 별당(別堂)에 자연(紫燕)이 혼자 잇셔 고젹(孤寂)홀지라. 또흔 너의끼리 놀다 오라."

츈월(春月)이 응락(應諾)ᄒ고 가니라.

츠서[시](此時) 자연(紫燕)이 혼자 별당(別堂)에 안졋더니 홀연(忽然) 일쌍(一雙) 호졉(蝴蝶)[1107]이 나라와 란간(欄干) 머리에 안거늘, 자연(紫燕)이 잡고ᄌ ᄒᄃᆡ 그 호졉(蝴蝶)이 도로 나라 후원(後園) 화림(花林)으로 드러가거늘 ᄌ연(紫燕)이 좃차가 방황(彷徨)ᄒ더니 츈월(春月)이 소ᄅᆡ 왈(曰),

"ᄌ연(紫燕)아, 곳만 알고 동모는 모르나냐[1108]?"

ᄌ연(紫燕)이 소왈(笑曰),

"츈랑(春娘)은 엇지 한가(閑暇)이 다니ᄂᆞᆫ뇨?"

츈월 왈(春月曰),

"소졔(小姐 ㅣ) 맛츰 너의 랑ᄌ(娘子)로 한담(閑談)ᄒ시기 늬 틈을 타 놀고져 왓노라."

ᄌ연(紫燕)이 ᄃᆡ희(大喜)ᄒ야 손을 잡고 림간(林間)에 안지며, 츈월 왈(春月曰),

"네 강쥬(江州)에셔 이러ᄒᆫ 동산[1109]과 이러ᄒᆫ 화림(花林)을 구경ᄒ얏ᄂᆞ냐?"

1107 호졉(蝴蝶) : 나비.

1108 꽃만 알고 동무는 모르느냐?

1109 동산 : 큰 집의 정원에 만들어 놓은 작은 산이나 숲.

ᄌ연(紫燕)이 소왈(笑曰),

"닉 젼일(前日) 드르니 황셩(皇城)이 좃타ᄒ더니 이졔 보믹 우리 강산(江山)¹¹¹⁰만 못ᄒ도다. 닉 강쥬(江州) 잇슬 씩에 심심ᄒᆫ 즉(則) 집 뒤 벽셩산(碧城山)에 올나 동모와 곳싸홈¹¹¹¹도 ᄒ고 혹(或) 강변(江邊)에 가 물 구경도 ᄒ더니, 황셩(皇城) 온 후(後) 도로혀 무료(無聊)ᄒᆯ 씩 만으니 우리 강쥬(江州)만 못ᄒ가 ᄒ노라."

츈월 왈(春月曰),

"벽셩산(碧城山)은 엇더ᄒᆫ 뫼며 강변(江邊)은 엇더ᄒᆫ 강(江)인고?"

ᄌ연 왈(紫燕曰),

"벽셩산(碧城山)은 집 뒤에 잇고 강(江)은 심양강(潯陽江)이니, 강샹(江上)에 뎡ᄌᆡ(亭子ㅣ) 잇셔 경긔(景槪ㅣ) 유명(有名)ᄒ니, 츈랑(春娘)이 보지 못ᄒᆷ을 한(恨)ᄒ노라."

츈랑 왈(春娘曰),

"너의 랑ᄌᆞ(娘子)ᄂᆞᆫ 강쥬(江州)에셔 무엇ᄒ시고 지닉시더뇨?"

ᄌ연 왈(紫燕曰),

"쳥루(靑樓)에 손도 보시며¹¹¹² 혹(或) 별당(別堂)에 비파(琵琶)도 타시니, 엇지 이 갓치 젹젹(寂寂)ᄒ리오?"

츈월 왈(春月曰),

"랑ᄌᆞ(娘子)의 별당(別堂)이 엇더ᄒ뇨?"

ᄌ연 왈(紫燕曰),

"네 귀에 기동 박고¹¹¹³ 젼후(前後)에 문(門)을 닉고 흙으로 벽(壁)

1110 강산(江山) : 강과 산이라는 뜻으로, 자연의 경치를 이르는 말.
1111 꽃싸움. 꽃이나 꽃술을 맞걸어 당겨서 끊어지고 안 끊어지는 것으로 이기고 짐을 내기하는 장난.
1112 청루에서 손님도 만나시며.

치고 조희로 도비(塗褙)훔은[1114] 집마다 일반(一般)이니[1115] 무엇을 못
느뇨?"

춘월(春月)이 셩니여 왈(曰),

"니 심심ㅎ기로 무럿더니 이 갓치 핀잔 주니 나는 도라가노라."

ㅎ며 몸을 닐거늘[1116] ᄌ연(紫燕)이 집슈 왈(執手曰),

"니 일일(一一)이 그린 다시 말ㅎ리니 노혀 말라. 우리 랑ᄌ(娘子)
의 별당(別堂)이 씌로 쳠아(檐牙)ㅎ고 딕로 문(門)을 ㅎ며, 분벽(粉壁)
사창(紗窓)에 셔화(書畫)를 가득 붓치며, 계하(階下)에 황국(黃菊) 단
풍(丹楓)과 쳥송(靑松) 록쥭(綠竹)을 심엇스니, 보는 지(者ㅣ) 뉘 아니
층[칭]찬(稱讚)ㅎ리오?"

춘월 왈(春月曰),

"우리 샹공(相公)이 몃 번(番)이나 가셧더뇨?"

ᄌ연 왈(紫燕曰),

"날마다 오샤 미양 야심 후(夜深後) 도라가시니라."

춘월 왈(春月曰),

"몃 번(番)이나 즘으시뇨[1117]?"

ᄌ연 왈(紫燕曰),

"일즉 즘으시는 것은 보지 못ㅎ얏노라."

춘월(春月)이 희희이 웃고[1118] ᄌ연(紫燕)의 손을 잡아 왈(曰),

"니 루셜(漏泄)치 아닐지니 속이지 말나."

1113 네 모퉁이에 기둥 박고.
1114 종이로 도배하는 것은. '도배'는 종이로 벽이나 반자, 장지 따위를 바르는 일.
1115 집집마다 다 같은 것이니.
1116 몸을 일으키거늘.
1117 주무셨느냐?
1118 희희거리며 웃고. '희희'는 바보같이 웃는 소리. 또는 그 모양.

ᄌ연 왈(紫燕曰),

"무슨 속이리오?"

츈월(春月)이 다시 우으며[1119] ᄌ연(紫燕)의 귀에 다이고[1120] 수어(數語)를 가만히 무른 즉(則) ᄌ연 왈(紫燕曰),

"그는 늬 모르나 우리 랑ᄌ(娘子ㅣ) 샹공(相公)의 말슴을 듯지 아니며 왈(曰), '금일(今日)은 붕우(朋友)로 아르소셔.'ᄒ시니, 나는 그 밧게 모르노라."

츈월(春月)이 또 뭇고져 ᄒ더니, 홀연(忽然) 보니 련옥(蓮玉)이 오다가 화림(花林) 뒤에 셧거늘, 츈월(春月)이 즉시(卽時) 몸을 니러 왈(曰),

"소졔(小姐ㅣ) 차지실지라. 나는 도라가노라."

ᄒ고 가니라.

ᄎ시(此時) 황 쇼졔(黃小姐ㅣ) 션랑(仙娘)을 만류(挽留)ᄒ야 쌍륙(雙六)[1121] 치며 한담(閑談)ᄒ더니, 홀연(忽然) 쌍륙판(雙六板)[1122]을 물녀 놋코 왈(曰),

"랑(娘)의 지[재]죄(才操ㅣ) 이 갓흐니 응당(應當) 셔화(書畵)에 싱소(生疎)치 아니ᄒ리니, 글씨를 엇지 쓰나뇨?"

션랑(仙娘)이 소왈(笑曰),

"창기(娼妓)의 글시 불과(不過) 유졍랑(有情郎)[1123]의 편지(便紙)ᄒ올 ᄯ아름이니 엇지 족(足)히 쓴다 ᄒ리오?"

1119 다시 웃으며.

1120 귀에 대고.

1121 쌍륙(雙六) : 놀이의 하나. 여러 사람이 편을 갈라 차례로 두 개의 주사위를 던져서 나오는 사위대로 말을 써서 먼저 궁에 들여보내는 놀이.

1122 쌍륙판(雙六板) : 쌍륙의 말밭을 그린 판.

1123 유졍랑(有情郎) : 정을 둔 사내.

황 소제(黃小姐ㅣ) 딕소(大笑)ᄒ고 도화(桃花)를 불너 필연(筆硯)[1124]을 가져오라 ᄒ야 왈(曰),

"늬 요ᄉ이 심심ᄒ기 글시로 소견(消遣)ᄒ더니[1125], 랑(娘)은 두어 쥴 쓰기를 사양(辭讓)치 말라."

션랑(仙娘)이 즐겨 쓰지 아니ᄒ딕 황 쇼졔(黃小姐ㅣ) 웃고 친(親)히 붓을 쌔혀 몬져 수ᄒᆡᆼ(數行)을 쓰고[1126] 왈(曰),

"늬 임의 졸(拙)ᄒ 수단(手段)으로써 쓰니[1127] 랑(娘)도 쓰라."

션랑(仙娘)이 마지못ᄒ야 일ᄒᆡᆼ(一行)을 쓴딕, 왕[황] 쇼졔(黃小姐ㅣ) 유의(留意)ᄒ야 ᄌᆡᄉᆞᆷ(再三) 보고 층[칭]찬 왈(稱讚曰),

"랑(娘)의 글시ᄂᆞᆫ 나의 밋칠 빅 아니라. 엇지 흠션(欽羨)[1128]치 아니리오? 다른 체(體)[1129] 잇거든 ᄯᅩ ᄒ 쥴 쓰라."

션랑 왈(仙娘曰),

"쳔(賤)ᄒ 직죄(才操ㅣ) 이ᄲᅮᆫ이라. 엇지 두 가지 톄(體ㅣ) 잇ᄉ오릿가?"

황 쇼졔(黃小姐ㅣ) 미소 왈(微笑曰),

"금일(今日)은 소견(消遣)을 잘ᄒᆞ얏ᄉ니 명일(明日) 다시 차즈라."

션랑(仙娘)이 응락(應諾)ᄒ고 가니, 원릭(元來) 션랑(仙娘)의 총명(聰明)으로 엇지 황 쇼져(黃小姐)의 간교(奸巧)[1130]를 모르리오마는 죵시(終是)[1131] 나히 어리고 셩품(性品)이 유약(柔弱)ᄒ야[1132] 홍랑(紅

1124 필연(筆硯) : 붓과 벼루.
1125 내가 요사이 심심하기에 글씨 쓰는 것으로 소일하였는데.
1126 붓을 빼어 먼저 두어 줄을 쓰고.
1127 내가 이미 서투른 솜씨로 썼으니.
1128 주) 624 참조.
1129 체(體) : 서체(書體). 글자체.
1130 간교(奸巧) : 간사(奸邪)하고 교활(狡猾)함.

娘)의 밍렬(猛烈)홈이 업는 고(故)로 쳐지(處地)를 싱각ᄒ고 ᄎᆞ마 썰
치지 못ᄒ야¹¹³³ 날마다 샹종(相從)ᄒ니, 윤 소제(尹小姐ㅣ) 심즁(心
中)에 넘려(念慮)ᄒ더라.

　일일(一日)은 원외(員外ㅣ) 닉당(內堂)에 드러와 황 쇼져(黃小姐)를
불너 왈(曰),

　"아까 너의 부친(父親)이 편지(便紙)ᄒ사, '딕부인(大夫人)¹¹³⁴ 병환
(病患)이 졸발(猝發)¹¹³⁵ᄒ야 너를 보닉라.'ᄒ시니, 수일(數日) 귀령(歸
寧)¹¹³⁶ᄒ야 시탕(侍湯)¹¹³⁷ᄒ고 속(速)히 도라오라."

　황 쇼졔(黃小姐ㅣ) 즉시(卽時) 본부(本府)에 와 량친(兩親)게 뵈오
니 황 각뢰(黃閣老ㅣ) 문왈(問曰),

　"아까 편지(便紙) 보니 신병(身病)¹¹³⁸이 극즁(極重)¹¹³⁹ᄒ다 ᄒ기 다
려오라¹¹⁴⁰ ᄒᆞᆫ 즉(則) 너의 모친(母親)이 말ᄒ되, '구가(舅家)¹¹⁴¹에셔
보닉지 아니ᄒᆯ 것이니 친환(親患)¹¹⁴²을 말ᄒ여[면] 보닉리라.'ᄒ기 닉
편지(便紙)로써 ᄒ얏더니, 이제 얼골을 보니 병식(病色)이 딕단치 아
니ᄒ니 엇지 편지(便紙)를 과(過)이 ᄒ야 놀나게 ᄒ난고?"

　황 쇼졔(黃小姐ㅣ) 쳐연(悽然) 딕왈(對曰),

1131　종시(終是) : 끝내. 마침내.
1132　나이가 어리고 성품이 부드럽고 약하여.
1133　차마 떨쳐내지 못해서.
1134　대부인(大夫人) : 자당(慈堂). 남의 어머니를 높여 이르는 말.
1135　졸발(猝發) : 갑작스레 일어남.
1136　귀녕(歸寧) : 근친(覲親). 시집간 딸이 친정에 가서 부모를 뵘.
1137　시탕(侍湯) : 어버이의 병환에 약시중을 드는 일.
1138　주) 311 참조.
1139　극중(極重) : 병세나 형벌 따위가 몹시 무거움.
1140　데려오라.
1141　구가(舅家) : 시집. 시부모가 사는 집.
1142　친환(親患) : 부모의 병환(病患).

"외모(外貌)에 나타나는 병(病)은 약(藥)으로 곳치려니와 중심(中心)에 은근(慇懃)[1143]흔 병(病)은 부모(父母)도 모르시니, 그 위틱(危殆)홈이 됴셕(朝夕)에 잇슬가 ᄒ나이다."

각뢰(閣老ㅣ) 대경 왈(大驚曰),

"네 무슴 병(病)이 이 갓치 즁(重)ᄒ뇨?"

황 쇼졔(黃小姐ㅣ) 수루[1144] 왈(垂淚曰),

"야애(爺爺ㅣ)[1145] 녀ᄋ(女兒)를 사랑ᄒ샤 가셔(佳壻)[1146]를 틱(擇)ᄒ시더니 풍류탕ᄌ(風流蕩子)[1147]를 만나 오작(烏鵲)의 다리 은하(銀河)에 쓴어지고[1148] 항아(姮娥)의 신세(身勢ㅣ) 월궁(月宮)에 젹막(寂寞)ᄒ야[1149] 이졔 쳥츈심규(靑春深閨)[1150]에 빅두음(白頭吟)[1151]을 부르게 되오니, 쇼녀(小女)의 평싱(平生)이 병(病)드러 죽음만 못홀가 ᄒ나이다."

각뢰(閣老ㅣ) 츄연 왈(愀然曰),

"로뷔(老父ㅣ) 만년(晚年)에 너를 어더 장즁보옥(掌中寶玉)[1152]으로

1143 은근(慇懃) : 겉으로 드러나지 않고 은밀함.

1144 수루(垂淚) : 눈물을 주르륵 흘림.

1145 야야(爺爺) : 예전에 아버지를 높여 이르던 말.

1146 가서(佳壻) : 참하고 훌륭한 사위.

1147 풍류탕자(風流蕩子) : 바람둥이.

1148 오작교(烏鵲橋)가 은하수(銀河水)에서 끊어지고. 남녀(부부)가 만날 수 없게 되었다는 말임.

1149 월궁(月宮)에 갇혀 있는 선녀 항아처럼 적막하게 되어.

1150 청춘심규(靑春深閨) : 젊은 부녀가 거처하는 깊은 규방(閨房).

1151 백두음(白頭吟) : 백발의 노래. 중국 전한(前漢) 때 사마상여(司馬相如)의 아내 탁문군(卓文君)이 지었다는 설과 민요라는 설이 있음. 남자가 변심하여 여자가 헤어질 결의를 읊은 노래임.

1152 장중보옥(掌中寶玉) : 손안에 있는 보배로운 구슬이란 뜻으로, 귀하고 보배롭게 여기는 존재를 비유적으로 이르는 말.

알앗더니 네 신셰(身勢)를 늬 손으로 그릇친가 시부니[1153], 그 곡절(曲折)을 ᄌᆞ셰(仔細)히 말ᄒᆞ라."

소졔(小姐ㅣ) 오열 왈(嗚咽曰),

"량[양] 원쉬(楊元帥ㅣ) 강쥬(江州)에 젹거(謫居)ᄒᆞ야 일기(一個) 쳔기(賤妓)를 다려오니, 음란(淫亂)ᄒᆞᆫ 힝실(行實)과 요악(妖惡)[1154]ᄒᆞᆫ 틱되(態度ㅣ) 남ᄌᆞ(男子)를 미혹(迷惑)ᄒᆞ며 간ᄉᆞ(奸邪)ᄒᆞᆫ 우음과 교식(巧飾)[1155]ᄒᆞᆫ 말ᄉᆞᆷ으로 샹하(上下)를 부동(符同)[1156]ᄒᆞ야 쇼녀(小女)를 하시(下視)[1157]ᄒᆞ오니, 졔 말에[1158] 왈(曰), '황씨(黃氏)ᄂᆞᆫ 나죵 드러온 사름이라[1159]. 늬 엇지 뎍쳡지분(嫡妾之分)[1160]을 ᄎᆞ려[1161] 그 아리됨을[1162] 감슈(甘受)[1163]ᄒᆞ리오?'ᄒᆞ오니, 금일(今日) 형셰(形勢ㅣ) 셰불량입(勢不兩立)[1164]이라. 찰아리 소녜(小女ㅣ) 먼져 죽어 모르고져 ᄒᆞ나이다[1165]."

황 각뢰(黃閣老ㅣ) 쳥파(聽罷)에 딕로 왈(大怒曰),

"요마(幺麼)[1166] 쳔기(賤妓ㅣ) 엇지 이 갓치 당돌(唐突)ᄒᆞ뇨? 늬 ᄯᆞᆯ이 ᄌᆡ덕(才德)이 업스나 황샹(皇上)이 명(命)ᄒᆞ야 셩혼(成婚)ᄒᆞ신 바

1153 그르쳤는가 싶으니. 잘못되게 하였는가 싶으니.
1154 요악(妖惡) : 요사하고 간사하며 악독함.
1155 교식(巧飾) : 교묘(巧妙)하게 꾸밈.
1156 부동(符同) : 그른 일에 어울려 한통속이 됨.
1157 하시(下視) : 얕잡아 낮추어 봄.
1158 저(벽성선)의 말에.
1159 나중에 들어온 사람이라.
1160 적첩지분(嫡妾之分) : 본처와 첩이 각각 지켜야 할 분수와 질서.
1161 차려. (도리나 법식 따위를) 갖추어.
1162 그(황 소저)의 아랫사람이 되는 것을.
1163 감수(甘受) : 책망이나 괴로움 따위를 달갑게 받아들임.
1164 세불양립(勢不兩立) : 서로 엇비슷한 힘을 지닌 두 세력이 함께 존재할 수 없음.
1165 차라리 제가 먼저 죽어 모르게 되려고(잊으려고) 합니다.
1166 요마(幺麼) : 변변하지 못함. 또는 그런 사람.

라. 비록 양 원쉬(楊元帥 l)라도 박디(薄待)치 못ᄒ려든 허[하]믈며
천기(賤妓)리오? 노뷔(老父 l) 맛당이 양부(楊府)에 가 천기(賤妓)를
잡아ᄂ니여 축송(逐送)[1167]ᄒ리라."

위 부인(衛夫人)이 말[만]류 왈(挽留曰),

"상공(相公)은 식노(息怒)[1168]ᄒ시고 ᄉ긔(事機)[1169]를 찬찬이[1170] 보
와 ᄒ쇼셔."

황 각뢰(黃閣老 l) 그러이 녁이더라.

위 부인(衛夫人)이[의] 긔승(氣勝)[1171]ᄒ 의ᄉ(意思)와 한독(悍毒)ᄒ
셩식(性息)[1172]을 각뢰(閣老 l) 감(敢)히 거사리지 못ᄒ믐이[1173] 이날붓터
녀아(女兒)를 도와 션랑(仙娘)을 모ᄒᆡ(謀害)[1174]코져 밀밀(密密)[1175]ᄒ
계교(計巧)와 괴괴(怪怪)[1176]ᄒ 경륜(經綸)[1177]이 이로 측양(測量)치 못
ᄒᆞᆯ너라[1178].

십여 일 후(十餘日後)에 각뢰(閣老 l) 소져(小姐)의 손을 잡고
왈(曰),

"ᄉ긔가(媤家)[1179]에 도라가 만일(萬一) 어려온 일이 잇거든 즉시(卽

1167 축송(逐送) : 쫓아 보냄.
1168 식노(息怒) : 노여움을 가라앉힘.
1169 사기(事機) : 일이 되어 가는 가장 중요한 기틀.
1170 찬찬히. 성질이나 솜씨, 행동 따위를 꼼꼼하고 차분하게.
1171 기승(氣勝) : 성미가 억척스럽고 굳세어 좀처럼 굽히지 않음.
1172 성식(性息) : 성정(性情). 성질과 심정.
1173 거스르지 못하므로.
1174 모해(謀害) : 꾀를 써서 남을 해침.
1175 밀밀(密密) : 매우 비밀스러움.
1176 괴괴(怪怪) : 이상야릇함. 정상적이지 않고 별나며 괴상함.
1177 경륜(經綸) : 계획과 포부.
1178 이루 헤아릴 수가 없었다.
1179 시가(媤家) : 시집. 시댁(媤宅).

時) 알게 ᄒ라. 로뷔(老父]) 비록 무릉[능](無能)ᄒ나 일기(一個) 쳔기(賤妓)를 초기(草芥)[1180] 갓치 아노니, 엇지 죡(足)히 근심ᄒ리오?"

위 부인(衛夫人)이 랭소 왈(冷笑曰),

"츌가(出嫁)ᄒᆫ 녀ᄌᆞ(女子])ᄉᆞᆼ싱고락(死生苦樂)[1181]이 구가(舅家)에 달녓ᄂᆞ니, 샹공(相公)이 엇지 ᄒᆞ시리오? 네 도라가 만일(萬一) 욕(辱)됨이 잇거든 찰아리 ᄌᆞ쳐(自處)[1182]ᄒ야 남에게 이소(貽笑)[1183]흠이 업게 ᄒ라."

쇼졔(小姐]) 눈물을 ᄲᅮ리고 교ᄌᆞ(轎子)[1184]에 오르니, 각뢰(閣老]) 참아 보지 못ᄒ야 부인(夫人)을 ᄭᅮ짓고 녀ᄋᆞ(女兒)를 위로(慰勞)ᄒ더라.

ᄎᆞ셜(且說), 일일(一日)은 션랑(仙娘)이 후원(後園) 별당(別堂)에 고적(孤寂)히 쳐(處)ᄒ야 란간(欄干)을 의지(依支)ᄒ얏더니, 셔리 긔운(氣運)이 만공(滿空)ᄒ고 명월(明月)이 운간(雲間)에 죠요(照耀)[1185]ᄒ야 옹옹(嗈嗈)[1186]ᄒᆫ 기럭이 남(南)으로 가거늘, 션랑(仙娘)이 쵸창 장탄[1187] 왈(怊悵長歎曰),

"슲흐다! 몸에 두 나ᄅᆡ 업셔[1188] 기럭이를 ᄯᅡ라가지 못ᄒ도다."

1180 초개(草芥) : 지푸라기를 가리키는 말로, 쓸모없고 하찮은 것을 비유적으로 이르는 말.

1181 사생고락(死生苦樂) : 생사고락(生死苦樂). 삶과 죽음, 괴로움과 즐거움을 통틀어 이르는 말.

1182 자처(自處) : 자결(自決). 의분을 참지 못하거나 지조를 지키기 위해 스스로 목숨을 끊음.

1183 이소(貽笑) : 남에게 비웃음을 당함.

1184 교자(轎子) : 가마.

1185 주) 115 참조.

1186 주) 862 참조.

1187 초창 장탄(怊悵長歎) : 한탄스럽고 슬퍼서 길게 탄식함.

1188 (이)몸에 두 날개가 없어서.

ᄒᆞ며 글 ᄒᆞᆫ 귀(句)를 외여 왈(曰),

"'가련규리월(可憐閨裡月)[1189]이 류조복파영(流照伏波營)[1190]이라.' ᄒᆞ 얏스니 금야(今夜)에 나의 심ᄉᆞ(心事)를 닐음이로다."

ᄒᆞ고 수ᄒᆡᆼ(數行) 옥루(玉淚) 라삼(羅杉)을 적시더니, 홀연(忽然) 츈월 (春月)이 와 고(告)ᄒᆞ되,

"쇼졔(小姐 l) 쳔비(賤婢)를 보닉시며 쇼져[소청](小蜻) 자연(紫燕) 을 잠간(暫間) 밧구어 보닉라 ᄒᆞ시더이다."

션랑(仙娘)이 량비(兩婢)더러 왈(曰),

"쇼졔(小姐 l) 믹양 너의를 과장(誇張)ᄒᆞ시더니, 만일(萬一) 식히 시ᄂᆞᆫ 일이 잇거든 죠심ᄒᆞ여 ᄒᆞ라."

량비(兩婢 l) 응명(應命)ᄒᆞ고 가니, 츈월(春月)이 션랑(仙娘)을 딕 (對)ᄒᆞ야 희희이 우어 왈(曰),

"랑ᄌᆞ(娘子 l) 평싱(平生)을 적적(寂寂)이 아니 지닉시다가 이제 고적(孤寂)ᄒᆞᆫ 별당(別堂)에 외로이 게시니, 우리 샹공(相公)이 츌젼 (出戰)ᄒᆞᆫ 탓이로소이다."

션랑(仙娘)이 미쇼(微笑) 부답(不答)ᄒᆞ니, 츈월(春月)이 우왈(又曰),

"쳔비(賤婢 l) 일즉 진샹(宰相) 문하(門下)에 싱쟝(生長)ᄒᆞ야 규즁 쳐ᄌᆞ(閨中處子)를 무수(無數)히 보앗스나 랑ᄌᆞ(娘子) 갓흔 아람다 온 용모(容貌)는 금시쵸견(今時初見)[1191]이라. 부즁(府中) 상하(上下)

1189 가련규리월(可憐閨裡月) : 가련하다, 규방 속 저 달. 당나라 때 아내가 출정 간 남편을 그리워하는 정을 그려낸 심전기(沈佺期)의 오언율시 〈잡시(雜詩)〉 3수 가 운데 세 번째 시의 셋째 구임.

1190 유조복파영(流照伏波營) : 복파장군 군영에 흘러서 비추기를. '복파장군'은 후한 (後漢) 때의 마원(馬援)으로, 남방 교지(交趾)의 반란을 평정하러 간 일이 있었음. 당나라 때 시인 심여균(沈如筠)의 오언시 〈규원(閨怨)〉의 결구이기도 함. 모두 출정 나간 남편을 그리워하는 아내의 심정을 표현한 시임.

1191 금시초견(今時初見) : 금시초견(今始初見). 바로 지금 처음으로 봄.

모든 공론(公論)이 우리 소져(小姐)의 아릭 됨이 원통(冤痛)타 ᄒᆞ더
이다."

션랑(仙娘)이 쇼왈(笑曰),

"늬 십 년(十年) 쳥루(靑樓)에 비혼 바 업스나 약간(若干) 말귀를
아라듯나니, 금일(今日) 차환(叉鬟)의 롱락(籠絡)을 아니 바드리라."

츈월(春月)이 무언[연](憮然)[1192]ᄒᆞ야 다시 말이 업더라.

ᄎᆞ시(此時) 소쳥(小蜻) ᄌᆞ연(紫燕)이 황 소져(黃小姐) 침실(寢室)에
이르니, 황 소제(黃小姐) 흔연(欣然) 소왈(笑曰),

"늬 맛춤 본가(本家)에셔 숑강로어(松江鱸魚)[1193]를 보닛기 맛보고
져 ᄒᆞ나 츈도(春桃) 양비(兩婢ㅣ) 평[팽]임(烹飪)[1194]에 수단(手段)이
업ᄂᆞᆫ 고(故)로 너의를 쳥(請)ᄒᆞ얏스니 일시(一時) 슈고(手苦)를 괴로
와 말라."

량비(兩婢ㅣ) 응명(應命)ᄒᆞ고 도화(桃花)로 더부러 쥬하(廚下)[1195]에
나려가 일변(一邊) 국을 ᄭᅳ리니라[1196].

챠셜(且說), 션랑(仙娘)이 츈월(春月)의 말이 극(極)히 음흉(陰譎)[1197]
ᄒᆞ야 ᄌᆞ긔(自己)를 취믹(取脈)[1198]홈인 줄 알고 어이 업셔 다만 등잔
(燈盞)만 도도며 말 업시 안졋더니 홀연(忽然) 량비(兩婢ㅣ) 야심(夜

1192 주) 271 참조.
1193 송강노어(松江鱸魚) : 둑중갯과의 민물고기인 꺽정이. 중국 삼국시대 위(魏)나라
      의 조조(曹操)가 꺽정이 회(膾)를 즐겨 먹었다고 함.
1194 팽임(烹飪) : 삶고 지져서 음식을 만듦.
1195 주하(廚下) : 부엌 아래라는 뜻으로, 부엌 또는 부엌 바닥을 이르는 말.
1196 국을 끓였다.
1197 음흉(陰譎) : 성질이 음흉(陰凶)하고 간사(奸邪)함.
1198 취맥(取脈) : 남의 동정을 더듬어 살핌.

深)토록 도라오지 아니ᄒᆞ거늘 츈월 왈(春月曰),

"즉[청]연(蜻燕) 량인(兩人)이 일거무소식(一去無消息)[1199]ᄒᆞ니 쳔비(賤婢 l) 가보리이다."

ᄒᆞ고 문(門)을 열고 가더니 ᄯᅩᄒᆞᆫ 긔쳑[1200]이 젹연(寂然)ᄒᆞᆫ지라.

션랑(仙娘)이 벼기에[1201] 의지(依支)ᄒᆞ야 뎐젼불ᄆᆡ(輾轉不寐)[1202]ᄒᆞ며 무단(無端)이 우량처참[창](踽凉悽愴)[1203]ᄒᆞᆫ 심회(心懷)를 이기지 못ᄒᆞ더니, 호외(戶外)[1204]에 홀열[연](忽然) 발ᄌᆞ최 소ᄅᆡ[1205] 나니, 량비(兩婢 l) 오ᄂᆞᆫ가 ᄒᆞ야 침상(寢牀)에 다시 이러 안져 기다릴ᄉᆡ, 부지불각(不知不覺)[1206]ᄒᆞᆫ 마ᄃᆡ 고함(高喊) 소ᄅᆡ 나며 소쳥(小蜻) ᄌᆞ연(紫燕)이 방(房)으로 달녀드니, 션랑(仙娘)이 ᄯᅩᄒᆞᆫ 놀나 급(急)히 창(窓)을 열치고 보ᄆᆡ, 츈월(春月)이 게[계]하(階下)에 업더지고[1207] 일ᄀᆡ(一個) 남ᄌᆡ(男子 l) 신을 버셔 들고 압 담을 넘으랴 ᄒᆞ다가 돌쳐[1208] 외당(外堂)[1209] 즁문(中門)[1210]을 차고 ᄂᆡ다르니[1211], 츈월(春月)이 급(急)히 이러나며 크게 소ᄅᆡ 질너 왈(曰),

1199 일거무소식(一去無消息) : 한 번 가서는 소식이 없음.
1200 기척 : 누가 있는 줄을 짐작하여 알 만한 소리나 기색.
1201 베개에.
1202 전전불매(輾轉不寐) : 전전반측(輾轉反側). 누워서 몸을 이리저리 뒤척이며 잠을 이루지 못함.
1203 우량처창(踽凉悽愴) : 외롭고 쓸쓸하며 몹시 구슬프고 애달픔.
1204 호외(戶外) : 문의 바깥. 또는 집의 바깥.
1205 발자취 소리.
1206 부지불각(不知不覺) : 자신도 모르는 결.
1207 섬돌 아래에 엎어지고.
1208 앞 담을 넘으려 하다가 몸을 돌려.
1209 외당(外堂) : 사랑(舍廊). 사랑방(舍廊房). 집의 안채와 떨어져 있는, 바깥주인이 거처하며 손님을 접대하는 곳.
1210 중문(中門) : 사랑채에서 안채로 들어가는 문.
1211 중문을 걷어차고 내달리니.

"별당(別堂)에 수상(殊常)흔 남직(男子ㅣ) 드럿다."

흐고 조차 가니[1212], 츳시(此時) 원외(員外ㅣ) 외당(外堂)에셔 맛참 잠드지 아니흐얏다가 디경(大驚)흐야 창(窓)을 열고 보니 과연(果然) 월하(月下)의 한 남직(男子ㅣ) 의표(衣表)[1213] 션명(鮮明)흐고 긔셰(氣勢ㅣ) 호한(豪悍)[1214]흐야 외당(外堂) 담을 쮜여 넘거늘, 츈월(春月)이 조촛 그 요딕(腰帶)[1215]를 붓드니, 그 남직(男子ㅣ) 샐리쳐 싣코 다라나거늘[1216], 원외(員外ㅣ) 급(急)히 창두(蒼頭)더러 종적(踪跡)을 숨히라 흔딕[1217], 임의 간 곳이 업스니, 원외(員外ㅣ) 여러 창두(蒼頭)를 명(命)흐야 왈(曰),

"이 필연(必然) 적한(賊漢)[1218]이라. 너의 다 자지 말고 종야(終夜)[1219] 순경(巡警)[1220]흐라."

인(因)흐야 문(門)을 닷고 취침(就寢)코즈 흐더니 츈월(春月)과 모든 창두(蒼頭)들이 창외(窓外)에셔 짓거려[1221] 왈(曰),

"도적(盜賊)의 쥬머니 이상(異常)흔 향취(香臭ㅣ) 나니 반다시 지상(宰相) 문즁(門中)의 물건(物件)이로다."

흐거늘 원외(員外ㅣ) 꾸지져 물니치민, 츈월(春月)이 창두(蒼頭)와 문외(門外)에 나가 스스(私私)로 그 쥬머니를 뒤여 보니[1222], 일쟝(一

1212 쫓아가니.
1213 의표(衣表) : 옷을 입은 차림새.
1214 호한(豪悍) : 호방(豪放)하고 사나움.
1215 요대(腰帶) : 허리띠.
1216 뿌리쳐 끊고 달아나거늘.
1217 종적을 살피라고 하였으나.
1218 적한(賊漢) : 흉악한 도둑놈.
1219 종야(終夜) : 밤이 새도록.
1220 순경(巡警) : 순찰(巡察). 여러 곳을 돌아다니며 사정을 살핌.
1221 지껄여.

張) 치젼(彩箋)[1223]에 쓴 편지(便紙ㅣ) 잇거늘, 츈월(春月)이 희희 쇼
왈(笑曰),

"그 적한(賊漢)이 반다시 글ᄒᆞᄂᆞᆫ 도적(盜賊)이로다. 이것이 엇지
도적(盜賊)ᄒᆞᆫ 문셔(文書) 아니리오? 늬 갓다 우리 부인(夫人)게 뵈오
리라."

ᄒᆞ고 늬당(內堂)으로 들어오니, 허 부인(許夫人)이 그 연고(緣故)를
무른듸 츈월 왈(春月曰),

"아까 쇼비[쳥](小婢) 즈연(紫燕)이 쇼져(小姐) 침실(寢室)에 와 밤
드도록[1224] 놀다 도라갈 졔, 천비(賤婢ㅣ) 바리여주랴 ᄒᆞ고[1225] 별당(別
堂) 셤돌 아릭 이르니 부지불각(不知不覺)에 일기(一個) 장딕(壯大)
ᄒᆞᆫ 소년(少年) 미남진(美男子ㅣ) 신을 버셔 들고 별당(別堂) 침실(寢
室) 마루로 나려오다가 불문곡직(不問曲直)[1226]ᄒᆞ고 발길로 차 거구
러치고[1227] 담을 넘고져 ᄒᆞ다가 돌쳐[1228] 외당(外堂)으로 늬다라 외당
(外堂) 담을 넘기에 천비(賤婢ㅣ) 조차 그 주머니를 쎼니, 이에 일기
(一個) 사치(奢侈)로온 금랑[낭](錦囊)이라[1229]. 랑중(囊中)에 조희 잇
사오니[1230] 부인(夫人)은 보쇼셔."

ᄒᆞ거늘 허 부인(許夫人)이 소왈(笑曰),

"적한(賊漢)을 임의 조찻스니 랑중(囊中) 물건(物件)을 보아 무엇

1222 뒤져 보니.
1223 채전(彩箋) : 채전(彩牋). 시(詩)나 편지를 쓰는 무늬가 있는 종이.
1224 밤들도록. 밤이 깊도록.
1225 바래다주려 하고.
1226 불문곡직(不問曲直) : 옳고 그름을 따지지 아니 함.
1227 발길로 차서 거꾸러뜨리고.
1228 담을 넘고자 하다가 몸을 돌려.
1229 이는 곧 하나의 사치스러운 비단주머니였어요.
1230 주머니 안에 종이가 있으니.

흐리오?"

말이 맛지 못ᄒᆞ야[1231] 황(黃)소졔(小姐ㅣ) 황망(慌忙)[1232]이 와 부인(夫人)끠 놀나심을 문후(問候)ᄒᆞ니 부인 왈(夫人曰),

"현부(賢婦) 엇지 잠드지 아니ᄒᆞ얏ᄂᆞ뇨?"

황 소져 왈(黃小姐曰),

"부즁(府中)이 요란(擾亂)ᄒᆞ기 놀나 씨엿더니 좌우(左右) 그릇 말ᄒᆞ되, '부인(夫人) 침실(寢室)에 도적(盜賊)이 드럿다.'ᄒᆞ기 더욱 놀나 급(急)히 왓나이다."

부인 왈(夫人曰),

"그러흠이 아니라 별당(別堂)에 도적(盜賊)이 드럿다가 임에 조찻스니 현부(賢婦)는 방심(放心)[1233]ᄒᆞ고 도라가 자라."

황(黃)소졔(小姐ㅣ) 시로이 놀나며 츈월(春月)을 도라보아 왈(曰),

"별당(別堂)에 ᄌᆡ물(財物)이 업거늘 무엇을 취(取)ᄒᆞ야 도적(盜賊)이 드뇨?"

츈월(春月)이 소왈(笑曰),

"곳이 향(香)ᄂᆡ 나미 나븨 스스로 오나니 엇지 금은치단(金銀彩緞)[1234]이 흔갓 ᄌᆡ물(財物)이리오?"

황 소졔(黃小姐ㅣ) 소왈(笑曰),

"네 슈즁(手中)에 가진 것은 무엇이뇨?"

츈월(春月)이 웃고 드린디, 황 소졔(黃小姐ㅣ) 밧아[1235] 쵹하(燭下)

1231 말을 마치기도 전에.
1232 황망(慌忙) : 마음이 몹시 급하여 당황하고 허둥지둥하는 면이 있음.
1233 방심(放心) : 마음을 놓음.
1234 금은채단(金銀彩緞) : 금, 은과 온갖 비단.
1235 황 소저가 받아서.

에 펴 보랴 ᄒ되, 허 부인(許夫人)이 소왈(笑曰),

"젹한(賊漢)의 물건(物件)을 규중(閨中) 녀ᄌ(女子ㅣ) 굿ᄒ여 볼 바 아닐가 ᄒ노라[1236]."

황 소져(黃小姐) 무연(憮然)ᄒ야 도로 츈월(春月)을 쥬고 즉시(卽時) 윤 쇼져(尹小姐) 침실(寢室)에 이르러 츈월(春月)이 다시 짓거리고 조희를 닉여 놋코져 ᄒ거늘, 윤 쇼졔(尹小姐ㅣ) 졍ᄉ 왈(正色曰),

"도젹(盜賊)의 랑즁지물(囊中之物)[1237]을 닉 보고져 아니 ᄒ노니 밧비 집어 가라."

황 소졔(黃小姐ㅣ) 윤 쇼져(尹小姐)의 긔ᄉ(氣色)이 쥰졀(峻截)[1238]ᄒ야 요동(搖動)[1239]치 아니믈 보고 츈월(春月)을 보며 왈(曰),

"션랑(仙娘)이 고단(孤單) 종젹(踪跡)으로 싱소(生疎)ᄒ 문젼[졍](門庭)에 의외지변(意外之變)[1240]을 당(當)ᄒ니 닉가 위로(慰勞)ᄒ리라." ᄒ고 별당(別堂)에 이르니, 션랑(仙娘) 로쥬(奴主ㅣ) 싱혼(生魂)[1241]이 미졍(未定)[1242]ᄒ야 촉하(燭下)에 도라안졋거늘[1243], 황 소졔(黃小姐ㅣ) 션랑(仙娘)의 손을 잡고 함루 왈(含淚曰),

"랑(娘)이 부즁(府中)에 드러와 다졍(多情)ᄒ 곳은 못 보고 이러ᄒ 괴변(怪變)을 당(當)ᄒ니 솔[놀]남이 업ᄂ냐?"

션랑(仙娘)이 소이ᄃ왈(笑而對曰)[1244],

1236 구태여 볼 것이 아닐까 한다.

1237 낭중지물(囊中之物) : 주머니(자루) 속의 물건.

1238 준절(峻截) : 매우 위엄이 있고 정중함.

1239 요동(搖動) : 흔들리어 움직임.

1240 의외지변(意外之變) : 뜻밖의 변고.

1241 생혼(生魂) : 사람의 혼백(魂魄).

1242 미정(未定) : 아직 안정(安定)되지 않음.

1243 둘러앉아 있거늘.

1244 소이대왈(笑而對曰) : 웃으며 대답하기를.

"첩(妾)은 천기(賤妓)라 외간남즈(外間男子)[1245]를 무수(無數)이 열력(閱歷)[1246]ᄒ고 평디풍파(平地風波)[1247]를 허다(許多)[1248]이 격것스니[1249] 샤쇼(些少) 괴변(怪變)을 엇지 족(足)히 경동(驚動)ᄒ리오[1250]? 다만 쇼졔(小姐ㅣ) 첩(妾)으로 인연(因緣)ᄒ야 과도(過度)이 심려(深慮)ᄒ시니 불안(不安)ᄒ오이다."

황 소졔(黃小姐ㅣ) 믁[묵]연무어(默然無語)[1251]ᄒ니 츈월(春月)이 소왈(笑曰),

"부중(府中)에 도젹(盜賊) 들믄 샹시(常事ㅣ)어니와 격한(賊漢)의 장물(贓物)[1252] 잡기는 천비(賤婢)의 수단(手段)일가 ᄒ나이다."

션랑(仙娘)이 문왈(問曰),

"장물(贓物)이 무엇이뇨?"

츈월(春月)이 ᄯᅩ 그 조희를 늬거늘, 황 소졔(黃小姐ㅣ) 칙왈(責曰),

"샹괴(相考ㅣ) 업는[1253] 물건(物件)을 젼과[파](傳播)[1254]ᄒ야 무엇ᄒ리오? ᄲᆞᆯ리 불에 너어 업시ᄒ라[1255]."

션랑(仙娘)이 황 소졔(黃小姐)의 말이 슈상(殊常)홈을 보고 츈월

<hr/>

1245 외간남자(外間男子) : 여자가 친척이 아닌 남자를 일컫는 말.
1246 열력(閱歷) : 겪으며 지내옴.
1247 평지풍파(平地風波) : 평온한 자리에서 일어나는 풍파라는 뜻으로, 뜻밖에 분쟁이 일어남을 비유적으로 이르는 말.
1248 허다(許多) : 수효가 매우 많음. 수두룩함.
1249 겪었으니.
1250 사소한 괴변에 어찌 놀라겠는가?
1251 묵연무어(默然無語) : 잠자코 말이 없음.
1252 장물(贓物) : 절도, 강도, 사기, 횡령 따위의 재산 범죄에 의하여 불법으로 가진 타인 소유의 재물.
1253 무계(無稽)한. 근거가 없는.
1254 전파(傳播) : 전하여 널리 퍼뜨림.
1255 빨리 불에 넣어 없애라.

(春月) 슈즁(手中)에 가진 조희를 탈취(奪取)ᄒᆞ야 보니, 일장(一張)
치젼(彩箋)을 동심결(同心結)[1256]을 미져 셰셰(細細ㅣ) 셩문(成文)ᄒᆞ얏
스니[1257] 그 사연(辭緣)에 왈(曰),

'미견군ᄌ(未見君子)[1258]ᄒᆞ니 일일슴취(一日三秋ㅣ)[1259]라. 경경잔등
(耿耿殘燈)[1260]이오 유유아싀(悠悠我思ㅣ)[1261]로다. 양 상셔(楊尙書)ᄂᆞᆫ
박졍(薄情)[1262]ᄒᆞ야 임의 슴시외긱[시외긱](塞外客)[1263]이 되얏스니 적
막(寂寞)ᄒᆞᆫ 후원(後園)에 가을달이 둥글고 곳이 장무[두](墻頭)[1264]에
쎠러지니 자로[1265] 옥인(玉人)[1266]의 자최를 의심(疑心)ᄒᆞ도다[1267].

쳡(妾)이 양 상셔(楊尙書)로 더부러 허신(許身)홈이 업고 붕우(朋
友)로 사괴여 경셩(京城)에 이름은[1268] 일시(一時) 구경홈을 위(爲)홈
이오. 량인(兩人)의 빅년뢰약(百年牢約)은[1269] 심양강(潯陽江)이 깁고
벽셩산(碧城山)이 놉핫스니[1270] 맛당히 별당(別堂)에 죽비(竹扉)를 닷

1256 동심결(同心結) : 두 고를 내고 마주 죄어 매는 매듭. 납폐(納幣)에 쓰는 실이나
    염습(殮襲)의 띠를 매는 매듭 따위에 씀.
1257 자세히 편지글을 썼는데.
1258 미견군자(未見君子) : 아직도 그대를 만나보지 못함.
1259 일일삼추(一日三秋) : 일일여삼추(一日如三秋). 하루가 3년 같다는 뜻으로, 몹시
    애태우며 기다림을 이르는 말.
1260 경경잔등(耿耿殘燈) : 깊은 밤의 꺼질락 말락 하는 희미한 등불.
1261 유유아사(悠悠我思) : 멀고 아득한 나의 그리움.
1262 박정(薄情) : 매정함. 인정이 야박함.
1263 새외객(塞外客) : 변방의 나그네.
1264 장두(墻頭) : 담 머리.
1265 자주.
1266 주) 877 참조.
1267 님이 오시는 소리가 아닌가 의심하도다.
1268 서울(황성)에 이른 것은.
1269 우리 두 사람의 평생의 굳은 약속은.
1270 심양강처럼 깊고 벽성산처럼 높으니.

고 비파(琵琶)를 타 청송록죽(靑松綠竹)과 황국단풍(黃菊丹楓)으로 구연(舊緣)을 니을지니 다쇼졍화(多少情話)¹²⁷¹는 바람지게¹²⁷²를 의지(依支)ᄒ야 삼오명월(三五明月)¹²⁷³을 고디(苦待)ᄒ노라.'

션랑(仙娘)이 보기를 맛고 안싴(顔色)이 태연 왈(泰然曰),

"이는 젹한(賊漢)의 장물(贓物)이 아니라 벽셩션(碧城仙)의 장물(贓物)이나 샹ᄉ졍찰(相思情札)¹²⁷⁴은 챵기(娼妓)의 샹ᄉ(常事ㅣ)라. 쇼져(小姐)는 괴이(怪異)히 알으시지 말으쇼셔."

황 소졔(黃小姐ㅣ) 어이업셔 일언(一言)을 부답(不答)ᄒ고 도라오니라.

션랑(仙娘)이 황 소져(黃小姐) 로쥬(奴主)를 보ᄂ고 혼자 누어 잠을 이루지 못ᄒ고 싱각ᄒ되,

'닉 비록 쳥루(靑樓)에 자랏스니[나] 일즉 더러온 말이 귀에 이르미 업더니 엇지 명도(命途)¹²⁷⁵의 기박(奇薄)¹²⁷⁶홈이 아니리오? 쏘 괴이(怪異)ᄒ 바는 닉 글시는 혹(或) 모방(模倣)홀 지(者ㅣ) 잇거니와 벽셩산(碧城山) 심양강(潯陽江)과 별당(別堂)에 쥭비(竹扉) 달[닫]고 상공(相公)과 누어 수작(酬酌)ᄒ 말을 굿ᄒ여 알 지(者ㅣ) 업거늘¹²⁷⁷ 이 갓치 본 다시 말ᄒ니 간인(奸人)의 조화(造化)를 이로 춍[측]양(測量)치 못ᄒ리로다.'

ᄒ야 심싴(心思ㅣ) 자연(自然) 요란(搖亂)ᄒ더니 홀연(忽然) 싱각ᄒ되,

1271 다소정화(多少情話) : 얼마간의 다정한 이야기.
1272 바람지게. 풍호(風戶). 통풍을 위해 만든 둥근 창문.
1273 삼오명월(三五明月) : 음력 15일에 뜨는 보름달.
1274 상사정찰(相思情札) : 그리워하는 마음을 담은 편지.
1275 명도(命途) : 명수(命數). 운명과 재수를 아울러 이르는 말.
1276 기박(奇薄) : 팔자, 운수 따위가 사납고 복이 없음.
1277 구태여 알 사람이 없거늘.

 '원슈(元帥 l) 가실 제 첩(妾)더러 어려온 일이 잇거든 윤 쇼져(尹
小姐)와 샹의(商議)ᄒ라 ᄒ셧스니, ᄂᆡ 맛당이 명일(明日) 윤 쇼져(尹
小姐)를 보고 츙곡(衷曲)[1278]을 말ᄒ아[야] 쳐변(處變)[1279]ᄒᆯ 도리(道理)
를 무러보리라.'

ᄒ고 붉기를 고ᄃᆡ(苦待)ᄒ야 윤 소져(尹小姐) 침실(寢室)에 이르니,
윤 소졔(尹小姐 l) 반겨 왈(曰),

 "랑(娘)이 야ᄐᆡ[래](夜來)[1280]에 일쟝쇼요(一場騷擾)[1281]를 지ᄂᆡ니 엇
지 수란(愁亂)[1282]치 아니ᄒ리오?"

 션랑(仙娘)이 츄연 왈(愀然曰),

 "쳔첩(賤妾)이 샹공(相公)을 좃차 쳔리(千里)에 옴은 실(實)로 풍졍
(風情)[1283]을 탐(耽)홈이 아니라 달니 ᄉᆞ모(思慕)ᄒ는 마음이 잇슴이
러니, 이졔 부즁(府中)에 드러온 지 몃 날이 못 되야[1284] 더러온 소ᄅᆡ
와 ᄒᆡ연(駭然)[1285]ᄒ 사긔(事機 l)[1286] 아롬다온 가즁(家中)을 희젹시
고[1287] 죵용(從容)ᄒᆫ 문호(門戶)를 요란(搖亂)케 ᄒ오니, 타일(他日) 샹
공(相公)을 다시 뵈올 낫이 업셔 고향(故鄕)으로 가고져 ᄒᆫ 즉(則)
진퇴(進退)를 자젼(自專)[1288]치 못ᄒ고 부즁(府中)에 잇고져 ᄒᆫ 즉(則)

1278 츙곡(衷曲) : 심곡(心曲). 여러 가지로 생각하는 마음의 깊은 속.
1279 쳐변(處變) : 어떠한 변을 당하여 그것을 잘 처리함.
1280 야래(夜來) : 야간(夜間). 해가 진 뒤부터 먼동이 트기 전까지의 동안.
1281 일장소요(一場騷擾) : 한바탕의 소란(騷亂).
1282 수란(愁亂) : 시름이 많아서 정신이 어지러움.
1283 풍졍(風情) : 물정(物情). 세상의 이러저러한 실정이나 형편.
1284 몇 날이(며칠이) 못 되어.
1285 해연(駭然) : 몹시 이상스러워 놀라움.
1286 사기(事機) : 일이 되어 가는 가장 중요한 기틀.
1287 아름다운 집안을 휘저어 어지럽게 만들고.
1288 자전(自專) : 자기 마음대로 결정하여 처리함.

후환(後患)이 무궁(無窮)ᄒ야, 첩(妾)이 그 쳐법[변](處變)홀 도리(道理)를 아지 못ᄒ오니 복망(伏望)[1289] 명교(明敎)[1290]ᄒ쇼셔."

윤 쇼졔(尹小姐丨) 소왈(笑曰),

"늬 무슴 지견(知見)[1291]이 잇셔 랑(娘)에게 밋츠리오[1292]? 다만 드르니, '군ᄌ(君子)는 변(變)에 쳐(處)홈을 샹(常)에 쳐(處)ᄒᆫ 듯ᄒ다[1293].' ᄒ니 늬 몸을 닥고 늬 ᄯᆮᆺ을 직히여[1294] 텬명(天命)을 순수(順受)[1295]홀 ᄯᆞ름이니, 랑(娘)은 안심(安心)ᄒ야 ᄌᆡ아지도(在我之道)를 심쓰라[1296]."

션랑(仙娘)이 심즁(心中)에 탄복 왈(歎服曰),

"쇼져(小姐)는 진짓 녀즁군ᄌᆞ(女中君子丨)라. 우리 샹공(相公)의 요됴호구(窈窕好逑)[1297] 아니리요?"

ᄒ더라.

언미필(言未畢)[1298]에 련옥(蓮玉)이 소리ᄒ야 왈(曰),

"츈월(春月)은 거긔셔 무엇을 듯ᄂ뇨?"

ᄒ거늘 션랑(仙娘)이 즉시(卽時) 도라가니라.

ᄎ시 황 소졔(黃小姐丨) 션랑(仙娘)이 윤 소져(尹小姐) 침실(寢室)에 감을 알고 츈월(春月)을 보늬여 량인(兩人)의 슈작(酬酌)을 규[구]

1289 복망(伏望) : 엎드려 웃어른의 처분 따위를 삼가 바람.

1290 명교(明敎) : 밝은 가르침. 분명한 가르침.

1291 주) 1019 참조.

1292 낭자에게 미치랴?

1293 군자는 변을 당해서도 평상시처럼 행동한다.

1294 내 몸을 닦고 내 뜻을 지켜.

1295 순수(順受) : 순순히 받음.

1296 내가 할 도리에 힘쓰라.

1297 요조호구(窈窕好逑) : 요조숙녀 군자호구(窈窕淑女 君子好逑). 《시경(詩經)》〈관저(關雎)〉에 나오는 말로, '그윽하고 정숙한 숙녀는 군자의 좋은 짝이로다'라는 뜻. 행실과 품행이 고운 여인은 군자의 좋은 배필이 된다는 말.

1298 주) 208 참조.

경호다가 연옥(蓮玉)에게 탄로(綻露)[1299]호민, 츈월(春月)이 웃고 옥(玉)에 손을 잡아 왈(曰),

　"늬 너를 차즈오미라[1300]."

호고 도라가 황 소졔(黃小姐)의 션랑(仙娘)과 윤 소져(尹小姐)의 슈작(酬酌)을 일일(一一)이 고(告)호딕, 황 쇼졔(黃小姐 l) 링소 왈(冷笑曰),

　"윤씨(尹氏)의 혜일[힐](慧黠)[1301]홈과 쳔기(賤妓)의 요악(妖惡)홈으로 스긔(事機)를 짐작(斟酌)호고 이 갓치 모의(謀議)호니, 늬 쏘흔 혈후(歇后)[1302]이 잠[잡]죄치[지][1303] 못호리라."

호더라.

　츠셜(且說), 일일(一日)은 션랑(仙娘)이 별당(別堂)에 안졋더니 홀연(忽然) 일기(一個) 로픿(老婆 l) 드러오거늘 문왈(問曰),

　"(노)파(老婆)는 엇더흔 스룸인고?"

　픿왈(婆 l 曰),

　"로신(老身)은 방물(方物) 장시니이다[1304]."

　즈연(紫燕)이 늬다라 왈(曰),

　"무슴 고흔 노리기[1305] 잇느뇨?"

1299　탄로(綻露) : 숨긴 일을 드러냄.

1300　내가 너를 찾아온 것이다.

1301　주) 1079 참조.

1302　헐후(歇后) : 대수롭지 아니 함.

1303　잡죄지. 잡도리하지. 언해본에는 '대수롭지 않게 단속할 수는 없다[不可歇后團束]'라고 되어 있음.

1304　이 늙은이는 방물장수입니다. '방물장수'는 여자가 쓰는 화장품, 바느질 기구, 패물 따위의 물건을 팔러 다니는 사람.

1305　고운 노리개가.

픠왈(婆ㅣ曰),

"달 것흔 명월쥬(明月珠)[1306]와 별 갓흔 진주션(眞珠扇)[1307]과 불 갓
흔 산호쥬(珊瑚珠)[1308]와 꼿 갓흔 칠보에[장도](七寶粧刀)[1309] 등쇽(等
屬)이 무물부존(無物不存)[1310]ᄒᆞ니 ᄆᆞ음ᄃᆡ로 고르라."
ᄒᆞ고 ᄎᆞ례(次例)로 ᄂᆞ려놋커늘[1311] ᄌᆞ연 왈(紫燕曰),

"이것은 무엇이뇨?"
ᄒᆞ고 드러 보니[1312] 둥글기 구슬 갓고 향(香)ᄂᆡ 촉비(觸鼻)[1313]ᄒᆞ니 픠
왈(婆ㅣ曰),

"이거슨 벽사단(辟邪丹)[1314]이니 몸에 진인 즉(則)[1315] 밤에 다녀도
이미망양(魑魅魍魎)[1316]이 현형(現形)[1317]치 못ᄒᆞ며, 병(病)이 퍼져도
려력학질(癘疫瘧疾)[1318]이 침침(侵侵)[1319]치 아니ᄒᆞ나니, 규중부인(閨
中婦人)은 긴관(緊關)[1320]치 아니ᄒᆞ나 하례비복(下隷婢僕)[1321]은 더마

1306 명월주(明月珠) : 밝은 빛이 나는 구슬.
1307 진주선(眞珠扇) : 진주부채. 전통 혼례 때에 신부의 얼굴을 가리는 데 쓰는, 진주
      로 꾸민 둥근 부채.
1308 산호주(珊瑚珠) : 산호로 만든 구슬. 분홍빛, 붉은빛, 흰빛 따위가 있으며 여러
      가지 장식에 쓰임.
1309 칠보장도(七寶粧刀) : 칠보로 장식한 장도. '장도'는 주머니 속에 넣거나 옷고름
      에 늘 차고 다니는 칼집이 있는 작은 칼.
1310 무물부존(無物不存) : 없는 물건이 없음.
1311 차례로 내려놓거늘.
1312 들어서 보니.
1313 촉비(觸鼻) : 냄새가 코를 찌름.
1314 벽사단(辟邪丹) : 사악한 기운이 침범하지 못하게 하는 단약(丹藥).
1315 몸에 지니면.
1316 이매망량(魑魅魍魎) : 온갖 도깨비. 산천, 목석의 정령에서 생겨난다고 함.
1317 현형(現形) : 모습을 눈앞에 드러냄.
1318 여역학질(癘疫瘧疾) : 전염성 열병과 말라리아.
1319 침침(侵侵) : 침범(侵犯)함.
1320 긴관(緊關) : 긴요하고 절실함.

다 가지나니[1322] 차환(叉鬟)은 사라."

흔디 즈연(紫燕)이 일기(一箇)를 집어 션랑(仙娘)을 보이며 사고즈 ᄒ니, 션랑(仙娘)이 웃고 일기(一箇)를 사 쥬고 쇼쳥(小蜻)더러 왈(曰),

"너도 가지고 십부냐[1323]?"

쳥(蜻)이 쇼왈(笑曰),

"힝지(行止ㅣ)[1324] 광명(光明)ᄒ 즉(則) 귀물(鬼物)이 엇지 현형(現形)ᄒ며, 신수(身數) 불힝(不幸)ᄒ 즉(則) 질병(疾病)을 엇지 면(免)ᄒ리오? 쳔비(賤婢)는 사지 아니코즈 ᄒ나이다[1325]."

션랑(仙娘)이 미쇼(微笑)ᄒ더라.

즈연(紫燕)이 그 단약(丹藥)[1326]을 가져 손에 놋치 아니ᄒ고[1327] ᄉ랑ᄒ니 쇼션[쳥](小蜻)이 칙왈(責曰),

"무용지물(無用之物)[1328]을 어르노라[1329] 셰월(歲月)을 보뉘니 뉘 맛당히 아셔 바리리라[1330]."

흔디, 즈연(紫燕)이 겁(怯)뉘야 깁히 감초니라[1331].

일일(一日)은 즈연(紫燕)이 별당(別堂) 문외(門外)에 셧더니 츈월(春月)이 와셔 갓치 놀다가 웃고 문왈(問曰),

---

1321 하례비복(下隷婢僕) : 남의 집에서 대대로 천한 일을 하던 남녀 종.
1322 저마다 가지는 것이니.
1323 너도 가지고 싶으냐?
1324 행동거지가.
1325 사지 않으려고 합니다.
1326 단약(丹藥) : 선단(仙丹). 신선이 만든다고 하는 장생불사의 영약. 여기서는 벽사단을 가리킴.
1327 손에서 놓지 아니하고.
1328 무용지물(無用之物) : 쓸모없는 물건.
1329 가지고 노느라고.
1330 내가 마땅히 빼앗아서 버릴 것이다.
1331 (빼앗길까봐) 겁을 내어 깊이 감추었다.

"늬 드르니 네 이상(異常)흔 단약(丹藥)이 잇다니 잠간(暫間) 구경
코즈 흐노라."

즈연(紫燕)이 저고리 속에셔 그 약(藥)을 늬여 뵌딕[1332], 춘월(春月)
이 희희 웃고 왈(曰),

"이것을 엇지 저고리 속에 챠뇨?"

즈연(紫燕)이 쇼왈(笑曰),

"몸에 진인 즉(則) 귀물(鬼物)이 불범(不犯)흐고 질병(疾病)이 불침
(不侵)흔다 흐기 감초와 두엇노라."

춘월(春月)이,

"나도 맛당이 일기(一箇)를 사셔 차리로다."

흐더라.

츠시(此時)는 팔월(八月) 중슌(中旬)이라. 옥계(玉階)[1333]에 찬이슬
이 나리고, 사면(四面)에 버러지 소릭[1334] 즉즉(喞喞)[1335]흐야 정부규인
(征夫閨人)[1336]의 쳐량(凄凉)흔 심스(心思)를 돕거늘, 션랑(仙娘)이 무
요[료](無聊)이 안져 우량(踽凉)흔 회포(懷抱)를 의론(議論)흘 곳이
업셔[1337] 등촉(燈燭)을 멸(滅)흐고 침상(寝牀)에 누엇스니, 쳥연(蜻燕)
량비(兩婢 l) 임에 잠드럿더라.

홀연(忽然) 춘월(春月)이 와 급(急)히 문(門)을 열나 흐거늘, 션랑
(仙娘)이 친(親)히 이러나 열믹, 춘월(春月)이 흔 손에 초롱[1338]을 들고

1332 그 약을 꺼내어 보여주었는데.

1333 옥계(玉階) : 옥같이 고운 섬돌.

1334 벌레가 우는 소리.

1335 즉즉(喞喞) : 풀벌레가 우는 소리.

1336 정부규인(征夫閨人) : 남편이 출정(出征)한 집안의 아내.

1337 외롭고 쓸쓸한 마음을 털어놓을 사람이 없어서.

1338 초롱(籠) : 촛불이 바람에 꺼지지 않도록 겉에 천 따위를 씌운 등. 주로 촛불을

방즁(房中)에 들어와 쇼져(小姐)의 말솜을 젼(傳)ᄒ야 왈(曰),

"나는 졸연득병(猝然得病)[1339]ᄒ야 상셕(牀席)[1340]에 위돈(委頓)[1341]ᄒ
니 다시 못 볼가 ᄒ노라."

ᄒ니 션랑(仙娘)이 경왈(驚曰),

"쇼졔(小姐ㅣ) 무슴 병환(病患)이 이 갓치 급(急)ᄒ시뇨?"

츈월(春月)이 일변(一邊) 딕답(對答)ᄒ며 일변(一邊) 초롱을 놋코
쇼쳥(小蜻) 자연(紫燕) 압헤 안져 왈(曰),

"금야(今夜) 텬긔(天氣ㅣ) 청명(淸明)ᄒ나 셔풍(西風)이 소슬(蕭瑟)
ᄒ야 심(甚)이 치우니 엇지 본부(本府)에 가리오?"

ᄒ거늘 션랑 왈(仙娘曰),

"무슴 일로 가ᄂᆞ뇨?"

츈월 왈(春月曰),

"약(藥) 지으러 가나이다."

션랑 왈(仙娘曰),

"닉 이졔 가 뵈오리라."

ᄒ고 쇼쳥(小蜻)을 씨여 그 불을 촉딕(燭臺)[1342]에 혀계ᄒ니[1343] 츈월
왈(春月曰),

"첫 줌이 깁헛스니 찬찬이 씨우소셔[1344]."

ᄒ고 스스로 촉딕(燭臺)를 차ᄌ 불을 혀다가 써지니 화증(火症)[1345]

켜기 때문에 붙여진 이름임.

1339 졸연득병(猝然得病) : 갑자기 병을 앓음.
1340 상석(牀席) : 침상(寢牀).
1341 위돈(委頓) : 몸져누움. 병이나 고통이 심하여 몸을 가누지 못하고 누워 있음.
1342 촉대(燭臺) : 촛대. 초를 꽂아 놓는 기구.
1343 켜게 하니.
1344 첫 잠이 깊이 들었으니 천천히 깨우세요.

닉여 왈(曰),

"'급(急)히 먹는 밥이 목이 메인다'ᄒ더니 허언(虛言)이 아니로다. 쳔비(賤婢)는 밧바 가나이다."

ᄒ고 표홀(飄忽)[1346]이 나가거늘, 션랑(仙娘)이 즉시(卽時) 쇼쳥(小蜻)을 ᄭᆡ여 다시 불을 혀라 ᄒ니 소쳥(小蜻)이 이러나 옷을 차지ᄆᆡ 져고리 간 ᄃᆡ 업ᄂᆞᆫ지라. 어두운 즁(中) 찻노라 분분(紛紛)ᄒ니, 션랑(仙娘)이 ᄭᅮ지져 ᄲᆞᆯ이 이러나물 직촉ᄒ니[1347] 소쳥(小蜻)이 황망(慌忙)ᄒ야 ᄌᆞ연(紫燕)의 져고리를 닙고 션랑(仙娘)을 ᄯᆞ라 황 소져(黃小姐) 침실(寢室)에 이르니, 황 소졔(黃小姐ㅣ) 샹(牀) 우에 누어 신음(呻吟)ᄒ다가 션랑(仙娘)을 보고 반겨 왈(曰),

"ᄌᆞ릭(自來)로 병(病)든 스룸이 졍친(情親)[1348]ᄒᆞᆫ 스룸을 싱각ᄒᆞ나니, 이 갓치 랑(娘)이 와 문병(問病)ᄒ니 다졍(多情)ᄒ도다."

션랑(仙娘)이 좌우(左右)를 둘너보니 아모도 업고[1349] 화로(火爐)에 약(藥)을 노와[1350] 바야흐로 ᄭᅳ러 넘고져 ᄒ거늘[1351] 쇼져(小姐)ᄭᅴ 문왈(問曰),

"도화(桃花)는 어ᄃᆡ 가니잇고?"

쇼졔 왈(小姐ㅣ曰),

"츈월(春月)은 본부(本府)에 보ᄂᆡ고 도화(桃花)는 밧게 나가더니 아니 오니 괴이(怪異)ᄒ도다."

1345 화증(火症) : 걸핏하면 화를 왈칵 내는 증세.
1346 표홀(飄忽) : 홀연히 나타났다 사라지는 모양이 빠름.
1347 빨리 일어나라고 재촉하니.
1348 정친(情親) : 정답고 친절함.
1349 아무도 없고.
1350 화로에 약을 (올려)놓아.
1351 이제 한창 끓어 넘치려고 하므로.

션랑(仙娘)이 소청(小蜻)과 약(藥)을 보니 임에 다 달아거늘[1352], 션랑(仙娘)이 쇼져(小姐)의 약(藥)이 다 됨을 고(告)ᄒ니 쇼졔 왈(小姐ㅣ曰),

"비록 불안(不安)ᄒ나 쇼청(小蜻)을 시겨 싸라 줌이 엇더ᄒ뇨?"

쇼청(小蜻)이 즉시(卽時) 싸라 쇼져(小姐)의 드리니 쇼졔(小姐ㅣ) 향벽(向壁)ᄒ야 누엇다가 곳쳐 도라누우며[1353] 아미(蛾眉)를 씽기고 도화(桃花)를 무수(無數)히 쑤짓더니, 춘월(春月)이 드러와 디경 왈(大驚曰),

"약(藥)을 누가 싸르니잇가?"

쇼졔(小姐ㅣ) 후즁(喉中)에 소리로[1354] 답왈(答曰),

"나는 정신(精神)이 혼혼(昏昏)[1355]ᄒ야 아모란 즄도 모르고[1356] 션랑(仙娘)과 소청(小蜻)이더러 싸러 달나 ᄒ엿노라."

춘월(春月)이 일변(一邊) 도화(桃花)를 토죄(討罪)[1357]ᄒ며 일변(一邊) 약(藥)을 식여[1358] 쇼져(小姐)의 권(勸)ᄒ니, 쇼졔(小姐ㅣ) 강잉(强仍)[1359]ᄒ야 이러 안져 그릇을 드러 마시랴 ᄒ다가 얼골을 씹흐리고 고기를 돌여[1360] 왈(曰),

"이번 약(藥)은 괴이(怪異)ᄒ 닙시 비위(脾胃)[1361]를 역(逆)ᄒ도다[1362]."

1352 이미 다 달여졌으므로.
1353 벽을 향해 누웠다가 고쳐 돌아누우며.
1354 목구멍 안의 소리로. 억지로 짜내는 듯한 소리로.
1355 혼혼(昏昏) : 정신이 가물가물하고 희미함.
1356 어찌 된 줄도 모르고.
1357 토죄(討罪) : 저지른 죄목을 들어 엄하게 꾸짖음.
1358 약을 식혀서.
1359 강잉(强仍) : 억지로 참음. 또는 마지못하여 그대로 함.
1360 얼굴을 찌푸리고 고개를 돌리며.
1361 비위(脾胃) : 인체의 소화기관인 지라와 위라는 뜻으로, 어떤 음식물이나 일에

츈월 왈(春月曰),

"약(藥)이 쓰지 아니ᄒ면 병(病)이 낫지 못ᄒ나니, 쇼져(小姐)는 각로(閣老)와 부인(夫人)의 심려(心慮)ᄒ심을 싱각ᄒ야 마시옵쇼셔."

쇼졔(小姐ㅣ) 다시 약(藥)을 드러 입에 다아다가[1363] 그릇을 ᄯ에 던지고 상(牀) 우에 업더져 혼졀(昏絶)ᄒ니, 션랑(仙娘) 로쥬(奴主ㅣ) 놀나 붓들고져 ᄒᄃᆡ, 츈월(春月)이 발을 구루며 가슴을 두다려 왈(曰),

"이는 우리 쇼졔(小姐ㅣ) 즁독(中毒)ᄒ심이로다."

ᄒ고 머리 우에 은잠(銀簪)[1364]을 ᄲᅢ여 약(藥)에 담으니 경각(頃刻)에 푸른 빗이 나거ᄂᆞᆯ, 츈월(春月)이 크게 소리 질너 도화(桃花)를 부르니, 도화(桃花) 황망(慌忙)이 드러온ᄃᆡ, 츈월(春月)이 손벽을 치며[1365] 방셩ᄃᆡ곡(放聲大哭)[1366] 왈(曰),

"네 기간(其間) 어ᄃᆡ를 가 우리 쇼져(小姐)를 독인(毒人) 슈즁(手中)에 너허 이 지경(地境)이 되게 ᄒᄂᆞ냐?"

ᄒ며 소쳥(小蜻)의 몸을 뒤여[1367] 남은 약(藥)을 보자 ᄒ니, 소쳥(小蜻)이 어이업셔 옷을 버스며 우러 왈(曰),

"하날이 우리 로쥬(奴主)를 죽이고져 ᄒ실진ᄃᆡ 엇지 못ᄒ야[1368] 이러ᄒᆫ 경우(境遇)를 당(當)케 ᄒ시ᄂᆞ뇨?"

대하여 먹고 싶거나 하고 싶은 마음을 말함.
1362 괴이한 냄새가 비위를 거스르는구나.
1363 입에 닿게 하였다가. 입에 댔다가.
1364 은잠(銀簪) : 은비녀.
1365 손뼉을 치며.
1366 방성대곡(放聲大哭) : 대성통곡(大聲痛哭). 큰 소리로 몹시 슬프게 곡을 함.
1367 몸을 뒤져.
1368 어쩌지 못해서. 어떻게 하지 못해서.

ᄒ고 져고리를 버스미 일봉(一封)[1369] 환약(丸藥)[1370]이 옷 틈에 써러
지거늘, 츈월(春月)이 그 독약(毒藥)을 닉여 들고 길길이 쮜여[1371]
왈(曰),

"우리 쇼져(小姐) 뎍국(敵國)의 간모(奸謀)를 모르시고 츙곡(衷曲)
으로 디졉(待接)ᄒ시더니 이 일을 당(當)ᄒ샤 청춘지년(靑春之年)[1372]
에 원혼(冤魂)이 되니, 유유창텬(悠悠蒼天)[1373]아, 이 엇지 춤아 ᄒ시
ᄂᆞ뇨[1374]?"

도화(桃花)를 보아 왈(曰),

"쇼쳥(小蜻) 로쥬(奴主)ᄂᆞᆫ 우리와 불공디텬지수(不共戴天之讎)[1375]
라. 단단이 붓들어 일치 말나.[1376]"

ᄒ고 허 부인(許夫人) 침실(寢室)에 이르러 울며 쇼졔(小姐ㅣ) 즁독
(中毒)홈을 고(告)ᄒ니, 허 부인(許夫人)이 디경(大驚)ᄒ야 바로 윤
쇼져(尹小姐) 침실(寢室)에 와 윤 소져(尹小姐)를 다리고 황 쇼져(黃
小姐) 침실(寢室)에 이르니, 션랑(仙娘)은 장[상]하(牀下)[1377]에 어린
듯이 안젓고[1378] 쇼션은[도화(桃花)ᄂᆞᆫ] 도홰[쇼쳥(小蜻)](을) 붓들고
셧다가 윤 쇼져(尹小姐)의 이름을 보고 션랑(仙娘)이 루쉬여우(淚水

1369 일봉(一封) : 한 봉지.
1370 환약(丸藥) : 약재를 가루로 만들어 반죽하여 작고 둥글게 빚은 약.
1371 성이 나서 펄펄 뛰며.
1372 청춘지년(靑春之年) : 젊은 나이.
1373 유유창천(悠悠蒼天) : 한없이 멀고 푸른 하늘. 주로 원한을 표현할 때 씀.
1374 차마 어찌 이렇듯 하십니까?
1375 불공대천지수(不共戴天之讎) : 한 하늘 아래서는 같이 살 수가 없는 원수(怨讐)라
      는 뜻으로, 원한이 깊이 사무친 원수를 이르는 말.
1376 단단히 붙들어 놓치지 말라.
1377 상하(牀下) : 침상 아래.
1378 넋이 나간 듯이 앉아 있고.

ㅣ如雨)ㅎ거늘, 윤 쇼졔(尹小姐ㅣ) 그 졍경(情景)을 참혹(慘酷)키 여기여 춤아 바로보지 못ㅎ고[1379] 쏘흔 함루(含淚)ㅎ며 고기를 숙이고 황 쇼져(黃小姐) 압헤 나아가 몸을 만져 본딕 한렬(寒熱)[1380]에 균덕(均適)[1381]홈이 상시(常時)와 다름이 업고 긔식(氣色)의 쳔촉(喘促)[1382]홈은 경각(頃刻)에 위틱(危殆)홀 듯ㅎ더라.

윤 쇼졔(尹小姐ㅣ) 묵묵(默默)이 물너셔니, 허 부인(許夫人)이 쏘 상젼(牀前)에 나아가 왈(曰),

"현부(賢婦) 일야지간(一夜之間)에 이 무슴 곡졀(曲折)인뇨?"

황 쇼졔(黃小姐ㅣ) 부답(不答)ㅎ고 헷구역질ㅎ며 늣기거늘[1383], 허 부인(許夫人)이 좌우(左右)를 도라보아 왈(曰),

"소동(騷動)치 말고 쇼져(小姐)를 됴호(調護)[1384]ㅎ야 안심회싱(安心回生)[1385]케 ㅎ라."

ㅎ니, 츈월(春月)이 딕곡(大哭)ㅎ고 션랑(仙娘)에게 다라들어 왈(曰),

"네 우리 쇼져(小姐)를 치독(置毒)[1386]ㅎ고 무슴 낫으로 좌상(座上)에 안졋ᄂ뇨?"

ᄉᆞ으러ᄂᆡ라 ㅎ니[1387] 윤 쇼졔(尹小姐ㅣ) 졍식 왈(正色曰),

"쳔비(賤婢)ᄂᆞ 무례(無禮)치 말나. 죄지유무(罪之有無)[1388]ᄂᆞ 우흐

1379 참혹하게 여겨 차마 바로보지 못하고.
1380 한열(寒熱) : 몸이 차고 열이 나는 증상. 여기서는 체온을 말함.
1381 균적(均適) : 고루 알맞음.
1382 천촉(喘促) : 숨을 몹시 가쁘게 쉬며 헐떡거림.
1383 헛구역질을 하며 흐느끼므로.
1384 조호(調護) : 환자를 잘 보양하여 병의 회복을 빠르게 함.
1385 안심회생(安心回生) : 마음 편히 소생(甦生)함.
1386 치독(置毒) : 독약을 음식에 넣음.
1387 끌어내려 하니.
1388 죄지유무(罪之有無) : 죄가 있고 없음.

로 부인(夫人)이 게시고, 분의(分義)[1389]로 말ᄒ면 가군(家君)[1390]의 소
실(小室)이라. 엇지 이 갓치 당돌(唐突)ᄒ냐?"

언필(言畢)에 긔식(氣色)이 츄상(秋霜) 갓거늘, 츈도량비(春桃兩婢
ㅣ)[1391] 송연(悚然)[1392]이 물너셔니, 부인(夫人)(과) 쇼제(小姐ㅣ) 반향
(半晌)[1393]을 안져 황 쇼져(黃小姐)의 동졍(動靜)을 슓히나 별(別)로 위
틱(危殆)홈이 업ᄂ지라. 부인(夫人)이 도라올ᄉ, 윤 쇼졔(尹小姐ㅣ)
션랑(仙娘)을 눈 주어[1394] 쇼쳥(小蜻)을 다리고 허 부인(許夫人) 침쇼
(寢所)에 왓더니, 원외(員外ㅣ) 들어와 듸강(大綱) 곡졀(曲折)을 듯고
바로 황 쇼져(黃小姐) 침실(寢室)에 와 믹(脈)을 집허 보고 츈도량비
(春桃兩婢)를 불너 분부 왈(分付曰),

"너의 두리 다만 소져(小姐)를 보호(保護)홀 짜름이니, 만일(萬一)
방즈(放恣)히 요란(搖亂)ᄒ 즉(則)[1395] 엄치(嚴治)[1396]ᄒ리라."
ᄒ고 도로 허 부인(許夫人) 침실(寢室)에 이르니, 부인(夫人)이 문왈
(問曰),

"황 현부(黃賢婦)에 동졍(動靜)이 엇더ᄒ며, 가도(家道)[1397]에 괴란
(乖亂)[1398]홈이 이 갓ᄒ니 상공(相公)이 장ᄎ(將次) 엇지 쳐치(處置)코
ᄌ ᄒ시나잇가?"

1389 분의(分義) : 자기의 분수에 알맞은 정당한 도리.
1390 가군(家君) : 가부(家夫). 남에게 자기 남편을 이르는 말.
1391 춘도양비(春桃兩婢) : 춘월과 도화 등 두 계집종.
1392 송연(悚然) : 송연(竦然). 두려워 몸을 옹송그릴 정도로 오싹 소름이 끼치는 듯함.
1393 반향(半晌) : 반나절. 한나절의 반. 하루 낮의 1/4.
1394 선랑에게 눈짓을 하여.
1395 만일 제멋대로 요란하게 군다면.
1396 엄치(嚴治) : 엄하게 다스림.
1397 가도(家道) : 집안의 법도(法度).
1398 괴란(乖亂) : 사리에 어그러져 어지러움.

원외(員外 1) 침음 왈(沈吟曰),

"황 현부(黃賢婦) 비록 즁독(中毒)ᄒ다 ᄒ나 다힝(多幸) 무량[양] (無恙)[1399]ᄒ니 다시 싱각ᄒ야 ᄒ리라."

ᄒ더라.

ᄎ시(此時) 황 쇼졔(黃小姐 1) 공교(工巧)ᄒ 계교(計巧)와 간특(姦慝)[1400]ᄒ 슈단(手段)으로 잉쳡(媵妾)[1401]을 모히(謀害)[1402]코져 구고(舅姑)를 놀닉이고[1403] 안즁뎡(眼中釘)[1404]을 위(爲)ᄒ야 신명(身命)[1405]을 도라보지 아니ᄒ니, 엇지 쳔츄(千秋) 부인(婦人)에 징계(懲戒)ᄒ 빅 아니리오[1406]?

짐짓 상(牀) 우에 일지 아니ᄒ고[1407] 긔식(氣色)을 탐졍(探情)[1408]ᄒ나 부즁(府中) 상히(上下 1) 션랑(仙娘)을 의심(疑心)치 아니ᄒ니, 간장(肝臟)이 초조(焦燥)ᄒ고[1409] 분독(憤毒)[1410]이 탱즁(撑中)[1411]ᄒ야, 츈월(春月)을 본부(本府)에 보닉여 로혼(老昏)[1412]ᄒ 부친(父親)을 공동(恐動)[1413]ᄒ되,

---

1399 무양(無恙) : 몸에 병이나 탈이 없음.
1400 간특(姦慝) : 간사하고 악독함.
1401 잉첩(媵妾) : 예전에 귀인(貴人)에게 시집가는 여인이 데리고 가던 시첩(侍妾).
1402 모해(謀害) : 꾀를 써서 남을 해침.
1403 시부모를 놀라게 하고.
1404 안중정(眼中釘) : '눈에 박힌 못'이라는 뜻으로, 눈엣가시 또는 몹시 밉거나 싫어 늘 눈에 거슬리는 사람을 가리킴.
1405 신명(身命) : 몸과 목숨을 아울러 이르는 말.
1406 어찌 오랜 세월 동안 두고두고 부녀자들에게 경계할 일이 아니겠는가?
1407 일부러 침상 위에서 일어나지 아니하고.
1408 탐정(探情) : 남의 뜻을 넌지시 살핌.
1409 간이 타는 듯하고. 애가 타는 듯하고.
1410 분독(憤毒) : 분하여 일어나는 독한 기운.
1411 탱중(撑中) : 화나 욕심 따위가 가슴속에 가득 차 있음.
1412 노혼(老昏) : 늙어서 정신이 흐림.

"벽성션(碧城仙)이 독약(毒藥)으로 쇼져(小姐)를 죽이랴 ᄒᆞ얏스되, 양부(楊府) 상하(上下)가 간인(奸人)을 부동(符同)¹⁴¹⁴ᄒᆞ고 도로혀 쇼져(小姐)를 의심(疑心)ᄒᆞ다."

ᄒᆞ니, 황 각로(黃閣老) 디로(大怒)ᄒᆞ야 즉시(卽時) 창두(蒼頭) 십여 명(十餘名)을 거나리고 길을 덥허 양부(楊府)에 다라들며 원외(員外)를 보고 분분¹⁴¹⁵ 왈(忿憤曰),

"로뷔(老夫ㅣ) 금일(今日) 녀아(女兒)의 원슈(怨讐)를 갑고ᄌ 왓스니 형(兄)은 간인(奸人)을 가즁(家中)에 두지 말고 ᄲᆞᆯ니 니여 달나. 로뷔(老夫ㅣ) 비록 불사(不似)¹⁴¹⁶ᄒᆞ나 일기(一個) 쳔기(賤妓)의 싱살권(生殺權)¹⁴¹⁷은 장즁(掌中)¹⁴¹⁸에 잇노라."

원외(員外ㅣ) 쇼왈(笑曰),

"승상(丞相)의 말슴이 과(過)ᄒᆞ도다. 이는 만싱(晩生)¹⁴¹⁹의 가ᄉᆡ(家事ㅣ)니, 만싱(晩生)이 불민(不敏)ᄒᆞ나 스스로 쳐치(處置)ᄒᆞ려니와 령이(令愛) ᄯᅩ흔 무량[양](無恙)ᄒᆞ니 번뇌(煩惱)¹⁴²⁰치 마르쇼셔. 승상(丞相)이 무근(無根)¹⁴²¹ᄒᆞᆫ 말을 밋고 이 갓치 뎐도(顚倒)¹⁴²²ᄒᆞ심은 도로혀 령이(令愛)를 ᄉᆞ랑ᄒᆞ시는 도리(道理ㅣ) 아닐가 ᄒᆞ나이다."

각뢰(閣老ㅣ) 바야흐로 셤어(譫語)¹⁴²³ᄒᆞ야 왈(曰),

1413 공동(恐動) : 위험한 말을 하여 두려워하게 함.
1414 주) 1156 참조.
1415 분분(忿憤) : 분하고 원통하게 여김.
1416 불사(不似) : 닮지 않은 상태에 있음. 꼴같잖음.
1417 생살권(生殺權) : 살리고 죽일 수 있는 권한.
1418 장중(掌中) : 장악중(掌握中). 움켜쥔 손아귀의 안.
1419 만생(晩生) : 말하는 이가 선배를 상대하여 자기를 낮추어 이르는 1인칭 대명사.
1420 번뇌(煩惱) : 마음이 시달려서 괴로워함. 또는 그런 괴로움.
1421 무근(無根) : 근거(根據)가 없음.
1422 전도(顚倒) : 번뇌 때문에 잘못된 생각을 갖거나 현실을 잘못 이해하는 일.

"형(兄)의 말 갓흔 즉(則) 죽지는 아닌가 시부니[1424] 로뷔(老夫ㅣ)
잠간(暫間) 보고져 ᄒ노라."

원외(員外ㅣ) 허락(許諾)ᄒ고 즉시(卽時) 닉당(內堂)에 통지(通知)
ᄒᆫ 후(後) 황 각로(黃閣老)를 인도(引導)ᄒ야 황 쇼져(黃小姐) 침실(寢
室)에 이르니, 황 쇼져(黃小姐) 짐짓 상샹(牀上)에 눈을 감고 긔식(氣
色)이 싇어진 듯ᄒ거늘, 각뢰(閣老ㅣ) 압헤 나아가 몸을 만지며 불너
왈(曰),

"녀ᄋ(女兒), 이 무슴 곡졀(曲折)이뇨? 네 아비 여긔 왓스니 눈을
떠보라."

황 쇼져(黃小姐) 홀연(忽然) 구역(嘔逆)질ᄒ고 후즁(喉中)의 말로
딕왈(對曰),

"소녜(小女ㅣ) 불효(不孝)ᄒ와 슬하(膝下)에 이 갓치 이우(貽憂)[1425]
ᄒ오니, 부친(父親)은 과렴(過念)[1426]치 마르쇼셔."

각뢰(閣老ㅣ) 위로 왈(慰勞曰),

"츈비(春婢ㅣ) 망착(妄錯)[1427]ᄒ야 급보(急報)를 전(傳)ᄒ기 급(急)
히 왓더니, 오히려 싱존(生存)흠을 보니, 이는 텬힝(天幸)이라. 간인
(奸人)을 쳐치(處置)흠은 너의 구가(舅家)에셔 알 빈니[1428] 로부(老父)
의 일이 아니라. 출가(出嫁)ᄒ 녀ᄌ(女子)는 소즁(所重)[1429]이 구가(舅
家)에 잇스니, 늬 엇지 ᄒ리오?"

1423 섬어(譫語) : 정신을 잃고 중얼거리는 말. * 헛소리. 잠꼬대.
1424 죽은 것은 아닌가 싶으니.
1425 주) 163 참조.
1426 과념(過念) : 지나치게 염려함.
1427 망착(妄錯) : 망령된 잘못.
1428 너의 시집에서 알아서 처리할 것이니.
1429 소중(所重) : 귀중하게 여기는 것.

소제(小姐 l) 눈물을 흘이[리]며 오열[1430] 왈(嗚咽曰),

"소녜(小女 l) 이 지경(地境)이 되니 ᄉᆡᆼ(死生)은 예ᄉᆞ(例事)[1431]라. 잠간(暫間) 귀령(歸寧)[1432]ᄒᆞ야 다시 독인(毒人)의 화(禍)를 면(免)ᄒᆞᆯ가 ᄒᆞ나이다."

각뢰(閣老 l) 원외(員外)를 보고 귀령(歸寧)ᄒᆞᆷ을 고(告)ᄒᆞ니, 원외(員外 l) 허락(許諾)ᄒᆞ야 보ᄂᆞ니라.

원외(員外 l) 허 부인(許夫人)과 윤 쇼져(尹小姐)를 딕(對)ᄒᆞ야 왈(曰),

"이 일을 엇지 쳐치(處置)ᄒᆞ면 조흐리오?"

허 부인(許夫人)이 탄왈(歎曰),

"쳡(妾)이 딕강(大綱) 사획[핵](查覈)[1433]ᄒᆞᆷ이 일인(一人)의 죄(罪)를 벗기랴 ᄒᆞ면 일인(一人)의 허물이 나타나고, 일인(一人)의 허물을 덥고ᄌᆞ ᄒᆞ면 일인(一人)의 죄(罪 l) 불상ᄒᆞ니, 샹공(相公)은 심량(深量)[1434]ᄒᆞ야 ᄒᆞ쇼셔."

원외(員外 l) 졈두[1435] 왈(點頭曰),

"ᄂᆡ ᄯᅩᄒᆞᆫ 짐작(斟酌)ᄒᆞᆫ 바라. 맛당히 ᄋᆞᄌᆞ(兒子)의 도라옴을 기다리여 쳐치(處置)케 ᄒᆞ리라."

ᄒᆞ더라.

ᄎᆞ시(此時) 위 부인(衛夫人)이 샤갈(蛇蝎)[1436]의 셩품(性品)과 귀역

1430 오열(嗚咽) : 목메어 욺.
1431 예사(例事) : 상사(常事). 보통 있는 일.
1432 주) 1136 참조.
1433 사핵(査覈) : 실제 사정을 자세히 조사하여 밝힘.
1434 심량(深量) : 깊이 헤아림.
1435 주) 43 참조.
1436 사갈(蛇蝎) : 뱀과 전갈을 아울러 이르는 말로, 남을 해치거나 심한 혐오감을 주

(鬼蜮)¹⁴³⁷의 심사(心思)로 투기(妬忌)ᄒ는 쑬을 도와 간특(姦慝)ᄒ 계
교(計巧)를 힝(行)ᄒ다가 여의(如意)치 못홈이 더욱 한독(悍毒)홈을
이긔지 못ᄒ야 각로(閣老)를 격동(激動)식키여 황상(皇上)게 쥬품(奏
稟)¹⁴³⁸ᄒ야 큰 거조(擧措)¹⁴³⁹를 ᄂ리려 ᄒ니, 각뢰(閣老ㅣ) 마지못ᄒ야
탑젼(榻前)에 쥬품(奏稟)ᄒᄃ, 텬지(天子ㅣ) 드르시고 윤 각뢰[로](尹
閣老)에게 하문(下問)ᄒ신ᄃ, 윤 각뢰(尹閣老ㅣ) 쥬왈(奏曰),

"신(臣)이 ᄯ 드럿ᄉ오나 규중지ᄉ(閨中之事)¹⁴⁴⁰를 됴졍(朝廷)이
간섭(干涉)¹⁴⁴¹홀 ᄇ 아닌 고(故)로 쥬달(奏達)치 못ᄒ얏습더니, 이졔
무르시니 신(臣)의 우견(愚見)¹⁴⁴²은 창곡(昌曲)의 도라옴을 기다려
쳐치(處置)ᄒ게 ᄒ심이 올홀가 ᄒ나이다."

텬지(天子ㅣ) 그 말을 좃ᄎ시니, 황 각뢰(黃閣老ㅣ) 헐일업셔¹⁴⁴³ 나
와 윤 각로(尹閣老)를 칙왈(責曰),

"형(兄)이 다만 쳔기(賤妓)를 알고 타일(他日) 령ᄋ(令愛)의 근심됨
을 싱각지 아니ᄒ니 엇지 원례(遠慮ㅣ)¹⁴⁴⁴ 업ᄂ뇨?"

윤 각뇌(尹閣老ㅣ) 소왈(笑曰),

"만싱(晩生)이 비록 불민(不敏)ᄒ나 벼살이 ᄃ신지렬(大臣之列)¹⁴⁴⁵

는 사람을 비유적으로 이르는 말.
1437 귀역(鬼蜮) : 귀신과 불여우라는 뜻으로, 음험하여 남몰래 남을 해치는 사람을
비유적으로 이르는 말.
1438 주품(奏稟) : 주달(奏達). 임금에게 아룀.
1439 거조(擧措) : 큰일을 저지름. 어떤 일을 꾸미거나 처리하기 위한 조치.
1440 규중지사(閨中之事) : 규중의 일. 부녀자들의 일.
1441 간섭(干涉) : 직접 관계가 없는 남의 일에 부당하게 참견함.
1442 우견(愚見) : 어리석은 견해라는 뜻으로, 남에게 자기의 의견을 낮추어 이르는 말.
1443 하릴없어. 달리 어떻게 할 도리가 없어서.
1444 원려(遠慮) : 먼 앞일까지 미리 잘 헤아려 생각함.
1445 대신지열(大臣之列) : 대신의 반열(班列).

에 쳐(處)ᄒ야 엇지 ᄉ졍(私情)을 위(爲)ᄒ야 죠졍(朝廷) 일을 탁란
(濁亂)[1446]ᄒ리오? 이졔 양 원슈(楊元帥) 업고, 우리 다 인아지친(姻婭
之親)[1447]에 잇셔 그 가간풍파(家間風波)[1448]를 죵용(從容)이 진압(鎭
壓)홈이 올커늘[1449], 이 갓치 샹[쟝]딗(張大)[1450]코ᄌ ᄒ니 만싱(晩生)이
그 가(可)홈을 아지 못ᄒ나이다."

황 각뇌(黃閣老ㅣ) 오히려 분분(忿憤)[1451]ᄒ여 ᄒ더라.

ᄎ시(此時) 션랑(仙娘)이 죄인(罪人)으로 ᄌ쳐(自處)ᄒ야 별당실(別
堂室)[1452]에 잇지 아니ᄒ고 힝각(行閣)[1453] 협실(狹室)[1454]에 거격자리와
뵈이불에[1455] 소쇄[세](梳洗)[1456]를 폐(廢)ᄒ고 소쳥(小蜻)과 ᄌ언[연](紫
燕)으로 로쥬(奴主ㅣ) 샹의(相依)ᄒ야[1457] 불츌문외(不出門外)[1458]ᄒ니
참담경싴(慘憺景色)[1459]과 초쳐[췌](憔悴)[1460]ᄒ 모양(模樣)을 부즁(府
中)이 막불측연(莫不惻然)[1461]ᄒ야 비록 원통(冤痛)이 아나 그 쳐디(處

1446 탁란(濁亂) : 사회나 정치의 분위기가 흐리고 어지러움.
1447 인아지친(姻婭之親) : 사위 쪽으로 사돈이 되거나 남자끼리 동서(同壻)가 되는
    인척(姻戚).
1448 가간풍파(家間風波) : 집안의 심한 분쟁(紛爭)이나 분란(紛亂).
1449 조용히 진압하는 것이 옳거늘.
1450 장대(張大) : 일이 크게 벌어져 거창해짐.
1451 분분(忿憤) : 분하고 원통하게 여김.
1452 별당실(別堂室) : 몸채의 곁이나 뒤에 따로 지은 건물의 방.
1453 행각(行閣) : 궁궐, 절 따위의 정당(正堂) 앞이나 좌우에 하인들의 거처로 지은
    줄행랑.
1454 협실(狹室) : 협실(夾室). 곁방.
1455 짚을 엮어 만든 자리와 삼베 이불에.
1456 주) 1067 참조.
1457 서로 의지하여.
1458 불출문외(不出門外) : 대문 밖으로 나가지 않음.
1459 참담경색(慘憺景色) : 몹시 슬프고 괴로운 모습.
1460 초췌(憔悴) : 병, 근심, 고생 따위로 얼굴이나 몸이 여위고 파리함.
1461 막불측연(莫不惻然) : 가엾고 불쌍하게 보지 않는 사람이 없음.

地)를 싱각ᄒ고 말니지 아니ᄒ더라.

슯흐다! 여익(餘厄)[1462]이 미진(未盡)[1463]ᄒ고 조물(造物)[1464]이 무심(無心)ᄒ야 일시풍패(一時風波ㅣ)[1465] 또 이러나ᄂᆞᆫ도다.

ᄎ시(此時) 양 원슈(楊元帥) 남만(南蠻)을 쳐 파(破)ᄒ고 회군(回軍)ᄒᄂᆞᆫ 쳡셔(捷書)[1466]가 황셩(皇城)에 달(達)ᄒᆷᄋᆡ, 위씨(衛氏ㅣ) 소져(小姐)를 ᄃᆡ(對)ᄒ야 왈(曰),

"이ᄂᆞᆫ 죠흔 소식(消息)이 아니라. 녀ᄋᆞ(女兒)ᄂᆞᆫ 쟝ᄎᆞ(將次) 엇지코ᄌᆞ ᄒᄂᆞᄂᆣ[1467]? 악(惡)ᄒ 물건(物件)이 함독(含毒)[1468]ᄒ 지 오ᄅᆡ니, 원슈(元帥) 환가(還家)ᄒ 즉(則) 그 보복(報復)ᄒᆷ이 어나 지경(地境)에 밋ᄎᆞ리오[1469]?"

소졔(小姐ㅣ) 아미(蛾眉)를 숙이고 답(答)지 아니ᄒ거ᄂᆞᆯ, 츈월(春月)이 소왈(笑曰),

"봄이 진(盡)ᄒ 즉(則) 가을이 도라오고[1470], 그릇이 가득ᄒ 즉(則) 기우러 업처짐은 셧셧ᄒ 일이라[1471]. 부인(夫人)이 쳐음 계교(計巧)를 셔어(齟齬)[1472]이 ᄒ시고 무익(無益)ᄒ 심녀[려](心慮)를 허비(虛費)치 마르쇼셔."

1462 여액(餘厄) : 이미 당한 재앙 외에 아직 남아 있는 재앙이나 액운.
1463 미진(未盡) : 아직 다하지 아니 함.
1464 조물(造物) : 조물주(造物主). 우주의 만물을 만들고 다스리는 신.
1465 일시풍파(一時風波) : 한 때의 심한 분쟁이나 분란.
1466 쳡셔(捷書) : 싸움에서 승리한 것을 보고하는 글.
1467 어찌하려고 하느냐?
1468 함독(含毒) : 독한 마음을 먹음. 독기를 품음.
1469 어느 지경에 미치겠느냐? 어디까지 이르겠느냐?
1470 봄이 다하면 가을이 돌아오고. 언해본에는 "겨울이 가면 봄이 오고[冬去春來]"라고 되어 있음.
1471 그릇이 가득 차면 기울어져 엎어지는 것은 예사로운 일이라.
1472 주) 892 참조.

위씨(衛氏)) 탄왈(歎曰),

"츈월(春月)아, 너는 소져(小姐)의 심복(心服)이라. 엇지 스싱환란
(死生患亂)[1473]에 남의 말 ᄒ듯 ᄒ나뇨? 쇼져(小姐)는 텬셩(天性)이 연
약(軟弱)ᄒ야 원례(遠慮)) 업스니 네 엇지 묘계(妙計)를 말ᄒ지 아
니ᄒᄂ뇨?"

츈월 왈(春月曰),

"속담(俗談)에 ᄒ얏스되, '풀을 버히ᄆ 샏리를 쌔아라[1474]' ᄒ니, 부
인(夫人)이 종시(終是) 화근(禍根)[1475]을 무더 두고[1476] 방약(方略)을 무
르시니, 쳔비(賤婢)) 엇지ᄒ리오?"

위씨(衛氏)) 이에 츈월(春月)의 손을 잡아 왈(曰),

"이는 졍(正)히 나의 근심ᄒᄂ 비라. 이졔 엇지ᄒ면 샏리를 쎄이리
오[1477]?"

츈월 왈(春月曰),

"금일(今日) 풍픠(風波)) 오히려 결말(結末)이 업슴은 션랑(仙娘)
을 셰상(世上)에 살녀 두미라. 부인(夫人)이 만일(萬一) 빅금(百金)을
앗기지 아니ᄒ신 즉(則) 쳔비(賤婢)) 맛당히 장안(長安)을 편답(遍
踏)ᄒ야[1478] 셥졍(聶政)[1479]의 날닌 칼을 도모(圖謀)홀가 ᄒ나이다[1480]."

소졔(小姐)) 츠언(此言)을 듯고 침음 왈(沈吟曰),

1473 사생환란(死生患亂) : 목숨이 달린 근심과 재앙.
1474 풀을 벨 때는 뿌리째 뽑아라.
1475 화근(禍根) : 재앙의 근원.
1476 묻어 두고. 감춰 두고.
1477 이제 어찌하면 뿌리를 뽑겠는가?
1478 서울을 편력(遍歷)하여.
1479 섭정(聶政) : 중국 전국시대 제(齊)나라의 자객(刺客). 자신을 잘 돌봐준 한(韓)나
　　라 엄중자(嚴仲子)를 대신해 그의 원수인 재상 협루(俠累)를 죽였음.
1480 자객을 써서 (선랑을) 없애버릴까 합니다.

"이 일이 가장 쟝디(張大)ᄒ니, 불가(不可)홈이 두 가지라. 심엄(深嚴)[1481]ᄒᆫ 지상부(宰相府)에 ᄌ객(刺客)을 보님을 십분(十分) 소홀(疎忽)ᄒ니 그 불가(不可)홈이 하나이오. 닉 션랑(仙娘)을 모히(謀害)홈은 불과(不過)그 고음[움]을 싀긔(猜忌)ᄒ고 은총(恩寵)을 투긔(妬忌)홈이라. 이졔 ᄌ객(刺客)을 보닉여 머리를 취(取)홈이 형젹(形跡)이 랑ᄌ(狼藉)ᄒ니 ᄯᅳᆺ을 이루나 보고듯는 쟈(者)의 이목(耳目)을 엇지 도망(逃亡)ᄒ리오? 이는 불가(不可)홈이 두 가지니, 너는 다른 계교(計巧)를 싱각ᄒ라."

츈월(春月)이 링소 왈(冷笑曰),

"소졔(小姐ㅣ) 져 갓치 겁(怯)홀진디[1482] 엇지 별당(別堂)에 남ᄌ(男子)를 드려보닉시며, 독약(毒藥)을 구(求)ᄒ야 무죄(無罪)ᄒᆫ 스룸을 음히(陰害)[1483]ᄒ시니잇고? 쳔비(賤婢ㅣ) 드르믹, 션랑(仙娘)이 죄인(罪人)ᄌ쳐(自處)ᄒ야 풀ᄌ리와 뵈 이불에 초췌(憔悴)ᄒᆫ 안식(顔色)과 가련(可憐)ᄒᆫ ᄌ틱(姿態)로 원슈(元帥)의 환가(還家)ᄒ심을 굴지고딕(屈指苦待)[1484]ᄒᆫ다 ᄒ니, 비록 딕장부(大丈夫)의 쳘셕간쟝(鐵石肝腸)[1485]이나 오믹불망(寤寐不忘)[1486]ᄒ야 신졍(新情)이 미흡[흡](未洽)ᄒᆫ[1487] 총희(寵姬)[1488]로 ᄒ야금 그 경상(景狀)[1489]이 됨을 보신 즉(則) 엇지 촌쟝(寸腸)[1490]이 바아지고[1491] 살졈이 ᄯᆯ홈을[1492] 면(免)ᄒ리오? 측연(惻然)ᄒ

1481 심엄(深嚴) : 매우 깊고 엄함.
1482 저 같이 겁을 내면서.
1483 음해(陰害) : 몸을 드러내지 아니한 채 음흉한 방법으로 남에게 해를 가함.
1484 굴지고대(屈指苦待) : 손꼽아 기다림.
1485 철석간장(鐵石肝腸) : 굳센 의지나 지조가 있는 마음.
1486 오매불망(寤寐不忘) : 자나 깨나 잊지 못함.
1487 신혼의 정이 미흡하던.
1488 총희(寵姬) : 특별한 귀염과 사랑을 받는 여자.
1489 경상(景狀) : 좋지 못한 몰골.

곳에 인정(人情)이 싱기며 쳐량(凄凉)흔 가온디 스랑흐는 마음이 더흐
나니, 슯흐다! 소져(小姐)의 신셰(身勢)는 일로좃ᄎ[1493] 소반(小盤)[1494]
가온디 구으는 구살[1495]이 될가 흐나이다."

소계(小姐ㅣ) 홀연(忽然) 얼골이 푸르러지며 믹믹(脈脈)히[1496] 츈월
(春月)을 보거눌, 츈월(春月)이 다시 고왈(告曰),

"션랑(仙娘)은 진기(眞個)[1497] 당돌(唐突)흔 녀ᄌ(女子)니이다. 근일
(近日) 흐는 말이, '황씨(黃氏ㅣ) 아모리 지혜[혜](智慧) 만흐나 근원
(根源) 업는 물이라. 동히(東海ㅣ) 변(變)흐고 틱산(泰山)이 문어질지
언정[1498] 양 원슈(楊元帥)와 벽셩션(碧城仙)의 졍근(情根)[1499]은 금셕
(金石)[1500] 갓흐리라.'흐더이다."

소제(小姐ㅣ) 이에 발연딕로[1501] 왈(勃然大怒曰),

"쳔기(賤妓)를 셰간(世間)에 두고는 니 찰아리 이 셰상(世上)에 잇
지 아니흐리라[1502]."

흐고 즉시(卽時) 빅금(百金)을 니여 츈월(春月)을 쥬며 왈(曰),

"밧비 힝계(行計)흐라."

1490 촌장(寸腸) : 마디마디의 창자.
1491 부서지고. 끊어지고.
1492 (도려내는 듯) 살점이 아픔을.
1493 이때부터.
1494 소반(小盤) : 자그마한 밥상.
1495 가운데 구르는 구슬.
1496 맥맥(脈脈)히. 끊임없이 줄기차게.
1497 진개(眞個) : 과연 참으로. 참인 것.
1498 무너질지언정.
1499 정근(情根) : 애정의 뿌리라는 뜻으로, 깊고 깊은 애정의 근원을 이르는 말.
1500 금석(金石) : 쇠와 돌이라는 뜻으로, 단단하여 변치 않는 것을 비유적으로 나타낸 말.
1501 발연대로(勃然大怒) : 크게 노하여 왈칵 성을 냄.
1502 나는 차라리 이 세상에 있지 않으리라.

ᄒᆞ니 츈월(春月)이 변복(變服)ᄒᆞ고 장안(長安)을 편답(遍踏)ᄒᆞ야 ᄌᆞ
객(刺客)을 구(求)ᄒᆞ더니, 일일(一日)은 일기(一個) 로랑(老娘)[1503]을
다리고 와 부인(夫人)ᄭᅴ 뵙거ᄂᆞᆯ, 위씨(衛氏ㅣ) 그 로랑(老娘)을 보니
신장(身長)이 불과(不過) 오쳑(五尺)이오, 빅발(白髮)이 귀밋흘 덥헛
스며[1504], 별 갓흔 눈에 밍렬(猛烈)ᄒᆞᆫ 기운(氣運)이 어리엿거ᄂᆞᆯ, 부인
(夫人)이 좌우(左右)를 물니치고 종용(從容) 문왈(問曰),

"랑(娘)의 나히 멧치며[1505] 셩명(姓名)이 무엇인요?"

로랑 왈(老娘曰),

"쳔(賤)ᄒᆞᆫ 나히는 칠십(七十)이오, 셩명(姓名)은 긔존(記存)[1506]ᄒᆞ야
쓸 딕 업슬지라. 평싱(平生)에 의기(義氣)를 됴화ᄒᆞ야[1507] 불쾌(不快)
ᄒᆞᆫ 일을 들은 즉(則) 급ᄂᆞᆫ지풍(急亂之風)[1508]을 ᄉᆞ모(思慕)ᄒᆞ더니, 이
제 츈랑(春娘)의 말을 드른 즉(則) 부인(夫人)과 소져(小姐)의 쳐지
(處地ㅣ) 십분(十分) 측연(惻然)ᄒᆞᆫ 고(故)로 ᄒᆞᆫ 번(番) 진력(盡力)ᄒᆞ야
불평(不平)ᄒᆞᆫ 심ᄉᆞ(心思)를 풀고져 홈이나 살인보슈(殺人報讎)[1509]ᄂᆞᆫ
즁딕(重大)ᄒᆞ니 일호협잡(一毫挾雜)[1510]홈이 잇슨 즉(則) 도로혀 그
화(禍)를 밧나니 부인(夫人)은 다시 싱각ᄒᆞ쇼셔."

위 부인(衛夫人)이 탄왈(歎曰),

"로랑(老娘)은 의기(義氣ㅣ) 잇ᄂᆞᆫ 지(者ㅣ)로다. 엇지 잠[잡]념(雜

1503 노랑(老娘) : 늙은 여자.
1504 귀밑을 덮었으며.
1505 나이가 몇이며. 나이가 몇 살이며.
1506 기존(記存) : 잊지 아니하고 기억하여 줌.
1507 좋아하여.
1508 급란지풍(急亂之風) : 신속히 처리하는 기풍(氣風).
1509 살인보수(殺人報讎) : 남을 살해하여 원수를 갚음.
1510 일호협잡(一毫挾雜) : 조금이라도 옳지 아니한 방법으로 남을 속임.

念)을 두어 인명(人命)을 살히(殺害)ᄒ리오?"

인(因)ᄒ야 쥬찬(酒饌)을 가져 디졉(待接)ᄒ며 소회(所懷)를 디강(大綱) 말ᄒ니, 로랑(老娘)이 듯고 일변(一邊) 눈을 흘겨 위씨(衛氏)의 기ᄉᆡᆨ(氣色)을 살피며 소왈(笑曰),

"진기(眞個) 그러ᄒᆯ진디 ᄯᅩᄒᆞᆫ 거리낄 비 업나이다. 임의 츈랑(春娘)의게 드른 비니 수일 후(數日後) 맛당히 칼을 가지고 오리이다."

위씨(衛氏ㅣ) 디희(大喜)ᄒ야 몬져 빅금(百金)으로 졍표(情表)[1511]코ᄌ ᄒᆞᆫ디 로랑(老娘)이 밧지 아니ᄒᆞ야[1512] 왈(曰),

"이는 밧부지 아니ᄒᆞ니[1513] 셩공 후(成功後) 주쇼셔."

ᄒ더라.

수일 후(數日後) 로랑(老娘)이 젹[작]은 칼을 몸에 지니고 먼져 황부(黃府)에 이르러 즉시(卽時) 승야(乘夜)[1514]ᄒ야 양부(楊府)로 갈ᄉᆡ 츈월(春月)에게 션랑(仙娘) 잇ᄂᆞᆫ 곳을 자셰(仔細)히 듯고 자최를 가만이 ᄒᆞ야[1515] 담을 넘어 션랑(仙娘)의 잇는 쳐(處)에 이르러 보니, 침문(寢門)[1516]이 고요히 닷쳣고[1517], 그 녑히[1518] 젹은 창(窓)이 잇셔 촉영(燭影)[1519]이 은영(隱映)[1520]ᄒ거늘 창(窓) 틈으로 가만히이 엿보니, 양기(兩個) 차환(叉鬟)은 촉하(燭下)에 잠들고 일위 미인(一位美人)[1521]

1511 졍표(情表) : 간절한 정을 드러내 보이기 위하여 물품을 줌. 또는 그 물품.
1512 받지 아니하며.
1513 바쁘지 않으니. 급하지 않으니.
1514 승야(乘夜) : 밤중을 틈탐.
1515 자취를 은밀하게 하여.
1516 침문(寢門) : 침실로 드나드는 문.
1517 닫혔고. 닫혀 있고.
1518 그 옆에.
1519 촉영(燭影) : 촛불의 그림자.
1520 은영(隱映) : 겉으로 드러나지 아니하면서 은은하게 비침.

이 상상(牀上)¹⁵²²에 누엇거늘 조셰(仔細ㅣ) 보니 풀즈리에 씩 무든¹⁵²³ 의상(衣裳)과 파리흔 얼골이 십분(十分) 초체(憔悴)ᄒ고 칠분(七分) 아리짜와¹⁵²⁴ 몽롱(朦朧)¹⁵²⁵흔 츈수(春睡)¹⁵²⁶는 츄파(秋波)¹⁵²⁷를 감앗스며, 무궁(無窮)흔 근심은 아미(蛾眉)를 씽기엿스니, 양디운우(陽臺雲雨)에 초 양왕(楚襄王)을 쑴쑴이 아니라¹⁵²⁸, 강남[담](江潭) 방초(芳草)에 굴 삼려(屈三閭)의 수심(愁心)을 쎄엿거늘¹⁵²⁹, 랑(娘)이 의아(疑訝)ᄒ야 심즁(心中)에 싱각ᄒ되,

---

1521 일위 미인(一位美人) : 한 사람의 미인.
1522 상상(牀上) : 침상 위.
1523 거적자리에 때 묻은.
1524 몹시 초췌함에도 아리따움을 감출 수가 없고.
1525 몽롱(朦朧) : 의식이 흐리멍덩함.
1526 춘수(春睡) : 춘면(春眠). 봄철의 노곤한 졸음.
1527 주) 545 참조.
1528 《문선(文選)》에 수록된 송옥(宋玉)의 〈고당부(高唐賦)〉에서 비롯된 말로, 전국시대 초 양왕(楚襄王)이 송옥과 함께 운몽(雲夢)이라는 곳에서 놀다가 고당에 이르게 되었음. 문득 하늘을 보니 이상한 형상의 구름이 피어오르고 있어 송옥에게 무엇인지를 물으니, 송옥이, "그 구름은 조운(朝雲)으로, 옛날 회왕(懷王)께서 일찍이 고당에 오셔서 노신 적이 있습니다. 곤해서 낮잠을 주무시고 계신데 꿈에 한 부인이 나타나더니 '첩은 무산의 신녀입니다. 임금께서 고당에 놀러 오셨단 말을 듣고 왔습니다. 바라옵건대 베개와 자리를 받들어 올릴까 합니다.'라고 청했습니다. 그래서 왕께선 그녀를 사랑하시게 되었는데 그녀가 떠날 때 말하기를, '첩은 무산 남쪽 높은 절벽 위에 살고 있습니다. 아침에는 아침구름이 되고 저녁에는 지나가는 비가 되어 아침저녁마다 양대(陽臺) 아래에서 임금님을 그리며 지나겠습니다.' 하는 것이었습니다. 다음 날 회왕께서 무산 남쪽을 바라보니 과연 그녀가 말한 그대로였습니다. 그래서 사당을 세우고 조운묘(朝雲廟)라 불렀습니다."라고 하였다는 고사가 있음. '남녀 간에 사랑하는 꿈을 꾸는 것이 아니라'라는 뜻임.
1529 '굴 삼려(屈三閭)'는 중국 전국시대 초나라에서 삼려대부(三閭大夫)로 있던 굴원(屈原)을 가리킴. 굴원은 반대파의 참소로 호남지방에 유배되었을 때 초췌한 행색으로 멱라강(汨羅江) 주변을 배회하다가 결국은 투신하여 자결하였음. '굴원과 같은 근심을 띠고 있으므로'의 뜻임.

'칠십(七十) 로안(老眼)이 셰샹(世上)을 열력(閱歷)[1530]ᄒ야 인졍물틱
(人情物態)[1531]를 혼 번(番) 보면 짐작(斟酌)ᄒᆞᆯ지니, 엇지 져러혼 가인
(佳人)이 그러혼 ᄒᆡᆼ실(行實)이 잇스리오?'

다시 창(窓) 틈을 쭐코 둘너보더니, 그 미인(美人)이 홀연(忽然) 탄
식(歎息)ᄒᆞ고 도라누우며 옥(玉) 갓흔 팔을 늬여 이마 우에 언고 다
시 잠들거늘, 랑(娘)이 별 갓흔 눈을 믹믹(脈脈)히 흘녀 찬찬이 숨혀
보니[1532], 희여진 라숨(羅衫) 소믹 반(半)만 거드치고[1533] 빙셜(氷雪) 갓
흔 팔둑이 졀반(折半)이나 드러낫ᄂᆞᆫ딕[1534] 일편(一片) 홍졈(紅點)이
촉하(燭下)에 완연(宛然)ᄒᆞ니[1535], 운소션학(雲霄仙鶴)[1536]이 니마를 드
러ᄂᆡ고[1537] 망뎨원혼(望帝冤魂)[1538]이 붉은 피를 토(吐)흔 듯 심상(尋
常)흔 홍졈(紅點)이 아니라 잉혈(鶯血)[1539]일시 분명(分明)ᄒᆞ니, 로랑
(老娘)이 간담(肝膽)이 셔늘ᄒᆞ고 마음이 셜이여 칼을 들고 싱각ᄒᆞ되,

'어미의 투긔(妬忌)흠과 쳔비(賤婢)의 망극(罔極)흠은 ᄌᆞ고(自古)
로 잇ᄂᆞᆫ 비나[1540], 증ᄌᆞ(曾子)의 살인(殺人)[1541]과 효[오]긔(吳起)의 불

1530 열력(閱歷) : 경력(經歷). 여러 가지 일을 겪어 지내 옴.
1531 인정물태(人情物態) : 인심세태(人心世態). 세상 사람들의 마음과 세상 물정.
1532 별 같은 눈을 깜빡이지도 않고 계속 찬찬히 살펴보니.
1533 해어진 비단 적삼의 소매가 반쯤 걷히고.
1534 얼음이나 눈처럼 맑고 흰 팔뚝이 반이나 드러났는데.
1535 한 조각 붉은 점이 촛불 아래 또렷하니.
1536 운소선학(雲霄仙鶴) : 구름 낀 하늘의 단정학(丹頂鶴).
1537 (붉은) 이마를 드러내고. 단정학의 이마는 붉은 색임.
1538 망제원혼(望帝冤魂) : 피를 토하며 우는 두견새의 원혼. 중국 전국시대 촉(蜀)나
     라 망제(望帝)의 죽은 넋이 두견새가 되어 봄날 밤에 피를 토하며 울었다는 고사
     에서 유래함.
1539 주) 820 참조.
1540 현토본에는 "여자의 투기는 예로부터 있었으나[女子之妬는 自古有之나]"라고 되
     어 있음.
1541 증자(曾子)와 이름이 같은 사람이 사람을 죽였는데, 그것을 잘못 안 사람들이

효(不孝)[1542]홈은 로신(老身)의 불쾌(不快)흔 비라. 평싱(平生)에 의기(義氣)를 됴화ᄒᆞ다가 이러흔 ᄉᆞ름을 구(救)치 아니흔 즉(則) 록록(碌碌)[1543]흔 녀ᄌᆡ(女子ㅣ)로다.'

ᄒᆞ고 바로 칼을 들고 침문(寢門)을 열고 드러셔니, 그 미인(美人)이 놀나 이러나며 차환(叉鬟)을 부르거늘, 로랑(老娘)이 웃고 칼을 더지며[1544] 왈(曰),

"랑ᄌᆞ(娘子)ᄂᆞᆫ 경동(驚動)치 마르쇼셔. 양원(梁園)[1545]의 ᄌᆞ객(刺客)이 엇지 원 즁랑(袁中郎)[1546]을 구(救)치 아니흔 쥴 아나잇가[1547]?"

미인(美人)이 문왈(問曰),

"랑(娘)이 임의 급란[난]지풍[붕](急難之朋)[1548]으로 왓슨 즉(則) 엇지 ᄂᆡ 머리를 취(取)ᄒᆞ야 가지 아니ᄒᆞᄂᆞ뇨?"

증자의 어머니에게 이 사실을 알리자 첫 번째와 두 번째에는 계속 베를 짜고 있었지만, 세 번째 같은 이야기가 전해지자 그 이야기를 믿고서 베 짜던 북을 내던지고 담 넘어 도망쳤다[曾母投杼]는 고사가 있음.

1542 중국 전국시대 위(衛)나라의 오기(吳起)가 소싯적에 벼슬을 하려고 수많은 가산을 탕진하고도 실패하자 향리에서 그를 비웃으니, 자기를 비방한 30여 인을 죽이고는 모친과 결별하고 길을 떠나면서, "재상이 되지 않으면 고국에 돌아오지 않겠다."고 맹세하였음. 그리고는 노(魯)나라에 가서 증자(曾子)를 섬겼는데, 모친이 죽었다는 소식을 듣고도 돌아가지 않자 증자가 각박한 사람이라고 하여 사제의 인연을 끊었다는 고사가 전함.

1543 녹록(碌碌) : 만만하고 상대하기 쉬움.

1544 칼을 던지며.

1545 양원(梁園) : 중국 서한(西漢) 경제(景帝) 때 양 효왕(梁孝王)의 으리으리한 정원으로, 토원(兎苑)이라고도 함.

1546 원 즁랑(袁中郎) : 중국 서한 경제 때의 인물인 원앙(袁盎). 양 효왕은 경제의 동생으로, 경제가 일찍이 양효왕에게 황위를 물려주려고 하였으나, 원앙 등 대신들의 반대에 따라 황제의 자리가 적장자(嫡長子)인 무제(武帝)에게 넘어가자, 이에 불만을 품고 자객을 보내어 원앙 등을 죽였음.

1547 양 효왕이 보낸 자객이 원 즁랑을 구하지 않았다는 사실을 어찌 아십니까?

1548 급난지붕(急難之朋) : 급하고 어려울 때 도와주는 친구.

로랑 왈(老娘曰),

"로신(老身)의 소회(所懷)는 찬찬이 드르시고 랑ᄌᆞ(娘子)의 쳐지 (處地)를 잠간(暫間) 말ᄒᆞ쇼셔."

미인(美人)이 소왈(笑曰),

"랑(娘)이 그 ᄉᆞ름을 죽이랴 ᄒᆞ며 엇지 곡졀(曲折)을 뭇나뇨? 쳡 (妾)은 쳔디간(天地間) 강상(綱常)¹⁵⁴⁹을 범(犯)ᄒᆞᆫ 죄인(罪人)이라. 무 슴 다른 말이 잇스리오?"

로랑(老娘)이 희[허]희(歔欷) 탄식 왈(歎息曰),

"랑ᄌᆞ(娘子)의 소회(所懷)를 그만 드른 즉(則)¹⁵⁵⁰ 알지니, 로신(老身)은 본딘 락양(洛陽) ᄉᆞ름이라. 졂어 쳥루(靑樓)에 놀아 금[검]슐 (劍術)을 비왓더니 늙으미 문젼(門前)이 랭락(冷落)ᄒᆞᆼ고 풍졍(風情) 이 젹은지라. 뎨일(第一) 감기지심(感慨之心)¹⁵⁵¹이 남아 도문(屠門)¹⁵⁵² 에 탁신(託身)ᄒᆞ야 살인보수(殺人報讎)를 일슴더니, 그릇 황가(黃家) 로구(老嫗)의 말을 듯고 거의 무죄(無罪)ᄒᆞᆫ 가인(佳人)을 샹(傷)ᄒᆞᆯ 번 ᄒᆞ얏도다¹⁵⁵³."

미인(美人)이 반겨 왈(曰),

"쳡(妾)도 락양(洛陽) 쳥루(靑樓)에 노든 ᄉᆞ름이라. 명되(命途ㅣ) 긔박(奇薄)ᄒᆞ야 강쥬(江州)에 표박(漂泊)ᄒᆞ얏다가 이곳에 이르니, 로 류장화(路柳墻花)에 쳔(賤)ᄒᆞᆫ 자최로 소셩(小星)¹⁵⁵⁴ 건즐(巾櫛)의 칙

1549 강상(綱常) : 사람이 지켜야 할 도리.

1550 그 정도까지 들었으면.

1551 감개지심(感慨之心) : 마음 깊은 곳에서 배어나오는 감동이나 느낌.

1552 도문(屠門) : 육류(肉類)를 취급하는 '푸줏간'이라는 뜻으로, 여기서는 살인청부 업을 말함.

1553 해칠 뻔하였도다.

1554 소셩(小星) : 첩(妾)을 달리 이르던 말.

임(責任)을 당(當)치 못호야 쥬모(主母)게 득죄(得罪)호니, 의호(宜乎)[1555] 의(義ㅣ) 잇는 스룸의 금[검]두고혼(劍頭孤魂)[1556]이 될지라. 로랑(老娘)이 용서(容恕)홈이 그르도다."

로랑(老娘)이 다시 디경 왈(大驚曰),

"연즉(然則) 랑즈(娘子)의 일홈이 벽셩션(碧城仙)이 아니온잇가?"

미인 왈(美人曰),

"로랑(老娘)이 엇지 첩(妾)의 일홈을 아나뇨?"

로랑(老娘)이 션랑(仙娘)의 손을 잡고 함루 왈(含淚曰),

"로신(老身)이 랑즈(娘子)의 일홈을 우뢰 갓치 듯고 랑즈(娘子)의 빙셜(氷雪) 갓흔 지조(志操)를 거울 갓치 빗최니, 황가(黃家) 투기(妬忌ㅣ) 하늘을 (속)이고 귀신(鬼神)을 속여 요됴숙녀(窈窕淑女)를 이 갓치 모히(謀害)호니, 로신(老身) 슈즁(手中)에 셔리 갓흔 칼날이 무되지 아닌지라. 요악(妖惡)훈 로구(老嫗) 간녀(奸女)의 피를 뭇쳐 검신(劍神)을 위로(慰勞)호리라."

호고 분연(奮然)히 나가거늘, 션랑(仙娘)이 그 소민를 잡아 왈(曰),

"로랑(老娘)이 그르도다. 쳐첩지분(妻妾之分)[1557]은 군신(君臣)과 갓흐니, 엇지 그 신하(臣下)를 위(爲)호야 님군을 희(害)호리오? 이는 의(義ㅣ) 잇는 스룸의 일이 아니라. 로랑(老娘)이 만일(萬一) 고집(固執)훈 즉(則) 첩(妾)의 목에 더러온 피를 로랑(老娘)의 칼에 뭇치리라."

언필(言畢)에 긔식(氣色)이 당당(堂堂)호야 츄상열[여]일(秋霜如日)[1558] 갓거늘, 로랑(老娘)이 다시 탄식 왈(歎息曰),

---

1555 의호(宜乎) : 마땅히.

1556 검두고혼(劍頭孤魂) : 칼에 찔려 죽어 의지할 곳 없이 떠돌아다니는 외로운 넋.

1557 처첩지분(妻妾之分) : 처와 첩의 분별(分別).

1558 추상여일(秋霜如日) : 가을에 내리는 서리처럼 서슬이 푸르고, 하늘에 떠 있는

"랑즈(娘子)는 가위(可謂) 명불허젼(名不虛傳)[1559]이로다. 늬 십 년(十年) 일금[검](一劍)을[1560] 황부(黃府)에 시험(試驗)치 못ᄒᆞ니 심즁(心中)에 가장 불평(不平)ᄒᆞ나 랑즈(娘子)의 낫츨 아니 보지 못ᄒᆞᆯ지라. 션랑(仙娘)은 천만보즁(千萬保重)[1561]ᄒᆞ쇼셔."

ᄒᆞ고 칼을 들고 표연(飄然)히 나가거ᄂᆞᆯ 션랑(仙娘)이 ᄌᆡ습(再三) 당부 왈(當付曰),

"로랑(老娘)이 만일(萬一) 첩(妾)의 쥬모(主母)를 희(害)친 즉(則) 그 날은 첩(妾)의 명(命)이 진(盡)ᄒᆞᆯ지니 그리 알나."

로랑(老娘)이 미소 왈(微笑曰),

"로신(老身)이 엇지 두 말을 ᄒᆞ리오?"

ᄒᆞ더라.

로랑(老娘)이 칼을 잡고 다시 장원(牆垣)[1562]을 넘어 황부(黃府)에 이르니, 이ᄶᅦ 임의 동방(東方)이 발것더라.

츈월(春月) 로쥬(奴主ㅣ) 조민(躁悶)[1563]히 안졋다가 로낭(老娘) 옴을 보고 츈월(春月)이 늬다라 왈(曰),

"엇지 그리 더듸뇨? 천기(賤妓)의 머리 어듸 잇ᄂᆞ뇨?"

로낭(老娘)이 희희 웃고 좌슈(左手)로 츈월(春月)의 머리치를 풀쳐[1564] 단단이 잡고 우수(右手)에 셔리 갓혼 칼을 드러 위 부인(衛

해처럼 떳떳함을 이르는 말.

1559 명불허젼(名不虛傳) : 명성이나 명예가 헛되이 퍼진 것이 아니라는 뜻으로, 이름 날 만한 까닭이 있음을 이르는 말.

1560 10년 만에 쓰는 한 칼을.

1561 천만보즁(千萬保重) : 내내 몸의 관리를 잘하여 건강을 유지하라는 인사말.

1562 장원(牆垣) : 담.

1563 조민(躁悶) : 마음이 조급하여 가슴이 답답하고 괴로움.

1564 머리채를 풀어헤쳐.

夫人)을 가라치며 로안(老眼)을 홀기여 한춤 보더니 크게 쑤지져 왈(曰),

"간악(奸惡)흔 로귀(老嫗 |) 편협(偏狹)흔 투부(妬婦)[1565]를 도와 숙녀가인(淑女佳人)[1566]을 모히(謀害)ᄒ니, 닉 슈즁(手中)에 삼쳑비쉬(三尺匕首 |)[1567] 네 머리를 취(取)ᄒ고ᄌ ᄒ얏더니 션낭(仙娘)의 지극(至極)흔 츙심(忠心)을 감동(感動)ᄒ야 용셔(容恕)ᄒ거니와, 션낭(仙娘)의 지조절개(志操節槪)ᄂ 빅일(白日)이 조림(照臨)ᄒ고 창텬(蒼天)이 아시ᄂ 비라. 십 년(十年) 쳥루(靑樓)에 일편홍졈(一片紅點)은 쳔고소무(千古所無)[1568]라. 네 션낭(仙娘)을 다시 모히(謀害)흔 즉(則) 닉 비록 쳔만 리(千萬里) 밧게 잇셔도 이 칼은 잇스리라."

ᄒ고 언필(言畢)에 츈월(春月)을 쩌을고[1569] 문외(門外)에 나가니, 황(부)(黃府) 샹히(上下 |) 딕경(大驚) 요란(搖亂)ᄒ야 슈십 명(數十名) 창뒤(蒼頭 |) 일졔(一齊)히 내다라 로낭(老娘)을 잡고ᄌ ᄒ니, 로낭(老娘)이 도라보며 왈(曰),

"네 만일(萬一) 내게 범(犯)흔 즉(則) 이 녀ᄌ(女子)를 먼져 찌르리라."

ᄒ니, 좌우(左右) 감(敢)히 하슈(下手)치 못ᄒ더라.

로낭(老娘)이 츈월(春月)을 쯰을고 딕도상(大道上)으로 나가 크게 웨여 왈(曰),

"텬하(天下)에 의기(義氣 |) 잇ᄂ ᄌ(者)ᄂ 로신(老身)의 말을 ᄌ셰

1565 투부(妬婦) : 질투심이 많은 여자.
1566 숙녀가인(淑女佳人) : 가인숙녀(佳人淑女). 아름답고 정숙한 여자.
1567 삼척비수(三尺匕首) : 석 자가량 되는 예리한 칼.
1568 천고소무(千古所無) : 예로부터 지금까지 없던 일.
1569 끌고.

(仔細)히 드르라. 로신(老身)은 즈긱(刺客)이라. 황 각로(黃閣老) 부인
(夫人) 위씨(衛氏]) 간악(奸惡)흔 딸을 위(爲)ᄒ야 시비(侍婢) 춘월
(春月)을 변복(變服)ᄒ야 로신(老身)을 천금(千金)으로 구(求)ᄒ야 량
[양] 승상(楊丞相) 소실(小室) 션낭(仙娘)의 머리를 버혀 오라 ᄒ거늘,
로신(老身)이 량[양]부(楊府)에 가 션낭(仙娘)이 침실(寢室)에 창(窓) 틈
으로 엿보니, 션낭(仙娘)이 풀리와자[자리와] 뵈이불에 남루(襤褸)흔
의상(衣裳)으로 촉하(燭下)에 누엇ᄂᆞ딕 우연(偶然)히 본 즉(則), 비상
홍졈(臂上紅點)[1570]이 지금(至今)까지 완연(宛然)ᄒ니, 로신(老身)이
평싱(平生) 의기(義氣)를 조화ᄒ다가 간인(奸人)의 말을 그릇 듯고
슉녀가인(淑女佳人)을 살히(殺害)홀 번ᄒ니 엇지 모골(毛骨)이 송연
(竦然)치[1571] 아니ᄒ리오? 로신(老身)이 그 칼로써 위씨(衛氏) 모녀(母
女)를 죽여 션랑(仙娘)의 화근(禍根)을 덜가 ᄒ엿더니, 션랑(仙娘)이
지성(至誠)으로 말녀, 말이 강개(慷慨)ᄒ고 의리(義理]) 삼엄(森嚴)
ᄒ니, 슯흐다! 십 년(十年) 청루(靑樓)에 잉혈(鶯血)이 분명(分明)흔
녀즛(女子)를 음힝(淫行)ᄒ다 ᄒ며, 원슈(怨讐)를 잇고 쳐첩지분(妻妾
之分)을 직히ᄂᆞ 졍딕(正大)흔 부인(婦人)을 도로혀 간인(奸人)이라
ᄒ니 엇지 한심치 아니리오? 로신(老身)이 션랑(仙娘)의 츙심(忠心)
을 감동(感動)ᄒ야 위씨(衛氏) 모녀(母女)를 용셔(容恕)ᄒ고 그져 가
거니와[1572] 만일(萬一) 이후(以後)에 다시 귀 업ᄂᆞ[1573] 즈긱(刺客)이 위
씨(衛氏)의 천금(千金)을 탐(貪)ᄒ야 션낭(仙娘)을 히치고져 ᄒᆞᄂ 지
(者]) 잇스면 내 맛당히 듯고 봄이 잇스리라[1574]."

1570 비상홍점(臂上紅點) : 팔 위의 붉은 점.
1571 두려워 몸의 털과 뼈가 곤두서지. 오싹 소름이 끼치지.
1572 그냥 가거니와.
1573 (션랑의 결백함에 대해) 듣지 못한.

ᄒᆞ고 이에 칼을 드러 츈월(春月)을 가라쳐 왈(曰),

"너ᄂᆞᆫ 쳔인(賤人)이라 말ᄒᆞᆯ ᄇᆡ 아니나 ᄯᅩᄒᆞᆫ 오장륙부(五臟六腑)[1575]를 가진 ᄌᆡ(者ㅣ)니 ᄇᆡᆨ일지하(白日之下)[1576]에 션낭(仙娘) 갓치 현슉(賢淑)ᄒᆞᆫ 가인(佳人)을 엇지 참아 모ᄒᆡ(謀害)ᄒᆞᄂᆞᆫ다? 너를 이 칼로 업시코ᄌᆞ ᄒᆞ엿더니 다시 ᄉᆡᆼ각ᄒᆞᆷᄋᆡ 일후(日後) 황씨(黃氏)의 ᄒᆡᆼ흉졀ᄎᆞ(行凶節次)[1577]를 증거(證據)ᄒᆞᆯ 곳이 업슬가 ᄒᆞ야 일루잔명(一縷殘命)[1578]을 붓쳐 두고 가노니 그리 알나."

ᄒᆞ고 셔리 갓흔 칼날이 한 번(番) 번득이며 츈월(春月)은 ᄯᅡ에 업더지고 로낭(老娘)은 간 곳 업거ᄂᆞᆯ, 모다 ᄃᆡ경(大驚)ᄒᆞ야 츈월(春月)을 보니 류혈(流血)이 낭ᄌᆞ(狼藉)ᄒᆞ고 두 귀와 코 업더라.

ᄌᆞᄎᆞ(自此)로 로낭(老娘)의 풍셜(風說)[1579]이 도하(都下)[1580]에 자자(藉藉)[1581]ᄒᆞ야 션낭(仙娘)의 ᄋᆡᄆᆡ(曖昧)[1582]ᄒᆞᆷ과 황씨(黃氏)의 간독(奸毒)[1583]ᄒᆞᆷ을 모르ᄂᆞᆫ ᄌᆞ(者) 업더라.

ᄎᆞ셜(且說), 창뒤(蒼頭ㅣ) 츈월(春月)을 업어 부즁(府中)에 드러가니 이ᄯᅢ 위씨(衛氏)와 쇼졔(小姐ㅣ) 로낭(老娘)의 기세(氣勢)를 보고

1574 내가 마땅히 듣고 보아 알 수 있을 것이다.

1575 오장육부(五臟六腑) : 내장을 통틀어 이르는 말. 장기를 가지고 있는 사람이라는 뜻임.

1576 백일지하(白日之下) : 백일(白日下). 온 세상 사람들이 다 알도록 뚜렷한 가운데.

1577 행흉절차(行凶節次) : 사람을 죽이는 흉악한 짓을 한 과정.

1578 일루잔명(一縷殘命) : 한 가닥 남은 목숨.

1579 풍설(風說) : 풍문(風聞). 바람처럼 떠도는 소문.

1580 도하(都下) : 서울 지방. 또는 서울 안.

1581 자자(藉藉) : 여러 사람의 입에 오르내려 떠들썩함.

1582 애매(曖昧) : 원통하고 억울함.

1583 간독(奸毒) : 간악하고 악독함.

십분(十分) 송구(悚懼)ᄒ든 차(次)[1584] 츈월(春月)의 모양(模樣)을 보고 더욱 딕경차악(大驚且愕)[1585]ᄒ야 밧비 약(藥)을 주어 구호(救護)ᄒ라 ᄒ고 더욱 졀통(切痛)ᄒ야 황 각로(黃閣老)를 보고 말을 ᄉᆞ며 왈(曰),

"거야(去夜) 습경(三更)에 일개(一個) ᄌᆞ객(刺客)이 쳡(妾)의 모녀(母女) ᄌᆞᄂᆞᆫ 침실(寢室)에 드러왓다가 츈월(春月)에게 쫏긴 비 되여 쳡(妾)의 모녀(母女) 셩명(性命)을 보젼(保全)ᄒ얏스나 츈월(春月)은 져 지경(地境)이 되엿스니 좀 보쇼셔. 이ᄂᆞᆫ 션낭(仙娘)이 보닌 ᄌᆞ객(刺客)이라 ᄒ더이다."

황 각로(黃閣老) 딕경 왈(大驚曰),

"이 엇지 션낭(仙娘)이 보닌 빈 줄 아나잇가?"

위씨 왈(衛氏ㅣ曰),

"쳡(妾)이 ᄯᅩ흔 엇지 알이요마는 츈치자명(春雉自鳴)으로 그 ᄌᆞ객(刺客)이 도라가는 길에 웨여 왈(曰), '나ᄂᆞᆫ 황씨(黃氏)를 구(救)ᄒ려 온 ᄌᆞ객(刺客)으로 션랑(仙娘)을 죽이랴 양부(楊府)에 갓다가 션랑(仙娘)의 무죄(無罪)홈을 알고 도로혀 황씨(黃氏) 모녀(母女)를 히(害)ᄒ라 왓노라.'ᄒ니, 이 엇지 쳔기(賤妓)의 요악(妖惡)흔 계교(計巧) 아니리오? 졔 이졔 ᄌᆞ객(刺客)을 보내여 ᄯᅳᆺ을 일운 즉(則) 쳡(妾)의 모녀(母女)를 업시 ᄒ고, 불힝(不幸)이 일우지 못흔 즉(則) 흉녕지목(兇獰之目)으로써 도로혀 쳡(妾)의 모녀(母女)에게 미루고ᄌᆞ 홈이 아니오닛가?"

각로(閣老) 듯고 딕로(大怒)ᄒ야 일변(一邊) 법부(法部)[1586]에 긔별

1584 몹시 두려워서 마음이 거북하던 순간에.
1585 대경차악(大驚且愕) : 크게 놀라고 또 놀란다는 뜻으로, 몹시 깜짝 놀람을 이르는 말.
1586 법부(法部) : 형부(刑部). 법률·소송·재판에 관한 일을 맡아보던 관아.

(奇別)ᄒᆞ야 ᄌᆞ객(刺客)을 긔찰(譏察)[1587]ᄒᆞ고 탑젼(榻前)에 쥬달(奏達)
ᄒᆞ야 션랑(仙娘)을 쳐치(處置)코져 ᄒᆞ니, 위씨(衛氏ㅣ) 말녀 왈(曰),
"젼일(前日) 상공(相公)이 션랑(仙娘)의 일에 황상(皇上)게 쥬달(奏
達)ᄒᆞ야 맛춤내 엄지(嚴旨)[1588]를 엇지 못ᄒᆞᆷ은 무티(無他ㅣ)라[1589]. 그
말ᄉᆞᆷ이 공변되지 못ᄒᆞ야[1590] 죠뎡(朝廷)이 모다 사ᄉᆞ(私私ㅣ) 잇ᄉᆞᆷ을
의심(疑心)ᄒᆞᆷ이라[1591]. 이제 톄즁(體重)[1592]ᄒᆞ심으로 구구(區區) 소회
(所懷)를 누누(屢屢) 앙달(仰達)ᄒᆞᆷ이[1593] 불가(不可)홀 듯ᄒᆞ오니, 간관
(諫官)[1594] 왕셰창(王世昌)은 쳡(妾)의 이질(姨姪)[1595]이라. 종용(從容)이
불너 ᄉᆞ긔(事機)[1596]를 일일(一一)이 말ᄉᆞᆷᄒᆞ신 즉(則) 이는 법강(法
綱)[1597] 소관(所關)[1598]이오, 풍화(風化)[1599] 손상(損傷)ᄒᆞᆫ 일이라. 일장
(一章) 표(表)를 올녀 긔강(紀綱)을 바로ᄒᆞᆷ이 ᄯᅩᄒᆞᆫ 간관(諫官)의 직칙
(職責)일가 ᄒᆞ나이다."
　각뢰(閣老ㅣ) 올히 녁여 즉시(卽時) 셰창(世昌)을 쳥(請)ᄒᆞ야 의론
(議論)ᄒᆞ니, 셰창(世昌)은 본ᄃᆡ 즁무소쥬(中無所主)[1600]ᄒᆞ야 쥬견(主

1587　기찰(譏察) : 예전에 범인을 체포하려고 수소문하고 염탐하며 행인을 검문하던 일.
1588　엄지(嚴旨) : 임금의 엄중한 명령.
1589　다름이 아닙니다.
1590　그 말씀이 사사롭거나 한쪽으로 치우치고 공평하지 못하여.
1591　모두들 사사로움이 있음을 의심한 것입니다.
1592　주) 1021 참조.
1593　여러 번 자꾸만 아뢰는 것이.
1594　간관(諫官) : 임금의 잘못을 간(諫)하고 관리들의 비행을 규탄하던 벼슬아치.
1595　이질(姨姪) : 언니나 여동생의 아들딸. 아내의 자매의 아들딸.
1596　사기(事機) : 일이 되어 가는 가장 중요한 기틀.
1597　법강(法綱) : 법률과 기율(紀律)을 아울러 이르는 말.
1598　소관(所關) : 관계되는 일.
1599　풍화(風化) : 교육이나 정치의 힘으로 풍습을 잘 교화하는 일.
1600　중무소주(中無所主) : 마음속에 일정한 줏대가 없음.

見)이 업는 재(者ㅣ)라. 응락(應諾)ᄒ고 가니라.

위씨(衛氏ㅣ) 다시 가 궁인(賈宮人)을 종용(從容)이 쳥(請)ᄒ야 춘
월(春月)을 뵈이며 수말(首末)을 고(告)ᄒ니, 가 궁인(賈宮人)이 듯고
디경(大驚)ᄒ야 바로 틴후궁(太后宮)에 드러가 황부(黃府) 괴변(怪變)
과 위씨(衛氏) 말솜을 셰셰(細細)히 고(告)ᄒ며 왈(曰),

"황씨(黃氏ㅣ) 비록 부덕(婦德)이 업다 ᄒ나 벽셩션(碧城仙)의 간
샤(奸邪)홈이 ᄯ흔 업지 아닌가 ᄒ옵나이다. 위씨(衛氏)는 낭낭(娘
娘)의 고휼(顧恤)[1601]ᄒ시는 비라. 이러흔 일을 당(當)ᄒ야 엇지 굽어
솗히지 아니시리잇가?"

태휘(太后ㅣ) 블연 왈(不然曰),

"일편지언(一便之言)[1602]을 엇지 쥰신(準信)[1603]ᄒ오?"
ᄒ시더라.

익일(翌日) 왕셰창(王世昌)이 일장(一章) 표(表)를 올이니 그 표
(表)에 왈(曰),

'풍화(風化) 법강(法綱)은 국가(國家)에 디졍(大政)[1604]이라. 이졔 츌
젼(出戰) 원슈(元帥) 량[양]창곡(楊昌曲)의 쳔쳡(賤妾) 벽셩
션(碧城仙)이 음란(淫亂)흔 힝실(行實)과 교악(狡惡)[1605]흔 경륜(經綸)[1606]으로
쥬모(主母)를 살히(殺害)코져 ᄒ야 쳐음 독약(毒藥)을 시험(試驗)ᄒ
고 조차(造次)[1607] 자객(刺客)을 보내여 승상(丞相) 황의병(黃義炳)에

1601 고휼(顧恤) : 불쌍하게 생각하여 돌보거나 도와줌.
1602 일편지언(一便之言) : 한 쪽의 말.
1603 쥰신(準信) : 어떤 기준에 비추어 보고 믿음.
1604 대정(大政) : 국정(國政). 중요한 정무(政務).
1605 교악(狡惡) : 교활하고 간사함.
1606 경륜(經綸) : 계획이나 포부.
1607 조차(造次) : 조차간(造次間). 얼마 되지 않는 짧은 시간.

부중(府中)에 드러가 그릇 시비(侍婢)를 질너[1608] 명재시[경]각(命在頃刻)[1609]ᄒᆞ니 쳥문(聽聞)[1610]이 ᄒᆡ연(駭然)[1611]ᄒᆞ고 ᄉᆞ긔(事機ㅣ) 흉참(凶慘)[1612]홈은 닐으지 말고[1613], 즁쳡(衆妾)[1614]이 쥬모(主母)를 ᄒᆡ(害)ᄒᆞ니 이ᄂᆞᆫ 풍화(風化)에 손상(損傷)이오. ᄌᆞ객(刺客)이 규문(閨門)에 횡힝(橫行)[1615]ᄒᆞ니 이ᄂᆞᆫ 법강(法綱)이 업슴이라. 복원(伏願) 폐하(陛下)ᄂᆞᆫ 법부(法部)에 신칙(申飭)[1616]ᄒᆞ샤 위션(爲先)[1617] ᄌᆞ객(刺客)을 근포(跟捕)[1618]ᄒᆞ시고 ᄯᅩᄒᆞᆫ 벽셩션(碧城仙)을 치죄(治罪)ᄒᆞ샤 풍화(風化) 법강(法綱)을 셰우쇼셔.'

상(上)이 ᄃᆡ경(大驚)ᄒᆞ샤 황 각로(黃閣老)를 보시며 왈(曰),

"이ᄂᆞᆫ 경(卿)의 가시(家事ㅣ)라. 엇지 말ᄒᆞ지 아니ᄒᆞ뇨?"

황 각뢰(黃閣老ㅣ) 돈슈 왈(頓首曰),

"신(臣)이 죠모지년(朝暮之年)[1619]으로 외람(猥濫)이 ᄃᆡ신지렬(大臣之列)에 쳐(處)ᄒᆞ야 물너가지 못ᄒᆞ고 ᄌᆞ로[1620] 가간ᄉᆞ(家間事)[1621]를 텬폐(天陛)[1622]에 등쳘(登徹)[1623]홈이 불감(不敢)ᄒᆞᆫ 고(故)로 앙달(仰達)치

1608 잘못 알고 몸종을 찔러.
1609 명재경각(命在頃刻) : 거의 죽게 되어 곧 숨이 끊어질 지경에 이름.
1610 청문(聽聞) : 들리는 소문.
1611 해연(駭然) : 몹시 이상스러워 놀라움.
1612 흉참(凶慘) : 흉악(凶惡)하고 참혹(慘酷)함.
1613 말할 것도 없고. 물론(勿論)이고.
1614 중첩(衆妾) : 본처 외에 한 남자가 데리고 사는 여러 명의 여자.
1615 횡행(橫行) : 아무 거리낌 없이 제멋대로 행동함.
1616 신칙(申飭) : 단단히 타일러서 경계함.
1617 위선(爲先) : 우선(于先). 어떤 일에 앞서서.
1618 근포(跟捕) : 죄인을 찾아 쫓아가서 잡음.
1619 조모지년(朝暮之年) : 조석지년(朝夕之年). 죽을 때가 다 된 나이.
1620 자주.
1621 가간사(家間事) : 집안의 일.

못하엿나이다."

텬지(天子ㅣ) 침음 왈(沈吟曰),

"비록 여항소민(閭巷小民)[1624]의 집이라도 즈객(刺客)의 츌입(出入)홈이 놀나운 일이어늘 하믈며 원로디신(元老大臣)의 집에 이러흔 변(變)이 잇스리오? 자객(刺客)의 죵적(踪跡)이 은밀(隱密)하니 졸연(猝然)이 잡지 못홀지라. 그 뉘 보닙[냄]을 엇지 사획[핵](査覈)하리오[1625]?"

황 각뢰(黃閣老ㅣ) 쥬왈(奏曰),

"신(臣)이 향일(向日) 벽셩션(碧城仙)의 일로 탑젼(榻前)에 앙달(仰達)홈이 잇습더니 죠졍(朝廷) 의론(議論)이 신(臣)의 협잡(挾雜)홈을 의심(疑心)하오나 신(臣)이 빅슈(白首)를 훗날니고 엇지 규즁(閨中) 부녀(婦女)의 셰쇄(細瑣)[1626]흔 스졍(事情)을 가져 텬쳥(天聽)[1627]을 번거하리오[1628]? 벽셩션(碧城仙)의 간상(奸狀)[1629]은 도하(都下)에 낭즈(狼藉)흔 바라. 금일(今日) 즈객지변(刺客之變)이 쏘흔 션랑(仙娘)의 보낸 비니 별(別)로 사획[핵](査覈)홀 비 업슬가 하나이다."

하고 인(因)하야 왈(曰),

"자객(刺客)의 입으로 션랑(仙娘)의 일을 토츌(吐出)하야 도하(都下) 빅셩(百姓)이 무인부지(無人不知)[1630]하오이다."

1622 천폐(天陛) : 제왕이 있는 궁전의 섬돌.
1623 등철(登徹) : 상주문(上奏文)을 임금에게 올리던 일.
1624 여항소민(閭巷小民) : 일반 백성.
1625 그 누가 보낸 것인지를 어떻게 조사해서 밝힐 것인가?
1626 세쇄(細瑣) : 시시하고 자질구레함.
1627 천청(天聽) : 임금의 귀. 또는 그 귀에 어떤 말이 들어감.
1628 번거롭게 하리오?
1629 간상(奸狀) : 간사한 짓을 하는 모양.
1630 무인부지(無人不知) : 모르는 사람이 없음. 모두들 앎.

상(上)이 진로(震怒)ᄒ샤 하교 왈(下敎曰),

"투기지ᄉ(妬忌之事)ᄂ 혹(或) 인가(人家)에 잇는 비나 엇지 ᄌ객(刺客)을 쳐[체]결(締結)[1631]ᄒ야 이 갓치 낭ᄌ(狼藉)ᄒ리오? 위션(爲先) ᄌ객(刺客)을 긔포(譏捕)[1632]ᄒ고 벽셩션(碧城仙)은 본부(本府)로 츅츌(逐出)ᄒ라."

ᄒ신딕 뎐젼어ᄉ(殿前御史 ㅣ)[1633] 쥬왈(奏曰),

"벽셩션(碧城仙)을 임에 본부(本府)로 츅츌(逐出)ᄒ 즉(則) 그 둘 곳을 아지 못ᄒ오니 금의부(禁義府)[1634]로 가둘가 ᄒ나이다."

상(上)이 양구(良久)히 싱각ᄒ더니 답왈(答曰),

"이는 곳쳐 분부(分付)ᄒ지니 션랑(仙娘)의 일은 그만두고 ᄌ객(刺客)을 근포(跟捕)ᄒ라."

ᄒ시다.

텬재(天子 ㅣ) 파됴(罷朝)[1635]ᄒ시고 틱후궁 즁(太后宮中)에 이르샤 한담(閑談)ᄒ시다가 틱후(太后)의 션랑(仙娘)의 일을 고(告)ᄒ시고, 그 쳐치(處置 ㅣ) 난쳐(難處)홈을 말ᄒ신딕, 틱휘(太后 ㅣ) 미소 왈(微笑曰),

"로신(老身)이 쏘흔 드른 비오나 이는 불과(不過) 규문지내(閨門之內) 투긔지심(妬忌之心)으로 말믹암음이라[1636]. 시비(是非 ㅣ) 비록 장딕(張大)ᄒ나[1637] 셰쇄(細瑣)흔 곡졀(曲折)과 셜만(褻慢)[1638]흔 말슴을

1631 체결(締結) : 계약을 맺음.
1632 기포(譏捕) : 강도나 절도를 탐색하여 체포하던 일.
1633 전전어사(殿前御史) : 첨도어사(僉都御史). 명나라 때 조정의 관리들을 감찰하는 4품 벼슬.
1634 금의부(禁義府) : 임금의 명령을 받들어 중죄인을 신문하는 일을 맡아 하던 관아.
1635 파조(罷朝) : 조회를 마침.
1636 이는 부녀자들 사이에 질투하는 마음으로 말미암아 생긴 일입니다.
1637 잘잘못을 가리는 일이 비록 크게 벌어졌으나.
1638 설만(褻慢) : 하는 짓이 무례하고 거만함.

됴정(朝廷)이 엇지 참섭(參涉)[1639]ㅎ리오? ㅎ믈며 만일(萬一) 일호(一毫) 원통(冤痛)홈이 잇슨 즉(則)[1640] 녀즈(女子)(는) 편성(偏性)[1641]이라 엄령지하(嚴令之下)[1642]에 반다시 사싱(死生)을 경이(輕易)[1643]히 ㅎ리니, 이 엇지 감상화긔(減傷和氣)[1644]ㅎ야 셩덕(聖德)의 루(累) 됨이 업스리오?"

상(上)이 미소 왈(微笑曰),

"모후(母后)의 가라치심이 극[곡]진(曲盡)[1645]ㅎ시니 소재(小子ㅣ) 일계(一計) 잇셔 아즉[1646] 풍파(風波)를 안돈(安頓)[1647]ㅎ고 량[양]창곡(楊昌曲)을 기다리게 ㅎ나이다."

틱후 왈(太后曰),

"무슴 계피(計巧ㅣ)닛고?"

샹 왈(上曰),

"션랑(仙娘)을 아즉 고향(故鄉)으로 보내라 홈이 엇더ㅎ니잇가?"

틱휘(太后ㅣ) 미소 왈(微笑曰),

"페[폐]히(陛下ㅣ) 이 갓치 싱각ㅎ심은 로신(老身)의 밋츨 빅 아니라. 량편지되(兩便之道ㅣ)[1648] 이에셔 더홈이 업슬가 ㅎ나이다."

상(上)이 소왈(笑曰),

1639 참섭(參涉) : 어떤 일에 끼어들어 간섭함.
1640 만일 조금이라도 원통한 일이 생긴다면.
1641 편성(偏性) : 한쪽으로 치우친 성질.
1642 엄령지하(嚴令之下) : 엄한 명령 아래.
1643 경이(輕易) : 대수롭지 않음.
1644 감상화기(減傷和氣) : 화목한 분위기를 덜어 손상함.
1645 곡진(曲盡) : 매우 자세하고 간곡함. 매우 정성스러움.
1646 아직. 잠시. 우선.
1647 안돈(安頓) : 마음이나 생각 따위가 정리되어 안정됨. 또는 그렇게 만듦.
1648 양편지도(兩便之道) : 두 쪽 다 원만하고 편한 도리.

"소재(小子 l) 미양 황씨(黃氏)의 일을 드른 즉(則) 수정(私情)이 업지 못ᄒ거늘, 모후(母后)ᄂᆞ 일호(一毫) 고렴[념](顧念)¹⁶⁴⁹ᄒᆞᆯ심이 업ᄉ오니 혹(或) 억울(抑鬱)ᄒᆞᆯ가 ᄒᆞ나이다."

ᄐᆡ후 왈(太后曰),

"이것이 졍(正)히 뎌를 위(爲)홈이라. 위씨(衛氏) 모녀(母女) 부덕(婦德)을 닥지 못ᄒᆞ고¹⁶⁵⁰ 다만 로신(老身)을 밋어 ᄌᆞ연(自然) 교앙방ᄌᆞ(驕昂放恣)¹⁶⁵¹ 홈이 잇슬가 져허ᄒᆞ나이다¹⁶⁵²."

상(上)이 유유(唯唯)¹⁶⁵³ᄒᆞ시더라.

익일(翌日)에 상(上)이 황윤(黃尹) 량 각로(兩閣老)를 ᄃᆡ(對)ᄒᆞ샤하교 왈(下敎曰),

"벽셩션(碧城仙)의 일이 비록 십분(十分) 희연(駭然)ᄒᆞ나, 양창곡(楊昌曲)은 벼살이 ᄃᆡ신지렬(大臣之列)에 닛고, 짐(朕)이 례ᄃᆡ(禮待)¹⁶⁵⁴ᄒᆞᄂᆞᆫ 비라. 엇지 거연(遽然)¹⁶⁵⁵이 잉첩(媵妾)으로써¹⁶⁵⁶ 법부(法部)에 나아가게 ᄒᆞ리오? 짐(朕)이 한 방략(方略)을 지시(指示)ᄒᆞᆯ지니, 경등(卿等)은 다 창곡(昌曲)의 인이(姻婭 l)라. 환란상구(患難相救)¹⁶⁵⁷ 홈이 맛당ᄒᆞᆯ지니, 금일(今日) 퇴됴(退朝)¹⁶⁵⁸ᄒᆞ야 가ᄂᆞᆫ 길에 양현(楊賢)을 가 보고 벽셩션(碧城仙)을 아즉 고향(故鄕)으로 보ᄂᆡ여 가간풍파(家間風

1649 고념(顧念) : 남의 사정이나 일을 돌보아 줌. 남의 허물을 덮어 줌.
1650 부덕을 닦지 못하고.
1651 교앙방자(驕昂放恣) : 교만방자(驕慢放恣). 잘난 체하고 뽐내며 무례하고 건방짐.
1652 저어합니다. 염려하고 두려워합니다.
1653 유유(唯唯) : 시키는 대로 순종함.
1654 예대(禮待) : 예를 갖추어 대우함.
1655 거연(遽然) : 생각할 겨를이 없이 급함.
1656 잉첩으로 하여금.
1657 환난상구(患難相救) : 환난상휼(患難相恤). 어려운 일이 생겼을 때 서로 도움.
1658 퇴조(退朝) : 벼슬아치들이 조정의 조회에서 물러나던 일.

波)를 침식(寢息)¹⁶⁵⁹케 ᄒ고 창곡(昌曲)의 환가(還家)ᄒ기를 기다려 쳐치(處置)케 ᄒ라."

ᄒ시다.

황 각로(黃閣老) 즉시(卽時) 양부(楊府)에 와 원외(員外)를 보고 셩지(聖旨)¹⁶⁶⁰를 젼(傳)ᄒ야 왈(曰),

"로뷔(老夫ㅣ) 임에 황명(皇命)을 밧ᄌ왓스니 쳔기(賤妓)를 츅송(逐送)¹⁶⁶¹ᄒ 후(後) 도라가리라."

아이(俄而)오, 윤 각뢰(尹閣老ㅣ) ᄯ 이르러 원외(員外)를 보고 왈(曰),

"금일(今日) 황상(皇上) 쳐분(處分)은 젼(全)혀 풍파(風波)를 안돈(安頓)코져 ᄒ심이라. 형(兄)은 종용(從容) 구쳐(區處)¹⁶⁶²ᄒ야 셩상(聖上)의 곡진(曲盡)ᄒ신 명의(名義)¹⁶⁶³를 져바리지 말라."

ᄒ고 즉시(卽時) 도라가니, 원외(員外ㅣ) 내당(內堂)에 드러와 션랑(仙娘)을 불너 왈(曰),

"내 귀 먹고 눈 어두어 몸을 닥가 가도(家道)를 졍졔(整齊)치 못ᄒ고 엄교(嚴敎)를 뫼오니, 금일(今日) 쳐디(處地ㅣ) 극(極)히 황름(惶凜)ᄒ지라. 네 아즉 고향(故鄕)에 도라가 원슈(元帥)의 회군(回軍)ᄒ기를 기다리라."

션랑(仙娘)이 루슈영영(淚水盈盈)ᄒ야¹⁶⁶⁴ 불감앙시(不敢仰視)¹⁶⁶⁵ᄒ

1659 침식(寢息) : 떠들썩하던 일이 가라앉아서 그침.
1660 주) 298 참조.
1661 츅송(逐送) : 쫓아 보냄.
1662 구쳐(區處) : 변통하여 처리함.
1663 명의(名義) : 명분(名分)과 의리(義理).
1664 눈물이 눈에 그렁그렁하여.
1665 불감앙시(不敢仰視) : 감히 우러러보지 못함.

거늘, 원외(員外 l) 측연(惻然)ᄒ야 지숨(再三) 위로(慰勞)ᄒᆫ 후(後)
힝장(行裝)을 지휘(指揮)ᄒ야 일량소거(一輛小車)에 슈긔 창두(數箇
蒼頭)로¹⁶⁶⁶ ᄌ연(紫燕)은 부즁(府中)에 두고 소쳥(小蜻)과 동거(同車)
ᄒ야 보낼시, 션랑(仙娘)이 부인(夫人)과 윤 소져(尹小姐)ᄭᅴ 하직(下
直)ᄒᆫ 후(後) 게[계]하(階下)에 나리미 쥬루(珠淚) 홍협(紅頰)을 젹시
니¹⁶⁶⁷, 이 날 양부(楊府) 상히(上下 l) 슈참(愁慘)¹⁶⁶⁸ᄒ야 루슈여우(淚
水如雨)ᄒ고¹⁶⁶⁹ 위로(慰勞)ᄒᄂ 말은 빅일(白日)이 무광(無光)ᄒᆯ 샏아
니라¹⁶⁷⁰ 윤황 량부(尹黃兩府) 시비(侍婢 l) 구름 갓치 모혀 구경ᄒ다
가 참아 보지 못ᄒ야 얼골을 돌이고 혹(或) 오열(嗚咽)홈을 씌닷지
못ᄒ니, 황 각로(黃閣老) 심즁(心中)에 불락(不樂)ᄒ야 싱각ᄒ되,
  'ᄌ고(自古)로 간사(奸邪)ᄒᆫ 인물(人物)이 인졍(人情)을 엇나니, 이
엇지 녀아(女兒) 신상(身上)에 방히(妨害)롭지 아니ᄒ리오?'
ᄒ더라.

  차셜(且說), 션랑(仙娘)이 슈릐를 모라 강쥬(江州)로 향(向)ᄒᆯ시 락
교쳥운(洛橋靑雲)¹⁶⁷¹은 거름마다 멀어지고 쳔리장졍(千里長程)¹⁶⁷²은
산쳔(山川)이 쳡쳡(疊疊)ᄒ니 고단(孤單)¹⁶⁷³ᄒᆫ 힝식(行色)과 외로온
심식(心思 l) 흐르는 물과 놉흔 언덕을 림(臨)ᄒ야 촌장(寸腸)¹⁶⁷⁴이

1666 조그만 수레 한 대에 두어 명의 하인으로.
1667 구슬 같은 눈물이 붉은 뺨을 적시니.
1668 수참(愁慘) : 을씨년스럽고 구슬픔. 몹시 비참함.
1669 흐르는 눈물이 비 오듯 하고.
1670 환하던 해가 빛을 잃었을 뿐만 아니라.
1671 낙교청운(洛橋靑雲) : 낙양(洛陽) 천진교(天津橋)의 흰 구름.
1672 천리장정(千里長程) : 매우 먼 길.
1673 고단(孤單) : 단출하고 외로움.
1674 촌장(寸腸) : 마디마디의 창자. * 조그마한 진심.

싣어지고 넉슬 살오더니[1675], 홀연(忽然) 일진광풍(一陣狂風)[1676]이 급
(急)흔 비를 모라 텬디(天地ㅣ) 망망(茫茫)[1677]흐고 지척(咫尺)을 분변
(分辨)치 못흘지라[1678]. 겨오 삼사십 리(三四十里)를 힝(行)흐야 객졈
(客店)에 쉴식, 엇지 잠을 일우리오? 등잔(燈盞)을 도도고[1679] 로쥬(奴
主) 량인(兩人)이 쳐량(凄凉)이 안져 싱각흐되,

'내 신셰(身世ㅣ) 고이흐도다. 어려서 부모(父母)를 일코 가련(可
憐)흔 쳐디(處地)와 표박(漂泊)흔 죵젹(踪跡)이 의탁(依託)홀 곳이 업
다가 의외(意外) 양 한림(楊翰林)을 만나 흔 조각 마음이 바다 갓치
(기)우럿고 틔산(泰山) 갓치 바랏더니, 오늘 이 길이 엇지흔 길이뇨[1680]?
강쥬(江州)에 부모(父母) 친쳑(親戚)이 업스니 누구를 바라고 가며,
내 이곳을 써나는지 쥬년(周年)이 못 되야 이 몰골로 도라가니 엇지
붓그럽지 아니흐며, 쏘흔 그 명식(名色)이 무엇이오? 나라에 죄인(罪
人)이라 흔 즉(則) 됴졍(朝廷)에 득죄(得罪)홈이 업고[1681], 스문(私門)
에 츌부(黜婦)라[1682] 흔 즉(則) 군즈(君子)의 본의(本意ㅣ) 안이니[1683],
진퇴힝장(進退行藏)[1684]이 당(當)흔 곳이 업는지라[1685]. 찰아리 이곳에
셔 목숨을 싣어 텬디신명(天地神明)끠 사례[례](謝禮)흐리라.'

1675 넋을 사르더니. 넋을 태워 없애더니.
1676 일진광풍(一陣狂風) : 한바탕 몰아치는 사나운 바람.
1677 망망(茫茫) : 넓고 아득히 멂.
1678 눈앞을 분간할 수가 없는지라.
1679 등잔을 돋우고. 등잔의 심지를 끌어올려 밝게 하고.
1680 오늘 이 길이 어찌된 길인가?
1681 조정에 죄를 지은 것은 없고.
1682 사사로운 집안에서 쫓겨난 며느리라.
1683 남편의 본의가 아니니.
1684 진퇴행장(進退行藏) : 앞으로 나아갈 것인가 뒤로 물러설 것인가 하는 것과 나서
  서 일을 행할 것인가 들어가 숨을 것인가.
1685 사리에 마땅하거나 가능한 곳이 없는지라.

ᄒ고 힝즁(行中)에 젹은 칼을 내여 들고 루쉬여우(淚水ㅣ如雨)ᄒ더니 쇼쳥(小蜻)이 읍고 왈(泣告曰),

"랑ᄌ(娘子)의 빙셜(氷雪) 갓흔 마음을 창텬(蒼天)이 알으시고 빅일(白日)이 죠림(照臨)ᄒ시니, 만일(萬一) 이곳에셔 불힝(不幸)ᄒ신 즉(則) 이ᄂᆞᆫ 간인(奸人)의 소원(所願)을 일우고 루명(陋名)을 신셜(伸雪)홀 날이 업슬지니 찰아리 승당(僧堂) 도관(道觀)을 차자 일신(一身)을 의탁(依託)ᄒ야 ᄯᆡ를 기다릴지니, 엇지 이러ᄒᆞᆫ 거조(擧措)[1686]를 ᄒ시리오?"

랑(娘)이 탄왈(歎曰),

"궁박(窮迫)흔 인싱(人生)이 갈스록[1687] 궁박(窮迫)ᄒ니, 무엇을 기다리며 어나 ᄯᆡ를 바라리오? 내 이졔 이 몸이 되엿스니 반다시 ᄎᆞ생(此生)에 젹악(積惡)은 업스려니와 젼싱(前生)에 악업(惡業)으로 화망(禍網)[1688]을 버셔날 길이 업스니, 엇지 한 번(番) 쾌(快)히 죽어 모르니만 ᄒ리오[1689]?"

소쳥(小蜻)이 다시 고왈(告曰),

"쳔비(賤婢)ᄂᆞᆫ 드르니 군ᄌ(君子)ᄂᆞᆫ 의(義ㅣ) 아니면 죽지 아니흔다 ᄒ오니, 랑ᄌ(娘子)의 금일(今日) 소회(所懷)ᄂᆞᆫ 쳔비(賤婢ㅣ) 아지 못ᄒ나이다. 딕범(大凡)[1690] 녀ᄌ(女子)의 죽을 일이 두 가지라. 어려셔 부모(父母)를 위(爲)ᄒ야 죽은 즉(則) 효힝(孝行)이라 홀 거시오, 자라셔 가부(家夫)를 (위(爲))ᄒ야 죽은 즉(則) 렬힝(烈行)이라 홀지

1686 거조(擧措) : 말이나 행동 따위를 하는 태도.
1687 갈수록.
1688 화망(禍網) : 재앙의 그물.
1689 시원하게 죽어 모르는 것만 하겠느냐?
1690 대범(大凡) : 무릇. 대저(大抵).

니, 만일(萬一) 이 두 가지 밧게 죽은 즉(則) 이는 음녀(淫女) 투부(妬
婦)의 한악(悍惡)흔 힝실(行實)이라. 이를 엇지 싱각지 아니흐시나잇
가? 흐믈며 만리(萬里) 졀역(絶域)에 창망(滄茫)이 안지신¹⁶⁹¹ 우리 상
공(相公)이 가즁환란(家中患亂)을 망연(茫然)히 모르시고 타일(他日)
환가(還家)흐샤 이 소문(所聞)을 드르신 즉(則) 그 심시(心事ㅣ) 엇더
흐시리잇고? 각침[감천]야장(甘泉夜帳)¹⁶⁹²에 리 부인(李夫人)의 진면
(眞面)을 싱각흐샤 금궐셔상(禁闕西廂)¹⁶⁹³에 홍도객(鴻都客)¹⁶⁹⁴을 보
내고 암연초창(黯然怊悵)¹⁶⁹⁵흐샤 소혼단쟝(消魂斷腸)¹⁶⁹⁶흐심을 랑지
(娘子ㅣ) 만일(萬一) 아르시면 비록 도라가신 정령(精靈)이라도 반다
시 (상공(相公)을) 위(爲)흐야 뎐도(顚倒) 방황(彷徨)흐며 졍근(情
根)¹⁶⁹⁷을 참아 끈치 못홀지니, 이쩌를 당(當)흐야 랑[랑]지(娘子ㅣ) 비

1691 아득히 먼 곳에 앉아 계신.

1692 감천야장(甘泉夜帳) : 밤에 친 감천궁(甘泉宮)의 휘장. 중국 한 무제(漢武帝)의
총신(寵臣) 이연년(李延年)의 동생인 이 부인(李夫人)은 아름답고 가무(歌舞)에
능해 황제의 지극한 사랑을 받았으나 젊은 나이에 요절하였음. 무제가 그녀를
잊지 못하여 감천궁에 초상을 걸어 놓고 바라보며 그리워하자, 방사(方士) 이소
군(李少君)이 밤중에 휘장 안에 등불을 켜 놓고 술과 고기를 차려 놓고는 향을
피워 이 부인의 혼령을 불러내었음. 소옹은 무제를 좀 떨어진 다른 휘장에서 지켜
보도록 하였는데, 무제는 이 부인인 듯한 아름다운 여인이 휘장 안에서 왔다 갔다
하는 것을 보고도 가서 만나 볼 수가 없자, 그리움과 슬픔이 더욱 깊어져서 노래
를 짓기를 "맞는 건가, 아닌 건가? 멀리 서서 바라보니, 어찌 그리 느릿느릿 걸어
오는고.[是邪非邪 立而望之 偏何姍姍其來遲]"라고 하였다는 고사가 《한서(漢書)》
외척전(外戚傳)에 전함.

1693 금궐서상(禁闕西廂) : 궁궐의 서쪽에 있는 곁채.

1694 홍도객(鴻都客) : 중국 한 무제 때 궁전의 홍도문(鴻都門) 안에 손님으로 와 있던
방사(方士)인 이소군(李少君). 홍도소군(鴻都少君)이라고도 함.

1695 암연초창(黯然怊悵) : 한탄스럽고 슬퍼서 침울함.

1696 소혼단장(消魂斷腸) : 몹시 근심하여 넋이 빠지고 창자가 끊어지는 듯 견딜 수
없게 몹시 슬프고 괴로움.

1697 정근(情根) : 애정의 뿌리라는 뜻으로, 깊고 깊은 애정의 근원을 이르는 말.

록 왕亽(往事)를 츄회(追悔)ᄒ시고 환혼단(還魂丹)[1698]을 구(求)ᄒ나 엇지 엇으리오?"

언미필(言未畢)에 션랑(仙娘)이 두 줄기 눈물을 금(禁)치 못ᄒ야 왈(曰),

"소쳥(小蜻)아, 네 나를 그릇침이 아니냐? 내 밍렬(猛烈)치 못흠을 한(恨)ᄒ노라."

ᄒ고 즉시(卽時) 뎜파(店婆)를 불너 문왈(問曰),

"나는 락양(洛陽)으로 가는 사람이라. 련일(連日) 객관(客館)에 몽亽(夢事ㅣ) 불길(不吉)ᄒ니 만일(萬一) 이 근쳐(近處)에 령험(靈驗)ᄒ 부체 잇슬진ᄃᆡ 향화(香火)로 잠간(暫間) 기도(祈禱)ᄒ고 가고져 ᄒ노니, 혹(或) 근쳐(近處)에 도관(道觀) 승당(僧堂)이 잇나냐?"

뎜픠(店婆ㅣ) 왈(曰),

"여기셔 도로 황셩(皇城)을 향(向)ᄒ야 십려[여] 리(十餘里)를 드러간 즉(則) 일개(一個) 승당(僧堂)이 잇스니 일홈은 산화암(散花菴)이라. 관음보살(觀音菩薩)을 공양(供養)ᄒ야 가장 령험(靈驗)ᄒ니이다."

션랑(仙娘)이 ᄃᆡ희(大喜)ᄒ여 쳥[천]명(天明)[1699]에 힝장(行裝)을 ᄌᆡ촉ᄒ야 산화암(散花菴) 차자가니, 과연(果然) 경개(景槪ㅣ) 유슈(幽邃)ᄒ고, 암중(菴中)에 십여 명(十餘名) 녀승(女僧)이 잇셔 탑상(榻上)에 슴불(三佛)을 뫼셧스니[1700], 금광(金光)이 찬란(燦爛)ᄒ고 좌우(左右)에 치화(彩花)[1701]를 꼬잣스며, 비단장(緋緞帳)[1702]과 슈(繡)노은 금

1698 환혼단(還魂丹) : 죽은 사람을 되살리는 약.
1699 천명(天明) : 날이 막 밝을 무렵.
1700 모셨는데.
1701 채화(彩花) : 빛깔이 고운 꽃.

랑(錦囊)[1703]을 무슈(無數)이 걸엇스니, 이샹흔 향내 암즁(菴中)[1704]에 가득흐더라.

모든 녀승(女僧)이 션랑(仙娘)의 용모(容貌)를 보고 막불흠앙(莫不欽仰)[1705]흐야 다토와 차(茶)를 드리며 좌우(左右)에 써나지 아니흐더라.

져녁 지(齋)[1706]를 파(罷)흔 후(後) 션랑(仙娘)이 그 쥬장녀승(主掌女僧)[1707]을 죵용(從容)이 쳥(請)흐야 왈(曰),

"쳡(妾)은 락양(洛陽) 스룸으로 간인(奸人)의 화(禍)를 피(避)흐야 션스(禪師)의 방장(方丈)[1708]을 빌녀 수월(數月) 류(留)코져 흐노니, 보살(菩薩)[1709]의 쯧이 엇더흐뇨?"

녀승(女僧)이 합장 왈(合掌曰),

"불가(佛家)는 즈비(慈悲)를 일슴나니 더 갓흐신 랑직(娘子ㅣ) 일시(一時) 익운(厄運)을 피(避)흐야 루추(陋醜)흔 곳에 의탁(依託)코져 흐시니 엇지 영힝(榮幸)[1710]이 아니리잇고?"

션랑(仙娘)이 치샤(致謝)흐고 힝리(行李)를 안돈(安頓)흐고 창두(蒼頭)와 거장[복](車僕)[1711]을 돌녀보낼시 일봉셔(一封書)를 윤 소져(尹小

1702 비단장(緋緞帳) : 비단으로 만든 휘장.
1703 금낭(錦囊) : 비단 주머니.
1704 암즁(菴中) : 암자 가운데.
1705 막불흠앙(莫不欽仰) : 공경하여 우러러 사모하지 않는 사람이 없음.
1706 재(齋) : 죽은 사람의 명복을 비는 등의 불교 의식.
1707 주장여승(主掌女僧) : 주지여승(住持女僧). 절의 일을 책임지고 맡은 여승.
1708 방장(方丈) : 화상(和尙), 국사(國師) 등의 고승(高僧)이 거처하는 처소. * 주지(住持).
1709 보살(菩薩) : 위로 보리를 구하고 아래로 중생을 제도하는, 대승 불교의 이상적 수행자상. 여기서는 주지승을 가리킴.
1710 영행(榮幸) : 영광스럽고 다행함.
1711 거복(車僕) : 가마나 수레를 모는 하인.

姐)끠 붓쳐 심곡(心曲)을 딕강(大綱) 고(告)ᄒ니라.

츳셜(且說), 황 각로(黃閣老) 당일(當日) 본부(本府)에 도라와 부인
(夫人)과 소져(小姐)를 보고 왈(曰),

"로뷔(老父ㅣ) 오날이야 네 원슈(怨讐)를 갑도다."
ᄒ고 션랑(仙娘)을 강쥬(江州)로 축송(逐送)ᄒᆫ 말을 ᄒ니, 위 부인(衛
夫人)이 랭소 왈(冷笑曰),

"독(毒)ᄒᆫ 비암과 모진 즘싱을 죽이지 못ᄒ고 다만 놀내이니, 이ᄂᆫ
도로혀 후환(後患)을 더흠이로소이다."

각뢰(閣老ㅣ) 믁믁[묵묵]부답(默默不答)ᄒ고 불쾌(不快)ᄒ야 나가
니라.

위씨(衛氏ㅣ) 이에 츈월(春月)을 지셩(至誠)으로 구호(救護)ᄒ야 일
삭(一朔)[1712]이 지나민 상체(傷處ㅣ) 비록 나흐나 임에 완인(完人)이 못
된지(라). 씽귄[1713] 흔젹(痕迹)과 추(醜)ᄒᆫ 면목(面目)이 녯날 츈월(春
月)이가 아닐너라.

이찍 츈월(春月)이 거울을 드러 졔 얼골을 빗최여 보며 이를 갈고
밍셰 왈(曰),

"젼일(前日) 벽셩션(碧城仙)은 소져(小姐)의 젹국(敵國)이러니, 금
일(今日) 벽셩션(碧城仙)은 츈월(春月)의 원쉬(怨讐ㅣ)라. 쳔비(賤婢
ㅣ) 결단(決斷)코 이 원수(怨讐)를 갑고 말이라."

위씨(衛氏ㅣ) 탄왈(歎曰),

"쳔기(賤妓ㅣ) 이졔 강쥬(江州)로 도라가 평안(平安)이 누엇스니

1712 주) 724 참조.
1713 찡그린.

양 원쉬(楊元帥 l) 도라온 즉(則) 일이 뒤집히여 우리 모녀(母女) 로
쥬(奴主)의 셩명(性命)이 엇지 될 줄 알이오?"

춘월 왈(春月曰),

"부인(夫人)은 근심치 말으쇼셔. 쳔비(賤婢 l) 맛당히 몬져 션랑
(仙娘)의 거쳐(去處)를 안 후(後) 쇠ᄒ리이다."

ᄒ더라.

ᄎ시(此時)는 졍월(正月) 샹원(上元)[1714]이라. 황틱휘(皇太后 l) 궁
인(宮人) 가씨(賈氏)를 부르샤 왈(曰),

"내 힉마다 황상(皇上)을 위(爲)ᄒ야 ᄒ던 불사(佛事)를 폐(廢)치
못ᄒ지니, 네 향화과품(香火果品)[1715]을 가져 금일(今日) 샹원(上元)에
산화암(散花菴)에 가 긔도(祈禱)ᄒ고 오라."

ᄒ신틱 가 궁인(賈宮人)이 명(命)을 밧아 산화암(散花菴)에 이르러
불ᄉ(佛事)를 베풀ᄉ 보개운번(寶蓋雲旛)[1716]은 령풍(嶺風)[1717]에 나붓
치고[1718], 법고(法鼓) 불음(佛音)은 도쟝[량](道場)을 진동(震動)ᄒ야
만셰(萬歲)를 불너 슈복(壽福)을 발원(發願)ᄒ 후(後) 가 궁인(賈宮人)
이 불사(佛事)를 맛고 암즁(菴中)에 구경홀ᄉ 동편(東便) 힝각(行閣)
에 이르러 일개(一個) 졍젹(靜寂)ᄒ 방(房)이 잇스되 문(門)을 닷치이
고 인젹(人跡)이 업는 듯ᄒ거늘, 가 궁인(賈宮人)이 문(門)을 열고ᄌ
ᄒ틱, 일개(一個) 녀승(女僧)이 죵용(從容) 고왈(告曰),

"이ᄂ 긱실(客室)이라. 일젼(日前)에 일위(一位) 랑ᄌ(娘子 l) 지내

1714 샹원(上元) : 음력 정월 보름. 대보름날.
1715 향화과품(香火果品) : 향과 여러 가지 과일.
1716 보개운번(寶蓋雲旛) : 구슬로 장식한 일산(日傘)과 깃발.
1717 영풍(嶺風) : 산마루에서 부는 바람.
1718 나부끼고.

시다[1719] 신샹(身上)이 불평(不平)ᄒ야 이곳에 류(留)ᄒ시니, 그 랑지
(娘子ㅣ) 셩품(性品)이 졸(拙)ᄒ야[1720] 외인(外人)을 긔(忌)ᄒ나이다[1721]."

가 궁인(賈宮人)이 소왈(笑曰),

"내 만일(萬一) 남ᄌ(男子) 갓ᄒ면 피(避)ᄒ려니와 동시녀ᄌ(同是
女子)[1722]라. 잠간(暫間) 봄이 무슴 방ᄒ(妨害)ᄒ리오?"

ᄒ고 문(門)을 열ᄆᆡ, 일개(一個) 미인(美人)이 일개(一個) 차환(叉鬟)
과 소슬(蕭瑟)[1723]이 안졋스니, 아리짜온 ᄐᆡ도(態度)ᄂᆞ 진짓 경국지ᄉᆡᆨ
(傾國之色)이오, 곳싸온[1724] 용모(容貌)ᄂᆞ ᄯᅩᄒ 청츈지년(靑春之年)[1725]
이라. 취미(翠眉)[1726]에 잠간(暫間) 무궁(無窮)ᄒ 근심을 씌엿스며 홍
협(紅頬)[1727]에 은은(隱隱)[1728]이 슈삽(羞澁)[1729]ᄒ 긔ᄉᆡᆨ(氣色)이 잇셔 칠
분(七分) 요됴(窈窕)ᄒ고[1730] 십분(十分) 단아(端雅)ᄒ거ᄂᆞᆯ[1731], 가 궁
(인)(賈宮人)이 심중(心中)에 ᄃᆡ경(大驚)ᄒ야 압ᄒ 나아가 문왈(問日),

"엇더ᄒ 랑지(娘子ㅣ) 뎌 갓치 고흔 ᄌ질(資質)로 젹됴[요](寂寥)[1732]
ᄒ 승당(僧堂)에 두류(逗遛)[1733]ᄒ시ᄂᆞ뇨?"

1719 지나가시다가.
1720 성품이 옹졸하여.
1721 낯선 사람을 꺼리웁니다.
1722 동시여자(同是女子) : 같은 여자.
1723 소슬(蕭瑟) : 으스스하고 쓸쓸함. 호젓함.
1724 꽃다운.
1725 주) 1372 참조.
1726 취미(翠眉) : 푸른 눈썹이라는 뜻으로, 화장한 눈썹을 이르는 말.
1727 홍협(紅頬) : 불그레한 뺨. 발그레한 볼.
1728 은은(隱隱) : 겉으로 뚜렷하게 드러나지 아니하고 어슴푸레하며 흐릿한 모양.
1729 주) 885 참조.
1730 상당히 얌전하며 정숙하고.
1731 충분히 단정하고 아담하거늘.
1732 주) 536 참조.

선랑(仙娘)이 츄파(秋波)를 들어 가 궁인(賈宮人)을 보고 얼골에 홍
운(紅暈)[1734]이 오르며 력력잉셩(嚦嚦鶯聲)[1735]으로 나직히 딕왈(對曰),
"첩(妾)은 지나가는 스름이라. 신병(身病)을 인연(因緣)ᄒ야 객뎜
(客店)이 번잡(煩雜)ᄒ기로 이곳에 와 됴셥(調攝)코져 홈이니이다."
가 궁인(賈宮人)이 그 말을 듯고 그 용모(容貌)를 보ᄆᆡ 스스로 사
랑ᄒᄂᆞᆫ 마음이 이연(藹然)[1736]이 싱기ᄂᆞᆫ지라. 녑히 안지며[1737] 왈(曰),
"첩(妾)은 암즁(菴中)에 긔도(祈禱)ᄒ라 온 스름이니, 셩(姓)은 가
씨(賈氏)라. 이졔 랑ᄌᆞ(娘子)의 아름다온 용광(容光)[1738]을 졉(接)ᄒ고
아담(雅淡)ᄒᆫ 말슴을 들으ᄆᆡ 자연(自然) 향모(向慕)[1739]ᄒᄂᆞᆫ 마음이
일즉 친슉(親熟)홈 갓ᄒ니[1740] 아지 못게라[1741]. 랑ᄌᆞ(娘子)의 츈광(春
光)[1742]이 얼마나 되시며, 곳다온 셩씨(姓氏)를 뉘라 ᄒ시나잇가?"
선랑(仙娘)이 반겨 왈(曰),
"첩(妾)도 ᄯᅩᄒ 가씨(賈氏)오, 쳔(賤)ᄒ 나은 십륙 세(十六歲)니
이다."
가 궁인(賈宮人)이 더욱 반겨 왈(曰),
"동셩(同姓)은 빅ᄃᆡ지친(百代之親)이니, 첩(妾)이 오날 도라가지
못홀지라. 맛당이 갓치 경야(經夜)ᄒ리라."

1733 두류(逗遛) : 체류(滯留). 객지에서 머묾.
1734 홍운(紅暈) : 붉게 달아오른 기운.
1735 역력앵셩(嚦嚦鶯聲) : 꾀꼬리가 우는 듯한 목소리.
1736 애연(藹然) : 애연(靄然). 구름이나 안개 따위가 짙게 낌.
1737 옆에 앉으며.
1738 주) 585 참조.
1739 향모(向慕) : 마음에서 우러나와 그리워함.
1740 일찍이 친숙하였던 것 같으니.
1741 알지 못하겠도다. 모르겠도다.
1742 춘광(春光) : 젊은 사람의 나이를 문어적으로 이르는 말.

ㅎ고 즈긔(自己ㅓ) 침구(寢具)를 옴겨 션랑(仙娘)의 쳐소(處所)로 오
니, 션랑(仙娘)이 쏘흔 고젹(孤寂)히 잇다가 가 궁인(賈宮人)의 졍일
(貞一)[1743]흔 자품(資稟)[1744]과 관곡(款曲)[1745]흔 쯧을 탄복(歎服)흘 쌴아
니라 쏘흔 흐름이 다르나 근원(根源)이 갓고 지엽(枝葉)이 각각(各
各)이나[1746] 쑤리는 한가지라. 비록 십분(十分) 심곡(心曲)을 토츌(吐
出)[1747]치 아니나 미미(亹亹)[1748]흔 슈작(酬酌)과 은근(慇懃)흔 졍회(情
懷)를 앗기지 아니ㅎ니, 가 궁인(賈宮人)은 본듸 헤[혜]힐(慧黠)[1749]흔
녀지(女子ㅣ)라. 션랑(仙娘)의 언어(言語) 동졍(動靜)이 범상(凡常)치
아니믈 보고 가만이 문왈(問曰),

   "쳡(妾)이 임에 동셩(同姓)으로 엇지 스굄이 엿허 말숨이 깁지 아
니리오[1750]? 쳡(妾)이 랑즈(娘子)의 범졀(凡節)을 보믹 심샹(尋常)흔
여햐[항](閭巷)스름이 아니라. 엇지 이곳에 외로히 이르시뇨? 심곡
(心曲)을 기(欺)이지 말라[1751]."

   션랑(仙娘)이 그 다졍(多情)흠을 보고 비록 신셰(身世)를 말흠이
불길(不吉)ㅎ나 쏘흔 과(過)이 속임은 의(義ㅣ) 아니라. 이에 딕강(大
綱) 고왈(告曰),

   "쳡(妾)은 본듸 락양(洛陽) 스람으로 부모(父母) 친쳑(親戚)이 업고
가즁(家中)에 환란(患亂)을 당(當)ㅎ야 몸이 갈 바를 모르는 고(故)로

1743 졍일(貞一) : 바른 도리를 지키며 변함없이 한결같음.
1744 자품(資稟) : 사람의 타고난 바탕과 성품.
1745 관곡(款曲) : 매우 정답고 친절함.
1746 가지와 잎이 각각 다르나.
1747 토츌(吐出) : 속에 품은 뜻을 털어놓고 말함.
1748 미미(亹亹) : 힘써 부지런함.
1749 주) 1079 참조.
1750 이미 동성인데 어찌 사귄지가 얼마 되지 않았다고 깊은 말을 못하겠어요?
1751 깊은 속마음을 속이지 말아요.

이곳에 의탁(依託)ᄒ야 환란(患亂)이 침정(沈靜)[1752]ᄒ기를 기다리노니, 첩(妾)이 비록 나히 어리나[1753] 셰ᄉ(世事)를 그만 열력(閱歷)홈이[1754] 초로인싱(草露人生)[1755]이 무비고히(無非苦海)[1756]라. ᄉ긔(事機)를 보아 삭발(削髮)ᄒ고 승리[니](僧尼) 도사(道士)를 조차 놀고ᄌ ᄒ나이다."

말을 맛치고 긔식(氣色)이 참담(慘憺)ᄒ거늘, 가 궁인(賈宮人)이 그 말홈이 어려옴이 잇슴을 짐작(斟酌)ᄒ고 다시 강박(强迫)히 뭇지 못ᄒ나 졍경(情境)[1757]을[이] 측연(惻然)ᄒ야 위로 왈(慰勞曰),

"첩(妾)이 랑ᄌ(娘子)의 소조(所遭)[1758]를 아지 못ᄒ나 랑ᄌ(娘子)의 용모(容貌)를 보미 젼졍(前程)이 골몰치 아니ᄒ리니[1759], 엇지 일시(一時) 익운(厄運)을 견듸지 못ᄒ야 평싱(平生)을 그룻치리오? 암ᄌ(庵子)는 첩(妾)이 왕릐(往來)ᄒ야 집과 다름이 업는 곳이오. 모든 녀승(女僧)은 다 첩(妾)의 심복(心腹)이라. 랑ᄌ(娘子)를 위(爲)ᄒ야 부탁(付託)ᄒ려니와 랑ᄌ(娘子)는 ᄆᆞ음을 널녀[1760] 불길(不吉)ᄒ 싱각을 두지 말라."

션랑(仙娘)이 치ᄉ(致謝)ᄒ더라.

1752 침정(沈靜) : 고요히 가라앉음.
1753 나이가 어리지만.
1754 세상일을 줄곧 겪으며 지내오다 보니.
1755 초로인생(草露人生) : 풀잎에 맺힌 이슬과 같은 인생이라는 뜻으로, 허무하고 덧없는 인생을 비유적으로 이르는 말.
1756 무비고해(無非苦海) : 고해 아닌 것이 없다는 말로, 인간 세상에는 괴로움이 끝이 없다는 뜻임.
1757 정경(情境) : 처지(處地).
1758 소조(所遭) : 당한 고난이나 치욕.
1759 고달프지 아니할 것이니.
1760 마음을 넓게 가져서.

익일(翌日) 가 궁인(賈宮人)이 도라갈시 션랑(仙娘)의 손을 잡고 셔로 연연(戀戀)ㅎ야 참아 쩌나지 못ㅎ며, 모든 승녀[니](僧尼)를 되(對)ㅎ야 면면(面面)히[1761] 부탁 왈(付託曰),

"가 랑ᄌ(賈娘子)의 로쥬(奴主) 됴셕반공(朝夕飯供)[1762]은 쳡(妾)이 약간(若干) 도으려니와, 만일(萬一) 년소부인(年少婦人)이 편협(偏狹)ㅎ신 싱각으로 록빈운발(綠鬢雲髮)에 톄도(剃刀)를 다이는 거죄(擧措ㅣ) 잇슨 즉(則) 제위보살(諸位菩薩)이 다시 나를 되(對)홀 낫이 업슬 쑨외[이]라. 쏘흔 죄칙(罪責)을 도망(逃亡)치 못ㅎ리라."

제승(諸僧)이 합장(合掌) 슈명(受命)ㅎ니, 션랑(仙娘)이 그 극진(極盡)홈을 샤례(謝禮)ㅎ더라.

가 궁인(賈宮人)이 도라와 틱후(太后)ᄭᅴ 복명(復命)흔 후(後) ᄌ긔(自己) 쳐소(處所)에 이르러셔 랑(娘)을 잇지 못ㅎ야 수일 후(數日後) 시비(侍婢) 운셤(雲蟾)을 명(命)ㅎ야 수(십) 량(數十兩) 은ᄌ(銀子)와 일합찬물(一盒饌物)[1763]을 가져 산화암(散花菴)에 가 가 랑ᄌ(賈娘子)ᄭᅴ 드리고 오라 ᄒ니, 운셤(雲蟾)이 응명(應命)ㅎ고 가니라.

ᄎ셜(且說), 츈월(春月)이 션랑(仙娘)의 거쳐(去處)를 알고져 ᄒ야 다시 변복(變服)ㅎ고 문(門)을 날시, 스스로 용모(容貌)를 붓그러[1764] 푸른 수건(手巾)으로 머리와 귀를 싸고 일장고약(一張膏藥)[1765]을 면부(面部)[1766]에 덥허 코를 엄격(掩迹)[1767]흔 후(後) 희희 소왈(笑曰),

---

1761 저마다. 따로따로.
1762 조석반공(朝夕飯供) : 아침저녁으로 끼니를 차려 줌.
1763 일합찬물(一盒饌物) : 한 그릇의 반찬.
1764 자신의 용모가 부끄러워.
1765 일장고약(一張膏藥) : 한 장의 고약. '고약'은 주로 헐거나 곪은 데에 붙이는 끈끈한 약.

"녯젹 예양(豫讓)[1768]은 칠신위라(漆身爲癩)[1769]ᄒ야 조양(자)(趙襄子)[1770]에 원수(怨讐)를 갑핫더니, 이졔 츈월(春月)은 부모(父母)의 유체(遺體)를 앗기지 아니ᄒ고[1771] 일편고심(一片苦心)[1772]으로 션랑(仙娘)을 모해(謀害)코져 ᄒ니, 이ᄂ 다 누구를 위(爲)홈이니잇고?"

위씨(衛氏ㅣ) 소왈(笑曰),

"네 만일(萬一) 셩공(成功)ᄒ 즉(則) 맛당히 쳔금(千金)을 주어 평싱(平生)을 쾌락(快樂)케 ᄒ리라."

츈월(春月)이 웃고 나가며 싱각ᄒ되,

'우물에 고기를 바다에 노왓스니 간 곳을 어디 가 무르리오? 늬드르니 만셰교(萬歲橋) 아릭 쟝 션싱(張先生) 졈슐(占術)이 신통(神通)ᄒ야 황셩 즁(皇城中) 뎨일 명복(第一名卜)[1773]이라 ᄒ니 늬 츠자가 무르리라.'

ᄒ고 즉시(卽時) 수량[냥](數兩) 은ᄌ(銀子)를 가지고 쟝 션싱(張先生)을 츠ᄌ보고 왈(曰),

"나ᄂ ᄌ금셩(紫禁城) 사ᄂ 사름이라. 맛춤 일기(一個) 수인(讎人)[1774]이 잇셔 그 도망(逃亡)ᄒ 곳을 알 길이 업스니 션싱(先生)은 붉키 가라치쇼셔."

1766 면부(面部) : 얼굴 부위.
1767 엄적(掩迹) : 잘못된 형적을 가려 덮음.
1768 예양(豫讓) : 중국 전국시대 진(晉)나라의 협객. 자신이 섬기던 지백(智伯)이 조양자(趙襄子)에게 피살되자 복수를 시도하다가 실패하여 자살하였음.
1769 칠신위라(漆身爲癩) : 몸에 옻칠을 하여 문둥이처럼 꾸밈.
1770 조양자(趙襄子) : 중국 전국시대 초기 조(趙)나라의 제후.
1771 부모님이 물려주신 몸을 아끼지 않고.
1772 일편고심(一片苦心) : 안타깝게 애쓰는 한 조각 마음.
1773 제일명복(第一名卜) : 가장 이름난 점쟁이.
1774 수인(讎人) : 서로 원한을 품어 사귀지 못하고 미워하는 사람.

쟝 션싱(張先生)이 침음양구(沈吟良久)[1775]에 괘(卦)[1776]를 더지며 왈(曰),

"셩인(聖人)이 복슐(卜術)[1777]을 닉심은 쟝ᄎᆞᆺ(將次) 피흉취길(避凶就吉)[1778]ᄒᆞ야 인간(人間)을 구졔(救濟)코져 ᄒᆞ심이라. 이졔 괘상(卦象)[1779]을 보니 그듸 금년(今年) 신수(身數) 대단(히) 불길(不吉)ᄒᆞ니 십분(十分) 조심(操心)ᄒᆞ야 남과 작척(作隻)[1780]치 말나. 비록 수인(讎人)이라도 감화(感化)ᄒᆞᆫ 즉(則) 은인(恩人)이 되나니라."

춘월(春月)이 쇼왈(笑曰),

"션싱(先生)은 긴 말 말고 그 간 곳만 지시(指示)ᄒᆞ라."

ᄒᆞ고 수량[냥](數兩) 은ᄌᆞ(銀子)를 닉여 쥬니 쟝 션싱 왈(張先生曰),

"그듸에 수인(讎人)이 쳐음은 남(南)으로 가다가 나즁은 길을 돌녀 도로 북(北)으로 왓스니, 만일(萬一) 산즁(山中)에 숨지 아니ᄒᆞᆫ 즉(則) 반다시 죽엇슬가 ᄒᆞ노라."

춘월(春月)이 다시 ᄌᆞ셰(仔細)이 뭇고져 ᄒᆞ더니, 문복(問卜)[1781]ᄒᆞ라 오는 지(者ㅣ) 문(門)이 머혓거늘[1782] 종젹(蹤跡)이 탄노(綻露)[1783]ᄒᆞᆯ가 ᄒᆞ야 즉시(卽時) 쟝 션싱(張先生)을 작별(作別)ᄒᆞ고 도라올시 길에셔 운셤(雲蟾)을 만나니, 젼일(前日) 위 부인(衛夫人)쎄셔 수ᄎᆞᆺ(數次) 안면(顔面)이 잇ᄂᆞᆫ지라. 춘월(春月)이 불너 왈(曰),

"랑(娘)은 어듸 가ᄂᆞᆦᆂ?"

1775 주) 439 참조.
1776 괘(卦) : 점괘(占卦). 점을 쳐서 나오는 괘. 이 괘를 풀이하여 길흉을 판단함.
1777 복술(卜術) : 점을 치는 방법이나 기술.
1778 피흉취길(避凶就吉) : 흉한 일을 피하고 좋은 일에 나아감.
1779 괘상(卦象) : 점괘.
1780 작척(作隻) : 척을 지음. 서로 원한을 품고 원수가 되어 시기하고 미워함.
1781 문복(問卜) : 점쟁이에게 길흉을 물음.
1782 문을 메웠거늘. 문에 가득 찼거늘.
1783 탄로(綻露) : 숨긴 일을 드러냄.

섭(蟾)이 당황(唐慌) 부답(不答)ᄒ니, 원릭(元來) 츈월(春月)의 용모(容貌)와 복식(服色)이 다르믹 창졸(倉卒)[1784]이 긔억(記憶)지 못홈이라. 츈월(春月)이 소왈(笑曰),

"나는 그 ᄉ이 괴질(怪疾)을 엇어 이 모양(模樣)이 되얏스니 응당(應當) 몰나 봄이 당연(當然)ᄒ도다. 맛춤 드르니 만셰교(萬歲橋) 아릭 신통(神通)흔 의원(醫員)이 잇다 ᄒ기 가보고 오는 길이라. 병중(病中)에 촉풍(觸風)[1785]홈을 념녀(念慮)ᄒ야 잠간(暫間) 남복(男服)을 기착(改着)[1786]ᄒ얏더니, 닉 모양(模樣)을 닉 보나 가장 우스니[1787] 운랑(雲娘)은 흉보지 말라."

섭(蟾)이 바야흐로 놀나 왈(曰),

"츈랑(春娘)의 녯 얼골이 일분(一分) 업스니 무슴 병(病)이 뎌 갓치 드럿ᄂ뇨?"

츈월(春月)이 손으로 코를 가리오며 탄왈(歎曰),

"무븨신수(無非身數)[1788]라. 엇지 ᄒ리오? 죽지 아님이 다힝(多幸)인가 ᄒ노라."

운셥 왈(雲蟾曰),

"나는 우리 랑랑(娘娘)의 명(命)을 밧ᄌ와 남교(南郊)[1789] 산화암(散花菴)에 가노라."

츈월 왈(春月曰),

"산화암(散花菴)은 무슴 일로 가나뇨?"

1784 창졸(倉卒) : 미처 어찌할 사이 없이 매우 급작스러움.
1785 촉풍(觸風) : 찬바람을 쐼.
1786 개착(改着) : 갈아입음.
1787 내 모양을 내가 봐도 매우 우스우니.
1788 무비신수(無非身數) : 모든 것이 운수(運數)임.
1789 남교(南郊) : 황성 남쪽의 교외(郊外).

운섬 왈(雲蟾曰),

"일젼(日前)에 우리 랑랑(娘娘)이 암즁(菴中)에 긔도(祈禱)ᄒ라 가셧더니 일위(一位) 랑ᄌ(娘子)를 만나시니 이에 동셩(同姓) 친척(親戚)이라. 일면여구(一面如舊)¹⁷⁹⁰ᄒ야 금일(今日) 셔간(書簡)과 은ᄌ(銀子)를 가져 그 랑ᄌ(娘子)ᄭ의 드리고 오라 ᄒ시기 가노라."

츈월(春月)은 음흉(陰凶)ᄒ 인믈(人物)이라. 이 말을 듯고 일변(一邊) 놀나며 일변(一邊) 의아(疑訝)ᄒ야 다시 ᄌ셰(仔細)히 알고져 ᄒ야 거짓 우어 왈(曰),

"운랑(雲娘)은 나를 속이지 말라. 너 쏘ᄒ 일젼(日前)에 산화암(散花菴)에 불공(佛供)ᄒ라 갓스나 이러ᄒ 랑ᄌ(娘子)를 보지 못ᄒ얏스니 언제 왓다 ᄒ더뇨?"

섬(蟾)이 소왈(笑曰),

"츈랑(春娘)은 남을 속이기 잘ᄒ거니와 나는 속일 쥴 모르노라. 녀승(女僧)의 소젼(所傳)을¹⁷⁹¹ 들으믹, 그 랑ᄌ(娘子ㅣ) 암즁(菴中)에 온 지 불과(不過) 일삭(一朔)인딕 일기(一個) 차환(叉鬟)과 긱실(客室)에 쳐(處)ᄒ야 스름을 긔(忌)인다 ᄒ니¹⁷⁹², 이는 반다시 텬셩(天性)이 졸(拙)ᄒ미라. 다만 월틱화용(月態花容)¹⁷⁹³은 무쌍(無雙)ᄒ ᄌ식(姿色)이라¹⁷⁹⁴. 우리 랑랑(娘娘)이 ᄒ 번(番) 보시고 도라오샤 이째것 참아 잇지 못ᄒ시나니¹⁷⁹⁵, 엇지 거짓말ᄒ리오?"

1790 일면여구(一面如舊) : 처음 만났으나 안 지 오래된 친구처럼 친밀함.
1791 전하는 바를. 전하는 말을.
1792 사람을 꺼린다고 하니.
1793 월태화용(月態花容) : 달 같은 태도(態度)와 꽃 같은 얼굴이라는 뜻으로, 미인의 얼굴과 맵시를 이르는 말.
1794 대적할 만한 사람이 없는 자색이어서.
1795 지금까지 차마 잊지 못하셨으니.

춘월(春月)이 일일(一一)히 듯고 싱각ᄒ되,

'이는 반다시 션랑(仙娘)이로다.'

ᄒ고 심중(心中)에 딕희(大喜)ᄒ야 운셥(雲蟾)을 총총(悤悤)히 작별(作別)ᄒ고 망망(忙忙)이 도라와[1796] 부인(夫人)과 소져(小姐)ᄭ 고(告)ᄒ딕 위 부인(衛夫人)이 경왈(驚曰),

"가 궁인(賈宮人)이 만일(萬一) 스긔(事機)를 안 즉(則) 틱후(太后) 랑랑(娘娘)이 엇지 모르시리오? 틱후(太后) 아르신 즉(則) 황상(皇上)이 엇지 듯지 못ᄒ시리오?"

춘월(春月)이 소왈(笑曰),

"부인(夫人)은 근심치 말으쇼셔. 션랑(仙娘)은 일경[정일](貞一)ᄒ 녀직(女子ㅣ)라. 가 궁인(賈宮人)을 딕(對)ᄒ야 반다시 즈긔(自己)의 심곡(心曲)을 토츌(吐出)치 아니ᄒ 듯ᄒ오니, 쳔비(賤婢ㅣ) 맛당히 가만이 본 후(後) 묘계(妙計)를 힝(行)ᄒ리이다."

ᄒ고 익일(翌日) 춘월(春月)이 복식(服色)을 곳쳐 일기(一個) 유산긱(遊山客)[1797]의 모양으로 황혼(黃昏)을 씌여[1798] 산화암(散花菴)에 이르러 즈고 감을 쳥(請)ᄒ니, 녀승(女僧)이 일간(一間) 긱실(客室)을 졍(定)ᄒ야 쥬거늘, 춘월(春月)이 야심 후(夜深後) 가만이 몸을 이러 밧게 나와 졍당(正堂)[1799]과 힝각(行閣)[1800]으로 도라다니며 창(窓) 밧게셔 들으민, 곳곳이 승[송]경(誦經)[1801] 념불(念佛)ᄒ는 소릭라. 동편(東

1796 급히 작별하고 바삐 돌아와.

1797 유산객(遊山客) : 산으로 놀러 다니는 사람.

1798 황혼 무렵에. 날이 저물 무렵에.

1799 정당(正堂) : 한 구획 내에 지은 여러 채의 집 가운데 가장 주된 집채. 몸채의 대청(大廳).

1800 행각(行閣) : 정당 앞이나 좌우에 지은 줄행랑.

1801 송경(誦經) : 불경을 외움.

便)에 일간(一間) 긱실(客室)이 잇고 등잔(燈盞)이 희미(稀微)흔 중(中) 인적(人跡)이 잠잠(潛潛)ᄒ거늘 춘월(春月)이 가만이 창(窓)을 쏠코 엿보니, 일위(一位) 미인(美人)이 쥬벽(主壁)[1802]ᄒ야 누엇스니 이에 션랑(仙娘)이오, 일기(一個) 차환(叉鬟)이 촉하(燭下)에 인[안]졋스니 이에 소청(小蜻)이라.

춘월(春月)이 즉시(卽時) 자최를 가만히 ᄒ야 긱실(客室)로 도라와 미명(未明)[1803]에 녀승(女僧)을 작별(作別)ᄒ고 부즁(府中)에 와 부인(夫人)과 소져(小姐)를 보고 희희 소왈(笑曰),

"양 원슈(楊元帥) 부즁(府中)이 깁고 깁허 춘월(春月)의 수단(手段)을 다ᄒ지 못ᄒ얏더니 하늘이 도으샤 이졔 션랑(仙娘) 로쥬(奴主)를 디옥(地獄)에 너흐니, 춘월(春月)의 용계(用計)[1804]홈이 희희[용이(容易)]홀가 ᄒ나이다."

황 소졔(黃小姐ㅣ) 경왈(驚曰),

"션랑(仙娘)이 과연(果然) 암즁(菴中)에 잇더냐?"

춘월(春月)이 탄왈(歎曰),

"천비(賤婢ㅣ) 션랑(仙娘)을 양부(楊府)에셔 본 젹은[1805] 다만 졀듸가인(絶代佳人)으로 알앗더니, 이졔 산화암(散花菴) 등(燈)불 압혜 가만이 바라보믹 실(實)로 진셰(塵世) 인물(人物)이 아니라. 만일(萬一) 요듸(瑤臺)[1806] 션녀(仙女) 아닌 즉(則) 반다시 옥경(玉京)[1807] 션녀(仙女) 하강(下降)홈이니, 양(楊) 샹공(相公)이 비록 쳘셕간장(鐵石肝

1802 주벽(主壁) : 방문에서 정면으로 바라보인 벽을 향함.
1803 미명(未明) : 날이 채 밝지 않음. 또는 그런 때.
1804 용계(用計) : 계책(計策)을 씀.
1805 보았을 때에는.
1806 주) 653 참조.
1807 옥경(玉京) : 백옥경(白玉京). 하늘 위에 옥황상제가 산다고 하는 가상적인 서울.

腸)¹⁸⁰⁸이나 엇지 침혹(沈惑)¹⁸⁰⁹지 아니리오? 만일(萬一) 츠인(此人)을 다시 양부(楊府)에 드러보낸 즉(則) 우리 소져(小姐)의 신셰(身世)ᄂ 반즁(盤中)에 구으ᄂ 구슬 갓홀가¹⁸¹⁰ ᄒ나이다."

위 부인(衛夫人)이 츈월(春月)의 손을 잡아 왈(曰),

"츈월(春月)아, 소져(小姐)의 평싱(平生)은 즉(卽) 너의 평싱(平生)이라. 쇼졔(小姐ㅣ) 득의(得意)ᄒ 즉(則) 너도 득의(得意)홀 거이오, 쇼졔(小姐ㅣ) 쳐량(凄凉)ᄒ 즉(則) 너도 쳐령[량](凄凉)홀지니 마음을 허소(虛疎)¹⁸¹¹이 먹지 말나."

츈월(春月)이 이에 좌우(左右)를 물니고¹⁸¹² 고왈(告曰),

"쳔비(賤婢ㅣ) 일계(一計) 잇스니, 쳔비(賤婢)의 오라비 츈셩(春成)이 방탕무뢰(放蕩無賴)¹⁸¹³ᄒ야 황셩(皇城) 소년(少年)을 친(親)ᄒ 지(者ㅣ) 만ᄒ니, 그 즁(中) 더욱 방탕(放蕩)ᄒ 지(者ㅣ) 잇스되 셩명(姓名)은 우격(虞格)이라. 용력(勇力)이 과인(過人)ᄒ고 쥬싴(酒色)을 탐(貪)ᄒ야 ᄉ싱(死生)을 불고(不顧)ᄒ나니¹⁸¹⁴, 츈셩(春成)을 인연(因緣)ᄒ야 향긔(香氣)를 루셜(漏泄)ᄒ 즉(則)¹⁸¹⁵ 봄바람에 빗[미]친 나뷔 나ᄂ 곳을 엇지 탐(貪)치 아니ᄒ리오¹⁸¹⁶? 일이 여의(如意)ᄒ 즉(則) 션랑(仙娘)의 아름다온 ᄌ질(資質)이 뒷깐에¹⁸¹⁷ 써러져 일싱(一生)을

1808 철석간장(鐵石肝腸) : 굳센 의지나 지조가 있는 마음.
1809 침혹(沈惑) : 무엇을 몹시 좋아하여 정신을 잃고 거기에 빠짐.
1810 쟁반에 구르는 구슬 같을까.
1811 허소(虛疎) : 허술하거나 허전함. 태도가 야무지지 못함.
1812 물리고. 물리치고.
1813 방탕무뢰(放蕩無賴) : 술과 여자에 빠져 일은 하지 아니하고 불량한 짓만 함.
1814 죽고 사는 것을 돌아보지 아니하나니.
1815 춘성으로 하여금 벽성선이 절색임을 알려주게 한다면.
1816 봄바람에 미친 나비가 날아가는 꽃을 어찌 탐하지 않겠어요?
1817 뒷간에. 변소에.

허여나지 못홀 거이오[1818], 스불여의(事不如意)[1819]훈 즉(則) 일루잔명
(一縷殘命)[1820]이 검두고혼(劍頭孤魂)[1821] 됨을 면(免)치 못홀 거이니,
어츳어피(於此於彼)[1822]에 우리 소져(小姐)의 눈가시를[1823] 업시홀가[1824]
ᄒ나이다.”

위 부인(衛夫人)이 되희(大喜)ᄒ야 밧비 도모(圖謀)홈을 지촉ᄒ니,
츈월(春月)이 웃고 나가니라.

츳셜(且說), 션랑(仙娘)이 일일(一日)은 스창(紗窓)을 의지(依支)ᄒ
야 스몽비몽간(似夢非夢間)[1825]에 양 원쉬(楊元帥ㅣ) 운룡(雲龍)[1826]을
멍에ᄒ야[1827] 어딕로 가며 왈(曰),

“니 상데(上帝)의 명(命)을 밧아 남방(南方) 요귀(妖鬼)를 잡으라
가노라.”

ᄒ거늘, 션랑(仙娘)이 갓치 감을 청(請)ᄒ니, 원쉬(元帥ㅣ) 산호(珊瑚)
치족을 느리여 쥬는지라[1828]. 션랑(仙娘)이 잡고 공중(空中)에 올으랴
ᄒ다가 써러져 놀나 씌니 한 숨이라. 심즁(心中)에 불길(不吉)ᄒ야
녀승(女僧)을 청(請)ᄒ야 왈(曰),

1818 일생을 헤어나지 못할 것이요.
1819 사불여의(事不如意) : 일이 뜻대로 되지 않음.
1820 일루잔명(一縷殘命) : 실낱같이 얼마 남지 아니한 쇠잔한 목숨.
1821 검두고혼(劍頭孤魂) : 칼끝에 죽은 사람의 외로운 넋.
1822 어차어피(於此於彼) : 어차피(於此於彼). 이렇게 되든지 저렇게 되든지.
1823 눈엣가시를. 몹시 밉거나 싫어 늘 눈에 거슬리는 사람을.
1824 없앨까.
1825 사몽비몽간(似夢非夢間) : 비몽사몽간(非夢似夢間). 완전히 잠이 들지도 잠에서
    깨어나지도 않은 어렴풋한 순간.
1826 운룡(雲龍) : 구름을 타고 하늘로 오르는 용.
1827 멍에(수레나 쟁기를 끌기 위하여 말이나 소의 목에 얹는 구부러진 막대.)를 씌우고.
1828 양 원수가 산호채찍을 아래로 늘어뜨려 주는 것이었다.

"근일(近日) 닉 몽시(夢事ㅣ) 요란(擾亂)ᄒ니 불젼(佛前)에 향화(香火)로 긔도(祈禱)코져 ᄒ노라."

녀승 왈(女僧曰),

"삼불졔셕(三佛帝釋)[1829]은 ᄌ비(慈悲)를 쥬장(主掌)[1830]ᄒ실 따름이라. 인간(人間) 화복(禍福)과 강[항]마졔살(降魔除殺)[1831] 홈은 십왕(十王)[1832]이 읏듬이니[1833], 십왕젼(十王殿)에 비르쇼셔."

션랑(仙娘) 로쥐(奴主ㅣ) 이에 목욕지계(沐浴齋戒)ᄒ고 향화(香火)를 밧들어 십왕뎐(十王殿)에 이르니[1834], 암ᄌ(庵子) 뒤 언덕에 잇더라[1835].

션랑(仙娘)이 분향(焚香) 암츅[1836] 왈(暗祝曰),

'천첩(賤妾) 벽셩션(碧城仙)이 젼싱(前生) 공싱(功德)을 닥지 못ᄒ야 이 싱(生)에 숨지팔란(三災八難)[1837]을 감슈(甘受)ᄒ오나 가부(家夫) 양공(楊公)은 시례문즁(詩禮門中)[1838]의 츙효가셩(忠孝家聲)[1839]을 훈습(薰習)[1840]ᄒ야 텬디신명(天地神明)의 복록(福祿)을 나리오실 바

1829 삼불제석(三佛帝釋) : 무당(巫堂)이 모시는 삼위(三位)의 불신(佛神). 무당의 신당(神堂)에 무신도(巫神圖)로 그려져 있거나 무당이 굿할 때 쓰는 부채에 그려진 세 부처의 그림임.
1830 주장(主掌) : 어떤 일을 책임지고 맡음.
1831 항마제살(降魔除殺) : 악마를 항복시켜 살기(殺氣)를 제거함.
1832 십왕(十王) : 시왕. 저승에서 죽은 사람을 재판하는 열 명의 대왕.
1833 으뜸이니.
1834 다다르니. 도착하니.
1835 시왕전은 암자 뒤 언덕에 있었다.
1836 암축(暗祝) : 신에게 마음속으로 기원함.
1837 삼재팔난(三災八難) : 삼재와 팔난이라는 뜻으로, 모든 재앙과 곤란을 이르는 말.
1838 시례문중(詩禮門中) : 시와 예를 가학(家學)으로 하는 집안.
1839 충효가성(忠孝家聲) : 충효의 집안이라는 명성.
1840 훈습(薰習) : 향이 그 냄새를 옷에 배게 한다는 뜻으로, 덕(德)으로써 사람의 품성이나 도덕 따위를 가르치고 길러 선으로 나아가게 함.

라[1841]. 이제 황명(皇命)을 밧즈와 만리(萬里) 밧게 잇스오니 복원(伏願) 십왕(十王)은 명좌[조](冥助)[1842]를 나리오샤[1843] 간과(干戈)[1844] 고비(鼓鼙)[1845]에 침식(寢食)이 여상(如常)ᄒ고 시석(矢石)[1846] 풍진(風塵)[1847]에 긔거(起居)[1848] 무량[양](無恙)[1849]ᄒ야 진익(災厄)을 소멸(消滅)ᄒ고 슈복(壽福)이 창셩(昌盛)ᄒ게 뎜지[1850]ᄒ쇼셔.'

션랑(仙娘)이 빌기를 맛친 후(後) 진비(再拜)ᄒ고 장탄(長歎) 초창(怊悵)ᄒ야 ᄒ더라[1851].

도라[로] 문젼(門前)에 나믹 녀승(女僧)이 고왈(告曰),

"금야(今夜) 월싴(月色)이 명쾌(明快)ᄒ니 랑즈(娘子)는 이 뒤 셕딕(石臺)에 오르샤 심회(心懷)를 풀게 ᄒ쇼셔."

션랑(仙娘)이 비록 불긍(不肯)ᄒ나 간청(懇請)홈을 인(因)ᄒ야 쇼쳥(小蜻)을 다리고 셕딕(石臺)에 오르니 녀승(女僧)이 고왈(告曰),

"이 뫼 비록 넙지 아니ᄒ나 쳥[천]쳥(天晴)[1852]ᄒ 날 멀니 바라본 즉(則) 락양[남악](南嶽) 형산(衡山)[1853]이 완연(宛然)이 뵈나이다."

1841 천지신명이 복되고 영화로운 삶을 내려주실 것이다.

1842 명조(冥助) : 모르는 사이에 입는 신불(神佛)의 도움.

1843 내리시어. 내리셔서.

1844 간과(干戈) : 방패와 창이라는 뜻으로, 전쟁을 가리킴.

1845 고비(鼓鼙) : 고대에 군중(軍中)에서 쓰던 악기로, 큰 북과 작은북을 가리킴. 군사가 출동할 때 치는 북소리를 뜻하는 말임.

1846 시석(矢石) : 전쟁 때 쓰던 화살과 돌.

1847 풍진(風塵) : 병진(兵塵). 싸움터에서 일어나는 티끌이라는 뜻으로, 전쟁으로 인하여 어수선하고 어지러운 분위기 또는 그런 전쟁 통을 이르는 말.

1848 기거(起居) : 일상생활.

1849 무양(無恙) : 몸에 병이나 탈이 없음.

1850 점지(무엇이 생기는 것을 미리 지시해 줌을 비유적으로 이르는 말.)

1851 한탄스러워하며 슬퍼하였다.

1852 천청(天晴) : 하늘이 맑게 갬.

1853 형산(衡山) : 중국의 오악(五嶽)의 하나인 남악(南嶽). 수악(壽岳)이라고도 함.

ᄒ거늘 션랑(仙娘)이 츄파(秋波)를 들어 남편(南便)을 향(向)ᄒ야 자
[잠]연(潛然)[1854] 함루(含淚)ᄒ니 녀승 왈(女僧曰),

"랑ᄌ(娘子ㅣ) 엇지 남방(南方)을 향(向)ᄒ야 이 갓치 슬허ᄒ시나
잇가?"

션랑 왈(仙娘曰),

"나는 남방(南方) 사름이라. ᄌ연(自然) 심ᄉ(心事ㅣ) 쳐창(悽愴)ᄒ
도다."

말이 맛지 못ᄒ야 동구(洞口)[1855]에 화광(火光)이 죠요(照耀)ᄒᆫ 즁
(中)[1856] 십여 ᄀ(十餘個) 한ᄌ(漢子ㅣ)[1857] 셩군작당(成群作黨)[1858]ᄒ야
암즁(菴中)을 향(向)ᄒ고 일졔(一齊)히 다라드니 녀승(女僧)이 디경
왈(大驚曰),

"이 반다시 강도(强盜)의 무리로다."

ᄒ고 황망뎐도(慌忙顚倒)[1859]이 나려가더니, 암즁(菴中)을 뒤집으며 그
즁(中) 일ᄀ(一個) 한ᄌ(漢子ㅣ) 흉녕(兇獰)[1860]ᄒᆫ 소ᄅ로 가 랑ᄌ(賈娘
子) 긱실(客室)을 찻거늘, 션랑(仙娘)이 쇼쳥(小蜻)을 보며 왈(曰),

"이 엇지 우리 로쥬(奴主)의 여익(餘厄)이 미진(未盡)ᄒ야 간인(奸
人) 풍픠(風波ㅣ) 다시 닐미 아니리오?"

쇼쳥(小蜻)이 션랑(仙娘)을 붓들고 울며 왈(曰),

호남셩(湖南省) 형양시(衡陽市) 북쪽에 있음.
1854 잠연(潛然) : 말없이 가만히 있는 모양.
1855 동구(洞口) : 절로 들어가는 산문(山門)의 어귀.
1856 불빛이 환하게 비추는 가운데.
1857 한자(漢子) : 사내. '남자'를 낮잡아 이르는 말.
1858 셩군작당(成群作黨) : 무리를 이루어 패거리를 만듦. 또는 그 무리.
1859 황망전도(慌忙顚倒) : 허둥지둥하며 엎어져 넘어짐.
1860 흉녕(兇獰) : 성질이 흉악하고 사나움.

"젹한(賊漢)의 긔셰(氣勢ㅣ) 이 갓흐니 엇지 여기셔 죽으믈 기다리리요?"

션랑(仙娘)이 탄왈(歎曰),

"우리 잔약(孱弱)[1861]흔 녀즈(女子)로 비록 도망(逃亡)흐나 다만 욕(辱)됨이 더흘지니 엇지 화(禍)를 면(免)흐리오?"

쇼쳥(小蜻)이 울며 왈(曰),

"일이 급(急)흐니 랑즈(娘子)는 자져(趑趄)[1862]치 마르쇼셔."

흐고 션랑(仙娘)의 손을 잇글고 뫼를 타 다라날시[1863], 월광(月光)이 비록 잇스나 산길이 희미(稀微)흐야 십뎐구도(十顚九倒)[1864]흐야 돌를[을] 차며 덤불을 헷쳐 슈헤[혜](繡鞋)를 일코 의상(衣裳)이 씨어지니[1865], 임의 강[각]력(脚力)이 진(盡)흐고 발이 부르튼지라. 션랑(仙娘)이 인(因)흐야 물너안즈며[1866] 탄왈(歎曰),

"이 엇지 죽음만흐리오? 쇼쳥(小蜻)아, 너는 싱도(生道)[1867]를 차즈 은신(隱身)흐엿다가 닉 신톄(身體)를 거두워 원슈(元帥) 회군(回軍)흐시는 로변(路邊)에 뭇어 망부산(望夫山) 일 편셕(一片石)[1868]을 되신(代身)흐게 흐라."

1861 잔약(孱弱) : 가냘프고 약함.

1862 주) 367 참조.

1863 손을 이끌어 산을 타고 달아나는데.

1864 십전구도(十顚九倒) : 열 번 엎어지고 아홉 번 거꾸러진다는 뜻으로, 수없이 실패를 거듭하거나 매우 심하게 고생함을 이르는 말.

1865 옷이 찢어지니.

1866 물러앉으며.

1867 생도(生道) : 살 길. 살아날 방도.

1868 망부산 일편석(望夫山 一片石) : 망부산의 한 조각 돌. 집을 떠난 남편이 돌아오기를 기다리던 아내가 돌이 되었다는 전설을 말함. 중국 강서성 덕안현(德安縣)에 '망부산'이 있음.

ᄒ고 회즁(懷中)[1869]으로 젹은 칼을 닉여 즈경(自剄)[1870]코즈 ᄒ니, 쇼청(小蜻)이 황망(慌忙)이 칼을 아사[1871] 왈(曰),

"랑즈(娘子)는 다시 사셰(事勢)를 보아 만일(萬一) 일이 불힝(不幸) ᄒ실진디 쳡(妾)이 엇지 홀로 살이오[1872]?"

ᄒ고 좌우(左右)를 솗혀보니 임에 뫼에 나려 탄탄디로(坦坦大路) 압히 잇더라[1873]. 잠간(暫間) 수여[1874] 다시 도망(逃亡)코져 ᄒ더니, 화광(火光)이 뫼를 덥허 나려오며 사름의 그림지 나무 ᄉ이에 훗터져 바회 틈 수풀 밋을[1875] 뒤져 오는지라.

션랑(仙娘) 로쥬(奴主ㅣ) 죽기를 다ᄒ야 다시 이러[1876] 디로(大路)를 죠차 계우[1877] 수십 보(數十步)를 힝(行)홈이 젹한(賊漢)이 임의 산(山)에 나려 고함(高喊)ᄒ며 또 디로(大路)로 풍우(風雨) 갓치 좃ᄎ오거늘, 쇼청(小蜻)이 션랑(仙娘)을 안고 길에 업듸여[1878] 호텬통곡(呼天痛哭)[1879] 왈(曰),

"유유창텬(悠悠蒼天)[1880]아, 이 엇지 이다지 무심(無心)ᄒ시뇨?"

언미필(言未畢)에 홀연(忽然) 말 발자취 들니며 우뢰 갓흔 소릭 크게 웨여 왈(曰)[1881],

1869 회즁(懷中) : 품속.
1870 자경(自剄) : 자문(自刎). 스스로 목을 찌름. 자결(自決)함.
1871 칼을 빼앗으며.
1872 만일 일이 불행하시게 된다면, 제가 어떻게 홀로 살겠습니까?
1873 이미 산에서 내려와 평탄하고 넓은 길이 앞에 있었다.
1874 쉬어.
1875 나무 사이에 흩어져 바위 틈 수풀 밑을.
1876 다시 일어나.
1877 겨우.
1878 길에 엎어져서.
1879 호천통곡(呼天痛哭) : 하늘을 우러러 부르짖으며 목 놓아 욺.
1880 랑유창천(悠悠蒼天) : 한없이 멀고 푸른 하늘. 주로 원한을 표현할 때 씀.

"젹한(賊漢)은 닷지 말나!"

ᄒᆞ거늘 션랑(仙娘) 로쥐(奴主ㅣ) 눈을 들어 본 즉(則) 월하(月下)에 일위(一位) 쟝군(將軍)이 몸에 젼포(戰袍)[1882]를 입고 손에 쟝창(長槍)[1883]을 들고 말을 달녀[1884] 젹한(賊漢)을 좃치니, 그 뒤에 십여 명(十餘名) 갑시(甲士ㅣ)[1885] 각각(各各) 슈즁(手中)에 환도(環刀)[1886]를 쌔혀 들고 일졔(一齊)히 납함(吶喊)[1887]ᄒᆞ고 싸르니, 그 즁(中) 일긔(一個) 젹한(賊漢)이 막ᄃᆡ를 둘너[1888] 그 쟝슈(將帥)를 ᄃᆡ젹(對敵)코져 ᄒᆞ다가 그 쟝쉬(將帥ㅣ) 크게 꾸짓고 창(槍)으로 한 번(番) 씨름이, 젹한(賊漢)이 얼골을 씰니고 사면(四面)으로 훗터져 간 곳이 업ᄂᆞᆫ지라. 그 쟝쉬(將帥ㅣ) 바야흐로 말을 돌녀 오거늘, 션랑(仙娘) 로쥐(奴主ㅣ) 더욱 겁(怯)ᄂᆡ여 썰기를 마지아니ᄒᆞ더니, 그 쟝쉬(將帥ㅣ) 졋히 이르러 말을 멈추고 마상(馬上)에셔 소ᄅᆡᄒᆞ야 왈(曰),

"엇더ᄒᆞᆫ 랑즈(娘子ㅣ) 무슴 곡졀(曲折)로 뎌 갓치 고단(孤單)이 나셧스며, 젹한(賊漢)은 엇지ᄒᆞ야 맛ᄂᆞ뇨[1889]? 그 리허(裏許)[1890]를 자셰(仔細)히 듯고져 ᄒᆞ노라."

ᄒᆞ거늘 쇼쳥(小蜻)이 더욱 썰며 말을 못ᄒᆞ니, 그 쟝쉬(將帥ㅣ) 소왈(笑曰),

1881 말발굽 소리가 들리며 우레 같은 소리로 크게 외치기를.
1882 전포(戰袍) : 장수(將帥)가 입던 긴 웃옷.
1883 장창(長槍) : 긴 창.
1884 말을 달려.
1885 갑사(甲士) : 갑병(甲兵). 갑옷을 입은 군사.
1886 환도(環刀) : 군복에 갖추어 차던 군도(軍刀).
1887 납함(吶喊) : 적진을 향하여 돌진할 때 군사가 일제히 고함을 지름.
1888 막대를 휘둘러.
1889 어쩌다가 만났는가?
1890 이허(裏許) : 속내. 겉으로 드러나지 아니한 속마음이나 일의 내막.

"나는 쟝령(將令)을 밧드러 황셩(皇城)에 왓다가 도로 남방(南方)으로 가는 쟝쉬(將帥ㅣ)라. 랑즈(娘子)를 희(害)칠 스름이 아니니 랑즈(娘子)는 쾌(快)히 말ᄒ라."

션랑(仙娘)이 일변(一邊) 놀나며 일변(一邊) 반겨 바야흐로 졍신(精神)을 차려 쇼쳥(小蟾)으로 말을 젼(傳)ᄒ야 왈(曰),

"우리는 지ᄂ가는 힝인(行人)이라. 익운(厄運)을 당(當)ᄒ얏거니와 급(急)히 뭇잡나니 쟝군(將軍)이 남방(南方)으로 가신다 ᄒ오니 어듸로 가시나잇가?"

그 쟝쉬(將帥ㅣ) 왈(曰),

"나는 졍남도원슈(征南都元帥) 양 승상(楊丞相)의 막하(幕下) 편쟝(偏將)[1891]이라. 엇지 그리 즈셰(仔細ㅣ) 뭇ᄂ뇨?"

션랑(仙娘) 로쥬(奴主ㅣ) 양 승상(楊丞相) 삼즈(三字)를 듯더니 흉즁(胸中)[1892]이 억식(抑塞)[1893]ᄒ고 졍신(精神)이 황홀(恍惚)ᄒ야 셔로 붓들고 실셩통곡(失聲痛哭)[1894]ᄒ며 엇지홀 쥴 모르니, 그 쟝쉬(將帥ㅣ) 크게 의심(疑心)ᄒ야 다시 문왈(問曰),

"랑즈(娘子ㅣ) 엇지 나의 말을 듯고 감챵(感愴)[1895]ᄒᄂ뇨?"

션랑(仙娘)이 밋쳐 답(答)지 못ᄒ야 쇼쳥(小蟾)이 딕왈(對曰),

"우리 랑즈(娘子)는 이에 양 원슈(楊元帥)의 소실(小室)이로소이다."

쟝쉬(將帥ㅣ) 다시 문왈(問曰),

1891 편쟝(偏將) : 대쟝(大將)의 아래에 딸린 부하 쟝수(將帥).
1892 흉즁(胸中) : 가슴속.
1893 주) 884 참조.
1894 실셩통곡(失聲痛哭) : 목소리가 가라앉아 나오지 않을 정도로 소리를 높여 슬피 욺.
1895 감챵(感愴) : 어떤 느낌이 가슴에 사무쳐 슬픔.

"양 원쉬(楊元帥)는 엇더ᄒ신 양 원슈(楊元帥)뇨?"

쇼쳥 왈(小蟶曰),

"ᄌ금셩(紫禁城) 졔일방(第一坊)에 게[계]신 양 승상(楊丞相)이시니, 만왕(蠻王) 나탁(哪咤)을 치랴 츌젼(出戰)ᄒ신 지 임에 반년(半年)이니이다."

그 쟝쉬(將帥ㅣ) 황망(慌忙)이 말을 나려 두어 거름을 믈너셔며 왈(曰),

"그러ᄒ실진ᄃᆡ 뎌 말ᄒ는 차환(叉鬟)은 이리 갓가이 와 ᄌ셰(仔細)히 말ᄒ라."

션랑(仙娘)이 쇼쳥(小蟶)을 보며 말을 젼(傳)ᄒ야 왈(曰),

"쳡(妾)이 이 디경(地境)을 당(當)ᄒ야 비록 ᄒᆡᆼ로지인(行路之人)[1896]이라도 싱활(生活)ᄒ신 은덕(恩德)을[1897] 사례(謝禮)ᄒ야 례졀(禮節)의 구ᄋᆡ(拘碍)흠을 도라보지 못ᄒ려든[1898] 허믈며 쟝군(將軍)은 우리 원슈(元帥)의 심복(心腹)이시라. 일실지인(一室之人)[1899]과 다름이 업슬지니 엇지 말ᄉᆞᆷ을 다ᄒ지 아니리잇고? 쳡(妾)이 원슈(元帥)의 츌젼(出戰)ᄒ신 후(後)로 가즁풍파(家中風波)[1900]를 당(當)ᄒ야 ᄋᆞ녀ᄌ(兒女子)의 나약(懦弱)ᄒᆫ 셩품(性品)으로 죽지 못ᄒ고 이러ᄒᆫ 광경(光景)을 감슈(甘受)ᄒ니 쟝군(將軍)을 향(向)ᄒ야 얼골이 둣거온지라[1901]. 로샹(路上)에 디필(紙筆)이 업셔 구구심회(區區心懷)[1902]를 원

1896 행로지인(行路之人) : 길 가는 사람.
1897 살려주신 은덕을.
1898 예절에 구애됨을 돌아보지 못하려니와.
1899 일실지인(一室之人) : 한 집안에 사는 사람. 가족(家族).
1900 가중풍파(家中風波) : 집안의 심한 분란.
1901 얼굴이 두꺼운지라. 낯이 두꺼워 부끄러움을 모른다는 말임.
1902 구구심회(區區心懷) : 잘고 많아서 일일이 언급하기가 구차스러운 마음속의 생각.

슈(元帥)께 붓치지 못ᄒᆞ오니 쟝군(將軍)은 도라가샤 쳡(妾)을 위(爲)
ᄒᆞ야 고(告)ᄒᆞ쇼셔. 쳡(妾)이 비록 죽으나 ᄒᆞᆫ 조각 ᄆᆞ음은 뎌 달 갓치
둥구러[1903] 원슈(元帥) 령즁(營中)에 빗최일가 ᄒᆞ나이다[1904]."

그 쟝슈(將帥ㅣ) 손을 곳고[1905] 몸을 굽혀 소쳥(小蜻)을 ᄃᆡ(對)ᄒᆞ야
왈(曰),

"차환(叉鬟)은 랑ᄌᆞ(娘子)ᄭᅴ 고(告)ᄒᆞ라. 소쟝(小將)은 원슈(元帥)
문하(門下) 우림[익]쟝군(右翼將軍) 마달(馬達)이라. 쟝막지의(將幕之
義ㅣ)[1906] 군신(君臣) 부ᄌᆞ(父子)와 다름이 업ᄉᆞ오니, 이졔 랑ᄌᆞ(娘子)
의 곤익(困厄)[1907]ᄒᆞ심을 보고 엇지 그져 가리잇고[1908]? 랑ᄌᆡ(娘子ㅣ)
임의 부즁(府中)으로 도라가시지 못ᄒᆞ실진ᄃᆡ 소쟝(小將)이 맛당이
탁신(託身)ᄒᆞ실 곳을 엇어 안돈(安頓)ᄒᆞ심을 보고 도라가 원슈(元帥)
ᄭᅴ 뵈올 낫이 잇게 ᄒᆞ리이다."

ᄒᆞ고 갑ᄉᆞ(甲士)를 명(命)ᄒᆞ야 압 긱뎜(客店)에 가 젹은 교ᄌᆞ(轎子)[1909]
를 엇어 오라 ᄒᆞ니, 션랑(仙娘)이 샤양 왈(辭讓曰),

"쳡(妾)은 궁박(窮迫)ᄒᆞᆫ 팔ᄌᆞ(八字ㅣ)라. 텬디간(天地間) 용납(容
納)ᄒᆞ야 의탁(依託)ᄒᆞᆯ ᄯᅡ이 업슬지니[1910] 쟝군(將軍)은 과렴(過念)[1911]
치 마르쇼셔."

마달 왈(馬達曰),

1903 저 달같이 둥글어.
1904 원수의 군영 가운데를 비출까 합니다.
1905 두 손을 맞잡아 공경의 뜻을 나타내고. 공수(拱手)하고.
1906 장막지의(將幕之義) : 장수와 그의 부하 사이의 의리.
1907 곤액(困厄) : 몹시 딱하고 어려운 사정과 재앙이 겹친 불운.
1908 어찌 그냥 가겠습니까?
1909 교자(轎子) : 가마.
1910 의탁할 땅이(곳이) 없으니.
1911 과념(過念) : 지나치게 염려함. 지나친 염려.

"소쟝(小將)이 이곳에셔 랑즈(娘子)를 뵈옴이 불힝(不幸)ᄒ오나 임에 뵈옵고 랑즈(娘子)의 안신(安身)ᄒ심을 못 보고 도라감은 도리(道理)가 아닐 쑨 아니라 또ᄒ 인졍(人情) 밧기니¹⁹¹² 쇼쟝(小將)의 길이 밧분지라 랑즈(娘子)는 쌜니 힝(行)케 ᄒ쇼셔."

션랑(仙娘)이 할일업셔¹⁹¹³ 몸을 니러 소쳥(小蜻)을 붓들고 힝(行)ᄒ야 왈(曰),

"쟝군(將軍)이 쳡(妾)을 어듸로 가자 ᄒ시ᄂ뇨?"

마달(馬達)이 이에 창(槍)을 집고 거러 인도(引導)ᄒ야 수리(數里)를 힝(行)ᄒ더니, 갑시(甲士ㅣ) 뎜즁(店中)에 가 교즈(轎子)를 엇어 가지고 망망(忙忙)이 마조 오거늘, 마달(馬達)이 소쳥(小蜻)더러 왈(曰),

"차환(叉鬟)은 랑즈(娘子)를 교지(轎子ㅣ)에 뫼시라."

ᄒ고 창(槍)을 들고 쏘 말게 올나 왈(曰),

"젹한(賊漢)이 반다시 멀이 가지 아니ᄒ얏슬지니 랑야[지](娘子ㅣ)이 근쳐(近處)에 두류(逗遛)¹⁹¹⁴ᄒ신 즉(則) 엇지 후환(後患)이 업스리오? 소쟝(小將)을 싸라 일량일(一兩日)¹⁹¹⁵ 더 힝(行)ᄒ야 유벽(幽僻)¹⁹¹⁶ᄒ 도상[관](道觀)¹⁹¹⁷ 고찰(古刹)¹⁹¹⁸을 차자 안돈(安頓)ᄒ심을 보고 갈가 ᄒ나이다."

션랑(仙娘)이 그 지극(至極)ᄒ 졍셩(精誠)을 감동(感動)ᄒ고 쏘 원의[수](元帥)의 은덕(恩德)임을 싱각ᄒ야 교즈(轎子)에 오르미, 마달

1912 인정 밖이니. 인정에서 벗어난 것이니.
1913 하릴없어. 달리 어떻게 할 도리가 없어서.
1914 주) 1733 참조.
1915 일량일(一兩日) : 하루나 이틀. 1~2일.
1916 유벽(幽僻) : 한적하고 외짐.
1917 도관(道觀) : 도교의 사원.
1918 고찰(古刹) : 오래 된 사찰.

(馬達)이 힝장(行裝)을 지쵹ᄒ야 다시 빅여 리(百餘里)를 힝(行)ᄒ야 지[객]뎜(客店)에 나려 문왈(問曰),

"이곳에 혹(或) 도관(道觀) 고찰(古刹)이 잇ᄂ냐?"

쥬인(主人)이 가라쳐 왈(曰),

"예셔 딕로(大路)를 바리고 동(東)관돈[으로] 십여 리(十餘里)를 간 즉(則) 일좌(一座) 명산(名山)이 잇스니 명(名)은 유마산(維摩山)이라. 산하(山下)에 한 도관(道觀)이 잇나이다."

ᄒ로[거]늘, 마달(馬達)이 대희(大喜)ᄒ야 다시 힝장(行裝)을 지쵹ᄒ야 산하(山下)에 이르니 과연(果然) 쳥슈(淸秀)ᄒ 산(山)과 긔이(奇異)ᄒ 경(景)이 가장 유벽(幽僻)ᄒ더라.

일기(一個) 도관(道觀)이 잇스니 명(名)은 졈화관(點花觀)이라. 관즁(觀中)에 빅여 명(百餘名) 녀도ᄉᆡ(女道士ㅣ) 잇셔 쳥졍단아(淸淨端雅)ᄒ거늘, 마달(馬達)이 이에 도ᄉᆞ(道士)를 보고 관(觀) 뒤에 수간(數間) 졍좌(靜坐)ᄒ 집을 빌어 션랑(仙娘) 로쥬(奴主)를 그곳에 안돈(安頓)ᄒ고 갑ᄉᆞ(甲士) 이명(二名)을 류(留)ᄒ야 집안[잡인](雜人)을 금(禁)ᄒ게 ᄒ 후(後) 마달(馬達)이 하직 왈(下直曰),

"원슈(元帥ㅣ) 황명(皇命)을 밧ᄌᆞ와 다시 교시[지](交趾)로 가시니 쇼장(小將)의 길이 밧ᄲᆞᆫ지라. 이곳이 유벽(幽僻)ᄒ야 랑자(娘子)의 안심(安心)홈이 편(便)ᄒ실가 ᄒ노니 존톄(尊體)를 보즁(保重)ᄒ쇼셔."

션랑(仙娘)이 즉시(卽時) 일봉셔찰(一封書札)을 닥가 원슈(元帥)ᄭᅴ 붓친 후(後) 함루(含淚)ᄒ고 창연(悵然)[1919] 작별 왈(作別曰),

"쳡(妾)이 톄면(體面)에 구인(拘碍)ᄒ야 감ᄉᆞ(感謝)ᄒ 말ᄉᆞᆷ을 다 못

1919 주) 845 참조.

ㅎ오니 쟝군(將軍)은 원슈(元帥)를 뫼셔 듸공(大功)을 일우시고 쇽
(速)히 도라오쇼셔."

마달(馬達)이 별(別)로 소쳥(小蜻)을 듸(對)ㅎ야 작별 왈(作別曰),
"차환(叉鬟)은 랑ᄌ(娘子)를 뫼셔 조심(操心) 보호(保護)ㅎ라. 이후
(以後) 회군(回軍)ㅎᄂ 날 슉면(熟面) 될지니[1920] 그쩌 반겨 맛고 썰지
말라."

소쳥(小蜻)이 붓그러 량협(兩頰)에 홍운(紅暈)이 가득ㅎ거늘, 마달
(馬達)이 웃고 챵(槍)을 들고 말께 올나 남(南)으로 가니라.

션랑(仙娘) 로쥬(奴主ㅣ) 죽은 목슘으로 의외(意外) 마달(馬達)을
맛나 안신(安身)홀 곳을 어듬이 소쳥(小蜻)이 쏘흔 깃붐을 이긔지 못
ㅎ야 로쥬(奴主) 셔로 마 장군(馬將軍)의 의(義)를 칭송(稱頌)ㅎ며,
보[모]든 도ᄉ(道士ㅣ) 쏘흔 션랑(仙娘) 로쥬(奴主)의 츌즁(出衆)ㅎ
ᄌᄉ(姿色)을 놀나며 사랑ㅎ야 극진(極盡)이 친친(親親)[1921]ㅎ더라.

ᄎ셜(且說), 우격(虞格)이 츈셩(春成)과 츈월(春月)의 꾀임을 듯고
무뢰비(無賴輩)[1922]를 모라 산화암(散花菴)에 돌입(突入)ㅎ야 가 랑ᄌ
(賈娘子)를 ᄎ지니, 녀승(女僧)이 엇지 바로 고(告)ㅎ리오?

우격(虞格)이 듸로(大怒)ㅎ야 녀승(女僧)을 무수(無數)이 구타(毆
打)ㅎ고 혜오듸,

'우리 동구(洞口)로 들어옴을 보고 반다시 산(山)을 타고 도망(逃
亡)ㅎ도다.'

1920 얼굴이 익게 될 것이니.
1921 친친(親親) : 마땅히 친하여야 할 사람과 친함.
1922 무뢰배(無賴輩) : 무뢰한(無賴漢)의 무리. 일정하게 사는 곳과 하는 일이 없이
떠돌아다니는 무리.

산(山)길을 넘으며 방방곡곡(坊坊曲曲)[1923] 뒤지니 수풀 밋히 흔 싹 슈혜(繡鞋)를 엇고 되희 왈(大喜曰),

"그 미인(美人)이 필연(必然) 이 길로 갓도다."

슈혜(繡鞋)를 집어 들고 일졔(一齊)이 좃추 산(山)을 넘어 평디(平地)에 이르러 의외(意外)에 일위(一位) 쟝군(將軍)을 만나 창(槍) 긋헤 얼골을 씰니고 셩명(性命)을 도망(逃亡)ㅎ야 도라와 츈셩(春成)을 보고 랑픽(狼狽)[1924]흔 말을 ㅎ니, 츈셩(春成)이 쏘흔 계교(計巧) 일우지 못흠을 한탄(恨歎)ㅎ며 츈월(春月)을 보고 일일(一一)이 고(告)흔 되, 츈월(春月)이 머리를 슉이고 이윽이 싱각더니 우어 왈(曰),

"승평(昇平) 셰계(世界)에 갑스(甲士)를 다리고 밤에 단이는 쟝쉬(將帥 l) 엇지 젹당(賊黨)[1925]이 아니리오? 이는 반다시 록림킥(綠林客)[1926]이 밤을 타 다니다가 션랑(仙娘)을 취(取)ㅎ야 감이니, 우읍다[1927] 션랑(仙娘)에 빙셜지됴(氷雪之操)[1928]로 압치부인(壓寨夫人)[1929]이 되얏스니, 비록 그 스싱(死生)은 모르거니와 황 소져(黃小姐)를 위(爲)ㅎ야 화근(禍根)을 쾌(快)히 업시 흠이로다."

츈셩 왈(春成曰),

"그는 그러나 우리 공(功)은 업슬거시니 엇지 졀통(切痛)치 니아[아니]ㅎ리오?"

츈월(春月)이 소왈(笑曰),

1923 방방곡곡(坊坊曲曲) : 한 군데도 빠짐이 없는 모든 곳.
1924 낭패(狼狽) : 계획한 일이 실패로 돌아가거나 기대에 어긋나 매우 딱하게 됨.
1925 적당(賊黨) : 도적떼.
1926 녹림객(綠林客) : 화적(火賊)이나 도적(盜賊)을 달리 이르는 말.
1927 우습다.
1928 빙설지조(氷雪之操) : 얼음과 눈처럼 결백한 정조(貞操).
1929 압채부인(壓寨夫人) : 도둑의 아내를 아름답게 이르는 말.

"거거[가가](哥哥)[1930]는 근심치 말라. 닉 계교(計巧) 잇셔 우격(虞格)과 거거[가가](哥哥)의 공로(功勞)를 나타닐지니 거거[가가](哥哥)는 루셜(漏泄)치 말라."

즉시(卽時) 우격(虞格)의 어든 바 슈혜(繡鞋)를 가지고 황부(黃府)에 이르러 부인(夫人)과 소져(小姐)를 보고 희희(嬉嬉)[1931]이 우으며 슈혜(繡鞋)를 닉여 놋코 왈(曰),

"소져(小姐)는 이 신을 알으시나잇가?"

황 소져(黃小姐) 즈셰(仔細ㅣ) 보더니 집어 던지며 츈월(春月)을 칙왈(責曰),

"쳔기(賤妓)의 신을 무엇ㅎ랴 가져오뇨?"

츈월(春月)이 고쳐 집어들고[1932] 소왈(笑曰),

"불상ㅎ다, 션랑(仙娘)이여! 이 신을 신고 쳔리(千里) 강쥬(江州)로[1933] 다졍랑(多情郞)[1934]을 싸라 황셩(皇城)에 이르니 거름거름 금련화(金蓮花)라. 조물(造物)이 시긔(猜忌)ㅎ야 은총(恩寵)을 못 누리고 구원야딕(九原夜臺)[1935]에 발 벗은 귀신(鬼神)이 될 줄 엇지 아랏스리오?"

황 소져(黃小姐) 당황 왈(唐慌曰),

"츈비(春婢)야, 무슴 말이뇨?"

츈월(春月)이 이에 손바닥을 뒤집으며 소져(小姐)와 부인(夫人) 압히 다거안져[1936] 왈(曰),

1930 가가(哥哥) : 형(兄). 오빠.
1931 희희(嬉嬉) : 기뻐서 웃는 모양.
1932 다시 집어 들고.
1933 천 리나 먼 강주로부터.
1934 다정랑(多情郞) : 다정한 낭군.
1935 구원야대(九原夜臺) : 저승과 무덤.
1936 다가앉아.

"쳔비(賤婢ㅣ) 츈셩(春成)을 츙동(衝動)ᄒ야 우격(虞格)을 산화암
(散花菴)에 보ᄂᆡ여 션랑(仙娘)을 겁탈(劫奪)ᄒ라 ᄒ얏더니, 션랑(仙娘)
은 졀기(節槪) 잇는 녀ᄌᆞ(女子)라 슌죵(順從)치 아니홈이 우격(虞格)
이 도로혀 겁(怯)ᄂᆡ여 칼로 질너 시신(屍身)을 업시ᄒᆞᆫ 후(後) 일쳑(一
隻)[1937] 슈혜(繡鞋)를 가져와 쳔비(賤婢)를 뵈이며 증거(證據)ᄒ니, 죵
금이후(從今以後)[1938]로 션랑(仙娘)을 셰간(世間)에 업시ᄒᆞ야 우리 소
져(小姐)의 평싱(平生) 화근(禍根)을 덜믄 이에 쳔비(賤婢)와 츈셩(春
成)과 우격(虞格)의 공(功)이라. 부인(夫人)과 소져(小姐)는 무엇으로
갑고ᄌᆞ ᄒ시나잇가?"

위씨(衛氏ㅣ) 이 말을 듯고 ᄃᆡ열(大悅)[1939]ᄒ야 십여 필(十餘疋) 치
단(彩緞)[1940]과 일빅 량[냥](一百兩) 은ᄌᆞ(銀子)를 주어 츈셩(春成)과
우격(虞格)의 슈고(手苦)홈을 표(表)ᄒ라 ᄒᆞᆫ디, 츈월(春月)이 링소 왈
(冷笑曰),

"부인(夫人)은 엇지 사소(些少)[1941]ᄒᆞᆫ 직물(財物)을 앗기샤 다 된 일
을 그릇치랴 ᄒ시나잇가? 츈셩(春成)이 쳐음 우격(虞格)을 보낼 썩에
쳔금(千金)으로 약속(約束)ᄒ고 우격(虞格)의 당(黨)[1942]이 쏘ᄒᆞᆫ 수십여
명(數十餘名)이라. 무비방탕무겁(無非放蕩無怯)[1943]ᄒᆞᆫ 직(者ㅣ)니 만일
(萬一) 직물(財物)을 후(厚)이 ᄒᆞ야 입을 봉(封)ᄒ지 아니ᄒ신디 ᄃᆡᄉᆞ
(大事)를 루셜(漏泄)ᄒ야 뒤명라무비[갓치엇]지 될 줄 모르리이다[1944]."

<hr />

1937 일쳑(一隻) : 한 짝.
1938 죵금이후(從今以後) : 지금부터.
1939 대열(大悅) : 크게 기뻐함.
1940 채단(彩緞) : 채단(綵緞). 온갖 비단을 통틀어 이르는 말.
1941 사소(些少) : 보잘것없이 작거나 적음.
1942 당(黨) : 무리. 떼.
1943 무비방탕무겁(無非放蕩無怯) : 모두 방탕하고 겁이 없음.

위씨(衛氏]) 즉시(卽時) 쳔금(千金)을 니여 쥬고, 션랑(仙娘)은 죽은 쥴로 밋더라.

츠셜(且說), 양 원쉬(楊元帥]) 빅만(百萬) 디병(大兵)을 거나리고 만왕(蠻王) 나탁(哪咤)을 쳐 여러 번(番) 파(破)ᄒᆡᆷ, 만왕(蠻王) 나탁(哪咤)이 셰궁력진(勢窮力盡)[1945]ᄒᆡ야 빅운동(白雲洞) 도ᄉᆞ(道士)에게 구(救)홈을 쳥(請)ᄒᆞᆫ디, 도ᄉᆡ(道士]) 뎨ᄌᆞ(弟子) 홍혼탈(紅渾脫)을 명(命)ᄒᆡ야 나탁(哪咤)을 도으라 ᄒᆞ니, 디기(大槪) 홍혼탈(紅渾脫)은 강남홍(江南紅)이라.

양 원슈(楊元帥) 부과(赴科)[1946]ᄒᆞ는 길에 압강졍(壓江亭)에셔 만나 지기허심(知己許心)[1947]ᄒᆞᆫ 후(後) 소쥬(蘇州) ᄌᆞᄉᆞ(刺史) 황여옥(黃汝玉)의 압박(壓迫)을 당(當)ᄒᆞ고 수중고혼(水中孤魂)[1948]이 되고져 ᄒᆞ더니 텬힝(天幸)으로 윤 소졔(尹小姐]) 강남홍(江南紅)이 익슈ᄌᆞ사(溺水自死)[1949]홀 쥴 알고 손삼랑(孫三娘)이란 녀ᄌᆞ(女子)를 보니여 구(救)ᄒᆞ엿스나 풍파(風波)를 만나 홍랑(紅娘)과 손삼랑(孫三娘)이 구ᄉᆞ일ᄉᆡᆼ(九死一生)[1950]으로 표류(漂流)ᄒᆡ야 빅운동(白雲洞) 도ᄉᆞ(道士)에게 의탁(依託)ᄒᆡ야 뎨ᄌᆞ(弟子) 되여 도(道)를 비오더니 션랑[도ᄉᆞ(道士)]의 명(命)을 바다 나탁(哪咤)을 돕다가 쳔만의외(千萬意外)[1951]

1944 뒤끝이 어찌 될지 모르겠습니다.
1945 세궁역진(勢窮力盡) : 기세가 꺾이고 힘이 다 빠져 꼼짝할 수 없게 됨.
1946 주) 263 참조.
1947 지기허심(知己許心) : 지기가 되기로 마음을 허락함.
1948 수중고혼(水中孤魂) : 물에 빠져 죽은 사람의 외로운 넋.
1949 익수자사(溺水自死) : 물에 몸을 던져 자살함.
1950 구사일생(九死一生) : 아홉 번 죽을 뻔하다 한 번 살아난다는 뜻으로, 죽을 고비를 여러 차례 넘기고 겨우 살아남을 이르는 말.
1951 천만의외(千萬意外) : 아주 뜻밖에.

에 양 원슈(楊元帥)를 만나 즉시(卽時) 명진(明陣)으로 도라온 후(後)
공(功)을 만이 셰우믜 양 원슈(楊元帥 l) 마달(馬達)로 쳡셔(捷書)[1952]
와 홍혼탈(紅渾脫)의 공(功)을 쥬달(奏達)흠이 텬직(天子 l) 딕희(大
喜)ᄒ야 홍혼탈(紅渾脫)로 부원슈(副元帥)를 빅(拜)ᄒ시니라.

ᄎ시(此時) 양 원슈(楊元帥 l) 마달(馬達)을 보닉여 텬직(天子 l)쯰
상표(上表)[1953]ᄒ고 황명(皇命)을 기다리더니 홀연(忽然) 텬직[시](天
使 l)[1954] 몬져 이르러 죠셔(詔書)를 드리거늘, 원슈(元帥 l) 북향(北向)
슈명(受命)ᄒ고[1955] 장(단)(將壇)[1956]에 올나 부원슈(副元帥) 군례(軍禮)
를 밧을시, 홍랑(紅娘)이 홍포금갑(紅袍金甲)[1957]으로 딕우젼(大羽
箭)[1958]을 차고 졀월(節鉞)[1959]을 잡아 도독(都督)[1960]게 뵈오니, 도독(都
督)이 개용(改容)[1961] 답례 왈(答禮曰),

"셩은(聖恩)이 망극(罔極)ᄒ샤 원슈(元帥)를 빅의(白衣)로 퇵용(擇
用)ᄒ시니, 원슈(元帥 l) 엇지 써 보답(報答)코져 ᄒᄂ뇨[1962]?"

홍 원슈(紅元帥 l) 딕왈(對曰),

"도독(都督)이 우에 게[계]시니 소장(小將)이 무슴 방약(方略)이
잇스리오? 다만 북을 치며 긔(旗)를 들어 견마지력(犬馬之力)[1963]을

1952 쳡서(捷書) : 승전(勝戰)을 알리는 글.

1953 상표(上表) : 임금에게 글을 올리던 일. 또는 그 글.

1954 천사(天使) : 천자가 보낸 사자(使者).

1955 황제가 있는 북쪽을 향해 절을 올린 뒤 황명을 받들고.

1956 장단(將壇) : 대장이 지휘할 때 올라서는 단.

1957 홍포금갑(紅袍金甲) : 붉은 전포(戰袍)에 황금 갑옷.

1958 주) 1005 참조.

1959 주) 969 참조.

1960 도독(都督) : 중국의 관직명으로, 특정 지역의 군 사령관을 겸하였음.

1961 개용(改容) : 얼굴빛을 엄숙하게 고침.

1962 어떻게 함으로써 (성은에) 보답하려고 하는가?

1963 견마지력(犬馬之力) : 견마지로(犬馬之勞). 개나 말 정도의 하찮은 힘이라는 뜻

다홀가 ᄒ나이다."

도독(都督)이 미소(微笑)ᄒ더라.

홍 원쉬(紅元帥 l) 믈너 막츠(幕次)[1964]에 도라와 부원수(副元帥) 긔호(旗號)[1965]와 졀월(節鉞)을 셰우고 ᄯᆞᆫ흔 졔장(諸將)의 군례(軍禮)를 밧은 후(後) 다시 도독(都督) 쟝즁(帳中)에 이르러 ᄒᆡᆼ군(行軍)ᄒᆞᆯ 계교(計巧)를 의론(議論)ᄒ더니, 마달(馬達)이 ᄯᅩ 이르러 황명(皇命)을 보(報)흔 후(後) 일봉(一封) 셔찰(書札)을 들이거늘 ᄶᅥ여보니[1966] 그 ᄉᆞ연(辭緣)에 왈(曰),

'쳔쳡(賤妾) 벽셩션(碧城仙)은 풍류(風流) 방탕(放蕩)흔 ᄌᆞ최로 례절(禮節) 법도(法度)를 비홈이 업셔[1967] 군ᄌᆞ(君子) 문즁(門中)에 가도(家道)를 탁란(濁亂)ᄒ고[1968] 산사야졈(山寺野店)[1969]에 죵젹(踪跡)이 표박(漂泊)ᄒᆞ야 젹한(賊漢)의 금[검]두고혼(劍頭孤魂)이 됨을 면(免)치 못ᄒᆞᆯ가 ᄒᆞ얏더니 마 쟝군(馬將軍)의 구완[원](救援)흠을 힘 닙어 도관(道觀)에 탁신(託身)ᄒ오니, 이는 다 샹공(相公)의 쥬신 바라. 다만 쳡(妾)이 혼암(昏闇)[1970]ᄒᆞ야 스스로 진퇴ᄉᆞᆼ(進退死生)[1971]에 그 득즁(得中)[1972]흔 도리(道理)을[를] ᄭᆡ닷지 못ᄒ오니, 군ᄌᆞ(君子)ᄂᆞᆫ 거

으로, 윗사람에게 충성을 다하는 자신의 노력을 낮추어 이르는 말.

1964 주) 997 참조.

1965 기호(旗號) : 깃발로 나타낸 부호나 휘장.

1966 떼어보니. 열어보니.

1967 예절과 법도를 배운 것이 없어서.

1968 집안의 법도를 흐려서 어지럽히고.

1969 산사야점(山寺野店) : 산속의 절간과 들의 객줏집을 아울러 이르는 말.

1970 혼암(昏闇) : 어리석고 못나서 사리에 어두움.

1971 진퇴사생(進退死生) : 나아가고 물러남과 죽고 삶.

1972 득중(得中) : 지나치거나 모자람이 없이 알맞음.

울 갓치 밝히 가라쳐쥬심을 바라나이다. 딕군(大軍)이 교지(交趾)로 가시민 음신(音信)[1973]이 더욱 창망(蒼茫)[1974] 홀지라. 남텬(南天)을 바라 뫼 갓치 쓰힌[1975] 정원(情怨)[1976]을 지필(紙筆)로 다 못ᄒ나이다.'

도독(都督)이 남필(覽畢)[1977]에 놀나며 측연(惻然)ᄒ야 홍 원슈(紅元帥)를 보아 왈(曰),

"이는 반다시 황씨(黃氏) 풍픠(風波ㅣ)라. 션랑(仙娘) 쳐지(處地ㅣ) 십분(十分) 불상ᄒ나 늬 군즁(軍中)에셔 엇지 가ᄉ(家事)를 의론(議論)ᄒ며, 만리(萬里) 텬익(天涯)[1978]에 소식(消息)이 창망(蒼茫)ᄒ니 가장 니즐 길이 업도다."

ᄒ더라.

양 도독(楊都督)이 슈삭(數朔)만에 교지(交趾)를 쳐 항복(降伏) 밧고 긔선가(凱旋歌)를 부르며 회군(回軍)홀식, 졔장(諸將) 습군(三軍)이 깃붐을 이긔지 못ᄒ야 고각(鼓角)을 울이며 창검(槍劍)을 춤츄어 고국(故國) 산쳔(山川) 바라보고 왈(曰),

"져기 푸른 봉오리 뵈는 산(山)이 유마산(維摩山)이니 덤화관(點花觀)이 그 아릭 잇나이다."

ᄒ거늘 이씩 맛참 일모(日暮)흔지라. 도독(都督)이 인(因)ᄒ야 유마산(維摩山) 압히 딕군(大軍)을 쉬여 경야(經夜)홀식, 홍 원쉬(紅元帥

1973 음신(音信) : 먼 곳에서 전하는 소식이나 편지.
1974 창망(蒼茫) : 넓고 멀어서 아득함.
1975 남쪽 하늘을 바라보며 산처럼 쌓인.
1976 정원(情怨) : 슬퍼하고 원망하는 심정.
1977 남필(覽畢) : 보기를 마침.
1978 천애(天涯) : '하늘의 끝'이라는 뜻으로, 까마득하게 멀리 떨어져 있는 곳을 비유적으로 이르는 말.

1) 도독(都督)의 고왈(告曰),

"첩(妾)이 션랑(仙娘)과 비록 샹면(相面)홈이 업스나 마음을 알기는 형뎨(兄弟)와 다름이 업스오니 이쩌를 타 흔 번(番) 긔롱(譏弄)[1979]ᄒ고 졍(情)을 펴고ᄌ ᄒ나이다."

도독(都督)이 웃고 허락(許諾)ᄒ되, 원슈(元帥) 이에 젼표[포]쌍금[검](戰袍雙劍)으로[1980] 셜화마(雪花馬)를 타고 뎜화관(點花觀)을 향(向)ᄒ야 가니라.

ᄎ시(此時) 션랑(仙娘)이 관즁(觀中)에 잇셔[1981] 낫이면 도ᄉ(道士)를 조ᄎ 소일(消日)ᄒ나 밤이면 무료(無聊)흔 심ᄉ(心事)를 억졔(抑制)치 못ᄒ야 긱창(客窓)을 열고 황혼월식(黃昏月色)[1982]을 바라보며 싱각ᄒ되,

'ᄂᆡ 일긔(一個) 녀ᄌ(女子)로 ᄉ고무친(四顧無親)[1983]흔 곳에 외로이 붓치여 잇셔[1984] 쟝ᄎ(將次) 무어슬 바라리오? 져 즁텬(中天)에 ᄃᆞᆼ는 [근] 달이 쳔첩(賤妾)의 심회(心懷)를 가져 만리(萬里) 텬이(天涯)에 우리 샹공(相公)ᄭᅴ 빗칠 거시오. 우리 샹공(相公)의 거울 갓ᄒ신 죠감(藻鑑)[1985]이 져 달을 ᄃᆡ(對)ᄒ야 첩(妾)을 이 갓치 싱각ᄒ나잇가[1986]?'

심회(心懷)ㅣ 읍읍(悒悒)[1987] 쳐창(悽愴)[1988]홈을 이긔지 못ᄒ더니 홀

1979 긔롱(譏弄) : 실없는 말로 놀림.
1980 전포 차림에 쌍검을 들고.
1981 점화관 안에 있으면서.
1982 황혼월색(黃昏月色) : 해가 질 무렵의 달빛.
1983 사고무친(四顧無親) : 의지할 만한 사람이 아무도 없음.
1984 외로이 의탁하고 있으면서.
1985 주) 265 참조.
1986 저 달을 보면서 제가 상공을 생각하듯이 저를 생각하십니까?
1987 읍읍(悒悒) : 마음이 매우 불쾌하고 답답하여 편하지 아니 함.
1988 처창(悽愴) : 몹시 구슬프고 애달픔.

연(忽然) 뜰 엽헤 나무 거림지 은은(隱隱)흔 즁(中)[1989] 사름의 발자최
소릐 나며 일기(一個) 쇼년장군(少年將軍)이 장검(長劍)을 집고 돌연
(突然)이 드러와 촉하(燭下)에 셔거늘, 션랑(仙娘)이 딕경(大驚)ᄒ야
급(急)히 소쳥(小婧)을 씌우나[니], 그 장군(將軍)이 소왈(笑曰),

"랑ᄌ(娘子)는 경동(驚動)치 말나. 나는 록림과ᄀᆡᆨ(綠林過客)[1990]이
라. 랑ᄌ(娘子)의 지물(財物)도 탐(貪)홈이 아니오, 랑ᄌ(娘子)의 셩명
(性命)도 희(害)치고ᄌ 홈이 아니라. 다만 랑ᄌ(娘子)의 곳짜온 일홈
을 듯고 오ᄆᆡ경경(寤寐耿耿)[1991]ᄒ야 탐화광졉(探花狂蝶)[1992]이 향(香)
닉를 붏아 이곳에 이르럿스니, 랑ᄌ(娘子)는 쳥츈가인(靑春佳人)[1993]
이오, 복(僕)[1994]은 록림호걸(綠林豪傑)[1995]이라. 무단(無端)[1996]이 산즁
(山中) 도관(道觀)에 소슬(蕭瑟)[1997]이 쳐(處)ᄒ야 월ᄐᆡ화용(月態花容)[1998]
을 공로(空老)[1999]케 말고 복(僕)을 좃차 산ᄎᆡ부인(山寨夫人)[2000]이 되
야 부거[귀](富貴)를 누리소셔."

션랑(仙娘)은 환란여ᄉᆡᆼ(患亂餘生)[2001]이오 풍파여겁(風波餘怯)[2002]이

1989 뜰 옆에 나무 그림자가 은은한 가운데.
1990 녹림과객(綠林過客) : 지나가던 도적.
1991 오매경경(寤寐耿耿) : 자나 깨나 마음에서 잊히지 아니 함.
1992 탐화광접(探花狂蝶) : 꽃을 찾아다니는 미친 나비.
1993 청춘가인(靑春佳人) : 젊은 나이의 미인.
1994 복(僕) : 나. 1인칭 지시어.
1995 녹림호걸(綠林豪傑) : 화적(火賊)이나 도적(盜賊)을 달리 이르는 말.
1996 주) 175 참조.
1997 주) 1723 참조.
1998 주) 1793 참조.
1999 공로(空老) : 아무 일도 해 놓은 것이 없이 헛되이 늙음.
2000 산채부인(山寨夫人) : 압채부인(壓寨夫人). 도둑의 아내를 아름답게 이르는 말.
2001 환란여생(患亂餘生) : 환란을 겪은 뒤에 살아남은 목숨.
2002 풍파여겁(風波餘怯) : 풍파를 겪은 뒤에 아직도 남은 두려움.

라. 이 거동(擧動)을 당(當)홈이 마음이 썰니고 심신(心身)이 비월(飛
越)²⁰⁰³호야 엇지 홀 바를 모르더니, 그 장쉬(將帥ㅣ) 칼을 안고 갓가
이 드러셔며 왈(曰),

"랑즈(娘子)는 텬라지망(天羅地網)²⁰⁰⁴에 버셔나지 못홀지라. 즈져
(趑趄)치 마르쇼셔. 닉 일즉 랑즈(娘子) 졀기(節槪)를 들엇스니, 십
년(十年) 쳥루(靑樓)에 일편홍졈(一片紅點)은 고금(古今)에 드문 비
나 금일(今日)은 쓸딕업스리라. 랑즈(娘子) 비록 죽고져 호나 죽지
못홀 거시오, 도망(逃亡)코져 호나 도망(逃亡)치 못호리니 샐이 이러
나 나를 짜르쇼셔. 순종(順從)혼 즉(則) 부귀(富貴)를 누릴 거시오,
거역(拒逆)혼 즉(則) 죽으리라."

션랑(仙娘)이 처음은 챵졸(倉卒)²⁰⁰⁵이라 다만 망조(罔措)²⁰⁰⁶호더니
이에 밋쳐는 악심(惡心)²⁰⁰⁷이 싱기니 엇지 스싱(死生)을 도라보리오?
몸을 쌜니 이러 상두(床頭)²⁰⁰⁸에 격은 칼을 집고즈 호민, 쟝쉬(將帥
ㅣ) 웃고 압흘 막아 션랑(仙娘)의 손을 잡으며 왈(曰),

"랑즈(娘子)는 고집(固執)지 말나. 인싱(人生) 빅 년(百年)이 초로
(草露)와 갓호니 북망산(北邙山)²⁰⁰⁹ 혼 덩이 흙에 홍안(紅顔)이 격막
(寂寞)홀 졔 랑즈(娘子)의 구구(區區)혼 지조(志操)를 말홀 직(者ㅣ)
뉘 잇스리오?"

2003 비월(飛越) : 정신이 아뜩하도록 날아남.
2004 천라지망(天羅地網) : 하늘에 새 그물, 땅에 고기 그물이라는 뜻으로, 아무리 하
    여도 벗어나기 어려운 경계망이나 피할 수 없는 재액을 이르는 말.
2005 주) 1784 참조.
2006 망조(罔措) : 망지소조(罔知所措). 너무 당황하거나 급하여 어찌할 줄을 모르고
    갈팡질팡함.
2007 악심(惡心) : 독기(毒氣). 나쁜 마음.
2008 주) 855 참조.
2009 북망산(北邙山) : 무덤이 많은 곳이나 사람이 죽어서 묻히는 곳을 이르는 말.

션랑(仙娘)이 손을 떨치고 물너 안져 크게 꾸지져 왈(曰),

"승평성세(昇平盛世)[2010]에 기 갓혼 도젹(盜賊)이 엇지 이다지 무례(無禮)ᄒ뇨? 닉 너를 딕(對)ᄒ야 슌셜(脣舌)[2011]을 더레우지 안일지니[2012] 쌜이 닉 머리를 취(取)ᄒ야 가라."

언필(言畢)에 긔식(氣色)이 츄상(秋霜) 갓거늘 그 장쉬(將帥ㅣ) 왈(曰),

"랑진(娘子ㅣ) 비록 져 갓치 밍렬(猛烈)ᄒ나 닉 뒤에 랑즈(娘子)를 겹박(劫迫)ᄒ랴 오는 장쉬(將帥ㅣ) 쏘 잇스니 그쎠도 능(能)히 슌종(順從)치 아니홀쇼냐?"

언미필(言未畢)에 박기 요란(擾亂)ᄒ며 과연(果然) 일위(一位) 장군(將軍)이 량기(兩個) 부장(副將)과 십여 명(十餘名) 갑스(甲士)를 다리고 거지 헌앙(擧止ㅣ軒昻)[2013]ᄒ야 언연(偃然)[2014]히 거러 드러오거늘, 션랑(仙娘)이 탄왈(歎曰),

"괴이(怪異)ᄒ도다, 닉 신셰(身世)여! 천란만고(千難萬苦)[2015]를 열력(閱歷)ᄒ고 필경(畢竟)[2016] 젹장(賊將)의 칼머리에 원혼(冤魂)이 될 쥴 엇지 아랏스리오? 이졔 비록 피(避)코져 ᄒ나 피(避)홀 길이 업고, 죽고즈 ᄒ나 죽을 방략(方略)이 업스니 셰상(世上)에 엇지 이 갓혼 경상(景狀)[2017]이 다시 잇스리오?"

2010 승평성세(昇平盛世) : 태평성대(太平聖代). 어진 임금이 잘 다스리어 태평한 세상이나 시대.

2011 순설(脣舌) : '입술과 혀'라는 뜻으로, 말함 또는 수다스러움을 가리킴.

2012 더럽히지 않을 것이니.

2013 거지헌앙(擧止軒昻) : 몸가짐에 풍채가 좋고 의기가 당당함.

2014 주) 225 참조.

2015 천난만고(千難萬苦) : 온갖 고난.

2016 필경(畢竟) : 끝내. 마침내.

2017 경상(景狀) : 몰골. 좋지 못한 모양새.

ᄒ더니, 그 장쉬(將帥 |) 당(堂)에 올나 부장(副將)과 갑ᄉ(甲士)를 물
니고 바로 방듕(房中)에 드러와 촉하(燭下)에 셔거늘, 션랑(仙娘)이
ᄒᆞᆫ 번(番) 우러러보고 옥안(玉顔)이 변식(變色)ᄒ며 더욱 놀나 망연
(茫然)이 졍신(精神)을 일흠 갓ᄒ니, 이ᄂᆞᆫ 별인(別人)이 아니라 도독
(都督)이라.

도독(都督)이 홍 원슈(紅元帥) 먼져 보ᄂᆡ고 ᄃᆡ군(大軍)을 안돈(安
頓)ᄒᆞᆫ 후(後) 뒤밋쳐 옴이라[2018]. 도독(都督)이 좌(座)를 졍(定)ᄒᆞᆫ 후(後)
션랑(仙娘)이 오히려 경혼(驚魂)[2019]이 미졍(未定)ᄒ야 말을 일우지
못ᄒᆞᆷ ᄆᆡ[이] 도독(都督)이 미쇼(微笑)ᄒ고 션랑(仙娘)을 향(向)ᄒ야
왈(曰),

"랑(娘)은 평디풍파(平地風波)[2020]를 무수(無數)히 당(當)ᄒ지라. ᄯᅩ
의외(意外) 방탕(放蕩)ᄒᆞᆫ 남ᄌᆞ(男子)를 만나 능(能)히 욕(辱)을 면(免)
ᄒᆞ뇨[2021]?"

션랑(仙娘)이 츄연 왈(愀然曰),

"도관(道觀)에 쳐(處)ᄒᆞᆫ 후(後) 셰간(世間) 소식(消息)을 망연(茫然)
이 듯지 못ᄒ니 금일(今日) 샹공(相公)이 이 갓치 이르심은 ᄯᅳᆺᄒ지
못ᄒᆞᆫ 비라. 뎌 장군(將軍)은 누구니잇고?"

도독(都督)이 소왈(笑曰),

"이ᄂᆞᆫ 랑ᄌᆞ(娘子)의 지긔(知己) 강남홍(江南紅)이오, 나의 장슈(將
帥) 홍혼탈(紅渾脫)인가 ᄒᆞ노라."

홍 원슈(紅元帥 |) 이에 션랑(仙娘)의 손을 잡고 왈(曰),

2018 뒤따라 온 것이었다.
2019 경혼(驚魂) : 매우 놀라서 얼떨떨해진 정신.
2020 주) 1247 참조.
2021 뜻밖에 방탕한 남자를 만나 욕을 면할 수 있겠는가?

　"랑(娘)은 강쥬(江州)에 쳐(處)ᄒ고, 쳡(妾)은 강남(江南)에 잇셔 겸가옥슈(蒹葭玉樹)[2022]에 용광(容光)[2023]이 조격(阻隔)[2024]ᄒ나 령셔빙[빙]호(靈犀氷壺)[2025]에 흉금(胸襟)이 비최여[2026] 평수죵젹(萍水踪跡)[2027]이 ᄒᆫ 번(番) 만나믈 원(願)ᄒ얏더니 동시(同是)[2028] 긔박(奇薄)ᄒᆫ 명되(命途ㅣ)라. 평디풍파(平地風波)와 수즁겁혼(水中惻魂)[2029]이 ᄉᆞᆷ지팔란(三災八難)[2030]을 격고[2031] 이곳에 이 갓치 만남을 엇지 긔필(期必)[2032]ᄒ얏스리오?"

　션랑(仙娘)이 ᄉᆞ례 왈(謝禮曰),

　"쳡(妾)은 경궁지죄(驚弓之鳥ㅣ)[2033]라. 홍랑(紅娘)의 강즁원혼(江中

2022　겸가옥수(蒹葭玉樹) : 가옥(葭玉). '겸'과 '가'는 하찮은 수초인 갈대를 말하는데, 자신을 낮추는 겸사로 많이 사용함. '옥수'는 훌륭한 자제나 인물을 가리키는 말임. 중국 삼국시대 위(魏)나라 명제(明帝)가 황후의 아우인 모증(毛曾)을 황문시랑(黃門侍郎) 하후현(夏侯玄)과 함께 앉게 하자, 당시 사람들이 "갈대가 옥수에 의지한 것과 같다.[蒹葭倚玉樹]"라고 하였다고 함. 하찮은 모증이 옥수 같은 하후현 옆에 앉았다는 뜻으로, 후세에는 상대를 높이고 자신을 낮추어 겸양하는 뜻으로 이 말을 사용하였음.

2023　주) 585 참조.

2024　조격(阻隔) : 막혀서 서로 통하지 못함.

2025　영서빙호(靈犀氷壺) : '영서'는 영묘한 코뿔소. 그 뿔은 가운데 구멍이 있어서 양쪽으로 서로 통하는데, 이는 백성과 임금, 혹은 두 사람 사이에 의사가 서로 소통하고 투합(投合)함을 비유하는데 쓰기도 함. '빙호'는 얼음이 담긴 옥으로 만든 그릇이라는 뜻으로, 사람의 인품과 덕성이 청백하고 개결한 것을 비유하는 말임. 결백한 두 사람이 의기투합(意氣投合)함을 말함.

2026　속마음을 서로 보여주며.

2027　평수종적(萍水踪跡) : 이리저리 떠돌아다니는 발자취.

2028　동시(同是) : 두 사람이 똑같이.

2029　수중겁혼(水中惻魂) : 물에 빠져 겁을 먹었던 넋.

2030　삼재팔란(三災八難) : 온갖 재난.

2031　격고.

2032　주) 622 참조.

2033　경궁지조(驚弓之鳥) : 상궁지조(傷弓之鳥). 한 번 화살에 맞은 새는 구부러진 나

冤魂)[2034] 됨을 임에 숨인가 ᄒ얏더니 다시 장슈(將帥) 되야 잔명(殘命)을 겁박(劫迫)홈은 더욱 숨속에 숨이로다."

도독 왈(都督曰),

"다쇼(多少) 셜화(說話)ᄂᆞᆫ 비록 듯지 아녀(도) 알녀니와[2035] 랑(娘)이 임의 엄명(嚴命)을 뫼와[2036] 고향(故鄕)으로 축숑(逐送)ᄒᆞᆫ 몸이 되얏스니, 언연(偃然)이 나를 좃ᄎᆞ 입셩(入城)치 못홀지라. 이곳이 가장 죵용(從容)ᄒᆞ고 모든 도싀(道士]) 응당(應當) 슉면(熟面)이니 아즉 잇든 곳에 잇셔 나의 차짐을 기다리라."

션랑(仙娘)이 응락(應諾)ᄒᆞ더라. 홍원슈(紅元帥]) 소왈(笑曰),

"션랑(仙娘)이 록림킥(綠林客)을 만나 놀남이 젹지 아니ᄒᆞ리니 압경쥬(壓驚酒)[2037]를 권(勸)ᄒᆞ사이다."

ᄒᆞ고 손 야츠(孫夜叉)로 군즁(軍中)의 남은 슐을 가져오라 ᄒᆞ니 도독 왈(都督曰),

"셰간(世間)에 져 갓치 아름다온 록림킥(綠林客)이 잇스며, 져 갓흔 압치부인(壓寨夫人)이 잇스리오?"

ᄒᆞ고 셔로 딕소(大笑)ᄒᆞ며 각각(各各) 취(醉)ᄒᆞ 후(後) 도독(都督)이 원슈(元帥)와 군즁(軍中)에 도라갈식 모든 도사(道士)를 불너 치단(綵緞)과 은즈(銀子)로써 면면(面面)이 치샤(致謝)ᄒᆞ니, 도싀(道士]) 불승황공(不勝惶恐)[2038]ᄒᆞ야 션랑(仙娘)을 더욱 공경(恭敬) 흠앙(欽仰)[2039]

무만 보아도 놀란다는 뜻으로, 한 번 혼이 난 일로 늘 의심과 두려운 마음을 품는 것을 이르는 말.

2034 강즁원혼(江中冤魂) : 강물에 빠져죽은 사람의 원통한 넋.

2035 얼마간의 이야기는 비록 듣지 않아도 알려니와.

2036 이미 엄명을 받들어.

2037 압경주(壓驚酒) : 놀란 마음을 진정시키기 위하여 마시는 술.

2038 불승황공(不勝惶恐) : 황공함을 이기지 못함.

ᄒᆞ더라.

ᄎᆞ시(此時) 텬ᄌᆞ(天子]) 도독(都督)의 군(軍)이 갓가이 이름을 알
으시고²⁰⁴⁰ 법가(法駕)를 명(命)ᄒᆞ샤 셩외(城外)에 삼칭[층]단(三層壇)
을 모으시고²⁰⁴¹ 헌괵지례(獻馘之禮)²⁰⁴²를 바드신 후(後) 군공(軍功)을
의론(議論)ᄒᆞ실ᄉᆡ 졍남도독(征南都督) 양챵곡(楊昌曲)은 연왕(燕王)
을 봉(封)ᄒᆞ야 힝우승상(行右丞相)²⁰⁴³을 ᄉᆞ(事)ᄒᆞ고²⁰⁴⁴, 홍 원쉬(紅元
帥)ᄂᆞᆫ 진정표(陳情表)²⁰⁴⁵를 올이니, 텬ᄌᆞ(天子]) 녀진(女子]) 쥴 아
시나 더옥 긔특(奇特)이 역이샤 란셩후(鸞城侯)를 봉(封)ᄒᆞ야 힝병부
샹셔(行兵部尙書)를 ᄉᆞᄒᆞ시고, 기여졔쟝(其餘諸將)²⁰⁴⁶은 공(功)ᄃᆡ로
벼살을 더ᄒᆞ시니, 연왕(燕王)이 왕작(王爵)²⁰⁴⁷을 더흠이 례부(禮部)에
셔 원외(員外)와 허 부인(許夫人) 윤황 량 쇼져(尹黃兩小姐) 직텹(職
牒)²⁰⁴⁸을 나리와, 원외(員外)ᄂᆞᆫ 연국틱공(燕國太公)이 되고, 허 부인
(許夫人)(은) 연국틱비(燕國太妃]) 되고, 윤 쇼져(尹小姐)ᄂᆞᆫ 연국상
원부인(燕國上元夫人)이 되고, 황 쇼져(黃小姐)ᄂᆞᆫ 연국하원부인(燕國
下元夫人)(이) 되고, 쇼실(小室)은 각각(各各) 슉인(淑人)을 봉(封)ᄒᆞ
니라.

2039 흠앙(欽仰) : 공경하여 우러러 사모함.
2040 가까이 이르렀음을 아시고.
2041 성 밖에 3층의 단을 쌓으시고.
2042 헌괵지례(獻馘之禮) : 적과 싸워 이긴 후 적장의 머리를 잘라 와서 임금에게 바치
    던 예식.
2043 행우승상(行右丞相) : 품계는 높으나 직위는 낮은 벼슬의 우승상.
2044 행우승상의 벼슬을 내리시고.
2045 진정표(陳情表) : 자신의 사정을 아뢰어 임금에게 부탁하는 글.
2046 기여제장(其餘諸將) : 그 나머지의 여러 장수들.
2047 왕작(王爵) : 왕의 작위.
2048 직첩(職牒) : 조정에서 내리는 벼슬아치의 임명장.

일일(一日)은 연왕(燕王)이 파됴 후(罷朝後)[2049], 텬지(天子ㅣ) 종용
(從容) 인견(引見)ᄒᆞ시고 문왈(問曰),

"경(卿)이 츌젼(出戰)ᄒᆞᆫ 후(後) 가중(家中)에 무ᄉᆞᆷ 요란지ᄉᆞ(擾亂
之事ㅣ) 잇기로 짐(朕)이 경(卿)의 쇼실(小室)을 잠간(暫間) 고향(故
鄕)으로 보ᄂᆡ라 홈은 풍파(風波)를 진졍(鎭靜)ᄒᆞ야 경(卿)의 환가(還
家)홈을 기다림이라. 경(卿)은 구ᄋᆡ(拘礙)치 말고 ᄠᅳᆮ되로 쳐치(處置)
ᄒᆞ라."

연왕(燕王)이 돈슈(頓首)ᄒᆞ고 벽셩션(碧城仙)의 일을 ᄃᆡ강(大綱)
고(告)ᄒᆞᆫ되 샹(上)이 쇼왈(笑曰),

"ᄌᆞ고(自古)로 이 갓흔 일이 혹(或) 잇ᄂᆞ니, 경(卿)은 종용쳐치(從
容處置)ᄒᆞ야 화목(和睦)홈을 힘쓰라."

연왕(燕王)이 황공샤례(惶恐謝禮)ᄒᆞ더라.

일일(一日)은 연왕(燕王)이 란셩(鸞城)을 ᄃᆡ(對)ᄒᆞ야 탄왈(歎曰),

"부녀(婦女)의 투기(妬忌)ᄂᆞᆫ 칠거지악(七去之惡)[2050]에 우심(尤甚)[2051]
ᄒᆞᆫ 죄명(罪名)이라. 불ᄒᆡᆼ(不幸)이 ᄂᆡ 집에 이를 범(犯)ᄒᆞᆫ 지(者ㅣ) 잇셔
됴졍(朝廷)까지 등쳘(登徹)[2052]ᄒᆞ니 맛당히 ᄒᆞᆫ 번(番) 엄치사ᄒᆡᆨ(嚴治査
覈)[2053]ᄒᆞᆫ 후(後) 옥셕(玉石)을 분변(分辨)ᄒᆞ려니와[2054], 뎨일(第一) ᄌᆞᄀᆡᆨ
(刺客)을 근포(跟捕)ᄒᆞᆫ 후(後)[2055] 사긔(事機ㅣ) 탄로(綻露)ᄒᆞᆯ지라[2056].

2049 파조 후(罷朝後) : 조회를 파한 뒤.

2050 칠거지악(七去之惡) : 예전에 아내를 내쫓을 수 있는 이유가 되었던 일곱 가지
    허물. 시부모에게 불손함, 자식이 없음, 행실이 음탕함, 투기함, 몹쓸 병을 지님,
    말이 지나치게 많음, 도둑질 따위임.

2051 우심(尤甚) : 더욱 심함.

2052 주) 1623 참조.

2053 엄치사핵(嚴治査覈) : 실제 사정을 자세히 조사하여 밝힌 뒤 엄격하게 처벌함.

2054 옥석을 가리려니와. 좋은 것과 나쁜 것을 가리려니와.

2055 가장 먼저 자객을 찾아 쫓아가서 잡은 뒤.

늬 근일(近日) 죠졍(朝廷)에 다ᄉ(多事)ᄒ야 ᄉᄉ(私事)를 결치 못ᄒ
니[2057], 긱관(客館) 산즁(山中)에 고초(苦楚)를 호을로 격ᄂ 지(者ㅣ)[2058]
엇지 측연(惻然)치 아니리오?"
ᄒ더라.

ᄎ셜(且說), 이ᄶ 남방(南方)을 평뎡(平定)ᄒ 후(後) 밧갓 근심이 업
스믜[2059] 텬지(天子ㅣ) 믹일(每日) 참졍(參政)[2060] 로균(盧均)과 협률랑
(協律郞)[2061] 동홍[홍](董弘)으로 더부러 후원(後苑) 봉의[의봉]뎡(儀鳳
亭)[2062]에셔 풍류(風流)를 드르시니, 죠뎡(朝廷)이 ᄒᆡ튀(懈怠)[2063]ᄒ야
츙신(忠臣)은 물너가고 간신(奸臣)은 득의(得意)홈믜, 연왕(燕王)이
믹양 이를 금신[근심]ᄒ야 죠반(朝班)에 오른 즉(則) 츙셩(忠誠)된 말
슴과 졍직(正直)ᄒ 풍치(風采ㅣ) 부월(斧鉞)을 폐(廢)치 아니ᄒ고[2064]
즉[직]간(直諫)ᄒ니, 로균(盧均)이 더욱 모ᄒᆡ(謀害)ᄒ야 쥬왈(奏曰),

"금일(今日) 죠뎡(朝廷)은 폐하(陛下)의 죠졍(朝廷)이 아니라. 연왕
(燕王)의 권셰(權勢ㅣ) 일국(一國)을 기우려 인쥬(人主)를 하시(下視)
ᄒ니[2065], 폐하(陛下) 다시 풍류(風流)를 드르신 즉(則) 이ᄂ 연왕(燕

2056 사건의 진상이 드러날 것이오.
2057 사사로운 일을 할 겨를이 없으니.
2058 고초를 홀로 겪고 있는 사람이.
2059 바깥의 근심이 없게 되자. 국외에 근심이 없게 되자.
2060 참정(參政) : 참지정사(參知政事). 중국 당송(唐宋) 때의 관직으로 부재상(副宰
相)에 해당하였음.
2061 협률랑(協律郞) : 중국 명나라 때 태상시(太常寺)의 정8품 벼슬.
2062 의봉정(儀鳳亭) : 황궁(皇宮) 안의 정자.
2063 주) 701 참조.
2064 도끼를 없애지 아니하고. 도끼를 들고.
2065 한 나라를 기울여 임금을 얕잡아 낮추니.

王)의 뜻을 거스림이시니 ᄎ후(此後)ᄂ 풍류(風流)를 쳘폐(撤廢)ᄒ샤
연왕(燕王)의 뜻을 맛치쇼셔²⁰⁶⁶."
ᄒ며 빅(百) 가지로 모ᄒᆡ(謀害)ᄒ니, 텬ᄌ(天子ㅣ) 로(怒)ᄒ샤 연왕(燕
王)을 운남군(雲南郡)²⁰⁶⁷에 원찬(遠竄)²⁰⁶⁸ᄒ시니라.

로균(盧均) 동홍(董弘)이 연왕(燕王)을 ᄶᅥ리다가 연왕(燕王)이 원
찬(遠竄)홈익 틱쳥진인(太淸眞人)이란 도ᄉ(道士)와 방ᄉ(方士)²⁰⁶⁹를
모와 텬ᄌ(天子)를 현혹(眩惑)²⁰⁷⁰ᄒ시게 ᄒ더라.

일일(一日)은 로균(盧均)이 빅관(百官)을 거나리고 표(表)를 올녀
쳥왈(請曰),

'하날이 샹셔(祥瑞)를 나리오샤 황하슈(黃河水)가 말고²⁰⁷¹ 봉황(鳳
凰)이 나리여²⁰⁷² 셩덕(聖德)을 표창(表彰)²⁰⁷³ᄒ시니, 폐하(陛下)의 보
답(報答)ᄒ시ᄂ 도리(道理ㅣ) 맛당이 명산(名山)에 봉션(封禪)²⁰⁷⁴ᄒ
샤 옥(玉)을 뭇어²⁰⁷⁵ 텬디신긔(天地神祇)²⁰⁷⁶를 졔(祭)ᄒ시고, 인(因)
ᄒ야 명산(名山)에 ᄌᆡ계(齋戒)ᄒ신 후(後) ᄒᆡ상(海上)에 슌힝(巡幸)
ᄒ샤 다시 신션(神仙)을 마져 슈복(壽福)을 구(求)ᄒ심이 가(可)홀가
ᄒ나이다.'

2066 연왕의 뜻에 맞추소서.
2067 운남군(雲南郡) : 중국 서남부의 고을로, 오늘날의 운남성(雲南省) 지역.
2068 원찬(遠竄) : 원배(遠配). 먼 곳으로 귀양을 보냄.
2069 방사(方士) : 신선의 술법을 닦는 사람.
2070 현혹(眩惑) : 정신을 빼앗겨 하여야 할 바를 잊어버림. 또는 그렇게 되게 함.
2071 황하의 물이 맑고.
2072 (하늘에서) 봉황새가 내려와.
2073 표창(表彰) : 남의 공적이나 선행을 세상에 드러내어 밝힘.
2074 봉선(封禪) : 옛날 중국에서 천자(天子)가 흙으로 단(壇)을 만들어 하늘에 제사 지내고 땅을 정(淨)하게 하여 산천에 제사 지내던 일.
2075 옥으로 만든 판에 기원하는 말을 새겨 석함에 넣어 땅에 묻어서.
2076 천지신기(天地神祇) : 천신(天神)과 지신(地神).

상(上)이 디희(大喜)ᄒ샤 길일(吉日)을 퇵(擇)ᄒ야 퇴산(泰山)에 봉
션(封禪)ᄒ실ᄉᆡ, 종실(宗室) 디신(大臣)과 문무백관(文武百官)을 머
므러 감국(監國)[2077]ᄒ라 ᄒ시고, 로균(盧均) 동홍(董弘)과 환시(宦
侍)[2078] 십여 명(十餘名)과 뎐젼갑ᄉᆞ(殿前甲士)[2079] 일쳔 명(一千名)과
우림군(羽林軍)[2080] 일만 긔(一萬騎)를 거나리시고 발힝(發行)ᄒ실ᄉᆡ,
ᄎᆞ시(此時)ᄂᆞᆫ 츈습월(春三月)이라. 빅셩(百姓)이 장기를 더지고[2081] 젼
묘(田畝)를 메여 길을 닥그며[2082], 계견(鷄犬)을 잡아 군ᄉᆞ(軍士)를 졉
디(接待)홈이 ᄌᆞ연(自然) 민심(民心)이 효효(囂囂)[2083]ᄒ야 원망(怨望)
이 이러나더라.

텬ᄌᆞ(天子ㅣ) 히상(海上)에 힝궁(行宮)을 지으시고, 신션(神仙)을
모으시고, 주 목왕(周穆王)[2084] 진시황(秦始皇)[2085]의 팔방(八方)을 쥬
류(周流)[2086]ᄒ고 바다를 다리 노을 ᄯᅳᆺ이 계시더니[2087], 일일(一日)은

2077 감국(監國) : 옛날 중국에서 임금이 국외(國外)로 나갔을 때 서울에 남은 태자(太
　　子)를 일컫던 말. 천자가 일시적으로 권한을 대행시키던 기관(機關).
2078 환시(宦侍) : 내시(內侍). 임금의 시중을 들거나 숙직 따위의 일을 맡아보던 남자
　　로, 모두 거세된 사람이었음.
2079 전전갑사(殿前甲士) : 지위 높은 벼슬아치가 나가 다닐 때에 무장하고 앞뒤에서
　　호위하는 군사.
2080 우림군(羽林軍) : 어림군(御林軍). 황제를 가까이에서 호위하는 금위군(禁衛軍).
2081 (논밭을 갈던) 쟁기를 던지고.
2082 밭이랑을 메워 길을 닦으며.
2083 효효(囂囂) : 떠들썩하게 들레는 모양.
2084 주 목왕(周穆王) : 중국 서주(西周)의 임금. 성은 희(姬)씨, 이름은 만(滿), 소왕
　　(昭王)의 아들. 일찍이 서쪽으로 견융(犬戎)을 치고, 도읍을 태원(太原)으로 옮겼
　　음. 후세에 전하기를 그가 일찍이 팔준마(八駿馬)를 얻어 천하를 주행(周行)했다
　　고 하며, 서왕모(西王母)와 만난 고사가 전하고 있음.
2085 진시황(秦始皇) : 전국시대를 마무리하고 중국 최초의 통일국가인 진(秦)나라를
　　세운 초대 황제.
2086 주류(周流) : 두루 돌아다님.
2087 바다에 다리를 놓을 뜻이 있었는데.

힝궁(行宮)에 올으샤 옥뎨(玉帝)[2088]를 뫼시고 균텬광악(鈞天廣樂)[2089]
을 드르시다가 우연(偶然)이 실죡(失足)[2090]ᄒ야 공즁(空中)에 써러지
니, 일기(一個) 소년(少年)이 밧들어 구(救)ᄒ거늘 도라보믹 그 쇼년
(少年)이 분명(分明) 홍장(紅粧)[2091]으로 녀ᄌ(女子)의 긔샹(氣像)이 잇
셔 슈즁(手中)에 악기(樂器)를 들고 령인(伶人)[2092]의 모양(模樣)이라.
쑴을 ᄭᆡ치샤 상셔(祥瑞)롭지 아니ᄒ야 로균(盧均)더러 몽죠(夢兆)[2093]
를 말ᄒ신딕 로균 왈(盧均曰),

  "옛젹에 진목공(秦穆公)[2094]이 균텬악(鈞天樂)[2095]을 쑴꾸고 나라를
즁흥(中興)ᄒ얏ᄉ오니, 이 엇지 긔몽(奇夢)이 아니오며, 폐희(陛下 ㅣ)
동홍(董弘)을 엇으샤 례악(禮樂)을 닥가 셩덕(聖德)을 찬양(贊襄)[2096]
흠이 몽즁(夢中)에 보신 바 소년(少年)이 혹(或) 동홍(董弘)인가 ᄒ나
이다."

  텬ᄌ(天子 ㅣ) ᄯᅩᄒ 홍(弘)을 ᄯᆺᄒ시더니 ᄎ언(此言)을 드르시고 홍
(弘)의 벼살을 더ᄒ야 의봉뎡(儀鳳亭) 틱학ᄉ(太學士) 겸(兼) 균텬감
(鈞天監) 협률도위(協律都尉)를 더ᄒ시고 리원(梨園)[2097] 뎨ᄌ(弟子)를

2088 옥제(玉帝) : 옥황상제(玉皇上帝). 흔히 도가(道家)에서, '하느님'을 이르는 말.
2089 균천광악(鈞天廣樂) : 중국의 궁중 음악. '균천'은 천제(天帝)의 거소인데, 춘추시
     대에 조간자(趙簡子)가 5일 동안 혼수상태에 빠져 있을 때 균천에 올라가서 광악
     을 듣고 왔다는 고사에서 유래함.
2090 실족(失足) : 발을 헛디딤.
2091 홍장(紅粧) : 연지 따위로 붉게 하는 화장. 미인의 화장을 비유적으로 이르는 말.
2092 영인(伶人) : 악공(樂工)과 광대(＊廣大)를 통틀어 이르는 말.
2093 몽조(夢兆) : 꿈자리. 꿈에 나타나는 길흉의 징조.
2094 진 목공(秦穆公) : 중국 춘추시대 진나라의 제9대 군주. 춘추오패(春秋五覇)의
     한 사람임.
2095 균천악(鈞天樂) : 균천광악.
2096 찬양(贊襄) : 임금을 도와 치적을 쌓게 함.
2097 이원(梨園) : 중국 당나라 때, 현종(玄宗)이 몸소 배우(俳優)의 기술을 가르치던 곳.

곳쳐 균텬(鈞天) 뎨ᄌ(弟子)라 ᄒ고, 민간(民間)의 음률(音律) 아ᄂᆫ 미쇼년(美少年)을 ᄲᅩ바 드려 균텬(鈞天) 뎨ᄌ(弟子)를 삼아 좌우(左右)에 뫼셔 몽죠(夢兆)를 응(應)ᄒ게 ᄒ시니, ᄎ시(此時) 동홍(董弘)이 셩지(聖旨)를 밧ᄌ와 균텬(鈞天) 뎨ᄌ(弟子)를 ᄲᅩᆲ을시, 창졸(倉卒)에 츙슈(充數)²⁰⁹⁸ᄒᆯ 길이 업ᄂᆫ지라. 홍(弘)이 이에 좌우인(左右人)을 원근(遠近)에 노와²⁰⁹⁹ 만일(萬一) 합(合)ᄒᆫ 지(者ㅣ) 잇거든 뭇지 말고 잡아오라 ᄒ니, 려항(閭巷)²¹⁰⁰ 쇼년(少年)이 년소(年少) 미묘[모미](貌美)²¹⁰¹ᄒᆫ ᄌ(者)ᄂᆫ 감(敢)히 현형(現形)²¹⁰²치 못ᄒ더라.

차셜(且說), 션랑(仙娘)이 점화관(點花觀)에 잇셔 셔어(齟齬)ᄒᆫ 긱뎜(客店)이 일일(여)삼츄(一日如三秋ㅣ)라²¹⁰³. 날마다 북텬(北天)을 쳠망(瞻望)²¹⁰⁴ᄒ며 연왕(燕王)이 다시 차짐을 바라더니, ᄶᅳᆺ밧게 텬의젹긱(天涯謫客)²¹⁰⁵이 되야 음신(音信)이 묘연(杳然)ᄒ야²¹⁰⁶ 신셰(身世)를 싱각ᄒ니 갈스록 괴이(怪異)ᄒ미 음식(飮食)을 젼폐(全廢)ᄒ고 쥬야(晝夜) 호읍(呼泣)²¹⁰⁷ᄒ더니 홀연(忽然) 탄왈(歎曰),

"우리 상공(相公)이 소인(小人)의 참언(讒言)²¹⁰⁸을 닙으샤 졸연(猝

2098 충수(充數) : 수효를 채움.
2099 가까운 사람들을 멀고 가까운 곳에 풀어.
2100 여항(閭巷) : 여염(閭閻). 백성의 살림집이 많이 모여 있는 곳.
2101 모미(貌美) : 얼굴이 아름다움.
2102 현형(現形) : 모습을 나타냄.
2103 서먹서먹한 객지 생활에 하루가 삼 년처럼 길었다.
2104 첨망(瞻望) : 높은 곳을 멀거니 바라다봄.
2105 천애적객(天涯謫客) : 까마득하게 멀리 떨어진 곳에서 귀양살이하는 사람.
2106 소식을 알 길이 없어서.
2107 호읍(呼泣) : 울부짖음.
2108 참언(讒言) : 거짓으로 꾸며서 남을 헐뜯어 윗사람에게 고하여 바침. 또는 그런 말.

然) 환추(還次)²¹⁰⁹ᄒ실 긔약(期約)이 업고, 도관(道觀)에 쳐(處)ᄒ야 종젹(蹤跡)이 얼울[올](跪脆)²¹¹⁰홀 ᄲᅮᆫ 아니라 무슴 풍픠(風波ㅣ) 다시 아니 싱길 쥴 알니오? 찰아리 종젹(蹤跡)을 감초아 남방(南方) 산천(山川)을 구경ᄒ고 운남(雲南) 젹소(謫所)에 갓가온 도관(道觀)을 차져 ᄯᅢ를 기다림이 올토다."

ᄒ고 이에 일필(一匹) 쳥려(靑驢)와 남복(男服)을 기착(改着)ᄒ고 모든 도ᄉ(道士)를 작별(作別)ᄒᆫ 후(後) 남(南)으로 힝(行)홀ᄉᆡ, 로쥬(奴主) 량인(兩人)이 일기(一個) 셔싱(書生)과 일기(一個) 셔동(書童)의 모양이라.

여러 날 만에 츙쥬(忠州)²¹¹¹ ᄯᅡ에 이르니 황셩(皇城)이 구빅 리(九百里)오, 산동셩(山東城)이 이빅여 리(二百餘里)²¹¹²라.

일일(一日)은 뎜즁(店中)에 들ᄆᆡ 수기(數個) 쇼년(少年)이 션랑(仙娘)의 용모(容貌)를 보고 눈 쥬어 슉시(熟視)ᄒ며 문왈(問曰),

"그ᄃᆡᄂᆞᆫ 어듸로 가는 스름이뇨?"

션랑 왈(仙娘曰),

"나ᄂᆞᆫ 산슈(山水)를 차ᄌᆞ 졍쳐(定處) 업시 다니노라."

그 소년(少年)이 셔로 보며 미소 왈(微笑曰),

"그ᄃᆡ의 얼골을 보ᄆᆡ 풍류남ᄌᆞ(風流男子)의 긔상(氣像)이 잇스니 혹(或) 음률(音律)을 비홈이 잇나냐? 우리도 역시(亦是) 방탕(放蕩)이 다니는 스름이라. 맛츰 소ᄆᆡ 속에 단쇠(短簫ㅣ) 잇셔 금야(今夜) 긱즁(客中)에셔 쇼견(消遣)코져 ᄒ노라."

2109 환차(還次) : 길 떠난 웃어른이 돌아옴.
2110 주) 1014 참조.
2111 충주(忠州) : 중국 중경시(重慶市) 충현(忠縣)의 옛 지명.
2112 현토본에는 '백여 리'로 되어 있음.

션랑(仙娘)이 츠언(此言)을 듯고 싱각ᄒ되,

'져 소년(少年)이 반다시 닉 모양(模樣)이 녀즈(女子) 갓흠을 의심(疑心)ᄒ야 이 갓치 힐란(詰難)²¹¹³ᄒᄋᆷ이니, 닉 졸(拙)ᄒᆫ 틱도(態度)를 로츌(露出)ᄒᆷ이 불가(不可)ᄒ도다.'

ᄒ고 쇼왈(笑曰),

"나는 썩은 션비라. 엇지 음률(音律)을 알니오마는 량위(兩位) 션싱(先生)이 이 갓치 놀고ᄌ ᄒ실진딕 초동목뎍(樵童牧笛)²¹¹⁴의 효빈(效顰)²¹¹⁵ᄒᆷ을 ᄉ양(辭讓)치 아니리이다."

그 쇼년(少年)이 딕희(大喜)ᄒ야 소딕 속으로조츠²¹¹⁶ 통소(洞簫)를 딕야 몬져 일곡(一曲)을 불고 션랑(仙娘)을 쥬거늘, 션랑(仙娘)이 ᄉ양(辭讓)치 아니ᄒ고 수곡(數曲)으로 쳐쳐[초초](草草)²¹¹⁷이 화답(和答)ᄒᆫ 후(後) 통쇼(洞簫)를 도로 젼(傳)ᄒ야 왈(曰),

"닉 본딕 숙공(熟工)²¹¹⁸이 업고 다만 량위(兩位) 션싱(先生)의 후의(厚意)를 괄시(恝視)²¹¹⁹치 못ᄒᆷ이니, 션싱(先生)은 웃지 말으쇼셔."

그 쇼년(少年)이 가장 깃거 밧그로 나가더니 아이(俄而)오, 밧기 요란(擾亂)ᄒ며 오륙 기(五六個) 한직(漢子ㅣ) 쇼거(小車)를 문(門) 밧긔 다이고, 그 쇼년(少年)이 크게 소릭 왈(曰),

---

2113 힐난(詰難) : 트집을 잡아 거북할 만큼 따지고 듦.

2114 초동목적(樵童牧笛) : 나무하는 아이나 가축을 치는 아이의 피리.

2115 효빈(效顰) : 눈살 찌푸리는 것을 본뜬다는 뜻으로, 함부로 남의 흉내를 냄을 이르는 말. 중국 월(越)나라의 미녀 서시(西施)가 속병이 있어 눈을 찡그리자 이를 본 못난 여자들이 눈을 찡그리면 아름답게 보이는 줄 알고 따라서 눈을 찡그리고 다녔다는 데서 유래함.

2116 소매 속으로부터. 소매 속에서.

2117 초초(草草) : 몹시 간략함. 바쁘고 급함.

2118 숙공(熟工) : 숙련된 솜씨.

2119 괄시(恝視) : 업신여겨 하찮게 대함.

"우리는 황명(皇命)을 밧즈와 그딕 갓흔 즈(者)를 구(求)ᄒ라 다니
노라."

ᄒ며 붓들어 슈릭에 너코[2120] 풍우(風雨) 갓치 모라 어딕로 가거늘,
션랑(仙娘)이 쏘흔 불의지변(不意之變)[2121]을 당(當)ᄒ야 곡졀(曲折)을
모르고 거즁(車中)에 안져 쇼쳥(小蜻)을 보아 왈(曰),

"이는 우리 로쥬(奴主)에 명(命)이로다. 평디풍픠(平地風波ㅣ) 이
갓치 란측(難測)[2122]ᄒ뇨?"

쇼쳥 왈(小蜻曰),

"랑즈(娘子)는 관심(寬心)[2123]ᄒ샤 ᄎᄎ(次次) 사기(事機)를 보쇼셔."

션랑(仙娘)이 쏘흔 홀일업셔 다만 흔 번(番) 죽기로 즈쳐(自處)ᄒ
고 안졋더니, 죵일(終日) 힝(行)ᄒ야 흔 곳에 이르러 슈릭를 놋코 나
리믈 쳥(請)ᄒ거늘, 션랑(仙娘) 로쥬(奴主) 틱연(泰然)이 나려 좌우(左
右)를 보니 뎨틱(第宅)[2124]이 굉걸(宏傑)[2125]ᄒ딕 무수(無數)흔 쇼년(少
年)이 즈긔(自己)의 모양(模樣)으로 둔취(屯聚)[2126]ᄒ야 안져 면면상
고(面面相顧)[2127]ᄒ거늘, 션랑(仙娘)이 쏘흔 여러 소년(少年)을 조ᄎ
안즈믹, 일기(一個) 관인(官人)이 셕반(夕飯)을 가지고 나와 권(勸)ᄒ
며 위로 왈(慰勞曰),

"그딕는 근심치 말고 셕반(夕飯)을 먹으라. 이곳은 산동셩(山東城)

2120 붙들어 수레에 넣고.
2121 불의지변(不意之變) : 뜻하지 않았던 변고(變故).
2122 난측(難測) : 헤아리기가 어려움.
2123 관심(寬心) : 마음을 너그럽게 가짐.
2124 제택(第宅) : 살림집과 정자를 통틀어 이르는 말.
2125 굉걸(宏傑) : 굉장하고 훌륭함.
2126 둔취(屯聚) : 여러 사람이 한곳에 모여 있음.
2127 면면상고(面面相顧) : 아무 말도 없이 서로 얼굴만 물끄러미 바라봄.

이오, 우리는 참정(參政) 로야(老爺)의 가인(家人)이라. 텬지(天子ㅣ) 방금(方今) 희상(海上) 힝궁(行宮)에 계시샤 시로 균텬(鈞天) 뎨즈(弟子)를 모으실시, 명일(明日)은 동 협률(董協律)과 로 츔졍(盧參政)이 그듸 등(等)을 취지(取才)[2128]혼다 호니 그듸 등(等)은 지죠(才操)를 다호야 텬즈(天子)씌 근시(近侍)[2129]혼 즉(則) 엇지 영화(榮華)롭지 아니호리오?"

션랑(仙娘)이 추언(此言)을 듯고 심즁(心中)에 싱각호되,

'이는 반다시 동홍(董弘) 로균(盧均)의 소위(所爲)[2130]로다. 닉 만일(萬一) 본쇠(本色)을 로츌(露出)호면 로균(盧均)은 우리 상공(相公)의 슈인(讎人)이라. 엇지 욕(辱) 봄을 면(免)호리오? 맛당히 종격(蹤跡)을 숨기고 취지(取才)호는 즈리에 나아가 지죠(才操)를 은휘(隱諱)[2131]호고 풍류(風流)를 모르노라 혼 즉(則) 즈연(自然) 노화 보닉리라[2132].' 호고 계교(計巧)를 뎡(定)혼 후(後) 동졍(動靜)을 기다리더니, 과연(果然) 그 관인(官人)이 다시 수십 쳑(數十隻) 슈릭를 가져 소년(少年)을 다리고 어딕로 가거늘 션랑(仙娘)이 션[거]즁(車中)에셔 바라보믹 층층(層層)혼 궁궐(宮闕)이 희변(海邊)을 림(臨)호얏스니 뭇지 아녀 힝궁(行宮)일너라[2133].

츠셜(且說), 츠시(此時) 동홍(董弘)이 로 참정(盧參政)을 보고 왈(曰),

2128 취재(取才) : 재주를 시험하여 사람을 뽑음.
2129 근시(近侍) : 웃어른을 가까이 모심.
2130 소위(所爲) : 소행(所行). 이미 해 놓은 일이나 짓. 하는 일.
2131 은휘(隱諱) : 꺼리어 감추거나 숨김.
2132 절로 놓아 보낼 것이다.
2133 묻지 않아도 행궁일 것이었다.

"홍(弘)이 이졔 황명(皇命)을 밧즈와 스면(四面)에 광구(廣求)ᄒ야 음률(音律) 아ᄂ 스룸 십여 명(十餘名)을 잡아왓스니, 금야(今夜) 황샹(皇上)을 뫼셔 그 지죠(才操)를 구경홀가 ᄒ나이다."

로균(盧均)이 침음(沈吟) 량구(良久)에 손을 져어 왈(曰),

"불가(不可)ᄒ다. 셰상(世上)에 불측(不測)²¹³⁴홀 바ᄂ 스룸이라. 그 딕 권도(權道)²¹³⁵로 소ᄆᆡ(素昧)²¹³⁶ 평ᄉᆡᆼ(平生)에 낫 모르ᄂ 쇼년(少年)을 모화 텬즈(天子)ᄭᅴ 드리고져 ᄒ니, 이 엇지 우리의 복(福)이리오? 만일(萬一) 우리 량인(兩人)의 심복(心腹)이 아니어든 죵금(從今) 이후(以後)로 근시(近侍)케 말라."

동홍(董弘)이 사례(謝禮)ᄒ고 즉시(卽時) 모든 소년(少年)을 로균(盧均)의 쳐쇼(處所)로 인도(引導)ᄒ라 ᄒ니, 션랑(仙娘)이 소년(少年)을 ᄯᅡ라 참졍(參政) 쳐쇼(處所)에 이르러 보ᄆᆡ 수십 간(數十間) 집을 ᄉᆡ로이 지어 극(極)히 졍치(精緻)²¹³⁷ᄒᆫ 즁(中) 쳠아마다 구슬 등(燈)을 달앗고 산호(珊瑚) 갈구리에²¹³⁸ 슈졍(水晶) 별[발]을²¹³⁹ 곳곳이 걸엇스니, 진짓 신션(神仙) 누각(樓閣)일너라.

좌우(左右)를 보ᄆᆡ 일위(一位) 지상(宰相)이 즈비옥ᄃᆡ(紫緋玉帶)²¹⁴⁰로 푸른 얼골에 살긔(殺氣)를 ᄯᅴ어 동향(東向)ᄒ야 안졋스니, 이ᄂ 로균(盧均)이오. 일기(一個) 쇼년(少年)이 홍포[포]야ᄃᆡ(紅袍也帶)²¹⁴¹

2134 불측(不測) : 미루어 헤아릴 수 없음.
2135 권도(權道) : 목적 달성을 위하여 그때그때의 형편에 따라 임기응변으로 일을 처리하는 방도.
2136 소매(素昧) : 견문이 좁고 사리에 어두움.
2137 정치(精緻) : 정교하고 치밀함.
2138 갈구리 모양으로 만든 산호 장식에.
2139 수정으로 만든 발[수정렴(水晶簾)]을.
2140 자비옥대(紫緋玉帶) : 자줏빛 비단 옷에 옥으로 장식한 허리띠.
2141 홍포야대(紅袍也帶) : 붉은 도포와 한 끝이 아래로 늘어져 '也'자 모양인 허리띠.

로 용모(容貌) 아름답고 셔향(西向)ᄒᆞ야 안젓스니, 이는 동홍(董弘)
이라. 젼후좌우(前後左右)에 악긔(樂器)를 버려 노코 졔 소년(諸少年)
을 ᄎᆞ례(次例)로 뎡좌(定座)ᄒᆞᆫ 후(後) 로균(盧均)이 쇼왈(笑曰),

"그듸ᄂᆞᆫ 다 엇더ᄒᆞᆫ 스름임을 모르나 동시(同是) 황샹(皇上) 신ᄌᆞ
(臣子ㅣ)라. 방금(方今) 황샹(皇上)이 샹셔(祥瑞)를 어드시고 례악(禮
樂)을 즁슈(重修)²¹⁴²ᄒᆞ샤 틱산(泰山)에 봉션(封禪)ᄒᆞ시니, 이는 쳔고
(千古)에 희귀(稀貴)ᄒᆞᆫ 일이라. 이졔 이원(梨園) 교방(敎坊)에 쇽악(俗
樂)을 곳쳐 균텬뎨ᄌᆞ(鈞天弟子)의 신악(新樂)을 일우고져 ᄒᆞ노니, 그
듸 등(等)은 각각(各各) 지죠(才操)를 숨기지 말아 셩덕(聖德)을 찬양
(贊襄)ᄒᆞ라."

션랑 왈(仙娘曰),

"쇼싱(小生)은 일기(一個) 셔싱(書生)이라 음률(音律)에 공부(工夫)
업ᄉᆞ오니 가라치시는 ᄯᅳᆺ을 봉승(奉承)²¹⁴³치 못ᄒᆞᆯ가 ᄒᆞ나이다."

로균(盧均)이 미미(微微)²¹⁴⁴ 쇼왈(笑曰),

"소년(少年)은 너모 샤양(辭讓)치 말라. 이 ᄯᅩᄒᆞᆫ 스군(事君)ᄒᆞᄂᆞᆫ 일
이라 왕문령인(王門伶人)²¹⁴⁵의 슈치(羞恥)될 게 업슬가 ᄒᆞ노라."

말을 맛고 각각(各各) 풍류(風流)를 쥬어 소쟝(所長)²¹⁴⁶딕로 시험
(試驗)ᄒᆞᆯᄉᆡ, ᄎᆞ시(此時) 텬ᄌᆞ(天子ㅣ) 힝궁(行宮)에 계시샤 슈삼(數三)

2142 즁수(重修) : 낡고 헌 것을 손질하여 고침.

2143 주) 898 참조.

2144 미미(微微) : 희미하게. 소리 없이.

2145 왕문영인(王門伶人) : 왕가(王家)의 악공(樂工). 중국 진(晉)나라 때 은사인 대규
(戴逵)는 자를 안도(安道)라고 하였는데, 본디 거문고를 잘 탔음. 무릉왕(武陵王)
희(晞)가 그 소문을 듣고 사람을 시켜 부르자, 대규가 사자 앞에서 즉시 거문고를
부숴 버리면서 말하기를, "대안도는 왕문의 악사가 되지 않을 것이다.[戴安道不
爲王門伶人]"라고 하였다는 고사가 전함.

2146 소장(所長) : 장기(長技). 자신의 재능 가운데 가장 잘하는 재주.

근시(近侍)를 다리시고 월하(月下)에 건이시더니[2147] 홀연(忽然) 풍편 (風便)에 스쥭(絲竹)[2148] 쇼릐 의의[은은](隱隱)이 들니거늘 좌우(左右) 더러 무르시니 좌위 왈(左右ㅣ曰),

"로 참졍(盧參政) 동 협률(董協律)이 싀로 균텬뎨즈(鈞天弟子)를 쏩아 스습(私習)[2149]ᄒ나이다."

상(上)이 흔연(欣然) 쇼왈(笑曰),

"짐(朕)이 이제 미힝(微行)[2150]으로 가 구경코즈 ᄒ노니 좌즁(座中) 에 약속(約束)ᄒ야 루셜(漏泄)치 말나."

ᄒ시니라.

츠시(此時) 졔쇼년(諸少年)이 츠례(次例)로 풍류(風流)를 알위여 관 현(管絃)이 방장(方將)[2151] 질탕(跌宕)[2152]ᄒ더니 홀연(忽然) 일위(一位) 귀인(貴人)이 장즁(帳中)[2153]으로 슈기(數個) 시쟈(侍者)를 다리고 이 르거늘 션랑(仙娘)이 우러러보민 긔상(氣像)이 츌즁(出衆)ᄒ고 풍치 (風采ㅣ) 동탕(動蕩)[2154]ᄒ야 융준(隆準)[2155] 일각(日角)[2156]에 용장봉표 (龍章鳳表)[2157]라. 광채(光彩ㅣ) 휘황(輝煌)ᄒ야 다시 보니 심상(尋常)

2147 달빛 아래 거닐고 계시더니.

2148 사죽(絲竹) : 관현(管絃). 관악기와 현악기를 아울러 이르는 말.

2149 사습(私習) : 스승 없이 혼자 스스로 배워서 익힘.

2150 미행(微行) : 미복잠행(微服潛行). 지위가 높은 사람이 무엇을 몰래 살피기 위하 여 남루한 옷차림을 하고 남 모르게 다니는 일.

2151 방장(方將) : 지금 막. 바야흐로.

2152 질탕(跌宕) : 신이 나서 정도가 지나치도록 흥겨움. 또는 그렇게 노는 짓.

2153 장중(帳中) : 장막(帳幕)의 안.

2154 동탕(動蕩) : 얼굴이 두툼하고 잘생김.

2155 융준(隆準) : 융비(隆鼻). 우뚝한 코.

2156 일각(日角) : 관상에서, 이마 한가운데 뼈가 불거져 있는 일. 귀인의 상(相)을 말함.

2157 용장봉표(龍章鳳表) : 용과 봉황 같은 모습이라는 뜻으로, 풍채가 뛰어남을 형용

귀인(貴人)이 아니라.

(귀인(貴人)이) 웃고 참정(參政)을 보시며 왈(曰),

"쥬인(主人)이 가긱(佳客)²¹⁵⁸이 잇셔 금야(今夜) 동락(同樂)홈을 듯고 불쳥긱(不請客)²¹⁵⁹이 즈리(自來)²¹⁶⁰ᄒ엿스니, 혹(或) 픠흥(敗興)²¹⁶¹ 됨이 업슬쇼냐?"

언필(言畢)에 옥음(玉音)²¹⁶²이 률려(律呂)²¹⁶³에 합(合)ᄒ야 뎡녕(丁寧)²¹⁶⁴ 텬지(天子ㅣ) 림(臨)ᄒ신가 의심(疑心)ᄒ되 복식(服色)과 시위(侍衛ㅣ) 증험(證驗)홀 비 업더니 그 귀인(貴人)이 소왈(笑曰),

"동 학ᄉ(董學士)ᄂᆞᆫ 쥬인(主人)이라 먼져 일곡(一曲)을 듯고져 ᄒ노라."

동홍(董弘)이 즉시(卽時) 몸을 일어 비파(琵琶)를 집어 수곡(數曲)을 타거늘, 션랑(仙娘)이 즈셰(仔細ㅣ) 들으믹 슈법(手法)²¹⁶⁵이 황잡(荒雜)²¹⁶⁶ᄒ고 음률(音律)이 착란(錯亂)²¹⁶⁷ᄒᆫ 즁(中) 그 소릭 십분(十分) 불길(不吉)ᄒ야 졔비 막상(幕上)²¹⁶⁸에 깃드리고²¹⁶⁹ 고기 졍중(鼎

하여 이르는 말.

2158 가객(佳客) : 반갑고 귀한 손님.

2159 불청객(不請客) : 오라고 청하지 않았는데도 스스로 찾아온 손님.

2160 자래(自來) : 스스로 옴.

2161 패흥(敗興) : 파흥(破興). 흥이 깨어짐.

2162 옥음(玉音) : 임금의 음성.

2163 주) 706 참조.

2164 주) 461 참조.

2165 수법(手法) : 기법(技法). 예술품을 만드는 솜씨.

2166 황잡(荒雜) : 조잡(粗雜). 거칠고 잡됨.

2167 착란(錯亂) : 어지럽고 어수선함.

2168 막상(幕上) : 장막 위.

2169 '제비가 장막 위에 집을 짓는다[연소막상(燕巢幕上)]'는 뜻으로, 곧 위태로움이 닥칠 것을 알지 못함을 비유하여 이르는 말.

中)에 쒸노 듯ᄒ거ᄂᆞᆯ[2170], 션랑(仙娘)이 심즁(心中)에 의아(疑訝)ᄒ더
니, 그 귀인(貴人)이 다시 소왈(笑曰),

"학ᄉ(學士)의 비파(琵琶)ᄂᆞᆫ 너모 지리ᄒ야[2171] 싱신(生新)[2172]치 못
ᄒ니 리삼랑(李三郞)[2173]의 갈고(羯鼓)[2174]를 샐이 가져오라. 늬 맛당이
흉즁진루(胸中塵累)[2175]를 한 번(番) 씨스리라."

ᄒ시고 옥슈(玉手)를 들어 ᄒᆞᆫ 번(番) 치를 울이ᄆᆡ 비록 슈단(手段)이
싱소(生疎)ᄒ고 곡죄[조](曲調)가 소루(疏漏)ᄒ나 광ᄃᆡ(廣大)ᄒᆞᆫ 도량
(度量)은 텬디(天地ㅣ) 가이업고[2176], 호방(豪放)ᄒᆞᆫ 긔세(氣勢)ᄂᆞᆫ 풍위
변[번]복(風雨ㅣ 翻覆)[2177]ᄒ야 비(譬)컨ᄃᆡ[2178] 창ᄒᆡ신룡(滄海神龍)[2179]이
변화불칙[측](變化不測)[2180]ᄒ야 운소(雲霄)[2181]에 오르고져 ᄒ나 구름
을 엇지 못ᄒᆞᆫ[흔] 갓거ᄂᆞᆯ, 션랑(仙娘)이 바야흐로 ᄃᆡ경(大驚)ᄒ야 그
귀인(貴人)이 텬ᄌᆞ(天子)심을 아나 임에 미ᄒᆡᆼ(微行)ᄒᆞᆫ신 긔미(機微)
를 보고 감(敢)히 긔싴(氣色)을 로츌(露出)치 못ᄒ야 다만 심즁(心中)

2170 '물고기가 물이 끓는 솥 안에서 뛰어오른다[어약정중(魚躍鼎中)]'는 뜻으로, 위태
　　로운 상황을 비유하여 이르는 말.
2171 너무 지루하여.
2172 생신(生新) : 생기 있고 새로움.
2173 이삼랑(李三郞) : 중국 당나라의 현종(玄宗)을 가리키는 말. 현종의 본명은 이융
　　기(李隆基)로, 셋째 아들로 태어났으므로 '이삼랑'이라는 별명이 생겼음.
2174 갈고(羯鼓) : 전통 악기의 하나로 크기와 모양이 장구와 비슷하나, 양면을 말가죽
　　으로 메워 대(臺) 위에 올려놓고 두 개의 채로 침. 소리를 조절하는 조이개가 양쪽
　　에 있음.
2175 흉중진루(胸中塵累) : 가슴속에 쌓여 있는 세상살이에 연관된 너저분한 일.
2176 하늘과 땅이 가없고. 하늘과 땅처럼 끝이 없고.
2177 풍우번복(風雨翻覆) : 바람과 비가 이리저리 뒤집힘.
2178 비유하자면.
2179 창해신룡(滄海神龍) : 넓고 큰 바다의 신령스러운 용.
2180 변화불측(變化不測) : 변화를 예측할 수 없음.
2181 주) 405 참조.

에 싱각ᄒ되,

‘우리 황샹(皇上)의 광되(廣大)ᄒ신 덕량(德量)과 신셩(神聖) 문무
(文武)ᄒ신 자품(資稟)²¹⁸²이 뎌 갓흐시거늘 소인(小人)의 무리 텬총
(天聰)²¹⁸³을 가리와 일편부운(一片浮雲)²¹⁸⁴을 헤칠 길이 업스니, 뇌
비록 일기(一個) 녀ᄌ(女子ㅣ)나 ᄯᅩᄒ 츙의지심(忠義之心)²¹⁸⁵을 품은
지라. 이러ᄒ 긔회(機會)를 당(當)ᄒ야 엇지 풍류(風流)로 ᄒ 번(番)
풍간(諷諫)²¹⁸⁶치 아니ᄒ리오?’

ᄒ고 계교(計巧)를 뎡(定)ᄒ 후(後) 동졍(動靜)을 기다리더니 텬ᄌ(天
子ㅣ) 갈고(羯鼓)를 ᄉᆞ치시고 소년(少年)을 취ᄌ(取才)ᄒ야 션랑(仙
娘)에게 이르ᄆ, 션랑(仙娘)이 ᄉ양(辭讓)치 아니ᄒ고 쥭뎍(竹笛)을
집어 알연(戛然)²¹⁸⁷이 일곡(一曲)을 알왼디, 텬ᄌ(天子ㅣ) 미쇼(微笑)
ᄒ시며 동 협률(董協律)을 보사 왈(曰),

“이는 심상(尋常)ᄒ 슈단(手段)이 아니로다. 봉황(鳳凰)이 됴양(朝
陽)에 울ᄆ 묽은 소리 운소(雲霄)에 사못치니 듯는 ᄌ(者)로 ᄒ야금
취몽(醉夢)을 ᄭᅵ여 인간(人間) 빅됴(百鳥)에 범상(凡常)ᄒ 소리를 ᄡᅵ
슬지니 엇지 이른바 봉황곡(鳳凰曲)이 아니냐?”

ᄒ시거늘 션랑(仙娘)이 바야흐로 텬ᄌ(天子)의 총명(聰明)이 츌즁(出
衆)ᄒ샤 족(足)히 풍간(諷諫)홀 쥴 짐작(斟酌)ᄒ고²¹⁸⁸ 이에 쥭뎍(竹笛)
을 눗코 거문고를 다리여 옥슈(玉手)로 쥴를[을] 골나 일곡(一曲)을

2182 주) 1744 참조.
2183 천총(天聰) : 임금의 총명(聰明).
2184 일편부운(一片浮雲) : 한 조각 뜬 구름.
2185 충의지심(忠義之心) : 충성스럽고 의로운 마음.
2186 풍간(諷諫) : 완곡한 표현으로 잘못을 고치도록 간함.
2187 알연(戛然) : 악기 소리가 맑고 은은함.
2188 풍간한 것임을 충분히 아셨으리라고 짐작하고.

타민, 텬진(天子ㅣ) 흔연(欣然) 쇼왈(笑曰),

"한가(閑暇)ᄒ다 추곡(此曲)이여! 류쉬(流水ㅣ) 묘연(渺然)[2189]ᄒ고
락화(落花) 표탕(飄蕩)[2190]ᄒ야 유유(悠悠)ᄒᆫ 흉금(胸襟)과[2191] 망망(茫
茫)ᄒᆫ 싱각이 셰간(世間)에 시비(是非)를 니졋스니, 이ᄂᆞᆫ 이른바 락
화류슈곡(落花流水曲)이라. 수법(手法)의 단아(端雅)홈과 음됴(音調)
에 담탕(淡蕩)[2192]홈이 근일(近日) 쳐음 듯ᄂᆞᆫ 비로다."

션랑(仙娘)이 즉시(卽時) 률려(律呂)를 변(變)ᄒ야 다시 일곡(一曲)
을 타니 그 소ᄅᆡ 감기(感慨) 격렬(激烈)ᄒ야 우량초창(踽凉怊悵)[2193]ᄒ
거늘, 텬진(天子ㅣ) 격[격]졀ᄎ탄(擊節嗟歎)[2194]ᄒ샤 왈(曰),

"유심지(有心哉)[2195]라 추곡(此曲)이여! 빅셜(白雪)이 분분(紛紛)ᄒ
야 텬디(天地)에 가득ᄒ니 양츈셰계(陽春世界)[2196]를 어나 ᄯᅢ에 만나
리오? 이ᄂᆞᆫ 영문긱(郢門客)[2197]의 반셩[빅셜]죄(白雪調ㅣ)[2198]라. 창고

2189 묘연(渺然) : 넓고 멀어서 아득함.

2190 주) 734 참조.

2191 한가하고 여유가 있는 생각과.

2192 담탕(淡蕩) : 맑고 화창함.

2193 우량초창(踽凉怊悵) : 외롭고 쓸쓸하며 한탄스럽고 슬픔.

2194 격절차탄(擊節嗟歎) : 무릎을 치며 탄식함.

2195 유심재(有心哉) : 속뜻이 있도다!

2196 양춘세계(陽春世界) : 따뜻한 봄철.

2197 영문객(郢門客) : 중국 춘추전국시대 초(楚)나라의 도읍인 영(郢)의 나그네.

2198 백설조(白雪調) : 백설가(白雪歌). 백설곡(白雪曲). 양춘백설(陽春白雪). 중국 초
나라에서 불렸던 고상한 가곡의 이름. 일반적으로 고상하고 아취 있는 곡이나
시문(詩文)을 가리키는 말로 쓰임.《문선(文選)》권45. 송옥(宋玉)의 〈대초왕문
(對楚王問)〉에 나오는 "객 중에 초나라의 수도 영에서 노래하는 자가 있는데, 처
음에 〈하리〉와 〈파인〉을 부르면 초나라 사람들 중에 어울려 창화하는 자가 수천
명이고, 〈양아〉와 〈해로〉를 부르면 초나라 사람들 중에 어울려 창화하는 자가
수백 명이며, 〈양춘〉과 〈백설〉을 부르면 초나라 사람들 중에 어울려 창화하는
자가 불과 수십 명에 지나지 않습니다.[客有歌於郢中者 其始曰下里巴人 國中屬
而和者數千人 其爲陽阿薤露 國中屬而和者數百人 其爲陽春白雪 國中屬而和者不

(蒼古)[2199]흔 곡됴(曲調)를 화답(和答)홀 지(者]) 젹을지라. 엇지 불우지탄(不遇之嘆)[2200]이 업스리오?"

션랑(仙娘)이 다시 률려(律呂)를 변(變)ᄒ야 정셩(正聲)[2201]을 낫초고 신셩(新聲)[2202]을 도도와 일곡(一曲)을 알외니, 텬직(天子]) 일희일비(一喜一悲)[2203]ᄒ샤 옥슈(玉手)로 셔안(書案)을 치시며 왈(曰),

"슯흐다 츳곡(此曲)이여! 변[변]수(汴水)[2204]에 버들이 푸르고, 궁즁(宮中)에 비단(緋緞) 남기 이우니, 풍류(風流) 텬즉(天子)의 편시(片時)[2205] 힝락(行樂)이 일쟝츈몽(一場春夢)이라. 이 일은[닐온][2206] 슈양뎨(隋煬帝)[2207]의 뎨류곡(堤柳曲)이 아니냐? 번화(繁華)흔 즁(中) 이원(哀怨)ᄒ고 쳥신(淸新)흔 즁(中) 소쇄[쇄](瀟灑)[2208]ᄒ니 무단(無端)이 스름으로 ᄒ야금 쳐량불락(凄凉不樂)흔 심ᄉ(心事)를 돕ᄂᆞᆫ도다."

션랑(仙娘)이 이에 거문고를 밀치고 보슬(寶瑟)[2209]을 다리여 이십오 현(二十五絃)을 줄줄이 골나 소현(小絃)을 누르고 딕현(大絃)을 울녀 다시 일곡(一曲)을 알외니, 텬직(天子]) 홀연(忽然) 츄연(愀然)

過數十人]"라는 구절에서 유래하였음.

2199 창고(蒼古) : 오래되어서 예스러움.

2200 불우지탄(不遇之嘆) : 재능이나 포부를 지니고 있으면서도 때를 만나지 못한 데 대한 탄식.

2201 정성(正聲) : 바른 곡조의 음악. 음탕하지 아니한 음률.

2202 신성(新聲) : 새로운 노래.

2203 일희일비(一喜一悲) : 한편으로는 기뻐하고 한편으로는 슬퍼함. 또는 기쁨과 슬픔이 번갈아 일어남.

2204 변수(汴水) : 중국 북송(北宋)의 도읍인 개봉(開封)의 운하로, 황하의 지류임.

2205 편시(片時) : 잠시(暫時). 짧은 시간.

2206 이른바.

2207 수 양제(隋煬帝) : 중국 수(隋)나라의 제2대 황제(569~618). 이름은 양광(楊廣).

2208 소쇄(瀟灑) : 기운이 맑고 깨끗함.

2209 보슬(寶瑟) : 비파(琵琶).

기용(改容)ᄒ샤 왈(曰),

"이 곡죄(曲調 l) 엇지 그리 쟝녀비창(壯厲悲愴)²²¹⁰ᄒ뇨? 디풍(大風)²²¹¹이 일미 구름이 날니고 위엄(威嚴)이 ᄉ히(四海)에 더ᄒ미 고향(故鄉)에 도라오니, 이 닐온바 한 티됴(漢太祖)²²¹²의 디풍기(大風歌 l)²²¹³라. 영웅(英雄) 텬ᄌ(天子)의 젹슈창업(赤手創業)²²¹⁴이 쳔고(千古)에 쯧을 엇엇거늘 엇지 그 즁(中)에 쳐량(凄凉)ᄒ 의ᄉ(意思 l) 잇ᄂ고?"

션랑(仙娘)이 디왈(對曰),

"한 티됴(漢太祖) 고황뎨(高皇帝 l) 본디 픽상(沛上)²²¹⁵ 뎡쟝(亭長)²²¹⁶으로 삼쳑검(三尺劍)²²¹⁷을 잇글고 팔년풍진(八年風塵)²²¹⁸에 웃티(危殆)ᄒ믈 무릅써 텬하(天下)를 엇으시니, 그 신고로록(辛苦勞碌)²²¹⁹ᄒ미 엇더ᄒ리잇가? 후셰(後世) ᄌ손(子孫)이 이 쯧을 알 지(者 l) 업셔 죵묘사직(宗廟社稷)²²²⁰의 부탁(付託)을 져바릴가 ᄒ야 밍ᄉ(猛士)²²²¹를 싱각ᄒ야 ᄉ방(四方)을 념려(念慮)ᄒ고 이 곡됴(曲調)를

2210 쟝려비창(壯厲悲愴) : 씩씩하면서도 비통함.
2211 대풍(大風) : 큰 바람. 또는 모진 바람.
2212 한 태조(漢太祖) : 한 고조(漢高祖). 중국 한(漢)나라의 창업주인 유방(劉邦).
2213 대풍가(大風歌) : 중국 전한(前漢) 고조가 회남왕(淮南王) 경포(黥布)를 격파하고 돌아올 때 고향인 패(沛)에 들러 잔치를 베풀면서 불렀던 노래. 그 가사 가운데에 "위엄을 세상에 떨치고 고향에 돌아왔도다.[威加海內兮 歸故鄕]"라는 내용이 들어 있음.
2214 적수창업(赤手創業) : 맨손으로 왕조를 일으킴.
2215 패상(沛上) : 중국 강소성(江蘇省) 패군(沛郡) 풍현(豊縣)의 옛 지명.
2216 정장(亭長) : 중국 진(秦)나라 때 10개의 마을[리(里)]을 다스리는 하급 관리.
2217 삼척검(三尺劍) : 길이가 석 자 정도 되는 긴 칼.
2218 팔년풍진(八年風塵) : 유방(劉邦)과 항우(項羽)의 8년간의 초한전(楚漢戰).
2219 신고노록(辛苦勞碌) : 고생스러워도 쉬거나 게을리하지 않고 꾸준히 힘을 다함.
2220 종묘사직(宗廟社稷) : 왕실과 나라를 통틀어 이르는 말.
2221 맹사(猛士) : 힘세고 용감한 군사.

지으시니 엇지 쳐챵(悽愴)홈이 업스리잇가?"

텬직(天子ㅣ) 묵묵부답(默默不答)[2222]ᄒ시거늘 션랑(仙娘)이 다시 쥴
를[을] 셜쳐 딕소현(大小絃)을 거두고 즁셩(中聲)[2223]을 울녀 또 일곡
(一曲)을 알외니, 그 소릭 령령뎡뎡(泠泠丁丁)[2224]ᄒ야 승로반(承露
盤)[2225]에 이슬이 써러지고 무릉츈[츄]풍(茂陵秋風)[2226]에 석[성]긘 비
소소(蕭蕭)ᄒ니[2227], 텬직(天子ㅣ) 션랑(仙娘)을 자셰(仔細ㅣ) 보시며
문왈(問曰),

"이 무슴 곡됴(曲調)뇨?"

션랑(仙娘)이 딕왈(對曰),

"이ᄂᆞᆫ 당(唐)나라 리장길(李長吉)[2228]에 지은 바 금동션인ᄉᆞᄒᆞᆫ기(金
銅仙人思漢歌ㅣ)라. 한 무뎨(漢武帝)의 웅직딕략[략](雄才大略)[2229]으로
즉위지초(卽位之初)[2230]에 정ᄉᆞ(政事)를 힘써 현량지ᄉᆞ(賢良之士)[2231]와

2222 묵묵부답(默默不答) : 잠자코 아무 대답도 하지 않음.

2223 중성(中聲) : 가운데 음넓이의 소리. 황종(黃種), 대려(大呂), 태주(太簇) 따위가
이에 속함. 《공자가어(孔子家語)》에 "자로(子路)가 비파를 탈 때 북쪽 변방의 살
벌한 소리가 있자, 공자가 듣고, '중성(中聲)을 연주하여 중절(中節)을 맞춰야만
남(南)으로 들어가고 북(北)으로 돌아가지 않는다. 남이란 생육(生育)하는 곳이
고 북이란 살벌하는 지역이다. 그러므로 군자는 중(中)을 잡아서 근본을 삼는 것
이다. 옛날에 순임금이 남풍(南風)의 소리를 만들어내자 백성들이 흥기(興起)하
였고, 주(紂)가 북비의 소리를 좋아하자, 그 망함이 갑작스러웠다.'라고 하였다."
라는 대목이 있음.

2224 영령정정(泠泠丁丁) : 물소리, 바람 소리, 거문고 소리, 목소리 따위가 또렷이
맑고 시원함.

2225 승로반(承露盤) : 하늘에서 내리는 장생불사의 감로수를 받아먹기 위하여 한 무
제 때 만들었다는 쟁반.

2226 무릉추풍(茂陵秋風) : 중국 한 무제(漢武帝)의 무덤인 무릉에 부는 가을바람. 한
무제가 지은 〈추풍사(秋風辭)〉를 가리키기도 함.

2227 성긴 비가 쓸쓸하니.

2228 이장길(李長吉) : 중국 중당(中唐) 때의 시인인 이하(李賀). '장길'은 그의 자(字)임.

2229 웅재대략(雄才大略) : 크고 뛰어난 재능과 지략.

직언지신(直言之臣)²²³²을 쓰고져 ᄒᆞ시더니 공손홍(公孫弘)²²³³ 장탕(張湯)²²³⁴ 비(輩)의 텬춍(天聰)을 아당(阿黨)²²³⁵ᄒᆞ야 상서(祥瑞)를 말ᄉᆞᆷᄒᆞ고 봉션(封禪)을 칭숑(稱頌)ᄒᆞ니, 승화쳥됴(承華靑鳥)²²³⁶의 궤슐(詭術)²²³⁷을 신쳥(信聽)²²³⁸ᄒᆞ고 후[구]셩뎍셕(緱城赤鳥)²²³⁹의 황탄(荒誕)²²⁴⁰홈을 밋어 맛ᄎᆞᆷᄂᆡ 나라를 병(病)들니미²²⁴¹ 후인(後人)이 이 노ᄅᆡ를 지니 [어] 무뎨(武帝)의 셩[실]덕(失德)을 차셕(嗟惜)²²⁴²ᄒᆞ니이다."

텬ᄌᆞ(天子ㅣ) ᄯᅩ 묵묵(默默)히 부답(不答)ᄒᆞ시거늘, 션랑(仙娘)이 즉시(卽時) 텰발(鐵撥)²²⁴³을 들어 치셩(徵聲)²²⁴⁴과 각셩(角聲)²²⁴⁵으로

2230 즉위지초(卽位之初) : 황제로 즉위한 초기.
2231 현량지사(賢良之士) : 어질고 착한 선비.
2232 직언지신(直言之臣) : 바른말을 하는 신하.
2233 공손홍(公孫弘) : 중국 전한 무제 때의 재상. 평진후(平津侯)에 봉해짐.
2234 장탕(張湯) : 중국 전한 무제 때의 어사대부로, 옥을 다스림이 너무 가혹해 혹리(酷吏)로 유명했음.
2235 아당(阿黨) : 남의 비위를 맞추거나 환심을 사려고 다랍게 아첨함.
2236 승화청조(承華靑鳥) : 승화전의 푸른 새. 《한무내전(漢武內傳)》에 "한 무제가 7월 7일 승화전에 있을 때 푸른 새 한 마리가 서쪽에서 날아와 전각 앞에 이르기에 그 이유를 동방삭(東方朔)에게 물었더니 동방삭이 '이것은 서왕모(西王母)가 오려는 징조입니다.'라고 하였다. 한참 만에 과연 서왕모가 오색 반룡(五色斑龍)이 끄는 뿌연 구름의 연(輦)을 타고 전각으로 왔다."는 고사가 전함.
2237 궤술(詭術) : 궤계(詭計). 간사하게 남을 속이는 꾀.
2238 신청(信聽) : 믿고 곧이들음.
2239 구성적석(緱城赤鳥) : '구성'은 구씨산성(緱氏山城) 또는 구령(緱嶺). '적석'은 왕의 면복(冕服)이나 세자의 관복(冠服)에 착용하던 목이 낮은 붉은색의 신. 구령에서 학을 타고 피리 불며 신선이 되어간 주 영왕(周靈王)의 태자 진(晉)을 가리킴.
2240 황탄(荒誕) : 말이나 하는 짓이 허황함.
2241 마침내 나라를 병들게 하였으므로.
2242 차석(嗟惜) : 애달프고 아까움.
2243 주) 598 참조.
2244 치성(徵聲) : 오음(五音) 가운데 하나.
2245 각성(角聲) : 오음 가운데 하나.

삽삽(颯颯)[2246]히 또 일곡(一曲)을 알왼딘, 그 소릭 쳐음은 방탕(放蕩)
ᄒ고 나종은[2247] 이원[연](靄然)[2248]ᄒ야 용용[애애](靉靆)[2249]혼 빅운(白
雲)을 텬변(天邊)에 이러나고[2250] 슬슬(瑟瑟)[2251]혼 바름은 죽총(竹叢)[2252]
을 울니거늘, 텬직(天子ㅣ) 쳑[측]연(惻然) 개용 왈(改容曰),

"이는 무슴 곡됴(曲調)이뇨?"

션랑(仙娘)이 딕왈(對曰),

"이는 쥬 목왕(周穆王)의 황죽기(黃竹歌ㅣ)라. 녯젹에 쥬(周)나라
목왕(穆王)이 팔쥰마(八駿馬)[2253]를 엇어 요지(瑤池)[2254]에 셔왕모(西王
母)[2255]를 만나 도라옴을 이지시민[2256] (시)죵졔신(侍從諸臣)[2257]이 고국
(故國)을 싱각ᄒ고 목왕(穆王)을 원망(怨望)ᄒ야 노릭를 지엇더니 맛
춤 셔ᄌ(徐子)[2258]이 작란(作亂)ᄒ야 나라이 거의 위틱(危殆)홀 번ᄒ

2246 주) 599 참조.
2247 나종은. 나중에는.
2248 주) 1736 참조.
2249 애애(靉靆) : 구름이 많이 낀 모양.
2250 흰 구름을 하늘가에 일어나게 하고.
2251 주) 61 참조.
2252 죽총(竹叢) : 대숲. 대의 떨기.
2253 팔쥰마(八駿馬) : 중국 주나라 때 목왕이 사랑하던 여덟 마리의 준마. 화류(華騮),
    녹이(綠耳), 적기(赤驥), 백의(白義), 유륜(踰輪), 거황(渠黃), 도려(盜驪), 산자
    (山子)를 이름.
2254 요지(瑤池) : 중국 곤륜산(崑崙山)에 있다는 못. 신선이 살았다고 하며, 주나라
    목왕이 서왕모를 만났다는 이야기로 유명함.
2255 서왕모(西王母) : 중국 신화에 나오는 신녀(神女)로 이름은 양회(楊回). 불사약을
    가진 선녀라고 하며, 음양설에서는 일몰(日沒)의 여신이라고도 함.
2256 돌아오는 것을 잊으셨으므로.
2257 시종제신(侍從諸臣) : 임금을 가까이에서 모시는 여러 신하들.
2258 서자(徐子) : 서언왕(徐偃王). 중원에 진출한 동이족의 마지막을 전성기를 이끈
    인물이며, 고대 중국에서 나라를 세운 우리나라 인물. B.C. 30세기경 양자강 북
    방 강소성 방면에서 대서제국(大徐帝國)을 세워, 국력을 길러 주(周)나라를 공격,

니이다. 슈연(雖然)[2259]이나 쏘 일곡(一曲)이 잇스니 마져 알윌가 ᄒ나
이다."

ᄒ고 쥬현(珠絃)[2260]을 다시 골나 일곡(一曲)을 타니 초장(初章)은 호
탕(豪宕)ᄒ야 텰긔(鐵騎)를 달이ᄂ 듯[2261], 즁장(中章)은 광ᄃ(廣大)ᄒ
야 바다이 널넛ᄂ 듯[2262] 변화무궁(變化無窮)ᄒ고 뢰롱란측(牢籠難
測)[2263]ᄒ야 일좌(一座)를 경동(驚動)ᄒ더니, 션랑(仙娘)이 홀연(忽然)
텰발(鐵撥)을 바로잡고 옥슈(玉手)를 ᄲ리쳐 이십오현(二十五絃)을
밍렬(猛烈)히 ᄒ 번(番) 거어[2264] 일시(一時)에 다 ᄭ흐니[2265] 좌우(左
右) ᄃ경실식(大驚失色)[2266]ᄒ고 텬지(天子ㅣ) 션연변식(鮮然變色)[2267]
ᄒ샤 션랑(仙娘)을 슉시양구(熟視良久)[2268]에 문왈(問曰),

"이 곡됴(曲調) 일홈은 무엇이뇨?"

션랑(仙娘)이 ᄃ왈(對曰),

"이ᄂ 닐은바 츙텬곡(衝天曲)이라. 옛적에 초 쟝왕(楚莊王)[2269]이
즉위(卽位) ᄉ년(三年)에 졍ᄉ(政事)를 듯지 아니ᄒ고 풍류(風流) 일

주나라로부터 세공을 받았고, 주나라 목왕 때에는 주나라를 쳐서 항복받고 국토
의 일부를 빼앗는 등 주위 50여 개국으로부터 조공을 받았다고 함.

2259 수연(雖然) : 비록 그러함.

2260 주현(珠絃) : 거문고 줄.

2261 철갑을 두른 기마대가 달리는 듯.

2262 바다가 너르게 열린 듯.

2263 뇌롱난측(牢籠難測) : 농락(籠絡 : 새장과 고삐라는 뜻으로, 남을 교묘한 꾀로
휘잡아서 제 마음대로 놀리거나 이용함.)하는 것을 헤아리기가 어려움.

2264 그어.

2265 다 끊으니.

2266 대경실색(大驚失色) : 몹시 놀라 얼굴빛이 하얗게 질림.

2267 선연변색(鮮然變色) : 확연히 얼굴빛이 변함.

2268 주) 105 참조.

2269 초 장왕(楚莊王) : 중국 춘추시대 초나라의 왕. 이름은 웅려(熊侶). 춘추오패(春秋
五霸)의 하나.

숨으미 딕부(大夫) 쇼숑[종](蘇從)²²⁷⁰이 간왈(諫曰),

'국즁(國中)에 한 식 잇스되 숨년(三年)을 우지 아니ᄒ고 숨년(三年)을 날지 아니ᄒ니, 이 무숨 식니잇고?'

장왕 왈(莊王曰),

'숨년(三年) 불명(不鳴)이나 명쟝경인(鳴將驚人)²²⁷¹ᄒ고 숨년(三年) 불비(不飛)ᄒ나 비쟝츙텬(飛將衝天)²²⁷²이라.'

ᄒ고 좌슈(左手)로 쇼종(蘇從)의 소믹를 잡고 우수(右手)로 종고지현(鐘鼓之絃)²²⁷³을 쓴어 다시 덕(德)을 닥그믹 불과(不過) 수년(數年)에 초국(楚國)이 딕치(大治)ᄒ야 오픽(五霸)²²⁷⁴에 웃듬이 되니이다."

텬직(天子ㅣ) 묵묵무어(默默無語)ᄒ시니, 츠시(此時) 로균(盧均)이 션랑(仙娘)의 풍간(諷諫)홈을 알고 심즁(心中)에 불쾌(不快)ᄒ야 말을 썩고ᄌ ᄒ야 좌(座)에 나안지며 왈(曰),

"닉 그딕에 음률(音律)을 드럿스나 다시 그 의론(議論)을 듯고져 ᄒ노라. 그딕는 써ᄒ되 풍류(風流) 어나 씩로붓터 낫다 ᄒ나뇨²²⁷⁵?"

션랑(仙娘)이 소왈(笑曰),

"싱이 소문과루[고루과문](孤陋寡聞)²²⁷⁶ᄒ야 무엇을 알니오? 일즉 스승께 드르니, 풍류(風流) 텬디(天地)와 갓치 낫다 ᄒ더이다."

2270 소종(蘇從) : 중국 춘추시대 초나라 장왕 대의 대부. 오거(伍擧)와 함께 장왕에게 충간을 한 어진 신하로 유명함.

2271 명쟝경인(鳴將驚人) : 울면 장차 사람을 놀라게 함.

2272 비쟝충천(飛將衝天) : 날면 장차 하늘을 찌를 듯이 공중으로 높이 솟아오름.

2273 종고지현(鐘鼓之絃) : 모든 악기의 줄.

2274 오패(五霸) : 중국 춘추시대의 제후 가운데서 패업(霸業)을 이룬 다섯 사람. 제(齊)나라의 환공(桓公), 진(晉)나라의 문공(文公), 진(秦)나라의 목공(穆公), 송(宋)나라의 양공(襄公), 초(楚)나라의 장왕(莊王).

2275 그대는 음악이 어느 때로부터 나왔다고 생각하는가?

2276 고루과문(孤陋寡聞) : 보고들은 것이 없어 견문이 좁음.

로균(盧均)이 쇼왈(笑曰),

"연즉(然則) 그 쳐음 난 풍류(風流) 일홈이 무엇이뇨?"

션랑 왈(仙娘曰),

"공(公)이 다만 일홈 잇는 풍류(風流)만 풍류(風流)로 알고 소리 업는 풍류(風流)를 모르시는도다. 효뎨츙신(孝悌忠信)[2277]은 소리 업는 풍류(風流)오, 희로이락(喜怒哀樂)[2278]은 일홈 업는 풍류(風流)라. 스름이 희로이락(喜怒哀樂)에 과(過)홈이 업슨 즉(則) 긔상(氣像)이 화평(和平)ᄒ고 효뎨츙신(孝悌忠信)의 힝실(行實)을 닥근 즉(則) 마음이 즐거올지니 마음이 즐겁고, 긔상(氣像)이 화평(和平)흔 즉(則) 비록 가만이 안졋스며 고요이 쳐(處)ᄒ야도 무셩딕악(無聲大樂)[2279]이 닉 귀에 잇슬지니 엇지 일홈으로써 풍류(風流)를 의론(議論)ᄒ리오?"

로균(盧均)이 링소왈(冷笑曰),

"그딕의 말이 오활(迂闊)[2280]ᄒ도다. 텬디(天地) 운수(運數)와 사름의 총명(聰明)이 고금(古今)이 다르니 엇지 풍류(風流) 음률(音律)이 고금(古今)이 갓흐리오?"

션랑 왈(仙娘曰),

"불연(不然)[2281]ᄒ다. 사름이 고금(古今)은 잇슬지언졍 텬디(天地ㅣ) 엇지 고금(古今)이 다르며, 총명(聰明)이 고금(古今)은 잇슬지언졍 음률(音律)이 엇지 고금(古今)이 다르리오? 셕셩(石聲)[2282]은 쳥월(淸

2277 효제츙신(孝悌忠信) : 어버이에 대한 효도, 형제끼리의 우애, 임금에 대한 충성과 벗 사이의 믿음을 통틀어 이르는 말.

2278 희로애락(喜怒哀樂) : 기쁨과 노여움과 슬픔과 즐거움을 아울러 이르는 말.

2279 무셩대악(無聲大樂) : 소리 없는 큰 음악.

2280 오활(迂闊) : 사리에 어둡고 세상 물정을 잘 모름.

2281 불연(不然) : 그렇지 아니 함.

越)[2283]ᄒ고, 금셩(金聲)[2284]은 기챵[깅장](鏗鏘)[2285]ᄒ며, 죽셩(竹聲)[2286]
은 졍일(精一)[2287]ᄒ고, 스졍[셩](絲聲)[2288]은 료량(嘹喨)[2289]ᄒ야 불면 응
(應)ᄒ고 치면 소리 남은 고금(古今)이 일반(一般)이라. 또 드르니 함
지운문(咸池雲門)[2290]은 황뎨(黃帝)의 풍류(風流)오, 딕장쇼쇼(大章簫韶)[2291]
ᄂ 요슙[순](堯舜)의 풍류(風流)오, 해[은]지쇼[딕]호(殷之大濩)[2292]와
쥬지샹무(周之象武)[2293]ᄂ 이 닐온 고악(古樂)이며 샹간복샹(桑間濮上)[2294]
은 졍위(鄭衛)[2295]의 음악(淫樂)[2296]이오, 긔모검극(旗旄劍戟)[2297]은 만이
(蠻夷)[2298]에 음악(淫樂)이오, 한지방즁(漢之房中)[2299]과 당지리원(唐之

2282 석성(石聲) : 편경(編磬)이나 옥적(玉笛) 따위에서 나는 소리.

2283 청월(淸越) : 소리가 맑고 가락이 높음.

2284 금성(金聲) : 편종(編鐘)이나 징 따위에서 나는 소리.

2285 갱장(鏗鏘) : 금속이 부딪쳐서 나는 쟁쟁(錚錚)거리는 소리.

2286 죽성(竹聲) : 통소(洞簫)나 생황(笙簧) 따위에서 나는 소리.

2287 정일(精一) : 정세(精細)하고 한결같음.

2288 사성(絲聲) : 거문고나 비파 따위에서 나는 소리.

2289 요량(嘹喨) : 소리가 맑고 낭랑함.

2290 함지운문(咸池雲門) : '함지'는 황제(黃帝) 헌원씨(軒轅氏)가 동정(洞庭)의 들판
에서 연주한 음악이고, '운문'은 황제가 지었다는 악곡임.

2291 대장소소(大章簫韶) : '대장'은 요(堯)임금 때 지은 악곡의 이름이고, '소소'는 순
(舜)임금 때 지은 악곡임.

2292 은지대호(殷之大濩) : 은(殷)나라의 성탕(成湯)이 걸(桀)을 축출하여 학정(虐政)
을 없애고 너그러운 정치를 베푸니, 이윤(伊尹)이 '대호'를 만들었다고 함.

2293 주지상무(周之象武) : 주(周)나라 무왕(武王) 때 주공(周公)이 '상무'를 만들었다
고 함.

2294 상간복상(桑間濮上) : 복수(濮水) 주변의 뽕나무 숲에서 나온 음란한 음악. 뽕나
무밭이 남녀가 몰래 만나기 쉬운 장소였기 때문에 나온 말로 망국의 음악을 이름.

2295 정위(鄭衛) : 정위지음(鄭衛之音). 중국 춘추전국시대 정나라와 위나라에서 유행
하던 음악을 난세(亂世)의 음(音)이라고 한 데서, 음란한 망국(亡國)의 음악을 이르
는 말.

2296 음악(淫樂) : 음란한 음악.

2297 기모검극(旗旄劍戟) : 깃발을 휘날리고 무기를 번득이며 풍악으로 노래 부르고
춤을 추는 오랑캐의 음악.

梨園)²³⁰⁰은 이 일온 금악(今樂)이라. 가령(假令) 요슌(堯舜)으로 금셰(今世)에 부긔(復起)ᄒᆞ샤 덕화(德化)를 힝(行)ᄒᆞ시고 풍류(風流)를 일우신 즉(則) 한지방즁(漢之房中)을 가(可)이 변(變)ᄒᆞ야 딩쟝(大章)이 될 거이오, 당지리원(唐之梨園)을 가(可)히 변(變)ᄒᆞ야 쇼쇠(簫韶 |) 될지니, 엇지 강구(康衢)의 토양(土壤)으로 뎨덕[력](帝力)을 노리ᄒᆞ며²³⁰¹, 포판(蒲坂)²³⁰²에 돌[들]이 특별(特別)이 빅슈(白首)를 춤츄게 ᄒᆞ리오?"

로균(盧均)이 어싁(語塞)²³⁰³ᄒᆞᄆᆡ 다시 시무(時務)²³⁰⁴를 의론(議論)ᄒᆞ야 촉휘(觸諱)²³⁰⁵흄을 보랴 ᄒᆞ고 이에 긔용(改容) 졍싁(正色)ᄒᆞ고 왈(曰),

"녯 셩인(聖人)이 풍류(風流)를 지으샤 사ᄅᆞᆷ을 가라침은 쟝ᄎᆞ(將次) 그 덕(德)을 형샹(形象)²³⁰⁶ᄒᆞ야 텬디(天地)에 고(告)ᄒᆞ고 후셰(後

2298 만이(蠻夷) : 중국에서 남만(南蠻)과 동이(東夷)를 아울러 이르던 말.

2299 한지방즁(漢之房中) : 한 고조(高祖) 유방(劉邦)의 후궁 당산부인(唐山夫人)이 지은 〈안세방중가(安世房中歌)〉를 말함. 17장으로 되어 있으며 종묘에 제사 지낼 때 부르는 교묘가사(郊廟歌辭)임.

2300 당지이원(唐之梨園) : 당 현종(玄宗) 때 이원(梨園)의 궁정에다 예능인(藝能人)들을 모아 놓고 가무(歌舞) 등을 연습시키면서 그들을 이원제자(梨園弟子)라고 불렀다는 고사가 있음.

2301 어찌 강구의 땅[번화한 거리]에서만 임금의 힘을 노래하며. 요 임금이 제위에 오른 지 50년이 되던 해, 세상이 잘 다스려지고 있는지 궁금하여 미복(微服)을 하고 민정(民情)을 살피러 나갔는데, 어느 네거리에 이르자 아이들이 손을 맞잡고 "우리 백성들 살리신 건 모두가 그대의 지극한 덕, 신경 쓸 필요도 없이 임금님 법도를 따르기만 하면 되네.[立我烝民 莫匪爾極 不識不知 順帝之則]"라고 노래하였다는 고사가 전함.

2302 포판(蒲坂) : 순 임금의 도읍지로, 오늘날의 산서성(山西省) 영제현(永濟縣).

2303 어색(語塞) : 말이 막힘.

2304 시무(時務) : 그 시대에 중요하게 다루어야 할 일.

2305 촉휘(觸諱) : 시대에 맞지 아니하는 말이나 행동과 관계됨. 공경하거나 꺼려야 할 이름을 함부로 부름.

世)에 류젼(遺傳)코져 흠이라. 방금(方今) 셩텬직(聖天子ㅣ) 우에 림(臨)ᄒ샤 요슌지덕(堯舜之德)[2307]과 문무지홰(文武之化ㅣ)[2308] 만방(萬方)에 밋츠샤 하늘이 상셔(祥瑞)를 나리시고 빅셩(百姓)이 슈복(壽福)을 누려 당우ᄉᆞᆷ딕(唐虞三代)[2309]에 붓그릴 빈 업슬지라[2310]. 로부(老夫) 이졔 황명(皇命)을 밧자와 딕명신악(大明新樂)[2311]을 지어 셩덕(聖德)을 칭송(稱頌)ᄒ고 교화(敎化)를 형상(形象)ᄒ야 요지딕장(堯之大章)과 슌지쇼쇼(舜之簫韶)를 의방(依倣)[2312]코져 ᄒ노니, 그딕ᄂᆞᆫ 써ᄒᆞ되 엇더타 ᄒᆞᄂᆞᇇ[2313]?"

션랑(仙娘)이 아미(蛾眉)[2314]를 쓸고 옷깃을 넘이여 왈(曰),

"션직(善哉)[2315]라, 공(公)의 위국지츙(爲國之忠)[2316]이여! 션슐(仙術)[2317]을 말슴ᄒ야 셩쥬(聖主)의 졔우(際遇)[2318]를 요구(要求)ᄒ니, 이는 공(公)의 지혜(智慧ㅣ) 과인(過人)흠이오. 현신(賢臣)을 방츅(放逐)[2319]ᄒ야 당론(黨論)[2320]을 셰우고 언관(言官)[2321]을 죄(罪) 쥬어 위권(威

2306 형상(形象) : 마음과 감각에 의하여 떠오르는 대상의 모습을 떠올리거나 표현함.
2307 요순지덕(堯舜之德) : 요 임금과 순 임금의 덕.
2308 문무지화(文武之化) : 주나라 문왕과 무왕의 교화.
2309 당우삼대(唐虞三代) : 중국 고대의 요순(堯舜) 시대와 하(夏)나라, 은(殷)나라, 주(周)나라 시대를 아울러 이르는 말.
2310 부끄러워할 바가 없을 것이다.
2311 대명신악(大明新樂) : 환하게 밝은 세상의 새로운 음악.
2312 의방(依倣) : 남의 것을 모방하여 본받음.
2313 그대는 어떻게 여기는가?
2314 주) 684 참조.
2315 선재(善哉) : 좋구나!
2316 위국지충(爲國之忠) : 나라를 위한 충성심.
2317 선술(仙術) : 신선이 행하는 술법.
2318 제우(際遇) : 제회(際會). 임금과 신하 사이에 뜻이 잘 맞음.
2319 방축(放逐) : 자리에서 쫓아냄.
2320 당론(黨論) : 정당의 의견이나 논의.

權)²³²²을 쳔단(擅斷)²³²³ㅎ니, 이는 공(公)의 수단(手段)이 츌즁(出衆)
흠이오. 봉션(封禪)을 쳥(請)ㅎ야 국용(國用)²³²⁴을 탕갈(蕩竭)²³²⁵ㅎ고
민심(民心)을 소동(騷動)²³²⁶ㅎ야 원망(怨望)이 이러느나 조금도 요동
(搖動)치 아니ㅎ니, 이는 공(公)의 담략(膽略)²³²⁷이 뢰확(牢確)²³²⁸흠이
오. 텬하(天下) 스룸이 그른 듸 드러가믹 스스로 모르는 직(者ㅣ) 만
커늘²³²⁹, 이졔 공(公)은 알고 범(犯)ㅎ니, 이는 그 붉음이 졀인(絶人)
흠이라. 이졔 다시 풍류(風流)를 지어 균텬뎨ᄌ(鈞天弟子)를 쏩으되,
고문듸족(高門大族)의 쳐쳡(妻妾)을 쌔여 오며 힝인(行人)과 긱(客)
의 죵젹(蹤跡)을 겁박(劫迫)ㅎ야 소문(所聞)이 랑ᄌ(狼藉)ㅎ고 거죄
(擧措ㅣ) 히연(駭然)ㅎ야 빅셩(百姓)이 로변(路邊)에셔 의론(議論)ㅎ
고 군ᄌ(君子)는 실즁(室中)에셔 탄식(歎息)ㅎ야 왈(曰),

　‘우리 셩텬직(聖天子ㅣ) 총명(聰明)ㅎ심으로 엇지 이러ㅎ신고?’
ㅎ야 우으로 황틱후(皇太后)에 심려(心慮)ㅎ심을 돕고 죵묘사직(宗
廟社稷)에 위틱(危殆)흠을 쎄치나 공(公)의 부귀공명(富貴功名)은 날
로 더ㅎ야 감(敢)히 우러러 볼 직(者ㅣ) 업스니 이 쏘흔 묘리(妙理)
잇는 경륜(經綸)이라. 엇지 족(足)히 싱(生)더러 무를 빅 잇스리오?
물이 근원(根源)이 업슨 즉(則) 쓴어지고 나무가 샐이 업슨 즉(則)²³³⁰

2321 언관(言官) : 간관(諫官). 임금의 잘못을 간(諫)하고 백관(百官)의 비행을 규탄하
　　던 벼슬아치.
2322 위권(威權) : 위세와 권력.
2323 주) 270 참조.
2324 국용(國用) : 나라의 비용(費用)이나 소용(所用).
2325 탕갈(蕩竭) : 재물이 남김없이 다 없어짐. 또는 재물을 다 없앰.
2326 소동(騷動) : 사람들이 놀라거나 흥분하여 시끄럽게 법석거리고 떠들어 대는 일.
2327 담략(膽略) : 담력과 꾀를 아울러 이르는 말. 대담하고 꾀가 많음.
2328 뇌확(牢確) : 견고하고 확실함.
2329 천하의 사람이 그른 데 들어가고도 스스로 모르는 자가 많거늘.

죽나니, 나라는 빅셩(百姓)의 근원(根源)이오, 인군(人君)²³³¹은 신하
(臣下)에 쁠리라. 공(公)이 이졔 다만 목젼부귀(目前富貴)²³³²를 알고
인군(人君)과 나라를 모르니, 근원(根源) 업는 물과 쁠리 업는 남기
몃칠을 지팅(支撐)²³³³ㅎ리오?"

언필(言畢)에 도화량협(桃花兩頰)²³³⁴에 찬 긔운(氣運)이 돌고 츈운
쌍빈(春雲雙鬢)²³³⁵에 강기(慷慨)²³³⁶흔 빗이 잇거늘, 로균(盧均)이 긔
운(氣運)이 막혀 다시 일언(一言)을 부답(不答)ㅎ고 고기를 숙이고
안졋스니, 텬직(天子ㅣ) 크게 경동(驚動)ㅎ샤 션랑(仙娘)의 종젹(蹤
跡)을 알고즈 ㅎ샤 왈(曰),

"군신(君臣) 일셕(一席)에 엇지 힝지(行止)²³³⁷를 은휘(隱諱)²³³⁸ㅎ리
오? 짐(朕)은 이에 딕명텬즈(大明天子)라. 너는 엇더흔 스롬이뇨?"

션랑(仙娘)이 황망(慌忙)²³³⁹이 계하(階下)²³⁴⁰에 나려 복디(伏地) 쥬
왈(奏曰),

"신쳡(臣妾)이 텬위(天威)²³⁴¹를 모르고 당돌(唐突)홈이 만ᄉ오니
그 죽을 바를 아지 못ㅎ나이다."

텬직(天子ㅣ) 더욱 놀나 문왈(問曰),

2330 나무가 뿌리가 없으면.
2331 인군(人君) : 임금.
2332 목전부귀(目前富貴) : 눈앞의 부귀.
2333 지탱(支撐) : 오래 버티거나 배겨 냄.
2334 도화양협(桃花兩頰) : 복사꽃 빛의 양쪽 뺨.
2335 춘운쌍빈(春雲雙鬢) : 봄철의 구름 같은 양쪽의 살쩍.
2336 강개(慷慨) : 의롭지 못한 것을 보고 의기가 북받쳐 원통하고 슬픔.
2337 행지(行止) : 행동거지. 몸을 움직여 하는 모든 짓.
2338 은휘(隱諱) : 꺼리어 감추거나 숨김.
2339 주) 1232 참조.
2340 계하(階下) : 섬돌 아래.
2341 천위(天威) : 제왕의 위엄. 또는 상제(上帝)의 위력.

"네 임의 남쥐(男子 l) 아니오 녀즈(女子) 갓흘진딕 엇더흔 집 부네(婦女 l)뇨?"

션랑(仙娘)이 돈슈 왈(頓首曰),

"신쳡(臣妾)은 이에 운남(雲南) 회[죄]인(罪人) 양창곡(楊昌曲)의 쳔쳡(賤妾) 벽셩션(碧城仙)이로소이다."

텬직(天子 l) 당황(唐惶) 량구(良久)에 다시 문왈(問曰),

"네 향일(向日)[2342] 가즁풍파(家中風波)를 만나 강쥬(江州)로 츅송(逐送)[2343] 흔든 벽셩션(碧城仙)이 아니냐?"

션랑(仙娘)이 황공 왈(惶恐曰),

"그러흐니이다."

텬직(天子 l) 즉시(卽時) 몸을 일러[2344] 당(堂)에 나리시며 션랑(仙娘)을 보시고 왈(曰),

"짐(朕)을 짜르라."

흐신딕 션랑(仙娘)이 소쳥(小蟬)과 텬즈(天子)를 뫼셔 힝궁(行宮)에 이르믹 밤이 임에 오경(五更)이 지닉엿더라.

텬직(天子 l) 환시(宦侍)를 명(命)흐야 촉(燭)을 붉히고 션랑(仙娘)을 탑젼(榻前)에 갓가이 부르샤 얼골을 들나 흐시고 즈셰(仔細 l) 보시더니 딕경 왈(大驚曰),

"엇지 긔이(奇異)흔 일이 아니리오? 하늘이 널로써 짐(朕)을 도으시도다. 닉 임에 몽즁(夢中)에 네 얼골를[을] 보왓스니, 향일(向日) 분명[면]홍쟝(粉面紅粧)[2345]으로 풍류(風流)를 엽헤 끼고 짐(朕)을 붓

2342 향일(向日) : 지난날.

2343 츅송(逐送) : 쫓아 보냄.

2344 몸을 일으켜.

2345 분면홍쟝(粉面紅粧) : 분을 바른 얼굴에 붉게 꾸민 단장. 곧 여자의 아름답게 꾸

들던 직(者ㅣ) 아니뇨?"

호시고 인(因)호야 힝궁(行宮)에 슘쑤던 말슴을 일일(一一)이 셜파(說破)[2346]호시고 직습(再三) 보시며 소랑호샤 문왈(問曰),

"네 능(能)히 글주를 아는다?"

션랑 왈(仙娘曰),

"죠빅[박](糟粕)[2347]을 히득(解得)[2348]호나이다."

텬지(天子ㅣ) 디필(紙筆)을 쥬샤 션랑(仙娘)으로 호야금 젼교(傳教)[2349]를 쓰라 호시고 친(親)히 부르시니, 그 젼교(傳教)에 딕강 왈(大綱曰),

'짐(朕)이 혼암(昏暗)[2350]호야 츙언(忠言)을 멀니 호고 허황(虛荒)홈을 밋어 진황한무(秦皇漢武)[2351]의 어두운 허물을 스스로 씨닷지 못호더니, 연왕(燕王) 양창곡(楊昌曲)의 쇼실(小室) 벽셩션(碧城仙)이 렬협지풍(烈俠之風)[2352]과 츙의지심(忠義之心)으로 천리히상(千里海上)에 숨쳑금(三尺琴)을 안아 셤셤옥슈(纖纖玉手)[2353]로 쥬현(珠絃)을 흔번(番) 썰치미 령령칠현(泠泠七絃)[2354]에 한풍(寒風)이 이러나 부운(浮雲)을 쓸고 일월지명(日月之明)[2355]이 녯 빗을 차지니[2356], 이는 왕쳡소

민 몸단장을 형용하여 이르는 말.

2346 셜파(說破) : 어떤 내용을 듣는 사람이 납득하도록 분명하게 드러내어 말함.

2347 조박(糟粕) : 술을 거르고 남은 찌끼인 '재강'이라는 뜻으로, 학문이나 서화·음악 따위에서, 옛사람이 다 밝혀서 지금은 새로운 의의가 없는 것을 비유적으로 이르는 말.

2348 해득(解得) : 뜻을 깨쳐 앎.

2349 전교(傳教) : 임금이 명령을 내림. 또는 그 명령.

2350 혼암(昏暗) : 혼흑(昏黑). 어둡고 몹시 캄캄함.

2351 진황한무(秦皇漢武) : 진시황(秦始皇)과 한 무제(漢武帝).

2352 열협지풍(烈俠之風) : 남을 위해 희생하는 마음이 강한 풍모(風貌).

2353 섬섬옥수(纖纖玉手) : 가냘프고 고운 여자의 손을 이르는 말.

2354 영령칠현(泠泠七絃) : 맑고 시원한 일곱 줄 거문고의 소리.

무(往牒所無)[2357]오 전고미문(前古未聞)[2358]이라. 짐(朕)이 근일(近日) 일몽(一夢)을 어드니 몸이 공즁(空中)에 써러져 십분(十分) 위틱(危 殆)ᄒ다가 일기(一個) 쇼년(少年)이 붓들어 구(救)홈을 보앗더니, 이 는 엇지 하늘이 쥬신 비 아니리오? 짐(朕)이 이졔 왕ᄉ(往事)[2359]를 싱각ᄒᄆᆡ 모골(毛骨)이 송연(悚然)ᄒ야[2360] 그 위틱(危殆)홈이 텬샹(天 上)에 써러질 ᄲᅳᆫ 아니라 만일(萬一) 벽셩션(碧城仙)이 아닌 즉(則) 엇 지 오날이 잇스리오? 벽셩션(碧城仙)은 어ᄉ듸부(御史大夫)[2361]를 비 (拜)ᄒ야 츙셩(忠誠)을 표(表)ᄒ고, 연왕(燕王) 양창곡(楊昌曲)은 좌 승(샹)(左丞相)을 도도와[2362] 부르고 유[윤]형문(尹衡文) 쇼유경(蘇裕 卿)은 일변[병](一竝)[2363] 죄(罪)를 샤(赦)ᄒ고 명일ᄂᆡ(明日內)로 환궁 (還宮)홀 졀ᄎ(節次)를 마련(* 磨鍊)[2364] 입품(入稟)[2365]ᄒ라.'

선랑(仙娘)이 쓰기를 맛치ᄆᆡ, 상(上)이 좌우(左右)를 보샤 필법(筆 法)을 칭찬(稱讚)ᄒ시며 왈(曰),

"짐(朕)이 이 됴셔(詔書)[2366]를 특별(特別)이 너로 쓰라 홈은 네 직 간(直諫)[2367]ᄒ던 츙셩(忠誠)을 텬하(天下)에 반포(頒布)[2368]코져 홈

2355 일월지명(日月之明) : 해와 달의 밝은 빛.
2356 옛 빛을 찾으니.
2357 왕첩소무(往牒所無) : 지난 역사에 없던 일.
2358 전고미문(前古未聞) : 전에 들어 보지 못함.
2359 왕사(往事) : 지난 일.
2360 두려워 몸이나 털이 곤두서서.
2361 어사대부(御史大夫) : 관리들의 기강을 감찰하는 벼슬.
2362 좌승상 벼슬로 승진시켜.
2363 일병(一竝) : 한꺼번에. 죄다. 모두.
2364 마련(* 磨鍊) : 장만함. 준비함.
2365 입품(入稟) : 어떤 사실에 대하여 임금에게 아룀.
2366 조서(詔書) : 임금의 명령을 일반에게 알릴 목적으로 적은 문서.

이라."

ᄒ시고 다시 친필(親筆)로 '녀어ᄉ(女御史) 벽셩션(碧城仙)' 륙ᄌ(六字)를 홍디(紅紙)에 쓰샤 션랑(仙娘)을 쥬시니, 션랑(仙娘)이 돈슈(頓首) 사왈(謝曰),

"신쳡(臣妾)이 본디 가부(家夫)를 조차 젹소(謫所)로 가는 길이라. 굿ᄒ여[2369] 귀[위]국효츙(爲國效忠)[2370]코져 홈이 아니오니 복원(伏願) 폐하(陛下)ᄂ 람직(濫職)[2371]을 거두시고 그 도라감을 허(許)ᄒ신 즉(則) 텬은(天恩)이 더욱 망극(罔極)홀가 ᄒ나이다."

텬직(天子ㅣ) 쇼왈(笑曰),

"짐(朕)이 장ᄎ(將次) 명일(明日) 환궁(還宮)홀지니, 랑(娘)은 후거(後車)를 좃ᄎ 부즁(府中)으로 도라가 연왕(燕王)의 환가(還家)홈을 기다리라."

션랑(仙娘)이 돈슈 왈(頓首曰),

"신쳡(臣妾)이 변복츌문(變服出門)ᄒ야 산슈간(山水間)에 단이나 오히려 춤괴(慙愧)ᄒ옵거든 엇지 천승만긔(千乘萬騎)를 좃ᄎ 힝지(行止)에 얼울(齷齪)홈을 도라보지 아니ᄒ리잇가? 신쳡(臣妾)이 일필(一匹) 쳥려(靑驢)와 일기(一個) 동지(童子ㅣ) 잇ᄉ오니 의구(依舊)히 록슈쳥산(綠水靑山)에 종젹(蹤跡)을 감쵸고 촌촌젼진(寸寸前進)ᄒ야 도라감이 구구(區區) 쇼원(所願)이로소이다."

텬직(天子ㅣ) 더욱 그 ᄯᆺ을 긔특(奇特)이 녁이ᄉ 쾌(快)이 허락(許

2367 직간(直諫) : 임금이나 웃어른에게 잘못된 일에 대하여 직접 간함.
2368 반포(頒布) : 세상에 널리 퍼뜨려 모두 알게 함.
2369 구태여.
2370 위국효충(爲國效忠) : 나라를 위해 힘써 충성을 다함.
2371 남직(濫職) : 분수에 넘치는 벼슬.

諾)ᄒ시고 힝ᄌᆞ(行資)²³⁷²를 후(厚)이 쥬시며 쵸창면계(悄愴面戒)²³⁷³ᄒ
샤 ᄲᆞᆯ니 황셩(皇城)으로 옴을 하교(下敎)ᄒ시니, 션랑(仙娘)이 즉시
(卽時) 텬ᄌ(天子)께 하직(下直)ᄒ고 노쥬량인(奴主兩人)이 라귀를
모라 표연(飄然)이 힝(行)ᄒᆞᆯᄉᆡ 심즁(心中)에 싱각 왈(曰),

'텬ᄌᆞ(天子ㅣ) 임의 사명(赦命)²³⁷⁴이 게시샤 상공(相公)을 부르시니
영화(榮華)로 도라오실지라. 닉 이졔 남(南)으로 가 무엇ᄒ리오? 맛
당히 황셩(皇城)으로 가리라.'
ᄒ고 북향(北向)ᄒ야 산동(山東) 디경(地境)에 이르니 분찬(奔竄)²³⁷⁵
ᄒᆞᄂ 빅셩(百姓)이 길을 덥허 가며²³⁷⁶,

"션우(單于)의 딕병(大兵)이 장ᄎ(將次) 이른다."
ᄒ거늘 션랑(仙娘) 로쥬(奴主ㅣ) 딕경(大驚)ᄒ야 쥬야(晝夜)로 힝(行)
ᄒ야 황셩(皇城) 빅여 리(百餘里) 밧게 밋쳐 산화암(散花菴)을 ᄎᆞᄌ
이르니 암즁(菴中)이 슈[소]란(騷亂)ᄒ야 젼일(前日) 아든 녀승(女僧)
이 업거늘, 긱실(客室)을 빌어 경야(經夜)ᄒᆞᆯᄉᆡ 힝역풍로(行役風露)²³⁷⁷
에 쵹상(觸傷)²³⁷⁸ᄒ 빅 되야 죵야(終夜) 고통(苦痛)ᄒ더니, 홀연(忽然)
밧기 요란(擾亂)ᄒ거늘 피란(避亂)ᄒᆞᄂ 빅셩(百姓)이 모혀드ᄂᆞᆫ가 ᄒ
야 더욱 문(門)을 단단히 닷고 누엇더니 의외(意外)에 가 궁인(賈宮
人)이 문(門)을 열거늘, 쳐음은 의희(依俙)²³⁷⁹ᄒ다가 자셰(仔細)히 보

2372 행자(行資) : 노자(路資). 먼 길을 떠나 오가는 데 드는 비용.
2373 초창면계(悄愴面戒) : 근심스럽고 슬퍼하며 마주 대하여 타이름.
2374 사명(赦命) : 죄를 용서하여 형벌을 면제한다는 임금의 명.
2375 분찬(奔竄) : 바삐 달아나 숨음.
2376 길을 덮어서 가며.
2377 행역풍로(行役風露) : 바람과 이슬을 맞으며 한 여행의 피로와 괴로움.
2378 촉상(觸傷) : 찬 기운이 몸에 닿아서 병이 생김.
2379 의희(依俙) : 어슴푸레한 모양.

믹 고인(故人)이라. 반겨 손을 잡고 밋쳐 슈작(酬酌)지 못ㅎ야 가 궁인(賈宮人)이 션랑(仙娘)의 귀에 다이고 가만이 일너[2380] 왈(曰),

"틱후(太后) 량전(兩殿)[2381]이 림(臨)ㅎ신다."

ㅎ거늘 션랑(仙娘)이 황망(慌忙)이 몸을 니러 하당부복(下堂俯伏)[2382] ㅎ믹 틱후(太后) 경왈(驚曰),

"이는 엇더ㅎ 쇼년(少年)인고?"

가 궁인(賈宮人)이 딕왈(對曰),

"신첩(臣妾)의 동셩지친(同姓至親)[2383] 가씨(賈氏)로소이다."

ㅎ고 인(因)ㅎ야 젼일(前日) 암중(菴中)에 맛나 수년(數年) 소식(消息)을 몰낫다가 금일(今日) 다시 상봉(相逢)ㅎ 亽연(事緣)을 일일(一一)이 쥬달(奏達)ㅎ니, 틱후(太后) 신긔(神奇)히 녁이샤 왈(曰),

"그 용뫼(容貌ㅣ) 아릿싸옴을 보고 그 남즈(男子)를 의심(疑心)ㅎ얏더니 임에 녀즈(女子)오, 쏘ㅎ 가 궁인(賈宮人)의 동셩(同姓)이라 ㅎ니, 금일(今日) 궁도(窮途)에 상봉(相逢)홈이 더욱 다졍(多情)ㅎ도다."

ㅎ시고 당(堂)에 오르라 ㅎ샤 다과(茶果)를 쥬시며 가 궁인(賈宮人)을 보샤 왈(曰),

"이는 진짓 졀딕가인(絶代佳人)이로다. 뎌 갓치 유슌(柔順)ㅎ 즈(者)로 무슴 환란(患亂)을 당(當)ㅎ야 남복(男服)을 닙고 산중(山中)에 표박(漂泊)ㅎ뇨?"

션랑 왈(仙娘曰),

"신첩(臣妾)이 비홈이 업고 텬셩(天性)이 산슈(山水)를 조화ᄒ야 ᄉ방(四方)에 쥬류(周流)ᄒ야 다니오니 엇지 홀로 환란(患亂)을 피(避)홈이리잇고?"

티후(太后) 이윽히 보며 그 손을 어루만지샤 각별(各別) 사랑ᄒ시더라.

ᄎ시(此時) 북 션우(北單于) ᄌ로 즁원(中原)을 침범(侵犯)코져 ᄒ나 양창곡(楊昌曲)이 남만(南蠻)을 쳐 파(破)ᄒ고 도라온 후(後) 병정양죡(兵精糧足)²³⁸⁴홈을 듯고 싱의(生意)²³⁸⁵치 못ᄒ더니, 양창곡(楊昌曲)은 니멀[멀니] 찬비(竄配)²³⁸⁶를 당(當)ᄒ고, 텬ᄌ(天子)ᄂᆞ 티산(泰山)에 봉션(封禪)ᄒ야 국즁(國中)이 공허(空虛)홈을 탐지(探知)ᄒ고 즉시(卽時) 십만(十萬) 호병(胡兵)을 잇글고 일변(一邊) 산동셩(山東城)을 범(犯)ᄒ고 일변(一邊) 황셩(皇城)을 치니 감국디신(監國大臣)²³⁸⁷이 셩문(城門)을 닷고 군ᄉ(軍士)를 됴발(調發)²³⁸⁸코져 ᄒ나 오영(五營)²³⁸⁹ 장졸(將卒)이 임에 다 도망(逃亡)ᄒ고 문무빅관(文武百官)이 쳐ᄌ(妻子)를 보젼(保全)ᄒ야 피란(避亂)ᄒ는 지(者ㅣ)길을 덥허 셩즁(城中)에 곡셩(哭聲)이 진동(震動)ᄒ거늘, 황휘(皇后ㅣ) 비빈(妃嬪)과 궁녀(宮女)를 다리시고 산화암(散花菴)으로 피란(避亂)ᄒ시더니,

---

2384 병정양죡(兵精糧足) : 병사(兵士)는 정예(精銳)하고 군량(軍糧)은 넉넉함.

2385 생의(生意) : 생심(生心). 어떤 일을 하려고 마음을 먹음.

2386 찬배(竄配) : 정배(定配). 죄인을 지방이나 섬으로 보내 정해진 기간 동안 그 지역 내에서 감시를 받으며 생활하게 하던 일.

2387 감국대신(監國大臣) : 천자가 일시적으로 권한 대행을 시키던 대신.

2388 조발(調發) : 징발(徵發). 군사로 쓸 사람을 강제로 뽑아 모음.

2389 오영(五營) : 중국 고대에 모든 군영을 이르던 말. 중국 한 대(漢代) 이후로 둔기(屯騎), 월기(越騎), 보병(步兵), 장수(長水), 사성(射聲) 등 다섯 교위(校尉)가 거느리던 부대.

호병(胡兵)이 암즁(菴中)을 에워싸고 호장(胡將)이 소리 질너 왈(曰),

"명 튀후(明太后) 이곳에 게시니 뫼셔 가 우리 쟝군(將軍)게 드려 공(功)을 쳥(請)ᄒ리라."

ᄒ거늘 튀휘(太后ㅣ) 더욱 망극(罔極)ᄒ샤 ᄌ경(自剄)²³⁹⁰코ᄌ ᄒ시거늘, 션랑(仙娘)이 쥬왈(奏曰),

"신쳡(臣妾)이 비록 한(漢)나라 긔신(紀信)²³⁹¹의 튱셩(忠誠)이 업스나 맛당히 호병(胡兵)을 한 번(番) 속일지니 낭랑(娘娘)은 신쳡(臣妾)의 옷을 밧고아 입으시고²³⁹² 피화(避禍)ᄒ샤 옥톄(玉體)를 보즁(保重)ᄒ쇼셔."

튀후(太后) 쇼왈(笑曰),

"랑(娘)의 튱셩(忠誠)이 극진(極盡)ᄒ나 로신(老身)이 이제 여년(餘年)이 불원(不遠)ᄒᆫ 인싱(人生)으로 엇지 이 갓치 구구(區區)ᄒᆫ 일을 힝(行)ᄒ리오?"

션랑(仙娘)이 기연 왈(慨然曰),

"랑랑(娘娘)이 이 갓치 싱각ᄒ심은 만셰야야(萬世爺爺)²³⁹³를 도라보지 아니ᄒ심이로소이다. 엇지 일시(一時) 익운(厄運)을 인연(因緣)ᄒ야 쳔츄만셰(千秋萬歲)²³⁹⁴에 우리 황상(皇上)으로 불효지명(不孝之名)²³⁹⁵을 들으시게 ᄒ시나잇가?"

2390 자경(自剄) : 자문(自刎). 자결(自決)함.
2391 기신(紀信) : 중국 전한(前漢) 초기의 장수. 한 고조가 형양(滎陽)에서 항우(項羽)의 군사에게 포위되었을 때 자청하여 고조로 가장하고 수레를 타고 잡힘으로써 유방을 탈출시켰음.
2392 바꾸어 입으시고.
2393 만세야야(萬世爺爺) : '영원한 아버지'라는 뜻으로, 여기서는 황제를 가리킴.
2394 천추만세(千秋萬歲) : 천만 년의 긴 세월. 오래 살기를 축수하는 말.
2395 불효지명(不孝之名) : 불효라는 이름.

언필(言畢)에 남복(男服)으로 틱후(太后) 신샹(身上)에 더ᄒᆞ며 다시 죵용(從容) 고왈(告曰),

"ᄉᆞ긔(事機 1) 졈졈(漸漸) 급(急)ᄒᆞ니 랑랑(娘娘)은 자져(赵趄)치 말으쇼셔."

ᄒᆞ고 다시 쇼쳥(小蜻)의 옷을 벗겨 황후(皇后)께 닙으심을 직쵹ᄒᆞ니, 가 궁인(賈宮人)과 모든 비빈(妃嬪)이 일시(一時)에 량뎐(兩殿)을 밧들어 남복(男服)을 기착(改着)ᄒᆞ옵신 후(後), 션랑(仙娘) 노쥬(奴主 1)이에 량뎐(兩殿) 복식(服色)을 장속(裝束)[2396]ᄒᆞ고 션랑(仙娘)이 가 궁인(賈宮人)을 보며 왈(曰),

"그듸ᄂᆞᆫ 쌀니 량뎐(兩殿)을 뫼셔 암후(菴後)로 탈신(脫身)ᄒᆞ야 보즁보즁(保重保重) 홀지어다. 만일(萬一) 죽지 아니ᄒᆞ면 다시 샹봉(相逢)홀가 ᄒᆞ노라."

가 궁인(賈宮人)이 량뎐(兩殿)을 뫼셔 암후(菴後)로 가만히 힝(行)ᄒᆞ니라.

션랑(仙娘) 노쥬(奴主) 암문(菴門)을 닷치고 안졋더니, 호병(胡兵)이 문(門)을 씌치고 돌입(突入)ᄒᆞ거늘, 션랑(仙娘)이 짐짓 수건(手巾)으로 얼골을 가리우고 크게 호령 왈(號令曰),

"늬 아모리 곤궁(困窮)에 이르럿스나 네 엇지 이 갓치 무례(無禮)ᄒᆞ리오?"

호장(胡將)이 고왈(告曰),

"우리 굿ᄒᆞ야 량랑[랑랑](娘娘)을 히(害)치 아닐지니 다만 쌀니 힝(行)ᄒᆞ게 ᄒᆞ쇼셔."

ᄒᆞ고 젹은 수리를 가져 션랑(仙娘) 노쥬(奴主)를 겹박(劫迫)ᄒᆞ야 호

2396 장속(裝束) : 입고 매고 하여 몸차림을 든든히 갖추어 꾸밈.

진(胡陣)으로 가니라.

션랑(仙娘)이 쇼쳥(小蜻)을 보며 탄왈(歎曰),

"우리 노쥬(奴主) 만ᄉ여싱(萬死餘生)[2397]으로 죽을 곳을 엇지 못ᄒ더니 이졔 나라를 위(爲)ᄒ야 츙혼(忠魂)이 될지라. 비록 여한(餘恨)이 업스나 쳔(賤)ᄒ 몸으로 량뎐(兩殿)을 딕신(代身)ᄒ야 오릭 명호(名號)[2398]를 밝히지 못ᄒ 즉(則) 욕(辱)됨이 젹지 아닐지니 맛당히 ᄒ 번(番) 쾌(快)히 ᄭᅮ짓고 ᄉ싱(死生)을 결단(決斷)ᄒ리라."

ᄒ고 즉시(卽時) 수릭 문(門)을 열고 랑랑(朗朗)이[2399] 소릭 왈(曰),

"무도(無道)ᄒ 오랑키 하늘 놉흠을 몰으ᄂᆞᆫ도다. 우리 틱후 랑랑(太后娘娘)은 당당(堂堂)ᄒ 만승텬ᄌ(萬乘天子)[2400]의 모후(母后)[2401]시라. 엇지 너의 진즁(陣中)에 림(臨)ᄒ시리오? 나는 이에 틱후궁(太后宮) 시녀(侍女) 가씨(賈氏)라. 네 감(敢)히 죽이고져 홀진딕 ᄲᆞᆯ니 죽이라."

ᄒ딕, 모든 호장(胡將)이 속은 쥴 알고 죽이랴다가 의(義) 잇ᄂ 녀ᄌ(女子)라 ᄒ야 군즁(軍中)에 두고 좌우(左右)를 단속(團束)[2402]ᄒ야 극진(極盡)이 공경(恭敬)ᄒ더라.

차셜(且說), 부마도위(駙馬都尉)[2403] 진왕(秦王) 하[화]진(花珍)이 본국(本國)에 잇더니 호병(胡兵)이 범궐(犯闕)[2404]홈을 듯고 즉시(卽時)

2397 만사여생(萬死餘生) : 여러 번 죽을 고비를 넘기고 살게 된 목숨.
2398 명호(名號) : 명목(名目). 겉으로 내세우는 이름.
2399 또렷하게.
2400 만승천자(萬乘天子) : 만승지존(萬乘之尊). '천자'를 높여 이르는 말.
2401 모후(母后) : 임금의 어머니.
2402 단속(團束) : 규칙이나 법령, 명령 따위를 지키도록 통제함.
2403 부마도위(駙馬都尉) : 임금의 사위에게 주던 칭호.

군ᄉᆞ(軍士)를 됴발(調發)ᄒᆞ야 황셩(皇城)으로 올시 즁로(中路)에 이 르러 일ᄃᆡ(一隊) 호병(胡兵)이 무수(無數)ᄒᆞᆫ 거장(車仗)[2405]을 몰고 가 거늘, 진왕(秦王)이 즁국(中國) 녀ᄌᆞ(女子)를 잡아감을 보고 텰긔(鐵 騎)로 두어 슈리를 탈취(奪取)ᄒᆞ야 다리고 오니, 진왕(秦王)이 그 거 즁녀ᄌᆞ(車中女子)[2406]를 불너 거쥬(居住)를 무를시 그 즁(中) 량기(兩 個) 녀ᄌᆡ(女子ㅣ) 복식(服色)이 슈상(殊常)ᄒᆞ야 려항부녀(閭巷婦女)[2407] 와 다른지라. 누구임을 힐문(詰問)[2408]ᄒᆞ니 그 녀ᄌᆡ(女子ㅣ) 왈(曰),

"첩(妾)은 틱후궁(太后宮) 시녀(侍女) 가씨(賈氏)오며 ᄎᆞ환(叉鬟)은 첩(妾)의 슈하(手下) 쳔비(賤婢)니이다."

ᄒᆞ니, 이ᄂᆞᆫ 원릭(原來) 션랑(仙娘) 노쥬(奴主)라. 죵시(終是) 죵젹(蹤 跡)을 로츌(露出)치 아니ᄒᆞ더라.

진왕(秦王)이 놀나 틱후(太后) 가신 곳을 무른ᄃᆡ 션랑 왈(仙娘曰),

"들으니 양 틱야(楊太爺)[2409]와 윤 각뢰(尹閣老ㅣ)[2410] 의병(義兵)을 일이키여 황셩(皇城)을 구(救)ᄒᆞ야 량뎐(兩殿)은 환궁(還宮)ᄒᆞ시고 호병(胡兵)은 픽(敗)ᄒᆞ야 첩등(妾等)과 로균(盧均)의 가족(家族)을 잡 아감을 당(當)ᄒᆞ얏더니 텬ᄒᆡᆼ(天幸)으로 구(救)ᄒᆞ심을 입엇나이다."

진왕 왈(秦王曰),

"늬 군ᄉᆞ(軍士)를 거나려 셩야(星夜)[2411]로 ᄒᆡᆼ(行)ᄒᆞ니 랑(娘)이 ᄯᅡ

2404　범궐(犯闕) : 대궐을 침범함.

2405　거장(車仗) : 수레와 병장기(兵仗器).

2406　거중여자(車中女子) : 수레에 타고 있던 여자.

2407　여항부녀(閭巷婦女) : 여염집의 부녀자.

2408　힐문(詰問) : 트집을 잡아 따져 물음.

2409　양 태야(楊太爺) : 양창곡(楊昌曲)의 부친인 양현(楊賢)을 가리킴.

2410　윤 각로(尹閣老) : 양창곡의 장인인 윤형문(尹衡文)을 가리킴.

2411　성야(星夜) : 별빛이 총총한 밤.

르지 못홀지라. 아즉[2412] 진국(秦國)에 가 공쥬(公主)를 뫼시고 잇다가
평란(平亂)흔 후(後) 도라오라."

선랑(仙娘)이 역시(亦是) 궁도(窮途)에 갈 곳이 업셔 그 말을 좃추
진국(秦國)으로 가니, 진국(秦國) 공쥬(公主ㅣ) 그 위인(爲人)과 즈식
(姿色)을 보고 엇지 사랑치 아니ᄒ리오? 반겨 문왈(問曰),

"랑(娘)이 틱후궁(太后宮) 시녀(侍女)라 ᄒ니, 오릭 입죠(入朝)치
못흠을 알니로다. 셔로 안면(顔面)을 긔억(記憶)지 못ᄒ나 엇지 홀노
적병(賊兵)에게 잡힌 빅 되엿ᄂ뇨?"

선랑(仙娘)이 이ᄯ를 당(當)ᄒ야 엇지 종적(蹤跡)을 길닉[2413] 속이
리오? 실상(實狀)으로 고(告)ᄒ니, 공쥬(公主) 듯고 더욱 긔이(奇異)
히 넉여 선랑(仙娘)의 손을 잡으며 함루왈(含淚曰),

"그러홀진듸 랑(娘)은 나의 은인(恩人)이로다."

ᄒ고 량뎐(兩殿) 안후(安候)[2414]를 물은 후(後) 선랑(仙娘) 노쥬(奴主)
를 각별(各別) 사랑ᄒ더라.

ᄎ셜(且說), 연왕(燕王)이 호병(胡兵)이 범궐(犯闕)ᄒ고 텬직(天子
ㅣ) 힝궁(行宮)에 곤(困)ᄒ심을 듯고 남방(南方) 졔군(諸郡)에 격셔(檄
書)를 젼(傳)ᄒ니, 남방(南方) 졔군(諸郡)이 물 끌틋 군마(軍馬)를 거
나려 시각(時刻)을 닷토와 일졔(一齊)히 일니, 연왕(燕王)이 군스
(軍士)를 지휘(指揮)ᄒ야 망망(茫茫)이 북(北)으로 힝(行)ᄒ야 진왕
(秦王)과 군스(軍士)를 합(合)ᄒ야 호병(胡兵)을 쳐 물니치고 텬ᄌ(天
子)를 뫼셔 황셩(皇城)으로 도라오니, 거리 거리 칭송(稱頌)은 일필

2412 아직. 우선.
2413 길래. 오래도록 길게.
2414 안후(安候) : '안신(安信 : 평안한 소식)'의 높임말.

(一筆)로 기록(記錄)지 못ᄒᆞ너라.

텬ᄌᆞ(天子ㅣ) 종묘사직(宗廟社稷)에 헌괵(獻馘)[2415] 친제(親祭)[2416]ᄒᆞ시고 ᄃᆡᄉᆞ텬하(大赦天下)[2417]ᄒᆞ신 후(後) 론공힝상(論功行賞)[2418]ᄒᆞ시니라.

일일(一日)은 텬ᄌᆞ(天子ㅣ) 연왕(燕王)을 보샤 왈(曰),

"경(卿)의 쇼실(小室) 션랑(仙娘)의 소식(消息)을 들럿나냐? 희상(海上) 힝궁(行宮)에 짐(朕)을 하직(下直)ᄒᆞ고 표연(飄然)ᄒᆞᆫ 종적(踪跡)이 다시 엇지 됨을 알 길이 업스니 그 아름다온 튱셩(忠誠)을 짐(朕)이 이쩌것 닛지 못ᄒᆞ노라."

연왕 왈(燕王曰),

"병화지여(兵禍之餘)[2419]에 ᄉᆞᄉᆞ(私事)[2420]를 겨를치 못ᄒᆞ야[2421] 싱ᄉᆞ존망(生死存亡)[2422]을 듯지 못ᄒᆞ얏나이다."

상(上)이 차탄 왈(嗟歎曰),

"션랑(仙娘)의 지조(志操) 절ᄀᆡ(節槪)는 죡(足)히 한 일로 취퇵(取擇)[2423]ᄒᆞᆯ지라. 위국(爲國)ᄒᆞ야 튱의지심(忠義之心)을 품은 ᄌᆡ(者ㅣ) 엇지 음힝(淫行)과 간ᄉᆞ(奸邪ㅣ) 잇스리오? 짐(朕)이 불명(不明)ᄒᆞ야 절ᄀᆡ(節槪) 잇는 녀ᄌᆞ(女子)로 ᄒᆞ야금 뜻을 엇지 못ᄒᆞ야 산슈간(山水間)에 류락(流落)[2424]ᄒᆞ야 실소(失笑)[2425]ᄒᆞᆫ 탄식(歎息)이 잇게 ᄒᆞ니 엇

2415 주) 2042 참조.
2416 친제(親祭) : 임금이 몸소 제사를 지냄.
2417 주) 132 참조.
2418 논공행상(論功行賞) : 공적의 크고 작음 따위를 논의하여 그에 알맞은 상을 줌.
2419 병화지여(兵禍之餘) : 전쟁으로 인한 재앙의 나머지. 전쟁으로 인한 재앙 통에.
2420 사사(私事) : 사사로운 일. 사적인 일.
2421 사적인 일을 처리할 겨를이 없어서.
2422 생사존망(生死存亡) : 살아서 존재하는 것과 죽어서 없어지는 것.
2423 한 가지 일로도 충분히 가려 뽑을 수 있을 것이라.

지 참괴(慙愧)[2426]치 아니ᄒ리오? 짐(朕)이 이졔 션랑(仙娘)을 위(爲)
ᄒ야 시비(是非) 분셕(分析)ᄒ고[2427] 흑빅(黑白)을 밝히리라."
ᄒ시고 왕셰창(王世昌)을 엄칙(嚴責)ᄒ시고 ᄌ긱(刺客)을 근포(跟捕)
흠을 직촉ᄒ신디, 왕셰창(王世昌)이 불승황송(不勝惶悚)ᄒ야 위씨(衛
氏)에게 가만이 통지(通知)ᄒ니, 위씨(衛氏ㅣ) 디경(大驚)ᄒ야 츈월
(春月)을 칙왈(責曰),

"네 일즉 션랑(仙娘)을 죽이엿다 ᄒ더니 오히려 셰간(世間)에 싱존
(生存)ᄒ야 ᄉ긔(事機ㅣ) 장ᄎ(將次) 뒤집히게 되엿스니 이를 엇지
ᄒ리오?"

츈월(春月)이 쇼왈(笑曰),

"셰간만ᄉ(世間萬事ㅣ)[2428] 이로 측량(測量)치 못ᄒ지라. 죽엇든
ᄌ(者)도 혹(或) 살아남이 잇스니, 산 ᄉ름을 엇지 다시 죽이지 못
ᄒ리오?"

ᄒ고 위씨(衛氏) 귀에 디이고 ᄀ만이 고왈(告曰),

"여차여차(如此如此)홀지니, 션랑(仙娘)이 비록 쳔만 번(千萬番)
살아 입이 열이나 엇지 써 발명(發明)[2429]ᄒ리오?"

위씨 왈(衛氏ㅣ曰),

"만일(萬一) 서어(齟齬)이 도모(圖謀)ᄒ다가[2430] 혹(或) 탄로(綻露)

2424 유락(流落) : 타향살이. 자기 고향이 아닌 고장에서 삶.
2425 실소(失笑) : 웃음을 잃음. 어처구니가 없어 저도 모르게 웃음이 툭 터져 나옴.
     또는 그 웃음.
2426 주) 425 참조.
2427 옳고 그름을 분명히 가림.
2428 세상의 모든 일이.
2429 발명(發明) : 죄나 잘못이 없음을 말하여 밝힘. 또는 그런 말.
2430 어설프게 일을 꾸미다가.

흠이 잇슬가 ᄒ노니 죠심(操心)ᄒ야 힝(行)ᄒ라."

일일(一日)은 텬직(天子 l) 죠회(朝會)를 바드시더니 왕셰챵(王世昌)이 쥬왈(奏日),

"신(臣)이 셩지(聖旨)를 밧ᄌ와 ᄌ긱(刺客)을 근포(跟捕)ᄒ오니 힝지(行止) 모양(模樣)이 의심(疑心) 업ᄂ 즈긱(刺客)이라. 디강(大綱) 힐문(詰問)ᄒ오나 증거(證據)ᄒᆯ 곳이 업ᄉᆸ더니 황부(黃府) 시비(侍婢) 춘월(春月)을 불너 디면(對面)ᄒ 즉(則) 뎡녕(丁寧)이 향일(向日) 황부(黃府)에 왓든 ᄌ긱(刺客)이라 ᄒ오니 신(臣)이 다시 엄형(嚴刑)ᄒ야 힐문(詰問)코져 ᄒ나이다."

상(上)이 진로 왈(震怒曰),

"비록 죠뎡(朝廷) 디시(大事 l) 아니나 ᄉ관풍화(事關風化)[2431]ᄒ고, 황씨(黃氏)ᄂ 짐(朕)의 외쳑(外戚)[2432]이라. 규문지ᄉ(閨門之事)[2433]를 법관(法官)으로 사획[핵](査覈)홈이 불가(不可)ᄒ니, 짐(朕)이 친(親)히 무러보리라."

ᄒ시고 즉시(卽時) 긔구(機構)를 갓초시고 ᄌ긱(刺客)을 잡아드려 뎐뎡(殿庭)[2434]에셔 힐문(詰問)ᄒ실ᄉᆡ 형벌(刑罰)을 더ᄒ지 아니ᄒ야 그 ᄌ긱(刺客)이 일일(一一) 직쵸(直招)[2435] 왈(曰),

"쇼녀(小女)의 셩(姓)은 쟝(張)이오, 명(名)은 오랑(五娘)이니, ᄌ긱(刺客)으로 장안(長安)에 놀다가 연왕(燕王) 양 승상(楊丞相) 쇼실(小室) 션랑(仙娘)이 쳔금(千金)으로 구(求)ᄒ야 황부(黃府)에 가 위씨

2431 사관풍화(事關風化) : 풍습을 교화하는 일에 관련이 있음.

2432 외척(外戚) : 어머니 쪽의 친척.

2433 규문지사(閨門之事) : 부녀자들의 일.

2434 전정(殿庭) : 궁전의 뜰.

2435 직초(直招) : 곧은불림. 지은 죄를 사실대로 바로 말함.

(衛氏) 모녀(母女)를 살히(殺害)ᄒ고 오라 ᄒ기에 승야(乘夜)²⁴³⁶ᄒ야
황부(黃府)에 드러가 시비(侍婢) 츈월(春月)에게 들킨 비 되야 도망
(逃亡)ᄒ얏ᄉ오니 죽어도 다른 말슴은 업나이다."

ᄒ거늘 텬지(天子ㅣ) 진로(震怒)ᄒ샤 다시 형벌(刑罰)을 나리고져 ᄒ
시더니 홀연(忽然) 궐문(闕門) 밧게 신문고(申聞鼓)²⁴³⁷ 치ᄂᆞᆫ 소리 진
동(震動)ᄒ며 슈문장(守門將)²⁴³⁸이 쥬왈(奏曰),

"일기(一個) 로랑(老娘)이 일기(一個) 녀ᄌ(女子)를 잡아가지고 와
명원(鳴冤)²⁴³⁹홀 일이 잇노라 ᄒ나이다."

상(上)이 의아(疑訝)ᄒ샤 볼[불]녀 드리라 ᄒ시니, 과연(果然) 빅슈
(白首) 로랑(老娘)이 신장(身長)이 오척(五尺)에 불과(不過)ᄒ나 밍렬
(猛烈)ᄒᆫ 긔운(氣運)이 미우(眉宇)²⁴⁴⁰에 가득ᄒ야 한 손으로 일기(一
個) 코 업ᄂᆞᆫ 녀ᄌ(女子)를 잇글고 복디(伏地) 쥬왈(奏曰),

"로신(老臣)은 ᄌ긱(刺客)이라. 평싱(平生)에 의긔(義氣)를 죠화ᄒ
야 ᄉ름을 위(爲)ᄒ야 불평(不平)ᄒ 원슈(怨讐)를 갑하 도문(屠門)²⁴⁴¹
에 노더니, 황 각로(黃閣老) 부인(夫人)이 시비(侍婢) 츈월(春月)을 변
복(變服) 식여 천금(千金)을 가지고 방계[혜]곡경(傍蹊曲逕)²⁴⁴²으로
로신(老臣)을 구득(求得)ᄒ야 양 승상(楊丞相) 쇼실(小室) 션랑(仙娘)
의 머리를 취(取)ᄒ야 오라 ᄒ기로, 신(臣)이 위씨(衛氏)의 용모(容

2436 주) 1514 참조.

2437 신문고(申聞鼓) : 백성이 억울한 일을 하소연할 때 치게 하던 북.

2438 수문장(守門將) : 각 궁궐이나 성의 문을 지키던 무관 벼슬.

2439 명원(鳴冤) : 억울한 일을 하소연함.

2440 주) 89 참조.

2441 도문(屠門) : '푸줏간이나 도살장(屠殺場)의 문'이라는 뜻으로, 여기서는 자객들
      의 세계를 가리킴.

2442 방혜곡경(傍蹊曲逕) : '좁고 꼬불꼬불한 옆길'이라는 뜻으로, 옳지 못한 수단이나
      방법을 비유하여 이르는 말임.

貌)를 보고 말슴을 드르민 십분(十分) 길인(吉人)이 아니라 심즁(心中)에 의아(疑訝)ㅎ더니, 양부(楊府)에 니르러 션랑(仙娘)의 창(窓) 밧게 자최를 감초고 가만이 엿보온 즉(則) 여츠여츠(如此如此)ㅎ옵기 즉시(卽時) 션랑(仙娘)과 셜화(說話)ㅎ온 후(後) 위씨(衛氏) 모녀(母女)를 쥭이랴 ㅎ온 즉(則) 션랑(仙娘)이 디의(大義)를 드러 말니민 위씨(衛氏) 셩명(性命)²⁴⁴³을 용셔(容恕)ㅎ고 다만 츈월(春月)을 형벌(刑罰)ㅎ야 혹(或) 기과(改過)²⁴⁴⁴홈이 잇슬가 ㅎ얏습더니, 이졔 드르니 도로혀 로신(老臣)을 인연(因緣)ㅎ야 션랑(仙娘)의 죄목(罪目)을 더흔가 시부오니²⁴⁴⁵, 텬일지하(天日之下)²⁴⁴⁶에 엇지 이러흔 일이 잇스리잇고? 신(臣)이 이졔 츈월(春月)을 실포(失捕)²⁴⁴⁷홀가 ㅎ야 잡아왓스오니 일일(一一) 국문(鞫問)²⁴⁴⁸ㅎ샤 옥셕(玉石)을 가리쇼셔."

말을 맛고 장오랑(張五娘)을 보며 왈(曰),

"네 우격(虞格)의 누이 우이랑(虞二娘)이 아니냐? 위씨(衛氏)의 쳔금(千金)을 탐(貪)ㅎ야 엄령지하(嚴令之下)²⁴⁴⁹에 텬쳥(天聽)²⁴⁵⁰을 긔망(欺罔)²⁴⁵¹코즈 ㅎ니 엇지 당돌(唐突)치 아니리오?"

ㅎ거늘 뎐상뎐[뎐]하(殿上殿下)²⁴⁵²에 시위지신(侍衛之臣)²⁴⁵³이 막불칭

2443 셩명(性命) : 생명. 목숨.

2444 개과(改過) : 허물을 고침.

2445 죄목을 더하였나 싶으오니.

2446 천일지하(天日之下) : 하늘에 해가 떠 있는 아래. 밝고 환한 세상.

2447 실포(失捕) : 잡았던 죄인이나 짐승 따위를 놓침.

2448 국문(鞫問) : 국청(鞫廳)에서 형장(刑杖)을 가하여 중죄인(重罪人)을 신문함.

2449 엄령지하(嚴令之下) : 엄명이 내려진 가운데.

2450 천청(天聽) : 임금의 귀. 또는 그 귀에 어떤 말이 들어감.

2451 기망(欺罔) : 기만(欺瞞). 남을 속여 넘김.

2452 전상전하(殿上殿下) : 궁전의 위와 아래.

2453 시위지신(侍衛之臣) : 임금을 호위하는 신하.

쾌(莫不稱快)²⁴⁵⁴ᄒ고, 텬ᄌᆡ(天子ㅣ) 진로(震怒)ᄒ샤 춘월(春月)과 오랑
(五娘)을 엄형(嚴刑) 국문(鞫問)ᄒ시니 엇지 다시 일호(一毫) 긔망(欺
罔)이 잇스리오? 일일(一一) 직쵸(直招)ᄒ되 텬ᄌᆡ(天子ㅣ) 하교 왈(下
敎曰),

"로랑(老娘)은 비록 ᄌᆡᄌᆨ(刺客)이나 ᄌᆡ현(自現)²⁴⁵⁵ᄒ얏스니 그 의
긔(義氣ㅣ) 가상(嘉尙)²⁴⁵⁶이라. 공(功)으로써 죄(罪)를 쇽(贖)ᄒ야 특
별(特別)이 븍방(白放)²⁴⁵⁷ᄒ고, 우이랑(虞二娘)과 춘월(春月)은 법부
(法部)에 보늬야 다시 국문(鞫問)ᄒ야 간셥(干涉)ᄒᆫ 죄인(罪人)을 일
일(一一) 스획[핵](査覈)ᄒ야 다사리라."

ᄒ시니, 법관(法官)이 황명(皇命)을 밧ᄌᆞ와 춘월(春月)과 우격(虞格)
은 십ᄌᆞ가(十字街)²⁴⁵⁸에 쳐참(處斬)²⁴⁵⁹ᄒ고 춘셩(春成) 우이랑(虞二娘)
은 졀도졍ᄇᆡ(絕島定配)²⁴⁶⁰ᄒ고 왕셰창(王世昌)은 삭관방츅(削官放
逐)²⁴⁶¹ᄒᆫ 후(後) 즉시(卽時) 틔후(太后)씌 고왈(告曰),

"황씨(黃氏) 모녀(母女)의 죄악(罪惡)이 탄로(綻露)ᄒ야 쇼ᄌᆞ(小子
ㅣ) 임에 처치(處置)ᄒᆷ이 잇스오나 다만 그 좌우지인(左右之人)을 죄
(罪)쥬고 몸쇼 범(犯)ᄒᆫ 쟈(者)는 뭇지 아님이 비록 불가(不可)ᄒ오나
황씨(黃氏) 모녀(母女) 비단(非但) 딕신(大臣)의 명부(命婦)²⁴⁶² 될 샨

2454 막불칭쾌(莫不稱快) : 모두들 감격하거나 통쾌하여 쾌재를 부름.
2455 자현(自現) : 자기 스스로 범죄 사실을 관아에 고백함.
2456 가상(嘉尙) : 착하고 기특함.
2457 백방(白放) : 죄가 없음이 밝혀져 잡아 두었던 사람을 놓아줌.
2458 십자가(十字街) : 네거리.
2459 처참(處斬) : 목을 베어 죽이는 형벌에 처함.
2460 절도정배(絕島定配) : 외딴 섬에 유배를 보냄.
2461 삭관방축(削官放逐) : 삭탈관직(削奪官職) : 죄를 지은 자의 벼슬과 품계를 빼앗고
    벼슬아치의 명부에서 그 이름을 지우던 일) 하고 자리에서 쫓아냄.
2462 명부(命婦) : 봉작(封爵)을 받은 부인을 통틀어 이르는 말.

아니라 모후(母后)에 익휼(愛恤)호시는 바오. 쇼지(小子ㅣ) 실(實)로
다사릴 도리(道理ㅣ) 난쳐(難處)혼지라. 복원(伏願) 모후(母后)는 엄
졀(嚴切)이 교훈[훈](教訓)호샤 허물을 징계(懲戒)호쇼셔."

틱후(太后) 드르시고 딕로(大怒)호샤 위씨(衛氏) 모녀(母女)를 엄
칙(嚴責)호신 후(後) 츄즈동(楸子洞)으로 늬치시니라.

츠셜(且說), 진국(秦國) 공쥬(公主) 션랑(仙娘)과 미일(每日) 황셩
(皇城) 소식(消息)을 기다리더니, 텬지(天子ㅣ) 임에 북방(北方)을 평
졍(平定)호시고 도라오시미 공쥬(公主ㅣ) 장츠(將次) 틱후(太后)씩
입됴(入朝)홀식 션랑(仙娘)과 갓치 등뎡(登程)호야 황셩(皇城)에 이
르미, 션랑(仙娘)이 고왈(告曰),

"쳡(妾)이 임에 옥쥬(玉主)²⁴⁶³에 춍익(寵愛)호심을 입스와 다시 고
국(故國)에 싱환(生還)호얏스오니 맛당히 이 길로 본부(本府)로 가고
즈 호나이다."

공쥬(公主ㅣ) 쇼왈(笑曰),

"랑(娘)이 쥬[슈]년(數年) 산즁(山中)에 부즁(府中)을 넛고 다니다
가 오날 무슴 그리 급(急)혼 일이 잇스리오? 틱후(太后) 만일(萬一)
랑(娘)의 싱환(生還)혼 쇼식(消息)을 드르시면 밧비 보시고져 호실지
니, 랑(娘)은 나를 좃ᄎ 궐즁(闕中)에 드러가 몬져 틱후(太后)와 황상
(皇上)씩 뵈옵고 도라감이 올[올]가 호노라."

션랑(仙娘)이 홀일업셔 공쥬(公主)를 뫼시고 궁즁(宮中)에 니르미,
틱휘(太后ㅣ) 밋쳐 공쥬(公主)와 졍화[회](情懷)를 다 못호시고 션랑
(仙娘)의 손을 잡으시며 함루 왈(含淚曰),

"가랑(賈娘)아, 창텬(蒼天)이 무심(無心)치 아니ᄒᆞ시도다. 로신(老身)이 랑(娘)을 젹진(賊陣)에 보ᄂᆡ고 혼자 살아 ᄉᆞᄒᆡ지복[봉](四海之奉)[2464]을 의구(依舊)히 누리나 긔신(紀信)의 튱셩(忠誠)이 면화(免禍)치 못ᄒᆞᆯ가 ᄒᆞ얏더니 이졔 셔로 ᄉᆡᆼ존(生存)ᄒᆞᆫ 얼골을 ᄃᆡ(對)ᄒᆞ니 엇지 신명(神明)의 도음[움]이 아니리오?"

황후(皇后) 비빈(妃嬪)과 가 궁인(賈宮人)이 ᄯᅩᄒᆞᆫ 일시(一時)에 손을 잡고 반기더니, 텬ᄌᆡ(天子ㅣ) 공쥬(公主) 옴을 알으시고 진왕(秦王)의 소ᄆᆡ를 잇글어 ᄂᆡ뎐(內殿)으로 드러오시다가 션랑(仙娘)을 보시고 경문 왈(驚問曰),

"뎌긔 션 ᄌᆡ(者ㅣ) 연왕(燕王)의 쇼실(小室) 션랑(仙娘)이 아니냐?"

공쥬(公主ㅣ) 쇼이ᄃᆡ왈(笑而對曰),

"폐히(陛下ㅣ) 엇지 ᄌᆡ상(宰相) 규즁(閨中)에 깁히 잇는 가인(佳人)을 알으시나잇가?"

상(上)이 탄왈(歎曰),

"짐(朕)의 ᄉᆞ직지신(社稷之臣)[2465]이라. 짐(朕)이 몬져 알고 현ᄆᆡ(賢妹ㅣ) 알앗슬지니 엇지 현ᄆᆡ(賢妹)를 조ᄎᆞ 오ᄂᆞ뇨?"

진왕(秦王)이 이에 길에셔 맛나 구(救)ᄒᆞ야 진국(秦國)으로 보ᄂᆡ든 말ᄉᆞᆷ을 쥬달(奏達)ᄒᆞ니, 텬ᄌᆡ(天子ㅣ) 긔이(奇異)히 녁이샤 왈(曰),

"경(卿)이 엇지 일즉 말ᄒᆞ지 아니ᄒᆞ뇨?"

진왕 왈(秦王曰),

"신(臣)이 다만 ᄐᆡ후궁(太后宮) 시녀(侍女)인 쥴만 알고 연왕(燕王) 쇼실(小室)임을 몰낫나이다."

상(上)이 옥싴(玉色)[2466]이 츄연(愀然)ᄒ사 공쥬(公主)를 보시며 왈(曰),

"션랑(仙娘)은 우리 남ᄆᆡ(男妹)의 은인(恩人)이라. 무엇스로 갑흐리오?"

ᄒ시고 인(因)ᄒ야 옥뎨(玉帝)를 뫼셔 ᄒᆡᆼ궁(行宮)에 꿈꾸시든 말슴과 션랑(仙娘)의 용뫼(容貌ㅣ) 몽즁(夢中) 쇼년(少年)과 흡ᄉ(恰似)ᄒ든 말과 풍류(風流)로 직간(直諫)ᄒ며 로균(盧均)을 ᄭᅮ짓든 말슴을 일장(一場)[2467] 틱후(太后)게 고(告)ᄒ시니 틱휘(太后ㅣ) 탄왈(歎曰),

"일ᄀᆡ(一個) 녀ᄌ(女子)의 혈혈약질(孑孑弱質)[2468]이 동셔(東西) 분쥬(奔走)ᄒ야 우리 모ᄌ(母子)를 이 갓치 구(救)ᄒ니, 이는 쳔고(千古) ᄉ칙(史冊)에 듯지 못ᄒ든 일이로다."

션랑(仙娘)이 틱후(太后)씌 고왈(告曰),

"신쳡(臣妾)이 옥쥬(玉主)의 ᄉ랑ᄒ심을 닙ᄉ와 바로 부즁(府中)에 가지 못ᄒ옵고 당돌(唐突)이 몬져 궐즁(闕中)에 현알(見謁)[2469]ᄒ얏ᄉ오니 ᄉᆡᆼ환(生還)흔 쇼식(消息)을 가부(家夫)에게 알님이 올을지라. 물너감을 쳥(請)ᄒ나이다."

진왕(秦王)이 미미(微微)이 우으며 틱후(太后)씌 고왈(告曰),

"신(臣)이 평ᄉᆡᆼ(平生) 벗이 업습더니 근일(近日) 연왕(燕王)과 풍진동고(風塵同苦)[2470]ᄒ야 지긔(知己)로 사괴엿ᄉ오나 ᄌ연(自然) 국가(國家)에 일이 만하[2471] 한 번(番) 죵용(從容)흔 ᄇᆡ쥬(杯酒)[2472]로 졍회

2466 옥색(玉色) : 임금의 안색.
2467 일장(一場) : 한바탕.
2468 혈혈약질(孑孑弱質) : 아주 작고 허약한 체질. 또는 그런 체질을 가진 사람.
2469 현알(見謁) : 알현(謁見). 지체가 높고 귀한 사람을 찾아가 뵘.
2470 풍진동고(風塵同苦) : 어지러운 세상에서 함께 고생함.
2471 일이 많아.

(情懷)를 펴지 못ᄒᆞᆫ지라. 금일(今日) 맛춤 디식(大事ㅣ) 업고 연왕(燕王)이 일헛든[2473] 총희(寵姬)[2474]를 차자다가 말 업시 줌이 무료(無聊)ᄒᆞ오니 ᄒᆞᆫ 번(番) 신(臣)이 롱락(籠絡)ᄒᆞ야 랑랑(娘娘)의 우스심을 돕고져 ᄒᆞ나이다."

티휘(太后ㅣ) 희왈(喜曰),

"현셰(賢壻ㅣ) 쟝ᄎᆞ(將次) 엇지 롱락(籠絡)고ᄌᆞ ᄒᆞᄂᆞ뇨?"

진왕(秦王)이 쇼왈(笑曰),

"랑랑(娘娘)은 다만 션랑(仙娘)을 연부(燕府)[2475]로 보ᄂᆡ시지 말으시고 금일(今日)에 연왕(燕王)을 명쵸(命招)[2476]ᄒᆞ시옵쇼셔."

티휘(太后ㅣ) 허락(許諾)ᄒᆞ신ᄃᆡ, 진왕(秦王)이 공쥬(公主)를 보아 왈(曰),

"공쥬(公主)ᄂᆞᆫ 빈쥬(杯酒)를 판비(辦備)[2477]ᄒᆞ고 션랑(仙娘)을 감초아[2478] 여ᄎᆞ여ᄎᆞ(如此如此) ᄒᆞ쇼셔."

공쥐(公主ㅣ) 웃고 유유(唯唯)[2479]ᄒᆞ더라.

시야(是夜)에 황티휘(皇太后ㅣ) 연왕(燕王)을 편뎐(便殿)으로 부르시니, 연왕(燕王)이 입궐(入闕)ᄒᆞ야 몬져 텬ᄌᆞ(天子)ᄭᅴ 뵈온ᄃᆡ 텬지(天子ㅣ) 미쇼 왈(微笑曰),

"모후(母后) 경(卿)을 자셔지렬(子壻之列)로 알으샤 ᄆᆡ양 ᄉᆞ랑ᄒᆞ시

2472 배주(杯酒) : 잔에 따른 술.
2473 잃었던.
2474 총희(寵姬) : 특별한 귀염과 사랑을 받는 여자.
2475 연부(燕府) : 연왕부(燕王府). 연왕의 집안.
2476 명초(命招) : 임금의 명으로 신하를 부름.
2477 판비(辦備) : 변통(變通)하여 준비함.
2478 감추어.
2479 주) 1653 참조.

는 즁(中) 금야(今夜) 진왕(秦王)과 갓치 인견(引見)코즈 ᄒ시니 경
(卿)은 모뎐(母殿)²⁴⁸⁰ 슬하(膝下)에 질김을 돕게 ᄒ라."

연왕(燕王)이 돈슈(頓首)ᄒ더라.

아이(俄而)오, 틱후궁(太后宮) 시녜(侍女ㅣ) 틱후(太后) 명(命)으로
연왕(燕王)을 인도(引導)ᄒ야 연츈뎐(延春殿)에 이르니, 진왕(秦王)
이 임이 틱후(太后)를 뫼셔 렴외(簾外)에 시좌(侍坐)ᄒ얏더라.

틱휘(太后ㅣ) 궁녀(宮女)를 명(命)ᄒ샤 연왕(燕王)의 좌셕(座席)을
갓가이 쥬시고 하교 왈(下敎曰),

"로신(老身)이 경(卿)을 다른 죠신(朝臣)과 달니 아는 고(故)로 미
양 이 갓치 인견(引見)코즈 ᄒ니 톄모(體貌)²⁴⁸¹에 구익(拘碍)ᄒ야 미
안(未安)홈이 만은지라. 다만 향앙(向仰)²⁴⁸²ᄒ는 마음이 그윽ᄒ더니
금야(今夜) 진왕(秦王)을 딕(對)ᄒ야 더욱 경(卿)을 싱각홈이 간졀(懇
切)ᄒ 고(故)로 쳥(請)ᄒ얏스니 경(卿)은 늙은이 번잡(煩雜)홈을 용셔
(容恕)ᄒ라. 경(卿)이 남방(南方)에 젹거(謫居)ᄒ고 북방(北方)에 츌
젼(出戰)ᄒ야 로고(勞苦)홈이 만흐니 비록 쇼년방쟝지시(少年方壯之
時)²⁴⁸³나 긔거지졀(起居之節)²⁴⁸⁴에 손상(損傷)홈이 업나냐?"

연왕(燕王)이 돈슈 왈(頓首曰),

"텬은(天恩)이 망극(罔極)ᄒ와 싱셩지틱(生成之澤)²⁴⁸⁵이 갈스록 바
다 갓스오니 쳔신(賤身)이 무병(無病)ᄒ니이다."

진왕(秦王)이 웃고 연왕(燕王)을 딕(對)ᄒ야 왈(曰),

2480 모뎐(母殿) : 자전(慈殿). 자성(慈聖). 임금의 어머니를 이르던 말.
2481 체모(體貌) : 체면(體面). 남을 대하기에 떳떳한 도리나 얼굴.
2482 주) 313 참조.
2483 소년방장지시(少年方壯之時) : 젊은이의 한창 시절.
2484 기거지절(起居之節) : 일상생활. 일상의 예절.
2485 생성지택(生成之澤) : 만물이 나고 자라게 한 은택.

"양형(楊兄)이 금야(今夜) 이 갓치 인견(引見)ㅎ시는 쯧을 알소냐?
형(兄)의 소실(小室) 션랑(仙娘)이 량뎐(兩殿)을 위(爲)ㅎ야 긔신(紀
信)의 츙셩(忠誠)을 효칙(效則)²⁴⁸⁶ㅎ니 혈혈녀ᄌ(孑孑女子ㅣ)²⁴⁸⁷ 싱환
(生還)치 못흠은 당연(當然)ᄒ 일이라. 이졔것 소식(消息)이 업슴으
로 틔후(太后) 념려(念慮)ㅎ샤 유아지탄(由我之歎)²⁴⁸⁸으로 형(兄)의
쇼이(所愛)²⁴⁸⁹를 일엇다 ㅎ샤 특별(特別)이 궁녀 즁(宮女中) 아름다
온 쟈(者)를 쏩아 션랑(仙娘)을 딕신(代身)ㅎ야 건질[즐](巾櫛)을 밧
들어 틔후(太后)에 겸연(慊然)²⁴⁹⁰ㅎ신 쯧을 풀고ᄌ ᄒ심이라. 형(兄)
의 뜻이 엇더ᄒ뇨?"

연왕(燕王)이 쇼왈(笑曰),

"텬은(天恩)이 지극(至極)ㅎ시나 봉승(奉承)²⁴⁹¹치 못홀 계[게] 두
가지라. 뎨²⁴⁹² 비록 일기(一個) 녀ᄌ(女子)나 위국진츙(爲國盡忠)²⁴⁹³
흠을 창곡(昌曲)이 엇지 일분(一分) 차셕지심(嗟惜之心)²⁴⁹⁴을 두리
오? 허믈며 다른 쳐쳡(妻妾)이 잇셔 임의 분슈(分數)에 넘치니, 이ᄂ
한 가지 봉승(奉承)치 못홀 바오. 병화(兵禍) 격근 지 불구(不久)ㅎ야
분찬(奔竄)ᄒ 빅셩(百姓)이 밋쳐 환가(還家)치 못혼 쟈(者ㅣ) 만흐니
션랑(仙娘)의 ᄉ싱(死生)을 엇지 알이오? 만일(萬一) 텬의[우]신죠(天
佑神助)²⁴⁹⁵ㅎ야 타일(他日) 가즁(家中)에 도라온 즉(則) 뎨 비록 투심

2486 효칙(效則) : 본받아 법으로 삼음.
2487 혈혈여자(孑孑女子) : 의지할 곳이 없는 여자.
2488 유아지탄(由我之歎) : 내 탓이라고 하는 탄식.
2489 소애(所愛) : 사랑하는 사람.
2490 겸연(慊然) : 미안하여 볼 낯이 없음. 쑥스럽고 어색함.
2491 주) 898 참조.
2492 저가. 그가. 여기서는 벽성선을 가리킴.
2493 위국진충(爲國盡忠) : 나라를 위해 충성을 다함.
2494 차석지심(嗟惜之心) : 애달프고 아까운 마음.

(妬心)을 품은 지(者ㅣ) 아니나 창곡(昌曲)이 엇지 뎌를 져ᄇᆞ리ᄂᆞᆫ 붓
그럼이 업스리오? 이ᄂᆞᆫ 봉승(奉承)치 못할 비 두 가지니이다."

진왕(秦王)이 ᄃᆡ쇼 왈(大笑曰),

"형언(兄言)[2496]이 과(過)ᄒᆞ도다. 션랑(仙娘)을 위(爲)ᄒᆞ야 슈졀(守
節)코즈 ᄒᆞ나 화진(花珍)이 임의 ᄆᆡ파(媒婆) 되야 일기(一個) 궁녀(宮
女)를 뎡(定)ᄒᆞ야 두엇스니 만일(萬一) 중지(中止)ᄒᆞᆫ 즉(則) 비상지원
(飛霜之怨)[2497]이 되지 아니랴?"

연왕(燕王)이 쇼왈(笑曰),

"형(兄)은 짐짓 슈단(手段) 업ᄂᆞᆫ ᄆᆡᄑᆡ(媒婆ㅣ)로다. 원(願)치 아니
ᄒᆞᄂᆞᆫ 혼인(婚姻)을 이 갓치 중ᄆᆡ(仲媒) ᄒᆞ니 엇지 다만 슌셜(脣舌)[2498]
을 허비(虛費)ᄒᆞᆯ 쑌 아니리오?"

진왕(秦王)이 다시 ᄐᆡ후(太后)게 쥬왈(奏曰),

"연왕(燕王)이 비록 것흐로[2499] ᄉᆞ양(辭讓)ᄒᆞ오나 신(臣)이 그 ᄯᅳᆺ을
보ᄆᆡ 반다시 아름답지 못ᄒᆞᆫ 미인(美人)을 명(命)ᄒᆞ실가 ᄌᆞ져(趑趄)홈
이라. 잠간(暫間) ᄂᆡ여 그 안ᄉᆡᆨ(顏色)을 뵈심이 올흘가 ᄒᆞ나이다[2500]."
ᄒᆞ고 좌우(左右) 궁녀(宮女)를 도라보와 그 미인(美人)을 부로[르]라
ᄒᆞ니, 진국(秦國) 공쥬(公主ㅣ) 션랑(仙娘)을 장속(裝束)[2501] ᄒᆞ얏다가
시녀(侍女)로 붓들이여[2502] 렴외(簾外)에 나가믈 ᄌᆡ촉ᄒᆞ니, 션랑(仙娘)

2495 천우신조(天佑神助) : 하늘이 돕고 신령이 도움. 또는 그런 일.
2496 형언(兄言) : 형의 말. 양창곡의 말.
2497 비상지원(飛霜之怨) : 오뉴월에 서리가 날리는 원한. 여자의 뼈에 사무치는 원한.
2498 주) 2011 참조.
2499 겉으로.
2500 잠깐 나오게 하여 그 얼굴을 보여주심이 옳을까 하옵니다.
2501 장속(裝束) : 입고 매고 하여 몸차림을 든든히 갖추어 꾸밈. 또는 그런 차림새.
2502 붙들게 하여. 부축하게 하여.

이 수삽(羞澀)[2503]ᄒ야 팅후(太后) 압혜 나아가 공손(恭遜)이 시립(侍立)ᄒ딕, 팅후(太后) 그 손을 잡으시고 미미(微微)히 우으시며 연왕(燕王)을 보사 왈(曰),

"로신(老身)이 쥬장(主張)ᄒ고 진왕(秦王)이 즁미(仲媒)ᄒ여 혈마[2504] 곱지 아니ᄒᆫ 가인(佳人)을 경(卿)에게 권(勸)ᄒ리오? 이ᄂᆞᆫ 로신(老身)의 ᄯᆞᆯ 갓치 사랑ᄒᆞᄂᆞᆫ 지(者ㅣ)라. 경(卿)에게 자랑ᄒᆞ나 거의 붓그럴 빅 업슬가 ᄒ노라."

연왕(燕王)이 봉안(鳳眼)[2505]을 흘녀 ᄒᆫ 번(番) 보믹 풍진남북(風塵南北)[2506]에 종젹(踪跡)이 묘연(杳然)ᄒ야 오믹일념(寤寐一念)[2507]에 경경불망(耿耿不忘)[2508]ᄒᆞᆫ 션랑(仙娘)이라. 연왕(燕王)이 비록 심즁(心中)에 신긔(神奇)ᄒ나 진짓 긔식(氣色)을 로츌(露出)치 아니ᄒ고 팅연(泰然) 소왈(笑曰),

"화형(花兄)이 월로젹승(月老赤繩)[2509]으로 가희(佳姬)를 즁미(仲媒)ᄒᆫ가 ᄒᆞ엿더니 이졔 보믹 셩도파경(城都破鏡)[2510]으로 구경(舊鏡)

2503 주) 885 참조.
2504 설마. 그럴 리는 없겠지만.
2505 봉안(鳳眼) : 봉황의 눈같이 가늘고 길며 눈초리가 위로 째지고 붉은 기운이 있는 눈. 귀상(貴相)으로 여김.
2506 풍진남북(風塵南北) : 어지러운 세상의 남과 북.
2507 오매일념(寤寐一念) : 자나 깨나 한 가지 생각만 함.
2508 경경불망(耿耿不忘) : 마음속에 잊히지 않음.
2509 월로적승(月老赤繩) : 중국의 전설에서 월하노인(月下老人)이 가지고 다니며 남녀의 인연을 맺어 준다고 하는 주머니의 붉은 끈.
2510 성도파경(城都破鏡) : 도성의 깨진 거울. 당(唐)나라 맹계(孟棨)가 지은《본사시(本事詩)》〈정감(情感)〉에 "남조(南朝) 진(陳)나라 태자의 사인(舍人) 서덕언(徐德言)이 그의 아내 낙창공주(樂昌公主)와 더불어 나라가 망한 뒤에 서로 헤어질까 염려한 나머지 구리거울 하나를 반으로 쪼개어 한쪽씩 나누어 가지고 있다가 다음 해 1월 15일 도성 저자에 그 거울을 팔러 나와서 만나자고 약속하였다. 그 뒤 진나라가 망하여 낙창공주가 월국공(越國公) 양소(楊素)의 집으로 몰입(沒入)

을 차자 주니 무슴 시로온 공(功)을 나타닐 비 잇스리오?"

진왕(秦王)이 딕쇼(大笑)ᄒ고 좌우(左右)를 보와 왈(曰),

"일길신량(日吉辰良)²⁵¹¹ᄒ야 가긔순셩(佳期順成)²⁵¹²ᄒ니 이 갓흔 연셕(宴席)에 엇지 일비쥬(一杯酒) 업스리오?"

ᄒ고 비반(杯盤)²⁵¹³을 직촉ᄒ니 진국(秦國) 공쥬(公主ㅣ) 궁녀(宮女)를 명(命)ᄒ야 일반딕탁(一盤大卓)²⁵¹⁴을 밧드러 드리니, 진왕(秦王)이 친(親)히 딕비[빅](大白)²⁵¹⁵를[을] 가득 부어 틱후(太后)ᄭᅴ 고왈(告曰),

"연왕(燕王)이 경각지간(頃刻之間)에 말슴이 달나 아까ᄂᆞᆫ 엄명(嚴命)을 어기며 괴로이 사양(辭讓)ᄒ고 지금(至今)은 긔식(氣色)이 딕락(大樂)ᄒ야 일흠가 겁(怯)ᄒ오니 공경(恭敬)ᄒ든 도리(道理ㅣ) 아니라 불가무벌(不可無罰)²⁵¹⁶이니이다."

ᄒ고 연왕(燕王)을 권(勸)ᄒ거늘, 연왕(燕王)이 밧자와 마신 후(後) 쏘 ᄒᆞᆫ 잔(盞)을 쳐들고 틱후(太后)ᄭᅴ 쥬왈(奏曰),

"텬은(天恩)이 감축(感祝)ᄒ와 미인(美人)을 ᄉᆞ송(賜送)ᄒ시거늘,

되었다. 서덕언이 도성에 이르러 어떤 하인이 반쪽의 거울을 파는 것을 보고 자기가 가진 반쪽을 꺼내어 맞추어 놓고 그 거울에다 시를 쓰기를 '거울과 사람이 함께 떠났는데 거울은 돌아오고 사람은 아니 돌아왔네. 상아의 그림자는 더 이상 볼 수 없고 부질없이 밝은 달빛만 남았네.[鏡與人俱去 鏡歸人不歸 無復嫦娥影 空留明月輝]' 하였다. 낙창공주가 그 시를 보고 슬피 울며 음식을 먹지 않자 양소가 알아차리고 서덕언을 불러 낙창공주를 되돌려 주니, 함께 강남(江南)으로 돌아가 해로하였다."라고 하였다.

2511 일길신량(日吉辰良) : 경사스러운 행사를 거행하려고 미리 받아 놓은 날짜가 길하고 때가 좋음.
2512 가기순성(佳期順成) : 가인과 만날 기약이 순조롭게 이루어짐.
2513 배반(杯盤) : 술상에 차려 놓은 그릇. 또는 거기에 담긴 음식.
2514 일반대탁(一盤大卓) : 남을 대접하기 위하여 썩 잘 차린 음식상. 또는 그렇게 잘 하는 대접.
2515 대백(大白) : 큰 술잔.
2516 불가무벌(不可無罰) : 벌을 주지 않을 수가 없음.

진왕(秦王)이 무례(無禮)ᄒ야 제 공(功)을 요구(要求)ᄒ오니 불가무
별[벌](不可無罰)이니이다."

ᄒ고 진왕(秦王)을 권(勸)ᄒ니, 인(因)ᄒ야 비반(杯盤)이 랑즈(狼藉)
ᄒ야[2517] 량왕(兩王)이 모다 취(醉)ᄒ엿더라.

아이(俄而)오, 좌우(左右) 창황(蒼黃)[2518]ᄒ며 텬ᄌ(天子ㅣ) 드러오
샤 흔연(欣然)이 우으시며 틱후(太后)를 뫼셔 안즈시미, 틱휘(太后ㅣ)
량왕(兩王)에 수작(酬酌)홈을 일일(一一)이 고(告)ᄒ시며 션랑(仙娘)
을 졀졀(節節)이[2519] 칭찬(稱讚)ᄒ시니, 텬ᄌ(天子ㅣ) 츄연(愀然) 기용
(改容)ᄒ시며[2520] 진왕(秦王)을 보샤 왈(曰),

"션랑(仙娘)의 긔질(氣質)이 져 갓치 청약(清弱)[2521]ᄒ나 거문고를
밀치고 로젹(盧賊)을 ᄭ지지미 팔ᄌ춘산(八字春山)[2522]에 상풍(霜風)
이 소슬(蕭瑟)ᄒ니[2523] 보는 ᄌ(者)로 ᄒ야금 업논 츙분(忠憤)[2524]이 유
연(油然)[2525]이 싱길지라. 의봉뎡(儀鳳亭) 뎐(前)에 연왕(燕王)의 츙셩
(忠誠)으로 돌니지 못ᄒ든 혼암(昏暗)ᄒ 인군(人君)을 수곡지금(數曲
之琴)[2526]으로 옹용(雍容)[2527]이 풍간(諷諫)[2528]ᄒ야 황연(晃然)[2529]이 씌

2517 술자리가 무르익어.
2518 창황(蒼黃) : 창졸(倉卒). 미처 어찌할 사이 없이 매우 급작스러움.
2519 글이나 말의 한 마디 한 마디.
2520 얼굴빛을 고쳐 정색을 하며.
2521 청약(清弱) : 깨끗하고 준수하면서 연약함.
2522 팔자춘산(八字春山) : 여덟 팔 자 모양의 봄 산이라는 뜻으로, 미인의 눈썹을 비
      유적으로 이르는 말.
2523 서릿바람이 서늘하니.
2524 충분(忠憤) : 충의로 인하여 일어나는 분한 마음.
2525 유연(油然) : 생각 따위가 저절로 일어나는 형세가 왕성함. 구름이 뭉게뭉게 피어
      나고 있음.
2526 수곡지금(數曲之琴) : 두어 곡조의 거문고 연주.
2527 옹용(雍容) : 마음이나 태도 따위가 화락하고 조용함.

닷게 ᄒᆞ니, 이는 진실(眞實)로 고금(古今)에 업ᄂᆞᆫ 일인가 ᄒᆞ노라."

량왕(兩王)이 돈수(頓首)ᄒᆞ더니 아이(俄而)오, 일모(日暮)ᄒᆞ며 량왕(兩王)이 퇴츌(退出)ᄒᆞᆯ시 연왕(燕王)이 션랑(仙娘)을 다리고 부즁(府中)에 이르믹, 샹히(上下ㅣ) 딕경(大驚)ᄒᆞ야 틱메[미](太嬭)²⁵³⁰ᄂᆞᆫ 손을 잡고 반겨 ᄉᆞᄌᆞ부싱(死者復生)²⁵³¹홈 갓고, 창두(蒼頭) 차환(叉鬟)은 강쥬(江州)로 가던 일을 말ᄒᆞ며 텬되(天道ㅣ) 무심(無心)치 아니심을 ᄎᆞ탄(嗟歎)ᄒᆞ더라.

ᄎᆞ셜(且說), 광음(光陰)이 홀홀ᄒᆞ야²⁵³² 황 쇼졔(黃小姐ㅣ) 츄ᄌᆞ동(楸子洞)에 온 지 임의 일삭(一朔)²⁵³³이라. 젼과(前過)²⁵³⁴를 씌닷고 식음(食飮)을 젼폐(全廢)ᄒᆞ고 거격ᄌᆞ리에 베 이불을 덥고 쥬야(晝夜) 호읍(號泣)²⁵³⁵ᄒᆞ야 화용월틱(花容月態)가 날로 쇠삭(衰索)²⁵³⁶ᄒᆞ고 병(病)이 골슈(骨髓)에 드럿더라²⁵³⁷.

일일(一日)은 쇼졔(小姐ㅣ) 모친(母親) 위씨(衛氏)를 슉시(熟視)²⁵³⁸ᄒᆞ며 아미(蛾眉)를 씽그려 왈(曰),

"쇼녀(小女) 이졔 실낫갓흔²⁵³⁹ 쳔식(喘息)²⁵⁴⁰이 ᄒᆞᆫ 번(番) 슨처진

2528 풍간(諷諫) : 완곡한 표현으로 잘못을 고치도록 간함.

2529 황연(晃然) : 환히 깨닫는 모양.

2530 태미(太嬭) : 어머니를 높여 이르던 말. 여기서는 연국(燕國) 태비(太妃)인 양창곡의 모부인 허 씨를 가리킴.

2531 사자부생(死者復生) : 죽었던 사람이 다시 살아남.

2532 세월이 재빨라서 붙잡을 수가 없어서. 세월이 걷잡을 사이 없이 갑작스러워서.

2533 주) 724 참조.

2534 전과(前過) : 이전에 저지른 잘못이나 죄.

2535 호읍(號泣) : 목 놓아 큰 소리로 욺.

2536 쇠삭(衰索) : 쇠하고 흩어짐.

2537 병입골수(病入骨髓) : 병이 골수 깊이 스며들 정도로 뿌리 깊고 중함.

2538 숙시(熟視) : 눈여겨 자세하게 들여다봄.

즉(則)²⁵⁴¹ 유유만ᄉ(悠悠萬事)²⁵⁴²를 도모지 니즐려니와²⁵⁴³ 다만 두 가
지 소회(所懷ㅣ) 잇ᄉ오니, 그 하나는 연왕(燕王)이 소녀(小女)를 져
바리미 아니라 쇼녜(小女ㅣ) 연왕(燕王)을 져바림이오, 션랑(仙娘)이
쇼녀(小女)를 모히(謀害)홈이 아니라 쇼녀(小女)가 션랑(仙娘)을 모
히(謀害)홈이니 죵금(從今) 이후(以後)로 연왕(燕王)과 션랑(仙娘)의
말을 구두(口頭)에 언지 말으샤 쇼녀(小女)의 도라가는 혼(魂)으로
붓그림이 업계 ᄒ시고, 그 둘직는 쇼녜(小女ㅣ) 죽은 후(後) 만일(萬
一) 황씨(黃氏) 션산(先山)에 뭇고즈 ᄒ신 즉(則) 츌가 녀즈(出嫁女子)
에 쩟쩟흔 일이 아니오, 쏘 양씨(楊氏) 분묘(墳墓)에 쟝(葬)ᄒ랴 흔
즉(則) 비록 구고(舅姑)의 인즈(仁慈)ᄒ심과 연왕(燕王)의 관홍(寬
弘)²⁵⁴⁴ᄒ심으로 쇼녀(小女)의 신셰(身世)를 측은(惻隱)이 알아 폄장
(窆葬)²⁵⁴⁵ᄒ나 쇼녀(小女) 혼령(魂靈)이 엇지 붓그럽지 아니ᄒ리오?
쇼녀(小女) 갓흔 즈(者)는 텬디간(天地間) 죄인(罪人)이라, 혼령(魂靈)
빅골(白骨)이 도라갈 곳이 업ᄉ오니, 복원(伏願) 모친(母親)은 쇼녀
(小女)를 화장(火葬)ᄒ야 더러온 쎄를²⁵⁴⁶ 셰샹(世上)에 머므르지 말
게 ᄒ쇼셔."

말을 맛친 후(後) 희[허]희탄식(歔欷歎息)²⁵⁴⁷ᄒ고 한 마듸 소리 지
르더니 긔식(氣色)이 슨어지고 엄홀(奄忽)²⁵⁴⁸ᄒ니 가련(可憐)ᄒ다 황

2539 실낱같은.
2540 천식(喘息) : 숨결을 예스럽게 이르는 말.
2541 한 번 끊어지면.
2542 유유만사(悠悠萬事) : 오랜 세월 동안의 온갖 일.
2543 도무지 잊으려니와. 일절 잊을 것이지만.
2544 관홍(寬弘) : 관대(寬大). 마음이 너그럽고 큼.
2545 폄장(窆葬) : 시체를 땅 속에 묻음.
2546 더러운 뼈를.
2547 주) 953 참조.

쇼져(黃小姐)의 평싱(平生)이여! 총명혜일[힐](聰明慧黠)이 잠간(暫間) 조물(造物)의 가리온 비 되야²⁵⁴⁹ 랑ᄌ(狼藉)혼 죄명(罪名)을 듯고 져마다 죽이고져 ᄒ더니 일죠(一朝)에 젼과(前過)를 씨닷고 두어 마디 말이 현슉(賢淑)혼 부인(夫人)이 되고 엄홀(奄忽)ᄒ니, 만일(萬一) 그 뒤ᄉᆺ이 업슬진디 엇지 텬되(天道ㅣ) 잇다 ᄒ리오?

위 부인(衛夫人)이 춤경(慘境)²⁵⁵⁰을 보고 가슴을 두다리며 울다가 ᄯᆞᆫ 혼졀(昏絶)ᄒ니 신혼(神魂)이 산란(散亂)ᄒ야 몽즁(夢中)인 듯 취즁(醉中)인 듯 모친(母親) 마씨(馬氏)가 와 ᄭ우지져 왈(曰),

"네 엇지 간특(姦慝)²⁵⁵¹혼 텽[텬]셩(天性)으로 ᄌ식(子息)을 그릇쳐 남의 집을 탁란(濁亂)²⁵⁵²ᄒ야 어미를 욕(辱) 먹이며 신명(神明)을 긔망(欺罔)ᄒᄂ냐?"

ᄒ고 막디를 들어 슈십 장(數十杖)을 치며 단약(丹藥)²⁵⁵³을 먹으라 ᄒ야 오장(五臟)²⁵⁵⁴을 일일(一一)이 세쳑(洗滌)²⁵⁵⁵ᄒ고 ᄯᅩ 셔를 갈아 독긔(毒氣)를 ᄉᆞᆫ케 ᄒ리라 ᄒ고 젹은 칼로 위씨(衛氏)의 살을 헤치고 골졀(骨節)²⁵⁵⁶을 긁어 삭삭혼 칼 소리²⁵⁵⁷ 모골(毛骨)이 송연(悚然)ᄒ거늘, 위씨(衛氏ㅣ) 모친(母親)을 부르며 한 소리를 닉쳐 지르고 ᄭᆡ치

2548 엄홀(奄忽) : 매우 갑작스러움.
2549 조물주의 가린 바가 되어. 조물주가 잘잘못이나 좋은 것과 나쁜 것 따위를 따져서 분간해서. 현토본에는 "조물의 시기를 받아[造物所猜]"로 되어 있음.
2550 참경(慘境) : 참혹한 지경.
2551 간특(姦慝) : 간사하고 악독함.
2552 탁란(濁亂) : 흐리고 어지러움.
2553 주) 1326 참조.
2554 오장(五臟) : 인체 내의 간장(肝臟), 심장(心臟), 비장(脾臟), 폐장(肺臟), 신장(腎臟)의 다섯 가지 내장을 통틀어 이르는 말.
2555 세척(洗滌) : 깨끗이 씻음.
2556 골절(骨節) : 관절(關節). 뼈마디. 뼈와 뼈가 서로 맞닿아 연결되어 있는 곳.
2557 사각사각하는 칼 소리에.

니 꿈이라.

도라보니 도화(桃花)는 넙혜 안져 울고, 쇼졔(小姐ㅣ) 쏘흔 회싱(回生)ㅎ얏더라.

위 부인(衛夫人)의 셩품(性品)이 홀연(忽然) 변(變)ㅎ야 민스(每事)를 당(當)흔 즉(則) 공겁(恐怯)[2558]ㅎ고 왕스(往事)를 싱각흔 즉(則) 아득이 꿈 갓ㅎ야 일기(一個) 심약(心弱)[2559]흔 녀지(女子ㅣ) 되엿더라.

틴휘(太后ㅣ) 위 부인(衛夫人) 모녀(母女) 기과(改過)흠을 드르시고 가 궁인(賈宮人)을 츄즈동(楸子洞)에 보닌스 진위(眞僞)[2560]를 탐지(探知)ㅎ라 ㅎ시니, 가 궁인(賈宮人)이 츄즈동(楸子洞)에 이르러 위 부인(衛夫人)을 보민, 위 부인(衛夫人)이 몽스(夢事)를 이르고 젼스(前事)를 후회(後悔)ㅎ기를 마지 아니ㅎ야 함루(含淚)흠을 씨닷지 못ㅎ니, 가 궁인(賈宮人)이 차탄(嗟歎)흠을 마지 아니ㅎ더라.

츠시(此時) 황 쇼져(黃小姐)는 도모지 슈작(酬酌)이 업고 이불로 얼골을 싸고 향벽(向壁)[2561]ㅎ야 도라누엇거늘, 위 부인(衛夫人)이 다시 가 궁인(賈宮人)을 딕(對)ㅎ야 왈(曰),

"녀ᄋ(女兒) 병셰(病勢ㅣ) 실(實)로 비경(非輕)[2562]흔 즁(中) 몽죄(夢兆ㅣ)더욱 괴이(怪異)ㅎ야 샹셔(祥瑞)롭지 아니ㅎ니, 이 근쳐(近處)에 혹(或) 불당(佛堂)이 잇느냐? 흔 번(番) 치셩(致誠)[2563] 긔도(祈禱)ㅎ야 일분(一分) 직익(災厄)을 쇼멸(消滅)홀가 ㅎ노라."

가 궁인(賈宮人)이 쇼왈(笑曰),

2558 공겁(恐怯) : 두려워하고 겁을 냄.
2559 심약(心弱) : 마음이 여리고 약함.
2560 진위(眞僞) : 참과 거짓.
2561 향벽(向壁) : 벽을 향함.
2562 비경(非輕) : 일이 가볍지 않고 중대함.
2563 치성(致誠) : 신이나 부처에게 정성을 다해 빎.

"여기셔 북(北)으로 십여 리(十餘里)를 간 즉(則) 산화암(散花菴)이 잇스오니 부인(夫人)은 싱각ᄒ야 ᄒ쇼셔."

위 부인(衛夫人)이 딕희(大喜)ᄒ야 가 궁인(賈宮人)을 보닉고 향화지촉(香火紙燭)[2564]과 치단(彩緞)을 갓초와 도화(桃花)를 산화암(散花菴)에 보닉여 치셩(致誠) 긔도(祈禱)ᄒ니라.

ᄎ시(此時) 가 궁인(賈宮人)이 틱후(太后)끠 뵈옵고 위씨(衛氏) 모녀(母女) 쾌(快)히 기과(改過)ᄒ야 이젼(以前) 위 부인(衛夫人)과 셕일(昔日)[2565] 황 쇼졔(黃小姐ㅣ) 아님을 쥬달(奏達)ᄒ고 측연(惻然) 함루(含淚)ᄒ고 토굴(土窟)[2566]에 고초(苦楚)를 직ᄉ(再三) 말ᄉᆷᄒ야 사죄(赦罪)[2567]ᄒ고 집으로 보닉여 병(病)을 됴리(調理)[2568]ᄒ기를 쳥(請)ᄒ니 틱휘(太后ㅣ) 소왈(笑曰),

"위씨(衛氏)를 위(爲)홈이 엇지 너만 못ᄒ리오? 이졔 비록 허물을 ᄭᅢ다랏스나 황 쇼져(黃小姐)의 출부(出婦)[2569]된 신셰(身勢)를 장ᄎ(將次) 엇지 ᄒ리오? 짐짓 고초(苦楚)를 더 격게 ᄒ야 연왕(燕王)으로 ᄒ여금 스스로 감동(感動)코져 홈이로다."

가 궁인(賈宮人)이 사례(謝禮)ᄒ더라.

각셜(却說), 션랑(仙娘)이 죄명(罪名)을 신셜(伸雪)ᄒ고[2570] 텬총(天寵)[2571]을 닙어 부중(府中)에 도라오믹 샹히(上下ㅣ) 깃거ᄒ고[2572] 영귀

2564 향화지촉(香火紙燭) : 향과 종이와 초.
2565 셕일(昔日) : 지난날. 옛날.
2566 토굴(土窟) : 땅굴.
2567 사죄(赦罪) : 죄를 용서함.
2568 조리(調理) : 건강이 회복되도록 몸을 보살피고 병을 다스림. * 요리를 만듦.
2569 출부(出婦) : 시집으로부터 쫓겨난 여자.
2570 죄의 명목을 씻어버리고.

(榮貴)²⁵⁷³ 홈이 극진(極盡)ᄒ나 종시(終是)²⁵⁷⁴ 황 쇼져(黃小姐)의 져리
됨을 겸연(慊然)이 녁여²⁵⁷⁵ 즐거옴이 업고 항상(恒常) 쵸창불락(悄愴
不樂)²⁵⁷⁶ᄒ야 ᄒ더라.

일일(一日)은 연왕(燕王)이 우연(偶然) 득병(得病)ᄒ야 상셕(床席)²⁵⁷⁷
에 위돈(委頓)²⁵⁷⁸ᄒ니 부즁(府中) 샹하(上下)의 우민(憂悶)²⁵⁷⁹ᄒᆫ 말을
엇지 다 긔록(記錄)ᄒ리오?

하로는 일기(一個) 로픠(老婆ㅣ) 향탁(香卓)²⁵⁸⁰을 메고 입으로 십왕
보살(十王菩薩)²⁵⁸¹을 념(念)ᄒ며²⁵⁸² 권션(勸善)²⁵⁸³ 시쥬(施主)²⁵⁸⁴ 홈을
쳥(請)ᄒ거늘, 션랑(仙娘)과 홍랑(紅娘)이 심란(心亂)히 안졋다가 당
(堂)에 오르믈 명(命)ᄒ야 왈(曰),

"파파(婆婆)²⁵⁸⁵의 힝식(行色)을 보니 반다시 길흉화복(吉凶禍福)을
판단(判斷)ᄒᆫ 늙은인가 시부니²⁵⁸⁶ 나를 위(爲)ᄒ야 ᄒᆫ 괘(卦)²⁵⁸⁷를

2571 천총(天寵) : 임금의 총애(寵愛).

2572 위아래 사람들이 모두 기뻐하고.

2573 영귀(榮貴) : 지체가 높고 귀함.

2574 주) 1131 참조.

2575 황 소저가 저렇게 된 것이 미안하여 볼 낯이 없어서.

2576 초창불락(悄愴不樂) : 마음이 근심스럽고 슬퍼 즐겁지 않음.

2577 상석(床席) : 침석(寢席).

2578 주) 1341 참조.

2579 우민(憂悶) : 근심하고 번민함.

2580 향탁(香卓) : 향로를 올려놓는 탁자.

2581 십왕보살(十王菩薩) : 시왕보살. '시왕'은 저승에서 죽은 사람을 재판하는 열 명
의 대왕. '보살'은 위로는 깨달음을 구하고 아래로는 중생을 교화하는, 부처의
버금이 되는 성인.

2582 조용히 불경이나 진언 따위를 외우며.

2583 권선(勸善) : 선행을 권장함.

2584 시주(施主) : 자비심으로 조건 없이 절이나 승려에게 물건을 베풀어 주는 일. 또
는 그런 일을 하는 사람.

2585 파파(婆婆) : 할머니. 할멈.

보라."

로픠(老婆ㅣ) 이에 산(筭)²⁵⁸⁸을 던지며 괘(卦)를 늬여 왈(曰),

"금년(今年) 귀문(貴門)에 길운(吉運)이 딕통(大通)호나 잠간(暫間) 살(煞)²⁵⁸⁹이 잇스니 밧비 졔살(除煞)케 호쇼셔."

션랑 왈(仙娘曰),

"연즉(然則) 살(煞)를[을] 엇지 졔어(制御)호리오?"

로픠(老婆ㅣ) 쓰를 거두며²⁵⁹⁰ 왈(曰),

"횡슈(橫數)²⁵⁹¹를 막고 희살(戲殺)²⁵⁹²을 졔어(制御)홈은 십왕보살(十王菩薩)이 졔일(第一)이니, 십왕뎐(十王殿)²⁵⁹³에 불공(佛供)²⁵⁹⁴호쇼셔."

션랑(仙娘)이 복치(卜債)²⁵⁹⁵를 후(厚)이 주어 보닌 후(後) 틱몌(太孊)의 고왈(告曰),

"셰간(世間)에 밋지 못홀 바는 문복(問卜)²⁵⁹⁶이나 샹공(相公) 환휘(患候ㅣ) 이졔 져러호시니 지셩(至誠)이면 감텬(感天)이라. 쳡(妾)에 젼일(前日) 가 잇든 산화암(散花菴) 부쳬 령험(靈驗)호야 틱휘(太后ㅣ) 황샹(皇上)을 위(爲)호야 년년(年年) 긔도(祈禱)호시는 곳이라. 명

2586   늙은이인가 싶으니.

2587   주) 1776 참조.

2588   산(筭) : 산목(算木). 산가지. 점술에서, 괘(卦)를 나타내기 위하여 쓰는 도구. 네모기둥꼴로 된 여섯 개의 나무로, 각각에 음양을 표시한 네 면이 있음.

2589   살(煞) : 사람을 해치거나 물건을 깨뜨리는 모질고 독한 귀신의 기운.

2590   쌀을 거두며.

2591   횡수(橫數) : 뜻밖의 운수.

2592   희살(戲殺) : 희롱하여 훼방을 놓음.

2593   십왕전(十王殿) : 시왕전. 시왕을 모신 법당.

2594   불공(佛供) : 부처 앞에 공양을 드림. 또는 그런 일.

2595   복채(卜債) : 점을 쳐 준 값으로 점쟁이에게 주는 돈.

2596   문복(問卜) : 점쟁이에게 길흉(吉凶)을 물음.

일(明日) 친(親)히 가 샹공(相公)을 위(爲)호야 긔도(祈禱)호고 도라
올가 호나이다."

티몌(太嬪ㅣ) 디회(大喜)호야 허락(許諾)호니, 션랑(仙娘)이 쇼쳥
(小蜻) 련옥(蓮玉)을 다리고 향화지쵹(香火紙燭)을 갓초고 암즁(菴
中)에 이르러 면면(面面)이 졍회(情懷)를 편 후(後) 목욕직계(沐浴齋
戒)²⁵⁹⁷호고 십왕뎐(十王殿)에 긔도(祈禱)호기를 맛친 후(後) 탑샹(榻
上)을 우러러보니 한 죠각 비단(緋緞)이 노엿고, 비단(緋緞)에 두어
쥴 축원(祝願)호는 글이 잇거늘 집어 보니 축원(祝願)에 왈(曰),

'뎨ᄌ(弟子) 황씨(黃氏)는 륙근(六根)²⁵⁹⁸이 즁탁(重濁)²⁵⁹⁹호고 오욕
(五慾)²⁶⁰⁰이 교폐(交蔽)²⁶⁰¹호야 ᄎ싱(此生)²⁶⁰² 악업(惡業)²⁶⁰³이 뫼 갓치
무거우니²⁶⁰⁴ 비록 공덕(功德)을 닥가 련화딕샹(蓮花臺上)²⁶⁰⁵에 칠보
탑(七寶塔)²⁶⁰⁶을 모흐나²⁶⁰⁷ 엇지 지은 죄(罪)를 쇽(贖)호리오? 쟝ᄎ
(將次) 진셰(塵世) 인연(因緣)을 ᄯᅳᆫ코 불젼(佛前)에 도라와 여싱(餘
生)을 맛칠가 호오니 졔불보살(諸佛菩薩)²⁶⁰⁸은 딕ᄌ딕비(大慈大悲)²⁶⁰⁹

2597 목욕재계(沐浴齋戒) : 부정(不淨)을 타지 않도록 깨끗이 목욕하고 몸가짐을 가다
     듬는 일.
2598 육근(六根) : 육식(六識)을 낳는 눈, 귀, 코, 혀, 몸, 뜻의 여섯 가지 근원.
2599 중탁(重濁) : 분위기가 무겁고 탁함.
2600 오욕(五慾) : 재욕, 색욕, 식욕, 명예욕, 수면욕의 다섯 가지 욕망.
2601 교폐(交蔽) : 서로 가림.
2602 차생(此生) : 이승. 지금 살고 있는 세상.
2603 악업(惡業) : 나쁜 과보(果報)를 가져올 악한 행위.
2604 산같이 무거우니.
2605 연화대상(蓮花臺上) : 연화대 위. '연화대'는 연꽃 모양으로 만든 불상(佛像)의
     자리.
2606 칠보탑(七寶塔) : 일곱 가지 보배로 장식한 탑.
2607 쌓으나.
2608 제불보살(諸佛菩薩) : 여러 부처와 보살.
2609 대자대비(大慈大悲) : 넓고 커서 끝이 없는 부처와 보살의 자비.

ᄒᆞ쇼셔.'

션랑(仙娘)이 그 글시를 보ᄆᆡ 십분(十分) 눈에 닉고 ᄉᆞ연(事緣)이 쳐창(悽愴)²⁶¹⁰ᄒᆞ야 심상(尋常)ᄒᆞᆫ 축원(祝願)이 아니어늘 모든 니고(尼姑)²⁶¹¹를 보아 왈(曰),

"이ᄂᆞᆫ 엇더ᄒᆞᆫ ᄉᆞ름의 긔도(祈禱) 발원(發願)²⁶¹²홈이뇨?"

모든 니괴(尼姑ㅣ) 합장(合掌)ᄒᆞ고 함루(含淚) 고왈(告曰),

"셰상(世上)에 불상ᄒᆞᆫ ᄉᆞ름도 만터이다. 여기셔 남(南)으로 수십리(數十里)를 가온 즉(則) 일ᄀᆡ(一個) 동학(洞壑)²⁶¹³이 잇스니, 일홈은 츄ᄌᆞ동(楸子洞)이라. 수월 젼(數月前)에 황셩(皇城)으로좃ᄎᆞ 량위(兩位) 부인(夫人)이 일ᄀᆡ(一個) 차환(叉鬟)을 다리고 와 산하(山下)에 일간초옥(一間草屋)²⁶¹⁴을 지으고 잇스니 경ᄉᆡᆨ(景色)²⁶¹⁵이 참혹(慘酷)ᄒᆞ고 신셰(身世ㅣ) 쳐량(凄凉)ᄒᆞ야 거적자리에 베 니불로 죄인(罪人)의 모양(模樣)이라. 도[노]부인(老夫人)은 료료찰찰(了了察察)²⁶¹⁶ᄒᆞᆫ 즁(中) 다졍통탈(多情通達)²⁶¹⁷ᄒᆞ고, 졂은 부인(夫人)은 총명민쳡(聰明敏捷)ᄒᆞᆫ 즁(中) 안ᄉᆡᆨ(顔色)이 졀승(絶勝)ᄒᆞ나 병입골슈(病入骨髓)ᄒᆞ야 죽기를 ᄌᆞ쳐(自處)ᄒᆞ니 그 곡졀(曲折)은 모르오나 로부인(老夫人)의 말ᄉᆞᆷ은, '평ᄉᆡᆼ(平生) 젹악(積惡)이 만아 이 디경(地境) 되엿스니 불젼(佛前)에 공(功)을 드려 죄(罪)를 쇽(贖)ᄒᆞᆯ가 ᄒᆞ노라.' ᄒᆞ시고, 졂

2610 주) 1988 참조.
2611 이고(尼姑) : 비구니(比丘尼). 출가하여 구족계를 받은 여자 승려.
2612 발원(發願) : 신이나 부처에게 소원을 빎. 또는 그 소원.
2613 동학(洞壑) : 동천(洞天). 산천으로 둘러싸인 경치 좋은 곳.
2614 일간초옥(一間草屋) : 한 칸짜리 초가(草家).
2615 경색(景色) : 정경이나 광경.
2616 요료찰찰(了了察察) : 눈치가 빠르고 똑똑하며 지나치게 꼼꼼함.
2617 다정통탈(多情通達) : 정이 많고 능수능란함.

은 부인(夫人)은 도모지 말이 업고 수항(數行) 글을 써 쥬며[2618] '불전
(佛前)에 이딕로 발원(發願)ᄒ라.' ᄒ고 루쉬영영(淚水ㅣ盈盈)[2619]ᄒ더
이다."

션랑(仙娘)이 듯고 심즁(心中)에 경왈(驚曰),

"이 엇지 황 쇼져(黃小姐) 아니냐? 황씨(黃氏) 모녀(母女) 만일(萬
一) 기과(改過)ᄒ야 니고(尼姑)의 소젼(所傳)[2620]과 갓흘진딕 당쵸(當
初) 죄악(罪惡)이 불과(不過) 날로 인연(因緣)홈이니 닉 만일(萬一)
구(救)치 아니면 의(義ㅣ) 아니로다."

ᄒ고 도라와 틱메(太孃)게 불사(佛事) 지[치]셩(致誠)홈을 고(告)ᄒ
니, 다힝(多幸)이 ᄎ일(此日)붓터 연왕(燕王)의 병셰(病勢ㅣ) 졈졈(漸
漸) ᄎ도(差度)[2621]를 엇더라.

션랑(仙娘)이 황 쇼져(黃小姐)의 말을 들은 후(後) 쥬야불락(晝夜
不樂)[2622]ᄒ야 구(救)홀 방침(方針)[2623]을 싱각ᄒ더니, 일일(一日)은 산
화암(散花菴) 니괴(尼姑ㅣ) 와 션랑(仙娘)을 보고 황 쇼졔(黃小姐ㅣ)
임에 기셰(棄世)[2624]ᄒ얏다 ᄒ거늘, 션랑(仙娘)이 악연(愕然)[2625] 함루
(含淚)ᄒ고 싱각ᄒ되,

'황 쇼져(黃小姐)ᄂᆞᆫ 총명다ᄌᆡ(聰明多才)[2626]ᄒᆞᆫ 인물(人物)이라. 다만
투긔(妒忌)의 병(病)이 잇스나 만일(萬一) 닉가 업슨 즉(則) 엇지 오

<hr/>

2618 두어 줄의 글을 써서 주며.
2619 누수영영(淚水盈盈) : 눈에 눈물이 고여 그렁그렁함.
2620 소전(所傳) : 전한 바. 전한 것.
2621 차도(差度) : 병이 조금씩 나아가는 정도.
2622 주야불락(晝夜不樂) : 밤낮으로 즐겁지 아니 함.
2623 방침(方針) : 방안(方案). 앞으로 일을 치러 나갈 방향과 계획.
2624 기세(棄世) : 세상을 버림. 죽음을 이르는 말.
2625 악연(愕然) : 몹시 놀라 정신이 아찔함.
2626 총명다재(聰明多才) : 총명하고 재주가 많음.

날이 잇스리오?'

ᄒ며 루슈(淚水) 히음 업시²⁶²⁷ 옷깃을 젹시더니, 홀연(忽然) 홍랑(紅娘)이 드러오거늘 션랑(仙娘)이 황씨(黃氏) 일을 고(告)ᄒ고 함루왈(含淚曰),

"쳡(妾)이 황 쇼져(黃小姐) 죽음을 슬허홈이 아니라 쳡(妾)의 살미구챠(苟且)홈을 탄식(歎息)ᄒ노니, 동시(同是) 쳥츈(靑春)으로 초로인싱(草露人生)²⁶²⁸이 아미(蛾眉)를 시긔(猜忌)ᄒ야²⁶²⁹ 나는 나뷔 등잔(燈盞)에 나라드니²⁶³⁰ 희로영욕(喜怒榮辱)²⁶³¹이 일장츈몽(一場春夢)²⁶³²이라. 그 러방[하]나혼²⁶³³ 구원야딕(九原夜臺)에 원(怨)을 품에[어]²⁶³⁴ 쳐량(凄凉)이 도라가고, 그 하(나)혼 고딕광실(高臺廣室)²⁶³⁵에 부귀(富貴)를 누려 여싱(餘生)이 화락(和樂)홀지니, 인비목셕(人非木石)²⁶³⁶이라도[어니] 엇지 겸연(慊然)ᄒ 싱각이 업스리오?"

ᄒ고 언필(言畢)에 ᄉ긔(辭氣])²⁶³⁷ 감긔(感慨)ᄒ고 긔식(氣色)이 쳐량(凄凉)ᄒ거늘, 홍랑(紅娘)이 침음량구(沈吟良久)에 탄왈(歎曰),

"이졔 황 쇼져(黃小姐)의 병셰(病勢)를 딕강(大綱) 드르니 그 의심

2627 헤아림 없이. 자신도 모르게.
2628 주) 1755 참조.
2629 미인을 시기하여.
2630 나는 나비가 등불에 날아들 듯하니.
2631 희로영욕(喜怒榮辱) : 기쁨과 노여움, 영예와 치욕.
2632 일장춘몽(一場春夢) : 한바탕의 봄꿈이라는 뜻으로, 헛된 영화나 덧없는 일을 비유적으로 이르는 말.
2633 그 하나는.
2634 저승길에 무덤에서 원한을 품어.
2635 고대광실(高臺廣室) : 매우 크고 좋은 집.
2636 인비목석(人非木石) : 사람은 목석이 아니라는 뜻으로, 사람은 누구나 감정과 분별력을 가지고 있음을 이르는 말.
2637 사기(辭氣) : 사색(辭色). 말과 얼굴빛을 아울러 이르는 말.

(疑心)된 지(者 l) 잇는지라. 쳡(妾)이 일즉 빅운도ᄉ(白雲道士)를 조
ᄎ 일기(一個) 비방(秘方)을 비호니, 소위(所謂) 틱식진결(太息眞訣)
이라. 딕강(大綱) 하늘에 일곱 긔운(氣運)이 잇스니, 풍(風) 운(雲) 우
(雨) 로(露) 상(霜) 셜(雪) 하[무](霧)오, 사롬에게 일곱 긔운(氣運)이
잇스니, 희(喜) 로(怒) 이(哀) 락(樂) 이(愛) 징[오](惡) 욕(欲)이니, 하
날에 칠긔(七氣)가 상박(相迫)²⁶³⁸ᄒ면 지앙[앙](災殃)이 되야 졀셰(節
序 l)²⁶³⁹ 밧구이고, 사롬의 일곱 셩졍(性情)이 서로 격(激)ᄒ 즉²⁶⁴⁰(則)
괴질(怪疾)²⁶⁴¹이 되야 호흡(呼吸)을 불통(不通)ᄒ나니, 이계 비록 ᄌ
셰(仔細)치 못ᄒ나 쇼져(小姐)의 긔식(氣塞)²⁶⁴²이 이 증(症)인가 ᄒ
노라."

션랑(仙娘)이 홍랑(紅娘)의 손을 잡고 (왈(曰)),

"'지아ᄌ(知我者)도 포슉(鮑叔)이오, 이아자(愛我者)도 포슉(鮑叔)
이라.'²⁶⁴³ 금일(今日) 만일(萬一) 황 쇼졔(黃小姐 l) 불힝(不幸)ᄒ 즉
(則) 쳡(妾)도 이 셰상에 잇지 아니ᄒ리니, 일기인(一個人)을 살여 량
인(兩人)의 신셰(身勢)를 펴게 ᄒ라."

홍랑(紅娘)이 쾌락 왈(快諾曰),

"이 엇지 다만 션랑(仙娘)을 위(爲)홈이리오? 상공(相公)이 쳥춘지
년(靑春之年)²⁶⁴⁴에 젼졍(前程)²⁶⁴⁵이 만리(萬里) 갓거늘 황 쇼져(黃小

2638 상박(相迫) : 서로 핍박함. 서로 다그침.
2639 졀서(節序) : 절기(節氣)의 차례. 또는 차례로 바뀌는 절기.
2640 사람의 칠정이 서로 부딪치면.
2641 괴질(怪疾) : 원인을 알 수 없는 이상한 병.
2642 주) 467 참조.
2643 나를 알아준 것도 포숙이요, 나를 사랑한 것도 포숙이라. 중국 춘추시대 관중(管
仲)과 포숙아(鮑叔牙)는 지기(知己) 사이로, 후일 관중이 "나를 낳아 준 것은 부모
요, 나를 알아준 것은 포숙아이다.[生我者父母 知我者鮑子也]"라고 술회한 고사
가 전하는 바, 이를 응용한 말임.

姐)로 명명즁(冥冥中)[2646] 원혼(冤魂)[2647]이 되게 혼 즉(則) 엇지 아쳐롭
지[2648] 아니ᄒ리오? 랑(娘)은 산화암(散花菴) 니고(尼姑)를 쳥(請)ᄒ야
여ᄎ여ᄎ(如此如此)ᄒ라."
ᄒ더라.

ᄎ셜(且說), 황 쇼졔(黃小姐ㅣ) 셩[긔]식(氣息)[2649]이 ᄯ어지고 여망
(餘望)[2650]이 업슨지 임에 량일(兩日)이라. 오히려 옥안(玉顔)[2651]이 여
상(如常)[2652]ᄒ야 잠든 듯ᄒ거늘, 위씨(衛氏ㅣ) 춤아 빈렴지례(殯殮之
禮)[2653]를 힝(行)치 못ᄒ야 쥬야(晝夜)로 품에 품고 다만 구곡간장(九
曲肝腸)[2654]이 촌촌(寸寸)이[2655] ᄯ어지더니, 홀연(忽然) 산화암(散花菴)
니괴(尼姑ㅣ)와 위씨(衛氏)를 보고 가만이 고왈(告曰),
"마츰 빈도(貧道)의 암즁(菴中)에 량기(兩個) 도ᄉ(道士ㅣ) (운)유
종젹(雲遊踪跡)[2656]으로 지ᄂ다가 슐법(術法)이 신통(神通)ᄒ야 말ᄒ

2644 주) 1372 참조.
2645 주) 436 참조.
2646 명명즁(冥冥中) : 명부중(冥府中). 저승에서. 겉으로 나타남이 없이 아득하고 그
　　　윽한 가운데.
2647 원혼(冤魂) : 분하고 억울하게 죽은 사람의 넋.
2648 애처롭지. 가엾고 불쌍하여 마음이 슬프지.
2649 기식(氣息) : 숨. 호흡(呼吸).
2650 여망(餘望) : 아직 남은 희망.
2651 옥안(玉顔) : 지체 높은 사람의 얼굴. 잘생기고 환한 얼굴.
2652 여상(如常) : 평소와 다름이 없음.
2653 빈렴지례(殯殮之禮) : 염습(殮襲). 시신을 씻긴 뒤 수의를 갈아입히고 염포로 묶
　　　는 예절.
2654 구곡간장(九曲肝腸) : 굽이굽이 서린 창자라는 뜻으로, 깊은 마음속 또는 시름이
　　　쌓인 마음속을 비유적으로 이르는 말.
2655 마디마디.
2656 운유종적(雲遊踪跡) : 뜬구름처럼 널리 돌아다니며 노니는 자취.

되, '비명(非命)[2657]으로 죽은 쟈(者)는 칠일닉(七日內)에 약(藥)을 쓴 즉(則) 살닌다.' ᄒ기 쳥(請)ᄒ여 왓ᄉ오니 부인(夫人)은 시험(試驗) ᄒ야 쇼져(小姐)를 잠간(暫間) 뵈이쇼셔."

위씨(衛氏ㅣ) 탄왈(歎曰),

"ᄉ쟈(死者)는 불가부싱(不可復生)[2658]이라. 엇지 이러흔 일이 잇스리오마는 션ᄉ(禪師)에 지극(至極)흔 졍셩(精誠)을 감동(感動)ᄒ야 잠간(暫間) 뵈오리라."

니괴(尼姑ㅣ) 디희 왈(大喜曰),

"그 도ᄉ(道士ㅣ) 텬셩(天性)이 슈삽(羞澁)ᄒ야 비록 시비(侍婢) 차환(叉鬟)이라도 잡인(雜人)을 긔(忌)ᄒ나이다."

위씨(衛氏ㅣ) 즉시(卽時) 도화(桃花)를 물이니라[2659].

니괴(尼姑ㅣ) 나가더니 량기(兩個) 도ᄉ(道士)를 인도(引導)ᄒ야 드러오거늘, 위씨(衛氏ㅣ) 쵹하(燭下)에 그 얼골을 보미 일기(一個) 도ᄉ(道士)는 미목(眉目)이 쳥슈(清秀)ᄒ고 거지(擧止ㅣ) 단아(端雅)ᄒ야 규즁녀ᄌ(閨中女子)의 틱되(態度ㅣ) 잇는 즁(中) (안싴(顔色)이) 졀디(絶代)[2660]ᄒ고, 일기(一個) 도ᄉ(道士)는 취미홍협(翠眉紅頰)[2661]에 츈광(春光)[2662]이 무르녹고 일쌍츄파(一雙秋波)[2663]를 별 갓치 흘녀 졍신(精神)이 돌올(突兀)[2664]ᄒ고 풍졍(風情)이 혜힐(慧黠)ᄒ니 진짓

2657 비명(非命) : 제명대로 다 살지 못하고 죽음.

2658 불가부생(不可復生) : 다시 살아날 수 없음.

2659 물렸다. 물리쳤다.

2660 절대(絶代) : 당대(當代)에 견줄 만한 것이 없을 만큼 뛰어남.

2661 취미홍협(翠眉紅頰) : 푸르스름하게 화장한 눈썹과 붉은 뺨.

2662 주) 1742 참조.

2663 일쌍추파(一雙秋波) : 한 쌍의 눈길. 두 눈길.

2664 돌올(突兀) : 두드러지게 뛰어남.

경국지식(傾國之色)이라.

위씨(衛氏ㅣ) 일변(一邊) 놀나며 스랑ㅎ야 도스(道士)를 향(向)ㅎ야 치스 왈(致謝曰),

"션싱(先生)이 잔명(殘命)을 불상히 넉여 이졔 루추(陋醜)흔 곳에 이 갓치 니르시니 감스(感謝)흔 은덕(恩德)을 엇지 다 갑흐리오?"

도식(道士ㅣ) 미쇼(微笑) 부답(不答)ㅎ고 쳥슈단아(淸秀端雅)흔 도식(道士ㅣ) 몬져 쇼져(小姐)의 압헤 나아가 니불을 들고 그 얼골을 보더니 홀연(忽然) 긔식(氣色)이 참담(慘憺)²⁶⁶⁵ㅎ고 일쌍츄파(一雙秋波)에 루쉬(淚水ㅣ) 듯거늘²⁶⁶⁶, 위씨(衛氏ㅣ) 괴(怪)이 넉여 문왈(問曰),

"션싱(先生)은 엇더흔 사름이관뒤 쳐량(凄凉)이 죽어 호소무쳐(呼訴無處)²⁶⁶⁷흔 쟈(者)를 보고 이 갓치 셜워ㅎ나뇨?"

혜힐(慧黠)흔 도식(道士ㅣ) 왈(曰),

"뎌 도스(道士)는 텬셩(天性)이 연[인]약(仁弱)²⁶⁶⁸ㅎ야 비록 일면지분(一面之分)²⁶⁶⁹이 업스나 동시(同是) 쳥츈(靑春)으로 차악(嗟愕)²⁶⁷⁰흔 경계(境界)를 싱각ㅎ고 그리ㅎ나이다."

언필(言畢)에 우는 도스(道士)를 한 엽흐로 밀며 압흐로 나아 안지며 젼신(全身)을 즈셰(仔細)히 만져보더니 랑즁(囊中)²⁶⁷¹으로 숨기(三個) 환약(丸藥)²⁶⁷²을 니여 위씨(衛氏)를 주며 왈(曰),

---

2665 참담(慘憺) : 끔찍하고 절망적임.
2666 눈물이 듣거늘. 눈물이 떨어지거늘.
2667 호소무처(呼訴無處) : 호소할 데가 없음.
2668 인약(仁弱) : 성품이 어질고 약함.
2669 일면지분(一面之分) : 한 번 만나 본 정도의 친분.
2670 차악(嗟愕) : 슬픈 일을 당하여 몹시 놀람.
2671 낭중(囊中) : 주머니 속.

"빈되(貧道ㅣ) 무어슬 알니오마는 이 약(藥)을 갈아 입에 넛코 동정(動靜)을 보쇼셔."

(언필(言畢)에) 표연(飄然)이 이러 가거늘, 위씨(衛氏ㅣ) 반신반의(半信半疑)ㅎ야 약(藥)을 다 먹이민, 쇼졔(小姐ㅣ) 홀연(忽然) 한숨을 길이 쉬며 도라눕는지라. 위씨(衛氏ㅣ) 디경(大驚) 신통(神通)ㅎ야 도화(桃花)를 불너 (닐너 왈(曰)),

"산화암(散花菴)에 가 량위(兩位) 도사(道士) 잇거든 쇼져(小姐)의 회싱(回生)흠을 고(告)ㅎ고 다시 약(藥)을 무러 오라."
ㅎ니 도홰(桃花ㅣ) 쇼왈(笑曰),

"부인(夫人)이 속으심이니, 그 도ᄉ(道士)는 진기(眞個) 도시(道士ㅣ) 아니오. 압 션 도ᄉ(道士)는 션랑(仙娘)이오, 뒤 션 도ᄉ(道士)는 홍랑(紅娘)이러이다."

위씨(衛氏ㅣ) 당황무어(唐惶無語)[2673]ㅎ고 그 곡졀(曲折)을 ᄭᅵᄃᆞᆺ지 못ᄒᆞ더라.

ᄎᆞ시(此時) 홍랑(紅娘)이 황 쇼져(黃小姐)를 쳐음 보고 도라가 장탄 왈(長歎曰),

"늬 비록 조감(藻鑑)[2674]이 부족(不足)ㅎ나 황 쇼져(黃小姐)는 부귀다복(富貴多福)홀 부인(夫人)이라. 일시(一時) 겁운(劫運)[2675]을 도망(逃亡)치 못ᄒᆞ야 고초(苦楚)를 잠간(暫間) 격그나 종금(從今) 이후(以後)로 현슉(賢淑)흔 부인(夫人)이 될지니 엇지 우리 상공(相公)의 복력(福力)이 아니리오?"

2672 환약(丸藥) : 약재를 가루로 만들어 반죽하여 작고 둥글게 빚은 약.
2673 당황무어(唐惶無語) : 당황하여 말이 없음.
2674 주) 265 참조.
2675 겁운(劫運) : 재앙이 낀 운수.

윤 부인(尹夫人)이 문왈(問曰),

"그 병세(病勢)는 엇더ᄒ더뇨?"

홍랑 왈(紅娘曰),

"쇼져(小姐)의 (병(病)은) 병(病)이 아니라 쇼위(所謂) 환장(換腸)[2676]이니, 사람이 텬지(天地) 음양지긔(陰陽之氣)[2677]를 밧아 오장륙뷔(五臟六腑ㅣ)[2678] 싱기니, 음긔(陰氣ㅣ) 셩(盛)ᄒᆫ 쟈(者)는 마음이 약[악](惡)ᄒ고 양긔(陽氣ㅣ) 셩(盛)ᄒᆫ 쟈(者)는 마음이 길(吉)ᄒᆫ 고(故)로 능(能)히 길긔(吉氣)를 가져 악긔(惡氣)를 익[이]기는 쟈(者)는 복록(福祿)이 창셩(昌盛)ᄒ고 길(吉)ᄒᆯ 귀인(貴人)이라. 이졔 황쇼졔(黃小姐ㅣ) 길긔(吉氣)를 (가져 악긔(惡氣)를) 졔[제]어(制御)ᄒ되 악긔(惡氣)는 진(盡)ᄒ고 길긔(吉氣ㅣ) 밋쳐 도라오지 못ᄒ니, 촌 소위(此所謂)[2679] 환장(換腸)이라. 비록 긔운(氣運)과 혈믹(血脈)이 잠간(暫間) 거더스나[2680] 쟝부(臟腑)[2681]와 골육(骨肉)이 상(傷)ᄒᆷ이 업는 고(故)로 쳡(妾)이 임에 삼긔(三個) 환혼단(還魂丹)[2682]으로써 션텬졍긔(先天精氣)[2683]를 돌엿스니[2684] 다른 념녀(念慮) 업슬가 ᄒ나이다."

윤 부인(尹夫人)이 쇼왈(笑曰),

"랑(娘) 등(等)이 량긔(兩個) 도ᄉ(道士) 되어 능(能)히 본식(本色)을 탄로(綻露)치 아니ᄒ얏나냐?"

2676 환장(換腸) : 마음이나 행동 따위가 비정상적인 상태로 달라짐.

2677 음양지기(陰陽之氣) : 음과 양의 기운.

2678 주) 1575 참조.

2679 차 소위(此所謂) : 이것이 이른바.

2680 걷었으나. 거두었으나. 멈추었으나.

2681 주) 1575 참조.

2682 주) 1698 참조.

2683 선천정기(先天精氣) : 타고난 정신과 기운.

2684 돌렸으니. 되돌려 놓았으니.

홍랑(紅娘)이 소왈(笑曰),

"일기(一個) 도시(道士ㅣ) 심약(心弱)ᄒ야 하마 스기(事機)를 루셜(漏泄)홀 번ᄒ니이다."

ᄒ고 션랑(仙娘)의 우든 모양(模樣)을 일일(一一)이 고(告)ᄒ딕, 션랑(仙娘)이 일변(一邊) 붓그리며 다시 함루 왈(含淚曰),

"오륙 년(五六年) 뎍국(敵國) 됨도 그 쏘흔 연분(緣分)이라. 홀연(忽然) 일조(一朝)에 음용(音容)²⁶⁸⁵이 젹막(寂寞)ᄒ야 은원(恩怨)이 업셔지고 옥안(玉顔)이 쳐량(凄凉)ᄒ야 가련(可憐)ᄒ니, 홍랑(紅娘)이 츠경(此境)을 당(當)ᄒ면 능(能)히 일힝루쉬(一行淚水ㅣ)²⁶⁸⁶ 업슬쇼냐?"

홍랑(紅娘)이 쇼왈(笑曰),

"나는 본딕 우직(愚直)²⁶⁸⁷흔 스름이라. 것흐로 눈물을 닉여 간샤(奸邪)흔 틱도(態度)를 교식(矯飾)²⁶⁸⁸지 안노라."

일좨(一座ㅣ)²⁶⁸⁹ 딕쇼(大笑)ᄒ더라.

츠시(此時) 틱야(太爺) 틱몌(太孃ㅣ) 황씨(黃氏)의 악보(惡報)²⁶⁹⁰를 듯고 오열 왈(鳴咽曰),

"황뷔(黃婦ㅣ) 구가(舅家)²⁶⁹¹에 드러온 후(後) 구고(舅姑)게 불슌(不順)홈이 업고 민첩(敏捷)흔 셩품(性品)과 총혜(聰慧)²⁶⁹²흔 즈질(資質)

2685 음용(音容) : 음모(音貌). 음성과 용모를 아울러 이르는 말.
2686 일행누수(一行淚水) : 한 줄기 눈물.
2687 우직(愚直) : 어리석고 고지식함.
2688 교식(矯飾) : 거짓으로 겉만 그럴듯하게 꾸밈.
2689 일좌(一座) : 온 좌석.
2690 악보(惡報) : 나쁜 소식.
2691 구가(舅家) : 시집. 시부모가 사는 집.
2692 총혜(聰慧) : 총명하고 슬기로움.

을 로신(老身)이 이씨것 닛지 못ᄒᆞᄂᆞᆫ 중(中) 오히려 일분(一分) 기과
(改過)ᄒᆞ야 수년(數年) 고졍(故情)을 다시 니을가 ᄒᆞ얏더니 셰간(世
間)에 엇지 이 갓치 참졀(慘絶)²⁶⁹³ᄒᆞᆫ 일이 잇스리오?"
ᄒᆞ거늘 연왕(燕王)이 긔식(氣色)을 곳쳐 화안유셩(和顔柔聲)²⁶⁹⁴으로
량친(兩親)ᄭᅴ 고왈(告曰),

"ᄉᆞ싱(死生)은 텬명(天命)이라. 셰간(世間)에 이 갓흔 지(者ㅣ) 몃
친 줄 알니잇가? 황씨(黃氏)를 위(爲)ᄒᆞ야 싱각ᄒᆞᆯ진ᄃᆡ 그 허물을 씨
치고 죽음이 그 허물을 못 씨치고 싱존(生存)ᄒᆞᆫ ᄃᆡ 비(比)치 못ᄒᆞᆯ지
니, 황씨(黃氏ㅣ) 만일(萬一) 진긔(眞個)²⁶⁹⁵ 기과(改過)ᄒᆞ고 죽엇슬진
ᄃᆡ, 비록 도라가는 혼(魂)이라도 즐거울가 ᄒᆞ나이다."

언미필(言未畢)²⁶⁹⁶에 일위(一位) 미인(美人)이 계하(階下)²⁶⁹⁷에 슈
ᄃᆡ(繡帶)²⁶⁹⁸를 쓸으고 빈혀를 쌕고²⁶⁹⁹ 복지(伏地) 쳥죄(請罪)ᄒᆞ거늘,
모다 자셰(仔細ㅣ) 보니 션랑(仙娘)이라. 쳐연(悽然) 함루(含淚)ᄒᆞ고
돈슈 왈(頓首曰),

"쳡(妾)이 쳥루쳔인(靑樓賤人)²⁷⁰⁰으로 힝실(行實)이 밋붐이 업셔²⁷⁰¹
군ᄌᆞ문즁(君子門中)에 환란(患亂)이 층싱(層生)²⁷⁰²ᄒᆞ니, 이ᄂᆞᆫ 다 쳡
(妾)의 죄(罪)라. 엇지 홀로 황씨(黃氏)를 칙(責)ᄒᆞ리오? ᄒᆞᆯ믈며 황씨

2693 참졀(慘絶) : 더할 나위 없이 비참함.
2694 화안유셩(和顔柔聲) : 온화한 표정과 부드러운 음성.
2695 진개(眞個) : 과연 참으로.
2696 주) 208 참조.
2697 주) 2340 참조.
2698 수대(繡帶) : 수를 놓아 만든 허리띠.
2699 비녀를 빼고. 비녀를 빼어 머리를 풀고.
2700 청루천인(靑樓賤人) : 천한 기생 출신.
2701 미더움이 없어. 믿음성이 없어.
2702 층생(層生) : 거듭하여 일어남.

(黃氏丨) 이졔 덕(德)을 닥근 현숙(賢淑)흔 부인(夫人)이 되엿스니, 산
즁(山中) 토굴(土窟)에 텬일(天日)을 못 보고 쳐량(凄凉)흔 심회(心
懷)와 궁박(窮迫)흔 신셰(身勢丨) 스스로 병(病)이 되야 쇠잔(衰殘)흔
명(命)이 죠셕(朝夕)에 잇스오니 맛당히 군즈(君子)의 슈련(垂憐)[2703]
흐실 비라. 가즁디스(家中大事)[2704]를 쳡(妾)이 엇지 감(敢)히 당돌(唐
突)이 말숨ᄒ리잇고마는 만일(萬一) 쳡(妾)이 아닌 즉(則) 오날이 업
슬지라. 가량[령](假令) 황씨(黃氏)로 기과(改過)치 못ᄒ고 불ᄒ(不
幸)ᄒ드라 ᄒ야도 구원야딕(九原夜臺)에 유아지탄(由我之嘆)이 잇서
쳡(妾)이 실(實)로 몸을 둘 곳을 알지 못ᄒ려든 이졔 왕스(往事)를
츄회(追悔)[2705]ᄒ야 착흔 딕 나아간 후(後) 홀로 죄명(罪名)을 무릅쓰
고 명명즁(冥冥中) 원혼(冤魂)이 된 즉(則) 쳡(妾)이 엇지 양양자득
(揚揚自得)[2706]ᄒ야 즁인(衆人)의 지목(指目)ᄒ을 면(免)ᄒ리오? 상공
(相公)이 만일(萬一) 황씨(黃氏)의 죄(罪)를 샤(赦)ᄒ시지 아니흔 즉
(則) 쳡(妾)이 결단(決斷)코 피발입산(被髮入山)[2707]ᄒ야 쳐지(處地丨)
얼을[울]흠이 업슬가 ᄒ나이다."

　틱야(太爺) 그 뜻을 긔특(奇特)이 녁여 좌우(左右) 시비(侍婢)로 션
랑(仙娘)을 붓드러 당(堂)에 올이고 탄왈(歎曰),

　"네 말이 간측(懇惻)[2708]ᄒ야 족(足)히 군즈지심(君子之心)을 감동
(感動)ᄒ려니와 황뷔(黃婦丨) 임에 여망(餘望)이 업스니 엇지 ᄒ
리오?"

2703 수련(垂憐) : 가련히 여겨 돌봄.
2704 가즁대사(家中大事) : 집안의 큰 일.
2705 추회(追悔) : 지나간 일을 후회함.
2706 양양자득(揚揚自得) : 뜻을 이루어 뽐내며 꺼드럭거림. 또는 그런 태도.
2707 피발입산(被髮入山) : 머리를 풀어헤치고 산으로 들어감.
2708 간측(懇惻) : 간절하고 측은함.

선랑(仙娘)이 이에 황 쇼져(黃小姐) 구(救)흔 말슴을 고(告)흐니,
틱야(太爺) 틱메(太孃ㅣ) 듯고 기용(改容) 장탄 왈(長歎曰),

"너의들에 심덕(心德)이 이 갓흐니 늬 집에 복(福)이로다."
흐고 연왕(燕王)을 기유(開諭)²⁷⁰⁹흐야 병회(病懷)²⁷¹⁰를 나아가 위로
(慰勞)흐라 흐니 연왕(燕王)이 유유슈명(唯唯受命)흐고 명일(明日) 츄
ᄌ동(楸子洞)으로 가랴 흐더라.

선랑(仙娘)이 침실(寢室)로 도라와 싱각흐되,

'늬 이제 비록 상공(相公)의 관홍(寬洪)흐신 쳐분(處分)을 엇엇스
나 황태후(皇太后)의 진로(震怒)흐신 엄교(嚴敎)를 장츠(將次) 뉘 능
(能)히 돌이리오?'
흐야 반향(半晌)을 싱각흐다가 탄왈(歎曰),

"늬 임에 텬춍(天寵)을 입어 가인ᄌ녀(家人子女)²⁷¹¹와 무간(無間)²⁷¹²
이 스랑흐오시니, 오날 늬 구구소회(區區所懷)²⁷¹³를 나밧게²⁷¹⁴ 앙달
(仰達)흘 지(者ㅣ) 업스리라."
흐고 일쟝상셔(一張上書)²⁷¹⁵를 지어 구구정화(區區情話)²⁷¹⁶와 황씨
(黃氏) 구(救)흔 말슴을 쥬달(奏達)흐니, 황태휘(皇太后ㅣ) 칭찬(稱讚)
흐시며 왈(曰),

"늬 엇지 선랑(仙娘)의 말을 듯지 아니흐리오?"

2709 개유(開諭) : 사리를 알아듣도록 잘 타이름.
2710 병회(病懷) : 병을 앓고 있는 동안의 회포.
2711 가인자녀(家人子女) : 집안의 자녀.
2712 주) 1096 참조.
2713 구구소회(區區所懷) : 이런저런 생각.
2714 나밖에. 나를 제외하고.
2715 일장상서(一張上書) : 웃어른께 올리는 편지 한 장.
2716 구구정화(區區情話) : 이러저러한 정다운 이야기.

ᄒ시고 즉시(卽時) 엄훈(嚴訓)[2717]을 나리시고 죄(罪)를 사(赦)ᄒ샤 본
부(本府)로 가믈 허(許)ᄒ시니, 위씨(衛氏)와 황 부인(黃夫人)이 일변
(一邊) 붓그럽고 일변(一邊) 황공(惶恐)ᄒ더니, 연왕(燕王)이 ᄯᅩ 와
위문(慰問)ᄒ며 ᄀᆞ유(開諭)ᄒ야 본부(本府)로 도라오라 ᄒ니, 황 쇼
졔(黃小姐ㅣ) 참괴무면(慚愧無面)[2718]ᄒ야 황부(黃府) 후원(後園)에 일
ᄀᆞ(一個) 산뎡(山亭)을 치우고 수ᄀᆞ(數個) 시비(侍婢)를 다리고 지분
(脂粉)을 단장(丹粧)치 아니ᄒ며 상두(床頭)에 렬녀젼(烈女傳)을 펴
놋코 향로(香爐)에 분향(焚香)ᄒ고 잠[잡]념(雜念)을 물니쳐 여싱(餘
生)을 보ᄂᆡ고져 ᄒ더니, 연왕(燕王)이 허락(許諾)지 아니ᄒ고 양부(楊
府)로 다려가니, 양부(楊府) 상하비복(上下婢僕)의 질거움과 가즁(家
中)의 화락(和樂)이 일층(一層) 더ᄒ더라.

ᄎᆞ셜(且說), 텬하태평(天下太平)ᄒ고 사방(四方)에 무ᄉᆞ(無事)홈이
연왕(燕王)이 벼살을 하직(下直)ᄒ고 고향(故鄕)에 도라와 한가(閑
暇)히 지닐ᄉᆡ, 션랑(仙娘)과 홍랑(紅娘)으로 남복(男服)을 환착(換着)
케 ᄒ고 ᄉᆞ인(三人)이 명산ᄃᆡ찰(名山大刹)[2719]에 고적(古蹟)을 ᄎᆞ자다
니며 유람(遊覽)ᄒᆞᆯᄉᆡ 한 곳을 다다르니 ᄂᆡ인거ᄀᆡᆨ(來人去客)[2720]이 락
역부졀(絡繹不絶)[2721]ᄒ고 승리도ᄉᆞ(僧尼道士ㅣ)[2722] 분분뎐도(紛紛顚
倒)[2723]ᄒ거늘, 연왕(燕王)이 ᄒᆡᆼ인(行人)더러 무르니 답왈(答曰),

2717 엄훈(嚴訓) : 엄한 훈계.
2718 참괴무면(慚愧無面) : 부끄러워 볼 낯이 없음.
2719 명산대찰(名山大刹) : 이름난 산과 큰 절.
2720 내인거객(來人去客) : 오고가는 사람들.
2721 낙역부절(絡繹不絶) : 연락부절(連絡不絶). 왕래가 잦아 소식이 끊이지 아니 함.
2722 승니도사(僧尼道士) : 비구(比丘), 비구니(比丘尼)와 도사.
2723 분분전도(紛紛顚倒) : 많은 사람들이 떠들썩하게 넘어질 듯 달려가는 모양.

"금일(今日) 보조국쉬(輔祖國師ㅣ) 디즁(大衆)을 모와 셜법(說法)
ᄒ나이다."

ᄒ거날 홍랑 왈(紅娘曰),

"우리 비록 승지(勝地)²⁷²⁴를 구경ᄒ나 잡념(雜念)을 파탈(擺脫)²⁷²⁵
치 못ᄒ얏더니 금일(今日) 국ᄉ(國師)에 셜법(說法)을 드러 륙근(六
根)²⁷²⁶을 쳥졍(淸淨)케 ᄒ리라."

(ᄒ고) 라귀를 밧비 모라 산문(山門)에 니르러 사즁(寺中)을 두루 구
경ᄒ고 법당(法堂) 뒤에 이르니 젹은 암지(庵子ㅣ) 잇스되 상승암(上
乘庵)이라.

일기(一個) 딕시(大師ㅣ) 셕장(錫杖)을 집고 빅팔[괄]보(리)쥬(百八
菩提珠)²⁷²⁷를 들고 하당(下堂)ᄒ야 합장비례(合掌拜禮)²⁷²⁸ᄒ니, 흰 눈
섭은 니마를 덥헛스며 푸른 얼골은 고긔[괴](古怪)²⁷²⁹ᄒ 빗을 씌엿스
니 그 존양(存養)²⁷³⁰홈을 알지라.

연왕(燕王)이 승당(昇堂) 좌정 후(坐定後) 문왈(問曰),

"선사(禪師)의 년긔(年紀) 멧치뇨?"

딕시 왈(大師ㅣ曰),

"칠십구 셰(七十九歲)로소이다."

우문왈(又問曰),

"법호(法號)는 무엇이라 ᄒ나뇨?"

2724 승지(勝地) : 명승지(名勝地). 경치가 빼어난 곳.
2725 파탈(擺脫) : 어떤 구속이나 예절로부터 벗어남.
2726 주) 2598 참조.
2727 백팔보리주(百八菩提珠) : 108개의 보리수나무 열매로 만든 염주(念珠).
2728 합장배례(合掌拜禮) : 두 손바닥을 모으고 절을 함.
2729 고괴(古怪) : 예스럽고 괴이함.
2730 존양(存養) : 본심을 잃지 않도록 착한 성품을 기름.

왈(曰),

"빈되(貧道ㅣ) 무슴 법호(法號) 잇스리오? 닐컨는 직(者ㅣ) 보조딕
스(輔祖大師)라 ᄒᆞ나이다."

연왕 왈(燕王曰),

"우리는 유산(遊山)ᄒᆞ는 스름이라. 우연(偶然)이 지나더니 금일(今
日) 딕즁(大衆)을 모하 셜법(說法)홈을 듯고 구경코져 왓노라."

국시(國師ㅣ) 쇼왈(笑曰),

"불가(佛家)의 셜법(說法)은 유가(儒家)에 강셕(講席)이라. 스되(斯
道ㅣ)²⁷³¹ 업슨 지 오리오니 곡삭촌[존]양(告朔存羊)²⁷³²에 붓그러옴이
잇나이다."

ᄒᆞ더니 아이(俄而)오, 모든 화상(和尙)이 가사(袈裟)를 입고 도쟝
[량](道場)을 비셜(排設)²⁷³³ᄒᆞ야 법당(法堂)을 통기(洞開)²⁷³⁴ᄒᆞ고 향화
(香火)를 버리니²⁷³⁵ 분분(紛紛)ᄒᆞᆫ 련[텬]화(天花)는 탑젼(榻前)에 훗
터지고 은은(隱隱)ᄒᆞᆫ 호광(豪光)²⁷³⁶은 도쟝[량](道場)에 비최이니 당

2731 사도(斯道) : 이 도. 곧 불도(佛道).
2732 곡삭존양(告朔存羊) : 곡삭례(告朔禮)에 양만 남아 있음. 《논어(論語)》 팔일(八
佾)에, 공자의 제자 자공(子貢)이 곡삭(告朔)에 쓰는 제물인 양(羊)을 없애려고
하자 공자가 말하기를, "너는 양이 아까우냐? 나는 예가 사라지는 것이 안타깝
다.[子貢欲去告朔之餼羊 子曰 賜也 爾愛其羊? 我愛其禮]"라고 하였음. 곡삭의
예는, 옛날 천자가 12월에 다음 해에 쓸 역서를 제후들에게 반포하면 제후들은
이를 받아 조묘(祖廟)에 간직해 두었다가 매달 초하룻날 양을 제물로 제를 올리
고 역서를 꺼내 쓰겠다고 고하는 예인데, 노 문공(魯文公)이 곡삭의 예에 참여하
지 않자, 자공은 실상이 없이 양만 소비되는 것을 아까워하여 없애자고 한 것임.
그러나 공자는 예는 폐지되었더라도 양이 남아 있으면 이로 인해 곡삭의 예가
있다는 것을 알아 회복할 수 있다고 여겼기 때문에 이렇게 말한 것임.
2733 배설(排設) : 연회나 의식(儀式)에 쓰는 물건을 차려 놓음.
2734 통개(洞開) : 문짝 따위를 활짝 열어 놓음.
2735 벌이니. 나열하니.
2736 호광(豪光) : 부처의 두 눈썹 사이에 있는 흰 털에서 나는 빛. 지혜를 상징하는

중(堂中)ᄒ야 칠보탑상(七寶塔上)에 비단(緋緞) 자리를 펴고 보죠국
시(輔祖國師ㅣ) 다란잔[라진]운립(多羅振雲笠)²⁷³⁷을 쓰고 마가[하]금
루가(摩訶金縷袈)²⁷³⁸를 입고 파리치를 쥐여 련화딕(蓮花臺)에 오를
시, 연왕(燕王)이 삼랑(三娘)과 구경ᄒ는 ᄌ(者)와 셧기여 혹좌혹립
(或坐或立)²⁷³⁹ᄒ얏더니, 보죠국시(輔祖國師ㅣ) 묘법련화경(妙法蓮華
經)²⁷⁴⁰을 강론(講論)홈믹 불음(佛音)이 호탕(浩蕩)ᄒ야 십방(十方)을
울이고 션종(禪宗)이 통달(通達)ᄒ야 미진(迷津)²⁷⁴¹을 보졔(普濟)²⁷⁴²
ᄒ니, 모든 화상(和尙)과 여러 졔지(弟子ㅣ) 합장(合掌) 게[계]상(階
上)ᄒ야²⁷⁴³ 향화(香火)를 올이며 딕즁(大衆)을 씌우쳐 왈(曰),

"싀샹(色相)²⁷⁴⁴이 구공(俱空)ᄒ니, 구공즉무물(俱空則無物)이라. 광
딕(廣大)홈이 어딕 잇나뇨?"

딕즁(大衆)이 젹연(寂然) 무답(無答)ᄒ더니 홀연(忽然) 모든 즁(中)²⁷⁴⁵
일기(一個) 쇼년(少年)이 미쇼 왈(微笑曰),

"광딕무량(廣大無量)ᄒ니 무량(無量)흔 즉(則) 무형(無形)이라, 싀
샹(色相)을 어느 곳에 차즈리오?"

것으로, 보통 불상에서는 보석을 박아 나타냄.
2737 다라진운립(多羅振雲笠) : 부채꼴의 다라수(多羅樹) 잎으로 만든 갓.
2738 마하금루가(摩訶金縷袈) : 황금빛 실로 엮은 가사(袈裟). '마하'는 '위대함', '뛰어
    남', '많음'의 뜻을 나타내는 말.
2739 혹좌혹립(或坐或立) : 앉기도 하고 서기도 함.
2740 묘법연화경(妙法蓮華經) : 법화경(法華經). 법화삼부경의 하나로, 가야성(迦耶
    城)에서 도를 이룬 부처가 세상에 나온 본뜻을 말한 대승경전.
2741 미진(迷津) : 깨달음의 세계인 피안(彼岸)에 상대하여, 번뇌에 얽매인 삼계(三界)
    를 이르는 말. 나루를 찾지 못하고 헤맨다는 뜻임.
2742 보제(普濟) : 널리 중생(衆生)을 제도(濟度)함.
2743 합장하고 섬돌에 올라.
2744 색상(色相) : 육안으로 볼 수 있는 물질의 형상.
2745 모인 사람들 가운데.

국시(國師ㅣ) 디경(大驚)ᄒ야 황망(慌忙)이 련화디(蓮花臺)에 나려 합쟝(合掌) 비왈(拜日),

"션ᄌᆡ(善哉)라, 원음(圓音)²⁷⁴⁶이여! 활불(活佛)이 츌셰(出世)ᄒ시니²⁷⁴⁷, 빈되(貧道ㅣ) 묘법(妙法)을 듯고져 ᄒ나이다."

모다 그 쇼년(少年)을 보니 봉용(丰茸)²⁷⁴⁸ᄒᆫ 얼골은 일지명홰(一枝名花ㅣ)²⁷⁴⁹ 이슬을 ᄯᅴ엿고 혜힐(慧黠)ᄒᆫ 눈은 슴오명셩(三五明星)²⁷⁵⁰이 새벽에 도닷는 듯 긔상(氣像)이 영발(英拔)²⁷⁵¹ᄒ고 셩음(聲音)이 아릿다와 일좌(一座) 경동(驚動)ᄒ니, 이는 별인(別人)이 아니라 이에 홍랑(紅娘)이라.

ᄎ시(此時) 홍랑(紅娘)이 랑연(琅然)²⁷⁵² 쇼왈(笑曰),

"지나가는 사름의 솔이(率爾)²⁷⁵³ᄒᆫ 희언(戲言)을 허물치 말나."

국시(國師ㅣ) 합장(合掌) 고왈(告曰),

"상공(相公)의 일언(一言)에 ᄉ십팔만디쟝경(四十八萬大藏經)²⁷⁵⁴이 그 가운디 잇ᄉ오니 밧비 련화디(蓮花臺)에 오르샤 디즁(大衆)에 흠앙(欽仰)ᄒᄂᆫ ᄯᆺ을 ᄌᆞ비(慈悲)ᄒ쇼셔²⁷⁵⁵."

2746 원음(圓音) : 원만구족(圓滿具足 : 원만하고 온전히 갖추어짐.)한 말씀, 곧 부처의 말씀.
2747 살아 계신 부처가 세상에 나오시니.
2748 봉용(丰容) : 토실토실하고 아름다운 얼굴.
2749 일지명화(一枝名花) : 아름답기로 이름난 꽃 한 가지.
2750 삼오명성(三五明星) : 보름달이나 샛별처럼 밝게 빛남.
2751 주) 130 참조.
2752 낭연(琅然) : 구슬이 서로 부딪쳐 내는 소리처럼 맑음.
2753 주) 552 참조.
2754 사십팔만대장경(四十八萬大藏經) : 불경을 집대성한 경전. 석가모니의 설교를 기록한 경장(經藏), 모든 계율을 모은 율장(律藏), 불제자들의 논설을 모은 논장(論藏)을 모두 망라하였음.
2755 대중들의 공경하여 우러러 사모하는 뜻에 자비를 베푸소서.

홍랑(紅娘)이 구지²⁷⁵⁶ 사양(辭讓)ᄒᆞ되, 국ᄉᆡ(國師ㅣ) 사미(沙彌)를
명(命)ᄒᆞ야 련화되(蓮花臺) 압히 별셜일탑(別設一榻)²⁷⁵⁷ᄒᆞ고 홍랑(紅
娘)의 오름을 간쳥(懇請)ᄒᆞ니, 홍랑(紅娘)이 침음양구(沈吟良久)에
셩관록포(星冠綠袍)²⁷⁵⁸로 앙연(昂然)²⁷⁵⁹이 탑상(榻上)에 올나 가부단
좌(跏趺端坐)²⁷⁶⁰ᄒᆞ거늘, 국ᄉᆡ(國師ㅣ) 혜안(慧眼)을 흘녀²⁷⁶¹ 자로 톄시
(睇視)ᄒᆞ며²⁷⁶² 다시 련화되(蓮花臺)에 올나 되즁(大衆)을 되(對)ᄒᆞ야
왈(曰),

"이 자리에 아록[녹]다라삼막(삼)보리(阿耨多羅三藐三菩提)²⁷⁶³씨를
[를 씨]다른 션남션녀(善男善女)²⁷⁶⁴는 갓가이 안져 텽참(聽參)²⁷⁶⁵
ᄒᆞ라."

ᄒᆞ고 파리치를 두르며²⁷⁶⁶ 문왈(問曰),

"유ᄉᆡᆨ무공(有色無空)²⁷⁶⁷이 본비묘법(本非妙法)²⁷⁶⁸이오, 유공무ᄉᆡᆨ(有
空無色)²⁷⁶⁹이 원무련홰(元無蓮花ㅣ)²⁷⁷⁰라. 엇지 일은 묘법련화(妙法蓮

2756 굳이. 구태여. 기어코.
2757 별셜일탑(別設一榻) : 따로 탁자 하나를 설치함.
2758 셩관녹포(星冠綠袍) : 도사들이 쓰는 칠성관(七星冠)과 녹색 도포.
2759 앙연(昂然) : 고개를 곧추세운 모양.
2760 가부단좌(跏趺端坐) : 책상다리를 하고 단정히 앉음.
2761 사물을 꿰뚫어보는 안목으로.
2762 자주 곁눈질로 보며.
2763 아뇩다라삼막삼보리(阿耨多羅三藐三菩提) : 무상정등각(無上正等覺). 가장 완벽한 깨달음.
2764 션남션녀(善男善女) : 불법에 귀의한 남자와 여자를 이르는 말.
2765 쳥참(聽參) : 참석하여 들음.
2766 불진(拂塵 : 불교나 도교에서 쓰는 법기(法器)의 하나)을 휘두르며.
2767 유색무공(有色無空) : '색'이 있고 '공'이 없음. 불교에서는 '색'은 곧 형체가 있는 만물을 총칭한 것이고, '공'은 곧 이 형체 있는 만물 또한 인연을 따라 생긴 것이요 본래 실유(實有)가 아니기 때문에 '공'이라 함.
2768 본비묘법(本非妙法) : 본디 묘법이 아님.

花)이뇨[2771]?"

홍랑 왈(紅娘曰),

"공변시싴(空便是色)[2772]이오, 싴변시공(色便是空)[2773]이니 원무련화
(元無蓮花)라, 하유묘법(何有妙法)[2774]이리오?"

국싀(國師ㅣ) 우문왈(又問曰),

"긔무묘법(旣無妙法)[2775]이면 법하이묘(法何以妙)[2776]며, 긔무련화(旣
無蓮花)[2777]면 화하이련(花何以蓮)[2778]고?"

홍랑 왈(紅娘曰),

"묘고무법(妙固無法)[2779]이오, 련연[역]무홰(蓮亦無花)[2780]라."

어시(於是)에 국싀(國師ㅣ) 파리치를 누이고[2781] 합장(合掌) 亽왈
(謝曰),

"지의진의(至矣盡矣)라[2782]! 셕(昔)에 문슈보살(文殊菩薩)[2783] 말슴
이 이러ᄒ나 그 도통(道統)[2784]을 니를[을] 직(者ㅣ) 업더니, 이졔 상공

2769 유공무색(有空無色) : '공'이 있고 '색'이 없음.

2770 원무연화(元無蓮花) : 원래 연꽃이 없음.

2771 어찌 이르는 묘법연화인가? 어찌 묘법연화라고 이르는가?

2772 공변시색(空便是色) : 공즉시색(空卽是色). '공'이 바로 '색'임.

2773 색변시공(色便是空) : 색즉시공(色卽是空). '색'이 바로 '공'임.

2774 하유묘법(何有妙法) : 어찌 묘법이 있는가? 무슨 묘법이 있는가?

2775 기무묘법(旣無妙法) : 기왕에 묘법이 없음.

2776 법하이묘(法何以妙) : 법을 어째서 묘하다고 하는가?

2777 기무연화(旣無蓮花) : 기왕에 연꽃이 없음.

2778 화하이련(花何以蓮) : 꽃을 어째서 연꽃이라고 하는가?

2779 묘고무법(妙固無法) : 묘한 것은 진실로 법이 아님.

2780 연역무화(蓮亦無花) : 연꽃 또한 꽃이 아님.

2781 파리채를 버리고.

2782 지극하고도 극진하도다!

2783 문수보살(文殊菩薩) : 대승불교에서 최고의 지혜를 상징하는 보살.

2784 도통(道統) : 가르침을 전하는 계통.

(相公)문은[은 문]슈(文殊) 젼신(前身)이 아니신 즉(則) 보살(菩薩)의
졔ᄌ(弟子)신가 ᄒ나이다."

ᄒ고 과품(果品)[2785]과 다탕(茶湯)[2786]을 친(親)히 밧들어 드리며 도장
[량](道場)을 파(罷)혼 후(後) 연왕(燕王) 등(等)을 암즁(菴中)으로 쳥
(請)ᄒ야 등잔(燈盞)을 도도고[2787] 불법(佛法)을 강론(講論)ᄒᆯᄉᆡ, 홍랑
(紅娘)의 답(答)이 믈 흐르 듯ᄒ니, 국ᄉᆡ(國師ㅣ) 망연ᄌᆞ실(茫然自失)[2788]
ᄒ더라.

원릭(原來) 홍랑(紅娘)이 빅운도ᄉᆞ(白雲道士)를 조ᄎᆞ ᄉᆞ도(師徒)[2789]
로 셤기니 도ᄉᆞ(道士)ᄂᆞᆫ 문슈보살(文殊菩薩)이라. ᄌᆞ연(自然) 불법(佛
法)에 졍통(精通)홈이 잇스나 평ᄉᆡᆼ(平生) 발셜(發說)치 아니터니, 이
날 국ᄉᆞ(國師)의 셜법(說法)홈이 비범(非凡)홈을 보고 수쳔언(數千
言)을 ᄃᆡ답(對答)ᄒ니, 국ᄉᆡ(國師ㅣ) ᄃᆡ경(大驚)ᄒ야 합장(合掌) 문왈
(問曰),

"빈되(貧道ㅣ) 불감(不敢)ᄒ오나[2790] 상공(相公)이 어ᄃᆡ 게[계]시며
칭호(稱號)ᄂᆞᆫ 뉘라 ᄒ시나잇가?"

홍랑 왈(紅娘曰),

"나ᄂᆞᆫ 강남(江南) 항쥬(杭州)에 잇ᄂᆞᆫ 홍ᄉᆡᆼ(紅生)이로라."

연왕(燕王)이 문왈(問曰),

"ᄂᆡ 셜법(說法)을 듯고 법안(法顔)[2791]을 ᄃᆡ(對)홈이 ᄃᆡᄉᆞ(大師)의

2785 과품(果品) : 여러 가지 과일.
2786 다탕(茶湯) : 뜨거운 차.
2787 등잔을 돋우고. 등불을 밝게 하고.
2788 망연자실(茫然自失) : 멍하니 정신을 잃음.
2789 사도(師徒) : 스승과 제자.
2790 감히 할 수 없으나. 감히 물을 수 없으나.
2791 법안(法顔) : 부처나 승려의 얼굴.

총명(聰明) 긔상(氣像)이 비범(非凡)홈을 알지라. 엇지 져 갓흔 텬지
(天才)로 공문(空門)[2792]에 일홈을 도망(逃亡)ᄒ야[2793] 평싱(平生)을 젹
막(寂寞)히 보닉나뇨?"

국싀(國師ㅣ) 묵연량구(默然良久)[2794]에 홀연(忽然) 참담[2795] 왈(慘
憺曰),

"영욕궁달(榮辱窮達)[2796]은 막비텬졍(莫非天定)[2797]이오, 위속위승(爲
俗爲僧)[2798]은 쏘흔 인연(因緣)이라. 이졔 상공(相公)이 츙곡(衷曲)[2799]
으로 무르시니 빈되(貧道ㅣ) 엇지 심사(心事)를 긔망(欺罔)ᄒ리오?
빈도(貧道)는 본딕 락양인(洛陽人)이라. 가산(家産)이 풍족(豊足)ᄒ
고 셩싴(聲色)을 조화ᄒ야[2800] 두츄랑(杜秋娘)[2801]의 후손(後孫) 오랑
(五娘)은[2802] 락양(洛陽) 명기(名妓)라. 천금(千金)으로 믹득(買得)[2803]
ᄒ야 일기(一個) 녀ᄋ(女兒)를 나으믹, 안싴(顔色)이 극가(極佳)ᄒ고
총명(聰明)이 졀인(絶人)ᄒ야 심(甚)이 ᄉ랑ᄒ더니, 산동(山東)에 도
젹(盜賊)이 딕긔(大起)ᄒ야 락양(洛陽) 군ᄉ(軍士)를 됴발(調發)홀싀,
빈되(貧道ㅣ) 종군(從軍)ᄒ야 슈월 후(數月後) 도젹(盜賊)을 평졍(平

2792 공문(空門) : 불문(佛門). 불교.
2793 명성(名聲)을 도피하여. 명리(名利)를 도피하여.
2794 묵연양구(默然良久) : 한동안 말이 없음.
2795 주) 2665 참조.
2796 영욕궁달(榮辱窮達) : 영예(榮譽)와 치욕(恥辱), 빈궁(貧窮)과 영달(榮達).
2797 막비천정(莫非天定) : 모두가 하늘이 정하는 것임.
2798 위속위승(爲俗爲僧) : 속인(俗人)이 되고 승려(僧侶)가 되는 일.
2799 주) 1278 참조.
2800 풍류와 여색을 좋아하여.
2801 두추랑(杜秋娘) : 중국 당나라 때의 시인(詩人). 15세에 이기(李錡)의 첩(妾)이
     되었음.
2802 현토본에는 추랑(秋娘)의 후손인 낙양 명기 손오랑(孫五娘)이라고 되어 있음.
2803 매득(買得) : 사들임.

定)ㅎ고 고향(故鄕)에 도라오니 촌락(村落)이 리산(離散)²⁸⁰⁴ㅎ고 가권(家眷)²⁸⁰⁵을 무를 곳이 업셔, 젼셜(傳說)이²⁸⁰⁶ 혹(或) 도젹(盜賊)에게 죽엇다 ㅎ고 혹(或) 잡혀갓다 ㅎ나 즈셰(仔細)치 못ㅎ지라. 일종(一種) 졍근(情根)이²⁸⁰⁷ 오랑(五娘) 모녀(母女)를 잇지 못ㅎ야 셰럼(世念)²⁸⁰⁸이 업셔 산즁(山中)에 락쳑(落拓)²⁸⁰⁹ㅎ야 단이다가²⁸¹⁰ 려산(驪山)²⁸¹¹ 문슈암(文殊庵)에 락발(落髮)²⁸¹²ㅎ니, 본의(本意)는 불법(佛法)을 닥가 공덕(功德)을 싸아 오랑(五娘) 모녀(母女)를 후싱(後生)²⁸¹³에나 맛날가 ㅎ이로소이다."

츠시(此時) 션랑(仙娘)이 츠언(此言)을 듯고 무단(無端)이 루슈(淚水)를 졔어(制御)치 못ㅎ거늘 딕싀(大師ㅣ) 즈로 보며 문왈(問曰),

"뎌 상공(相公)은 어딕 게시뇨?"

션랑 왈(仙娘曰),

"나도 본릭(本來) 락양(洛陽) 스름이라. 이제 딕싀(大師ㅣ) 쏘흔 동향지인(同鄕之人)인 고(故)로 즈연(自然) 심싀(心事ㅣ) 감동(感動)ㅎ이 잇나니 딕스(大師)의 쇽셩(俗姓)이 무엇이뇨?"

국싀(國師ㅣ)왈(曰),

"빈도(貧道)의 셩(姓)은 가씨(賈氏)니이다."

2804 이산(離散) : 헤어져 흩어짐.
2805 가권(家眷) : 가속(家屬). 가솔(家率). * 남에게 자기의 아내를 낮추어 이르는 말.
2806 전하는 말이.
2807 일종의 애정의 뿌리가.
2808 세념(世念) : 세상살이에 대한 온갖 생각.
2809 낙척(落拓) : 어렵거나 불행한 환경에 빠짐.
2810 다니다가.
2811 여산(驪山) : 중국 섬서성(陝西省) 임동현(臨潼縣) 동남쪽에 있는 산.
2812 낙발(落髮) : 삭발(削髮). 머리를 깎음.
2813 후생(後生) : 삼생(三生)의 하나인 내생(來生). 죽은 뒤의 생애를 이름.

션랑(仙娘)이 우문왈(又問曰),

"디싀(大師ㅣ) 녀우(女兒)를 그리 싱각ㅎ니 지금(至今) 비록 맛나나 무엇으로 증험(證驗)ㅎ리오?"

국싀(國師ㅣ)왈(曰),

"난 지 불과(不過) 숨 셰(三歲ㅣ)라 텬[뎐]형(典型)²⁸¹⁴이 오랑(五娘)과 흡사(恰似)ㅎ믈 싱각ㅎ고 텬셩(天性)이 총혜(聰慧)ㅎ야 숨 셰(三歲)에 임에 음률(音律)을 씌다라 오랑(五娘)의 거문고를 타고 문무현(文武絃)²⁸¹⁵을 분간(分揀)ㅎ니, 만일(萬一) 지금(至今) 싱존(生存)ㅎ즉(則) 반다시 스광(師曠)²⁸¹⁶ 게[계]찰(季札)²⁸¹⁷의 총명(聰明)이 잇슬가 ㅎ나이다."

션랑(仙娘)이 청파(聽罷)에 더욱 어[억]싴(臆塞)²⁸¹⁸ㅎ거늘, 국싀(國師ㅣ) 슈상(殊常)이 보아 왈(曰),

"상공(相公)의 츈추(春秋) 몟치시뇨?"

션랑 왈(仙娘曰),

"십팔 셰(十八歲)로라."

국싀(國師ㅣ) 쳑[측]연 왈(惻然曰),

"셰간(世間)에 얼골 갓흔 지(者ㅣ) 만흐나 이제 상공(相公)의 용모(容貌)를 보오믹 두오랑(杜五娘)과 흡스(恰似)ㅎ고 년긔(年紀)도 쏘흔 녀우(女兒)와 동갑(同甲)이시라. 빈되(貧道ㅣ) 즈연(自然) 정셰(情勢ㅣ) 촉동(觸動)²⁸¹⁹ㅎ미 잇나이다."

2814 전형(典型) : 자손이나 제자의 모양이나 행동이 그 조상이나 스승을 닮은 틀.

2815 문무현(文武絃) : 거문고에서 제1현인 문현과 제6현인 무현을 아울러 이르는 말.

2816 주) 709 참조.

2817 주) 710 참조.

2818 억색(臆塞) : 억울하거나 원통하여 가슴이 답답함. 또는 그런 느낌.

2819 촉동(觸動) : 어떤 자극을 받아서 움직임.

연왕 왈(燕王曰),

"오랑(五娘)의 얼골이 뎌 쇼년(少年)과 어듸가 방불(彷佛)ᄒ뇨?"

국시(國師ㅣ) 머리를 슉이고 난안(難安)²⁸²⁰ᄒᆫ 긔색(氣色)이 잇다가 왈(曰),

"출가지인(出家之人)²⁸²¹의 말ᄒᆯ 빅 아니로듸 평싱(平生)에 젹즁(積中)²⁸²²ᄒᆫ 심회(心懷)라 상공(相公)을 긔망(欺罔)치 아니리니, 빈되(貧道ㅣ) 죵군(從軍)ᄒᆯ 졔 오랑(五娘)을 참아 리별(離別)치 못ᄒ야 화상(畵像)을 그려 품고 갓더니 지금(至今)ᄭᅡ지 일치 아니ᄒ얏스니 상공(相公)은 보쇼셔."

ᄒ고 궤(櫃) 속으로 젹은 족ᄌ(簇子)를 늬여 벽상(壁上)에 걸거늘, 연왕(燕王)과 졔랑(諸娘)이 ᄌ셰(仔細ㅣ) 보니 이에 일폭(一幅) 미인도(美人圖)라. 년긔(年紀ㅣ) 비록 만흐나 모발(毛髮)과 미목(眉目)이 션랑(仙娘)과 호리불차(毫釐不差)²⁸²³ᄒ니, ᄎ시(此時) 션랑(仙娘)이 족ᄌ(簇子)를 붓들고 방셩듸곡²⁸²⁴ 왈(放聲大哭曰),

"그 연긔(年紀)와 셩향(姓鄉)²⁸²⁵이 틀이지 아니ᄒ고 그 얼골과 ᄉ젹(事蹟)이 다름이 업스니 다시 무엇슬 의심(疑心)ᄒ리오? 이ᄂᆫ 분명(分明)히 쳡(妾)의 ᄌ모(慈母)²⁸²⁶로소이다."

연왕(燕王)이 션랑(仙娘)을 위로(慰勞)ᄒ고 듸ᄉ(大師)더러 왈(曰),

2820 난안(難安) : 마음 놓기가 어려움.
2821 출가지인(出家之人) : 번뇌에 얽매인 세속의 인연을 버리고 성자(聖者)의 수행 생활에 들어간 사람.
2822 적중(積中) : 마음속에 쌓이고 쌓임.
2823 호리불차(毫釐不差) : 조금도 틀림이 없음.
2824 주) 1366 참조.
2825 성향(姓鄉) : 성씨와 고향.
2826 자모(慈母) : 자식에 대한 사랑이 깊다는 뜻으로 '어머니'를 이르는 말.

"텬륜(天倫)[2827]을 경이(輕易)[2828]히 말ᄒᆞ지 못ᄒᆞᆯ지라. 무슴 다른 흔적(痕迹)[2829]이 잇나뇨?"

딕ᄉᆡ 왈(大師ㅣ曰),

"빈되(貧道ㅣ) 량익하(兩腋下)[2830]에 두 낫 ᄉᆞ마귀 잇셔[2831] 남은 보지 못ᄒᆞ나 오랑(五娘)이 알고 ᄆᆡ양 말ᄒᆞ되, '녀ᄋᆞ(女兒)의 익하(腋下)에도 ᄯᅩᄒᆞᆫ 이 갓흔 흑지(黑子ㅣ)[2832] 잇다.' ᄒᆞ나 빈되(貧道ㅣ) 밋쳐 비교(比較)ᄒᆞ야 보지 못ᄒᆞ니이다."

연왕(燕王)이 션랑(仙娘)의 익하(腋下)를 종용(從容)이 상고(詳考)ᄒᆞ니 과연(果然) 흑지(黑子ㅣ) 잇셔 ᄌᆞ긔(自己)도 모르든 바라. 다시 국사(國師)의 량익(兩腋)을 보ᄆᆡ 일호(一毫) 다름이 업거늘, 연왕(燕王)이 긔이(奇異)히 녁여 션랑(仙娘)을 명(命)ᄒᆞ야 국사(國師)ᄭᅵ 진비(再拜)ᄒᆞ야 텬륜(天倫)을 뎡(定)ᄒᆞ게 ᄒᆞ니, 션랑(仙娘)이 이러나 졀ᄒᆞ고 울며 고왈(告曰),

"녀이(女兒ㅣ) 획죄신명(獲罪神明)[2833]ᄒᆞ야 삼셰(三歲)에 병화(兵火)를 만나 모친(母親)을 일코 유리표박(流離漂泊)[2834]ᄒᆞ다가 청루(靑樓)에 팔이니, 다만 본성(本姓)이 가씨(賈氏)오 부뫼(父母ㅣ) 업ᄂᆞᆫ 줄만 알앗더니 엇지 금일(今日)이 잇슬 줄 알앗스리오?"

셜파(說罷)에 오열(嗚咽)홈을 마지아니ᄒᆞ거늘 국ᄉᆡ(國師ㅣ) ᄯᅩ 함

2827 천륜(天倫) : 부모와 자식 간에 하늘의 인연으로 정하여져 있는 사회적 관계나 혈연적 관계.
2828 주) 1643 참조.
2829 흔적(痕迹) : 어떤 현상이나 실체가 없어졌거나 지나간 뒤에 남은 자국이나 자취.
2830 양액하(兩腋下) : 두 겨드랑이 밑.
2831 두 낱의 사마귀가 있어서. 두 개의 사마귀가 있어서.
2832 흑자(黑子) : 검은 점.
2833 획죄신명(獲罪神明) : 천지의 신령에게 죄를 지음.
2834 유리표박(流離漂泊) : 일정한 집과 직업이 없이 이곳저곳으로 떠돌아다님.

루 왈(含淚曰),

"닉 임에 네 얼골을 보고 자못 심회(心懷ㅣ) 경동(驚動)ᄒ나 종시(終是) 남ᄌ(男子)로 알앗고 녀ᄌ(女子)로 ᄭᆡ닷지 못ᄒ얏더니, 이졔 십여 년(十餘年) ᄭᅳᆫ어졋든 부녀(父女) 텬륜(天倫)을 다시 이으니 엇지 긔이(奇異)치 아니ᄒ리오마는, 그썩 너의 모친(母親)이 엇지 됨을 긔억(記憶)ᄒ깃나냐?"

션랑 왈(仙娘曰),

"비록 의희(依俙)ᄒ나[2835] 도젹(盜賊)이 모친(母親)을 잡아가랴 ᄒᆫ즉(則) 모친(母親)이 나를 안고 도망(逃亡)ᄒ다가 젹한(賊漢)이 ᄯᅡ라[2836] 형셰(形勢ㅣ) 급(急)흠을 당(當)흠이 나를 길가에 놋코 녑 우물에 ᄲᅡ지든 것만 싱각ᄒ나이다."

국ᄉᆡ(國師ㅣ) 현연(泫然)[2837]ᄒᆫ 눈물이 금가(錦袈)[2838]를 젹셔 왈(曰),

"닉 이졔 나히 팔슌(八旬)이 갓갑고[2839] 몸이 츌가(出家)ᄒ야 엇지 부부(夫婦)의 고졍(故情)을 견권(繾綣)[2840]ᄒ리오? 너의 모친(母親)은 비록 쳥루(靑樓) 쳔인(賤人)이나 진기(眞個) 빅의관음(白衣觀音)이라. 지죄(志操ㅣ) 넙[놉]혼 것과 ᄌᆡ싴(姿色)이 츌인(出人)흠을 이ᄭᅥᆺ것[2841] 닛지 못ᄒ기 이곳 옥병동(玉屛洞)에 히마다 긔도(祈禱)ᄒ야 너의 모녀(母女) 맛남을 츅원(祝願)ᄒ더니, 금일(今日) 너를 딕(對)흠은 이 보살(菩薩)의 지도(指導)ᄒ심이로다. 네 엇지 남ᄌ(男子)로 변복(變

2835 비록 (기억이) 희미하나.
2836 흉악한 도둑놈이 따라와.
2837 현연(泫然) : 눈물이 줄줄 흐름.
2838 금가(錦袈) : 비단으로 만든 가사(袈裟).
2839 나이가 팔십 세에 가깝고.
2840 견권(繾綣) : 생각하는 정이 두터워 서로 잊지 못하거나 떨어질 수 없음.
2841 이때껏. 지금에 이르기까지.

服) 유산(遊山)ㅎ나뇨?"

션랑(仙娘)이 이에 강쥬(江州)셔 연왕(燕王)을 맛난 말붓터 전후ᄉ
(前後事)를 일일(━━)히 고(告)ᄒ니, 국ᄉᆡ(國師ㅣ) 다시 연왕(燕王)을
향(向)ᄒ야 ᄉ례 왈(謝禮曰),

"빈되(貧道ㅣ) 눈이 잇스나 상공(相公)이 연왕 뎐히(燕王殿下ㅣ)심
을 몰낫ᄉ오니 그 례수(禮數)²⁸⁴²에 거만(倨慢)홈을 용셔(容恕)ᄒ쇼셔."

연왕(燕王)이 쇼왈(笑曰),

"국ᄉᆡ(國師ㅣ) 년로(年老)ᄒ고 나의 악옹(岳翁)²⁸⁴³이라. 너모 과공
(過恭)²⁸⁴⁴치 말라."

국ᄉᆡ(國師ㅣ) 흔연(欣然)이 연왕(燕王) 압히 갓가이 안지며 은근(慇
懃)이 공경(恭敬)ᄒ고 ᄉ랑ᄒᄂᆞᆫ 긔ᄉᆡᆨ(氣色)이 가득ᄒ니, 연왕(燕王)
이 ᄯᅩᄒᆫ 관ᄃᆡ(款待)²⁸⁴⁵ᄒ더라.

연왕(燕王)이 션랑(仙娘)의 부녀지졍(父女之情)을 펴노라 수일(數
日) 유(留)ᄒ다가 도라올ᄉᆡ, 국ᄉᆡ(國師ㅣ) 창연(悵然)ᄒ야²⁸⁴⁶ 셕장(錫
杖)²⁸⁴⁷을 집고 수 리(數里)를 나와 하직(下直)ᄒ며 함루 왈(含淚曰),

"불가(佛家) 계률(戒律)이 졍근(情根)을 경계(警戒)ᄒ나 부녀(父女)
은졍(恩情)은 승속(僧俗)이 일반(一般)이라. 상공(相公)과 졔랑(諸娘)
은 빈도(貧道)에 구구(區區)ᄒᆫ 졍(情)을 잇지 말으쇼셔."

다시 션랑(仙娘)의 손을 잡고 왈(曰),

2842 예수(禮數) : 명성이나 지위에 알맞은 예의와 대우. 주인과 손님이 서로 만나 인
   사함.
2843 악옹(岳翁) : 악장(岳丈). 장인(丈人). 아내의 친정아버지.
2844 과공(過恭) : 지나치게 공손(恭遜)함.
2845 주) 254 참조.
2846 주) 845 참조.
2847 석장(錫杖) : 승려가 짚고 다니는 지팡이.

"무위부자(無違夫子)[2848]ᄒ야 호향만복(好享萬福)[2849]ᄒ라."

션랑(仙娘)이 참아 써나지 못ᄒ야 루수여우(淚水如雨)[2850]어늘 국시(國師ㅣ) 표연(飄然)이 산문(山門)[2851]으로 도라가니라.

연왕(燕王)이 일ᄒᆡᆼ(一行)을 거나리고 집에 도라와 량친(兩親)의 문후(問候)ᄒ고 션랑(仙娘)의 부친(父親) 맛남을 고(告)ᄒ니, 상하(上下ㅣ) 치하(致賀) 분분(紛紛)ᄒ더라.

익일(翌日) 연왕(燕王)이 빅금(白金) 일쳔 일(一千鎰)[2852]과 일봉 셔(一封書)를 닥가 보조국사(輔祖國師)에게 보ᄂᆡ여 되승사(大乘寺)를 즁슈(重修)ᄒ라 ᄒ고, 션랑(仙娘)은 일습의복(一襲衣服)[2853]과 일합소찬(一盒素饌)[2854]을 보ᄂᆡ여 효셩(孝誠)을 표(表)ᄒ니라.

이후(以後) 션랑(仙娘)이 삼남이녀(三男二女)를 두어, 그 영화(榮華) 무궁(無窮)ᄒ음은 일필(一筆)로 긔록(記錄)지 못ᄒᆞᆯ너라.

2848 무위부자(無違夫子) : 남편의 뜻을 거스르지 않음.
2849 호향만복(好享萬福) : 온갖 복을 잘 누림.
2850 주) 476 참조.
2851 산문(山門) : 절 또는 절의 바깥 문.
2852 일쳔 일(一千鎰) : 2만 4천 냥.
2853 일습의복(一襲衣服) : 옷 한 벌.
2854 일합소찬(一盒素饌) : 한 그릇의 고기나 생선이 들어 있지 아니한 반찬.

국역편(國譯篇)

중국 명나라 때 하남성의 여남 땅 옥련봉 아래에 한 처사가 살았다. 그의 이름은 양현으로, 아내 허씨와 함께 산에 올라 나물 캐고 물에 내려 물고기를 낚아 세간의 영욕을 뜬구름같이 여겼다. 그는 참으로 인간 세상을 떠나 사는 고상한 사람이었다.

그러나 나이 마흔이 되도록 슬하에 한 자녀도 없어서 부부가 얼굴을 마주하여도 즐겁지 않았다.

음력 3월 늦봄의 어느 날이었다. 허 부인이 사창을 열고 무료하게 앉아 있는데, 쌍쌍의 제비들이 처마에 새끼를 쳐놓고 날아서 드나드는 것이었다. 허 부인이 그 모습을 바라보며 길게 한숨짓고 말했다.

"이 세상의 온갖 생물들이 모두 태어나고 퍼져 나가는 자연의 이치를 선천적으로 지니지 않은 것이 없고, 어머니와 자식 사이의 정을 모르지 않는데, 나 같은 인생은 평생토록 마음이 아프고 슬퍼 저 제비보다도 못하니 어찌 가련치 아니하랴?"
하며 자연 눈물이 옷깃을 적셨다.

양 처사가 밖에서 들어오며 말하기를,

"부인, 어째서 심란한 빛이 있소? 오늘은 날씨가 맑고 화창하구려. 우리가 이곳에 산 지 오래 되었지만 아직 옥련봉에 올라보지 못했으니 오늘 한번 높이 올라 울적한 회포를 푸는 것이 어떻겠소?"

하고 물었다. 허 부인이 반겨하자, 두 사람은 대지팡이를 짚고 산길을 더듬어 갔다.

살구꽃은 이미 다 졌고, 철쭉꽃이 흐드러지게 피어 있는 가운데 곳곳에서 나비들은 춤추고, 윙윙거리며 나는 벌의 소리가 한 해의 봄 경치를 속절없이 재촉하고 있었다.

두 사람은 흐르는 물을 희롱하여 손을 씻기도 하고 나무그늘을 찾아 아픈 다리를 쉬기도 했다. 한 곳을 바라보니 하나의 암벽이 반공중에 솟아 있는데, 낙락장송이 암벽 위에 늘어져 있었다. 허 부인이 그 소나무를 가리키며 말했다.

"저곳이 깊숙하고 그윽하니 찾아가 보십시다."

양 처사가 고개를 끄덕이며 덤불을 헤치고 빼어 걸음을 걸어가 보니, 과연 오랜 세월을 견뎌 온 수십 길의 바위가 있었다. 바위 앞면에 무엇인가 새긴 흔적이 있었다.

허 부인이 손으로 이끼를 걷어내며 자세히 살펴보니, 그것은 바로 관음보살의 모습을 새긴 것이었다. 정교하게 새겨 얼굴 모습이 분명한데, 등나무가 얽혀서 기괴한 빛을 띠고 있었다. 허 부인이 양 처사에게 말하기를,

"보살님이 이름난 산에 계시는데, 사람들의 발자취가 이르지 않았으니 틀림없이 영험하실 겁니다. 우리 이제 소원을 빌어 자식을 바라는 것이 어떻겠습니까?"

했다. 양 처사는 본디 불사를 좋아하지 않았으나 애처로운 아내의 모습에 감동했다. 두 사람은 대지팡이를 놓고 보살상을 향해 공손히 절을 하며 마음속으로 자녀를 낳게 해달라고 빌었다. 두 사람의 눈가에는 은근히 이슬이 맺혔다.

　머지않아 석양이 서산에 걸리고 어두운 빛이 수풀에 내렸다. 양
처사는 아내의 손을 이끌고 왔던 길을 찾아 내려왔다. 텅 빈 산은
적적하고 소나무 숲에 부는 바람은 쓸쓸했다. 돌길에 대지팡이를 짚
고 가는 소리에 잠든 새가 놀랐다. 외롭고 쓸쓸한 심사와 처량한 회
포를 이길 수가 없어서 허 부인은 걸음을 옮길 때마다 마음속으로
남몰래 빌었다.

　'저희 부부는 어려서부터 별달리 악업을 쌓은 일이 없습니다. 고
향을 떠나 산속에 살면서 승려나 도사처럼 몸뚱이밖에는 아무것도
없습니다. 언제 어떻게 죽을지 모르오니 신령과 보살께서는 가련하
게 여기시어 남은 삶에 자비를 베푸소서.'

　빌기를 마치자 어느새 집에 도착했다. 두 부부가 손을 잡고 방에
들어가 등불 아래 기운 없이 마주하니 한밤중이었다.

　허 부인은 꿈을 꾸었다. 한 보살이 한 송이 연꽃을 들고 옥련봉에
서 내려와 허 부인에게 주는 것이었다. 놀라 잠을 깨니 연꽃의 향기
가 여전히 남아 있었다.

　남편에게 꿈 이야기를 하니, 양 처사는 미소를 지으며 말했다.

　"나도 오늘밤 이상한 꿈을 꾸었소. 한 줄기 금빛이 하늘에서 내려
와 한 미남자로 변하더니 말하기를,

　'천상의 문창성이었는데 댁에 한 때의 인연이 있어 의탁하려고 왔
습니다.'

하고 품속으로 안겨 오는 것이었어요. 상서로운 기운이 방에 가득하
고 광채가 휘황찬란해서 놀라 깨어났지요. 이 어찌 예사로운 일이겠
소?"

　두 부부는 마음속으로 은근히 기뻐했다.

과연 그 달부터 태기가 있었고, 열 달이 차서 한 미남자를 낳았다. 이때 옥련봉 위에 풍악 소리가 낭자하고 상서로운 기운이 집을 둘러 사흘 밤낮을 흩어지지 않았다.

태어난 아이는 얼굴이 관옥같이 아름답고 미간에 산천의 정기를 띠고 있었다. 두 눈에는 해와 달의 밝은 빛이 어렸고, 맑고 빼어난 재질과 준일한 풍채와 태도는 문자 그대로 선풍도골이요 영웅군자였다.

양 처사 부부가 만금을 얻은 듯함은 말할 것도 없고, 보는 사람들마다 칭찬하며 양씨 집안의 상서로운 징표라고들 했다.

첫돌이 되자 말을 하기 시작했고, 태어난 지 이태 만에 옳고 그름을 분별했으며, 태어난 지 3년째에는 이웃 아이를 따리 문 밖에서 놀면서 땅에 글자를 그리고 돌을 모아 진법을 벌이기도 했다. 마침내 지나가던 승려가 한동안 눈여겨 자세히 들여다보다가 깜짝 놀라 말하기를,

"이 아이가 문창성과 무곡성의 정기를 한꺼번에 띠었으니 후일에 반드시 크게 귀하게 될 것이다."

하고는 문득 보이지 않았다. 양 처사는 더욱 기이하게 여기며 아들의 이름을 창곡이라고 지었다.

양창곡이 아이들과 집 뒤의 언덕에서 꽃싸움을 하고 있었다. 양 처사가 이르러 보니, 여러 아이들이 모두 산에 핀 꽃을 꺾어 머리 위에 가득히 꽂았는데, 창곡이 혼자 앉아 있었다. 그 까닭을 물으니, 창곡이 대답했다.

"소자는 이름난 꽃이 아니면 꺾지 않습니다."

양 처사가 웃으며 물었다.

"어떤 꽃이 이름난 꽃인고?"

"당 현종과 양귀비가 노닐던 침향정의 해당화같이 밝게 비쳐서 빛나는 태도, 항주의 서호에 핀 매화처럼 담박한 절개, 낙양의 모란같이 부귀의 기상 등을 겸한 꽃이 곧 이름난 꽃입니다."

양 처사는 웃으며 훗날 창곡의 풍류가 범연치 않으리라는 것을 알았다.

세월이 물 흐르듯 빨라 양창곡의 나이 16세가 되었다. 의젓하고 점잖게 성장하여 문장이 남들을 놀라게 했고, 지혜와 식견이 출중했다. 타고 난 효성과 날로 진취하는 학문이 현인군자에 세상을 뒤덮을 만한 풍모가 있었다. 재기가 두드러진 풍류와 호방한 기상은 영웅호걸의 크고 넓은 본색을 겸했다.

이때 새 천자가 즉위하여 온 나라의 죄인들을 사면한 뒤 모든 곳의 수많은 선비들을 모아 과거를 시행한다고 밝혔다. 그 소식을 듣고 창곡이 부친에게 아뢰었다.

"남자가 세상에 태어나서 뽕나무 활로 쑥대 화살을 천지 사방에 쏘는 것은 큰 뜻을 세우겠다는 것을 표하는 것입니다. 옛글을 읽으며 옛 일을 배우는 것은 장차 임금님께 몸을 바쳐 충성하고 백성들에게는 혜택을 베풀어 천하 사람들과 선을 함께 하기 위함입니다. 소자가 비록 불초하오나 나이가 이미 16세가 되었으니 구구히 전원에 잠적하여 부모님께 근심을 더하는 것은 불가하리라 생각합니다. 바라옵건대 황성에 과거를 보러 가서 공명을 구하고자 하옵니다."

양 처사는 아들의 뜻을 기특하게 여겨 아들을 데리고 내당에 들어가 부인과 상의했다. 허 부인이 탄식하며 말했다.

"우리 부부가 늦도록 자녀가 없어서 한탄하다가 하늘이 도우시어 너를 얻고, 장차 옥련봉 아래서 나물 캐며 고기 낚아 평생을 떠나지 않고 여생을 지내면 족할 것이다. 그런데 어찌 다시 부귀를 구하고 공명을 탐하여 이별을 가볍게 여긴단 말이냐? 또 네 나이가 16세에 지나지 않는데, 황성은 여기서 3천여 리 길이다. 내 어찌 차마 너를 보내겠느냐?"

양창곡은 다시 무릎을 꿇고 아뢰었다.

"소자가 비록 철이 없고 사리에 어두워 후한 때 반초처럼 붓을 던지고 장군이 되어 정원후에 봉해진 지혜와 식견은 없사오나 세월이 흐르는 물처럼 빠르니 때를 놓쳐서는 안 될 것입니다. 이때를 놓치면 조물주께서 한가한 날을 빌려주지 않을까 합니다."

양 처사가 감개한 듯 말했다.

"남자가 학문과 무예에 뜻을 두었으니 구구하고 사사로운 정을 돌아보아서는 안 될 것이다. 부인께서는 한때의 이별을 지나치게 섭섭해 하지 마시오."

허 부인은 어쩔 도리가 없어 아들의 손을 잡고 말했다.

"우리 부부가 아직도 늙지 않았으니 잠깐 떠남을 어찌 그다지 그리워하랴마는, 나는 아직도 네가 젖먹이 아이로 여겨지는구나. 처음으로 슬하를 떠나 먼 길을 가는 나그네가 되었으니, 아침저녁으로 네가 돌아오기를 기다리는 마음을 장차 어찌 다스리랴?"

말을 마친 허 부인이 근심스럽고 슬퍼 눈물이 맺힘을 깨닫지 못하자, 창곡이 위로했다.

"소자가 불효하오나 마땅히 몸을 삼가서 근심을 끼치지 않으려 하오니, 존체를 보중하소서."

허 부인은 옷상자에 남아 있던 옷과 깨어진 비녀를 팔아 행장을 준비했다. 한 마리의 털빛이 검푸른 당나귀와 나이 어린 하인 하나에 수십 냥의 은자를 갖추었다.

미련을 두는 얼굴빛과 거듭 간곡한 당부의 말씀으로 차마 떠나지 못하니, 양 처사가 동자를 재촉하여 길에 오르는 것을 보고 부인과 함께 집으로 돌아왔다.

양창곡은 의견이 숙성했으나 나이가 어리고 어머니의 품을 처음으로 떠나는 길이었다. 나귀를 타고는 소매로 얼굴을 가린 채 까닭 없는 눈물을 뚝뚝 흘렸다. 스스로 억제하며 황성을 향해 가는데, 이 때는 봄이 다하고 초여름이 될 무렵이었다.

푸른 수풀과 나무 그늘이 흐드러지고 향기롭고 꽃다운 풀이 무성한 가운데 샛바람에 우는 새소리는 나그네의 시름을 한층 깊게 했다.

양창곡이 나귀를 몰아 산천도 구경하고 글귀도 생각하며 고향에 계신 어버이 생각을 스스로 너그럽게 억제했다.

여러 날 만에 황성에 이르러 거처를 정하고 과거 볼 날을 기다렸다.

이때 천자는 사방의 많은 선비들을 모아 과거를 시행했다. 연영전에 몸소 거둥하여 책문으로 과거 시험문제를 내니, 과거 시험장에 모인 선비들이 구름 같았다.

이때 양창곡은 과장에 들어가서 눈 깜빡할 사이에 글을 지어 바쳤다. 천자가 많은 선비들의 글을 친히 살펴보는데, 큰 차이가 없이 거의 같아서 우열이 없으므로 용안에 기쁜 기색이 없었다. 그러다가 창곡의 글을 보고는 크게 기뻐하며 말했다.

"오늘에야 나라의 기둥과 들보로 쓸 만한 재목을 얻었다."

하고 장원으로 뽑아 이름을 부르라고 했다.

양창곡이 어전에 나아가 엎드리니, 각로 황의병이 아뢰었다.

"창곡은 나이가 어린 아이이옵니다. 어찌 천하를 다스릴 포부나 계획을 담은 글을 지었겠사옵니까? 어전에서 다시 칠보시를 짓게 하여 시험함이 가할까 하나이다."

황 각로가 말을 미처 다 마치기도 전에 또 한 사람의 재상이 반열에서 나와 아뢰었다.

"창곡은 새로 벼슬에 오르는 젊은이이옵니다. 시급한 일이 무엇인지 알지 못하고 폐하께 올리는 글에 경솔함이 많사오니 급제를 취소하심이 가할까 하나이다."

모두들 보니 참지정사로 있는 노균이었다.

양창곡은 일어났다가 다시 엎드려 절을 하고 아뢰었다.

"소신이 거칠고 서투른 재주와 학식으로 분수에 넘치게도 과거에 참여했사오니, 이는 폐하께서 인재를 찾으시는 본뜻이 아닐 것이옵니다. 또한 신하가 되어 처음으로 폐하를 섬길 때 폐하를 속였다는 누명을 듣고, 폐하께 아뢰는 글에 삼가지 못하여 대신의 논박을 들었사오니, 어찌 거드름을 피우며 은총을 탐하여 염치를 돌아보지 않겠사옵니까? 엎드려 바라옵건대 폐하께서는 급제자 명단에서 신의 이름을 삭제하시어 천하의 선비들로 하여금 황상을 속이는 버릇을 징계하게 하소서."

천자는 창곡의 말을 듣고 용안에 기쁜 빛을 드러내며 말했다.

"창곡이 비록 나이는 어리나 짐의 물음에 대답하는 모양새가 학식이 많고 덕망이 높으며 연로한 선비라도 당하지 못할 것이로다."

하고 즉시 붉은 비단으로 지은 조복과 옥으로 장식한 허리띠, 한 쌍의 일산과 안장을 갖춘 말, 이원의 풍악과 어사화 한 가지를 주고 한림학사 벼슬을 내려주었다. 뿐만 아니라 자금성 첫 번째 동네에 크고 넓게 아주 잘 지은 집을 하사했다.

양 한림이 붉은 조복에 옥대를 갖추고 사은한 뒤 하사한 말에 올라 구슬로 장식한 한 쌍의 일산과 이원의 풍악을 앞세우고 자금성 사제로 나왔다. 구경하는 사람들이 칭찬함을 마지않았다.

이튿날 양 한림은 선배들의 집을 찾아가 감사의 뜻을 표했다. 먼저 황 각로의 부중에 이르자, 황 각로는 반갑게 맞아 정성껏 대접했다. 끊임없이 이야기를 나누는데 술과 안주를 내왔다. 술이 두어 순배 돌자, 황 각로는 자리를 옮겨 양 한림의 손을 잡으며 말했다.

"노부에게 한 가지 할 말이 있는데 양 학사의 뜻이 어떤가? 늘그막에 노부에게 딸 하나가 있어 족히 군자에게 짝이 될 만하다네. 양 학사가 아직 미혼이라고 아는데, 우리 두 집안이 사돈 간이 되면 어떻겠는가?"

양 한림은 그 말을 듣고 마음속으로 생각하기를,

'황 각로는 권세를 탐내고 세도 부리기를 즐기는 재상이다. 두 집안이 사돈이 되자니, 온당치 않은 일이다. 또 과거보러 오는 길에 강남홍이라는 기생을 만나 윤 소저를 천거 받지 않은가. 홍랑의 사람 보는 안목이 그르지 않을뿐더러 차마 그녀의 말을 저버리랴?'

하고 대답했다.

"위로 부모님이 계신데 어찌 아뢰지 않고 결단하겠습니까?"

"노부도 알고 있네. 다만 양 학사의 의향이 어떤지 알고 싶었다네. 한 마디 말이라도 해주기 바라네."

양 한림은 정색을 하고 대답했다.

"혼인은 인륜대사라고 합니다. 제가 어찌 제 마음대로 결정하겠습니까?"

그러자 황 각로는 낙심한 듯 대답이 없었다.

양 한림은 돌아오는 길에 생각하기를,

'상서 윤형문은 어진 군자더군. 윤씨 부중에 가서 윤 상서를 만나 의향을 탐지한 후 집에 돌아가 서둘러 윤 소저와 혼약을 맺으리라.' 하고는 즉시 윤 상서의 부중으로 찾아가 명함을 넣었다.

윤 상서가 양 한림을 맞아 자리를 권하고 웃으며 말했다.

"양 학사는 노부를 기억하겠는가?"

양 한림이 미소를 지으며 대답했다.

"시생이 떠돌이 문인으로 과거 보러 올라오다가 압강정에서 존안을 뵌 듯한데, 어찌 잊있겠습니까?"

윤 상서는 흐뭇한 듯 웃으며 물었다.

"양 학사의 얼굴과 허우대가 몇 달 사이에 뚜렷이 달라져서 거의 몰라볼 듯하니 마땅히 화목한 가정을 이루는 즐거움이 있어야 할 텐데, 어느 댁과 정혼을 했는가?"

"시생의 집이 한미하여 아직 정혼치 못했습니다."

윤 상서는 속으로 깊이 생각하다가 입을 열었다.

"양 학사가 부모님 곁을 떠난 지 오래일 텐데 언제 뵈러 갈 예정인가?"

"조정에 말미를 받는 대로 즉시 갈까 합니다."

윤 상서는 다시 한동안 생각하다가 말했다.

"양 학사가 근친하러 떠나는 날 노부가 부중으로 찾아가 작별하겠네."

양 한림은 윤 상서가 혼인에 관해 의논할 뜻이 있음을 짐작하고 돌아와서는 몇 달 간 말미를 청하는 상소를 올려 허락을 받았다.

여러 날 만에 고향의 산천이 점점 가까워지자 부모님을 뵙고 싶은 마음이 다급해져서 일찍 길을 떠나서 늦어서야 쉬곤 했다.

하루는 동자가 채찍을 들어 가리키며 소리쳤다.

"반갑구나, 옥련봉아!"

양 한림은 눈을 들어 한동안 고향의 산을 반갑게 바라보다가 동자에게 명했다.

"먼저 들어가서 부모님께 아뢰어라."

이때 양 처사 부부가 비록 창곡이 과거에 급제했다는 소식은 들었으나 언제 고향에 돌아올지 모르고 있었으니, 그 반기는 마음을 어찌 다 말하랴.

양 처사 부부가 대지팡이를 짚고 사립문에 기대어 바라보니, 양창곡이 붉은 조복에 어사화를 머리에 꽂고 동구에 이르자 말에서 내리는 것이었다. 번화한 기상과 장대한 거동이 어찌 어린아이로 알던 창곡이겠는가. 너무나 반가워 손을 잡으며,

"우리가 50세 나이에 너를 얻어 양씨의 대가 끊어지지 않게 된 것을 몹시 기뻐하며 부귀영화로 기쁨이 열리리라곤 생각할 겨를이 없었는데, 네가 이제 입신양명하여 엄연히 조정 벼슬아치의 모습을 하고 있으니, 이 어찌 바라던 것이겠느냐."

창곡이 양친의 손을 받들며 말했다.

"소자가 불효하여 부모님 곁을 반년이나 떠나 있다 보니 존안이 더욱 노쇠해지셨군요. 아침저녁으로 문에 기대 기다리시는 걱정을 끼쳐 드린 것을 알겠네요."

하고는 황은이 망극하여 부친에게 예부원외랑 벼슬을 내리시고 곧 황성의 집으로 모여 살라는 황상의 뜻을 말했다.

고향 마을의 관장이 수레와 행장을 갖추어 사립문 밖에서 분부를 기다리고 있었다. 양 원외 부부는 행장을 수습하여 며칠 뒤 길을 떠나며 동네 사람들과 작별하고 황성으로 왔다.

양 원외가 황궁에 들어가 사은하니, 황제가 불러보고 말했다.

"경이 비록 세상을 등지고 고상하게 지내고 있으나 정력이 쇠하지 않았으니 벼슬길에 나와 정사를 도우라."

양 원외는 머리를 조아리고 아뢰었다.

"신이 나라에 공을 세운 것도 없이 분수에 넘치게 관자을 반잡고 망극하신 은총을 갚을 길이 없사옵니다. 엎드려 비옵건대, 폐하께서는 신의 벼슬을 거두시어 자리만 차지하고 하는 일 없이 녹만 축내는 부끄러움이 없게 해주소서."

황제가 웃으며 말했다.

"경이 나라의 기둥과 들보가 될 신하를 바쳤는데 어찌 공로가 없다고 하겠는가? 신병을 잘 조리하여 짐의 경에게 기울어지는 마음을 저버리지 말라."

양 원외가 황공하여 물러나온 뒤 재삼 상소하여 벼슬을 사직하고, 후원 별당에서 거문고와 서책을 벗 삼아 소일했다.

하루는 양 한림이 양친을 모시고 앉아 있는데, 허 부인이 양 원외를 돌아보며 말했다.

"창곡이 나이 16세에 벼슬을 하게 되었으니, 이제 혼인을 하는 것이 급합니다. 어찌 하고자 하십니까?"

양 원외가 미처 대답하기도 전에 양 한림이 자리에서 일어나 말하기를,

"소자가 불초하여 미처 아뢰지 못했사오나 정한 뜻이 있습니다. 과거 보러 가는 길에 도적을 만나 행장을 다 잃고 소주의 주막에 있다가 동초와 마달이라는 두 사람을 만났습니다. 두 사람은 소자의 행색이 초초한 것을 보고,

'압강정에서 소주 자사 황여옥과 항주 자사 윤형문이 잔치를 베풀고 압강정 시를 지어 장원하는 사람에게 후하게 상을 준다고 하니 가서 보시오.'

하기에 압강정에 갔다가 강남홍이라는 기생을 만나 서로 지기가 되기로 마음을 허락했습니다. 그 자리에서 강남홍은 윤 자사의 딸인 윤 소저를 천거했습니다. 강남홍의 사람 보는 안목이 빼어나 그 천거가 그릇되지 아니 함을 아옵니다. 그러나 가석한 일은 강남홍이 황 자사의 핍박을 당해 물에 빠져 죽었다고 합니다."

하고는 황 각로가 구혼한 사실을 아뢰었다. 양 원외와 허 부인이 탄식하며 말했다.

"윤 소저와의 혼인은 천생연분이나, 윤 상서는 명망이 높으신 재상인데 어찌 한미하고 변변치 못한 우리 집안과 혼인을 맺으려 하겠느냐?"

이튿날 윤 상서가 이르렀다 하므로, 양 원외가 맞아 인사를 마치고 자리에 앉자 윤 상서가 먼저 입을 열었다.

"선생의 높은 명성을 앙모한 지 오래되었으나 이 늙은 몸이 명리를 좇느라 분주하여 고명하신 선생과 두터운 정분을 쌓지 못했습니다. 이제 만나게 된 것이 늦지 않았습니까?"

양 원외가 대답했다.

"이 후배는 궁벽한 시골에 사는 사람이라 변변치 못한 성품입니다. 황은이 망극하시어 자식에게 남은 은택을 아비에게까지 미치게 하셨는데, 그 은혜를 갚을 길이 없습니다. 신병 때문에 벼슬을 사직하고, 어린 자식이 조정의 반열에 출입하니 두렵고 걱정스러움이 밤낮으로 간절합니다. 바라건대, 대인께서 일이 있을 때마다 가르쳐 주소서."

윤 상서가 웃으며,

"양 한림은 나라의 기둥이자 대들보입니다. 폐하와 마음이 서로 통하여 조정의 영화와 행운이 극에 달했습니다. 소생의 용렬함으로는 한 걸음을 양보하려고 하는데, 가르칠 것이 있겠습니까?"

하고는 다시 조용히 물었다.

"아드님의 나이가 장성했으니 가정을 꾸리는 즐거움이 급할 것입니다. 이 아우에게 딸이 하나 있는데 규중의 범절과 장하게 지키는 곧은 절개에는 어리석고 사리에 어두우나 집안 살림과 남편을 유순하게 섬기는 일은 곧잘 합니다. 이 아비가 딸을 사랑하는 마음으로 귀댁에 혼인을 맺고자 하는 뜻이 간절한데, 형의 뜻은 어떠신지 모르겠습니다."

양 원외는 옷깃을 여미며 사례했다.

"한미한 집안에 못난 자식의 짝으로 따님의 혼인을 허락하시니, 이는 이 후배의 복입니다. 어찌 다른 말이 있겠습니까? 속히 택일하심을 바랍니다."

윤 상서는 매우 기뻐하며 허락하고 돌아갔다.

얼마 지나지 않아 황 각로가 온다고 하므로, 양 원외는 대청에서 내려와 그를 맞았다. 인사를 마치자 황 각로가 말했다.

"노부가 아드님과 혼담을 나누어 아드님의 의향을 알았으나 대인께 아뢰지 못해서 주저했었는데, 다행히 선생이 황성의 댁에 오셨습니다. 노부의 집이 비록 부귀하지는 못하나 빈한하지는 않고 딸아이의 사람됨이 배움은 없으나 용모와 예절이 추하진 않습니다. 양가가 서로 비슷하다고 할 만합니다. 다른 말씀이 없을 듯하니, 어느 때에 혼례를 치르고자 하십니까?"

양 원외는 옷깃을 여미고 얼굴빛을 엄숙하게 고치며 말했다.

"상공의 따님을 한미한 집안과 혼인을 맺고자 하시는 것은 감사합니다만, 자식의 혼인은 이미 병부상서 윤공과 완전히 결정했습니다. 뒤늦게 말씀을 듣게 된 것이 안타깝습니다."

황 각로는 불쾌한 기색을 보이며 말했다.

"노부가 이미 아드님과 상의를 했는데, 어찌 늦었다고 말씀하십니까?"

양 원외가 그 말을 듣고는 위협임을 알고 정색을 하며 말했다.

"저의 아이가 불초하여 아비에게 고하지도 않고 큰일을 제 마음대로 판단했나 봅니다. 이는 시생이 자식을 잘못 가르친 죄입니다."

황 각로는 냉소하며 말하기를,

"선생의 말은 그릅니다. 부자는 일체인데 어찌 상의하지 않았겠습니까? 선비는 예사로운 일이라도 식언해서는 안 되거늘 하물며 인륜대사인 혼인임에랴. 노부는 이미 마음속으로 확실하게 정했습니다. 내 딸이 규중에서 헛되이 늙을지언정 다른 집안에 시집보내지 않을 것이니 그리 아시오."

하고는 갔다. 양 원외는 웃을 따름이었다.

윤 상서가 택일하여 위의를 갖추고 양가의 혼례를 치르게 되었다.

양 한림은 붉은 도포에 옥으로 장식한 허리띠를 띠고 윤 상서 부중의 문전에서 전안례를 행했다. 준일한 풍채와 화려한 몸가짐과 태도에 칭찬하지 않는 사람이 없었다. 방과 대청에 가득 찬 하객들이 떠들썩하게 치하했다.

신부의 조용하고 평온한 태도와 단아한 몸가짐과 태도는 둥근 보름달이 구름 낀 하늘에 두렷이 뜬 듯, 한 송이 연꽃이 푸른 물에 솟은 듯, 숙녀의 얌전하고 정숙한 기상에 여자의 비범한 풍도를 겸했으니, 참으로 오랜 세월을 통해 규수의 사표였다.

양 원외 부부의 기뻐함은 말할 것도 없었다. 화촉을 밝힌 신방에서 양 한림의 최락한 즐기움은 그보디 더할 수 없었으니, 디만 강남홍의 일을 생각하고 마음속으로 애통해 했다.

황 각로는 집에 돌아와 생각하기를,

'양창곡은 인기가 출중하고 황상의 총애가 융숭하시니 후일 부귀는 내가 미치지 못할 정도일 거야. 내가 그를 사위로 맞지 못하는 것이 아까울 뿐만 아니라, 먼저 사위 삼자는 말을 꺼내고 윤 상서에게 넘겨주었으니 어찌 부끄럽지 아니하랴?'

했다. 그는 부인 위 씨를 보고 분하고 원통한 마음을 털어놓았다.

위씨 부인은 본디 이부시랑 위언복의 딸로, 위 시랑의 아내인 마씨는 황태후와 사촌 간이었다. 황태후는 마 씨가 현숙함을 사랑하여 정이 친자매 사이 같았다. 마 씨는 아들을 낳지 못하고 늦게야 딸 하나를 두었으나 일찍 죽고 말았다. 황태후는 마 씨가 아들을 두지 못한 것을 불쌍하게 여기며, 위씨 부인이 부덕이 모자라는 것을 안타까워했다.

위씨 부인은 황 각로가 분해 하는 것을 보고 냉소하며 말했다.

"상공이 원로대신으로 무남독녀 딸 하나를 어디로 시집보내지 못해 그토록 번뇌하십니까?"

"나는 딸아이의 혼사를 근심하는 게 아니라 신세를 서러워하는 것이오. 장모님께서 살아계실 때 황태후 마마께서 돌봐 주시어 그 남은 복이 내게까지 미쳤었는데, 장인 장모님께서 돌아가신 뒤로는 앞길이 막막하여 남에게 모욕을 받는 일이 허다하구려. 딸아이의 혼사에 대해 먼저 말을 꺼내 놓고는 윤 상서에게 뒤졌으니 어찌 절통하지 않겠소?"

위 씨가 한동안 생각에 잠겼다가 입을 열었다.

"번뇌하지 마세요."

하고는 몸종을 불러 가 궁인을 청했다. 가 궁인은 황태후를 모시는 궁녀였다.

가 궁인이 청한다는 말을 듣고 이르자, 위 씨가 반갑게 맞아 후하게 대접하며 혼사에 관한 말을 꺼냈다. 황태후께 아뢰어 혼사가 이루어지게 해달라고 간청했다. 가 궁인은 위 씨의 말을 듣고 돌아와 태후에게 아뢰었다.

황태후는 편치 않게 여기며 허락하지 않았다. 가 궁인은 황공하여 즉시 황 각로의 부중에 알려주었다. 황 각로는 탄식하며,

"태후 마마의 뜻이 이 같으시니 말씀드리지 않는 게 나을 뻔했어."

했다. 그러자 위 씨가 웃으며,

"상공께서는 근심치 마시고 이렇게 저렇게 하셔요."

했다. 황 각로는 아내의 말을 옳게 여겨 그날부터 병을 핑계로 두문

불출하며 조회에도 불참했다.

황제가 의원과 약을 보내주고 부르자, 황 각로는 입궐하여 어전에 머리를 조아렸다.

"소신이 헛되이 나이만 먹어 옛 사람들이 벼슬을 그만둔 때입니다. 근자에 신병과 사정이 있어 점점 세상사에 뜻이 없고, 다만 아침저녁으로 빨리 죽기만 바라다가 오래도록 조회에 참석치 못했습니다."

황제는 깜짝 놀라 무슨 까닭이냐고 물었다. 황 각로는 하얗게 센 머리에 눈물을 흘리며,

"군신 사이에 서로 믿고 의지하는 것은 부자 사이와 다름이 없사옵니다. 소신이 마음속에 품고 있는 자잘한 느낌을 어찌 감추거나 숨기겠사옵니까? 신은 70세의 나이에 남매를 두었사오니, 사내아이는 지금 소주 자사로 있는 황여옥이옵고, 딸아이는 아직 출가를 시키지 못했사옵니다. 한림학사 양창곡과 정혼하여 그 굳은 약속은 온 세상이 다 아는 바이온데 아무 이유도 없이 혼약을 어기고 윤형문의 딸과 서둘러 혼례를 치렀사옵니다. 이웃 마을의 친척들이 그 소식을 듣고 의아해하옵니다. 어떤 이는 신의 딸아이에게 몹쓸 병이 있는 게 아닌가 하고, 어떤 이는 부덕이 부족한 것이 아닌가 하여 앞길이 막혀버렸사옵니다. 여자는 한쪽으로 치우친 성향이 있는지라, 신의 딸아이는 부끄럽고 창피스러워 볼 낯이 없다며 자진하려 하옵고, 신의 아내는 근심과 분노로 병이 되어 곧 숨이 끊어질 지경에 이르렀사옵니다. 70세의 늙은 것이 오래 살아서 밖으로 남들의 비웃음을 감수하고 안으로는 집안에 난처한 경우를 당했사오니, 그저 빨리 죽어 모르게 되었으면 하나이다."

말을 마친 황 각로의 눈에서는 눈물이 비 오듯 했다. 황제는 태후

로부터 그 이야기를 들었던지라 한동안 생각에 잠겼다가 말했다.

"이는 어려운 일이 아니니, 마땅히 승상을 위해 짐이 중매를 서겠소."

하고 즉시 양 한림 부자를 불러 어전에서 하교하기를,

"황의병의 딸과 혼인을 맺으라."

했다. 양 한림이 이런저런 핑계를 대며 피하려 하자, 황제는 크게 노하여 말했다.

"양창곡은 군부의 명을 거역했으니 강주부로 유배를 보내라."

양 원외 부자는 황공하여 물러나왔다.

황제가 황 각로를 위로하기를,

"짐이 일부러 양창곡의 기를 꺾으려는 것이오. 짐이 중매를 서겠다고 말했으니, 승상은 딸아이의 혼사를 근심치 마오."

했다. 황 각로는 머리를 조아리고 사례했다.

양 한림은 즉시 귀양길에 올랐다. 행장을 간략히 하여 작은 수레 한 대와 두어 명의 하인과 동자를 데리고 10여 일 만에 유배지인 강주에 도착했다. 그곳에서 두어 칸짜리 초가집에 거처를 정했다.

중추절을 지낸 다음날이었다. 양 한림은 달구경을 하려고 저녁을 먹은 뒤 동자를 데리고 심양정에 올랐다. 심양강 가의 갈대꽃은 쓸쓸하게 가을바람에 울고 있었고, 사방에 있는 고깃배의 등불은 작은 별처럼 점점이 깜빡이고 있었다. 잔나비와 두견새의 울음소리가 나 그네의 시름을 자아내어 도리어 마음이 불쾌하고 답답해 즐겁지가 않았다. 정자 난간에 기대 홀로 앉아 있는데, 홀연 바람 따라 출렁이는 물결을 타고 맑은 소리가 들려오는 것이었다. 양 한림이 동자에게 물었다.

"너 이 소리를 알겠느냐?"

"거문고 타는 소리가 아닙니까?"

양 한림은 웃으며,

"아니다. 굵은 줄에서 나는 소리는 떠들썩하고 가는 줄에서 나는 소리는 매우 간절하니, 이는 비파소리가 아니겠느냐? 옛날 당나라의 백낙천이 이 땅에서 귀양살이를 할 때 강가에서 손님과 작별을 했는데, 비파 타는 여인을 만났으니 그때의 풍습이 남아 있나 보다." 하고는 동자를 데리고 소리가 들려오는 곳을 찾아갔다.

대숲 속에 두어 칸 되는 초당이 있었다. 대를 엮어 만든 사립문이 닫혀 있으므로, 동자가 문을 두드렸다. 그러자 푸른 저고리에 붉은 치마를 입은 젊은 계집종이 대답을 하며 나왔다. 양 한림이 물었다.

"나는 달구경 나온 사람이다. 마침 비파 소리가 들리기에 찾아왔는데, 누구의 집인가?"

그녀는 대답 없이 집 안으로 안내했다. 그녀를 따라 일각문으로 들어가니, 푸른 소나무와 대나무가 울타리를 이루었고, 노란 국화와 붉은 단풍은 섬돌 아래로 늘어서 있었다. 띠를 엮어 만든 처마와 대나무 난간이 호젓하고 쓸쓸하여 그림 같은 풍경이었다.

마루 위를 보니 한 미인이 달빛 아래 비파를 안고 날아갈 듯이 난간에 의지하여 앉아 있었다. 한 점의 티끌이 없이 고상하면서도 담백하게 화장한 모습은 달빛과 아름다움을 다투고 있었다. 어렴풋이 보이는 비단 치맛자락은 맑은 바람에 나부끼고 있었다.

양 한림을 발견한 미인이 막 일어서고 있었다. 양 한림이 걸음을 멈추고 마루에 오르기를 주저하자, 미인은 웃으며 촛불을 밝히고 오르기를 청했다.

"어떤 상공께서 적요하게 지내는 사람을 찾으시는지요? 저는 강주부의 기녀이오니 허물치 마옵소서."

양 한림이 마루에 올라 웃으며 미인의 용모를 보니, 정숙해 보이는 미간에 아리따운 태도는 얼음처럼 맑은 가을달의 밝음을 머금었고, 해당화나 모란화의 교태와 요염함을 벗어나 참으로 경국지색이요, 인간 세상의 인물이 아니었다.

미인이 또 추파를 흘려 양 한림을 보니, 관옥 같은 풍채에 재기가 두드러진 기상이 세상을 뒤덮을 만한 군자요, 풍류호걸이었다. 내심 놀라 예사로운 젊은이가 아니라는 것을 알고 쓸쓸한 표정으로 말이 없었다. 양 한림이 침묵을 깼다.

"나는 타향으로 귀양 온 사람이오. 마침 울적해서 달빛을 따라 나섰다가 바람결에 비파 소리를 듣고 비록 안면은 없으나 나도 모르게 여기까지 오게 되었소. 한 곡을 얻어 들을 수 있겠소?"

그러자 미인은 사양하지 않고 비파를 당겨 줄을 고르더니 한 곡을 연주했다. 그 소리가 슬피 원망하는 듯 몹시 처량하여 무한한 생각이 담겨 있었다. 양 한림이 탄식하며,

"오묘하구나, 이 곡이여! 꽃이 뒷간에 떨어지고 옥이 티끌 속에 묻혔으니, 이른바 왕소군의 〈출새곡〉이 아니오?"

했다. 미인이 미소를 띠며 줄을 다시 골라 또 한 곡을 연주했다. 그 소리는 흥겨우면서도 의기가 북받쳐 원통하고 슬픈 듯했다. 속세를 떠난 고상한 뜻을 느끼며 양 한림이 말했다.

"아름답구나, 이 곡이여! 청산은 높디높고 녹수는 넘실거리는데, 지기를 만나 노래 부르고 화답하니, 이른바 백아와 종자기의 〈아양

곡〉이 아니오?"

그러자 그 미인은 비파를 밀쳐놓고 자세를 바르게 고쳐 앉으며 말했다.

"제게 비록 백아의 거문고는 없사오나 늘 종자기 같은 분을 만나지 못한 것을 한탄했답니다. 지금 상공께서는 어디 머물고 계시며, 무슨 까닭으로 젊은 나이에 귀양을 오셨습니까?"

이에 양 한림이 귀양을 오게 된 곡절과 평생의 심회를 털어놓자 미인이 탄식하며 말했다.

"저는 본디 낙양 사람으로 성은 가씨요, 이름은 벽성선이라고 합니다. 태어난 지 두어 해 만에 난리를 만나 부모를 잃고 떠돌아다니다가 청루에 의탁했습니다. 불행히도 헛된 명성을 얻게 되자, 낙양의 기생들이 제 용모를 시기하더군요. 낙양의 청루에서 몸을 빼내어 이곳으로 온 것은 실로 종적을 감추고 여승이나 도사처럼 평생을 한가히 보내려는 것이었습니다. 숲속의 사향노루는 사향을 풍기게 되고, 용천검과 태아검 같은 명검은 검광을 감출 수 없듯이, 다시 강주부의 기녀 명부에 이름을 올리게 되었습니다. 기녀 노릇 하는 것을 어찌 스스로 원했겠습니까? 하물며 이곳은 풍속이 고루하여 집집마다 장사를 하거나 고기를 잡아 다만 이득만 중히 여기니 더군다나 불만스러웠답니다."

양 한림이 탄식하자, 선랑은 촛불 아래 눈길을 보내 그를 바라보다가 한참 만에 물었다.

"상공께서는 조정에 계실 때 무슨 벼슬을 지내셨습니까?"

"나는 등과한 지 얼마 되지 않아 한림학사로 있었소."

"제가 감히 상공의 함자를 여쭈어도 될는지요?"

양 한림이 웃으며 대답했다.

"내 성은 양씨요, 이름은 창곡이라오. 선랑은 어째서 그리 자세히 묻소?"

선랑은 다시 비파를 어루만지며 말했다.

"제가 요즘 새로 얻은 곡조가 있사오니, 상공께서는 들어보세요."

선랑은 비파를 탈 때 쓰는 철발을 들어 잔잔하게 한 곡을 연주했다. 그 소리가 강개하고도 처절했다. 그 사모함은 동산이 무너지자 낙양의 종이 절로 반응하는 것 같고, 애원함은 푸른 하늘과 바다가 멀고 아득하듯 하여, 지기를 서러워하는 마음으로 충만할 뿐 조금도 방탕함이 없었다.

양 한림이 귀를 기울여 가만히 들어보니, 자신이 지었던 강남홍의 제문이었다.

선랑이 연주를 마치고 안색을 엄숙하게 고치며 사례했다.

"제가 듣자니, 난초가 불에 타면 혜초가 탄식하고, 소나무가 무성하면 잣나무가 기뻐한다고 합니다. 같은 병을 앓는 사람끼리 서로 가엾게 여기고, 같은 소리끼리는 서로 반응하여 울리는 것이지요. 저는 비록 강남홍과 안면이 없지만 절로 마음과 뜻이 서로 통하고 속을 터놓고 친밀히 사귀는 사이처럼, 향기로운 풀이 서리를 만나고 빛이 곱고 아름다운 구슬이 바다에 빠진 것을 안타깝게 여겼었습니다. 어느 날 갑자기 이 글이 청루에 회자되기에 구하여 보니, 홍랑은 죽었어도 죽지 않은 것이었습니다. 양 학사라는 분이 누구신지 몰라서 한번 만나 뵙고 속마음을 털어놓으려 했습니다만, 어찌 기약할 수 있는 일이었겠습니까? 다만 홀로 그 글을 노래하며 비파로 연주한 것은 그 풍정을 부러워한 것이 아니라 저를 진정으로 알아줄 지기가 그리웠기 때문이었습니다. 옛적에 공부자께서 저명한 악사인 양자에게 거문고를 배우실 때, 연주한 첫 날에는 양자의 마음을 생각하셨고 둘째 날에는 양자의 법식을 얻으셨으며 셋째 날에는 양자의 모습이 바로 눈앞에 있어서 지적에 대하신 듯하셨다지요. 저는 비록 상공을 오늘 뵈었으나 세상을 덮을 듯한 풍채와 아름다운 용모를 이미 조그만 비파에서 여러 번 뵈었답니다."

양 한림이 탄식하며 말했다.

"나는 강남홍을 보통의 창기로 친했던 것이 아니라 지기로 허락했었소. 지금 선랑을 보니 언행이 그녀와 거의 비슷하여 한편 반갑기도 하고 한편 처량하기도 하다오."

두 사람은 주인성을 차려 놓고 서로 한담을 나누었다. 양 한림은 귀양 온 뒤로 술에 취한 적이 없었다. 이 날 한밤중에 풍류가인을 만나 문장을 논하고 속마음을 털어놓고 보니, 선랑의 민첩한 재주와 남다른 총명함이 대적할 사람이 없을 정도로 기녀들 가운데 빼어났다.

그가 선랑을 보고 말했다.

"내가 선랑의 비파 소리를 들어보니 예사 솜씨가 아닌 듯하오. 무슨 다른 풍류라도 있소?"

선랑이 웃으며 대답했다.

"세속의 평범한 음악은 들으실 것이 없습니다. 제게 출처를 알 수 없는 옥피리가 하나 있어요. 전하는 말에 따르면, 본디 한 쌍이었는데 하나는 어디 있는지 알 수 없고 하나는 제가 가지고 있습니다. 그 출처를 따져보면 예사 악기가 아닌 듯해요. 옛날 황제 헌원씨가 곤륜산 해곡의 대나무를 베어 봉황의 소리를 듣고 그 자웅의 울음소리를 합해 12율을 만들었답니다. 오늘날 세속의 음악은 다만 그 12

율을 흉내만 낸 것이지요. 제가 가지고 있는 옥피리는 온전히 봉새의 소리를 얻어, 그 소리가 웅장하고 호방하여 슬프고 원망하는 소리는 없답니다. 제가 시험 삼아 상공께 들려드리겠습니다. 이곳은 번거로우니 내일 밤 달빛을 받으며 집 뒤의 벽성산에 올라 불어 보려고 하니, 상공께서는 내일 밤 다시 찾아 주세요."

양 한림은 그러마고 허락한 뒤 객실로 돌아왔다.

이튿날 집 주인에게 벽성산에 구경 간다고 말한 뒤 동자를 데리고 선랑의 집으로 갔다. 마을 입구가 한적하고 외져서 빼어난 경치가 밤에 보던 것과는 달랐다.

선랑은 대나무 사립문을 반쯤 열고 웃음 띤 얼굴로 그를 맞았다. 곱고 아름다운 그녀의 태도와 우아하고 고상한 기상이 신선이 산다는 요대의 선녀가 대낮에 하강한 듯했다.

그녀가 밝고 환하게 웃으며 맞자, 양 한림은 그녀의 손을 잡으며 말했다.

"선랑은 그야말로 명불허전이오. 이곳의 경치는 참으로 신선이 살 곳이요, 기생집의 모습이 아니구려."

선랑이 웃으며 말했다.

"저는 본디 자연의 산수를 좋아합니다. 이곳에 별당을 지은 것은 실로 벽성산의 경치를 즐기기 위해서지요. 다행히 강주에는 호방하고 의협심이 있는 귀공자님들이 없어서 속세의 티끌이 문 앞에 이르지 않았습니다. 그러나 이름만 있고 실상이 없는 것을 부끄러워했는데, 오늘 상공께서 오셔서 누추한 집이 더욱 빛나게 됐습니다. 세상살이에서 쌓인 제 가슴속의 10년 묵은 때를 씻었으니, 오늘에야 벽성선이 신선이 되기에 멀지 않았나 합니다."

두 사람은 크게 웃고 마루에 올라 차를 마셨다.

어느덧 해가 서산으로 저물어가고 달이 동쪽 산봉우리에서 떠올랐다. 선랑은 몸종 두 사람에게 술과 안주를 들게 한 뒤 옥피리를 들고 양 한림, 동자와 더불어 벽성산 중봉에 올랐다. 선랑은 바위 위의 이끼를 쓸어내고 몸종과 동자더러 낙엽을 주워서 차를 달이라고 하고는 양 한림에게 말했다.

"벽성산은 강주에서 아름답기로 이름난 산입니다. 중추절이 든 8월은 한 해 가운데 좋은 계절로 유명하지요. 상공께서는 귀양살이에 한이 있고, 저는 떠돌다가 멈춘 곳에서 우연히 상공을 만나 이 산에서 이 달을 보게 되었는데, 이 어찌 기악한 일이셌어요? 세가 가져온 술이 비록 맛은 좋지 못하지만 먼저 가슴속의 불편한 회포를 씻은 후에 옥피리를 들으세요."

두 사람이 각각 두어 잔을 마시고 나자 취흥이 일었다. 선랑이 수중의 옥피리를 달빛 아래 높이 들어 한 차례 불었다. 피리소리의 메아리가 산과 골짜기에 울려 퍼지자, 초목이 진동하여 고개 위에 잠들었던 학이 날아갔다.

두 번 불자 사방이 어둑해지고 중간 정도의 피리소리가 탁 트여서 수많은 골짜기와 산봉우리가 일시에 요동치는 듯했다.

선랑은 눈썹을 찡그리며 붉은 입술을 모아 다시 옥피리를 불었다. 홀연 미친 듯이 사납게 휘몰아치는 거센 바람이 크게 일어나 모래를 뿌리자 달빛이 어두컴컴해졌다. 깊은 골짜기에 숨은 교룡이 춤추는 듯하고, 포효하는 호랑이의 으르렁거리는 소리가 사방에서 일어나며 산 속의 온갖 혼령들이 구슬피 우는 듯했다.

　　양 한림은 소름이 오싹 끼치는 두려움에 떨었고, 동자와 몸종들은
당황한 듯 서로 쳐다보았다.

　　선랑은 옥피리를 내려놓고 숨을 헐떡이는데, 구슬 같은 땀이 이마
에 송골송골 맺혔다. 그녀가 말했다.

　　"저는 일찍 신인을 만나 이 곡조를 배웠어요. 곡조 이름은 〈운문
광악〉 초장이라고 합니다. 옛적 황제 헌원씨가 처음으로 병장기를
가지고 군사들을 조련할 때 흩어진 군사들을 모으고 게으름을 피우
는 군사들을 깨우쳐 격려하는 곡이지요. 제가 연주하지 않은 지 오
래되어 다만 찌꺼기만 남았네요."

　　양 한림이 입이 닳도록 칭찬하니, 선랑은 옥피리를 그에게 주며
말했다.

　　"이 옥피리는 보통 사람이 불면 소리가 나지 않는답니다. 상공께
서 한번 불어 보세요."

　　양 한림이 웃으며 한 차례 부니 맑고 은은한 소리가 절로 음률에
맞았다. 선랑이 감탄했다.

　　"상공은 평범한 분이 아니십니다. 반드시 천상세계 별의 정령이
실 것입니다. 저는 어려서부터 음률에 약간의 총기가 있어서 춘추시
대 거문고의 명인인 사광이나 오왕의 왕자인 계찰에게도 양보하지
않으리라 했는데, 지금 상공의 한 가락 옥피리 소리를 들어보니 잠
깐 살벌한 소리가 있더군요. 오래지 않아 전쟁과 관련된 일이 있을
것이니, 이 옥피리를 배워 두신다면 나중에 쓰실 데가 있을 것입
니다."

하고 두어 곡을 가르쳐주었다. 양 한림은 총명하여 음률에 생소하지
않았다. 순식간에 곡조를 해득하자, 선랑이 크게 기뻐하며 말했다.

"상공의 타고나신 재주는 제가 미칠 수가 없네요."

어느덧 밤이 깊어 두 사람은 서로 손을 잡고 달빛을 받으며 돌아왔다.

이 날부터 양 한림은 매일 선랑의 집을 찾아가 소일했다. 두 사람 사이의 의지와 기개가 서로 잘 맞아 마치 아교와 옻칠처럼 서로 떨어질 수 없게 친밀해졌으나, 잠자리에서의 즐거움은 선랑이 굳이 거절하며 허락하지 않았다. 양 한림은 의아하게 여기며 물었다.

"내가 비록 내세울 것은 없는 사람이나 선랑과 친해진 지 한 달이오. 구태여 몸을 허락하지 않는 것은 무엇 때문이오?"

선랑이 웃으며 말했다.

"군자 사이의 사귐은 담담하기가 물 같고, 소인끼리의 사귐은 달콤하기가 술 같다고 합니다. 저는 평생의 지기에게는 허신을 원하고 평범한 사람에게는 허신을 하고 싶지 않습니다. 이제 상공은 저의 지기입니다. 어찌 감히 창가 기녀의 음란한 풍류와 정취로 사귀겠습니까? 부부의 인연에 관해서는, 상공께서 저를 버리지 않으신다면 후일이 무궁합니다. 오늘 상공께서는 다만 저를 심기를 이야기하는 친구로 대해 주세요."

양 한림은 그녀의 지조가 기특하게 여겨졌으나 풍류와 정취가 너무 담담한 것이나 아닌가 생각했다.

하루는 양 한림이 객관에서 무료히 있는데, 홀연 문 밖에서 발자국 소리가 들려왔다. 선랑이 몸종 두 사람을 데리고 달빛을 받으며 찾아온 것이었다.

곱고 아리따운 그녀의 태도는 월궁의 항아가 광한전에서 내려온 듯했다. 양 한림은 넋이 달아나고 황홀하여 그녀가 인간 세상의 인물이라는 것을 깨닫지 못했다.

선랑이 웃음을 띠고 앉으며 말했다.

"뜬구름같이 덧없는 한 평생에 한가한 날이 며칠이나 되겠어요? 이처럼 달빛이 좋은데 무료히 주무시려 하십니까? 강변의 달빛이 밝고 환할 듯하니 잠깐 심양정에 올라 달구경을 하고 저의 집으로 가시지요."

양 한림은 흔쾌히 허락하고 동자더러 객실을 지키라고 한 뒤 선랑과 손을 잡고 강변으로 갔다. 10리에 걸친 곱고 부드러운 모래밭은 달빛을 받아 흰 눈이 깔린 듯했고, 환하고 둥근 가을 달은 푸른 하늘에 걸려 있었다. 모래밭의 갈매기들이 인적에 놀라 달빛 아래 훨훨 날아올랐다.

선랑이 달빛을 받은 그림자를 밟으며 모래밭을 배회하다가 그를 돌아보며 말했다.

"강남의 여자들이 봄풀을 밟으며 부르는 노래가 있다지만, 제가 생각하기에는 강남의 봄풀 밟는 것이 달빛 아래 흰 모래를 밟는 것만 못할 것 같아요."

하고 비단 적삼 소매를 떨쳐 흰 갈매를 날리며 맑고 은은한 목소리로 노래 한 곡조를 불렀다. 그 노랫말은 다음과 같다.

'흰 갈매기야, 공연히 훨훨 날지 마라. 달도 희고, 모래도 희고, 너도 희니, 잘잘못과 옳고 그름을 나는 몰라라.'

선랑이 노래를 마치자, 양 한림이 화답했다.

'강가에 나는 흰 갈매기야, 나를 보고 날지 마라. 명사십리 달빛을 너 혼자 누리려느냐? 나도 태평성대 귀양 온 사람으로 경치 찾아

예 왔노라.'

양 한림과 선랑은 노래를 마친 뒤 서로 소매를 잡고 심양정에 올랐다. 강 마을은 적적하고 고요한데, 고깃배의 불빛과 닻 감는 소리가 나그네의 시름을 더해주었다. 양 한림이 난간에 의지하여 탄식했다.

"강물은 동쪽으로 흐르고 달빛은 서쪽으로 돌아가는데, 예로부터 지금까지 이 정자에 오른 재자가인이 몇이나 되는지 모르겠으나 지금은 어디에 있는지 물을 곳이 없구나. 다만 빈산의 잔나비와 대숲의 두견만이 예로부터의 흥망을 조롱하니 덧없는 세상을 사는 인생이 어찌 가련치 아니하랴?"

선랑도 정색을 하며 말했다.

"저의 집에 술이 두어 말 있으니 달빛을 받으며 누추한 집으로 가셔서 한밤중까지 한담으로 처량한 심회를 푸시지요."

그 말에 양 한림은 크게 기뻐하며 다시 선랑의 집으로 갔다.

술잔과 안주 접시가 어지럽게 흩어지고, 선랑은 두어 가지 악기로 실내악을 연주했다.

양 한림은 젊은이인지라 오래도록 울적한 심정이 있었는데, 이때 이후로 날마다 선랑을 찾아와 밤으로 낮을 이어 이야기와 악기 연주로 소일했고, 선랑도 양 한림의 객실에 와서는 돌아가는 것을 잊었다.

하루는 쓸쓸한 가을비가 내리며 종일 개지 않았다. 양 한림은 무료하게 홀로 앉아 있다가 책상에 기대 잠이 들었다. 깨어 보니 밤이 이미 깊었고, 하늘은 청명했다. 비 갠 뒤의 달빛이 뜰에 가득했다.

문득 선랑을 생각하고 몸을 일으켰다. 동자는 깨우지 않고 혼자서 선랑을 찾아갔다. 멀리 바라보니 선랑의 몸종 두 사람이 등롱에 불을 켜 들고 있었고, 그 뒤로 한 미인이 수놓은 비단신을 끌며 오는 것이었다. 자세히 보니 선랑이었다. 양 한림이 웃으며 물었다.

"내가 정말 무료하여 선랑을 찾아가는 길인데, 선랑은 어디로 가시오?"

"밤이 깊고 하늘을 청명한데, 달은 환하게 밝고 바람이 맑으니, 객관의 쓸쓸한 등불 아래 외롭게 계실 상공의 심회를 위로하려고 가는 길입니다."

양 한림은 흐뭇한 듯 웃고 같이 별당에 이르러 달을 바라보며 두어 잔의 술을 마셨다.

홀연 선랑이 잔을 들고는 처량한 빛을 띠므로, 양 한림은 괴이하게 여기며 물었다.

"선랑은 무엇을 생각하시오?"

선랑은 한동안 수줍은 듯이 있다가 대답했다.

"제가 10년간 청루에 있으면서 일편단심을 알릴 데가 없었는데 뜻밖에 상공을 모시고 서로 울적한 회포를 위로하게 되었습니다. 그러나 부평초와 물처럼 우연히 만나 만나고 헤어짐이 덧없겠지요. 밝은 달을 바라보니, 둥근 달이 되었다가 이지러진 달이 되었다가 하는 모습에 절로 슬퍼지는군요."

"선랑이 어떻게 내가 돌아가는 것이 이를지 늦을지를 아시오?"

"비록 분명하게 알 수는 없으나, 제가 아까 잠깐 피곤해서 졸고 있다가 꿈을 꾸었답니다. 상공께서 푸른 구름을 타시고 북쪽으로 가시다가 저를 돌아보시고 함께 가자고 하셨어요. 그런데 갑자기 우렛

소리가 크게 들리며 벼락이 제 머리를 쳐서 놀라 깼습니다. 이 꿈이 제게는 불길하지만, 상공께서는 머지않아 영화롭게 복귀하실 조짐이라 생각합니다."

양 한림이 머리를 숙이고 생각하다가 말했다.

"이달 스무 날은 황상의 탄신일이오. 이 날이 오면 황태후께서는 항상 황상을 위해 연못에 물고기를 방생하시고 온 나라의 죄인들을 사면하시니, 혹 선랑의 몽조가 헛되지 않을 것으로 생각하오."

선랑이 더욱 놀라 말했다.

"제가 비록 불민하나 상공께서 영화롭게 돌아가시는 것을 어찌 기뻐하지 않겠습니까? 이제 한 번 이별하면 후일의 기약이 없습니다만, 군자의 대범함으로 구태여 미움에 두실 필요는 없습니다. 제가 들으니, 남방에 난새라고 하는 새가 있다고 합니다. 그 짝이 아니면 울지 않는 까닭에 그 우는소리를 듣고자 하는 사람이 거울로 비추면 그 그림자를 보고 종일 춤추고 울음소리를 내다가 기운이 다해 죽는다지요. 제가 비록 청루의 천한 기녀 출신이나 스스로 짝을 만나지 못하려나 했었는데 꿈결같이 상공을 뵙게 되어, 그 황홀함이 거울 속 그림자와 다름이 없습니다. 저는 오히려 한 번 울고 한 번 춤추었으니 오늘 죽어도 여한이 없습니다. 마땅히 산속에 종적을 감추어 승려나 도사를 따라 몸에 욕됨을 면하려고 합니다."

양 한림이 웃으며 말했다.

"나는 선랑의 뜻을 아는데, 선랑은 이처럼 내 뜻을 모르는구려. 나는 이미 정한 마음이 있소. 선랑과 영원히 근심과 즐거움을 함께 하려 하오. 저 벽성산의 둥근 달이 우리 두 사람의 심사를 비추어 평생토록 이지러짐이 없을 것이오."

선랑이 사례했다.

"군자의 한 마디 말씀은 천금과 같습니다. 저는 이제 죽어도 여한이 없습니다."

하고는 술잔을 들어 양 한림에게 권했다.

양 한림은 술에 반쯤 취하자 선랑의 손을 잡고 웃으며 말했다.

"나는 가섭처럼 지켜야 할 계율이 없고, 선랑은 보살의 후신이 아니지요. 서로 만난 지 두어 달이나 되었는데 담담히 지내는 것은 상정이라 할 수 없소. 오늘밤 사랑을 처음 맺게 되는 좋은 시기를 헛되이 보내지 않을 것이오."

선랑은 부끄러워 두 뺨 가득 홍조를 띠며 말했다.

"제가 일찍이 들으니, 증자의 효성으로도 그 어머니가 베틀 북을 던지는 것을 면치 못했고, 전국시대 위나라의 장수인 악양의 충성으로도 중산의 전투를 두고 비방하는 글이 생겼답니다. 하물며 저는 청루에서 노래하고 춤추는 비천한 처지가 아닙니까? 만에 하나 후일 군자의 가문에서 저의 신세가 진퇴양난이 될 수도 있습니다. 그런 까닭에 10년간 청루 생활을 하면서도 한 점 앵혈을 구차스럽게 지켜 군자께서 확고하게 믿어 주심을 바랐던 것이요, 남녀 간 운우의 정이 없어서가 아니었습니다."

그녀의 말을 들은 양 한림이 선랑의 팔을 당겨서 비단 적삼 소매를 걷고 보니 팔 위에 앵혈이 달빛 아래 완연했다.

양 한림은 그녀의 뜻이 가엾고 불쌍하여 얼굴빛을 엄숙하게 고쳤다. 그 뒤로 양 한림의 선랑에 대한 사랑과 공경이 한층 더하게 되었다.

세월이 흐르는 물처럼 빨리 흘러 양 한림이 귀양 온 지도 벌써 네댓 달이 되었다.

황제의 탄신일이 되자, 양 한림의 죄를 사면하고 예부시랑 벼슬로 불렀다. 이때 양 한림은 비록 선랑과 날마다 마주 대하여 귀양 온 사람의 시름을 적잖이 잊을 듯했으나 아침저녁으로는 슬프고 침울한 모습으로 북쪽 하늘을 향해 황제와 부모님을 그리는 마음이 간절했었다.

하루는 문 밖이 요란하며, 동자가 황급히 들어와 예부 소속 하인과 강주부 하인의 이름을 아뢰고 서간을 바치며 황제의 칙명을 전했다.

양 시랑이 황세가 있는 황궁을 향해 베풀어준 은전에 사례하고 집에서 온 편지를 본 뒤에는 이미 날이 저물었으므로 다음날 떠날 것을 분부했다.

이 날 밤에 양 시랑은 선랑과 작별하려고 동자와 함께 선랑의 집에 이르렀다. 선랑은 사면 소식을 이미 알고 치하했다.

"상공께서 황상의 은혜를 입으시어 영화롭게 돌아가시니, 저도 감축드립니다."

양 시랑은 섭섭한 듯 선랑의 손을 잡고 말했다.

"내가 지금 선랑과 더불어 수레를 타고 가고 싶으나 귀양 왔던 사람이 기생첩을 데리고 가는 것은 옳지 않을 듯하오. 뿐만 아니라 부모님께 말씀도 드리지 못했잖소. 올라가는 대로 쉬이 거마를 보내어 데려갈까 하니 선랑은 이별의 슬픔을 잘 다스려 젊고 아름다운 모습이 상하지 않게 하오."

선랑이 근심스런 표정으로 말했다.

"상공께서 저를 풍류로 인해 만나셨으니 마땅히 풍류로 작별을 하겠습니다."
하고는 침상 머리의 거문고를 당겨 세 곡을 연주했다. 그 곡조는 다음과 같다.

'무성한 오동잎이여,
대나무 열매가 주렁주렁 열렸도다.
봉황새 날아와 모여듦이여,
화락하게 지저귀누나.
강물 위의 구름 끼어 아득함이여,
강물은 유유히 흐르도다.
길 떠나는 나그네 말을 먹임이여,
공자를 따라 함께 돌아가리라.
남모르는 한을 거문고로 연주함이여,
붉은 줄의 탁한 소리에 목이 메누나.
끝없는 생각이 마음에 얽힘이여,
밝은 달을 향하였도다.'

선랑은 연주를 마치고 거문고를 밀치며 구슬프게 눈물을 머금고 말을 잇지 못했다.
양 시랑이 재삼 위로하고 몸을 일으키자, 선랑은 따라 문 밖으로 나오며 소매를 들어 눈물을 씻을 따름이었다.
양 시랑은 선랑과 작별한 뒤 객실로 돌아와 행장을 수습하여 황성으로 출발했다.
이때는 이미 음력 11월로 겨울이 한창인 때였다. 산천은 고요하고 적적했으며, 풍광은 쓸쓸했다.

홀연 한 줄기 된바람이 흰 눈을 날려 순식간에 옥가루가 땅에 가득하여 은세계를 이루었다. 5, 60리가량을 가다가 더 이상 나아가지 못하고 객점에 들어갔다.

어느덧 하늘은 저물어가고 눈은 개어 황혼의 달빛이 매우 아름다웠다. 양 시랑은 동자를 데리고 객점을 나와 달빛 아래 배회하며 설경을 구경했다. 빼어난 산봉우리는 백옥을 묶어 놓은 듯 가팔랐다. 텅 빈 들판은 유리를 깔아놓은 듯했다. 나무에는 잔설이 어리어 3월 봄바람에 배꽃이 만발한 듯 맑고, 깨끗한 경치와 담백한 모습은 옥 같은 사람의 빛나는 얼굴을 대한 듯했다.

서운하고 섭섭한 마음으로 바라보고 서 있다가 다시 객점으로 돌아와 등잔을 밝히고 베개에 기댔다.

홀연 객점 문을 두드리는 소리가 나며 한 젊은이가 몸종 두 사람을 데리고 들어왔다. 행색이 깔끔하고 용모가 아름다워 남자의 모습이 없었다. 낭랑한 목소리로 양 시랑의 방을 찾는 것이었다.

양 시랑이 의아하여 자세히 보니 바로 선랑이었다. 선랑이 웃으며 자리에 앉아 말했다.

"제가 비록 청루에서 놀았으나 나이가 어린 까닭에 일찍 이별이 무엇인지를 모르는지라 다만 상공을 모시고 곁에서 떠나지 말아야겠다고 생각했었습니다. 그런데 하루아침에 동문에서 버들을 꺾어 이별의 〈양관곡〉을 부르게 되니 가슴이 꽉 막히고 부끄러운 마음에 머뭇거리기만 했습니다. 상공께서도 가슴속에 쌓인 말씀 한 마디도 작별 인사로 남기지 못하시고 서둘러 길을 떠나셨습니다. 그러니 더욱 한탄스럽고 슬펐답니다. 북풍한설 속에 반드시 멀리는 못 가셨으리라는 것을 알고 객관의 가물거리는 등불 아래 적막하신 심회를 위로하려고 왔습니다."

양 시랑은 그녀의 뜻을 기특하게 여겨 가까이 침상으로 나아갔다. 너무도 새로운 풍정이 얽히는지라 운우의 정을 희롱하려고 했다. 선랑은 사양하지 않고 부끄러워하며 말했다.

"세간의 여자들이 미색으로 사람을 섬기는 법이 세 가지입니다. 첫째는 마음으로 섬기는 것이오, 둘째는 낌새에 맞추어 섬기는 것이요, 셋째는 얼굴을 곱게 하여 섬기는 것입니다. 제가 비록 불민하지만 마음으로 군자를 섬기고자 했는데, 세간의 남자들이 모두 그 얼굴의 아름다움만 보고 마음은 알려고 하지 않더군요. 상공께서는 저와 만나신 지 두어 달 동안 담담히 헤어지곤 하셨습니다. 상공께서 서먹하게 여기신 것은 말하지 않더라도, 저 또한 상공의 뜻에 순순히 따르는 도리가 아니었지요. 그래서 객관의 가물거리는 등불 아래 화촉을 밝히는 인연을 구차하지만 이루고 돌아가려 합니다. 상공께서는 저의 이 가련한 뜻을 아실는지요?"

양 시랑이 웃으며 팔을 뻗어 다시 선랑의 허리를 안으려는 순간, 동자의 목소리가 들렸다.

"상공께서는 무엇을 찾으십니까?"

그 소리에 놀라 잠에서 깨어나 보니 꿈이었다.

선랑은 간 데 없고 베개를 어루만지며 한바탕 잠꼬대를 한 것이었다. 계면쩍게 웃으며 시간을 물어보니 이미 4, 5경 무렵이었다. 일어나 앉아 생각했다.

'선랑은 일에 슬기롭게 대처하는 여자다. 내가 비록 그녀의 뜻을 기특하게 여기고 있지만, 그녀가 오히려 너무 고집스러워 순종하지 않는 것을 서먹하게 여긴 까닭에 내 꿈이 이럴 테지. 하물며 군신지

간이야 더 말해 무엇하랴. 내 뜻만 고집하고 황명을 받들지 않았으니, 장차 어떻게 황상의 신임을 얻어 도를 행함으로써 먼 앞날을 생각하는 것이 신하의 본분이랴?'

양 시랑은 날이 밝자 길에 올라 황성으로 돌아왔다. 양 시랑의 본가와 처가인 윤 소저 친가의 반김이야 이루 말할 수가 없었다.

이튿날 입궐하여 사은하니, 황제가 불러 보고 위로했다.

"경이 오래도록 적거하느라 고초가 많았을 것이다."

양 시랑이 황공하여 머리를 조아리니, 황제가 다시 하교했다.

"황 각로 집안과의 혼사는 짐이 이미 뜻을 밝힌 바 있고 예절에 어긋나지 않으니 다시 사양하지 말라."

양 시랑은 머리를 조아리며 항명을 받들었다. 황제는 크게 기뻐하며 즉시 일관을 불러 택일을 하여 혼사가 이루어지게 했다.

길일이 되자 양가가 혼례를 치렀다. 황 소저는 봉황을 아로새긴 관에 용을 아로새긴 비녀를 꽂고 비단옷을 차림으로 시부모를 뵈었다. 비록 광채가 나서 사람들의 마음을 움직였고 자색이 매우 두드러지게 빼어났으나, 타고난 기질이 세상일에 마음을 두지 않는 듯 태평한 것과 발군의 용모는 요조숙녀로서의 품위와 정숙함이 부족했다.

이때, 교지군의 남쪽 오랑캐가 자주 반역했다. 황제는 근심스러워 매일 신하들을 모아 변방에 관한 일을 의논했다.

하루는 익주 자사 소유경이 표문을 올렸다.

'교지군의 남쪽 오랑캐가 창궐하여 남방의 10여 고을이 함락되었으니 급히 대군을 동원하시어 소탕하게 하소서.'

황제는 깜짝 놀라 조정의 문무백관들을 모아 대처할 방법과 계략을 물었다. 그러나 의견이 분분하여 결정을 내리지 못했다.

이날 양 시랑이 집에 돌아와 부친에게 남방에서 난리가 일어난 사실을 말하고 근심스레 말했다.

"소자가 강주에 있을 때 본부의 한 기녀를 만났습니다. 음률에 총명함이 있어 소리를 듣고 길흉을 알아냈는데 소자더러 말하기를, '오래지 않아 전쟁이 일어날 듯합니다.'라고 했습니다. 불행히도 그 말이 맞을 것 같습니다."

양 원외가 놀라며 말했다.

"이 늙은 아비도 마음속으로 염려하던 일이다. 그녀의 이름이 무엇이냐? 참으로 총명하구나."

"이름을 벽성선이라고 합니다. 소자가 반년간 귀양살이를 하면서 울적한 회포를 이기지 못해 함께 소일했습니다. 이미 거두기로 하고 곧 데려가겠다고 언약했는데 미처 아버님께 아뢰지 못했습니다."

"군자가 여색을 구태여 마음에 두지는 않더라도 이미 언약을 하고 다시 신의를 잃으면 안 되겠지."

양 시랑이 즉시 안채로 들어가 모친께 아뢰자, 허 부인이 꾸짖었다.

"네 나이가 아직 어리고 앞으로 가야 할 길이 멀고도 먼데, 여자에게 쉽사리 신의를 잃는다면 뼈에 사무치는 여자의 원한이 어찌 없겠느냐? 나는 강남홍의 일을 아직도 잊지 못하겠구나. 오늘이라도 벽성선을 데려오도록 해라."

양 시랑은 즉시 한 통의 편지를 써서 동자와 하인을 강주로 보냈다.

양 시랑을 보낸 뒤 선랑은 사립문을 닫아걸고 병을 핑계로 손님을 만나지 않았다. 그가 떠난 지 두어 달이 되어도 한 통의 편지나 소식도 없으므로 실망스럽고 마음이 즐겁지 않았다. 낮이면 벽성산을 바라보고 상심하여 멍하니 앉아 있었고, 밤이면 가물거리는 등불을 마주하고 잠을 이루지 못했다.

하루는 강주부의 관장인 지부가 그녀를 불렀다. 그러나 선랑은 병을 앓고 있다며 가지 않았다. 그러자 지부는 약을 보내고 조심스레 안부를 물어 왔다. 선랑은 의아하여 생각하기를,

'지부의 후의와 양 시랑의 박정함이 도무지 뜻밖이군. 만일 그 후의에 다른 뜻이 있고, 상공의 박정함이 무정해서라면 내 어찌 구차하고 욕되게 실기를 꾀하여 치욕을 감수하랴?'

온갖 생각이 분분했다. 그녀가 난간에 기대 벽성산을 바라보며 한숨을 짓고 있는데, 홀연 한 동자가 들어와 편지를 전하고 거마와 하인이 도착한 것을 아뢰었다. 그 편지에 이르기를,

'구름 낀 벽성산에서 한 번 헤어진 뒤로 그대의 아름다운 모습이 꿈속인 듯하오. 속세의 명예와 이익에 취한 듯 꿈꾸듯 골몰하여 해질녘의 아름다운 기약을 이처럼 늦추다니 더더욱 부끄럽구려. 지난번 강주부에 기별하여 선랑의 이름을 기녀 명부에서 삭제하라고 했는데 혹시 아셨소? 이제 부모님의 명을 받들어 거마를 보내오. 끝없는 정회는 화촉을 돋우고 원앙을 수놓은 베갯머리에서 모두 풀기를 기다리겠소.'

라고 했다. 편지를 읽고 난 선랑은 거마를 수일간 머물게 하여 행장

을 차린 뒤 길을 떠나 황성으로 왔다.

그 사이 익주 자사의 장계가 또 이르렀다. 적의 형세가 매우 강성하다는 내용이었으므로, 황제의 근심은 깊어졌다.

이에 양 시랑이 출전을 자원하자, 황제는 크게 기뻐하며 즉시 양창곡을 병부상서 겸 정남원수에 임명하고 수기와 생살권을 상징하는 부월을 내려주었다.

양 원수가 머리를 조아리며 명을 받들고, 이튿날로 행군하여 남방으로 향했다.

벽성선은 강주를 떠나 황성에서 3백여 리 되는 객점에 이르렀을 때 날이 저물어 유숙하게 되었다.

길가의 백성들이 교량을 수축하고 길을 내면서 이리저리 분주하게 오가는 것이었다. 그 까닭을 물으니 대답하기를,

"오늘 도원수께서 이곳에서 묵으신다오."

라고 하므로 선랑이 다시 물었다.

"원수는 누구시라오?"

"병부상서 양 대인이시오."

그 말을 듣고 선랑은 깜짝 놀라 생각했다.

'상공께서 출전하시는 것을 내 비록 염려했으나 이토록 급하게 떠나실 줄이야? 내 이제 서먹서먹한 처지에 낯선 댁에 누구를 보고 가랴? 내가 가지고 있는 옥피리가 군중에서 혹 쓸 데가 있을 텐데 어찌하면 상공께 전할 수 있을까? 군중이 엄숙하여 남자들도 함부로 드나들지 못할 텐데 하물며 여자 임에랴.'

다시 한 가지 계책을 생각해낸 선랑은 동자를 불렀다.

"너는 문 앞에 서 있다가 원수의 행차가 이르시거든 알리거라."

잠시 후에 북과 나발 소리가 하늘이 진동하도록 울리면서 동자가 황급히 아뢰었다.

"원수께서 이곳에 진을 치셨습니다. 남쪽으로 백여 걸음 밖, 산을 등지고 물을 바라보는 무인지경에 치셨습니다."

밤이 깊어진 뒤 선랑이 동자에게 말했다.

"상공께서 진 치신 형세를 보려고 하니 네가 앞장 서거라."

선랑은 옥피리를 가지고 동자를 따라 진 앞에 이르렀다.

이때는 달빛이 환하게 비추고 있었다. 군기와 창검이 질서정연하고 기세가 등등하여 동시남북의 빙위를 지키고 있었고, 군진의 대오와 대열이 여러 겹으로 겹쳐 군영의 문을 이루고 있었다. 위의가 엄숙하고 군율이 정제됨을 묻지 않아도 알 수 있었다.

선랑이 동자에게 말했다.

"내가 잠깐 산에 올라 진중을 내려다보겠다."

하고는 산길을 찾아 중간쯤 되는 봉우리에 올라 동자에게 명했다.

"산자락에 서 있다가 올라오는 사람이 있거든 인도해 오너라."

하고는 바위 위에 높이 올라앉아 군중에서 시간을 알리는 소리를 들었다. 이미 삼경이었다. 선랑은 옥피리를 들어 한 곡을 연주했다.

이때 양 원수는 장중의 책상에 기대 무곡병서를 보고 있었는데, 난데없이 옥피리 소리가 바람결에 들려오는 것이었다. 병서를 내려놓고 귀를 기울여 들어보니, 그 소리가 반공중에 맑고 또렷하였다. 서풍에 돌아가는 기러기가 무리를 잃은 듯, 푸른 하늘에서 외로운 학이 짝을 부르는 듯, 산골에 사는 목동들이 부는 예사 피리소리가 아니었다.

총명한 양 원수가 벽성선이 예전에 연주했던 곡조를 어찌 몰랐으랴? 심중에 놀랍고 의심스러워 생각하기를,

'이는 틀림없이 선랑이 지나가다가 나를 만나보려고 하는 것이군.'

하고는 즉시 중군사마를 불러 분부했다.

"군사들이 이곳에서 처음으로 밤을 지내게 되었으니 대오와 막사를 어지럽히지 말라. 내가 편한 복장으로 한번 둘러보고 올 테니 절대 누설하지 말고 이 군막을 잘 지켜라."

양 원수는 부장들 가운데 심복 한 사람을 데리고 자신이 차고 있던 동개살 한 대를 빼어 들고 군영 문을 나가려고 했다. 영문을 지키던 군사가 신표를 보자고 하므로, 양 원수는 들고 있던 동개살을 보여주고 진영 밖으로 나와 전후좌우로 한 바퀴 순행했다. 그때까지도 산 위에서 나는 옥피리 소리는 그치지 않고 있었다.

양 원수가 동행하던 부장을 돌아보며 말했다.

"내 뒤를 따르라."

하고 앞장서서 갔다. 산으로 올라가는 길을 찾고 있는데, 산자락에 서 있던 동자가 반겨 맞았다. 양 원수가 다시 부장에게 명했다.

"너는 여기서 기다려라."

하고는 동자를 따라 산으로 올랐다. 선랑이 옥피리 불기를 그치고 바위에서 내려와 맞으며 말했다.

"상공의 이 길이 어찌 이다지도 급하십니까?"

"적의 형세가 창궐하여 지체할 수가 없구려. 만일 일이 이렇게 될 줄 알았더라면 선랑을 어찌 그리 바삐 오게 하여 발걸음을 불안하게 했겠소?"

선랑이 눈물을 머금으며 말했다.

"제가 미천한 몸으로 상공 댁에는 안면이 없는데 이제 당돌하게 들어가서 누구를 의지하겠어요?"

양 원수는 측은한 마음에 그녀의 손을 잡고, 황 소저와 혼인한 사정을 대강 말하고는,

"나는 선랑의 지혜와 식견을 잘 아오. 비록 난처한 일이 있더라도 매우 조심해서 내가 돌아오기를 기다리시오."

"상공께서는 지체가 높으신 원수이신데 저 때문에 오래 군영을 떠나 계시니 불안합니다."

하고는 옥피리를 주며 말했다.

"이것을 혹 군중에서 쓰실 일이 있을 것입니다."

양 원수가 옥피리를 받아 소매에 넣고 미련이 남는 듯 다시 그녀를 돌아보며 말했다.

"선랑이 부중에 들어가서 혹시라도 어려운 일이 생기면 윤 소저와 상의하오. 천성이 인자하고, 또 내가 부탁을 해두었으니 저버리지 않을 것이오."

선랑은 눈물을 흘리며 하직했다. 양 원수는 산에서 내려와 대기하고 있던 부장을 데리고 군영으로 돌아왔다. 그 이튿날 남쪽으로 행군하여 갔다.

선랑은 동자와 객점으로 돌아와 잠을 이루지 못했다. 날이 밝아오자 선랑은 행장을 수습하고 황성에 도달하여 양부 대문 앞에 수레를 멈추고 동자로 하여금 도착을 알리게 했다.

양 원외가 안채로 들어가서 선랑을 보니, 아리따운 태도와 품위

있고 얌전한 용모에 조금도 공교로운 꾸밈이 없었다. 그 깨끗함은 한 조각의 얼음 같은 마음에 티끌이 사라진 듯했고, 그 아름다움은 가을 밤 하늘에 뜬 반달이 구름이 걷힌 모습을 띤 듯했다. 부중의 모든 사람들이 칭찬했다.

양 원외는 사랑스러운 듯 앉으라고 명하고 윤 소저와 황 소저를 불렀다. 윤 소저가 즉시 오므로 양 원외는 웃으며 말했다.

"황 현부는 어찌 오지 않느냐?"

가까이 있던 사람이 말하기를,

"황 소저는 갑자기 몸이 불편하여 오지 못한다고 합니다."

라고 하자, 양 원외는 머리를 숙이고 불쾌히 여기다가 윤 소저를 보며 말했다.

"군자가 첩을 두는 것은 예로부터 있던 일이고, 부녀자가 투기를 하는 것은 후세에 생겨난 나쁜 풍속이다. 우리 며느리는 현숙하니 더욱 노력할 일은 없으나 한층 화목에 힘써 가도가 어그러지지 않게 하거라."

하고는 즉시 후원 별당에 선랑의 처소를 정해 주었다. 윤 소저는 연옥에게 길을 인도하라고 명했다. 연옥이 선랑을 앞세우고 후원으로 가면서 그녀의 걸음걸이와 행동거지를 보니 완연히 강남홍과 비슷한 데가 있었다. 연옥이 눈물을 머금은 채 슬퍼함을 깨닫지 못하므로, 선랑이 물었다.

"자네는 나를 보고 어째서 슬픈 빛이 있는 것인가?"

연옥은 더욱 목이 메어 흐느끼며 말했다.

"이 천한 것의 가슴속에 맺힌 한이 있었는데 이제 잠깐 자극을 받아 기색을 감추지 못했습니다."

선랑이 웃으며 물었다.

"자네는 부귀한 집안에서 인자하신 주인을 모시고 있는데 무슨 한이 이렇단 말인가?"

연옥이 한숨지으며 말했다.

"저는 본디 강남 사람으로 옛 주인을 잃고 이곳으로 왔습니다. 오늘 아씨의 용모를 뵈니 옛 주인과 매우 비슷하신지라 저도 모르게 심사를 진정하지 못했습니다."

"자네의 옛 주인은 누구인가?"

"항주 제일방 청루에 있던 홍랑입니다."

선랑이 놀라 물었다.

"자네가 홍랑의 몸종이라면서 어째서 이곳에 있는가? 내가 홍랑과 안면은 없으나 마음과 뜻으로 친함이 형제 같았다네. 이제 자네 말을 들으니 반갑구먼."

그 말을 들은 연옥은 선랑의 손을 잡고 눈물을 비 오듯 흘리며 말했다.

"우리 아씨가 원통하게 돌아가셨는데, 그 후신이 아씨가 되셨습니까? 아씨께서 저를 속여 전신이 우리 아씨셨습니까? 세상에 아름다운 여자는 우리 아씨 외에는 없다고 생각하며 자나 깨나 한 번 다시 뵙기를 축수했었습니다. 그런데 이제 아씨의 행동거지가 우리 아씨와 같으시고 게다가 우리 아씨와 지기지우라 하시니, 이는 하늘이 제가 옛 주인을 잃고 외롭게 지내는 것을 불쌍히 여기시어 아씨를 보내주셨나 봅니다. 윤 상서께서 항주 자사로 계실 때에 우리 아씨는 청루 제일방에 계셨습니다. 윤 상서께서 지극히 사랑하셨기 때문에 아씨는 윤부에 출입하시며 윤 소저와 지기로 자별한 사이셨습니

다. 아씨께서 불쌍히 돌아가신 것을 측은히 여기시어 저를 거두어
주셔서 여기에 와 있답니다."

선랑은 연옥의 말을 듣고 윤 소저의 크고 훌륭한 덕에 탄복했다.

이튿날 선랑은 양 원외와 허 부인에게 문안을 여쭙고 윤 소저 침
실에 이르러 그녀에게 말했다.

"제가 기생 노릇을 하던 천한 신분으로 예법을 모릅니다. 일찍 들
으니 두 분의 아씨께서 계시다 하더니, 아직 아씨 한 분을 뵙지 못했
습니다. 감히 뵙게 해주실 것을 아룁니다."

한동안 생각에 잠겨 있던 윤 소저는 연옥에게 황 소저의 침실을
가리켜주라고 명했다.

이때, 황 소저가 선랑의 거동을 이리저리 탐지해보니 칭찬하는 사
람들이 많고 나무라는 사람은 없었다. 그녀의 용모와 자색을 칭찬하
는 소리가 진동하므로 심중에 분개함을 이기지 못해 밤새도록 잠을
이루지 못했다.

일찍 일어나 세수하고 머리를 빗은 뒤 거울을 보고 눈썹을 그리며
한숨을 지었다.

"하늘이 나를 내시며 어찌 미색을 아끼시어 위로는 윤 소저에게
양보하고 아래로는 천한 기생 따위에게 뒤지게 하시는가?"

살이 떨리고 뼈가 부서지는 듯했다. 그때 몸종이 아뢰기를,

"선랑이 뵙기를 청합니다."

하는 것이었다. 황 소저는 크게 노하여 왈칵 성을 내어 안색이 파랗
게 질리고 표독스러운 기운이 미간에 드러났다. 그러다가 문득 생각
하기를,

'물고기를 낚으려면 미끼를 달게 하고, 토끼를 잡으려면 올무를 은밀하게 할 것이야. 제까짓 게 비록 지혜가 많고 생각이 남들보다 깊다지만, 내가 한 번 웃고 한 번 달래면서 교묘하게 농락하면 내 손을 벗어나지 못하겠지.'

하고는 즉시 화락한 얼굴과 아리따운 말로 들어오라고 재촉했다.

선랑이 침실로 들어가서 황 소저의 용모를 자세히 보니 옥 같은 얼굴에 잠깐 푸른빛을 띠었고 별 같은 눈에는 영리한 빛이 있었으나 얇은 입술과 곧고 가는 눈썹에는 후덕한 기상이 적었다.

선랑을 본 황 소저가 기쁘게 웃으며 말했다.

"선랑의 이름을 들은 지 오래 되었는데 이제야 만나보니 군자가 사랑하실 만하네. 오늘부터 평생도록 한 분을 심기게 되있으니, 마음으로 사귀고 속마음을 털어놓아 서로 감추거나 숨기는 것이 없게 하게."

선랑이 사례했다.

"제가 천한 기생 출신으로 규중의 범절과 아녀자로서 지켜야 할 법도에 대해 올바른 말씀을 듣지 못했습니다. 미친 행실과 추한 거동으로 단엄하신 모습을 뵈오니, 제 몸가짐에 허물이 있더라도 용서해주시고 모자라는 것은 가르쳐주십시오."

황 소저가 옥이 부딪치는 소리로 웃으며 말했다.

"선랑은 너무 겸손해 하지 말게. 나는 사람을 사귀면 속마음을 감추지 못하고 미워하면 겉으로 드러나는 것을 속이지 않는다네. 선랑은 나와 허물없이 사귀고 의심하지 말게나."

선랑은 감사의 뜻을 표하고 돌아오며 생각했다.

'옛적에 당나라의 재상 이임보는 웃음 속에 칼이 있었다고 하더

니, 지금 황 소저의 말에는 무수한 올무가 숨겨져 있구나. 칼은 피할
수도 있지만 올무는 면할 수가 없겠어.'

이튿날 황 소저는 별당으로 선랑을 찾아와 한담을 했다. 몸종 두
사람이 선랑을 좌우에서 모시고 서 있었다. 황 소저가 물었다.
"저 아이들은 누군가?"
"제가 데려온 몸종입니다."
황 소저는 그들을 한동안 눈여겨 자세히 보고 있다가 말했다.
"선랑은 몸종을 잘 두었네. 이처럼 뛰어나니 적지 않은 복일세.
그 이름이 무엇인가?"
"한 아이는 소청이라고 하는데 13세입니다. 그다지 용렬하지는
않답니다. 한 아이는 자연이라고 하는데 11세입니다. 천성이 어리석
어 걱정이랍니다."
황 소저가 웃으며 말했다.
"내게도 몸종 둘이 있는데, 하나는 춘월이라고 하고 또 하나는 도
화라고 하지. 사람됨이 용렬하지만 본심은 충직하니, 이제부터는
서로 넘나들어 부리기로 하세."

며칠 뒤 선랑이 소청을 데리고 황 소저 침소로 사례하는 뜻을 표
하러 이르니, 황 소저가 기쁘게 손을 잡으며,
"내가 정말 무료했는데 선랑이 이렇게 찾아오다니 다정한 사람
이네."
하고는 춘월을 보며 말했다.
"내가 오늘은 선랑과 진종일 소일하려 한다. 자연이 별당에서 혼

자 고적할 테니 너희끼리 놀다가 오너라."

춘월은 그렇게 하겠다며 갔다.

이때, 자연이 혼자 별당에 앉아 있는데 한 쌍의 나비가 날아와 난간머리에 앉는 것이었다. 자연이 잡으려고 하는데, 그 나비는 도로 날아 후원의 꽃 숲속으로 들어가고 말았다. 자연이 이리저리 쫓아다니는데, 춘월의 목소리가 들렸다.

"자연아, 꽃만 알고 동무는 모르느냐?"

자연이 웃으며 말했다.

"춘랑은 어째서 한가히 다니시오?"

"아씨께서 마침 너의 아씨와 한담을 하시기에 내가 틈을 타 놀려고 왔단다."

자연이 몹시 기뻐하며 춘월의 손을 잡고 숲속에 앉자, 춘월이 물었다.

"넌 강주에서 이런 동산과 이런 꽃 숲을 구경해봤니?"

자연이 웃으며 말했다.

"내가 전에 듣기로 황성이 좋다고 하더니, 이제 보니 강주의 경치만 못하네요. 내가 강주에 있을 때 심심하면 집 뒤의 벽성산에 올라 동무들과 꽃싸움도 하고 더러는 강가에 가서 물 구경도 했다오. 황성에 온 뒤로는 도리어 무료할 때가 많으니 우리 강주만 못한 거 같아요."

"벽성산은 어떤 산이고, 강가라니 어떤 강이냐?"

"벽성산은 집 뒤에 있고, 강은 심양강이라오. 강가에 정자가 있어서 경치가 유명한데, 춘랑이 보지 못한 게 한스럽네요."

"너의 아씨는 강주에서 무얼 하고 지내시더냐?"

"청루에서 손님도 만나고, 더러 별당에서 비파도 타셨죠. 이처럼 적적하기야 했겠어요?"

"아씨의 별당은 어땠는데?"

"네 모퉁이에 기둥 세우고 앞뒤로 문을 내고 흙으로 벽을 치고 종이로 도배하는 것은 집집마다 다 같은데 무엇을 묻는 게요?"

그러자 춘월이 성을 냈다.

"내가 심심해서 물었는데 이같이 핀잔을 주니 나는 돌아가련다." 하고 몸을 일으켰다. 자연이 그녀의 손을 잡으며 말했다.

"내가 일일이 그린 듯이 말할 테니 노여워 말아요. 우리 아씨의 별당은 띠로 처마를 잇고 댓가지로 문을 만들었다오. 회칠을 한 벽에 깁을 붙인 창문이 있는 방에는 서화가 가득 걸려 있었지요. 섬돌 아래로 황국, 단풍, 푸른 소나무와 대나무를 심어 놓아 보는 사람들마다 칭찬했다오."

"우리 상공이 몇 번이나 가셨느냐?"

"날마다 오셔서 매번 밤이 깊어진 뒤 돌아가셨지요."

"몇 번이나 주무셨느냐?"

"주무시는 것은 본 적이 없었어요."

춘월은 깔깔대고 웃으며 자연의 손을 잡고 말했다.

"내가 비밀을 누설하지 않을 테니 속이지 마라."

"속이긴 뭘 속여요?"

춘월은 다시 웃으며 자연의 귀에 대고 몇 마디를 슬그머니 물었다. 그러자 자연은,

"그건 나도 모르겠으나 우리 아씨가 상공의 말씀을 듣지 않으며, '오늘은 친구로 생각하세요.'라고 하셨으니, 나는 그것밖에 모르겠

소."

하는 것이었다. 춘월이 또 물으려 하다가 문득 보니, 연옥이 오다가 꽃 숲 뒤에 서 있었다. 춘월은 즉시 몸을 일으키며,

"아씨께서 찾으시겠다. 나는 돌아간다."

라고 하고는 그 자리를 떠났다.

이때, 황 소저는 선랑을 만류하여 쌍륙 놀이를 하며 한담을 나누고 있었다. 그러다가 문득 쌍륙판을 물려 놓으며 말했다.

"선랑의 재주가 이 같으니 응당 글씨와 그림에도 생소하진 않겠지. 글씨는 어떻게 쓰는가?"

선랑이 웃으며 말했다.

"기생의 글씨는 정을 둔 남자에게 편지나 쓸 정도에 지나지 않는데, 어찌 쓴다고 할 수 있겠어요?"

황 소저가 크게 웃고 도화를 불러 붓과 벼루를 가져오라고 하며 말했다.

"난 요즈음 심심해서 글씨로 소일을 하고 있다네. 선랑은 사양하지 말고 두어 줄 써 보게."

선랑이 쓰려고 하지 않자, 황 소저는 웃으며 손수 붓을 들어 먼저 두어 줄을 쓰고 난 뒤 말했다.

"내가 이미 서투른 솜씨로 썼으니, 선랑도 써 보게나."

선랑은 마지못해 한 줄을 썼다. 황 소저가 유심히 살펴보고는 칭찬했다.

"선랑의 글씨는 내가 따라갈 수가 없군. 참으로 부럽네. 다른 글씨체가 있으면 또 한 줄 써 보게나."

"천한 재주가 이것뿐, 어찌 두 가지 글씨체가 있겠어요?"

황 소저가 미소를 띠며 말했다.

"오늘은 소일을 잘 했으니 내일 다시 만나세."

선랑은 응낙하고 돌아왔다.

원래 총명한 선랑으로서 어찌 황 소저의 간교함을 몰랐겠는가? 그러나 선랑은 나이가 어리고 성품이 부드럽고 약하여 강남홍과 같은 맹렬함이 없었다. 그런 까닭에 자신의 처지를 생각하고 차마 떨쳐내지 못했던 것이다. 두 사람이 날마다 상종하자, 윤 소저는 내심 염려했다.

하루는 양 원외가 안채에 들어와서 황 소저를 불러 말했다.

"좀 전에 네 친정아버님께서 보내신 편지를 받아보았는데, 안사돈께 갑자기 병환이 생겼으니 너를 보내라고 하셨더구나. 며칠 동안 친정에 가서 약시중을 들고 속히 돌아오너라."

황 소저는 즉시 친정으로 가서 양친을 만났다. 황 각로가 묻기를,

"지난번 네가 보낸 편지를 보니 몸에 생긴 병이 몹시 무겁다 하기에 데려오라 하니 네 모친이 말하기를, '그리해서는 시집에서 보내지 않을 것이니, 친환이 있다고 하면 보내줄 것입니다.'라고 하기에 내 그렇게 편지를 써서 보냈었다. 이제 네 얼굴을 보니 병색이 대단치 않은데, 어찌 편지를 지나치게 해서 나를 놀라게 했느냐?"

하니, 황 소저는 구슬픈 표정으로 말했다.

"겉모습에 나타나는 병이야 약으로 고칠 수 있겠지만, 마음속에 은밀하게 생긴 병은 부모님도 모르시니 그 위태로움이 경각에 달려 있습니다."

황 각로가 깜짝 놀라 물었다.

"네 병이 무슨 병이기에 이다지도 중하단 말이냐?"

황 소저가 눈물을 흘리며 말했다.

"아버님께서 딸자식을 사랑하셔서 참하고 훌륭한 사위를 가리셨는데, 바람둥이를 만나 오작교가 은하수에서 끊어지고, 월궁에 갇혀 있는 선녀 항아처럼 적막하게 되어, 이제 젊은 부녀자가 거처하는 규방에서 백발의 노래를 부르게 됐습니다. 그러니 소녀의 평생은 차라리 병들어 죽는 것이 낫겠어요."

황 각로가 근심스레 말했다.

"늙은 아비가 만년에 너를 얻어 손 안의 구슬처럼 귀하게 여겼는데, 네 신세를 내 손으로 그르쳤나 보구나. 그 곡절을 자세히 말해 보거라."

황 소저가 목이 메어 흐느끼며 말했다.

"양 원수가 강주에서 귀양살이 하다가 천한 기생 하나를 데려왔습니다. 음란한 행실과 요사스럽고 악독한 태도로 남자를 홀리고, 간사한 웃음과 교묘하게 꾸민 말로 윗사람이나 아랫사람들과 한통속이 되어 소녀를 얕잡아 보고 있답니다. 그 기생이 말하기를, '황 씨는 나중에 들어온 사람인데, 내가 어찌 본처와 첩의 분수를 지켜 그 아랫사람이 되기를 감수하랴?'라고 한답니다. 지금의 형편으로는 저와 그 기생이 함께 지낼 수가 없습니다. 차라리 소녀가 먼저 죽어서 모르게 되었으면 합니다."

그 말을 들은 황 각로는 크게 노하여 말했다.

"변변치 못하고 천한 기생이 어찌 그처럼 당돌하단 말이냐? 내 딸이 재주와 덕은 없으나 황상의 명으로 성혼을 했다. 비록 양 원수라고 할지라도 박대하지는 못할 것인데, 하물며 천한 기생이 그리 한 단 말이냐? 늙은 아비가 마땅히 양부로 가서 그 천한 기생을 잡아내어 쫓아 보내리라."

그러자 위 부인이 만류하며 말했다.

"상공께서는 노여움을 가라앉히시고 일이 돌아가는 기미를 꼼꼼하고 차분하게 살펴보시며 하세요."

황 각로는 부인의 말이 옳다고 여겼다. 성미가 억척스럽고 굳세어 좀처럼 굽힐 줄 모르는 위 부인의 생각과 사납고 표독한 성정을 황 각로는 감히 거스를 수가 없었다.

그래서 이날부터 딸을 도와 선랑을 모해하려는 매우 비밀스러운 계교와 이상야릇한 계략이 이루 헤아릴 수가 없었다.

10여 일이 지난 뒤, 황 각로는 딸의 손을 잡고 말했다.

"시집으로 돌아가서 만일 어려운 일이 있거든 즉시 알려라. 늙은 아비가 비록 무능하지만 한낱 천한 기생쯤이야 하찮게 여기고 있는데 무슨 근심이 있으랴?"

위 부인이 냉소하며 말했다.

"시집간 딸아이의 생사고락은 시집에 달려 있는데, 상공께서 어찌 하시려고요? 네가 시집에 돌아가서 만일 욕됨이 있거든 차라리 자결해서 남들의 비웃음을 당하지 않게 해라."

황 소저는 눈물을 뿌리며 가마에 올랐다. 황 각로는 그 모습을 차마 볼 수가 없어서 부인을 꾸짖고 딸을 위로했다.

하루는 선랑이 후원 별당에서 쓸쓸히 난간에 기대 앉아 있었다. 서리 기운이 하늘에 가득하고, 밝은 달빛이 구름 사이로 환하게 비추고 있었다. 기러기는 짝을 지어 울며 남쪽으로 날아가고 있었다. 선랑은 한탄스럽고 슬퍼서 길게 탄식하며 중얼거렸다.

"슬프다! 내 몸에는 두 날개가 없어 기러기를 따라가지 못하는구나."

하며 글 한 구절을 외웠다.

"당나라 심전기의 시에 '가련하도다, 규방 속의 저 달이여!'라고 했고, 심여균의 시에서는 '복파장군 군영에 흘러서 비추기를.'이라고 했는데, 오늘밤 내 심사를 이른 것이로다."

하고는 두어 줄기의 구슬 같은 눈물이 비단 적삼을 적셨다.

그때 갑자기 춘월이 와서 아뢰기를,

"아씨께서 저를 보내시면서 소청과 자연을 짐깐 대신해서 보내라고 하십니다."

라고 하는 것이었다.

선랑이 두 몸종에게 말했다.

"둘째 아씨께서 매번 너희들을 지나치게 칭찬하시더구나. 만일 시키시는 일이 있거든 조심해서 하거라."

두 몸종은 선랑의 명에 대답하고 황 소저에게로 갔다.

춘월은 선랑을 마주보며 희희 웃으며 말했다.

"아씨께서 평생을 적적하게 지내신 적이 없다가 이제 쓸쓸한 별당에 외롭게 계시는 것은 우리 상공께서 출전하신 탓이로군요."

선랑이 미소를 지을 뿐 대답을 하지 않자, 춘월이 또 말했다.

"제가 일찍이 재상 가문에서 나고 자라 규중의 처녀들을 무수히 보았으나 아씨처럼 아름다운 용모는 지금 처음으로 봅니다. 집안의 윗사람들이나 아랫것들이나 모든 공론이 우리 아씨의 손아래가 되는 것이 원통하다고들 하데요."

선랑이 웃으며 말했다.

"내가 10년간 청루의 기생 노릇을 하며 배운 것은 없지만 말귀는 약간 알아들을 줄 알지. 오늘 너의 농락은 받지 않겠다."

춘월은 낙심한 듯 더 이상 말이 없었다.

이때, 소청과 자연이 황 소저의 침실에 이르니, 황 소저가 기쁜 듯 웃으며 말했다.

"마침 우리 친정에서 꺽정이라는 민물고기를 보내와서 맛보려고 하는데, 춘월이와 도화는 음식 조리에 솜씨가 없어서 너희들을 청했으니 잠시 흔쾌히 수고해 주려무나."

두 몸종이 황 소저의 명에 대답하고 도화와 더불어 부엌으로 내려가서 먼저 국을 끓였다.

한편, 선랑은 춘월의 말이 극히 음흉하고 간사하여 자신의 동정을 살피려는 것인 줄을 알고 어이가 없어서 다만 등잔만 돋우며 말없이 앉아 있었다.

황 소저에게 간 두 몸종이 밤이 깊도록 돌아오지 않자, 춘월이 문득 말했다.

"소청과 자연이 한 번 가서는 소식이 없으니 제가 가보겠습니다." 하고 문을 열고 가더니, 춘월도 기척이 없었다.

선랑은 베개에 기대 이리저리 몸을 뒤척이며 잠을 이루지 못했다. 외롭고 쓸쓸하며 몹시 구슬프고 애달픈 심회를 이기지 못하고 있는데, 창 밖에서 홀연 발자취 소리가 났다. 두 몸종이 돌아오는가 보다하며 침상에서 다시 일어나 앉아 기다리고 있었다.

자신도 모르는 결에 한 마디 고함소리가 나며 소청과 자연이 방으로 달려들었다. 선랑도 놀라 급히 창문을 열고 보니, 춘월이 섬돌 아래 엎어져 있고 한 사내가 신발을 벗어 든 채 앞쪽의 담을 넘으려 하다가 몸을 돌려 사랑채 중문을 걷어차고 내달리는 것이었다.

춘월이 급히 일어나 크게 소리를 질렀다.

"별당에 수상한 사내가 들었어요!"

하고 쫓아갔다.

이때 마침 양 원외도 사랑채에서 잠들지 않았다가 크게 놀라 창문을 열고 보니, 과연 달빛 아래 옷차림새가 선명하고 기세가 호방하고 사나운 한 사내가 사랑채 담을 뛰어 넘고 있었다. 춘월이 따라가서 그 사내의 허리띠를 붙잡자, 그 사내는 뿌리쳐 끊고 달아났다.

양 원외가 급히 하인들더러 종적을 살피라고 했으나 이미 간 곳이 없었다. 양 원외가 하인들에게 명했다.

"필시 흉악한 도둑놈일 것이다. 너희들은 모두 잠자지 말고 밤새도록 순찰을 돌아라."

하고는 문을 닫고 취침코자 했다. 춘월과 하인들이 창 밖에서 지껄이는 소리가 들려왔다.

"도둑의 주머니에서 이상한 향취가 나니 틀림없이 재상 문중의 물건일 게다."

하므로 양 원외가 꾸짖어 물리쳤다.

춘월은 하인들과 문 밖으로 나가 사사롭게 그 주머니를 뒤져 보았다. 채색한 종이에 쓴 편지 한 장이 있으므로, 춘월이 희희 웃으며 말했다.

"그 사내는 틀림없이 글을 지을 줄 아는 도둑이로군. 이것이 도둑질한 문서일 것이니 내가 가져다 우리 부인께 보여드릴 것이다."
하고 안채로 들어갔다.

허 부인이 어찌된 연고인지 묻자, 춘월이 대답했다.

"아까 소청과 자연이 아씨의 침실에 와서 밤이 깊도록 놀다 돌아
갈 때 제가 바래다주려고 별당의 섬돌 아래에 이르렀습니다. 저도
모르는 결에 젊고 장대한 미남자 하나가 신을 벗어 들고 별당 침실
마루로 내려오다가 불문곡직 저를 발길로 차서 거꾸러뜨리고는 담
을 넘으려 하다가 몸을 돌려 사랑채로 내달려 그곳의 담을 넘었어
요. 제가 쫓아가서 그의 주머니를 떼고 보니, 이는 곧 하나의 사치
스러운 비단주머니였어요. 주머니 안에 종이가 있으니 마님께서 보
세요."

허 부인이 웃으며 말했다.

"이미 도둑을 쫓았는데 주머니 안의 물건을 보아 무엇 하겠느냐?"

그 말을 마치기도 전에 황 소저가 황망히 와서 허 부인에게 얼마
나 놀라셨느냐고 문안을 하니, 부인이 말했다.

"새아기는 어째서 잠들지 아니했느냐?"

"부중이 요란하기에 놀라서 깼는데 주변에서 잘못 말하기를, '마
님의 침실에 도둑이 들었다.'라고 하기에 더욱 놀라 급히 달려왔습
니다."

"그런 게 아니라 별당에 도둑이 들었다가 이미 쫓았으니, 새아기
는 마음 놓고 돌아가서 자거라."

황 소저는 새롭게 놀라며 춘월을 돌아보고 물었다.

"별당에는 재물이 없는데, 무엇을 훔치려고 도둑이 들었단 말이냐?"

춘월이 웃으며 대답했다.

"꽃이 향내를 풍기면 나비가 스스로 오는 것인데, 금은이나 비단만이 재물이겠어요?"

황 소저가 웃으며 물었다.

"네 손에 가지고 있는 것은 무엇이냐?"

춘월이 웃으며 주자, 황 소저가 받아 촛불 아래 펴보려고 했다. 허 부인이 웃으며 말했다.

"도둑의 물건을 규중의 여자들이 구태여 볼 것이 아닐까 한다."

황 소저는 낙심한 듯 도로 춘월에게 주고 즉시 윤 소저 침실에 이르렀다. 춘월이 다시 지껄이며 종이를 내어놓으려고 하자, 윤 소저가 정색을 하며 말했다.

"도둑의 주머니 속 물건을 나는 보고 싶지 않으니 바삐 집어 가거라."

황 소저는 윤 소저의 기색이 매우 위엄이 있고 정중하여 흔들리지 않을 것임을 알아채고 춘월을 보고 말했다.

"선랑이 외로운 처지로 낯선 집안에서 뜻밖의 변고를 당했으니 내가 위로해야겠다."

하고 별당으로 갔다.

선랑과 몸종들은 미처 혼백이 안정되지 않아 촛불 아래 둘러앉아 있었다.

황 소저가 선랑의 손을 잡고 눈물을 머금은 채 말했다.

"선랑이 이 집안에 들어와 다정한 곳은 보지 못하고 이러한 괴변을 당했는데 놀라지는 않았는가?"

선랑이 웃으며 대답했다.

"저는 천한 기생 출신이라 외간 남자들을 무수히 겪어 왔고 뜻밖의 풍파도 허다히 겪었으니 사소한 괴변에 어찌 놀라겠어요? 다만 아씨께서 저 때문에 과도하게 심려하시니 불안합니다."

황 소저가 잠자코 말이 없자, 춘월이 웃으며 말했다.

"집안에 도둑이 드는 것은 예사로운 일이지만, 도둑의 장물을 잡은 것은 저의 솜씨일까 합니다."

선랑이 물었다.

"장물이라니 무엇인가?"

춘월이 또 그 종이를 꺼내자, 황 소저가 꾸짖었다.

"황당무계한 물건을 퍼뜨려서 무엇하겠느냐? 빨리 불에 넣어 없애라."

선랑은 황 소저의 말이 수상함을 보고 춘월이 손에 쥐고 있는 종이를 빼앗아 보았다. 채색한 종이 한 장을 동심결로 묶어 봉하고 가늘게 글씨를 썼는데, 그 사연은 다음과 같았다.

'군자를 만나지 못하니 하루가 3년 같습니다. 가물거리는 외로운 등불 아래 저의 그리움은 아득합니다. 양 상서는 매정하여 이미 변방의 나그네가 되었습니다. 적막한 후원에 가을달이 둥글고 꽃이 담 머리에 떨어지니, 자주 님이 오시는 소리가 아닌가 의심합니다.

저는 양 상서에게 몸을 허락한 일이 없고 친구로만 사귀어, 황성에 온 것은 잠시 구경하기 위함입니다. 우리 두 사람의 평생의 굳은 약속은 심양강처럼 깊고 벽성산처럼 높습니다. 마땅히 별당의 대나무 사립문을 닫고 비파를 타며 푸른 솔과 대나무, 황국과 단풍으로 옛 인연을 이으려 합니다. 우리 사이의 다정한 이야기는 보름날 밤에 나눌 것을 바람지게에 기대 고대하겠습니다.'

선랑은 읽기를 마치고 태연한 얼굴로 말했다.

"이 편지는 도둑의 장물이 아니라 벽성선의 장물이네요. 아무튼 그리워하는 마음을 담은 편지가 기생들에게는 예사로운 일이니, 아씨께서는 괴이하게 여기지 마십시오."

황 소저는 어이없어 한 마디 대꾸도 하지 못하고 돌아왔다.

선랑은 황 소저와 춘랑을 보내고 혼자 누워 잠을 이루지 못하고 생각했다.

'내가 비록 청루에서 자랐으나 일찍 더러운 말이 귀에 이른 적이 없었는데, 이 어찌 운수가 사납고 복이 없는 일이 아니랴? 또 괴이한 것은, 내 글씨는 혹 모방할 사람이 있다고 하더라도 벽성산, 심양강과 별당에서 대나무 사립문을 닫고 상공과 누위 주고받은 말을 구태여 알 사람이 없거늘 이처럼 본 듯이 말하다니 간사한 사람의 조화를 이루 측량하지 못하겠구나.'

하고 자연 심사가 어지럽다가 문득 떠오르는 생각이 있었다.

'상공께서 출정하실 때 내게 어려운 일이 있으면 윤 소저와 상의하라고 하셨으니, 내일 마땅히 윤 소저를 만나 속마음을 말하고 변고에 대처할 도리를 물어보아야겠다.'

하고 날이 밝기를 고대하여 윤 소저 침실을 찾았다. 윤 소저가 반겨하며 말했다.

"선랑이 지난밤에 한바탕 소란을 겪었으니 몹시 심란하시겠소."

선랑이 근심스러운 표정으로 말했다.

"제가 상공을 따라 천 리 먼 길을 온 것은 사실 풍정을 탐해서가 아니라 달리 사모하는 마음이 있어서였습니다. 이제 이 댁에 들어온 지 며칠이 못 되어 더러운 소리와 해괴한 일이 아름다운 집안을 휘

저어 어지럽게 만들고 조용한 가문을 요란케 해서 후일 상공을 다시
뵐 낯이 없군요. 고향으로 돌아가고 싶지만 오가는 것을 제 마음대
로 결정할 수도 없고, 이곳에 남아 있으려니 후환이 끝이 없을 듯합
니다. 저는 변고에 대처할 도리를 모르겠으니, 아씨께서 분명하게
가르쳐주시기를 바랍니다."

윤 소저가 웃으며 말했다.

"내게 무슨 지혜와 식견이 있어 선랑에게 미치겠소마는 들으니,
'군자는 변을 당해서도 평상시처럼 행동한다.'고 하더군요. 내 몸을
닦고 내 뜻을 지켜 천명을 순순히 받아들일 따름이니, 선랑은 안심
하고 자신이 할 도리에 힘쓰면 될 것이오."

선랑은 마음속으로 탄복했다.

'윤 소저는 참으로 여중군자로다. 우리 상공의 좋은 배필이 아니
겠는가.'

그 생각을 미처 마치기도 전에 연옥의 말소리가 들려왔다.

"춘월은 거기서 무엇을 엿듣느냐?"

그 소리를 듣고 선랑은 서둘러 자신의 처소로 돌아갔다.

이때 황 소저는 선랑이 윤 소저의 침실로 찾아감을 알고 춘월을
보내 두 사람이 주고받는 말을 구경하다가 연옥에게 탄로된 것이었
다. 춘월은 웃으며 연옥의 손을 잡고 말했다.

"난 너를 찾아온 건데."

하고는 돌아가서 황 소저에게 선랑과 윤 소저가 주고받은 말을 일일
이 아뢰었다. 황 소저는 냉소하며 말했다.

"눈치가 빠른 윤 씨와 요사스럽고 악독한 기생년이 일의 기틀을
짐작하고 이처럼 모의하니 나 또한 대수롭지 않게 잡도리하지는 않

을 것이다.”

　하루는 선랑이 별당에 앉아 있는데, 홀연 한 노파가 들어오기에
물었다.
　“할미는 누구시오?”
　“이 늙은이는 방물장사라오.”
　자연이 달려 나가며 물었다.
　“고운 노리개가 있소?”
　“달같이 밝은 구슬과 별 같은 진주부채와 불같은 산호 구슬과 꽃
같은 칠보장도 등등 없는 물건이 없으니 마음대로 골라보시오.”
라고 하면서 차례로 내려놓았다. 자연이 물었다.
　“이건 무엇이오?”
하고 들어서 보니 구슬처럼 둥근데 향내가 코를 찔렀다. 노파가 대
답했다.
　“이건 나쁜 기운을 쫓는 벽사단이라오. 몸에 지니면 밤에 다녀도
도깨비가 나타나지 않고 전염병이 번져도 몸에 침범치 않지요. 규중
의 부인들께는 긴요치 않지만 몸종들은 저마다 가지는 것이니, 자네
도 사게나.”
하므로 자연이 한 개를 집어 선랑에게 보이며 사고 싶어 했다. 선랑
은 웃으며 한 개를 사서 주고 소청에게 말했다.
　“너도 가지고 싶으냐?”
　소청이 웃으며 말했다.
　“행동거지가 떳떳하다면 귀신이 어찌 나타나며, 운수가 불길하면
질병을 어떻게 면하겠어요? 저는 사지 않으려고 합니다.”

그 말에 선랑이 미소를 지었다.

자연이 벽사단을 들고 손에서 놓지 않고 소중히 여기는 듯하자, 소청이 꾸짖었다.

"쓸모없는 물건을 가지고 노느라고 세월을 보내니 내가 마땅히 빼앗아 버리리라."

하니, 자연은 겁이 나서 깊이 감추었다.

하루는 자연이 별당의 문 밖에 서 있는데, 춘월이 와서 같이 놀다가 웃으며 물었다.

"너 이상한 단약을 가지고 있다던데, 잠깐 구경 좀 하자."

자연이 저고리 속에서 그 단약을 꺼내 보여주니, 춘월이 희희 웃으며 말했다.

"이걸 어째서 저고리 속에 차고 있느냐?"

자연이 웃으며 대답했다.

"이걸 몸에 지니면 귀신이 침범하지 않고 질병에도 걸리지 않는다 하기에 감춰 두었어."

"나도 마땅히 한 개 사서 차야겠다."

이때는 8월 중순이었다. 잘 다듬어진 섬돌에 찬이슬이 내리고, 사방에서 풀벌레 우는 소리가 들려 남편이 전쟁터에 출정한 아낙네들의 처량한 심사를 돋고 있었다.

선랑은 무료하게 앉아 외롭고 쓸쓸한 마음을 털어놓을 사람이 없어서 등불을 끄고 침상에 누웠다. 소청과 자연 두 몸종들도 이미 잠이 든 뒤였다.

홀연 춘월이 와서 급히 문을 열라고 하는 것이었다. 선랑이 친히 일어나 문을 열어 주자, 춘월은 한 손에 초롱을 들고 방으로 들어와 황 소저의 말을 전했다.

"나는 갑작스레 병을 앓게 되어 침석에 몸져누웠으니 다시는 못 볼 것 같네."

라고 했다는 것이었다. 선랑이 놀라 물었다.

"아씨께서는 무슨 병환에 걸리셨기에 이같이 급한가?"

춘월은 한편으로 초롱을 내려놓고 소청과 자연 앞에 앉으며 대답했다.

"오늘밤 날씨는 청명하나 서풍이 쌀쌀해서 몹시 추운데 어떻게 본부에 간다지?"

하므로 선랑이 물었다.

"무슨 일로 가는데?"

"약을 지으러 갑니다."

"내가 지금 아씨를 찾아가 뵈어야겠네."

하고 선랑은 소청을 깨워 촛대에 불을 켜게 하니, 춘월이 말했다.

"첫 잠이 깊이 들었으니 천천히 깨우세요."

하고는 자기가 촛대를 찾아 불을 켜다가 꺼지자 왈칵 화를 냈다.

"'급히 먹는 밥이 목이 멘다'더니 헛말이 아니로군. 저는 바빠서 갑니다."

하고는 홀쩍 나가버렸다.

선랑이 즉시 소청을 깨워 다시 불을 켜라고 했다. 소청이 일어나 옷을 찾는데 저고리가 간 곳이 없었다. 어둠 속에서 찾느라 부산을 떨자, 선랑이 꾸짖으며 빨리 일어나라고 재촉했다. 소청은 황망하여 자연의 저고리를 입고 선랑을 따라 황 소저의 침실에 이르렀다.

황 소저는 침상에 누워 신음하다가 선랑을 보고는 반가워하며,

"예로부터 병든 사람은 정답고 친절한 사람을 생각한다더니, 선랑이 이같이 와서 문병을 해주니 다정하기도 해라."

선랑이 주변을 둘러보니 아무도 없는데, 화로에 약을 올려놓아 막 끓어 넘으려 하는 것이었다. 선랑이 황 소저에게 물었다.

"도화는 어디 갔습니까?"

"춘월은 본부에 보냈고, 도화는 밖에 나갔는데 오지 않으니 괴이하네."

선랑이 소청과 함께 약을 보니 이미 다 달여진 듯했다. 황 소저에게 약이 다 달여졌다고 하니 황 소저가 말했다.

"미안하지만 소청이더러 약을 걸러 달라고 해주게."

소청이 즉시 약을 걸러 황 소저에게 가져왔다. 황 소저는 벽을 향해 누워 있다가 고쳐 돌아누우며 미간을 찌푸리고 도화를 무수히 꾸짖었다. 그때 춘월이 들어와서 깜짝 놀라며 말했다.

"약을 누가 걸렀습니까?"

황 소저가 억지로 짜내는 듯한 목소리로 대답했다.

"나는 정신이 아득해서 어찌 된 것인지도 모르고 선랑과 소청이더러 걸러 달라고 했구나."

춘월이 한편으로 도화의 잘못을 꾸짖으며 한편으로 약을 식혀 황 소저에게 권했다.

황 소저는 마지못해 일어나 앉아 그릇을 들어 마시려고 하다가 얼굴을 찌푸리고 고개를 돌리며 말했다.

"이번 약은 괴이한 냄새가 비위에 거슬리는구나."

춘월이 말했다.

"약이 써야 병이 낫는답니다. 아씨께서는 대인과 마님의 심려하심을 생각하여 마시셔요."

황 소저는 다시 약을 들어 입에 대더니 그릇을 땅에 떨어뜨리고 침상 위에 엎어져 정신을 잃고 말았다.

선랑과 소청이 놀라서 붙들려고 하는데, 춘월이 발을 구르고 가슴을 두드리며 말했다.

"우리 아씨께서 중독되신 게 틀림없네."

하고는 머리에 꽂고 있던 은비녀를 빼내어 약에 담그자 순식간에 푸른빛으로 변하는 것이었다. 춘월은 크게 소리를 질러 도화를 불렀다. 도화가 허둥지둥 들어오자, 춘월은 손뼉을 치며 대성통곡을 했다.

"너는 그 사이 어디를 가서 우리 아씨를 독인 수중에 넣어 이 지경이 되게 했느냐?"

하고는 소청이 몸을 뒤져 남은 약을 보자고 했다. 소청은 어이가 없어서 옷을 벗으며 울음을 터뜨렸다.

"하늘이 우리 아씨와 나를 죽이려 하신다면 어떻게 하시지 못해서 이런 경우를 당하게 하시는가?"

하고 저고리를 벗었다. 그러자 환약 한 봉지가 옷 틈에서 떨어지는 것이었다.

춘월은 그 독약을 집어 들고 길길이 뛰며 말했다.

"우리 아씨께서 적의 간사한 꾀를 모르시고 충심으로 대접하셨는데 이런 일을 당하셔서 청춘에 원혼이 되셨구나. 하늘이시여, 차마 어찌 이렇듯 하십니까?"

하고는 도화를 돌아보며 말했다.

"소청과 그 주인은 우리와는 원한이 깊이 사무친 원수 간이니, 단단히 붙들어 놓치지 마라."

하고 허 부인의 침실에 이르러 울며 황 소저가 중독되었다고 아뢰

었다.

허 부인이 깜짝 놀라 바로 윤 소저의 침실로 가서 그녀를 데리고

황 소저의 침실에 이르렀다.

선랑은 침상 아래 넋이 나간 듯이 앉아 있고, 도화는 소청을 붙들

고 서 있었다. 윤 소저가 온 것을 보고 선랑의 눈물이 비 오듯 흘러

내렸다.

윤 소저는 그 정경이 참혹하게 여겨져 차마 바로보지 못했다. 그

녀도 눈물을 머금은 채 고개를 숙이고 황 소저 앞에 나아가 몸을 만

져보니 체온이 고른 것이 평소와 다름이 없었으나 숨을 헐떡거리는

것이 마치 목숨이 경각에 달린 듯 위태로웠다.

윤 소저가 말없이 물러서니, 허 부인이 침상 앞에 나아가 물었다.

"새아가야, 하룻밤 사이에 이 무슨 변고냐?"

황 소저는 대답이 없이 헛구역질을 하며 흐느끼기만 했다. 허 부

인이 주위 사람들에게 말했다.

"부산스럽게 굴지 말고 새아기를 잘 보살펴 마음을 안정시켜 회생

하게 해라."

그러자 춘월이 대성통곡하고 선랑에게 달려들며 말했다.

"네가 우리 아씨 탕약에 독을 풀고 무슨 낯으로 이 자리에 앉아

있느냐?"

하고 끌어내리려 하니, 윤 소저가 정색을 하며 말했다.

"춘월이는 무례하게 굴지 마라. 죄가 있는지 없는지는 위로 어머

님이 계시고, 신분으로 보자면 선랑은 상공의 소실인데, 네 어찌 이

처럼 당돌하게 구느냐?"

말을 마치는 윤 소저의 기색이 추상같으므로, 춘월과 도화 오싹함을 느끼고 물러섰다.

허 부인과 윤 소저가 반나절 가량 앉아서 황 소저의 동정을 살폈으나 특별히 위태로운 증상은 없었다.

허 부인이 돌아가자 윤 소저는 선랑에게 눈짓을 하여 소청을 데리고 허 부인의 침소로 갔다. 양 원외가 들어와서 대강의 곡절을 듣고 즉시 황 소저의 침실로 가서 맥을 짚어본 뒤 춘월과 도화를 불러 분부했다.

"너희 둘은 다만 아씨를 보호하는 데만 신경을 쓰거라. 만일 제멋대로 요란하게 군다면 엄하게 다스릴 것이다."

하고는 도로 허 부인의 침실로 갔다. 허 부인이 묻기를,

"둘째 새아기의 동태가 어떻던가요? 집안의 법도가 이처럼 어그러져 어지러우니, 상공께선 어찌 처리하시렵니까?"

하자, 한동안 생각에 잠겨 있던 양 원외가 말했다.

"둘째 새아기가 비록 중독되었다고 하지만 다행히 탈이 없는 듯하니, 다시 생각을 해봐야겠소."

이때, 황 소저는 간교한 계교와 간악한 수단으로 선랑을 모해하려고 시부모를 놀라게 하고 눈엣가시를 없애려고 자신의 목숨을 돌아보지 않으니, 이 어찌 오랜 세월 동안 두고두고 부녀자들에게 경계할 일이 아니겠는가?

일부러 침상 위에서 일어나지 않고 집안의 동정을 넌지시 탐지해보았으나 상하 모든 사람들이 선랑을 의심하는 것 같지 않다. 황

소저는 애가 타는 듯하고 분기가 가슴속에 가득 차올랐다. 그녀는 춘월을 친정에 보내 늙어서 정신이 흐려진 부친을 위험한 말로 두려워하게 했다. 춘월이,

"벽성선이 독약으로 아씨를 죽이려 했사오나 양 씨 댁 사람들이 모두 간악한 벽성선과 한통속이 되어 도리어 아씨를 의심하옵니다."

하니, 황 각로가 크게 노하여 즉시 하인 10여 명을 거느리고 길을 가득 메우며 양부로 달려갔다. 양 원외를 보고는 분하고 원통한 듯 말했다.

"이 늙은이가 오늘 딸아이의 원수를 갚고자 왔으니 사돈은 간악한 인간을 집안에 두지 말고 빨리 내놓으시오. 내가 비록 미욱하지만 한낱 천한 기생을 살리고 죽이는 권한은 이 손 안에 있소이다."

양 원외가 웃으며 말했다.

"승상의 말씀이 지나치시오. 이는 저의 집안일입니다. 제가 불민하지만 스스로 처리할 일이지요. 따님도 탈이 없으니 너무 걱정하시지 않아도 됩니다. 승상께서 근거 없는 말을 믿으시고 이처럼 잘못 생각하시는 것은 도리어 따님을 사랑하시는 도리가 아니라고 생각합니다."

그러자 황 각로는 잠꼬대처럼 중얼거렸다.

"사돈의 말씀과 같다면 죽은 것은 아닌가 싶으니, 이 늙은이가 잠깐 보고자 합니다."

양 원외가 허락하고 즉시 안채에 통지한 후 황 각로를 인도하여 황 소저의 침실에 이르렀다. 황 소저는 고의로 침상에서 눈을 감고 마치 기색이 끊어진 듯이 하고 있었다. 황 각로가 그 앞으로 나아가 몸을 만지며 불러 말했다.

"애야, 이게 무슨 일이냐? 네 아비가 여기 왔으니 눈을 떠 보거라."

황 소저는 갑자기 구역질을 하며 목구멍으로 기어들어가는 듯한 말로 대답했다.

"소녀가 불효하여 부모님께 이렇게 걱정을 끼쳐 드리는군요. 아버님께서는 너무 걱정하지 마세요."

황 각로가 딸을 위로했다.

"춘월이가 망령되이 잘못 알고 급보를 전하기에 급히 왔는데, 네가 살아 있는 걸 보니 천만 다행이로구나. 간악한 인간에 대한 처치는 너의 시집에서 알아서 처리할 것이지 늙은 아비가 할 일은 아닌가 싶다. 출가한 여자는 시집이 소중한 곳이니, 내가 어찌 하겠느냐?"

황 소저가 눈물을 흘리며 목이 메어 말했다.

"소녀가 이 지경이 되었으니 죽고 사는 것은 예삿일입니다. 잠깐 친정에 가서 악독한 사람의 화를 면했으면 합니다."

황 각로가 양 원외에게 친정으로 데려가겠다고 하자, 원외는 허락하여 보냈다.

양 원외가 허 부인과 윤 소저를 보고 말했다.

"이 일을 어찌 처리하면 좋으랴?"

허 부인이 한숨지으며 말했다.

"제가 대강 알아보니, 한 사람의 죄를 벗기려 하면 한 사람의 허물이 나타나고, 한 사람의 허물을 덮고자 하면 한 사람의 죄가 불쌍하니, 상공께서는 깊이 헤아리셔서 처리하세요."

양 원외가 고개를 끄덕이며 말했다.

"나도 짐작한 바였소. 마땅히 창곡이 돌아오는 것을 기다려 처리하겠소."

이때, 위 부인은 뱀이나 전갈처럼 사악한 성품과 귀신이나 불여우 같은 심사로 투기하는 딸을 도와 간특한 계교를 행하다가 뜻대로 되지 않자 더욱 사납고 악독함을 이기지 못했다. 황 각로를 격동시켜 황상께 아뢰어 큰일을 저지르려 했다.

황 각로는 마지못해 황제에게 아뢰었고, 그 말을 들은 황제가 윤 각로에게 묻자, 윤 각로가 대답했다.

"저도 들었사오나 규중에서 일어난 일을 조정에서 간섭할 일은 아니라 여겨 아뢰지 못했습니다. 이제 물으시니 신의 어리석은 소견을 아뢰자면, 창곡이 돌아옴을 기다려 처리하심이 옳을까 하옵니다."

황제가 그 말이 옳다고 하자, 황 각로는 어쩔 도리가 없어서 궁궐을 나와 윤 각로를 탓했다.

"형께서는 그저 천한 기생만 알고 훗날 따님에게 근심이 되리라는 것을 생각하지 않으니, 어찌 먼 앞일을 내다보지 않으신단 말이오?"

윤 각로는 웃으며,

"제가 비록 불민하나 벼슬이 대신의 반열에 있지 않습니까? 어찌 사사로운 정을 위해 조정의 일을 어지럽힐 수가 있겠습니까? 지금은 양 원수가 없는데다 우리는 모두 양부와 사돈 간이니 그 집안의 분란을 조용히 잠재우는 것이 옳겠지요. 이렇듯 일을 더욱 키우려 하시니, 저는 그게 옳은지 모르겠습니다."

라고 하자, 황 각로는 오히려 분하고 원통하게 여겼다.

이때, 선랑은 죄인으로 자처하여 별당의 방을 두고 행랑채의 곁방에 짚으로 된 거적자리를 깔고 삼베이불을 덮고 지냈다. 세수하고 머리 빗는 일도 폐하고, 소청 자연 등 몸종들과 서로 의지하여 대문

밖으로 나가지 않았다. 슬프고 괴로워하는 그 모습과 초췌한 모양을
집안사람들이 모두들 불쌍하게 여겼다. 비록 원통함을 알면서도 그
녀의 처지를 생각하고 말리지는 않았다.

　슬프다! 남은 재앙이 다하지 않고 하늘이 무심하여 한때의 분란이
다시 일어나는구나.

　이때, 양 원수가 남만을 격파하고 회군하여 온다는 승전보고서가
황성에 이르자, 위 부인이 황 소저를 보고 말했다.

　"이것은 좋은 소식이 아니다. 너는 장차 어찌하려고 하느냐? 악한
물건이 독기를 품은 지 오래인데 양 원수가 집으로 돌아오면 그 보
복이 어디까지 이르겠느냐?"

　황 소저가 고개를 숙일 뿐 대답이 없자, 춘월이 웃으며 나섰다.

　"봄이 다하면 가을이 돌아오고, 그릇이 가득 차면 기울어져 엎어
지는 것은 예사로운 일이지요. 부인께서는 애초의 계교를 어긋나게
하여 무익한 심려를 허비하지 마세요."

　위 부인이 한숨 지며 말했다.

　"춘월아, 너는 아씨의 심복인데 어찌 목숨이 달린 환란에 남의 말
하듯 하는 게냐? 아씨는 천성이 연약하여 멀리 보지 못하는데 너는
어찌 묘한 계책을 말하지 않는 게야?"

　"속담에 이르기를, '풀을 벨 때는 뿌리째 뽑으라.'고 합니다. 마님
께서 화근을 감춰 두시고 방법과 계략을 물으시는데 제가 어쩌겠어
요?"

　그러자 위 부인은 춘월의 손을 잡으며 말했다.

　"그게 바로 내가 근심하는 일이다. 이제 어찌하면 뿌리째 뽑겠

느냐?"

"지금의 분란이 결말이 나지 않는 것은 선랑을 이 세상에 살려두었기 때문입니다. 마님께서 만일 자금을 아끼지 않으신다면, 제가 마땅히 온 황성 안을 다니면서 자객을 사서 없애버릴까 합니다."

그 말을 들은 황 소저가 생각에 잠겼다가 말했다.

"그건 너무 일을 크게 벌이는 것이지. 두 가지 이유로 안 되겠다. 깊고 삼엄한 재상 댁에 자객을 보내는 것은 너무 쉽게 생각하는 것이니, 첫 번째 안 되는 이유다. 내가 선랑을 모해하는 것은 그녀의 아름다움을 시기하고 은총을 질투하는 데 지나지 않아. 이제 자객을 보내 목을 베자면 그 흔적이 어지럽게 남아 뜻을 이루더라도 보고 들은 사람들의 이목을 어떻게 피할 것이냐? 이것이 안 되는 두 번째 이유니, 너는 다른 계교를 생각해 보거라."

춘월이 냉소하며 말했다.

"아씨께선 저렇게 겁을 내시면서 어떻게 별당에 사내를 들여보내셨고, 독약을 구해서 죄 없는 사람을 음해하셨나요? 제가 듣자니, 선랑은 죄인을 자처하여 거적자리에 베 이불로 지내며 초췌한 안색과 가련한 자태로 원수께서 집에 돌아오시기를 손꼽아 기다린다고 합니다. 원수께서 비록 대장부의 철석같은 간장을 지니셨다고 하더라도 자나 깨나 잊지 못하고 신혼의 정이 미흡하던 총희가 그 몰골로 있는 것을 보신다면 어찌 마디마디의 창자가 끊어지고 도려내는 듯 살점이 아픈 것을 느끼시지 않겠어요? 가여운 마음이 가는 곳에 인정이 생기고 처량한 가운데 사랑하는 마음이 더해지는 것이지요. 슬프다! 아씨의 신세는 그때부터 소반 위에 구르는 구슬 신세가 되실 겁니다."

황 소저의 얼굴이 갑자기 파래지며 뚫어져라 춘월을 쏘아보자, 춘월이 다시 말했다.

"선랑은 참으로 당돌한 여잡니다. 요즘 하는 말이, '황 씨가 아무리 지혜가 많아도 근원이 없는 물과 같다. 동해가 변하고 태산이 무너질지언정 양 원수와 벽성선의 애정의 뿌리는 쇠나 돌처럼 변치 않을 것이다.'라고 합디다."

그러자 황 소저는 왈칵 성을 내며 말했다.

"천한 기생년을 이 세상에 두고는 차라리 내가 이 세상에 있지 않으리라."

하고 즉시 거금을 내어 춘월에게 주며 말했다.

"서둘러 계획대로 실행해라."

춘월은 변장을 하고 황성 안을 두루 다니며 자객을 찾았다.

하루는 늙수그레한 여자 하나를 데리고 와서 위 부인에게 인사를 시켰다. 위 부인이 그녀를 보니 키가 다섯 자에 지나지 않고 백발이 귀밑을 덮고 있었다. 별같이 반짝이는 눈에는 맹렬한 기운이 어려 있었다. 위 부인이 주변 사람들을 물리치고 조용히 물었다.

"자네는 나이가 몇 살이며 이름은 무엇인가?"

"천한 나이는 일흔이요, 제 이름은 기억하셔야 쓸 데 없습죠. 평생에 의기를 좋아하여 불쾌한 일을 들으면 신속히 처리하는 기풍을 사모해 왔답니다. 지금 춘랑의 말을 들으니, 마님과 아씨의 처지가 몹시 가엾게 여겨져서 한번 힘을 다해 불평한 심사를 풀려고 합니다. 남을 살해하여 원수를 갚는 일은 중대해서 조금이라도 옳지 않은 방법으로 속이는 일이 있으면 도리어 그 화를 받게 되니, 마님께서는 다시 생각해 보십쇼."

위 부인이 탄식하며 말했다.

"자네는 의기가 있는 사람이로군. 어찌 잡된 생각으로 남의 목숨을 해치겠나?"
하고는 술과 안주를 가져다 대접하며 품고 있는 생각을 대강 말해주었다.

자객이 듣고 한편으로 눈을 흘겨 위 부인의 기색을 살펴보고는 웃으며 말했다.

"정말 그러시다면 거리낄 바가 없지요. 이미 춘랑에게 들은 얘기니 며칠 뒤에 마땅히 칼을 가지고 오겠소."

위 부인은 크게 기뻐하며 우선 백 냥의 돈으로 정을 표하려고 하니, 자객은 받지 않으며 말했다.

"돈 받는 건 급하지 않으니 성공한 뒤에 주시지요."

며칠 뒤 자객은 작은 칼을 몸에 지니고 먼저 황부에 이르렀다가 밤을 틈 타 양부로 갔다. 춘월에게 선랑이 있는 곳을 자세히 듣고 자취를 은밀하게 하여 담을 넘어서 선랑의 거처에 이르렀다.

침실로 드나드는 문은 고요히 닫혀 있고, 그 옆으로 작은 창이 있는데 촛불의 그림자가 은은히 비치고 있었다. 창틈으로 몰래 엿보니 두 몸종들은 촛불 아래 잠들었고, 한 미인이 침상 위에 누워 있었다. 자세히 보니 거적자리에 때 묻은 의상과 파리한 얼굴이 매우 초췌함에도 아리따움을 감출 수가 없었다. 몽롱한 봄 졸음에 눈을 감고 있었다. 끝없는 근심으로 찡그린 표정이었으나 양대 운우의 초 양왕처럼 남녀 간의 사랑하는 꿈을 꾸는 것이 아니라 멱라강 주변을 배회하던 굴원과 같은 수심을 띠고 있으므로, 자객은 의아하여 마음속으로 생각했다.

'70년 된 늙은 눈이 세상의 여러 가지 일들을 겪어 온지라 세상 사람들의 마음과 세상 물정을 한 번 보면 짐작할 수 있는데, 어찌 저런 미인에게 그런 행실이 있으랴?'
하고는 다시 창틈을 뚫고 둘러보았다.

그 미인이 홀연 탄식과 함께 돌아눕는데, 옥 같은 팔을 내어 이마 위에 얹고 다시 잠이 드는 것이었다. 자객이 별 같은 눈을 깜빡이지도 않고 계속 찬찬히 살펴보니, 해진 비단 적삼의 소매가 반쯤 걷히고 빙설처럼 맑고 흰 팔뚝이 반이나 드러나 있었다. 그 팔에는 붉은 점 하나가 촛불 아래 또렷했다. 구름 낀 하늘의 단정학이 이마를 드러내고 피를 토하며 우는 두견새의 원혼이 붉은 피를 토한 듯 예사롭게 붉은 점이 아니라 앵혈임이 분명했다.

자객은 간담이 서늘하고 마음이 떨려서 칼을 들고 생각하기를,

'여자들의 투기는 예로부터 있었으나, 증자가 살인을 했다고 거짓을 말한 것이나 오기가 불효했던 것은 내가 불쾌하게 여기는 일이다. 평생에 의기를 좋아하다가 이런 사람을 구하지 않으면 녹록한 여자가 되고 말 것이다.'
하고는 바로 칼을 들고 침문을 열고 들어서니, 그 미인이 놀라 일어나며 몸종들을 불렀다. 자객은 웃으며 칼을 던지고 말했다.

"낭자는 놀라지 마시오. 중국 전한 때 양효왕이 보낸 자객이 중랑 벼슬을 한 원앙을 구하지 않았다는 사실을 어찌 아셨소?"

선랑이 물었다.

"그대가 이미 급하고 어려울 때 황 소저를 도와주는 친구로 왔다면 어째서 내 머리를 가져가지 않는 것인가?"

"이 늙은이의 생각은 천천히 들으시고 낭자의 처지나 잠깐 말해보시오."

선랑이 웃으며 말했다.

"그대는 사람을 죽이려 하면서 어찌 곡절을 묻는 것이오? 나는 이 세상에서 사람이 지켜야 할 도리를 범한 죄인이오. 무슨 다른 말이 필요하겠소?"

자객이 한숨을 쉬며 말했다.

"낭자의 생각은 그 정도만 들어도 알겠소. 이 늙은이는 본디 낙양 사람이라오. 젊은 시절 청루에 놀면서 검술을 배웠는데, 늙고 보니 찾아오는 사람도 없이 쓸쓸하고 풍정이 적습디다. 다만 한 가지 감개한 마음이 남아 자객단에 몸을 의탁하여 사람을 죽여 원수를 갚아주기를 일삼았지요. 황 씨 집 늙은 할미의 말만 듣고 거의 죄가 없는 미인을 해칠 뻔했소."

선랑이 반기며 말했다.

"저도 낙양의 청루에서 놀던 사람이오. 팔자가 기박하여 강주에 떠돌아다니다가 이곳에 이르렀지요. 노류장화의 천한 신분으로 소실의 책임을 감당하지 못해 둘째 아씨께 죄를 지은 것이랍니다. 의리 있는 분의 칼끝에 죽어 외로운 넋이 되는 것이 마땅한데, 그대가 용서를 하는 것은 잘못이오."

자객이 다시 깜짝 놀라며 물었다.

"그렇다면 낭자의 이름이 혹시 벽성선이 아니신지요?"

"그대가 어찌 내 이름을 아시오?"

자객은 선랑의 손을 잡고 눈물을 머금으며 말했다.

"이 늙은이가 낭자의 이름을 우레같이 들었고, 낭자의 빙설 같은 지조는 거울같이 비췄답니다. 황 씨 집안의 투기가 하늘을 속이고 귀신을 속여 요조숙녀를 이처럼 모해하는군요. 이 늙은이의 수중에 서리 같은 칼날은 무뎌지지 않았소. 요망하고 악독한 할미와 간악한 딸의 피를 묻혀 검신을 위로할 것이오."

하고는 분연히 나가는 것이었다. 선랑이 자객의 소매를 잡고 말했다.

"그대의 말이 잘못이오. 본처와 첩의 분별은 군신과 같으니, 어찌 그 신하를 위해 임금을 해치겠소? 이는 의로운 사람의 할 일이 아니지요. 그대가 만일 고집을 피운다면 내 목의 더러운 피를 그대의 칼에 묻힐 것이오."

말을 마침에 기색이 당당하여 가을에 내리는 서리처럼 서슬이 푸르고, 하늘에 떠 있는 해처럼 떳떳했다. 지객이 다시 탄식하며 말했다.

"낭자의 명성은 헛되이 퍼진 것이 아니라 하겠소. 내가 10년 동안 갈고 닦은 한 칼을 황부에서 시험할 수 없어 마음속이 몹시 평안하지 않으나 낭자의 낯을 보지 않을 수가 없소. 낭자는 천만 보중하시오."

하고는 칼을 들고 표연히 나갔다. 선랑은 재삼 당부했다.

"그대가 만일 둘째 새아씨를 해치면 그날로 내 목숨도 다할 것이니 그리 아시오."

자객이 미소를 지으며 말했다.

"이 늙은이가 어찌 두 말을 하겠소?"

자객이 칼을 잡고 다시 담장을 넘어 황부에 이르니, 이때 이미 동방이 밝아왔다.

춘월과 황 소저가 조바심을 치며 앉아 있다가 자객이 오는 것을 보고 춘월이 달려 나오며 물었다.

"어찌 그리 더딘가? 천한 기생년의 머리는 어디에 있소?"

자객이 깔깔거리며 웃고 왼손으로 춘월의 머리채를 풀어헤쳐 단단히 잡고는 오른손으로 서리 같은 칼을 들어 위 부인을 가리키며 늙은 눈을 흘겨 한참 보다가 크게 꾸짖었다.

"간악한 늙은 할미가 편협하게 질투심이 많은 딸을 도와 아름답고 정숙한 여자를 모해하다니, 내 수중의 석 자 비수가 네 머리를 자르려고 했는데 선랑의 지극한 충심에 감동하여 용서하리라. 선랑의 지조와 절개는 밝은 해가 비추는 것과 같으니, 푸른 하늘이 아시는 일이다. 10년을 청루에서 지내면서도 한 점 앵혈이 남아 있는 것은 예로부터 없던 일이다. 너희들이 선랑을 다시 모해하면 내가 비록 천만 리 밖에 있어도 이 칼이 용서치 않을 것이다."

하고 말을 마치자 춘월을 끌고 대문 밖으로 나가는 것이었다.

황부의 상하 모든 사람들이 깜짝 놀라 소란을 일으켰다. 수십 명의 하인들이 일제히 내달려서 자객을 잡으려 하자, 그녀가 돌아보며 말했다.

"너희들이 만일 나를 범하면 이 여자를 먼저 찌를 것이다."

라고 하니 주변의 하인들이 감히 손을 쓰지 못했다.

자객은 춘월을 끌고 큰길가로 나가 크게 외쳤다.

"천하에 의기 있는 사람들은 이 늙은이의 말을 자세히 들으시오. 나는 자객이오. 황 각로 부인 위 씨가 간악한 딸을 위해 몸종 춘월이를 변장시켜 나를 천금에 사서 양 승상의 소실 선랑의 머리를 베어오라 했소. 내가 양부에 가서 창틈으로 선랑의 침실을 엿보니, 선랑이 거적자리와 베 이불에 남루한 의상으로 촛불 아래 누워 있었소. 우연히 보니 팔뚝 위에 앵혈이 지금까지 또렷했소. 내가 평생토록 의기를 좋아하다가 간사한 사람의 말을 잘못 듣고 아름답고 정숙한 여인을 살해할 뻔했소. 이 어찌 모골이 송연치 않았겠소? 내가 그 칼로 위 씨 모녀를 죽여 선랑의 화근을 덜까 했는데, 선랑이 지성으로 말렸소. 말이 강개하고 의리가 삼엄했다오. 슬프다! 10년이나 청루에서 지내면서 앵혈이 분명한 여자를 행실이 음란하다 하는가 하면, 원수인 것도 잊고 정실과 첩의 본분을 지키는 정대한 부인을 도리어 간악한 사람이라고 하니 어찌 한심하지 않겠소? 내가 선랑의 충심에 감동하여 위 씨 모녀를 용서하고 그냥 가거니와 만일 이후에 다시 선랑의 결백함에 대해 듣지 못한 자객이 위 씨의 천금을 탐내서 선랑을 해치려는 자가 있으면 내가 마땅히 듣고 보아 알 수 있을 깃이오."

하고 이에 칼을 들어 춘월을 가리키며 말했다.

"너는 천한 것이라 말할 것도 없지만 너도 오장육부를 가진 사람이니 밝은 태양 아래 선랑같이 현숙한 미인을 어찌 차마 모해한단 말이냐? 너를 이 칼로 없애려 하다가 다시 생각해보니 나중에 황씨가 사람을 죽이는 흉악한 짓을 한 과정을 증명할 곳이 없을까 해서 한 가닥 남은 목숨을 붙여 두고 가는 것이니 그리 알라."

하고 서리 같은 칼날이 한 차례 번득이며 춘월은 땅에 엎어지고 자객은 간 곳이 없었다. 모두들 깜짝 놀라 춘월을 보니 흐르는 피가 낭자한 가운데 두 귀와 코가 없어졌다.

그 뒤로 자객에 관한 풍문이 황성 안에 자자해져서, 선랑의 원통하고 억울함과 황 씨의 간악하고 악독함을 모르는 사람이 없었다.

한편, 하인들이 춘월을 업고 집안으로 들어가니, 이때 위 씨와 황 소저는 자객의 기세를 보고 몹시 두려워서 마음이 거북하던 차에 춘월의 모양을 보고 더욱 크게 놀라 바삐 약을 주어 구호하라 하고는 더욱 절통하여 황 각로를 보고 말을 꾸며댔다.

"어젯밤 3경에 한 자객이 저희 모녀가 자는 침실에 들어왔다가 춘월에게 쫓겨서 저희 모녀는 목숨을 보전했으나 춘월은 저 지경이 됐으니 좀 보세요. 이는 선랑이 보낸 자객이라고 하더군요."

황 각로가 깜짝 놀라 물었다.

"그 자객을 선랑이 보냈다는 걸 어찌 알았소?"

위 씨가 대답했다.

"저도 어찌 알겠소마는 봄 꿩이 스스로 울어 자취를 드러내듯이, 그 자객이 돌아가는 길에 외치기를, '나는 황 씨를 구하러 온 자객으로 선랑을 죽이려고 양부에 갔다가 선랑의 무죄함을 알고 도리어 황 씨 모녀를 해치려고 왔다.'라고 했으니, 이 어찌 천한 기생의 요망하고 악독한 계교가 아니겠어요? 그것이 이제 자객을 보내 뜻을 이루면 저희 모녀를 없앨 것이요, 불행히도 성공하지 못하면 흉포하다는 명목으로 도리어 저희 모녀에게 뒤집어씌우려는 것이 아니겠습니까?"

황 각로는 그 말을 듣고 크게 노하여 한편으로는 형부에 기별하여 자객들을 검문하고 어전에 아뢰어 선랑의 문제를 처리하려고 하니, 위 씨가 말렸다.

"전날 상공께서 선랑의 일을 황상께 아뢰어 마침내 엄한 명령을 얻지 못한 것은 다름이 아닙니다. 그 말씀이 사사롭거나 한쪽으로 치우치고 공평하지 못해서 조정에서 모두들 사사로움이 있음을 의심한 것입니다. 이제 상공의 높은 지위와 점잖음으로 구구한 생각을 여러 번 자꾸만 아뢰는 것은 안 될 듯하옵니다. 간관으로 있는 왕세창은 저의 이질입니다. 조용히 불러 일이 되어가는 중요한 기틀을 하나하나 말씀하시면, 이는 법률과 기율에 관계되는 일이요, 풍습의 교화를 손상시키는 일입니다. 한 장의 표문을 올려 기강을 바로잡는 것이 또한 간관의 직책이라고 생각합니다."

황 각로는 옳게 여겨 즉시 왕세창을 청하여 의논했다. 왕세창은 본디 마음속에 일정한 줏대가 없고 주견이 없는 자였다. 응낙하고 갔다.

위 씨는 다시 가 궁인을 조용히 청하여 춘월을 보여주며 자초지종을 아뢰었다. 가 궁인이 듣고 크게 놀라 바로 태후궁에 들어가 황주의 괴변과 이 씨의 말을 자세히 아뢰었다.

"황 씨가 비록 부덕이 없다고는 하지만, 벽성선의 간사함도 없지 않은 것 같습니다. 위 씨는 마마께서 불쌍히 여기시어 돌보시는 사람입니다. 이러한 일을 당하여 어찌 굽어 살피지 않으시렵니까?"

그러나 태후는 그렇지 않다며 말했다.

"한 쪽의 말만 어찌 믿겠느냐?"

이튿날 왕세창이 한 장의 표문을 올렸는데, 그 내용은 다음과 같았다.

'풍속의 교화와 법률로 기율을 지키는 것은 중요한 정무입니다. 지금 출전 중인 원수 양창곡의 기생 출신 첩 벽성선이 음란한 행실과 교활하고 간사한 계획을 꾸며 정실부인을 살해하려 했습니다. 처음에는 독약으로 시도했고, 곧 이어 자객을 보내 승상 황의병의 부중에 들어가서 잘못 알고 몸종을 찔러 숨이 끊어질 지경에 이르렀습니다. 들리는 소문이 해괴한데다가 사태가 흉악하고 참혹함은 말할 것도 없고, 첩들이 정실부인을 모해했으니 이는 풍속 교화가 손상을 입은 것입니다. 자객이 규방에 아무 거리낌 없이 드나들었으니, 이는 법에 따른 기율이 지켜지지 않았다는 것입니다. 엎드려 바라옵건대, 폐하께서는 형부에 명하시어 우선 자객을 추포하시고, 또한 벽성선의 죄를 다스리시어 풍속교화의 기강을 세우소서.'

　황제가 크게 놀라 황 각로를 보고 물었다.
　"이는 경의 집안일인데 어찌 말하지 않았는가?"
　황 각로가 머리를 조아리며 아뢰었다.
　"신이 죽음을 앞둔 나이에 외람되이 대신의 반열에 있으면서 물러가지 못하고 자주 집안의 일을 감히 폐하께 상주할 수가 없어서 그리 되었나이다."
　황제가 생각에 잠겼다가 말했다.
　"비록 일반 백성의 집이라도 자객이 드나드는 것은 놀라운 일이거늘 하물며 원로대신의 집에 이러한 변고가 있다니? 자객의 종적이 은밀하니 창졸간에 잡기는 어려울 게요. 그 누가 보낸 자객인지를 어떻게 조사해서 밝힐 것인가?"
　"신이 지난날 벽성선의 일로 폐하께 아뢴 일이 있었는데, 조정의 의론은 신이 옳지 않은 방법으로 속인 것이 아니냐고 의심했습니다. 흰 머리를 흩날리는 신이 어찌 규중 부녀자들의 자질구레한 일로 폐하를 번거롭게 할 수 있겠습니까? 벽성선의 간악한 정상은 황성 안에 자자하옵고, 오늘 자객의 변고 또한 벽성선이 보낸 것이니 따로 조사할 것도 없을까 하옵니다."

하고는 말을 이었다.

"자객의 입으로 벽성선이 보낸 것이라고 하여 황성 안 백성들로 모르는 자가 없사옵니다."

황제가 진노하여 하교했다.

"투기하는 일은 더러 집집마다 있는 일이나 어찌 자객과 짜고 이같이 어지럽힐 수가 있는가? 우선 자객을 추포하고 벽성선은 양부에서 쫓아내라."

그러자 관리들을 감찰하는 전전어사가 아뢰었다.

"벽성선은 이미 양부에서 쫓겨났으나 어디에 두어야 할지 모르오니 근이부에 가둘까 하옵니다."

황제가 한동안 생각에 잠겼다가 답했다.

"그것은 다시 처분할 것이니 벽성선의 일은 그만두고 자객부터 추포하라."

황제는 조회를 파하고 태후궁에 이르러 한담을 나누다가 벽성선의 일을 말하고는 그 처치가 난처함을 말했다. 태후는 미소를 지으며,

"이 늙은이도 들었소이다. 이는 규중에서 투기심 때문에 비롯된 일에 지나지 않습니다. 잘잘못을 가리는 일이 비록 크게 벌어졌으나 자질구레한 곡절과 모함하고 비방하는 말에 조정이 어찌 간섭하겠어요? 하물며 만일 조금이라도 원통한 일이 생긴다면, 여자들은 성질이 한쪽으로 치우쳐 엄한 명령 아래 반드시 생사를 대수롭지 않게 여길 것입니다. 그리되면 화목한 분위기를 손상하여 폐하의 성덕에 누가 됨이 어찌 없겠어요?"

라고 하자, 황제는 미소를 지으며 말했다.

"어마마마의 가르치심이 곡진하시옵니다. 제게 한 가지 계책이 있습니다. 우선 분란을 가라앉히고 양창곡이 돌아오기를 기다리게 하겠습니다."

"무슨 계책인지요?"

"벽성선을 우선 고향으로 보내라고 하는 것이 어떻겠습니까?"

태후가 미소를 지으며 말했다.

"폐하께서 이같이 생각하심은 이 늙은이가 따라 갈 수가 없군요. 양쪽 모두 원만하고 편한 도리로는 이보다 나은 게 없을 듯합니다."

"제가 매번 황 씨에 관한 일을 들으면 사사로운 정이 없지 않사온데, 어마마마께서는 조금도 고려하지 않으시니 혹 억울해 하지는 않을까 합니다."

"이것은 진정으로 위 씨를 위함입니다. 위 씨 모녀가 부덕을 닦지 못하고 다만 이 늙은이만 믿어 자연 교만 방자함이 있을까 염려되고 두렵습니다."

황제는 옳은 말씀이라며 탄복했다.

이튿날 황제는 황 각로와 윤 각로를 불러 하교했다.

"벽성선의 일이 비록 매우 해괴하나, 양창곡의 벼슬이 대신의 반열에 있어 짐이 예를 갖추어 대하는 신하요. 어찌 갑자기 그 첩실을 형부에 나아가게 하겠소? 짐이 한 가지 방안을 내놓겠소. 경들은 모두 양창곡의 인척이니 어려운 일이 생겼을 때 서로 돕는 것이 마땅할 게요. 오늘 퇴궐하여 가는 길에 양현을 만나보고 벽성선을 우선 고향으로 보내 집안의 분란을 가라앉히고, 양창곡이 돌아오기를 기다려 처리하게 하시오."

황 각로는 즉시 양부로 가서 원외를 만나 황제의 뜻을 전하고 말했다.

"노부가 이미 황상의 뜻을 받들었으니 천한 기생아이를 쫓아 보낸 후 돌아가겠소."

곧 이어 윤 각로도 이르러 원외를 보고 말했다.

"오늘 황상의 처분은 전부 분란을 가라앉히고자 하심이오. 형께서는 조용히 처리하셔서 황상의 곡진하신 명분과 의리를 저버리지 마시오."

하고 즉시 돌아갔다.

상 원외는 안채로 들이가서 신령을 불러 밀했다.

"내가 귀 먹고 눈이 어두워 수신제가도 하지 못하고 황상의 엄명을 받들게 되니, 오늘의 처지가 극히 황공하구나. 너는 우선 고향으로 돌아가서 양 원수가 회군하기를 기다리도록 해라."

선랑은 눈에 눈물이 그렁그렁하여 감히 얼굴을 들지 못했다. 가엾게 생각한 양 원외는 재심 선랑을 위로한 뒤 떠날 차비를 차리게 했다. 작은 수레 한 대에 하인 두어 사람을 딸려 보내기로 했다. 자연은 부중에 두고 소청과 함께 떠나도록 했다.

선랑이 허 부인과 윤 소저에게 하직한 뒤 섬돌을 내려오는데 구슬 같은 눈물이 붉은 뺨을 적셨다.

이 날 양부의 상하 모든 사람들이 근심스럽고 참담하여 흐르는 눈물이 비 오듯 했다. 위로하는 말에 환하던 해가 빛을 잃었을 뿐만 아니라, 윤부와 황부의 몸종들이 구름같이 모여 구경하다가 차마 볼 수가 없어서 얼굴을 돌리고 더러는 목이 메는 것을 깨닫지 못했다.

황 각로는 내심 불쾌하여 생각했다.

'예로부터 간사한 사람이 인정을 얻는 법이다. 이 어찌 딸아이의 신상에 방해가 되지 않으랴?'

한편, 선랑은 수레를 몰아 강주로 향했다. 낙양 천진교의 흰 구름은 걸음걸음 멀어지고 천 리 먼 길은 산천이 첩첩했다. 고단한 행색과 외로운 심사가 흐르는 물과 높은 언덕을 만나 마디마디의 창자가 끊어지고 넋을 태워 없애는 듯했다.

홀연 한바탕 몰아치는 사나운 바람이 급한 비를 몰고 와서 천지가 아득하고 눈앞을 분간할 수가 없었다.

겨우 3, 40리를 가서 객점에서 쉬게 되었으나 어찌 잠을 이루겠는가? 등잔불을 돋우고 소청과 함께 처량하게 앉아 있다가 생각했다.

'내 신세가 참으로 괴이하기도 하구나. 어려서 부모를 잃고 가련한 처지와 떠돌이 신세로 의탁할 곳이 없다가 뜻밖에 양 한림을 만나 한 조각 기대려는 마음이 바다처럼 기울어졌고 태산처럼 바랐는데, 오늘 이 길은 어찌 된 길인가? 강주에 부모님이나 친척이 없으니 누구를 바라고 가며, 내가 이곳을 떠난 지 한 해가 못 되어 이 꼴로 돌아가게 되었으니 어찌 부끄럽지 않으며, 또한 그 명색이 무엇인가? 나라의 죄인이라지만 조정에 죄를 지은 것은 없고, 사사로운 집안에서 쫓겨난 며느리라지만 남편의 본의가 아니니, 나아갈지 물러설지 나서야 할지 숨어야 할지 마땅한 곳이 없구나. 차라리 이곳에서 목숨을 끊어 천지신명께 사죄하리라.'

하고 행장에서 작은 칼을 꺼내 들고 비 오듯 눈물을 흘리니, 소청이 울면서 말했다.

"아씨의 빙설처럼 결백한 마음은 저 푸른 하늘이 아시고, 밝은 해가 환하게 비추어 주고 계십니다. 만일 이곳에서 불행하게 되신다면, 이는 간악한 자들의 소원을 이뤄주고 누명을 벗을 길이 없게 될 것입니다. 차라리 절이나 도관을 찾아 한 몸을 의탁하시고 때를 기다리셔야지, 어떻게 이런 짓을 하시려는 겁니까?"

선랑이 한숨을 쉬며 말했다.

"궁지에 몰린 인생이 갈수록 더 몰리게 되니 무엇을 기다리며 어느 때를 바라겠느냐? 내가 이제 이런 몸이 되었으니 틀림없이 이생에는 악을 쌓는 일이 없겠지만, 전생의 악업으로 재앙에서 벗어날 길이 없으니, 차라리 시원하게 한번 죽어 모르게 되는 것만 하겠느냐?"

소청이 다시 말했다.

"제가 들으니 군자는 의가 아니면 죽지 않는다고 하더군요. 아씨께서 오늘 왜 이런 생각을 하시는 지는 제가 모르겠어요. 대개 여자가 죽을 일은 두 가지입니다. 어려서 부모를 위해 죽으면 효행이라 하겠고, 자라서 지아비를 위해 죽으면 열행이라고 할 것입니다. 만일 이 두 가지 밖의 일로 죽으면, 이는 행실이 음탕한 여자나 투기를 부리는 사납고 모진 여자의 행실일 것입니다. 이를 어찌 생각하시지 않는지요? 하물며 만 리나 떨어져 아득히 먼 곳에 앉아 계신 우리 상공께서 집안의 분란을 까맣게 모르시고 후일 돌아오셔서 이 소문을 들으신다면 그 심사가 어떠시겠어요? 밤에 감천궁의 휘장에 비치던 이 부인의 참 모습을 그리워하던 한 무제가 궁궐에 묵고 있던 방사 이소군을 떠나보내고 침울하게 애끊는 괴로움을 겪던 것처럼 실의에 빠져 있을 상공의 모습을 아씨께서 아신다면, 비록 돌아가신

정령이라도 틀림없이 상공을 위해 번뇌와 방황 속에 애정의 뿌리를
끊지 못하실 겁니다. 그때 가서 아씨께서 비록 지난 일을 후회하고
환생할 약을 구하신다 하더라도 어떻게 얻겠어요?"

소청이 말을 마치기도 전에 선랑은 두 줄기 눈물을 주르륵 흘리며
말했다.

"소청아, 네가 나를 그릇되게 하는 것은 아니겠지? 내가 드세지
못한 게 한스럽구나."

하고는 즉시 객점의 노파를 불러 물었다.

"나는 낙양으로 가는 사람이오. 연일 객관의 꿈자리가 사나워서
그러는데, 이 근처에 영험한 부처님을 모신 절이 있으면 향을 올리
고 잠깐 기도하고 갔으면 해요. 혹시 근처에 그런 절이나 도관이 있
소?"

"여기서 도로 황성을 향해 10여 리를 들어가면 암자 하나가 있다
오. 산화암이라고 하지요. 그 암자에 모신 관음보살이 아주 영험이
있다고 합디다."

선랑은 몹시 기뻐하며 날이 밝기를 기다려 행장을 재촉하여 산화
암을 찾아갔다. 과연 경치가 그윽하고, 암자에는 10여 명의 여승이
있었다. 법당에는 세 분의 부처님을 모셨는데, 금빛이 찬란하고 좌우
에는 빛깔이 고운 꽃을 꽂아 놓았으며, 비단 휘장과 수놓은 비단 주
머니를 무수히 걸어 놓았는데, 기이한 향내가 암자 가운데 가득했다.

모든 여승들이 선랑의 용모를 보고는 공경하여 우러러 사모하지 않
는 이가 없었다. 서로 다투어 차를 올리며 좌우에서 떠나지 않았다.

저녁 재를 파한 뒤 선랑은 주지 여승을 조용히 청하여 말했다.

"저는 낙양 사람으로 간악한 사람의 화를 피해 이곳으로 왔습니

다. 선사의 방장을 빌려 몇 달 머물고자 하는데 스님의 의향이 어떠
신지요?"

여승이 합장하며 말했다.

"불가는 본디 자비를 베푸는 곳이지요. 댁과 같은 낭자가 한때의
액운을 피해 누추한 곳에 의탁하고자 하시는데 어찌 영광스럽고 다
행이 아니겠어요?"

선랑은 감사의 뜻을 표한 뒤 행장을 풀어 정돈했다. 그리고는 따
라 온 하인들을 돌려보내면서 그들 편에 한 통의 편지를 윤 소저에
게 부쳐 대략의 속마음을 털어놓았다.

한편, 항 각로는 선랑을 쫓아낸 뒤 바로 집으로 돌아와 위 부인과
황 소저를 보고 말했다.

"늙은 애비가 오늘에야 네 원수를 갚았다."
하고 선랑을 강주로 쫓아 보낸 이야기를 했다. 그러자 위 부인이 냉
소하며 말했다.

"독한 뱀과 모진 짐승을 죽이지 못하고 그저 놀래게만 했으니, 이
는 도리어 후환을 더한 셈이지요."

황 각로는 아무 말도 없이 불쾌한 표정으로 나가버렸다.

위 씨가 춘월을 정성으로 구완하여 한 달이 지나자, 춘월의 상처
는 비록 나았으나 이미 온전한 사람이 될 수는 없었다. 칼자국으로
찌그러진 흔적과 추한 얼굴이 옛날의 춘월이가 아니었다.

이때 춘월은 거울을 들어 제 얼굴을 비춰 보고 이를 갈며 맹세
했다.

"전날의 벽성선은 아씨의 적이었으나, 오늘의 벽성선은 춘월의 원

수입니다. 제가 결단코 이 원수를 갚고야 말겠어요."

위 씨가 탄식하며 말했다.

"천한 기생년이 이제 강주로 돌아가서 편안히 누워 있겠구나. 양원수가 돌아오면 일이 뒤집혀서 우리 모녀와 너의 목숨이 어찌 될 줄이나 아느냐?"

"마님은 근심하지 마셔요. 제가 마땅히 먼저 선랑의 거처를 확인한 뒤에 계획을 실행에 옮길 것입니다."

이때는 정월 대보름날이었다. 황태후가 궁인 가 씨를 불러 분부했다.

"내가 해마다 황상을 위해 불사를 해 왔으니 올해도 폐할 수는 없지. 너는 향과 여러 가지 과일을 마련해 가지고 오늘 대보름에 산화암에 가서 기도를 올리고 오너라."

가 궁인은 황태후의 명을 받아 산화암으로 찾아가서 불사를 행했다. 구슬로 장식한 일산과 깃발은 산마루에서 부는 바람에 나부꼈고, 법고를 치는 소리와 염불하는 소리가 도량을 진동했다. 만세를 불러 황제의 장수와 복록을 발원한 뒤, 가 궁인은 불사를 마치고 암자 안을 구경했다.

동쪽의 행각에 이르러 보니 조용한 방이 한 칸 있었다. 문이 닫혀 있고 인적이 없는 듯했다. 가 궁인이 문을 열려고 하는데 한 여승이 조용히 아뢰었다.

"이곳은 객실입니다. 일전에 한 낭자가 지나가다가 신상이 편치 않아 이곳에 머물고 있지요. 그 낭자의 성품이 낯을 가려 낯선 사람을 꺼린답니다."

가 궁인이 웃으며 말했다.

"만일 남자라면 내가 피할 것이지만, 다 같은 여자끼리 잠깐 보는
것이 무슨 방해가 되겠소?"

하고 문을 여니, 한 미인이 몸종 한 사람과 호젓하게 앉아 있었다.
미인의 아리따운 태도는 참으로 경국지색이었고, 꽃다운 용모는 또
한 한창 때의 나이였다.

미간에는 근심 깊은 모습을 잠깐 띠었고, 발그레한 볼에는 은은히
수줍고 부끄러운 기색이 있어, 상당히 얌전하고 정숙하며 충분히 단
정하고 아담했다.

가 궁인은 마음속으로 크게 놀라 앞으로 다가서며 물었다.

"어떠한 낭자기에 이처럼 고운 자질로 적적한 암자에 머물고 있
소?"

선랑이 눈길을 들어 가 궁인을 보고는 얼굴에 발그레한 빛을 띠며
꾀꼬리 같은 목소리로 나직이 대답했다.

"지나가던 나그네인데 몸에 병이 생겼습니다. 객점은 번잡해서 이
곳에 와 조섭을 하고 있었습니다."

가 궁인은 그녀의 말을 듣고 그녀의 용모를 보며 사랑스러운 마음
이 뭉게뭉게 피어올라 옆에 앉으며 말했다.

"나는 이 암자에 기도하러 온 사람으로 성이 가 씨예요. 이제 낭자
의 아름다운 모습을 보고 아담한 말을 들으니 자연 흠모하는 마음이
생겨 전부터 친숙한 사람 같아요. 낭자의 나이는 몇이나 되며 꽃다
운 성씨는 뭐라 하는지요?"

선랑이 반갑게 대답했다.

"저도 가 씨랍니다. 나이는 16세고요."

가 궁인이 더욱 반겨하며 말했다.

"성이 같으면 백대가 지나도 친척이라는데, 내가 오늘 돌아갈 수가 없겠네. 하룻밤 같이 지내야겠소."

하고는 자신의 침구를 선랑의 처소로 옮겨 왔다. 선랑도 외롭고 적적하게 있다가 가 궁인의 곧고 한결같은 자품과 정답고 친절한 뜻에 탄복했다. 뿐만 아니라 흘러 온 길은 달랐지만 근원이 같고 가지와 잎이 각각 다르지만 뿌리는 하나이듯이, 친척처럼 느껴졌다.

비록 선랑이 속마음을 다 털어놓지는 않았으나 신경 써서 하는 말과 은근한 정회를 아끼지 않았다. 가 궁인은 본디 총명한 여자였다. 선랑의 말과 태도가 범상치 않음을 보고 넌지시 물었다.

"우리가 이미 동성임을 알았는데 사귄 지가 얼마 되지 않았다고 깊은 말을 못하겠어요? 내가 낭자의 범절을 보니 예사로운 여염집 사람은 아닌 듯해요. 어쩌다가 이런 곳에 외로이 이르렀어요? 깊은 속마음을 털어놓아 봐요."

선랑은 그녀의 다정함을 보고, 비록 자신의 신세를 말하는 것이 불길하긴 했으나 그렇다고 너무 속이는 것도 옳지 않은 일인지라 대강 말해주었다.

"저는 본디 낙양 사람으로 부모 친척이 다 안 계신답니다. 집안에서 환란을 당해 갈 곳이 없는 몸인지라 이곳에 의탁하여 환란이 가라앉기를 기다리고 있지요. 제가 비록 나이는 어리지만 세상일을 줄곧 겪으며 지내오다 보니, 풀잎에 맺힌 이슬 같은 덧없는 인생이 고해의 연속이더군요. 기회를 보아 머리를 깎고 비구니나 도사가 될까합니다."

말을 마친 그녀의 기색은 참담했다.

가 궁인은 그녀가 말하기에 어려움이 있다는 것을 짐작하고 더 이상 억지로 물을 수가 없었다. 그녀의 처지가 가엾게 여겨져 위로했다.

"나는 낭자가 당한 고초를 알지 못하지만, 낭자의 용모를 보니 앞날이 고달프지만은 않을 것 같아요. 한때의 액운을 견디지 못해서 어떻게 평생을 그르치겠어요? 이 암자는 내가 집처럼 드나드는 곳이라오. 모든 여승들이 다 내 심복들이지요. 내 낭자에게 부탁 하나 하겠어요. 낭자는 마음을 넓게 가져서 불길한 생각일랑 하지 말아요."

선랑은 그녀의 위로에 감사했다.

이튿날 가 궁인이 돌아가며 선랑의 손을 잡고, 시로 언언힌 미음에 차마 떠나지 못했다. 그녀는 만나는 비구니마다 따로따로 부탁했다.

"가 낭자와 그 몸종의 아침저녁의 끼니는 내가 약간이나마 도울 거예요. 만일 젊은 부인이 편협한 생각으로 머리를 깎게 되면 스님들이 다시 나를 대할 낯이 없을 것이오. 또한 그 죄책도 면치 못할 것이오."

모든 여승들이 합장을 하며 가 궁인의 명을 받들었다. 선랑은 그녀의 극진함에 다시 사례했다.

가 궁인은 궁궐로 돌아가서 태후에게 복명한 뒤 자신의 처소에 이르렀다. 선랑이 잊히지 않은 그녀는 며칠 뒤 자신의 몸종인 운섬에게 명하여 수십 냥의 은자와 한 그릇의 반찬을 가지고 산화암에 가서 가 낭자에게 드리고 오라고 했다. 운섬은 가 궁인의 명을 받아 산화암으로 갔다.

한편, 춘월은 선랑의 거처를 알아내려고 다시 변장을 하고 문을 나섰다. 자신의 용모가 부끄러워 푸른 수건으로 머리와 귀를 싸고, 한 장의 고약으로 얼굴 부위를 덮어 코를 가린 후 희희 웃으며 말했다.

"옛날 예양은 온몸에 옻칠을 하여 문둥이처럼 꾸미고 조양자에게 원수를 갚았다던데, 지금 춘월은 부모님이 물려주신 몸을 아끼지 않고 안타깝게 애쓰는 한 조각 마음으로 선랑을 모해하려고 합니다. 이게 다 누구를 위함입니까?"

위 씨가 웃으며 말했다.

"만약 네가 성공한다면 마땅히 천금을 주어 평생을 즐겁게 살게 할 것이다."

춘월은 웃고 나가며 생각했다.

'우물에 있던 고기를 바다에 풀어주었으니 어디 가서 행방을 물으랴? 내가 듣자니 만세교 아래 장 선생의 점술이 신통해서 황성에서는 가장 이름 난 점쟁이라고 하더군. 그를 찾아가서 물어보아야겠다.'

하고는 즉시 두어 냥의 은자를 지니고 장 선생을 찾아가서 말했다.

"나는 자금성 안에 사는 사람이오. 마침 원수로 여기는 사람이 하나 있는데, 그가 도망 간 곳을 알 길이 없으니 선생께서 분명하게 가르쳐주세요."

장 선생이 한동안 생각에 잠겼다가 점괘를 던지며 말했다.

"성인께서 점술을 만드신 것은 장차 흉한 일을 피하고 좋은 일로 나아가게 하여 사람을 구제하려는 것이지. 지금 점괘를 보니 그대의 올해 신수가 대단히 불길하구먼. 조심, 또 조심해서 남들과 척을 짓지 말게나. 비록 원수지간이라도 감화하면 은인이 되는 법이지."

춘월이 웃으며 말했다.

"선생은 긴 말 말고 그 원수가 간 곳만 가르쳐 주오."

하고 두어 냥의 은자를 내어주니, 장 선생이 말했다.

"그대의 원수라는 사람이 처음에는 남쪽으로 가다가 나중에는 길을 돌려 도로 북쪽으로 갔네. 만일 산속에 숨지 않았으면 반드시 죽었을 게야."

춘월이 다시 자세히 물으려고 하는데, 점을 치러 오는 사람들이 문에 가득 찼다. 춘월은 자신의 종적이 탄로날까봐 즉시 장 선생과 작별하고 돌아오다가 운섬을 만났다. 전날 위씨 부인과 함께 몇 차례 인면이 있었으므로 그녀를 불러 물었다.

"낭자는 어디로 가시오?"

운섬은 갑작스러운 물음에 당황하여 대답을 하지 않았다. 춘월의 용모와 복색이 전과 달라서 갑자기 기억이 나지 않았던 것이었다. 춘월이 웃으며 말했다.

"그 사이 나는 괴질을 앓아 이 모양이 되었소. 그러니 몰라보는 것도 당연하지. 마침 만세교 아래 신통한 의원이 있다기에 가보고 오는 길이오. 병을 앓으면서 찬바람을 쐬게 될까봐 잠깐 남자 옷을 갈아입었다오. 내 모양을 내가 봐도 매우 우습구려. 운랑은 흉보지 마시오."

그제야 운섬이 놀라서 물었다.

"춘랑의 옛 모습이 하나도 남아 있지 않으니, 대체 무슨 병이 그처럼 든 것이오?"

춘월이 손으로 코를 가리며 한숨짓고 말했다.

"모든 게 운수인 걸 어찌 하겠소? 죽지 않은 걸 다행으로 여겨

야지."

"나는 우리 마마의 명을 받아 황성 남쪽 교외에 있는 산화암에 가는 길이오."

"산화암에는 무슨 일로 가오?"

"일전에 우리 마마께서 산화암에 기도하러 가셨다가 한 낭자를 만나셨는데 성이 같은 친척이었다오. 처음 만난 사이지만 오랜 친구처럼 친밀해져서 오늘 편지와 은자를 그 낭자께 드리고 오라시기에 가는 길이오."

춘월은 음흉한 인물인지라 그 말을 듣고 한편으로 놀라며 한편으로 의아했다. 다시 자세히 알고 싶어서 거짓 웃음을 지으며 물었다.

"운랑은 나를 속이지 마오. 나도 일전에 산화암에 불공을 드리러 갔는데, 그런 낭자를 보지 못했소. 언제 왔다고 합디까?"

운섬이 웃으며 대답했다.

"춘랑은 남을 잘 속이지만 나는 속일 줄을 몰라요. 여승이 전하는 말을 들어보면, 그 낭자가 산화암에 온 지 한 달가량 됐는데, 몸종 하나와 객실에 거처하면서 사람 만나기를 꺼린다고 합디다. 타고난 성품이 옹졸해서일 거예요. 다만 달 같은 태도와 꽃 같은 얼굴은 대적할 만한 사람이 없는 자색이라서 우리 마마께서 한 번 보시고 돌아오신 뒤로 지금껏 차마 잊지 못하셨으니, 어찌 거짓을 말하겠소?"

춘월은 운섬의 말을 하나하나 듣고 생각했다.

'이는 틀림없는 선랑이로군.'

하고 마음속으로 몹시 기뻐하며 운섬과 급히 작별하고 바삐 돌아왔다. 위 씨 모녀에게 아뢰니, 위 씨가 놀라 말했다.

"만일 가 궁인이 일이 돌아가는 기미를 눈치 챘다면 태후 마마께서 어찌 모르시리오? 태후께서 아셨다면 황상께서 어찌 못 들으셨 겠느냐?"

춘월이 웃으며 말했다.

"마님께서는 근심치 마세요. 선랑은 곧고 한결같은 여자라 가 궁 인에게 틀림없이 자신의 속마음을 토설하지 않았을 거예요. 제가 남 모르게 살펴본 뒤 묘책을 행할게요."

이튿날 춘월은 산으로 놀러 다니는 사람 모양으로 복색을 갈아입 고 황혼 무렵에 산화암에 이르러 자고 가기를 청했다. 여승은 객실 한 칸을 춘월에게 정해 주었다.

춘월은 밤이 깊어진 뒤 가만히 몸을 일으켜 밖으로 나왔다. 대청 과 좌우의 줄행랑으로 돌아다니며 창 밖에서 인욜 엿들었다. 곳곳에 서 불경을 외우거나 염불하는 소리가 들려왔다.

동편에 있는 한 칸의 객실에서는 등잔불이 희미하게 비쳐 나오고 있었는데, 인적이 잠잠했다. 춘월은 몰래 창을 뚫고 안을 엿보았다. 한 미인이 벽을 향해 누워 있었는데 바로 선랑이었다. 촛불 아래 앉 아 있는 몸종 한 사람은 바로 소청이었다.

춘월은 즉시 자취를 은밀히 하여 객실로 돌아와 날이 미처 밝기 전에 여승에게 작별을 고하고 황부로 돌아왔다. 춘월은 위 부인과 황 소저를 보고 깔깔대고 웃으며 말했다.

"양 원수의 부중이 깊고 깊어 이 춘월이 수단을 다하지 못했었는 데, 하늘이 도우시어 이제 선랑과 그 종년을 지옥에 가두어 두었더 군요. 제가 계책을 쓰는 데 쉬울 것 같아요."

황 소저가 놀라 물었다.

"과연 선랑이 그 암자에 있더냐?"

춘월이 탄식하며 말했다.

"제가 선랑을 양부에서 보았을 때는 그저 절대가인으로만 알았었는데, 이제 산화암 등불 앞에서 몰래 바라보니 실로 이 세상사람 같지 않더군요. 만일 곤륜산 요대의 선녀가 아니면 반드시 천상백옥경의 선녀가 하강한 것일 거예요. 비록 양 상공이 철석같은 간장을 지녔다고 해도 어떻게 빠지지 않고 배기겠어요? 만일 선랑을 다시 양부에 들여보낸다면 우리 아씨의 신세는 쟁반 위에 구르는 구슬같이 되지 않을까 싶어요."

위 부인이 춘월의 손을 잡고 말했다.

"춘월아, 네 아씨의 평생은 바로 너의 평생이다. 아씨가 뜻을 얻으면 너도 뜻을 얻을 것이요, 아씨가 처량하게 되면 너도 처량하게 될 것이니, 마음을 야무지게 먹도록 해라."

그러자 춘월은 주변 사람들을 물리치고 아뢰었다.

"제게 한 가지 계책이 있습니다. 저의 오라비 춘성이 방탕무뢰 하여 황성의 젊은이들 가운데 친한 사람이 많아요. 그 가운데 우격이라고 더욱 방탕한 자가 있답니다. 용력이 남들보다 빼어나고 주색을 탐해서 생사를 돌아보지 않는 답니다. 제 오라비로 하여금 선랑이 절색임을 알려주게 하면 봄바람에 미친 나비가 날리는 꽃을 어찌 탐하지 않겠어요? 이 일이 뜻대로 된다면 선랑의 아름다운 자질이 뒷간에 떨어져 일생을 헤어나지 못할 겁니다. 일이 뜻대로 되지 않으면 실낱같이 얼마 남지 않은 선랑의 쇠잔한 목숨이 칼끝의 외로운 넋이 되는 것을 면치 못할 것입니다. 이리되든 저리되든 우리 아씨의 눈엣가시를 없앨 수 있지 않을까 합니다."

위 부인은 크게 기뻐하며 바삐 도모하라고 재촉했다. 그러자 춘월은 웃음을 띠고 나갔다.

한편, 어느 날 선랑이 사창에 기대어 졸고 있었다. 비몽사몽간에 양 원수가 구름을 타고 하늘로 오르는 용에 멍에를 씌우고 어딘가로 가며 말했다.

"나는 상제의 명을 받아 남방의 요귀를 잡으러 가오."

하므로 선랑이 같이 가자고 청했다. 그러자 양 원수는 산호 채찍을 아래로 늘어뜨려 주는 것이었다. 선랑이 그 채찍을 잡고 공중으로 오르려고 하다가 떨어져서 놀라 깨니 한바탕 꿈이었다. 내심 불길하여 여승을 청하여 말했다.

"요즘 제 꿈자리가 사나위 불전에 향을 피우고 기도를 올렸으면 해요."

"세 분의 부처님은 자비를 주관하실 따름입니다. 인간의 화복과 악마를 항복시켜 살기를 제거하는 데는 시왕이 으뜸이시니 시왕전에 기도를 올리세요."

이에 선랑과 소청은 목욕재계하고 향을 받들어 시왕전에 이르렀다. 시왕전은 암자 뒤 언덕에 있었다.

선랑은 향을 피워 올리고 마음속으로 빌었다.

'천첩 벽성선이 전생에 공덕을 닦지 못해서 이생에 온갖 재앙과 곤란을 달게 받아들이고 있습니다. 저의 지아비인 양공은 학문과 예절이 있는 집안에서 충효의 집안이라는 명성을 듣고 자라 천지신명께서 복되고 영화로운 삶을 내려주실 것입니다. 지금은 황명을 받들어 만 리 밖에 있습니다. 엎드려 비옵건대, 시왕께서는 신불의 도움을 내리셔서 전쟁터에서도 잠자리와 음식이 평상시와 같게 해주시

고, 화살과 돌이 날아다니는 전쟁 통에도 일상생활에 탈이 없도록
해주소서. 재앙과 액운이 없게 해주시고 수명과 복록이 창성하도록
점지해 주소서.'

빌기를 마친 선랑은 재배하고 한탄스러워 하며 슬퍼했다. 도로 절
문을 나오자, 여승이 말했다.

"오늘은 달빛이 환하게 밝습니다. 낭자께서는 절 뒤의 석대에 올
라 심회를 푸십시오."

선랑은 비록 내키지 않았으나 여승이 간청하므로 소청을 데리고
석대에 올랐다. 여승이 말했다.

"이 산이 그다지 높지는 않으나 하늘이 맑게 갠 날 멀리 바라보면
남악 형산이 또렷이 보인답니다."

선랑이 눈길을 들어 남쪽을 바라보며 말없이 눈시울을 붉히자 여
승이 물었다.

"낭자께서는 어째서 남쪽을 보며 이처럼 슬퍼하시는지요?"

"나는 남방 사람이라 자연 마음이 슬퍼지는군요."

미처 말을 마치기도 전에 절 문 어귀에 불빛이 환하게 비추는 가
운데 10여 명의 사내들이 패거리를 이루어 암자를 향해 일제히 달려
들었다. 여승이 깜짝 놀라 외쳤다.

"이들은 틀림없이 강도의 무리들입니다."
하고는 허둥지둥 엎어져 넘어질 듯 내려갔다.

암자가 소란스러운 가운데 한 사내가 흉악하고 사나운 목소리로
가 씨 낭자의 객실을 찾는 것이었다. 선랑이 소청을 보며 말했다.

"우리 두 사람의 남은 액운이 아직 끝나지 않아서 간악한 사람의
분란이 또 다시 일어나는구나."

소청이 선랑을 붙들고 울며 말했다.

"도적의 기세가 이 같은데 어찌 여기서 죽음을 기다리겠어요?"

선랑이 탄식했다.

"우리 가냘프고 약한 여자들이 비록 도망친다고 하더라도 다만 욕을 입을 뿐 화를 어떻게 면하겠느냐?"

"일이 급하니 아씨는 망설이지 마세요."

하고는 선랑의 손을 이끌어 산을 타고 달아났다. 달빛이 비추고는 있었으나 산길이 희미하여 수없이 구르고 엎어졌다. 돌을 차며 덤불을 헤쳐 수놓은 신발도 잃고 옷은 찢어졌다. 이미 다리 힘이 다 빠졌고 발도 부르튼 상태였다. 선랑은 그 자리에 주저앉으며 탄식했다.

"차라리 죽는 게 낫겠다. 소청아, 너는 살 길을 찾아 몸을 숨겼다가 내 시신을 거두어 원수께서 회군하시는 길가에 묻어 망부석을 대신하게 해다오."

하고는 품속에서 작은 칼을 꺼내 자결하려고 했다. 소청이 황망히 칼을 빼앗으며 말했다.

"아씨께서는 다시 상황을 보세요. 만일 불행한 일이 생기면 제가 어떻게 홀로 살겠어요?"

하고 좌우를 살펴보니, 이미 산에서 내려와 평탄하고 넓은 길이 앞에 있었다.

잠깐 쉬고는 다시 도망치려고 하는데, 불빛이 산을 덮어 내려오며 사람들의 그림자가 나무 사이로 흩어져 바위틈과 수풀 밑을 뒤지며 오는 것이었다.

선랑과 소청이 죽을힘을 다해 다시 일어나 큰길을 따라 겨우 수십 걸음을 갔을 때, 도적들은 이미 산에서 내려와 고함치며 큰길로 비바람이 몰아치듯 쫓아왔다. 소청은 선랑을 안고 길에 엎어져서 하늘을 우러러 부르짖으며 목 놓아 울었다.

"한없이 멀고 푸른 하늘이시어, 어찌 이다지도 무심하십니까?"

미처 말을 마치기도 전에 홀연 말발굽 소리가 들리며 우레 같은 소리로 크게 외치는 말이 들려왔다.

"도적놈들은 달아나지 마라!"

선랑과 소청이 눈을 들어 보니 달빛 아래 한 장군이 몸에 전포를 입고 손에는 긴 창을 든 채 말을 달려 도적들을 쫓고 있었다. 그 뒤로 10여 명의 무장한 군사들이 각각 수중에 환도를 뽑아 들고 일제히 고함을 지르며 따르고 있었다.

그 중 한 도적이 막대를 휘둘러 그 장수와 대적하려고 했다. 그 장수가 크게 꾸짖으며 창으로 한 번 찌르니, 그 도적은 얼굴이 찔리고 말았다. 그 모습을 본 나머지 도적들은 사방으로 흩어져 간 곳이 없었다.

그 장수가 말을 돌려 오자, 선랑과 소청은 더욱 겁을 내어 떨고만 있었다. 그 장수는 두 사람의 곁에 이르러 말을 멈추고 말에 앉은 채 소리쳤다.

"어떤 낭자가 무슨 곡절로 이처럼 외롭고 쓸쓸하게 나섰으며, 어쩌다가 도적들을 만났는가? 그 속내를 자세히 듣고자 하노라."

소청이 더욱 떨며 말을 하지 못하니, 그 장수가 웃으며 말했다.

"나는 명을 받들어 황성에 왔다가 도로 남방으로 가는 장수요. 낭자를 해칠 사람이 아니니 낭자는 시원스레 말을 해보시오."

그 말을 듣고 선랑은 한편 놀라며 다른 한편으로는 반가운 생각이 들었다. 정신을 차린 뒤 소청으로 하여금 말을 전하게 했다.

"우리는 지나가는 행인으로 액운을 당했습니다. 급히 여쭙고자 하는 것은, 장군께서 남방으로 가신다 하니 어디로 가시는지요?"

그 장수가 대답했다.

"나는 정남도원수 양 승상의 부하 장수요. 어찌 그리 자세히 묻는 것이오?"

선랑과 소청은 양 승상이라는 세 글자를 듣더니 가슴속이 꽉 막히고 정신이 황홀하여 서로 붙들고 목 놓아 슬피 울며 어찌 할 줄을 모르는 것이었다. 그 장수는 크게 의심이 들어 다시 물었다.

"낭자는 어째서 내 말을 듣고 그리 슬퍼하는 것이오?"

선랑이 미처 대답을 하지 못하고 있는데 소청이 대답했다.

"우리 이씨는 비로 양 원수님의 소실이입니다."

그 장수가 다시 물었다.

"양 원수라니, 어떤 양 원수를 말하는 것이오?"

소청이 대답했다.

"자금성 제일방에 계신 양 승상이시니, 만왕 나탁을 치러 출전하신 지 이미 반년이 되었습니다."

그러자 그 장수는 황망히 말에서 내려 두어 걸음 물러서며 말했다.

"그러시다면 저 말하는 몸종은 이리 가까이 와서 자세히 말하라."

선랑이 소청에게 말을 전하게 했다.

"제가 이 지경을 당해 비록 길 가는 사람이라도 살려주신 은덕에 감사하여 예절에 구애되지 않아야 하는데, 하물며 장군은 우리 원수의 심복이시니 한 집안 식구나 다름이 없으십니다. 그런데 어찌 자세한 말씀을 드리지 않겠어요? 저는 원수께서 출전하신 뒤 집안의 분란을 만나 아녀자의 나약한 성품으로 죽지 못하고 이런 광경을 당

하게 되었으니, 장군께 부끄러움도 모르는 낯 두꺼운 사람이 되었군
요. 길 가던 중이라 종이와 붓이 없어서 구구한 심회를 원수께 부칠
수가 없습니다. 그러니 장군께서 돌아가셔서 저를 위해 말씀을 드려
주세요. 제가 비록 죽는다 해도 한 조각 마음은 저 달같이 둥글어
원수의 군영 가운데를 비출까 합니다."

그 장수는 두 손을 맞잡아 공경의 뜻을 나타내며 소청에게 말했다.

"그대는 낭자께 말씀을 올려주게. 소장은 원수 휘하의 우익장군
마달이오. 장수와 그 부하 사이의 의리는 군신이나 부자와 다름이
없소. 지금 낭자께서 딱하고 어려운 처지에 계신 것을 보고 어찌 그
냥 가겠소? 낭자께서 이미 부중으로 돌아가시지 못한다면, 소장이
마땅히 몸을 쉬실 곳을 구해 안돈하신 것을 보고 돌아가야 원수께
뵐 낯이 있게 될 것이오."

하고는 무장한 군사들에게 명하여 앞의 객점에 가서 작은 가마 한
채를 얻어 오라고 했다. 그러자 선랑이 사양했다.

"저는 궁박한 팔자로, 이 세상에 의탁할 곳이 없으니, 장군은 지
나치게 염려하지 마세요."

마달이 말했다.

"소장이 이런 곳에서 낭자를 뵙게 된 것은 불행이오나, 이미 뵙고
도 낭자께서 편히 쉬시는 것을 보지 못하고 돌아가는 것은 도리가
아닐 뿐만 아니라 또한 인정에서도 벗어난 것입니다. 소장의 갈 길
이 바쁘오니 낭자께서는 지체하지 마시고 어서 가시지요."

선랑은 어쩔 도리가 없어서 몸을 일으켜 소청을 붙잡고 가며 말
했다.

"장군께서는 저희들을 어디로 데려 가려 하시는지요?"

마달은 창을 짚고 앞장서서 걸어 몇 리를 갔다. 군사들이 객점에 가서 가마를 얻어 가지고 바삐 마주 오고 있었다. 마달이 소청에게 말했다.

"자네는 낭자를 가마에 뫼시게."

하고는 창을 들고 말에 올라 말했다.

"도적들이 틀림없이 멀리 가지 않았을 것이니, 낭자께서 이 근처에 머무신다면 어찌 후환이 없겠어요? 소장을 따라 하루 이틀 가량 가시다가 한적하고 외진 도관이나 사찰을 찾아 안돈하시는 것을 보고 가려 합니다."

선랑은 그의 지극한 정성에 감동하고 또 원수의 은덕임을 생각하여 가마에 올랐다.

마달은 행장을 재촉하여 다시 백여 리를 가다가 객점에 내려서 물었다.

"이곳이 혹시 도관이나 고찰이 있느냐?"

객점의 주인이 손가락으로 가리키며 말했다.

"이곳에서 큰길을 버리고 동쪽으로 10여 리를 가면 유마산이라는 이름 난 산이 있지요. 그 산 밑에 도관이 있답니다."

마달은 매우 기뻐하며 다시 행장을 재촉하여 산 밑에 이르렀다. 과연 맑고 빼어난 산과 기이한 경치가 가장 외지고 한적했다. 그곳에 점화관이라는 한 도관이 있었다. 도관에는 백여 명의 여도사들이 있었는데, 청정하면서도 단아했다.

마달은 도사에게 부탁하여 도관 뒤에 고요한 곳에 자리 잡은 두어 칸짜리 집을 빌려 선랑과 소청을 그곳에 안돈시켰다. 무장한 군사 두 사람을 그곳에 남겨 잡인을 금하게 한 후 마달은 하직 인사를 했다.

"원수께서 황명을 받아 다시 교지국으로 가시게 되어 소장의 길이 바쁩니다. 이곳이 외지고 한적하여 낭자께서 몸을 편안히 쉬실 수 있을 것입니다. 존체를 보중하소서."

선랑은 즉시 한 통의 편지를 써서 마달 편에 양 원수에게 부친 뒤 눈물을 머금으며 아쉬운 듯 작별했다.

"제가 체면에 구애를 받아 감사한 말씀을 다 못 드립니다. 장군은 원수를 모시고 큰 공을 이루신 뒤 속히 돌아오세요."

마달은 따로 소청에게 작별했다.

"자네는 낭자를 모시고 조심해서 보호하게나. 이후에 회군하는 날에는 얼굴이 익게 될 것이니 그때는 반겨 맞고 떨지 말게나."

소청은 부끄러워 두 뺨에 발그레한 기운이 가득해졌다. 마달은 웃으며 창을 들고 말에 올라 남쪽을 향해 군사를 이동시켰다.

선랑과 소청은 죽은 목숨으로 뜻밖에 마달을 만나 편히 거처할 곳을 얻게 되었다. 소청도 기쁨을 이기지 못해, 두 사람은 서로 마 장군의 의로움을 칭송했다. 모든 도사들도 두 사람의 출중한 자색에 놀라며 사랑하여 극진히 친하게 지내려고 했다.

한편, 우격은 춘성과 춘월이 꾀이는 말을 듣고 무뢰배들을 몰아 산화암에 돌입하여 가 낭자를 찾았으나, 여승들이 어찌 바른대로 말했겠는가?

우격이 크게 노하여 여승들을 무수히 구타하고는 생각했다.

'우리가 절 입구로 들어오는 것을 보고 틀림없이 산을 타고 달아났을 게다.'

하고는 산길을 넘으며 한 군데도 빠짐없이 모든 곳을 뒤지다가 수풀 밑에서 수놓은 비단신을 얻고 크게 기뻐하며 말했다.

"그 미인은 필시 이 길로 갔을 게다."

비단신을 집어 들고 일제히 좇아 산을 넘어 평지에 이르렀을 때 뜻밖에 한 장군을 만나 창끝에 얼굴을 찔리고 겨우 목숨만 부지하여 돌아왔다. 춘성을 보고 낭패 당한 말을 하자, 춘성도 계교를 이루지 못한 것을 한탄하며 춘월에게 일일이 말해주었다.

춘월이 머리를 숙이고 한동안 생각하더니 웃으며 말했다.

"태평시대에 무장한 군사를 데리고 밤에 다니는 장수라니, 도적 떼가 아니겠소? 이는 틀림없이 도적떼가 밤을 틈타 다니다가 선랑을 붙잡아 간 것이오. 우습구나! 얼음과 눈처럼 결백한 선랑의 지조로 도적의 아내가 되었으니, 비록 그 생사는 모르겠지만 황 소저를 위해 화근을 시원스레 없애버렸군."

춘성이 말했다.

"그건 그렇지만 우리 공은 없을 것이니 어찌 절통하지 않으랴?"

춘월이 웃으며 말했다.

"오라버니는 근심하지 마오. 내게 계교가 있어 우격과 오라버니의 공로를 나타나게 할 것이니 오라버니는 비밀이나 새나가지 않게 지키셔요."

하고는 즉시 우격이 주워 온 선랑의 비단신을 가지고 황부에 이르러 위 부인과 황 소저를 보고 깔깔대고 웃으며 비단신을 내놓고 말했다.

"아씨께서는 이 신을 아시는지요?"

황 소저가 자세히 보더니 집어 던지며 춘월을 꾸짖었다.

"천한 기생년의 신을 무엇 하러 가져왔느냐?"

춘월은 신을 다시 집어 들고 웃으며 말했다.

"불쌍하다, 선랑이여! 이 신을 신고 천 리나 먼 강주로부터 다정한 낭군을 따라 황성에 이르렀으니 걸음걸음 금빛 연꽃을 만들어 냈지요. 그런데 조물주가 시기하여 은총을 누리지 못하고 저승길에 맨발의 귀신이 될 줄 누가 알았겠어요?"

황 소저가 당황해서 물었다.

"춘랑아, 이게 무슨 말이냐?"

이에 춘월은 손바닥을 뒤집으며 황 소저와 위 부인 앞에 다가앉아 말했다.

"제가 오라비인 춘성을 충동질하여 우격을 산화암에 보내 선랑을 겁탈하라고 했지요. 선랑은 절개 있는 여자여서 순순히 따르지 않았답니다. 도리어 겁을 낸 우격이 칼로 찔러 죽이고 시신을 없앤 뒤 비단신 한 켤레를 가져와 제게 증거로 보이더군요. 지금 이후로 선랑을 세상에서 없애서 우리 아씨의 평생 화근을 덜게 된 것은 저와 제 오라비 춘성, 그리고 우격의 공입니다. 마님과 아씨께서는 무엇으로 갚으려 하시는지요?"

위 씨는 그 말을 듣고 크게 기뻐하며 10여 필의 채색 비단과 일백 냥의 은자를 주어 춘성과 우격의 수고에 대해 성의를 표하라고 했다. 그러자 춘월은 냉소하며 말했다.

"마님께서는 어찌 사소한 재물을 아끼시어 된 일을 그르치려 하십니까? 처음 우격을 보낼 때에 천금으로 약속했고, 또한 우격의 무리가 수십여 명이나 됩니다. 모두들 방탕하고 겁이 없는 자들이니, 만일 재물을 후하게 하여 입을 봉하지 않으면 대사를 누설하여 뒤끝이 어찌 될지 모르겠습니다."

위 씨는 즉시 천금을 내어주고, 선랑이 죽은 것으로 믿었다.

한편, 양 원수는 백만의 대병을 거느리고 만왕 나탁을 쳐서 여러 번 승리했다. 만왕 나탁은 기세가 꺾이고 힘이 다 빠져 꼼짝할 수 없게 되자 백운동 도사에게 구원을 청했다. 도사는 제자인 홍혼탈에게 나탁을 도우라고 명했다. 홍혼탈은 바로 강남홍이었다.

양 원수가 과거 보러 가는 길에 압강정에서 강남홍을 만나 지기가 되기로 마음을 허락한 뒤, 강남홍은 소주 자사 황여옥의 압박을 당하고 수중의 외로운 넋이 될 상황이었다. 천행으로 윤 소저는 강남홍이 물에 몸을 던져 자결할 줄 알고 손삼랑이라는 여자를 보내 구하도록 했다. 그러나 홍랑과 손심랑은 풍파를 만나 구사일생으로 표류하다가 백운동 도사에게 의탁하여 제자가 되어 도를 배웠다.

홍랑은 도사의 명으로 나탁을 돕다가 천만뜻밖에도 양 원수를 만나 즉시 명나라 진영으로 돌아온 뒤 많은 공을 세웠다.

양 원수가 마달에게 승전을 알리는 글을 보내면서 홍혼탈의 공을 아뢰니, 황제는 크게 기뻐하며 홍혼탈을 부원수에 임명했다.

이때, 양 원수가 마달을 보내 황제에게 표문을 올리고 황명을 기다리고 있는데, 홀연 황제가 보낸 사자가 먼저 이르러 조서를 주는 것이었다. 양 원수는 북향하여 예를 표한 뒤 황명을 받들고 지휘대에 올라 부원수의 군례를 받았다.

홍랑은 붉은 전포에 황금 갑옷 차림으로 대우전을 차고 수기와 부월을 들고 군례를 올렸다. 그러자 양 원수는 얼굴빛을 엄숙하게 고치고 답례하며 말했다.

"황은이 망극하시어 벼슬이 없는 사람을 원수로 등용하셨는데,

어떻게 보답하려고 하는가?"

홍 원수가 대답했다.

"도독께서 위에 계신데 소장에게 무슨 계책이 있겠습니까? 다만 북을 치며 깃발을 들어 견마지로를 다할까 합니다."

그 말에 양 도독은 미소를 지었다.

홍 원수는 물러나와 자신의 막사로 돌아와서 부원수의 깃발과 부월을 세워 놓은 뒤 여러 장수들로부터 군례를 받았다.

그러고는 다시 양 도독의 막사에 이르러 행군할 계교를 의논했다. 그때 마달이 다시 이르러 황명을 알린 뒤 편지 한 통을 올렸다. 양 도독이 편지를 떼어 보니 그 사연은 다음과 같았다.

'천첩 벽성선은 풍류가 있고 방탕한 내력을 지녀 예절과 법도를 배우지 못한 까닭에 군자의 문중에서 집안의 법도를 흐리고 어지럽혔습니다. 산사와 객점을 떠돌다가 도적의 칼끝에 외로운 원혼이 됨을 면치 못하게 되었는데, 마 장군께서 구원해 주심에 힘입어 도관에 몸을 의탁했습니다. 이는 모두 상공께서 제게 주신 것입니다. 다만 어리석고 못난 제가 사리에 어두워서 나아가야 할지 물러나야 할지, 죽어야 할지 살아야 할지 적절한 도리를 깨닫지 못하고 있습니다. 군자께서 거울같이 밝게 가르쳐주시기를 바랍니다. 대군이 교지국으로 간다고 하니, 소식이 더욱 아득해지겠군요. 남쪽 하늘을 바라보며 산처럼 쌓인 슬픔과 원망하는 심정을 붓으로 다 쓰기가 어렵습니다.'

편지를 다 읽고 난 양 도독은 측은한 마음으로 홍랑을 바라보며 말했다.

"이는 필경 황 씨가 일으킨 분란일 것이오. 선랑의 처지가 너무도 불쌍하지만 군중에 있는 내가 어찌 집안일을 논하겠소? 까마득히 먼 곳에서 소식이 아득하니 정말 잊기가 어렵구려."

양 도독은 몇 달 만에 교지국을 쳐서 항복을 받았다. 개선가를 부르며 회군하는데, 여러 장수들과 군사들이 기쁨을 이기지 못해 북과 나발을 울리며 창과 칼을 춤을 추다가 고국산천을 바라보고 말했다.

"저기 푸른 봉우리가 보이는 산이 유마산으로, 점화관이라는 도관이 그 아래 있습니다."

이때 마침 해가 저물어 어둑어둑해졌다. 이에 양 도독은 유미신 앞에 대군을 주둔시켜 하룻밤 야영을 하게 했다. 홍랑이 양 도독에게 말했다.

"제가 선랑과 상면한 적은 없으나 속마음을 이해하는 데는 형제와 다름이 없을 것입니다. 이 기회에 한번 놀리면서 정을 쌓고자 합니다."

양 도독이 웃으며 허락했다. 이에 홍랑은 전포 차림에 쌍검을 차고 설화마에 올라 점화관을 향해 갔다.

이때 선랑은 점화관 안에 있으면서 낮에는 도사를 따라 소일했으나 밤이면 무료한 심사를 억제할 수 없어 객창을 열고 황혼 무렵의 달빛을 바라보며 생각했다.

'내 한낱 여자의 몸으로 의지할 만한 사람이 아무도 없는 곳에서 외로이 의탁하고 있으면서 장차 무엇을 바라겠는가? 저 중천에 떠 있는 둥근 달이 내 마음의 회포를 가져다가 아득히 먼 곳에 계신 우리 상공께 비칠 것이다. 우리 상공께서는 거울 같은 식견으로 저 달을 보시면서 제가 상공을 생각하듯이 저를 생각하시는지요?'
하며 답답하고 구슬픈 심회를 이기지 못하고 있었다.

홀연 뜰 옆에 나무 그림자가 은은한 가운데 사람의 발자취 소리가 나며 한 젊은 장군이 장검을 짚고 갑자기 들어와 촛불 아래 서는 것이었다.

선랑은 깜짝 놀라 급히 소청을 깨웠다. 그 장군이 웃으며 말했다.

"낭자는 그리 놀라지 마시오. 나는 지나가던 도적이오. 낭자의 재물을 탐하는 것도 아니요, 낭자의 목숨을 해치려는 것도 아니라오. 다만 낭자의 꽃다운 이름을 듣고 자나 깨나 마음에 잊을 수가 없어서 꽃을 찾아다니는 미친 나비처럼 향내를 밟아 이곳에 이르렀소. 낭자는 젊은 나이의 미인이요, 나는 호걸스러운 도적이오. 아무 까닭도 없이 산속의 도관에서 쓸쓸히 지내면서 달 같은 태도와 꽃 같은 얼굴을 헛되이 늙게 하지 말고 나를 따라가서 산채의 부인이 되어 부귀를 누립시다."

선랑은 환란을 겪으면서 겨우 살아남은 목숨이요, 풍파를 겪은 뒤에 아직도 두려움이 남아 있는 사람이었다. 이런 상황에 처하자 마음이 떨리고 심신이 날아간 듯 어찌할 바를 몰랐다.

그 장수가 칼을 안고 가까이 다가서며 말했다.

"낭자는 하늘과 땅에 촘촘히 쳐진 재앙의 그물에서 벗어날 수가 없을 것이오. 그러니 주저하지 마시오. 내가 일찍이 낭자의 절개가 맵다는 말을 들었소. 10년이나 청루 생활을 하면서 앵혈을 지니고 있다는 것은 고금에 드문 일이나 오늘은 쓸 데가 없을 것이오. 비록 낭자가 죽으려 해도 죽지 못할 것이고, 달아나려 해도 달아나지 못할 것이니, 빨리 일어나 나를 따르시오. 순종하면 부귀를 누릴 것이요, 거역하면 죽을 것이오.”

　처음에는 너무나 갑작스러운 일이라 선랑이 어찌할 바를 모르고 갈팡질팡했으나 이제는 독기가 생겼는데 어찌 생사를 돌아볼 것인가? 몸을 빨리 일으켜 침상 머리에 있는 장도를 집으려 했다. 그러자 그 장수는 웃으며 앞을 막고 선랑의 손을 잡으며 말했다.

　“낭자는 고집을 부리지 마오. 사람의 한평생이 풀잎에 내린 이슬 같다오. 북망산의 한 덩이 흙에 발그레 젊던 얼굴이 적막해지고 나면 낭자의 구구한 지조에 대해 말할 사람이 누가 있겠소?”

　선랑은 손을 떨쳐내고 물러앉으며 크게 꾸짖었다.

　“태평성대에 개 같은 도적이 어찌 이토록 무례하냐? 내 너를 대하여 입을 더럽히지 않을 것이니 빨리 내 머리를 가져가거라.”

　말을 마친 선랑의 기색이 추상같으므로, 그 장수가 말했다.

　“비록 낭자가 이처럼 맹렬해도 내 뒤에 낭자를 겁박하러 오는 장수가 또 있는데, 그때도 순종하지 않을 수 있겠소?”

　미처 말을 마치기도 전에 밖이 요란하며 과연 한 장군이 두 사람의 부장과 10여 명의 무장한 군사들을 거느리고 의기가 당당한 태도로 거드름을 피우며 들어왔다. 선랑이 탄식하며 말했다.

　“괴이하구나, 내 신세여! 온갖 고난을 다 겪고 끝내는 도적 장수의 칼끝에 원혼이 될 줄 어찌 알았으랴? 이제 비록 피하려 해도 피할 길이 없고, 죽으려 해도 죽을 방법이 없으니, 세상에 어찌 이런 몰골이 또 있을까?”

　그 장수는 마루에 오르더니 부장과 무장한 군사들을 물리치고 바로 방 안으로 들어와 촛불 아래 서는 것이었다. 선랑이 한 차례 우러러보고 얼굴색이 변하며 더욱 놀라 망연히 정신을 잃은 것 같았다. 그 장수는 다른 사람이 아니라 양 도독이었던 것이다.

양 도독은 홍랑을 먼저 보내고 대군을 안돈한 후 뒤따라 온 것이었다. 양 도독이 자리를 잡고 앉은 뒤에도 선랑은 오히려 놀란 혼이 아직 안정되지 않아 말을 이루지 못했다. 양 도독은 미소를 지으며 선랑을 향해 말했다.

"선랑은 평지풍파를 무수히 당했는데, 뜻밖에 또 방탕한 남자를 만나 욕을 면할 수 있겠소?"

선랑이 정색을 하며 말했다.

"도관에 거처를 정한 뒤로 세상 소식을 아득히 듣지 못했어요. 오늘 상공께서 이렇게 찾아오실 줄은 뜻하지 못했던 일입니다. 저 장군은 누구신지요?"

양 도독이 웃으며 대답했다.

"그는 선랑의 지기인 강남홍이자 나의 장수인 홍혼탈이오."

이에 홍랑이 선랑의 손을 잡고 말했다.

"선랑은 강주에 있고 나는 강남에 있어서, 하찮은 갈대 같은 내가 옥수 같은 선랑과는 서로 알지 못했으나 이리저리 떠돌다가 결백한 두 사람이 속마음을 서로 보여주며 한번 만남을 원했는데, 두 사람이 똑같이 기박한 운명이었네요. 평지풍파를 만난 선랑과 물에 빠져 겁을 먹었던 내가 온갖 재난을 다 겪고 이곳에서 이렇게 만나리라고 어찌 기약이나 했겠어요?"

선랑이 사례했다.

"저는 화살에 맞은 새가 굽은 나무만 보아도 놀라듯이 의심과 두려움을 품게 되었지요. 홍랑이 수중의 원혼이 되었다는 소식은 벌써

부터 꿈인 듯 의심스러웠는데, 이렇게 장수가 되어 저의 남은 목숨을 겁박하시니, 이는 꿈속의 꿈인가 봅니다."

양 도독이 두 사람의 대화에 끼어들었다.

"얼마간의 이야기는 비록 듣지 않아도 알겠소. 선랑이 이미 엄명을 받들어 고향으로 쫓겨난 몸이 되었으니 나를 따라 황성으로 들어갈 수는 없는 노릇이오. 이곳이 매우 조용하고, 모든 도사들이 낯익은 사람들이니 우선 이곳에 있으면서 내가 찾을 때를 기다리시오."

선랑이 그러마고 했다. 홍랑이 웃으며,

"선랑이 도적을 만나 적잖게 놀랐을 것이니 놀란 마음을 진정시키는 술을 권하시지요."

하고는 손야차에게 군중에 남은 술을 가져오라고 하니, 양 도독이 말했다.

"세상에 저렇듯 아름다운 도적이 있으며, 저런 도적의 부인이 있겠소?"

하고 서로 크게 웃으며 각기 취토록 마셨다.

양 도독이 홍랑과 군영으로 돌아갈 때 모든 도사들을 불러 채색 비단과 은자를 주며 한 사람 한 사람에게 감사를 표했다. 도사들은 황공함을 이기지 못해 선랑을 더욱 공경하며 우러러 사모했다.

이때, 황제는 양 도독의 대군이 가까이 이르렀음을 알고 황성 밖에 3층의 단을 쌓게 하고 수레를 대령하라고 하여 적장의 수급을 바치는 헌괵지례를 받았다.

그 뒤 군공을 표창했다. 정남도독 양창곡은 연왕에 봉하여 행우승상의 벼슬을 내렸다. 홍랑은 자신의 사정을 아뢰는 진정표를 올렸는데, 황제는 여자인 것을 알면서도 더욱 기특하게 여겨 난성후에 봉하여 행병부상서 벼슬을 내렸다. 그 나머지 여러 장수들은 각기 세운 공에 따라 벼슬을 올려주었다.

연왕이 왕의 작위를 받게 됨에 따라 예부에서 양 원외와 허 부인, 그리고 윤 소저와 황 소저에게도 직첩을 내렸다. 양 원외는 연국태공이 되었고, 허 부인은 연국태비가 되었으며, 윤 소저는 연국상원부인이 되었고, 황 소저는 연국하원부인이 되었다. 소실들은 각각 숙인에 봉했다.

어느 날, 조회가 파한 뒤 황제는 연왕을 조용히 인견하고 말했다.

"경이 출전한 후 집안에 어떤 요란한 일이 있어서 짐이 경의 소실을 잠깐 고향으로 보내라고 한 것은 분란을 가라앉히고 경이 돌아오기를 기다리게 한 것이오. 경은 짐에게 구애되지 말고 뜻대로 처리하오."

연왕이 머리를 조아리고 벽성선에 관한 일을 대강 아뢰니, 황제는 웃으며 말했다.

"예로부터 이런 일은 더러 있었으니, 경은 조용히 처리하여 가정의 화목에 힘쓰시오."

연왕이 황공해 하며 사례했다.

하루는 연왕이 홍랑을 보고 탄식하며 말했다.

"부녀의 투기는 칠거지악 가운데서도 더욱 심한 죄인데, 불행히도 내 집에 이를 범한 사람이 있어서 조정에까지 알려지고 말았소. 마땅히 한 차례 엄격하고 자세히 조사하여 옥석을 가려야 하겠어요. 가장 먼저 자객을 찾아 쫓아가서 잡고 나면 사건의 진상이 드러날

것이오. 내가 요즘 조정에 일이 많아 사사로운 일을 처리할 겨를이
없으니, 산속의 객관에서 홀로 고초를 겪고 있는 사람이 측은할 따
름이오."

한편, 이때 남방을 평정한 후 나라 밖에 근심이 없게 되자, 황제는
매일 참정 노균, 협률랑 동홍과 더불어 후원 봉의정에서 풍류 연주
를 들으며 소일하고 있었다.

조정의 기강이 해이해져서 충신은 물러가고 간신들만 득의했다.
매번 이를 근심한 연왕이 조회에 나아가면 충성된 말씀과 정직한 풍
모로 도끼를 들고 직간했다. 노균이 더욱 연왕을 모해하여 아뢰었다.

"지금의 조정은 폐하의 조정이 아니옵니다. 연왕의 권세가 온 나
라를 기울여 임금을 얕잡아 낮추고 있사옵니다. 폐하께서 다시 풍류
를 들으시면, 이는 연왕의 뜻을 거스르는 것이오니 차후로는 풍류를
철폐하시어 연왕의 뜻에 맞추소서."

라고 하며 온갖 방법으로 모해하자, 황제가 노하여 연왕을 멀리 운남
지방으로 귀양을 보냈다.

노균과 동홍은 연왕을 꺼리다가 그가 멀리 유배되자 태청진인이
라는 도사와 방사들을 모아 황제를 현혹시켰다.

어느 날, 노균이 백관을 거느리고 황제에게 표문을 올려 청했다.

'하늘에서 상서로움을 내리시어 황하의 물이 맑고 봉황새가 내려
와 황상의 성덕을 표창하시니, 폐하께서도 보답을 하심이 도리일까
하옵니다. 마땅히 명산에 단을 쌓고 산천에 제를 올리시고, 옥판에
기원의 말을 새겨 석함에 넣어 땅에 묻어서 천지의 신령에게 제를

지내소서. 그리고 명산에서 재계하신 후 해상에 순행하시어 다시 신선을 맞아 장수와 복록을 구하심이 옳을까 하나이다.'

표문을 본 황제는 크게 기뻐하며 길일을 가려 태산에서 봉선 의식을 하기로 했다. 종실 대신과 문무백관을 조정에 머무르게 하여 천자의 권한을 대행시켰다. 황제는 노균과 동홍, 내시 10여 명과 호위 군사 일천 명, 금위군 일만 기를 거느리고 자금성을 떠났다.

이때는 춘삼월이었다. 농사를 시작할 즈음에 백성들은 농기구를 던지고 밭이랑을 메워 길을 닦고 닭과 개를 잡아 군사들을 접대하다 보니 절로 민심이 흉흉하여 원망이 일어났다.

황제는 해상에 행궁을 짓게 하여 신선을 모으고, 주나라 목왕과 진시황처럼 사면팔방을 두루 돌아다니고, 바다에 다리를 놓을 생각이 있었다.

하루는 황제가 행궁에 올라 옥황상제를 모시고 〈균천광악〉이라는 궁중악을 듣다가 우연히 발을 헛디뎌 공중에서 떨어지게 되었다. 한 소년이 떨어지는 황제를 받아 구하는 것이었다. 돌아보니 그 소년은 분명히 곱게 화장한 미인으로, 여자의 기상이 있었다. 수중에 악기를 든 악공의 모습이었다.

꿈에서 깨어난 뒤에 황제는 상서롭지 못하다고 생각하여 노균에게 꿈자리에 대해 물으니, 노균이 대답했다.

"예전 춘추시대 진나라의 목공은 〈균천광악〉을 꿈꾸고 나라를 중흥하였으니, 이 어찌 기이한 꿈이 아니겠사옵니까? 폐하께서 동홍을 얻으시어 예악을 닦아 성덕을 쌓으셨으니 꿈속에서 보신 소년이 동홍이라 여기나이다."

황제도 소년이 동홍이라고 생각하고 있었던지라 그 말을 듣고는 동홍의 벼슬을 올려 의봉정 태학사 겸 균천감 협률도위에 임명했다. 그리고 악사와 배우를 교육하던 이원의 제자를 균천의 제자로 고치고, 민간에서 음률을 아는 미소년들을 뽑아 들여 균천 제자를 삼아 좌우에서 모시게 하여 꿈자리에 응하게 했다.

이때 동홍은 성지를 받들어 균천 제자를 뽑았는데, 갑자기 수효를 채울 길이 없었다. 이에 동홍은 가까운 사람들을 멀고 가까운 곳에 풀어 만일 부합하는 사람이 있으면 묻지 말고 잡아오라고 했다. 그러자 여염집의 나이가 어리고 얼굴이 아름다운 소년들은 감히 모습을 나타내지 못했다.

한편, 선랑은 점화관에 머물면서 서먹서먹한 객지 생활에 하루가 3년처럼 길게 느껴졌다. 날마다 북쪽 하늘을 멀거니 바라보며 연왕이 다시 찾기만을 바라고 있었다. 그런데 뜻밖에도 연왕은 까마득히 먼 곳에서 귀양살이하는 처지가 되어 소식마저 알 길이 없었다. 자신의 신세를 생각하니 갈수록 괴이해짐에 음식을 전폐하고 밤낮으로 울부짖더니 홀연 탄식하며 말했다.

"우리 상공께서 소인의 참소를 입으시어 쉽게 돌아오실 기약이 없고, 나는 도관에 거처하며 어디로 가야 할지 불안할 뿐만 아니라 무슨 분란이 다시 일어날지 어찌 알리오? 차라리 종적을 감추어 남방의 산천을 구경하고 운남의 유배지에 가까운 도관을 찾아 때를 기다리는 것이 옳겠다."

하고는 털빛이 검푸른 당나귀 한 필을 준비하여 남자 옷으로 갈아입고 도사들과 작별한 뒤 남쪽으로 길을 떠났다. 선랑과 소청 두 사람은 한 사람의 서생과 한 사람의 서동 모습이었다.

여러 날 만에 사천지방의 충주에 이르렀는데, 황성까지는 9백 리요, 산동성까지는 2백여 리였다.

어느 날, 객점에 들자 소년 두어 사람이 선랑의 용모를 보고 눈길을 주어 자세히 보며 물었다.

"그대는 어디로 가는 사람이오?"

"나는 산수를 찾아 정처 없이 다니고 있소."

그 소년들이 서로 쳐다보며 미소를 짓다가 말했다.

"그대의 얼굴을 보니 풍류남자의 기상이 있는데, 혹 음률을 배운 적이 있소? 우리도 또한 방탕하게 다니는 사람이오. 마침 소매 속에 단소가 있으니 오늘 밤 객점 안에서 소일했으면 하오."

그 말을 듣고 선랑은 생각하기를,

'저 소년이 필시 내 모습이 여자 같은 것을 의심해서 이처럼 트집을 잡는 것이니, 내가 졸렬한 태도를 드러내서는 안 되겠다.'

하고는 웃으며 말했다.

"나는 생각이 낡고 완고하여 쓸모없는 선비라오. 어찌 음률을 알겠소마는 두 분 선생께서 이처럼 놀자고 하시니 초동이나 목동의 피리 소리라도 흉내 내는 것을 사양하지 않겠소."

그 소년들은 매우 기뻐하며 소매 속에서 퉁소를 꺼내 먼저 한 곡을 불고 나서 선랑에게 주는 것이었다. 선랑은 사양하지 않고 두어 곡을 간단히 불어 화답하고 퉁소를 돌려주며 말했다.

"나는 본디 숙련된 솜씨가 없지만, 다만 두 분 선생의 후의를 괄시할 수 없어 분 것이니 비웃지는 마시오."

그 소년은 몹시 기뻐하며 밖으로 나가더니 조금 뒤에 밖이 요란하며 대여섯 명의 사내들이 작은 수레를 문 밖에 대는 것이었다. 그 소년이 크게 소리쳤다.

"우리는 황명을 받들어 그대 같은 사람을 찾으러 다니고 있다네." 하며 선랑을 붙들어 수레에 태우고 비바람이 몰아치듯 어딘가로 향했다.

선랑은 또 다시 뜻하지 않았던 변고를 당하여 곡절을 모른 채 수레에 앉아 소청에게 말했다.

"이것이 우리 두 사람의 운명인가 보다. 평지풍파가 이처럼 헤아리기가 어려운 것이더냐?"

소청이 대답했다.

"아씨께서는 마음을 너그럽게 가지시고 차차 일이 돌아가는 기미를 보세요."

선랑도 어쩔 수가 없어 다만 한 번 죽기로 작정하고 앉아 있었다. 종일 가다가 한 곳에 이르러 수레를 멈추고 내리라고 했다. 선랑과 소청이 태연히 내려 좌우를 살펴보니 건물이 거창하고 훌륭했다. 그곳에는 수를 헤아릴 수 없을 정도로 많은 소년들이 선랑 자신처럼 모여 앉아 아무 말도 없이 서로 얼굴만 물끄러미 바라보고 있었다. 선랑도 여러 소년들을 따라 앉았다. 한 관인이 저녁밥을 가지고 나와 권하며 위로했다.

"그대는 근심하지 말고 저녁을 먹으라. 이곳은 산동성이고, 우리는 참정 어르신의 집안사람이다. 지금 황상께서는 해상 행궁에 계시면서 새로 균천 제자들을 모으고 계신다. 내일은 동 협률과 노 참정께서 그대들의 재주를 시험하여 선발하신다고 하니, 그대들이 재주를 다하여 황상을 가까이 모신다면 어찌 영화롭지 아니하랴?”

그 말을 들은 선랑은 마음속으로 생각했다.

‘이것은 필시 동홍과 노균의 소행이로군. 내가 만일 본색을 드러내면, 노균은 우리 상공의 원수인지라 욕을 면할 수 없을 것이다. 마땅히 종적을 숨기고 취재하는 자리에 나아가서는 재주를 감추고 풍류를 모른다고 하면 절로 놓아 보낼 것이다.’

하고 계교를 정한 후 동정을 살폈다. 과연 그 관인이 다시 수십 대의 수레를 가지고 와서 소년들을 데리고 어디론가 가는 것이었다. 선랑이 수레에 앉아 바라보니 층층의 궁궐이 해변에 서 있었다. 묻지 않아도 황제의 행궁일 것이었다.

한편, 이때 동홍이 노 참정을 보고 말했다.

“제가 이제 황명을 받들어 사방을 뒤져서 음률 아는 사람 10여 명을 잡아 왔습니다. 오늘밤 황상을 모시고 그들의 재주를 구경할까 합니다.”

한동안 생각에 잠겨 있던 노균이 손을 가로저으며 말했다.

“안 되지. 세상에 헤아릴 수 없는 것이 사람의 마음일세. 그대가 평생 견문이 좁고 사리에 어두우면서 임기응변으로 낯모르는 소년들을 모아 황상께 드리고자 하는데, 이것이 어찌 우리의 복이겠는가? 만일 우리 두 사람의 심복이 아니라면 이제부터는 황상을 가까이 모시게 하지 말게.”

동홍이 사례하고 즉시 모든 소년들을 노균의 처소로 인도하라고 했다. 선랑이 소년들을 따라 노 참정의 처소에 이르러 보니, 수십 칸의 집을 새로 지어 극히 정교하고 치밀한 가운데 처마마다 구슬 등을 달았고, 갈고리 모양으로 만든 산호 장식에 수정 발을 곳곳에 걸어놓아 참으로 신선이 사는 누각 같았다.

좌우를 둘러보니 한 재상이 자줏빛 비단 옷에 옥으로 장식한 허리 띠를 띠고 푸른 얼굴에 살기를 띤 채 동쪽을 향해 앉아 있었는데, 그는 노균이었다.

용모가 아름다운 한 소년은 붉은 도포에 한 끝이 아래로 처진 야자띠를 띠고 서쪽을 향해 앉아 있었는데, 그는 동홍이었다.

전후좌우에 악기를 벌여 놓고 여러 소년들에게 차례로 자리를 정해 준 뒤 노균이 웃으며 말했다.

"그대들이 다 어떤 사람인지는 모르나 다 같이 황상의 신하들이다. 지금 황상께서는 성시로움을 인으시고 예악을 중수하시어 태산에 봉선하셨다. 이는 천고에 희귀한 일이지. 이제 이원 교방의 속악을 고쳐 균천 제자의 신악을 이루고자 하는 것이니, 그대들은 각각 재주를 숨기지 말고 성덕을 찬양하라."

선랑이 말했다.

"소생은 일개 서생인지라 음률을 공부하지 않았으므로 가르치시는 뜻을 받들어 계승하지 못할 것 같습니다."

노균이 소리 없이 웃으며 말했다.

"젊은이는 너무 사양하지 말라. 이 또한 황상을 섬기는 일이니 어전 악공에게는 수치가 될 것이 없을까 한다."

말을 마치고는 각 소년들에게 악기를 주어 각자의 장기에 따라 시험했다.

이때, 행궁에 있던 황제는 가까이 모시던 신하 두어 사람을 데리고 달빛 아래 거닐고 있었다. 홀연 바람결에 관현악기의 소리가 은은하게 들려왔으므로 좌우의 신하들에게 묻자, 한 신하가 대답했다.

"노 참정과 동 협률이 새로 균천 제자를 뽑아 연습을 시키고 있사옵니다."

황제가 흐뭇하게 웃으며 말했다.

"짐이 이제 변복을 하고 가서 구경하려 하니 좌중에 약속하여 누설되지 않게 하라."

이때, 여러 소년들이 차례로 악기를 연주하여 바야흐로 관현악이 한창 흥겨운 때였다. 홀연 귀인 한 사람이 시중드는 사람 두엇을 데리고 장막 안으로 들어오는 것이었다.

선랑이 우러러보니 기상이 출중하고 풍채가 아름다웠으며 우뚝한 콧대에 용이나 봉황과 같은 모습이었다. 광채가 휘황하여 다시 보니 예사로운 귀인이 아니었다.

그 귀인이 웃으며 노 참정을 보고 말했다.

"주인에게 반갑고 귀한 손님들이 있어 오늘밤 함께 즐긴다는 말을 듣고 불청객이 제 발로 왔소. 혹시라도 흥이 깨진 것은 아니오?"

말을 마치자 귀인의 음성이 음악의 가락과 잘 맞아 참으로 황제가 오셨는가 의심했으나 옷차림이나 모시고 온 사람들로서는 확증을 할 수가 없었다. 그 귀인이 웃으며 말했다.

"동 학사는 주인이니 먼저 한 곡을 들었으면 하오."

동홍은 즉시 몸을 일으키더니 비파를 가져다가 두어 곡을 연주했다. 선랑이 자세히 들어보니 수법이 조잡하고 음률이 어수선한 가운데 그 소리가 몹시 불길했다. 제비가 장막 위에 집을 짓듯 위태로움이 닥칠 것을 알지 못하고 물고기가 끓는 솥 안에서 뛰노는 듯 위태롭기 그지없었다. 선랑이 마음속으로 의아하게 여기고 있는데, 그 귀인이 다시 웃으며 말했다.

"학사의 비파 연주는 너무 지루하여 생기와 새로움이 없으니, 당 현종이 연주하던 갈고를 빨리 가져오라. 내 마땅히 가슴속에 쌓여 있는 세상살이의 티끌을 한번 씻어 내리라."

하고는 옥수를 들어 채를 한 차례 울렸다. 비록 수단이 생소하고 곡 조가 소루했으나 광대한 도량은 하늘과 땅처럼 끝이 없고, 호방한 기세는 비바람이 이리저리 뒤집혀, 비유하자면 넓고 큰 바다의 신령 스러운 용이 변화를 예측할 수가 없어서 구름 낀 하늘에 오르고자 하나 구름을 얻지 못한 것과 같았다. 그제야 선랑은 깜짝 놀라 그 귀인이 황제임을 알았다. 그러나 이미 변복을 하고 온 기미를 보고 감히 기색을 노출할 수가 없어서 다만 마음속으로 생각하기를,

'우리 황상의 광대하신 덕량과 신성하고 문무를 겸하신 자품이 저 러하신데, 소인의 무리가 황상의 총명을 가려 한 조각 뜬구름을 헤 칠 길이 없구나. 내가 비록 한 여자이지만 나 또한 충의의 마음을 품고 있지. 이러한 기회를 만나 어찌 풍류로 한번 풍간을 하지 않으 랴?'

하고 계교를 정한 뒤에 동정을 기다리고 있었다.

황제는 갈고 연주를 그치고, 소년들의 재주를 시험해 가다가 선랑 의 차례가 되었다. 선랑은 사양하지 않고 대나무로 만든 젓대를 집 어 맑고 은은하게 한 곡을 연주했다.

황제는 미소를 띤 채 동 협률을 돌아보며 말했다.

"이는 예사로운 수단이 아니로다. 봉황이 아침 햇살을 받고 울어, 그 맑은 소리가 구름 낀 하늘에 사무쳐서 듣는 사람으로 하여금 술

에 취해 자는 동안의 꿈에서 깨어나게 하는구나. 그 소리가 인간 세상의 온갖 새들의 범상한 울음소리를 씻어 버리니, 이른바 〈봉황곡〉이 아니겠는가?"

그 순간 선랑은 황제의 총명이 출중하여 자신이 풍간한 것임을 충분히 알았으리라고 짐작했다. 이에 대나무 젓대를 놓고 거문고를 당겨 옥 같은 손으로 줄을 골라 한 곡을 연주했다. 황제가 흐뭇한 듯 웃으며 말했다.

"느긋하구나, 이 곡이여! 넓고 멀리 흐르는 물이 아득한데 떨어진 꽃잎이 이리저리 떠돌아, 한가하고 여유가 있는 생각이 아득히 세간의 시시비비를 잊었으니, 이는 이른바 〈낙화유수곡〉이로다. 단아한 수법과 맑고 화창한 가락이 근자에 처음 듣는 것이로군."

선랑은 즉시 가락을 변화시켜 다시 한 곡을 연주했다. 그 소리는 마음 깊은 곳에서 배어 나오는 느낌이 격렬하여 외롭고 쓸쓸하며 한탄스럽고 슬픈 감정을 불러 일으켰다. 황제는 무릎을 쳐 감탄하며 말했다.

"깊이 숨은 뜻이 있도다, 이 곡은! 흰 눈이 어지럽게 휘날려 천지에 가득하니 따스한 봄철을 어느 때에나 만나랴? 이는 옛적 초나라 도읍인 영의 나그네가 노래했던 〈백설가〉로다. 오래되어 예스러운 곡조에 화답할 사람이 적을 것이니, 어찌 때를 만나지 못한 탄식이 없겠는가?"

선랑은 다시 가락을 바꾸어 바른 곡조인 정성을 낮추고 새로운 곡조인 신성을 돋워 한 곡을 연주했다. 기쁨과 슬픈 감정이 번갈아 일어나자 황제는 옥수로 책상을 치며 말했다.

"슬프다, 이 곡이여! 개봉 땅 변수의 버들이 푸르고, 궁중의 아름다운 나무가 시드니, 풍류 천자의 짧은 행락이 일장춘몽이로구나. 이는 이른바 수나라 양제의 〈제류곡〉이 아니더냐? 번화한 가운데 애달픈 원망을 하고, 맑고 참신한 가운데 씻은 듯 깨끗하니, 아무 까닭 없이 사람으로 하여금 처량하고 즐겁지 않은 심사를 돋는구나."

이에 선랑은 거문고를 밀치고 비파를 당겨 스물다섯 줄을 줄마다 골라 가는 현을 누르고 굵은 현을 울려 다시 한 곡을 연주했다. 황제는 홀연 얼굴빛을 고쳐 정색을 하며 말했다.

"이 곡조는 어찌 그리 씩씩하면서도 비통한가? 거센 바람이 일어나 구름이 날리고, 위엄이 온 세상에 더함에 고향에 돌아오니, 이는 이른바 한나라 고조의 〈대풍가〉로다. 영웅인 천자가 맨손으로 왕조를 일으켜 천고에 뜻을 얻었는데, 어찌 그 가운데 처량한 느낌이 있는가?"

선랑이 대답했다.

"한나라 고조 고황제께서는 본디 패상의 정장으로 삼척검을 가지고 8년간의 초한전에 위태로움을 무릅쓰셔서 천하를 얻으셨으니, 고생스러운 가운데서도 쉬거나 게을리 하지 않고 꾸준히 힘을 다함이 어떠하셨겠습니까? 후세 자손들이 이 뜻을 모르고 종묘사직을 저버릴까 하여, 힘세고 용감한 군사를 생각하시어 천하를 염려하며 이 곡조를 지으셨으니 어찌 처창함이 없겠습니까?"

황제는 잠자코 아무 대답도 하지 않았다. 선랑은 다시 비파 줄을 떨쳐 굵고 가는 현을 거두고 중성을 울려 또 한 곡을 연주했다. 그 소리는 또렷이 맑고 시원하여 승로반에 이슬이 떨어지는 듯하고, 한 무제의 무릉에 부는 가을바람에 성긴 빗소리처럼 쓸쓸했다. 황제가 선랑을 자세히 보며 물었다.

"이는 무슨 곡조인가?"

"이는 당나라 때 이장길이 지은 〈금동선인사한가〉입니다. 한 무제께서 크고 빼어난 재능과 지략으로 황제로 즉위하신 초기에 정사에 힘쓰셔서 어질고 착한 선비와 바른말을 하는 신하를 등용하시려 했습니다. 그러나 공손홍이나 장탕 등의 무리가 무제께 아첨을 하며 상서를 말하고 봉선을 칭송했습니다. 승화전에 날아온 푸른 새가 서왕모가 오려는 징조라고 하며 간사한 속임수를 써서 무제께서 곧이 들으시게 했고, 구령에서 학을 타고 피리를 불며 신선이 되어 갔다는 주나라 영왕의 태자 진의 허황된 이야기를 믿어 마침내 나라를 병들게 했으므로, 후세 사람이 이 노래를 지어 무제께서 덕을 잃으신 것을 안타까워했습니다."

황제는 또 묵묵히 대답이 없었다. 선랑은 즉시 철제 활을 들어 5음 가운데 치성과 각성으로 쌀쌀한 바람이 부는 느낌이 들게 또 한 곡을 연주했다. 그 소리가 처음에는 방탕하고 나중에는 안개가 짙게 낀 듯하여, 흰 구름이 뭉게뭉게 하늘가에 피어오르고 쓸쓸한 바람이 대나무 숲에 울리는 듯했다. 황제가 측은한 표정으로 물었다.

"이것은 무슨 곡인가?"

"이 곡은 주나라 목왕의 〈황죽가〉입니다. 옛적에 주나라 목왕께서 여덟 마리의 준마를 얻고 요지에서 서왕모를 만나 돌아오는 것을 잊으셨으므로 가까이 모시던 여러 신하들이 고국을 생각하고 목왕을 원망하여 이 노래를 지었다고 합니다. 때마침 서언왕이 난리를 일으켜 나라가 거의 위태할 뻔했다고 합니다. 비록 그러나 또 한 곡이 있으므로 마저 연주할까 합니다."

하고 거문고의 줄을 다시 골라 한 곡을 연주했다. 초장은 호탕하여 철갑을 한 기마대가 달리는 듯했고, 중장은 광대하여 바다가 넓게 열린 듯 변화가 무궁하고 농락하는 것을 헤아리기가 어려워 그 자리에 있던 사람들을 놀라게 했다. 선랑이 홀연 철제 활을 바로잡고 옥수를 뿌리쳐서 25현을 맹렬히 한 번 그어 일시에 다 끊어버리자, 주변에 있던 사람들이 몹시 놀라 얼굴빛이 하얗게 질렸다. 황제도 얼굴빛이 확연히 변해 선랑을 한동안 뚫어져라 바라보다가 물었다.

"이 곡조의 이름은 무엇인가?"

"이 곡은 이른바 〈충천곡〉이라고 합니다. 옛적 초나라 장왕이 즉위 3년째에 정사를 돌보지 않고 풍류를 일삼자 대부로 있던 소종이 간하기를, '우리나라에 한 마리 새가 있는데 3년을 울지 않고 3년을 날지 않았습니다. 이깃이 무슨 새입니까?'라고 하사, 장왕은, '3년을 울지 않았으나 울었다 하면 사람들을 놀라게 하고, 3년을 날지 않았으나 날았다 하면 하늘을 찌를 듯이 높이 솟아오를 것이오.'라고 하면서 왼손으로 소종의 소매를 잡고 오른손으로 모든 악기의 줄을 끊어버리고 다시 덕을 닦으셨답니다. 그러자 몇 해가 지나지 않아 초나라가 잘 다스려져 춘추오패의 으뜸이 되었습니다."

그 말을 들은 황제는 묵묵히 말이 없었다.

이때 노균은 선랑이 황제에게 풍간하는 것을 알아차리고 마음속으로 불쾌하여 말을 끊으려고 앞으로 나앉으며 말했다.

"내가 그대의 음률을 들었으나 이제는 음률에 대한 견해를 듣고 싶네. 그대는 음률이 어느 때로부터 나왔다고 생각하는가?"

선랑이 웃음을 띠며 대답했다.

"제가 보고들은 것이 없어 견문이 좁은데 무엇을 알겠어요? 일찍이 스승에게 들으니 풍류는 이 세상과 함께 생겨났다고 하더군요."

노균도 웃으며 물었다.

"그렇다면 그 처음으로 생긴 풍류 이름이 무엇인가?"

"공께서는 다만 이름 있는 풍류만 풍류로 아시고, 소리 없는 풍류는 모르시는군요. 어버이에 대한 효도, 형제끼리의 우애, 임금에 대한 충성과 벗 사이의 믿음, 즉 효제충신은 소리 없는 풍류이옵고, 희로애락은 이름이 없는 풍류이옵니다. 사람이 희로애락에 지나침이 없으면 기상이 화평하고, 효제충신의 행실을 닦으면 마음이 즐거워집니다. 마음이 즐겁고 기상이 화평하면 비록 가만히 앉아 고요히 있어도 소리 없는 큰 음악이 내 귀에 들리는 것인데, 어찌 이름으로 풍류를 논하겠습니까?"

노균이 냉소하며 말했다.

"그렇지 않다. 사람에게는 옛날과 지금이 있겠지마는, 이 세상에는 고금이 다를 수가 없지. 총명함에는 고금이 있겠지마는, 음률이 어찌 고금이 다르겠는가? 편경이나 옥피리 등에서 나는 석성은 소리가 맑고 가락이 높으며, 편종이나 징 따위에서 나는 금성은 소리가 쟁쟁하고, 퉁소나 생황 등에서 나는 죽성은 정밀하고 한결같으며, 거문고나 비파 따위에서 나는 사성은 소리가 맑고 낭랑하여, 불면 응하고 치면 소리가 나는 것은 고금이 마찬가지지. 또 들으니, 〈함지〉와 〈운문〉은 황제 헌원씨의 풍류요, 〈대장〉은 요 임금의 풍류요, 〈소소〉는 순 임금의 풍류요, 은나라 때의 〈대호〉와 주나라 때의 〈상무〉는 이른바 옛 풍류라더군. 복수 주변의 뽕나무 숲에서 나온 음란한 음악인 〈상간복상〉은 정나라와 위나라에서 유행했던 망국의 음악이요, 〈기모검극〉은 오랑캐의 음악이요, 한나라 때의 〈안세방중가〉와 당나라 때 이원에서 가르쳤던 것은 이른바 오늘날의 음악이지. 가령 요 임금이나 순 임금을 오늘에 되살려 덕화를 행하게 하고 풍류를 이룬다면 한나라 때의 〈안세방중가〉가 변하여 〈대장〉이 될 것이요, 당나라 이원의 풍류가 〈소소〉로 변하게 될 것이다. 그런데 어떻게 번화한 거리인 강구에서만 요 임금의 힘을 노래하며, 순 임금의 도읍지인 포판의 들판이 특별히 흰머리의 노인들을 춤추게 하겠는가?"

노균은 말이 막히자 다시 당시에 중요하게 다루어야 할 일을 들먹여 선랑이 실수하는 것을 보려고 얼굴빛을 고쳐 정색하고 말했다.

"옛 성인께서 풍류를 만들어 사람들에게 가르친 것은 장차 그 덕을 형상화하여 천지에 고하고 후세에 남겨 전하고 하신 것이지. 지금 성천자께서 위에 임하시어 요순의 덕과 주나라 문왕과 무왕의 교화가 만방에 미치어, 하늘이 상서로움을 내리시고 백성들은 장수와 복록을 누려, 요순시대나 은나라 주나라 시대에 부끄러워 할 바가 없을 것이다. 노부가 이제 황명을 받들어 밝은 세상의 새로운 음악인 대명신악을 지어 성덕을 칭송하고 교화를 형상화하여 요 임금의 음악인 대장과 순 임금의 음악인 소소를 본받고자 하는데, 그대는 어떻게 생각하는가?"

선랑이 이마를 쓸어 올리고 옷깃을 여미며 말했다.

"공의 나라를 위한 충성심은 참으로 좋습니다! 신선술을 말씀하여 황상과 뜻을 맞추려 하시니, 이는 공의 지혜가 남들보다 빼어나신 것이지요. 어진 신하들을 자리에서 쫓아내어 당론을 세우고, 간관들에게 죄를 주어 위세와 권력을 마음대로 하시니, 이는 공의 수단이 출중하신 것입니다. 황상께 봉선을 청하여 나라의 재물을 탕진하고 민심을 건드려 원망이 일어나도 조금도 요동치 않으시니, 이는 공의 담략이 견실하신 것이지요. 천하의 사람들이 그른 데로 들어가고도 스스로 모르는 자들이 많은데, 공은 그른 것을 알고도 범하시니, 이는 그 밝음이 빼어나신 것입니다. 이제 다시 풍류를 만들어 균천제자를 뽑으면서 지체가 높고 문벌이 좋은 집안의 처첩을 빼내오고, 길 가는 나그네의 종적을 겁박하여 소문이 낭자하며, 언행이 해괴하여 백성들은 길가에서 쑥덕거리고 군자들은 집안에서 탄식하기를, '우리 성천자께선 총명하신데 어찌 이런 일이 있는가?'라고 한답니다. 위로는 황태후 마마께 심려를 끼쳐드리고 종묘사직을 위태롭게 하고 있으나, 공의 부귀와 공명은 날로 더하여 우러러 볼 사람이 없으니, 이 또한 오묘한 이치가 있는 경륜입니다. 그런데 어찌 제게 물으실 것이 있으시겠습니까? 물이 근원이 없으면 끊어지고, 나무는 뿌리가 없으면 죽는 법입니다. 나라는 백성이 근원이요, 황상께서는 신하들의 뿌리가 되십니다. 지금 공은 눈앞의 부귀만 아시고 황상과 나라를 모르시니, 근원 없는 물과 뿌리 없는 나무가 며칠이나 지탱하겠어요?"

말을 마친 선랑의 복사꽃 빛 두 뺨에는 싸늘한 기운이 돌고 봄철의 구름 같은 양쪽의 살쩍에는 강개한 빛이 있었다.

노균은 기운이 막혀 더 이상 한 마디 대꾸를 못한 채 고개를 떨어뜨리고 앉아 있었다. 황제는 크게 놀라 선랑의 내력을 알고자 물었다.

"군신이 한 자리에 있으면서 어찌 행동거지를 감추거나 숨기랴? 짐은 바로 대명천자니라. 너는 어떤 사람인가?"

선랑이 황망히 섬돌 아래로 내려서는 바닥에 엎드려 아뢰었다.

"제가 황상의 위엄을 모르고 당돌함이 많았사오니 죽을죄를 지었사옵니다."

황제가 더욱 놀라 물었다.

"너는 남자가 아니라 여자 같은데, 어느 집의 부녀인가?"

선랑이 머리를 조아리며 말했다.

"저는 죄를 짓고 운남으로 유배 간 양창곡의 천첩인 벽성선이옵니다."

그 말을 들은 황제는 한동안 당황하다가 다시 물었다.

"그러면 너는 지난날 집안의 분란으로 강주로 쫓겨 갔던 벽성선이란 말이냐?"

선랑이 황공하여 대답했다.

"그러하옵니다."

황제는 즉시 몸을 일으켜 대청에 내려서며 선랑을 보고 말했다.

"짐을 따르라."

선랑이 소청과 함께 황제를 모시고 행궁에 이르자 이미 5경이 넘어선 시간이었다.

황제는 내시에게 명하여 촛불을 밝히게 하고 선랑을 어전 가까이 불러 얼굴을 들라고 하여 자세히 보고는 크게 놀라 말했다.

"이 어찌 기이한 일이 아니겠느냐? 하늘이 너로 하여금 짐을 돕게 하시는구나. 내가 이미 꿈속에서 네 얼굴을 보았느니라. 지난날 화장한 모습으로 악기를 옆에 끼고 짐을 붙든 일이 있지 않느냐?"

하고는 행궁에서 꿈꾸었던 이야기를 낱낱이 말한 뒤 재삼 사랑스럽게 바라보며 물었다.

"너는 문자를 해득할 수 있느냐?"

"대략 깨쳐서 아옵니다."

황제는 선랑에게 종이와 붓을 주게 하고 전교를 쓰라고 한 뒤 친히 불러 주었다. 그 대강의 전교는 다음과 같다.

'짐이 혼암하여 충성스러운 간언을 멀리하고 허황한 것을 믿어 진시황과 한나라 무제의 어두운 허물을 스스로 깨닫지 못했었다. 그런데 연왕 양창곡의 소실 벽성선이 남을 위해 희생하는 의로운 풍모와 충성심으로 천 리나 떨어진 바닷가에서 석 자 거문고를 안고 섬섬옥수로 거문고 줄을 한 번 떨치니, 찬바람이 일어나 뜬구름을 쓸고 해와 달의 밝음이 옛 빛을 찾게 되었다. 이는 지난 역사에 없던 일이요, 전에 들어보지 못한 일이다. 짐이 요즘 한 꿈을 꾸었는데, 몸이 공중에 떨어져 몹시 위태로운데 한 소년이 붙들어 구해 주었다. 이것이 어찌 하늘이 주신 바가 아니랴? 짐이 이제 지난 일을 생각해보니 모골이 송연하여 그 위태로움이 하늘에서 떨어지는 것과 같았다. 만일 벽성선이 아니었다면 어찌 오늘이 있었겠는가? 벽성선에게는 어사대부의 벼슬을 내려 진정에서 우러나오는 정성을 표하고, 연왕 양창공은 좌승상으로 승진시켜 부르라. 윤형문과 소유경의 죄는 모두 사면하라. 내일 안으로 환궁할 절차를 마련하여 짐에게 아뢰라.'

선랑이 다 받아쓰고 나자, 황제는 좌우를 둘러보며 필법을 칭찬한 뒤 말했다.
"짐이 이 조서를 특별히 너에게 쓰라고 한 것은 네가 직간한 충성심을 천하에 알리고자 한 것이다."
하고 다시 친필로 '여어사 벽성선'이라는 여섯 글자를 붉은 종이에 써서 선랑에게 주었다. 선랑은 머리를 조아려 사례하며 말했다.

"저는 본디 지아비를 따라 유배지로 가는 길이었습니다. 구태여 나라를 위해 충성을 다하려고 한 것이 아닙니다. 엎드려 비옵건대, 폐하께서는 제 분수에 걸맞지 않은 벼슬을 거두시고 지아비의 유배지로 가는 것을 허락해주신다면 천은이 더욱 망극할 것이옵니다."

황제가 웃으며 말했다.

"짐은 내일 환궁할 것이니, 선랑은 뒤에 가는 수레를 따라 부중으로 돌아가서 연왕이 귀가하는 것을 기다리라."

선랑이 머리를 조아리며 말했다.

"제가 변복을 하고 집을 나서서 산과 강으로 다니는 것도 오히려 부끄러운데 어찌 폐하의 행렬을 따라 어울리지 않는 행동거지에 불안함을 생각하지 않을 수 있겠습니까? 제세 한 마리의 나귀와 농자 한 사람이 있으니 하던 대로 자연 경치 속에 종적을 숨기고 천천히 돌아가는 것이 구차스러운 바람입니다."

황제는 선랑의 뜻을 더욱 기특하게 여겨 쾌히 허락하고 노잣돈을 넉넉히 주었다. 그리고는 근심과 슬픔을 떨쳐 버리고 속히 황성으로 오라고 하교했다.

선랑은 즉시 황제에게 하직을 고하고 소청과 함께 나귀를 몰아 훌쩍 떠나면서 마음속으로 생각했다.

'황상께서 이미 사면령을 내려 상공을 부르셨으니 영화롭게 돌아오실 텐데 내가 이제 남쪽으로 가서 무엇 하겠어? 마땅히 황성으로 가야겠지.'

하고는 북쪽으로 발길을 돌려 산동 지경에 이르니, 백성들이 길을 덮어서 급히 달아나며,

"선우의 대병이 곧 이른다네."

라고 하는 것이었다. 선랑과 소청은 그 말을 듣고 깜짝 놀라 밤낮으로 길을 달려 황성 백여 리 밖에 이르러 산화암을 찾아갔다. 암자에서도 시끄럽고 어수선하기는 마찬가지였는데, 전에 알던 여승은 아무도 없었다.

객실을 빌려 밤을 지내게 되었다. 바람과 이슬을 맞으며 오느라 피로해질 대로 피로한데다 찬 기운이 몸에 닿아 병이 나는 바람에 밤새도록 고통스러웠다.

홀연 밖이 요란하여 피난 가던 백성들이 모여든다고 생각하고 더욱 문을 단단히 닫고 누워 있는데, 뜻밖에도 가 궁인이 방문을 여는 것이었다. 처음에는 긴가민가하다가 자세히 보니 아는 사람이었다. 반갑게 손을 잡고 미처 이야기를 꺼내기도 전에 가 궁인이 선랑의 귀에다 대고 은밀히 말했다.

"태후 마마와 황후 마마께서 납시었네."

선랑이 황망히 몸을 일으켜 뜰로 내려와 고개를 숙이고 엎드리니, 태후가 놀라 물었다.

"이 젊은이는 누구냐?"

가 궁인이 대답했다.

"저와 성이 같은 친척인 가 씨이옵니다."

하고는 전날 산화암에서 만나 몇 년간 소식을 모르다가 그날 다시 만나게 된 사연을 낱낱이 아뢰니, 태후가 신기하게 여기며 말했다.

"용모가 아리따워 남자가 맞는지 의심했는데 여자였구나. 또 가 궁인과 동성이라 하니, 오늘 어려운 처지에 만난 것이 더욱 다정해 보이누나."

하고는 대청에 오르라고 하여 다과를 주며 가 궁인에게 말했다.

"참으로 절대가인이로다. 저렇게 유순한 사람이 무슨 환란을 당해 남자 옷을 입고 산중에서 떠돌이 생활을 하느냐?"

선랑이 대답했다.

"저는 배운 것이 없고 천성이 산수를 좋아하여 사방으로 떠돌아다녔사온데 어찌 홀로 환란을 피한 것이겠사옵니까?"

태후는 선랑을 한동안 바라보고 손을 어루만지며 각별히 사랑을 베풀었다.

이때, 북방의 선우가 자주 중원을 침범하려고 했으나, 양창곡이 남만을 격파하고 돌아온 후 군사들은 정예하고 군량도 넉넉하다는 정보를 듣고 침범할 생각을 내지 못했었다. 그리다기 양창곡은 멀리 유배를 가고, 천자는 태산에 봉선하여 나라 안이 공허함을 탐지하고 즉시 10만 호병을 이끌고 한편으로는 산동성을 침범하고 다른 한편으로는 황성을 공격했다.

황성을 비운 황제의 권한을 대행하던 대신이 성문을 닫고 군사를 징발하려고 했으나 전 군영의 장졸들이 이미 다 달아났고, 처자를 보호하며 피난길을 떠나는 문무백관들이 길을 덮어 성 안에서는 곡성이 진동했다.

황후는 비빈과 궁녀들을 거느리고 산화암으로 피난했는데, 호병들이 산화암을 포위하고는 호장이 소리쳐 말했다.

"명나라의 태후가 이곳에 계시니 모셔다 우리 장군께 바치고 공을 청하리라."

하자, 태후는 더욱 망극하여 자결하려 하므로 선랑이 아뢰었다.

"제가 비록 한나라 때 기신과 같은 충성심은 없사오나 마땅히 호병을 한번 속일 것이오니, 마마께서는 저의 옷으로 바꾸어 입으시고 화를 피하시어 옥체를 보중하소서."

태후가 웃으며 말했다.

"선랑의 충성이 극진하나 늙은 몸이 이제 남은 인생이 머지않았는데 어찌 이같이 구구한 일을 행하겠느냐?"

선랑이 원통한 듯 말했다.

"마마께서 이렇게 생각하시는 것은 황상 폐하를 돌아보지 않으시는 것이옵니다. 어찌 한 때의 액운 때문에 천추만세토록 우리 황상께서 불효자라는 말을 들으시게 하시나이까?"

말을 마치고는 남자의 복장을 태후의 옷 위에 덧입히고 다시 조용히 아뢰었다.

"상황이 점점 급해지고 있사오니 마마께서는 주저하지 마소서." 하고 다시 소청의 옷을 벗겨 황후에게 입기를 재촉했다. 가 궁인과 모든 비빈들이 일시에 태후와 황후를 받들어 남자 옷으로 갈아입혀 주었다. 그 뒤에 선랑과 소청은 태후와 황후의 옷으로 갈아입고는 가 궁인을 보며 말했다.

"그대는 빨리 두 분 마마를 모시고 암자 뒷길로 탈출하여 보중, 또 보중하세요. 만일 죽지 않으면 다시 만날 수 있겠지요."

가 궁인은 태후와 황후를 모시고 암자 뒷길로 몰래 달아났다.

선랑과 소청이 방문을 닫고 앉아 있는데, 호병들이 문을 부수고 들이닥쳤다. 선랑은 일부러 수건으로 얼굴을 가리고 크게 호령했다.

"내가 아무리 곤궁하게 되었으나, 너희들은 어찌 이같이 무례한가?"

호장이 말했다.

"우리가 구태여 마마를 해치지는 않을 것이니 다만 빨리 갈 수 있게 하시오."

하고는 작은 수레를 가져다가 선랑과 소청을 겁박하여 태우고 호병들의 진영으로 갔다.

선랑이 소청을 보고 탄식하며 말했다.

"우리 두 사람은 여러 차례 죽을 고비를 넘기며 살아난 목숨으로 죽을 곳을 얻지 못했는데, 이제 나라를 위해 충성스러운 혼백이 되겠구나. 비록 여한은 없으나 천한 몸으로 두 분 마마를 대신하여 오래 이름을 밝히지 못하면 욕됨이 적지 않을 것이니 마땅히 한번 통쾌하게 꾸짖고 생사를 결단할 것이다."

하고는 즉시 수레 문을 열고 또렷이 소리쳐 말했다.

"무도한 오랑캐들이 하늘 높은 것을 모르는구나. 우리 태후 마마는 당당한 만승천자의 어머님이시다. 어찌 너희 진중에 가시겠느냐? 나는 바로 태후궁의 시녀인 가 씨다. 네가 감히 죽이고자 한다면 빨리 죽여라."

하니, 모든 호장들이 속은 것을 알고 죽이려다가 의로운 여자라고 하며 군중에 두고 주변 사람들을 단속하여 극진히 공경해주는 것이었다.

한편, 부마도위인 진왕 화진이 본국에 있다가 호병이 궁궐을 침범했다는 소식을 듣고 즉시 군사를 징발하여 황성으로 떠났다. 중로에 이르렀을 때 호병들이 무수한 수레와 병장기를 몰고 가고 있었다.

진왕은 중국 여자가 잡혀 가는 것을 보고, 철기로 두어 대의 수레를 탈취해왔다. 진왕은 수레에 타고 있던 여자를 불러 사는 곳을 물었다. 그 가운데 두 여자의 복색이 수상하여 여염집의 부녀자와 달랐으므로 누구냐고 힐문하니, 그 여자가 대답했다.

"저는 태후궁의 시녀인 가 씨이며, 이 아이는 저의 수하인 몸종입니다."

이들은 본디 선랑과 소청으로 끝내 신분을 노출하지 않았다.

진왕이 놀라 태후가 간 곳을 묻자, 선랑이 대답했다.

"제가 들으니 양 태야와 윤 각로께서 의병을 일으켜 황성을 구하시어 태후 마마와 황후 마마께서는 환궁하셨고, 호병은 패하여 저희와 노 참정의 가족을 잡아 가고 있었는데 천행으로 왕야께서 구해주셨습니다."

"나는 군사를 거느리고 별이 총총한 밤에도 행군을 하니 가 궁인은 따르지 못할 것이다. 우선 진국에 가서 공주를 모시고 있다가 난리가 평정된 뒤 돌아오라."

선랑도 또한 어려운 처지에 갈 곳이 없었으므로 진왕의 말에 따라 진국으로 갔다. 진국 공주는 선랑의 사람됨과 자색을 보고 사랑하지 않을 수가 없었다. 공주가 반기며 물었다.

"자네가 태후궁의 시녀라고 하니, 내가 오래 입조하지 못한 것을 알겠네. 서로 얼굴을 본 기억은 없으나, 어쩌다가 홀로 적병에게 붙잡히게 되었는가?"

이때를 당하여 선랑이 어찌 자신의 신분을 길게 속일 수가 있으랴? 사실대로 아뢰자, 그 말을 들은 공주는 더욱 기이하게 여겨 선랑의 손을 잡고 눈시울을 적시며 말했다.

"그렇다면 선랑은 나의 은인이로군."

하고 태후와 황후의 안부를 물은 뒤 선랑과 소청을 각별히 아껴주었다.

한편, 연왕은 호병이 궁궐을 침범하여 황제가 행궁에서 괴로움을 겪고 있다는 소식을 듣고 남방의 여러 고을에 격서를 전했다. 그러자 남방의 여러 고을이 물 끓듯 군마를 거느리고 시각을 다투어 일제히 이르렀다.

연왕은 군사를 지휘하여 아득히 먼 북쪽까지 행군하여 진왕과 군사를 합쳐 호병을 쳐서 물리친 뒤 황제를 모시고 황성으로 돌아왔다. 거리마다 칭송하는 말은 한 마디로 기록할 수 없을 지경이었다.

황제는 종묘사직에 적장의 수급을 바쳐 친히 제사를 지내고 온 나라의 죄인들을 사면한 뒤 논공행상을 했다.

하루는 황제가 연왕을 보고 말했다.

"경의 소실인 선랑의 소식을 들었는가? 해상의 행궁에서 짐을 하직하고 표연한 종적이 그 뒤로 어찌 되었는지 알 길이 없네. 선랑의 아름다운 충성심을 짐이 지금껏 잊지 못하고 있다네."

"전쟁으로 인한 재앙 통에 사사로운 일을 처리할 겨를이 없어서 생사존망을 듣지 못했습니다."

황제가 탄식하며 말했다.

"선랑의 지조와 절개는 한 가지 일로도 충분히 알아볼 수 있는 일이지. 나라를 위해 충의의 마음을 품은 사람에게 어찌 음행과 간사함이 있겠소? 짐이 밝지 못해서 절개 있는 여자로 하여금 뜻을 얻지 못하고 산과 강으로 떠돌아다니며 웃음을 잃고 탄식만 하게 했으니, 어찌 부끄럽지 않겠소? 짐이 이제 선랑을 위해 옳고 그름을 분명히 가리고 흑백을 밝힐 것이오."

하고는 왕세창을 엄히 문책하고 자객을 찾아내서 잡으라고 재촉했다. 왕세창은 황공함을 이기지 못해 위 씨에게 몰래 통지해 주었다. 위 씨는 깜짝 놀라 춘월을 책망했다.

"너는 일찍이 선랑을 죽었다고 하더니, 오히려 세간에 살아남아 장차 상황이 뒤집히게 되었으니, 이를 어쩌면 좋단 말이냐?"

그러자 춘월이 웃으며 말했다.

"세상의 모든 일은 이루 헤아릴 수가 없지요. 죽었던 사람도 더러 살아나는 경우가 있는데 산 사람을 어찌 다시 죽이지 못하겠어요?" 하고는 위 씨의 귀에 대고 몰래 소곤거렸다.

"이렇게 저렇게 할 겁니다. 그러면 선랑이 비록 천만 번 살아나고 입이 열 개가 있어도 어떻게 잘못이 없음을 밝힐 수 있겠어요?"

"만일 어설프게 일을 꾸미다가 혹시 탄로가 날지도 모르니 조심해서 행해야 할 게야."

어느 날, 황제가 조회를 받고 있는데 왕세창이 아뢰었다.

"신이 성지를 받자와 자객을 찾아내어 잡았사온데, 행동거지와 모양이 의심 없는 자객이옵니다. 대강 힐문해 보았으나 증거가 발견되지 않았사온데 황부의 시비인 춘월이란 아이를 불러 대면해 보니 틀림없이 지난번 황부에 왔던 자객이라고 하옵니다. 신이 다시 엄한 형벌로 힐문하려고 하옵니다."

그러자 황제가 진노하여 말했다.

"비록 이 일이 조정의 대사는 아니나 풍습을 교화하는 일에 관련이 있고, 또 황 씨는 짐의 외척이니라. 부녀자들의 일을 법관이 실제 사정을 상세히 조사하여 밝히는 것은 아니 될 일이니, 짐이 친히 물어 볼 것이다."

하고 즉시 기구를 갖추고 자객을 잡아들여 궁궐의 뜰에서 힐문했다. 형벌을 더하기도 전에 그 자객이 지은 죄를 낱낱이 말했다.

"저의 성은 장이요, 이름은 오랑입니다. 자객으로 장안에서 놀다 가 연왕 양 승상의 소실 선랑이 천금으로 저를 구하여 황부에 가서 위 씨 모녀를 살해하고 오라 하기에 밤을 틈타 황부에 들어갔다가 시비인 춘월에게 들켜 도망쳤습니다. 죽어도 달리 드릴 말씀은 없습 니다."

하므로, 황제가 진노하여 다시 형벌을 내리려고 했다.

홀연 그때 궁궐 문 밖에서 신문고를 치는 소리가 진동했다. 수문 장이 아뢰기를,

"늙은 여자 한 사람이 한 여자를 삽아 가지고 와서 억울한 일을 하소연할 일이 있다고 하옵니다."

황제는 의아해 하며 불러들이라고 명했다. 과연 머리가 하얗게 센 늙은 여자가 들어오는데, 키는 다섯 자에 지나지 않았으나 맹렬한 기운이 미간에 가득했다. 그녀는 한 손으로 코 없는 여자 하나를 이 끌고 들어와서 바닥에 엎드려 아뢰었다.

"이 늙은 것은 자객입니다. 평생토록 의기를 좋아하여 남들이 못 마땅해 하는 원수를 갚아주며 자객 노릇을 해왔습니다. 황 각로 부 인이 몸종인 춘월을 변장시켜 천금을 가지고 옳지 못한 수단으로 저 를 찾아내서 양 승상의 소실인 선랑의 머리를 가져오라고 했습니다. 제가 위 씨의 용모를 보고 말씀을 들어보니 전혀 길한 사람이 아니 라 내심 의아했습니다. 양부에 이르러 선랑이 방 창 밖에 자취를 감 추고 몰래 엿보니 이러저러 하옵기로 즉시 선랑과 이야기를 나누어 본 뒤 위 씨 모녀를 죽이려고 했더니, 선랑은 대의를 들어 말리더군

요. 그래서 위 씨의 목숨을 용서하고 다만 춘월에게만 형벌을 가해 혹시라도 허물을 고칠까 했습니다. 이제 들으니 도리어 저 때문에 선랑의 죄목을 더했나 싶습니다. 밝고 환한 세상에 어찌 이런 일이 있단 말입니까? 이제 춘월을 놓칠까 염려해서 제가 잡아 왔으니 하나하나 국문을 하셔서 옥과 돌을 가리소서."

말을 마친 자객은 장오랑을 보며 말했다.

"너는 우격의 누이동생인 우이랑이 아니더냐? 위 씨의 천금을 탐하여 엄명이 내려진 가운데 황상을 기만하려고 하니 어찌 당돌치 않은가?"

그녀의 말을 듣고 궁궐의 위와 아래에서 황제를 호위하던 신하들이 모두들 감격하거나 통쾌하여 쾌재를 불렀다.

황제가 진노하여 춘월과 장오랑을 엄한 형벌로 국문하는데, 어찌 다시 털끝만큼이라도 속일 수가 있으리오? 하나하나 지은 죄를 사실대로 말하자, 황제가 하교했다.

"너는 비록 자객이나 스스로 잘못을 자백했으니 그 의기가 가상하구나. 공으로써 속죄를 하여 특별히 석방하노라. 우이랑과 춘월은 형부로 보내어 다시 국문을 해서 부당하게 개입한 죄인들을 하나하나 사실을 조사해서 밝힌 뒤 다스리라."

그러자 형부의 관원들이 황명을 받들어 춘월과 우격은 네거리에서 참형에 처했다. 춘성과 우이랑은 외딴 섬에 유배를 보내고, 왕세창은 삭탈관직한 뒤 즉시 태후에게 아뢰었다.

"황 씨 모녀의 죄악이 탄로되어 소자가 이미 처치했습니다. 그러나 그 주변의 사람들만 죄로 다스렸고 몸소 죄를 범한 사람들은 죄를 묻지 않았습니다. 그래서는 아니 될 일이지만, 황 씨 모녀가 비단

대신의 아내로 봉작을 받은 사람들일 뿐만 아니라 어마마마께서 불쌍히 여기시어 은혜를 베푸시는 사람들이지 않습니까. 소자가 실로 다스릴 도리가 난처하오니 어마마마께서 엄격하게 가르치셔서 그들의 허물을 징계해 주소서."

그 말을 들은 태후는 크게 노하여 위 씨 모녀를 엄하게 꾸짖은 뒤 추자동으로 쫓아냈다.

한편, 진국 공주는 선랑과 매일 황성 소식을 기다리고 있었다. 황제가 이미 북방을 평정하고 돌아오자, 공주는 태후를 뵈려고 선랑과 함께 길을 나서서 황성에 이르렀다. 선랑이 공주에게 말했다.

"제가 이미 공주마마의 총애를 입어 다시 고국에 살이 돌이왔으니 마땅히 이 길로 시부모님이 계시는 본부로 가고자 합니다."

공주가 웃으며 말했다.

"선랑은 몇 해나 산중에서 부중을 잊고 다니다가 오늘 무슨 그런 급한 일이 있는가? 만일 태후께서 선랑이 살아 돌아왔단 소식을 들으시면 바삐 보시고자 하실 텐데. 선랑은 나를 따라 궁궐에 들어가서 먼저 태후와 황상을 뵙고 본부로 가는 것이 옳을까 하네."

선랑은 어쩔 수가 없어서 공주를 모시고 궁중에 이르렀다. 태후는 미처 공주와의 정회를 다 나누지 못한 채 선랑의 손을 잡고 눈시울이 붉어지며 말했다.

"가랑아, 푸른 하늘이 무심하지 않으시구나. 이 늙은이가 자네를 적진에 보내고 혼자 살아남아서 예전처럼 온 세상의 받듦을 누리고 있으면서도 기신과 같은 자네의 충성이 화를 면치 못할까 걱정했었다. 이제 서로 살아서 얼굴을 대하게 되었으니, 이 어찌 천지신명의 도움이 아니겠느냐?"

황후와 비빈들, 그리고 가 궁인이 또한 일시에 선랑의 손을 잡으며 반겼다.

황제는 공주가 왔다는 소식을 듣고 진왕의 소매를 이끌고 내전으로 들어오다가 선랑을 보고 깜짝 놀라 물었다.

"저기 서 있는 사람은 연왕의 소실인 선랑이 아니냐?"

공주가 웃으며 대답했다.

"폐하께서는 재상가 규중에 깊숙이 있는 미인을 어떻게 아시옵니까?"

황제가 탄식하며 말했다.

"짐의 나라의 안위와 존망을 맡은 중신이기 때문이지. 짐이 선랑을 먼저 알고 그 뒤에 공주가 알았을 텐데 어떻게 공주를 따라 왔지?"

이에 진왕이 길에서 만나 구출하여 진국으로 보낸 이야기를 아뢰니, 황제는 기이하게 여기며 말했다.

"경은 어째서 일찍이 말하지 않았는가?"

"신은 다만 태후궁의 시녀인 줄만 알고 연왕의 소실이라는 것을 몰랐습니다."

황제는 엄숙한 표정으로 공주를 보며 말했다.

"선랑은 우리 남매의 은인이다. 무엇으로 그 은혜를 갚지?"
하고는 행궁에서 옥황상제를 모시고 꿈꾸던 이야기와 선랑의 용모가 꿈속의 소년과 흡사했다는 말과 선랑이 풍류로 직간하며 노균을 꾸짖었던 이야기를 한바탕 태후에게 아뢰니, 태후가 탄식하며 말했다.

"연약한 한 여인의 몸으로 동분서주하여 우리 모자를 이같이 구했으니, 이는 천고의 역사책에서도 듣지 못했던 일입니다."

선랑이 태후에게 말했다.

"제가 공주마마의 사랑하심을 입어 바로 부중으로 가지 못하고 당돌하게도 먼저 궁궐에 와서 마마를 알현했사옵니다. 살아 돌아온 소식을 지아비에게 알리는 것이 옳으니 그만 물러갈 것을 청하옵니다."

진왕이 미소를 지으며 태후에게 아뢰었다.

"신에게 평생 벗이 없었는데 근자에 연왕과 어지러운 세상에서 함께 고생하여 지기가 되기로 하고 사귀었으나 자연 국가에 일이 많아 한번 조용한 술자리로 정회를 펴지 못했사옵니다. 오늘은 마침 별다른 일이 없고, 연왕이 잃었던 총희를 찾아다가 말없이 주는 것은 무료하오니 한번 신이 연왕을 농락하여 마마께서 웃으시게 하고자 하옵니다."

태후가 기뻐하며 말했다.

"우리 사위는 장차 어떻게 연왕을 농락하려고 하는가?"

진왕이 웃으며 대답했다.

"마마께서는 다만 선랑을 연왕부로 보내지 마시고 오늘 연왕을 부르시기만 하시면 되옵니다."

태후가 허락하자, 진왕은 공주를 보고 말했다.

"공주께서는 술자리를 마련해주시고, 선랑을 감추어 이렇게 저렇게 하시지요."

공주가 웃으며 그러마고 했다.

이날 밤 황태후가 연왕을 편전으로 부르니, 연왕이 입궐하여 먼저 황제를 뵈었다. 황제가 미소를 띠며 말했다.

"어마마마께서는 경을 아들이나 사위와 똑같이 아셔서 매양 사랑하시는 가운데 오늘 진왕과 같이 불러 보고자 하시는 것이니, 경은 어마마마께서 슬하의 즐거움을 느끼시게 도와주게나."

연왕은 황제의 말에 머리를 조아렸다.

잠시 후에 태후궁의 시녀가 태후의 명이라며 연왕을 연춘전으로 인도했다. 연춘전에는 진왕이 이미 태후를 모시고 발을 친 바깥쪽에 앉아 있었다.

태후는 궁녀에게 명하여 연왕을 가까운 좌석에 앉게 하고 하교했다.

"이 늙은이가 경을 조정의 다른 신하들과는 달리 아는 까닭에 매양 이같이 인견코자 하는데, 체면에 구애를 받아 미안함이 많소. 다만 늘 공경하는 마음이 그윽했었는데, 오늘밤 진왕을 대하니 더욱 경의 생각이 간절하여 청했으니, 경은 늙은이의 번잡함을 용서하시오. 경은 남방에서 유배생활을 하다가 북방에 출전하여 노고가 많았는데 비록 한창 젊은 시절이긴 하나 몸이 아프거나 하지는 않은지?"

연왕이 머리를 조아리며 대답했다.

"천은이 망극하여 태어나고 자라게 해주시는 은택이 갈수록 바다 같사와 천한 몸에 병은 없사옵니다."

진왕이 웃으며 연왕을 보고 말했다.

"양형은 오늘밤 마마께서 이같이 인견하시는 뜻을 알겠소? 형의 소실인 선랑이 태후마마와 황후마마를 위해 한나라 기신의 충성을 본받았으니, 의지할 곳이 없는 여자의 몸으로 살아서 돌아오지 못한 것은 당연한 일이지요. 이제껏 소식이 없으니 태후마마께서 염려하시어 당신 탓으로 형이 사랑하는 사람을 잃게 했다고 하십니다. 특별히 궁녀 가운데 아름다운 사람을 뽑아 선랑을 대신하여 아내의 도리를 하게 함으로써 태후마마의 미안하신 뜻을 풀고자 하십니다. 형의 뜻은 어떠신지?"

연왕이 웃으며 말했다.

"천은이 지극하시오나 마마의 뜻을 받들지 못할 이유가 두 가지입니다. 선랑이 비록 한 여인의 몸이지만 나라를 위해 충성을 다했는데, 양창곡이 어찌 조금이라도 애달프고 아깝다는 생각을 하겠습니까? 하물며 다른 처첩들이 있어서 이미 제 분수에 넘치니, 이것이 첫 번째 이유이옵니다. 전쟁의 참화를 겪은 지 오래지 않아 바삐 달아나 숨었던 백성들 가운데 미처 집으로 돌아오지 못한 사람이 많은데 선랑의 생사를 어찌 알겠습니까? 만일 천우신조로 후일 집으로 돌아온다면 비록 투기하는 마음을 품을 사람은 아니나 창곡이 선랑을 저버린 부끄러움이야 어찌 없겠습니까? 이것이 두 번째 이유이옵니다."

진왕이 껄껄대고 웃으며 말했다.

"형의 말씀이 지나치시오. 선랑을 위해 수절하시려 하나 화진이 이미 중매쟁이가 되어 한 궁녀를 정해 두었다오. 만일 중매를 하다 말면 그 궁녀가 뼈에 사무치는 원한을 품지 않을까 걱정이오."

연왕이 웃으며 대답했다.

"형은 참으로 솜씨 없는 중매쟁이요. 원하지도 않는 혼인을 이처럼 중매하니, 어찌 다만 말씀만 허비할 뿐이 아니겠소?"

진왕이 다시 태후에게 아뢰었다.

"연왕이 비록 겉으로는 사양하오나 신이 그 뜻을 보니 틀림없이 아름답지 못한 궁녀와 맺어주시지나 않을까 해서 주저하는 듯하옵니다. 잠깐 나오라고 하여 그 궁녀의 얼굴을 보여 주심이 옳을까 하옵니다."

하고는 좌우의 궁녀들을 돌아보며 그 미인을 부르라고 했다. 진국 공주는 선랑의 몸차림을 갖추어 꾸며 놓았다가 시녀들에게 부축하고 발 밖으로 나갈 것을 재촉했다. 선랑은 수줍고 부끄러워 어찌할 바를 모르며 태후 앞에 나아가 공손히 시립했다. 태후는 그녀의 손을 잡고 보일 듯 말 듯 웃으며 연왕을 보고 말했다.

"이 늙은이가 주장하고 진왕이 중매하는데 설마 곱지 않은 사람을 경에게 권하겠소? 이 사람은 이 늙은이가 딸처럼 사랑하는 사람이오. 경에게 자랑해도 거의 부끄러울 것이 없을까 하오."

연왕이 봉황의 눈길을 흘려 한번 보니, 세상이 어지러울 때 남쪽과 북쪽으로 종적이 묘연하여 자나 깨나 마음속으로 잊지 못하던 선랑이었다. 연왕은 비록 내심 신기했으나 일부러 기색을 드러내지 않고 태연히 웃으며 말했다.

"화진 형이 중매쟁이가 되어 아름다운 여인을 중매하는가 했는데, 이제 보니 도성에서 깨진 거울로 옛 거울을 찾아주는 것인데 무슨 새로운 공이라고 하겠소?"

진왕이 껄껄 웃으며 좌우를 돌아보고 말했다.

"좋은 날을 맞아 가인과 만날 기약이 순조롭게 이루어졌는데, 이러한 잔치 자리에 어찌 한 잔 술이 없어서 되겠느냐?"

하고 술자리를 준비하라고 재촉했다. 진국 공주가 궁녀들에게 명하여 잘 차린 음식상을 받들어 들여왔다. 진왕이 친히 큰 술잔에 술을 가득 부어 태후에게 아뢰었다.

"순식간에 연왕의 말이 달라졌사옵니다. 아까는 마마의 엄명을 어기며 괴로이 사양하더니 지금은 기색이 크게 즐거워져서 가인을 잃을까 겁을 내니 공경하는 도리가 아니옵니다. 그러니 벌을 주지 않을 수가 없사옵니다."

하고 연왕에게 술잔을 권했다. 연왕이 술잔을 받아 마신 뒤 또 한 잔을 부어 들고 태후에게 아뢰었다.

"마마께서 은덕을 베푸시어 미인을 내려 보내셨는데, 진왕이 무례하게도 자신의 공이라고 하니 벌을 주지 않을 수가 없사옵니다."

하고 진왕에게 술잔을 권했다. 이렇게 술자리가 무르익어 연왕과 진왕이 모두 취하고 말았다.

조금 뒤에 좌우 사람들이 부산해지며 황제가 들어와서 흐뭇하게 웃으며 태후를 모시고 앉았다. 태후는 연왕과 진왕이 주고받은 말을 낱낱이 전하며 말끝마다 선랑을 칭찬했다.

황제가 얼굴빛을 고쳐 정색을 하며 진왕을 보고 말했다.

"선랑의 기질이 저처럼 깨끗하고 연약하지만 거문고를 밀치고 역적 노균을 꾸짖을 때는 미간에 서릿바람이 서늘하게 일어, 보는 사람들로 하여금 없던 충성스럽고 분한 마음이 불끈불끈 일어나게 했지. 의봉정 앞에서 연왕의 충성심으로도 돌리지 못했던 혼암한 임금을 두어 곡조의 거문고 연주로 화락하고 조용하게 풍간하여 환하게 깨닫게 했으니, 이는 진실로 고금에 없는 일이라 생각하네."

그 말에 연왕과 진왕이 머리를 조아렸다.

조금 있더니 날이 저물어 연왕과 진왕이 궁궐에서 물러나왔다.

연왕이 선랑을 데리고 부중에 이르자, 집안사람들이 모두 깜짝 놀랐다. 연국 태비인 허 씨는 죽은 사람이 다시 살아난 듯 선랑의 손을 잡고 반겼다. 남녀종들은 강주로 쫓겨 가던 일을 말하며 천도가 무심치 않다고들 탄식했다.

한편, 세월이 걷잡을 사이 없이 갑작스러워서 황 소저가 추자동에 온 지 이미 한 달이 되었다. 이전에 저지른 잘못을 깨달은 그녀는 식음을 전폐하고 거적자리에 베 이불을 덮고 밤낮으로 목 놓아 큰 소리로 울며 지내느라 꽃같이 아름답고 달처럼 환하던 자태가 날로 쇠약해지고 병이 골수에 들 만큼 중해졌다.

어느 날, 황 소저는 모친인 위 씨를 자세히 쳐다보며 미간을 찡그리고 말했다.

"소녀 이제 실낱같은 숨결이 한 번 끊어지면 오랜 세월 동안의 온갖 일들을 모두 잊을 것이지만 다만 두 가지 소회가 있어요. 그 하나는 연왕이 저를 저버린 것이 아니라 제가 연왕을 저버렸다는 사실이요, 선랑이 저를 모해한 것이 아니라 제가 선랑을 모해했다는 것입니다. 이제부터는 연왕과 선랑의 말을 입에 담지 마셔서 돌아가는 저의 혼백이 부끄럽지 않게 해주세요. 그 둘째는 제가 죽은 뒤 만일 황 씨 가문의 선산에 묻고자 하신다면 출가한 여자로서 떳떳한 일이 아니지요. 그렇다고 양씨 가문의 분묘에 묻힌다면 비록 인자하신 시부모님과 관대하신 연왕이 저의 신세를 측은히 여겨 묻어는 주겠으나 저의 혼령이 어찌 부끄럽지 않겠어요? 저 같은 사람은 이 세상의 죄인이라 혼령과 백골조차도 돌아갈 곳이 없으니, 엎드려 바라건대 모친께서는 저를 화장하여 더러운 뼈가 세상에 남지 않게 해주세요."

말을 마친 뒤 한숨을 지으며 한 마디 소리를 지르더니 갑작스레 기색이 끊어졌다. 가련하다, 황 소저의 평생이여! 총명하고 꾀바른 사람이 잠깐 조물주의 시기를 받아 수많은 죄명을 듣고 저마다 죽이고자 하더니, 하루아침에 지난 잘못을 깨닫고 두어 마디 말로 현숙한 부인이 되고는 갑작스레 정신을 잃었으니, 만일 그 뒤끝이 없다면 어찌 천도가 있다고 하겠는가?

위 부인은 참혹한 정경을 보고 가슴을 두드리며 울다가 그 자신도 혼절했다. 정신과 넋이 산란하여 꿈을 꾸는 듯 술에 취한 듯한 가운데 모친인 마 씨가 와서 꾸짖는 것이었다.

"너는 어째서 간사하고 악독한 천성으로 자식을 그르치고 남의 집을 흐리고 어지럽게 하여 어미를 욕 먹이며 천지신명을 속이느냐?" 하고는 막대를 들어 수십 대를 때렸다. 그리고는 단약을 먹으라고 하여 오장을 일일이 세척하게 했다. 또한 뼈를 갈아 독기를 끊게 하겠다며 작은 칼로 위 씨의 살을 헤치고 뼈마디를 긁어, 사각사각하는 칼 소리에 모골이 송연했다. 위 씨가 모친을 부르며 한 소리를 내쳐 지르고 깨어나니 꿈이었다. 돌아보니 몸종인 도회는 옆에 앉아서 울고 있고, 황 소저는 정신이 돌아와 있었다.

위 부인의 성품이 갑자기 변하여 무슨 일이든 당하면 두려워하고 겁을 내곤 했다. 지난 일을 생각하면 아득히 꿈같아서 한낱 마음이 여리고 약한 여자가 되어 있었다.

태후는 위 부인 모녀가 지난 잘못을 고쳤다는 말을 듣고 가 궁인을 추자동에 보내어 참인지 거짓인지 탐지하라고 했다. 가 궁인이 추자동에 이르러 위 부인을 만나보니 꿈 이야기를 하며 지난 일을 후회해 마지않아 눈시울이 붉어지는 것도 깨닫지 못하므로, 가 궁인은 한숨을 쉬며 탄식했다.

이때, 황 소저는 도무지 말이 없이 이불로 얼굴을 싸고 벽을 향해 돌아누워 있었다. 위 부인이 다시 가 궁인을 보고 말했다.

"딸아이의 병세가 실로 가볍지 않은 가운데 몽조가 더욱 괴이하여 상서롭지 않은데, 이 근처에 혹시 불당이 있는가? 한번 치성을 드려 기도해서 조금이나마 재액을 소멸시켜 볼까 하네.”

가 궁인이 웃으며 말했다.

“여기서 북쪽으로 10여 리가량 가면 산화암이라는 암자가 있으니, 부인께서 생각해서 하시지요.”

위 부인은 매우 기뻐하며, 가 궁인을 보내고 불전에 쓸 향과 종이와 초, 그리고 채색 비단을 갖추어 도화를 산화암에 보내 치성을 올리게 했다.

이때, 가 궁인은 태후를 보고 위 씨 모녀가 지난 잘못을 흔쾌히 고쳐 이전의 위 부인과 지난날의 황 소저가 아니라는 것을 아뢰었다. 측은하게 여겨 눈시울을 적시며 토굴에서 지내는 위 씨 모녀의 고초를 재삼 말했다. 그들 모녀의 죄를 용서하고 집으로 보내어 병을 조리하게 해달라고 청하자, 태후가 웃으며 말했다.

“내가 위 씨를 위함이 어찌 너만 못하겠느냐? 이제 비록 허물을 깨달았으나 황 소저가 시집에서 쫓겨난 신세는 장차 어찌 하겠느냐? 일부러라도 고초를 더 겪게 해서 연왕으로 하여금 스스로 감동하게 하려는 것이다.”

가 궁인은 태후의 말에 사례했다.

한편, 죄의 명목을 씻어버린 선랑은 황제의 총애를 입고 양부로 돌아왔다. 부중의 모든 사람들이 기뻐하고, 지체가 높고 귀해진 것이 극진했으나 끝내 황 소저가 저렇게 된 것이 미안하고 볼 낯이 없어서 즐거움이 없고 항상 마음이 근심스럽고 슬퍼 즐겁지 않았다.

하루는 연왕이 우연히 병에 걸려 침석이 지쳐 쓰러져 있으니 집안의 모든 사람들이 근심하고 번민했다.

어느 날, 노파 한 사람이 향로를 올려놓는 탁자를 메고 와서는 입으로 시왕보살을 염불하며 선행을 권장하고 시주하기를 청하는 것이었다.

선랑과 홍랑이 심란하게 앉아 있다가 노파를 마루로 오르라고 하여 말했다.

"할멈의 행색을 보니 틀림없이 길흉과 화복을 판단하는 늙은이인가 싶으니 나를 위해 점괘를 내어 보게나."

이에 노파가 산가지를 던져 괘를 내고는 말했다.

"올해 귀댁에 길운이 크게 통할 것이나 잠깐 살이 끼었으니 바삐 살을 제거하세요."

선랑이 물었다.

"그렇다면 살을 어떻게 제거한단 말이오?"

노파는 흩뜨려 놓았던 쌀을 거두며 말했다.

"뜻밖의 운수를 막고 희롱하여 훼방을 놓는 것을 제어하는 데는 시왕보살이 제일이니 시왕전에 불공을 드리세요."

선랑이 복채를 후하게 주어 보낸 뒤 시어머니인 허 부인께 아뢰었다.

"세간에 믿지 못할 것은 점쟁이에게 길흉을 묻는 일이나 상공의 환후가 이제 저러하시니 지성이면 감천이라, 제가 전날 가 있던 산화암의 부처님이 영험하여 태후께서 황상을 위해 해마다 기도하시는 곳입니다. 내일 제가 몸소 가서 상공을 위해 기도하고 돌아올까 합니다."

허 부인은 크게 기뻐하며 허락했다. 선랑은 소청과 연옥을 데리고 불전에 올릴 향과 초 등을 갖추어 산화암으로 갔다. 그곳에서 한 사람 한 사람을 따로 만나 정회를 편 뒤 목욕재계하고 시왕전에 기도했다. 기도를 마치고 탑상을 우러러보니 한 조각 비단이 놓여 있는데, 그 비단에는 축원하는 글이 두어 줄 있었다. 집어 보니 다음과 같은 축원이었다.

'제자 황 씨는 사람의 눈, 귀, 코, 혀, 몸, 뜻 등 여섯 가지 근원이 몹시 탁하고 다섯 가지 욕망이 서로 가려서 이승의 악업이 산처럼 무거우니 비록 공덕을 닦아 연화대 위에 칠보탑을 쌓는다 한들 어찌 지은 죄를 다 갚으오리까? 장차 속세의 인연을 끊고 불전에 돌아와 여생을 마칠까 하오니 여러 부처님과 보살님들은 대자대비하소서.'

선랑이 그 글씨를 보니 매우 눈에 익고 사연이 몹시 구슬프고 애달파 예사로운 축원이 아니었다. 모든 비구니들을 보고 물었다.

"이는 어떤 사람의 기도를 발원한 것이오?"

모든 비구니들이 합장하고 눈시울을 적시며 말했다.

"세상에는 불쌍한 사람도 많습다. 여기서 남쪽으로 수십 리를 가면 추자동이라는 경치 좋은 곳이 있지요. 몇 달 전에 황성으로부터 부인 두 분이 몸종 하나를 데리고 와서 산자락에 한 칸짜리 초가를 지어 살고 있습니다. 정경이 참혹하고 신세가 처량하여 거적자리에 베 이불로 죄인의 모습이랍니다. 나이가 든 부인은 눈치가 빠르고 꼼꼼한 가운데 정이 많고 능수능란하더군요. 젊은 부인은 총명하고 민첩한 가운데 얼굴이 빼어나게 아름다우나 병이 골수에 들어 죽기를 자처하고 있답니다. 그 곡절은 모르겠으나 나이 든 부인의 말씀으로는 '평생 악행을 일삼아 이 지경이 되었으니 불전에 공을 들여 죄를 갚으려고 한다.' 하시고, 젊은 부인은 도무지 말이 없고 두어 줄의 글을 써 주며, '불전에 이대로 발원하라.'하고는 눈에 눈물이 고여 그렁그렁하더군요."

선랑은 그 말을 듣고 내심 놀라서 말했다.

"황 소저로구나. 만일 황 씨 모녀가 지난 잘못을 뉘우쳐 스님들이 전한 말과 같다면 당초의 죄악이 다 나로 인한 것이었으니, 만일 내가 구하지 않는다면 의롭지 못한 것이다."

하고 돌아와 허 부인에게 부처를 섬겨 치성을 드리고 돌아왔다고 아뢰었다. 다행히 그날부터 연왕의 병세에 점점 차도가 있었다.

선랑이 황 소저의 말을 들은 뒤로 밤낮으로 즐겁지 아니하여 구해 줄 방법을 생각했다.

하루는 산화암의 여승이 와서 선랑을 보고 황 소저가 이미 죽었다고 하는 것이었다. 선랑은 몹시 놀라 정신이 아찔하여 눈시울을 붉히며 생각했다.

'황 소저는 총명하고 재주가 많은 인물이다. 다만 투기하는 병이 있으나 만일 내가 없었다면 어찌 오늘의 이런 일이 있었겠어?'

하며 흐르는 눈물이 자신도 모르게 옷깃을 적셨다. 그때 홀연 홍랑이 들어왔다. 선랑은 황 소저가 죽었다는 말을 전하고 눈물이 그렁그렁하여 말했다.

"저는 황 소저의 죽음을 슬퍼하는 것이 아니라 제 삶이 구차한 것을 탄식하는 거예요. 다 같은 청춘으로 덧없는 인생인데 미모를 시기하여 나비처럼 등잔불에 날아들다니…, 기쁨과 노여움, 영예와 치욕이 한바탕 봄꿈과 같네요. 그 가운데 한 사람은 저승길과 무덤에

서 원한을 품은 채 처량하게 죽고, 다른 한 사람은 고대광실에서 부
귀를 누리며 여생을 화락하게 지내지 않겠어요. 사람은 나무나 돌처
럼 감정이 없지 않으니 어찌 미안한 생각이 들지 않겠어요?"
하고 말을 마치는데 말과 얼굴빛이 감개하고 기색이 처량했다. 홍랑
은 한동안 생각에 잠겼다가 한숨과 함께 입을 열었다.

"지금 황 소저의 병세에 대해 대강 들으니 의심되는 점이 있어요.
내가 일찍이 백운도사에게 이른바 태식진결이라는 한 가지 비방을
배웠어요. 대개 하늘에는 바람, 구름, 비, 이슬, 서리, 눈, 안개 등
일곱 가지 기운이 있고, 사람에게는 기쁨, 노함, 슬픔, 즐거움, 사랑
함, 미워함, 욕심 등 일곱 가지 기운이 있답니다. 하늘의 일곱 가지
기운이 서로 다그치면 재앙이 되어 절기의 질서가 바뀌게 되고, 사
람의 일곱 가지 성정이 서로 부딪치면 원인을 알 수 없는 이상한 병
이 되어 호흡이 통하지 않지요. 지금 비록 자세히 알 수는 없으나
황 소저의 호흡이 멎은 것은 그러한 증세 같아요."

선랑이 홍랑의 손을 잡으며 말했다.

"나를 알아준 것도 포숙이요, 나를 사랑한 것도 포숙이라. 이제
만일 황 소저가 불행해지면 저도 이 세상에 있지 않을 것이니, 한
사람을 살려 두 사람의 신세를 펴게 해주오."

홍랑이 흔쾌히 허락하며 말했다.

"이것이 어찌 선랑만을 위한 일이겠어요. 젊은 나이의 상공께서
는 앞길이 만 리 같은데, 황 소저로 하여금 저승의 원혼이 되게 한다
면 어찌 애처롭지 않으시겠어요? 선랑은 산화암의 여승을 청하여
이렇게 저렇게 하세요."

한편, 황 소저는 숨이 끊어져서 남은 희망이 사라진 지 이틀이 되었다. 그런데도 고운 얼굴은 오히려 평소와 다름이 없이 잠든 듯했다. 위 씨는 차마 염습을 하지 못한 채 밤낮으로 품에 품고 지내며 구곡간장이 마디마디 끊어지는 듯했다.

홀연 산화암의 여승이 찾아와서 위 씨를 보고 남모르게 말했다.

"마침 저의 암자에 여기저기 떠돌아다니는 두 분 도사가 계시는데, 술법이 신통한 분들입니다. 도사의 말이, '제 명대로 살지 못하고 죽은 사람은 7일 안에 약을 쓰면 살린다.'고 하시기에 청하여 왔습니다. 부인께서는 시험 삼아 소저를 잠깐 보여주시지요."

위 씨가 탄식하며 말했다.

"죽은 사람은 다시 살아날 수가 없는데, 어찌 그런 일이 있겠소마는 선사의 지극한 정성에 감동하여 잠깐 보여 드리리다."

여승이 매우 기뻐하며 말했다.

"그 도사들은 천성이 부끄러움을 많이 타서 비록 몸종들이라도 잡인을 꺼린답니다."

그러자 위 씨는 즉시 도화를 물리쳤다.

밖으로 나간 여승은 두 사람의 도사를 인도하여 들어왔다. 위 씨가 촛불 아래 그들의 얼굴을 보니, 한 도사는 미목이 청수하고 행동거지가 단아하여 규중여인의 태도가 있는 가운데 빼어난 미인이었다. 다른 한 도사는 푸른 눈썹과 붉은 뺨에 젊음이 무르녹아 보였다. 두 눈빛이 별처럼 반짝여 정신력이 두드러져 보이고 풍모가 슬기롭고 민첩해 보였는데, 참으로 경국지색이었다.

위 씨는 한편으로 놀라면서도 호감이 생겨 도사를 향해 감사의 뜻을 표했다.

"선생들께서 쇠잔한 목숨을 불쌍히 여기시어 누추한 이곳에 이처럼 이르시니 감사한 은덕을 어떻게 다 갚겠습니까?"

도사들은 미소를 지을 뿐 대답이 없었다. 청수하고 단아한 도사가 먼저 소저의 앞에 나아가 이불을 들치고 그 얼굴을 보다가 갑자기 기색이 참담해지면서 두 눈에서 눈물을 떨어뜨리는 것이었다. 위 씨가 괴이하게 여겨 물었다.

"선생은 누구시기에 처량하게 죽어 호소할 데가 없는 사람을 보고 이처럼 서러워하시오?"

그러자 슬기로워 보이는 도사가 말했다.

"저 도사는 천성이 어질고 약하여 비록 일면식이 없어도 같은 젊은이가 슬픈 일을 당한 것에 놀라서 그런 것입니다."

말을 마치고는 우는 도사를 한 옆으로 밀며 앞으로 나가 앉았다. 황 소저의 전신을 자세히 만져보더니 주머니 속에서 환약 세 알을 꺼내 위 씨에게 주며 말했다.

"빈도가 무엇을 알겠습니까마는, 이 약을 갈아 입에 넣어주고 동정을 보시지요."

말을 마치고는 바람처럼 일어나 가버렸다.

위 씨는 반신반의하며 황 소저에게 약을 다 먹였다. 그러자 황 소저가 갑자기 한숨을 길게 쉬며 돌아눕는 것이었다. 위 씨는 깜짝 놀라 신통해 하며 도화를 불러 말했다.

"산화암에 가서 두 분 도사가 계시거든 아씨가 회생했다는 것을 알리고 다시 무슨 약을 써야 하는지 물어 오너라."

그러자 도화가 웃으며 말했다.

"마님께서 속으셨어요. 그 도사들은 진짜 도사가 아니에요. 앞선 도사는 선랑이고, 뒤에 선 도사는 홍랑이랍니다."

위 씨는 당황하여 아무 말도 못하고 그 곡절을 깨닫지 못했다.

이때, 홍랑은 황 소저를 처음 보고 돌아가 길게 탄식하며 말했다.

"내가 비록 사람을 알아보는 눈이 부족하지만, 황 소저는 부귀하고 복이 많을 부인입니다. 한때 재앙이 낀 운수를 벗어나지 못해 잠깐 고초를 겪었으나 이제부터는 현숙한 부인이 될 테니, 이 어찌 우리 상공의 복력이 아니겠어요?"

윤 부인이 물었다.

"그녀의 병세는 어떠하던가요?"

홍랑이 대답했다.

"황 소저의 병은 병이 아니라 마음이나 행동이 비정상적인 상태로 달라지는 이른바 '환장'이라는 것입니다. 사람의 오장육부는 천지 음양의 기운을 받아 생긴 것이지요. 음기가 성한 사람은 마음이 악하고, 양기가 성한 사람은 마음이 길한 까닭에 능히 길한 기운을 가지고 악한 기운을 이기는 사람은 복록이 창성하고 길한 귀인이 되는 것입니다. 이제 황 소저는 길한 기운을 가지고 악한 기운을 제어하고 있는데, 악한 기운이 다하고 길한 기운은 미처 돌아오지 못한 상태랍니다. 이것이 이른바 '환장'이지요. 비록 기운과 혈맥이 잠깐 멈추었으나 내장과 골육이 상하지 않은 까닭에 제가 이미 세 알의 환혼단으로써 타고난 정신과 기운을 되돌려 놓았으니 다른 염려는 없을 것 같아요."

윤 부인이 웃으며 말했다.

"홍랑과 선랑이 도사로 꾸미고 가서 본색은 탄로되지 않았나요?"

홍랑이 웃으며 대답했다.

"한 도사가 심약하여 하마터면 일의 기미가 누설될 뻔했답니다."

하고 선랑이 울던 모양을 낱낱이 설명했다. 선랑은 한 편으로 부끄러워하며 다시 눈시울을 적시며 말했다.

"5, 6년 동안 적이 되었던 것도 연분이지요. 하루아침에 갑자기 음성과 용모가 적막해져서 은혜와 원한이 없어지고 곱던 얼굴이 처량하게 되어 가련했습니다. 홍랑이 이런 지경을 당하면 한 줄기의 눈물을 흘리지 않을 수 있겠어요?"

홍랑이 웃으며 말했다.

"나는 본디 우직한 사람이라 겉으로 눈물을 흘려 간사한 태도를 겉만 그럴 듯하게 꾸미지는 않는다오."

그 자리에 있던 사람들이 모두 깔깔대고 웃었다.

이때, 양 태야와 태미 허 씨 부인은 며느리 황 씨가 죽었다는 소식을 듣고 목이 메어 말했다.

"둘째 새아기가 시집에 온 뒤로 시부모에게 불순하지 않았고, 민첩한 성품과 총명한 자질을 이 늙은이가 이때껏 잊지 못하고 있는데…, 약간의 허물을 고쳐 몇 년간의 옛정을 다시 이을까 했는데, 세상에 어찌 이처럼 비참한 일이 있겠는가?"

연왕이 얼굴빛을 고쳐 온화한 표정과 부드러운 음성으로 양친에게 말했다.

"죽고 사는 것은 하늘에 달려 있지요. 세상에 이런 사람이 몇이나 되는지 알겠습니까? 황 씨를 위해 생각해 보면, 그 허물을 깨닫고 죽는 것을 그 허물을 깨닫지 못하고 살아남는 것에 견줄 수는 없습니다. 만일 황 씨가 진정으로 허물을 고치고 죽었다면 비록 돌아가는 넋이라도 즐거울 것이라 생각합니다."

말을 미처 마치기도 전에 한 미인이 섬돌 아래 수를 놓아 만든 허리띠를 풀고 비녀를 빼어 머리를 푼 뒤에 바닥에 엎드려 죄를 청하는 것이었다. 모두들 자세히 보니 선랑이었다. 선랑은 처연하게 눈물을 머금고 머리를 조아리며 말했다.

"제가 천한 기생 출신으로 행실에 미더움이 없어서 군자의 문중에 환란이 거듭하여 일어났습니다. 이는 모두 저의 죄입니다. 어찌 황 씨만을 책하겠습니까? 하물며 황 씨는 이제 덕을 닦은 현숙한 부인이 되었습니다. 산속 토굴에서 해를 보지 못하고 처량한 심회와 궁박한 신세가 절로 병이 되어 쇠잔한 목숨이 경각에 달려 있습니다. 마땅히 군자께서 가련히 여겨 돌보실 일입니다. 집안의 큰일에 대해 제가 어찌 감히 당돌하게 말씀하겠습니까마는, 만일 제가 없었다면 오늘 같은 일은 없었을 것입니다. 가령 황 씨가 허물을 고치지 못하고 불행하게 되었더라도 저승에서 저 때문에 죽었다는 탄식을 할 것이니 제가 실로 몸 둘 곳을 알지 못했을 것입니다. 그런데 지금은 지난 일을 후회하면서 개과천선을 했는데도 홀로 죄명을 무릅쓰고 저 어두운 명부의 원혼이 된다면 제가 어찌 의기양양해 하면서 많은 사람들의 손가락질을 면하겠습니까? 만일 상공께서 황 씨의 죄를 용서하시지 않으신다면, 저는 결단코 머리를 풀어헤치고 산으로 들어가서, 이곳에서 불안한 처지로 지내는 일은 없게 할 것입니다."

양 태야는 선랑의 뜻을 기특하게 여겨 좌우의 몸종들로 하여금 부축해서 대청에 오르게 하고 탄식하며 말했다.

"네 말이 간절하고 측은하여 충분히 네 지아비의 마음을 감동시켰으리라 여긴다마는 둘째 새아기는 이미 남은 희망이 없으니 어찌하라?"

이에 선랑이 황 소저를 구한 이야기를 아뢰니, 양 태야와 태미 허 씨가 얼굴빛을 고치고 길게 탄식하며 말했다.

"너희들의 심덕이 이와 같으니 내 집에 복이로다."

하고 연왕을 타일러 황 소저를 찾아가서 병을 앓고 있는 동안의 회포를 위로하라고 하니, 연왕이 부친의 명을 받들고 다음날 추자동으로 가겠다고 했다.

선랑은 침실로 돌아와 생각했다.

'내가 이제 비록 상공의 관대한 처분을 얻었으나 황태후께서 진노하여 내리신 엄명은 장차 누가 돌이킬 수 있을까?'

하며 반나절을 생각하다가 탄식하며 말했다.

"내가 이미 황태후 마마의 총애를 입어 제실의 자녀들과 허물없이 가까이 지내게 되었으니 오늘 나의 이런저런 생각을 나를 제외하고는 아뢸 사람이 없을 것이다."

하고 황태후께 올리는 한 장의 편지를 써서 이러저러한 정다운 이야기와 황 씨를 살렸다는 말을 아뢰었더니, 황태후가 칭찬하며 말했다.

"내 어찌 선랑의 말을 듣지 않으랴?"

하고 즉시 엄한 훈계를 내리고 황 씨의 죄를 용서하여 본부로 가는 것을 허락했다.

위 씨와 황 소저는 한편으로 부끄럽고 다른 한편으로는 황공했다. 연왕이 또 와서 위문하며 본부로 돌아오라고 타이르니, 황 소저는 부끄러워 볼 낯이 없어서 황부 후원에 산정 한 채를 치우고 몸종 두엇과 함께 지분으로 단장하지 않고 침상 머리에 열녀전을 펴 놓고 향로에 분향하여 잡념을 물리치고 여생을 보내려고 했다.

연왕이 그것을 허락하지 않고 양부로 데려가니, 집안의 모든 사람들이 즐거워하고 한층 더 화락해졌다.

한편, 천하가 태평하고 사방이 무사하자, 연왕은 벼슬을 사직하고 고향으로 돌아가서 한가하게 지내고 있다가 선랑과 홍랑에게 남자 옷으로 바꾸어 입게 하고, 세 사람이 명산대찰에 고적을 찾아다니며 유람하고 있었다.

한 곳에 다다르니, 오고가는 사람들이 잦아 끊이지 않고, 승려와 도사들이 떠들썩하게 넘어질 듯 달려가고 있었다. 연왕이 행인들에게 물으니 이렇게 대답했다.

"오늘 보조국사께서 대중을 모아 설법을 하신답니다."

홍랑이 말했다.

"우리가 비록 경치가 빼어난 곳을 구경하고 다니지만 잡념에서 벗어나지 못했지요. 오늘 국사의 설법을 듣고 성정을 깨끗하게 해야겠어요."

하고는 나귀를 바삐 몰아 산문에 이르렀다. 절 안을 두루 구경하고 법당 뒤에 이르니 상승암이라는 작은 암자가 있었다.

한 대사가 석장을 짚고 백팔 보리수 염주를 들고 당에서 내리며 합장하고 인사를 했다. 흰 눈썹은 이마를 덮었고, 푸른 얼굴은 예스러우면서도 괴이한 빛을 띠고 있었다. 얼마나 본심을 잃지 않도록 선한 성품을 닦았는지 알만했다.

연왕이 당에 올라앉은 뒤에 물었다.

"선사의 연세가 얼마나 되셨는지요?"

"79세입니다."

"법호를 무엇이라 하시는지요?"

"빈도에게 무슨 법호가 있겠습니까? 사람들이 보조대사라고들 합니다."

"우리는 산에 유람 차 온 사람들입니다. 우연히 지나가다가 오늘 대중을 모아 설법을 하신다기에 구경하려고 왔습니다."

보조국사가 웃으며 말했다.

"불가의 설법은 유가의 강석과 같은 것이지요. 불도가 사라진 지 오래인데 설법만 남아 있으니 부끄럽습니다."

조금 뒤에 모든 화상들이 가사를 입고 도량을 차린 뒤 법당 문을 활짝 열고 향불을 붙였다. 천상계에 핀다는 천화가 어지럽게 탑전에 흩어지고, 불상의 이마에 박힌 백호의 은은한 빛이 도량을 비추고 있었다.

법당 가운데 있는 칠보탑 위에 비단 자리를 펴고, 보조국사는 부채꼴의 다라수 잎으로 엮어 만든 다라진운립을 쓰고 황금빛 가사를 입고 불자를 쥔 채 연화대에 올랐다.

연왕은 세 낭자와 함께 구경꾼들 사이에 섞여 있었는데, 앉은 사람도 있었고 서 있는 사람도 있었다.

보조국사는 묘법연화경을 강론했는데, 불음이 우렁차서 시방에 울렸고 선종에 통달하여 어리석은 중생들을 제도했다. 모든 화상들과 여러 제자들이 합장하고 섬돌에 올라 향불을 올렸다. 보조국사가 대중을 깨우쳐 말했다.

"육안으로 볼 수 있는 물질의 형상이 모두 공이니, 다 공이면 물질이 없는 것이다. 광대한 것은 어디 있는가?"

대중들은 고요히 대답이 없었다. 홀연 모인 사람들 가운데 한 젊은이가 미소를 띠며 말했다.

"광대한 것은 무량하다고 하니, 무량하면 무형이지요. 그러니 색상을 어느 곳에서 찾겠어요?"

보조국사는 깜짝 놀라 황망히 연화대에서 내려와 합장하고 절을 하며 말했다.

"훌륭하도다, 부처님의 말씀이여! 살아 계신 부처님이 세상에 나오셨으니, 빈도가 묘법을 듣고자 합니다."

모두들 그 젊은이를 보니, 토실토실하고 아름다운 얼굴은 아름답기로 이름 난 꽃 한 가지가 이슬을 머금은 듯하고 반짝이는 눈은 보름달이나 샛별이 새벽에 돋은 듯 재기가 두드러지고 목소리가 아리따워 그 자리에 있던 사람들이 놀라 웅성거렸다. 이는 다른 사람이 아니라 바로 홍랑이었다.

이때, 홍랑이 맑은 소리로 웃으며 말했다.

"지나가는 사람이 가볍게 한 실없는 말을 흥보지 마세요."

보조국사가 합장을 하고 말했다.

"상공의 한 마디 말씀에 48만 대장경이 그 가운데 있으니 바삐 연화대에 오르셔서 대중들이 공경하고 우러러 사모하는 뜻에 자비를 베풀어 주십시오."

홍랑이 굳이 사양하자, 보조국사는 사미승에게 연화대 앞에 따로 탁자 하나를 설치하게 하고 홍랑에게 오를 것을 간청했다. 한동안 생각하던 홍랑이 도사들이 쓰는 칠성관에 녹색 도포 차림으로 고개를 곧추세우고 자리에 올라 가부좌를 틀고 단정히 앉았다.

보조국사는 사물을 꿰뚫어보는 안목으로 자주 곁눈질로 보며 다시 연화대에 올라 대중들에게 말했다.

"이 자리에 가장 완벽한 깨달음인 아뇩다라삼먁삼보리를 깨달은 선남선녀는 가까이 참석하여 들으시오."

하고 불자를 휘두르며 물었다.

"색은 있는데 공이 없는 것은 본디 묘법이 아니요, 공은 있는데 색이 없는 것은 원래 연꽃이 아닌 것이오. 그렇다면 무엇을 묘법연화라고 이르는 것이오?"

그러자 홍랑이 대답했다.

"공이 곧 색이요, 색이 곧 공이니, 본디 연꽃이 없는데 무슨 묘법이 있겠습니까?"

보조국사가 다시 물었다.

"기왕에 묘법이 없다면 법을 어째서 묘하다고 하며, 기왕에 연꽃이 없으면 꽃을 어째서 연꽃이라고 하는 것이오?"

"묘한 것은 진실로 법이 아니요, 연꽃 또한 꽃이 아니지요."

그러자 보조국사는 불자를 내려놓고 합장하며 사례했다.

"지극하고도 극진하도다! 옛날 문수보살의 말씀이 이러했으나 그 도통을 이은 사람이 없었는데, 이제 보니 상공은 문수보살의 전신이 아니시면 문수보살의 제자이신 것 같군요."

하고는 여러 가지 과일과 뜨거운 차를 몸소 받들어 주었다.

보조국사는 도량을 파한 뒤 연왕 일행을 암자로 청하여 등불을 밝게 하고 불법에 대해 강론했다. 홍랑의 대답이 물 흐르듯 거침이 없자, 보조국사는 멍하니 정신을 잃은 듯했다.

원래 홍랑은 백운도사를 따라 스승으로 섬겼는데, 백운도사는 바로 문수보살이었다. 그래서 자연 불법에 정통하게 되었으나 평생 입 밖에 내지 않는데, 이날 보조국사의 설법이 비범함을 보고 수천

마디의 말로 대답하자 보조국사는 깜짝 놀라 합장하고 물었다.

"빈도가 감히 여쭙건대, 상공께서는 어디 계시며 성함을 무엇이라 하십니까?"

"나는 강남 항주에 사는 홍생입니다."

이때 연왕이 물었다.

"내가 설법을 듣고 대사의 모습을 대하니, 대사의 총명한 기상이 비범함을 알겠소. 그처럼 타고난 재주로 어찌 불문에 명성을 도피하여 평생을 적막하게 보내시오?"

보조국사는 한동안 말이 없다가 홀연 몹시 슬프고 괴로운 듯 말했다.

"영예와 치욕이니 빈궁과 영달은 모두가 하늘이 정하시는 것이지요. 속인으로 사는 것과 승려가 되는 것도 인연에 의한 것입니다. 이제 상공께서 진심으로 물으시니 빈도가 어찌 마음을 속이겠습니까? 빈도는 본디 낙양 출신입니다. 가산이 풍족하여 풍류와 여색을 좋아했지요. 당나라 때 시인인 두추랑의 후손인 오랑은 낙양의 명기였습니다. 오랑을 천금으로 사들여 딸 하나를 낳았습니다. 그 딸의 얼굴이 매우 아름답고 총명함이 남들보다 빼어나서 몹시 사랑했답니다. 그런데 산동에 도적떼가 크게 일어나자, 낙양에서 군사를 징발하게 되었습니다. 그때 빈도도 종군하여 두어 달 뒤에 도적을 평정하고 고향으로 돌아와 보니 마을 사람들이 헤어져 흩어지고 없어서 식구들의 행방을 물을 곳이 없더군요. 전하는 말로는 도적에게 죽었다고도 하고 잡혀 갔다고도 했는데 어느 것도 자세치는 않았습니다. 일종의 애정의 뿌리가 오랑 모녀를 잊지 못하게 하더군요. 세상살이에 생각이 없어서 산 속에 낙척하여 다니다가 여산의 문수암에서 머리를 깎게 되었지요. 불문에 들어간 본래의 뜻은 불법을 닦아 공덕을 쌓은 뒤 후생에서라도 오랑 모녀를 만나려는 것이었습니다."

이때 선랑은 보조국사의 말을 들으며 까닭 없이 흐르는 눈물을 막을 수가 없었다. 보조국사가 그런 선랑을 자주 보다가 물었다.

"저 상공은 어디 분이시오?"

선랑이 대답했다.

"나도 본디 낙양 사람입니다. 이제 대사께서도 동향인이라고 하시니 자연 감동이 되네요. 대사의 속세 성은 어찌 되시는지요?"

"빈도의 성은 가 씨입니다."

"대사께서 따님을 그리 생각하시는데, 지금 만난다면 무엇을 증거로 확인하시려는지요?"

"딸아이가 태어난 지 불과 3세였으나 생긴 모습이 오랑과 흡사할 듯하고, 천성이 총명하고 슬기로워 세 살 때 이미 음률을 깨달아 오랑의 거문고를 탔고 문무현을 분간했지요. 만일 지금 살아 있다면 춘추시대 거문고의 명인인 사광이나 음률을 평하는 데 뛰어났던 오나라의 공자 계찰과 같은 총명함이 있을 것입니다."

그 말을 듣고 나자 선랑은 가슴이 더욱 막혀서 답답해져왔다.

보조국사는 예사롭지 않게 느껴져서 다시 물었다.

"상공의 춘추가 몇이시오?"

"18세입니다."

보조국사는 측은한 듯 말했다.

"세상에 얼굴 모습이 같은 사람은 많지요. 이제 상공의 용모를 보니 두오랑과 흡사하고 나이도 동갑이로군요. 빈도가 자연 옛날 생각이 나게 됩니다.”

연왕이 물었다.

“오랑의 얼굴이 저 젊은이와 어디가 닮았습니까?”

보조국사는 머리를 숙이고 난처한 기색을 잠시 보이다가 말했다.

“출가한 승려로서 말할 바가 아닙니다만, 평생 마음속에 쌓이고 쌓인 심회인지라 상공을 속이지 않겠습니다. 빈도가 종군할 때 오랑과의 이별을 차마 인정할 수가 없어서 초상화를 그려 품고 갔었습니다. 지금까지도 잃어버리지 않고 있으니 상공께서 보시지요.”

하고는 상자 속에서 작은 족자를 꺼내 벽에 걸었다. 연왕 일행이 자세히 보니 그것은 한 폭의 미인도였다. 나이는 들어 보였으나 머릿결이나 미간과 눈썹이 신랑과 틸끝만큼도 나르시 않았다.

이에 선랑은 족자를 붙들고 대성통곡하며 말했다.

“그 분의 나이와 성씨와 고향이 다르지 않고, 그 얼굴 모습과 사적에 다름이 없으니 무엇을 의심하겠어요? 이 분은 분명히 저의 어머님이십니다.”

연왕이 선랑을 위로하며 보조대사에게 말했다.

“천륜을 가볍게 판단할 수는 없습니다. 무슨 다른 흔적이라도 있습니까?”

보조대사가 말했다.

“빈도의 양쪽 겨드랑이 아래 두 개의 검은 점이 있습니다. 남들은 볼 수 없지만, 오랑이 알고 늘 말하기를, ‘딸아이의 겨드랑이 아래에도 이 같은 검은 점이 있어요.’라고 했으나 빈도가 미처 확인하지는 못했습니다.”

연왕은 조용히 선랑의 겨드랑이 아래를 자세히 살펴보았다. 과연 자신도 모르던 검은 점이 있었다. 다시 보조국사의 양쪽 겨드랑이를 보니 그의 말이 틀림이 없었다. 연왕은 기이하게 여기며 선랑더러 국사에게 두 번 절을 올려 천륜을 정하라고 했다. 선랑이 일어나 절하고 울며 말했다.

"못난 여식은 천지신명께 죄를 지어 세 살 때 전쟁을 만나 모친을 잃고 이리저리 떠돌아다니다가 청루에 팔렸습니다. 다만 본래의 성이 가 씨인 줄만 알았을 뿐 부모님이 계시지 않는 것으로 알았습니다. 오늘 같은 날이 있을 줄 어찌 알았겠어요?"

말을 마치고 목메어 흐느껴 마지않으니, 보조국사도 눈물을 머금고 말했다.

"내가 이미 너의 얼굴을 보고 마음속으로 적지 않게 놀랐으나 계속 남자로만 알고 여자인 것을 깨닫지 못했구나. 이제 10여 년간 끊어졌던 부녀의 천륜을 다시 잇게 되었으니 어찌 기이하지 않겠느냐마는, 그때 너의 모친이 어찌 되었는지 기억하겠느냐?"

"비록 기억이 희미합니다만, 도적들이 모친을 잡아가려고 하니 모친이 나를 안고 도망을 갔지요. 흉악한 도적이 따라와서 형세가 급해지자 저를 길가에 놓고는 옆의 우물에 몸을 던졌던 것만 생각이 납니다."

줄줄 흘러내리는 눈물이 비단 가사를 적시는 가운데 보조국사가 다시 입을 열었다.

"나는 이제 나이가 팔순에 가깝고 출가한 몸이라 어찌 부부의 옛 정을 잊지 못해 얽매이겠느냐? 너의 모친은 비록 청루에서 지내던 천한 사람이었으나 참으로 백의의 관음보살이었다. 높은 지조와 빼어난 자색을 잊지 못해서 이곳 옥병동에서 해마다 기도를 올려 너희 모녀를 만나게 해달라고 축원했었다. 오늘 너를 만나게 된 것은 관음보살께서 이끌어주신 것이구나. 그런데 너는 어째서 남자 옷을 입고 산으로 유람을 다니는 것이냐?"

이에 선랑은 강주에서 연왕을 만난 이야기부터 전후의 일을 하나하나 말했다. 보조국사가 다시 연왕을 향해 사례했다.

"빈도가 눈이 있으나 상공께서 연왕 전하이심을 몰랐습니다. 예우를 하지 못하고 거만하게 군 것을 용서하십시오."

연왕이 웃으며 말했다.

"국사께서는 연로하신데다 저의 장인이십니다. 지나치게 공손하지 않으셔도 됩니다."

보조국사가 흔연히 연왕 앞에 가까이 앉는데 은근히 공경하고 사랑하는 기색이 가득했다. 연왕도 정성스런 태도로 장인을 대했다.

연왕은 선랑 부녀가 정을 펼 수 있도록 수일간 그곳에서 머물다가 돌아왔다. 보조국사는 몹시 서운하고 섭섭하여 석장을 짚고 몇 리나 걸어 나와 눈시울을 적시며 하직했다.

"불가의 계율에서 정에 이끌리는 것을 경계하지만 부녀간의 은정은 승려나 속인이나 같은 것이지요. 상공과 여러 낭자들은 빈도의 구구한 정을 잊지 마시기 바랍니다."

말을 마친 보조국사는 다시 선랑의 손을 잡고 말했다.

"상공의 뜻을 거스르지 말고 온갖 복을 잘 누리거라."

선랑은 차마 떠날 수가 없어서 눈물이 비 오듯 흘러내렸다. 그러자 보조국사는 훌쩍 바람같이 산문으로 돌아가 버렸다.

연왕이 일행을 거느리고 집에 돌아와 양친에게 문안을 여쭙고 선랑이 부친을 만나게 된 것을 아뢰었다. 온 집안사람들이 치하를 해 주었다.

이튿날 연왕이 백금 2만 4천 냥과 편지 한 통을 써서 보조국사에게 보내어 대승사를 중수하라고 했다. 선랑은 옷 한 벌과 한 그릇의 나물반찬을 보내어 효성을 표했다.

그 뒤로 선랑은 3남 2녀를 두어, 그 영화가 무궁함은 붓으로 이루다 기록할 수가 없었다.

옮긴이 **김동욱**

성균관대학교 국어국문학과 졸업
한국정신문화연구원 한국학대학원 문학석사
성균관대학교 대학원 문학박사
전 상명대학교 한국언어문화학과 교수

저서 : 《고려후기 사대부문학의 연구》, 《고려사대부 작가론》, 《따져
가며 읽어보는 우리 옛이야기》, 《실용한자·한문》, 《대학생
을 위한 한자·한문》, 《중세기 한·중 지식소통연구》, 《양심
적 사대부 시대적 고민을 시로 읊다》, 《한국야담문학의 연구》

역서 : 《완역 천예록》(공역), 《국역 동패락송》(천리대본), 《국역 기
문총화》1-5, 《국역 수촌만록》, 《옛 문인들의 붓끝에 오르내
린 고려시》1·2, 《국역 청야담수》1-3, 《국역 현호쇄담》, 《국
역 동상기찬》, 《국역 학산한언》1·2, 《국토산하의 시정》, 《새
벽 강가에 해오라기 우는소리》상·중·하, 《교역 태평광기언
해》1-5, 《국역 실사총담》1·2, 《교역 오백년기담》(장서각
본), 《국역 동패락송》1·2(동양문고본), 《교역 언해본 동패락
송》, 《천애의 나그네》(백사 이항복의 중국 사행시집), 《붉은
연꽃 건져 올리니 옷에 스미는 향내》, 《이별의 정표로 남겨
둔 의복》(한유와 태전의 교유를 소재로 한 우리 한시), 《국역
잡기고담》, 《국역 구활자본 오백년기담》, 《국역 매옹한록》
상·하, 《교역 강남홍전》

교역 만고충의 벽성선

2018년 7월 6일 초판 1쇄 펴냄

지은이 안경호
옮긴이 김동욱
펴낸이 김흥국
펴낸곳 보고사

책임편집 김하놀
표지디자인 손정자

등록 1990년 12월 13일 제6-0429호
주소 경기도 파주시 회동길 337-15 보고사 2층
전화 031-955-9797(대표)
     02-922-5120~1(편집), 02-922-2246(영업)
팩스 02-922-6990
메일 kanapub3@naver.com / bogosabooks@naver.com
http://www.bogosabooks.co.kr

ISBN 979-11-5516-807-3 93810

ⓒ 김동욱, 2018

정가 30,000원